MAR *de* FUEGO

MAR
de
FUEGO

CHUFO LLORÉNS

Grijalbo

Primera edición en U.S.A.: mayo, 2011

© 2011, Chufo Lloréns Cervera
© 2011, Random House Mondadori, S.A.
   Travessera de Gràcia, 47-49. 08021 Barcelona

Printed in Spain - Impreso en España

ISBN: 978-0-307-88274-5

Distributed by Random House, Inc.

BD 8 2 7 4 5

A Cristina, la mujer de mi vida: mi amiga en las horas bajas,
la aguja que marca mi norte, mi eficaz «relaciones públicas»
y, sobre todo, la causante de que me dedique
al maravilloso oficio de emborronar cuartillas.
Con mi eterna gratitud y mi abrazo.

A mis amigos de la Cerdaña: Amparo y José Fabra,
Melín y Paco Daurella, Tere y Enrique Illa «señores de Ortigosa»,
Chiqui y Rafa Gomis, Teita y Pepín Lavilla,
María Victoria y Joaquín Sagnier, Juana y Jorge Núñez,
Luci Lafita, Lourdes Coll, Isabel Sala y Juan Antonio Bertrand.
Ellos fueron, durante los tres veranos que duró
la escritura de esta novela, mi único recreo.
Sus charlas inteligentes y amenas llenaron mis horas.

A mis vecinos y sin embargo amigos, Tina y Eduardo Correa.

A Álex Majó Valentí, el último brote del árbol de mi vida.

Dramatis personae

PROTAGONISTAS

Martí Barbany. Próspero armador e insigne ciudadano de Barcelona.

Marta Barbany. Hija de Martí Barbany y su esposa Ruth.

Bernabé Mainar (alias de *Luciano Santángel*). Siniestro personaje dueño de dos importantes mancebías en la ciudad.

Bertran de Cardona. Hijo del conde de Cardona, entregado como rehén por éste a la casa condal de Barcelona.

Ramón Berenguer I, el Viejo. Conde de Barcelona y esposo de Almodis.

Almodis de la Marca. Tercera esposa de Ramón Berenguer I y madre de cuatro de sus hijos.

Pedro Ramón. Primogénito de Ramón Berenguer I, fruto de su unión con Elisabet de Barcelona.

Ramón Berenguer («*Cap d'Estopes*»). Hijo de Ramón Berenguer I y Almodis de la Marca, y gemelo de Berenguer Ramón.

Berenguer Ramón. Hijo de Ramón Berenguer I y Almodis de la Marca, y gemelo de Ramón Berenguer.

Eudald Llobet. Amigo personal de Martí Barbany, padrino de su hija Marta y confesor de la condesa Almodis.

Ahmed. Hijo de Omar y Naima, fieles servidores de Martí Barbany.

SECUNDARIOS

Zahira. Esclava de Marçal de Sant Jaume y gran amor de Ahmed.

Rashid al-Malik. Amigo personal de Martí, procedente de Mesopotamia.

Basilis Manipoulos. Capitán del *Stella Maris*, mano derecha de Martí en sus negocios navieros.

Marçal de Sant Jaume. Poderoso aristócrata, aliado de Pedro Ramón.

Simó «lo Renegat». Subastador de esclavos y servidor de Marçal de Sant Jaume.

Delfín. Enano y bufón de la corte. Consejero y fiel servidor de Almodis.

Adelais de Cabrera. Joven dama de la corte y enemiga declarada de Marta Barbany.

Gueralda. Criada de la casa Barbany que antes sirvió en casa de los Cabrera.

Tomeu «lo Roig». Vendedor del Mercadal.

Magí de la Vall. Sacerdote, coadjutor del arcediano Llobet.

Nur. Prostituta de la mancebía que Mainar tiene en Montjuïc.

Amina. Hermana de Ahmed, hija de Omar y Naima, y fiel amiga de Marta.

Sor Adela de Monsargues. Abadesa del monasterio de Sant Pere de les Puelles.

Manel. Amigo de Ahmed.

CORTE CONDAL

Inés. Hija mayor de Ramón Berenguer I y Almodis de la Marca, hermana de Sancha y de los gemelos.

Sancha. Hija menor de Ramón Berenguer I y Almodis de la Marca, hermana de Inés y de los gemelos.

Guigues d'Albon. Prometido de Inés.

Guillermo Ramón de Cerdaña. Prometido de Sancha.

Olderich de Pellicer. Veguer de Barcelona.

Gombau de Besora. Caballero al servicio del conde Ramón Berenguer I.

Gualbert Amat. Senescal.

Odó de Montcada. Obispo de Barcelona.

Guillem de Valderribes. Notario mayor.

Ponç Bonfill. Juez de Barcelona.

Eusebi Vidiella. Juez de Barcelona.

Frederic Fortuny. Juez de Barcelona.

Lionor de la Boesie. Primera dama de Almodis.

Doña Brígida de Amalfi y doña Bárbara de Ortigosa. Damas acompañantes.

Estefania Desvalls, Araceli de Besora, Eulàlia Muntanyola y Anna de Quarsà. Damas jóvenes.

Sigeric. Joven paje, posteriormente escudero de Bertran de Cardona.

ENTORNO DE MARTÍ BARBANY

Ruth. Esposa de Martí Barbany y madre de su hija Marta.

Omar. Servidor de Martí, antes esclavo y ahora manumitido por Barbany.

Naima. Esposa de Omar.

Mariona. Cocinera.

Caterina. Ama de llaves.

Andreu Codina. Mayordomo.

Gaufred. Jefe de la guardia.

Jofre Ermengol. Amigo de la infancia de Martí y ahora capitán de uno de sus barcos.

Rafael Munt, «Felet». Amigo de la infancia de Martí y ahora capitán de uno de sus barcos.

Entorno de las mancebías de Mainar

Maimón. Eunuco encargado de la mancebía de Montjuïc.
Rania. Encargada de la mancebía de la Vilanova dels Arcs.
El «Negre». Sirviente de las mancebías.
Pacià. Sirviente de la mancebía de la Vilanova dels Arcs.

Casa de Cardona

Folch de Cardona. Vizconde de Cardona y padre de Bertran.
Gala. Vizcondesa de Cardona y madre de Bertran.
Lluc. Viejo preceptor de Bertran.

Corte de Sicilia

Roberto Guiscardo. Duque de Apulia, Calabria y Sicilia.
Sikelgaite de Salerno. Esposa de Roberto Guiscardo y madre de
    Mafalda.
Mafalda de Apulia. Hija de Roberto Guiscardo y Sikelgaite de Sa-
    lerno y prometida de Ramón Berenguer, «Cap d'Estopes».
Tulio Fieramosca. General de Roberto Guiscardo.

Viaje de Martí

Naguib, el Tunecino. Peligroso corsario.
Selim. Hijo de Naguib.
María. Joven a quien Ahmed salva en una taberna griega.
Kostas Paflagos. Anciano ciego, suegro de María.
Tonò Crosetti. Marino, ex cautivo de Naguib.
Barral. Marino del *Santa Marta*.

OTROS

Lluc. Mayordomo de Pedro Ramón.
Aser ben Yehudá. Cambista del *Call.*
Harush. Físico.
Berenguela de Mas. Partera.
Florinda. Curandera.
Bernadot. Carretero.
Pere Fornells. Alcaide de la casa que Marçal de Sant Jaume tiene en Arbucias.
Samir. Mayordomo de Marçal de Sant Jaume.
Bashira. Esclava de la casa de Marçal de Sant Jaume.

CASA CONDAL DE BARCELONA

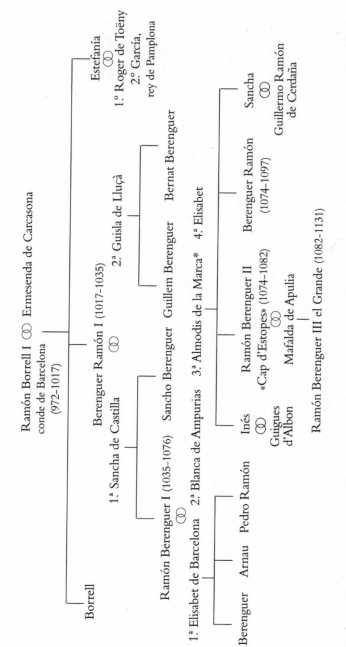

Borrell

Ramón Borrell I ⊘ Ermesenda de Carcasona
conde de Barcelona
(972–1017)

Berenguer Ramón I (1017–1035)
⊘
1.ª Sancha de Castilla   2.ª Guisla de Lluçà

Estefanía
⊘
1.º Roger de Toëny
2.º García,
rey de Pamplona

Ramón Berenguer I (1035–1076)   Sancho Berenguer   Guillem Berenguer   Bernat Berenguer
⊘
1.ª Elisabet de Barcelona   2.ª Blanca de Ampurias   3.ª Almodis de la Marca*   4.ª Elisabet

Berenguer   Arnau   Pedro Ramón

Inés
⊘
Guigues
d'Albon

Ramón Berenguer II
«Cap d'Estopes» (1074–1082)
⊘
Mafalda de Apulia

Berenguer Ramón
(1074–1097)

Sancha
⊘
Guillermo Ramón
de Cerdaña

Ramón Berenguer III el Grande (1082–1131)

* Casada anteriormente con Hugo el Piadoso de Lusignán y con Ponce de Tolosa, de los que tuvo cinco hijos, entre ellos Guillermo IV y Ramón IV, condes de Tolosa.

PRIMERA PARTE

Los DESIGNIOS *de* DIOS

1

Duelos y zozobras

Barcelona, 1063

n silencio casi tangible, turbado únicamente por el rumoroso ir y venir de la servidumbre, presidía la inmensa mansión de Martí Barbany, uno de los más acaudalados y poderosos ciudadanos de la emergente ciudad de Barcelona. Su propiedad de la plaza de Sant Miquel abarcaba varias casas separadas por jardines y patios, además de dos torreones de la antigua muralla. En la plenitud de sus veintinueve años, su propietario medía con angustiados pasos la antecámara del dormitorio principal en tanto que la silueta de su mayordomo de confianza, Andreu Codina, permanecía en la penumbra, inmóvil y expectante. El runrún del roce precipitado de un refajo al otro lado de la puerta hizo que el hombre detuviera sus paseos y que el criado aguzara la mirada. Una de las hojas de la inmensa puerta claveteada se abrió y en el quicio apareció la cabeza de Caterina, el ama de llaves, que buscó con mirada anhelante los ojos de su amo.

—Señor, pregunta la partera si se va a demorar la llegada del físico Harush. Parece que el parto no viene bien...

Clavando sus ojos en la mujer, Martí inquirió:

—¿Es preciso haber aguardado una eternidad para solicitar la presencia del físico?

La buena mujer, angustiada, retorcía el borde de su manchado delantal.

—Señor, yo solamente ayudo en lo que puedo, la responsable

es la partera, Berenguela de Mas, y es ella la que reclama ahora con urgencia la presencia del físico...

—No perdamos tiempo en vanas disquisiciones —la interrumpió Martí—. Si algo sale mal, se atendrá a las consecuencias.

Al fondo de la gran antesala la voz prudente del mayordomo resonó grave:

—No os alteréis, señor. Omar ya partió en busca del físico y deben de estar a punto de llegar.

—Eso espero, Andreu, eso espero. —Hizo una pausa y suspiró antes de proseguir—: Envía a alguien para que dé aviso al padre Llobet... En circunstancias como ésta, siento que su compañía me reconforta.

—Si os parece, señor, enviaré a Ahmed. Ya sabéis que es rápido como una liebre y muy diligente.

Martí asintió, con la mirada perdida. En esos instantes sólo podía pensar en Ruth y en el hijo que luchaba por nacer.

El mayordomo se retiró, en un silencio respetuoso: conocía bien el cúmulo de fatalidades que había jalonado la azarosa existencia de su amo y temía que la desgracia se abatiera de nuevo sobre él como ya lo hiciera anteriormente, cuando la muerte le arrancó el amor de su juventud y cuando, años después, se llevó a su madre de un modo tan cruel.

Mohamed, al que todos llamaban Ahmed, el hijo mayor de Omar y de Naima, la familia de esclavos comprados por Martí diez años atrás y posteriormente manumitidos, había partido como un gamo hacia la Pia Almoina: recorrió las callejas hasta el conjunto catedralicio, intentando evitar la barahúnda de la gente que intentaba atravesar a aquellas horas las puertas de la ciudad en ambas direcciones. Iba con el encargo urgente de solicitar la presencia junto a su amo de Eudald Llobet, el viejo clérigo que en tanta medida había contribuido a moldear la vida de su amo. Su benéfica influencia era consecuencia de la promesa que el sacerdote hiciera en tiempos a su buen amigo Guillem Barbany de Gorb, padre de

Martí Barbany. Ahmed había oído que el padre de su amo y el ahora sacerdote habían sido en su juventud compañeros de armas; que el difunto padre de su señor había salvado en más de una ocasión la vida de Llobet, y que, en su lecho de muerte, le confió su testamento y el cuidado y la tutela de su único hijo.

Ahmed llegó por fin al recinto. El lego que se ocupaba de la portería, sabedor de su procedencia y el lugar que ocupaba en la casa del amigo del arcediano, captó la urgencia que se desprendía de la actitud del mozo y lo hizo pasar, sin mediar espera, al recibidor destinado a los visitantes de los clérigos que allí moraban. Le demora fue breve y poco después se oyeron sobre el entarimado del pasillo los pasos apresurados de las sandalias del inmenso capellán, cuyo sonido inconfundible delataba las prisas con que se movía aquel voluminoso corpachón.

La tonsurada cabeza asomó por el quicio de la puerta y la imagen del clérigo ocupó el marco de la misma.

—¿Qué te trae por aquí, Ahmed? —indagó el padre Eudald Llobet al reconocer al mensajero, a la vez que su semblante denotaba la inquietud que le transmitía la actitud del mozo.

—Señor, mi amo reclama urgentemente vuestra presencia. Por lo visto, mi señora ha iniciado el parto antes de hora.

El sacerdote a punto estuvo de pedir más detalles, pero algo le dijo que supondría una pérdida de tiempo que en aquellos instantes se le antojaba precioso.

—Aguarda un instante, recojo mis cosas y partiremos enseguida. Dile al portero que un lacayo prepare el carruaje y enganche el mulo.

—Perdonad, padre, pero tal como está la ciudad, antes llegaremos a pie.

—Pues que así sea.

El rumor de pasos acelerados llegó hasta los oídos de Martí y por su intensidad supo que eran más de uno los que ascendían por la amplia escalinata. Efectivamente, comparecieron a la par el padre Llobet y el físico Harush. Él se adelantó para recibirlos en cuanto cruzaron el umbral; sus brazos se entrelazaron con los del sacerdote en un saludo afectuoso.

—Mi señor, aviaos —dijo enseguida Martí en respuesta a la mirada interrogante del físico—. Estando en la terraza mi mujer ha sentido fuertes dolores y ha empezado a sangrar... por lo visto ha iniciado el parto dos meses antes de lo que corresponde y dice la partera que parece que hay problemas.

Harush enjugó su sudorosa calva con un pañuelo que extrajo del hondo bolsillo de su verde hopalanda.

—¿Dónde se halla la parturienta? —preguntó.

—Os acompañaré, si os place.

—Mejor que me indiquéis el camino... No quiero ofenderos, pero en estos casos los esposos sobran.

—Martí, dejad que el físico haga su tarea —apuntó el padre Llobet con voz serena—. Yo os acompañaré a la terraza, donde el tiempo os pasará más liviano.

—Luego, Eudald. Quiero entrar a ver a mi mujer, y os prometo que en cuanto el físico me lo indique me retiraré adonde me digáis.

El trío se dirigió a la cámara de la parturienta y tras ellos se cerraron las grandes puertas.

La amplia habitación estaba en penumbra, alumbrada únicamente por dos grandes candelabros y un ambleo situado junto al lecho. Los leños crepitaban en la chimenea y sobre ellos, apoyado en un trípode de hierro colocado sobre una plataforma de círculos concéntricos, se podía ver un inmenso caldero de agua casi hirviente. Junto al tálamo, dos mujeres se afanaban intentando aliviar los dolores de la parturienta. La que parecía llevar el mando de las operaciones era una conocida partera, de nombre Berenguela de Mas, que había asistido innumerables nacimientos en Barcelona. En aquel instante, sudorosa y con el cabello recogido en una cofia de la que se le escapaba un mechón de pelo, tenía su mano derecha introducida entre los muslos de la mujer, que con las piernas separadas y encogidas, gemía ahogadamente. Su rostro era la viva imagen de la ansiedad. La otra mujer, que en aquellos instantes se limitaba a cambiar los apósitos de la frente de la parturienta, era Caterina, el ama de llaves de la casa.

Dejando a un lado al atribulado esposo y al clérigo, Harush se dirigió a la partera.

—¿Cómo va todo, Berenguela?

La matrona suspiró aliviada al oír la voz del físico y respondió, casi sin volver la cabeza:

—Mal, mi señor, gracias a Dios que habéis llegado. La señora ha perdido mucha sangre y hace ya cuatro años que fue madre: el canal del parto parece obstruido, creo que la bolsa de la placenta se ha desprendido y obstaculiza la salida. Además, aún no es tiempo... Por eso os he hecho llamar.

—A ver, dejadme.

Ruth, la esposa de Martí, yacía en el adoselado lecho con las guedejas de su pelo castaño pegadas a las sienes; por su boca apenas escapaba un gemido sordo y en sus labios, de los que manaba un hilo de sangre, se apreciaban las huellas de sus propios dientes. Iba envuelta en un ropón que le cubría el cuerpo desde la cintura para abajo a fin de que pudiera ser atendida sin desdoro de la decencia.

El viejo físico abrió su bolsón y extrajo de él un artilugio parecido a unas grandes pinzas inversas que se abrían por un extremo al presionar el otro; procedió a envolver ese extremo con hilas de un trapo blanco que había rasgado previamente y después introdujo las puntas del raro instrumento en un líquido que había derramado en una de las jofainas de la partera desde una alcuza. Una vez hecho esto se dispuso a actuar.

Martí y el clérigo permanecían en el rincón más alejado de la estancia, como dos estatuas de mármol.

El físico acercó el ingenio a las partes púdicas de la parturienta, y presionando sus extremos se dispuso a dilatarlo. Luego introdujo su diestra en el cuerpo de la mujer. Tras un rato que al esposo se le hizo eterno, se revolvió, inquieto. Intercambió unas palabras con la comadrona y después se dirigió al rincón donde aguardaban ambos hombres.

—Señor, lamento la mala nueva: la bolsa de la placenta no deja nacer a la criatura, que además es prematura... Deberéis escoger entre la madre y el nonato, ya que ambas vidas se me antojan incompatibles… Eso suponiendo que los hados nos sean favorables.

—No comprendo, si no os explicáis mejor —dijo Martí.

—¿Debo expresarme con absoluta crudeza?

—No me asusto fácilmente, Harush, podéis hablar con claridad.

—Si queréis que salve a vuestra esposa debo aplastar la cabeza de la criatura y tirar de ella para que comprima la placenta, la vacíe de sangre y pueda extraerlos a ambos, aunque la criatura, como comprenderéis, estará muerta. Si por el contrario intento salvar la vida de vuestro hijo, cosa de por sí harto complicada teniendo en cuenta que es sietemesino, entonces debo sajar el vientre de vuestra mujer mientras esté viva, ya que si dejara de respirar el *nasciturus* moriría de hipoxia.

A Martí Barbany se le descompuso el rostro, una lividez cadavérica le asaltó y quedó sin habla. El arcediano sujetó su brazo y habló:

—La Iglesia afirma que lo primero es la vida del nonato.

—¡Me importa un adarme lo que diga la Santa Madre Iglesia! Hijos podré tener más… ¡lo que perderé para siempre será a mi esposa!

—Estáis desbarrando, Martí. Aunque os perdono porque en este momento no estáis en vuestros cabales —apostilló el sacerdote.

—Dejadme en paz con vuestras monsergas de vieja. No os he llamado para que me metáis en laberintos teológicos, sino para que me sirváis de apoyo y consuelo.

—Lo siento, señor —intervino el físico con semblante preocupado—, pero no queda mucho tiempo. Si no os decidís, podéis perderlos a ambos.

La voz de Ruth sonó a lo lejos como un lamento.

—Acércate, Martí… Y vos, Harush, atendedme bien.

—No comprendo cómo ha podido oírnos —dijo el padre Llobet.

—En estas circunstancias nunca se sabe lo sensibles que llegan a ser los sentidos de una mujer.

Los tres hombres se aproximaron al lecho mientras la partera, Caterina el ama de llaves, y una sirvienta llamada Gueralda, recién incorporada al servicio de la casa y que hasta entonces se había dedicado a vigilar el agua del caldero, se hacían a un lado.

La mujer, asiendo fuertemente a su esposo por la muñeca y tirando de él, le obligó a inclinarse; luego habló en un susurro, pero lo suficientemente claro para que la oyeran todos.

—Quiero vivir, Martí, para ver crecer a nuestra pequeña Marta y a este otro hijo que tanto hemos ansiado… pero si se trata de mi vida o de la suya, es la de él la que yo quiero salvar.

Martí, transido de dolor y de zozobra, acercó los labios al rostro de su esposa.

—No, Ruth, no quiero perderte… Podremos tener más hijos, pero sin ti mi vida carecerá de sentido.

—Te he amado hasta el sacrificio y lo sabes, esposo mío, pero quiero por encima de todo que mi hijo viva. No debe ser de otro modo…

Y volviendo su sudoroso rostro al ama de llaves, ordenó:

—Doña Caterina, traedme la Biblia que está en mi cómoda.

La mujer se hizo a un lado y compareció al punto portando el libro sagrado.

Ruth habló en un susurro.

—Éste es el libro santo que une todas las religiones. Jura con la mano sobre la Biblia que por encima de todo intentaréis salvar a mi hijo.

—No me hagas jurar esto, amada. Piensa en la pequeña Marta… Sólo tiene cuatro años y te necesita más que a nadie.

Ruth suspiró; una máscara de tristeza cubrió su semblante al oír el nombre de su hijita. Desvió la mirada, como si temiera que ver el rostro atormentado de su esposo pudiera alejarla de la decisión que había tomado. Cuando habló, lo hizo murmurando, casi sin expresión alguna.

—Quiero que conste que éste es mi deseo. Si… si sucede lo peor, sé que dejo a Marta en las mejores manos…

Martí intentó dominar la voz, que amenazaba con romperse en sollozos.

—¡A ti es a quien necesita, Ruth!

Su esposa volvió la mirada hacia él, y a pesar del dolor que la embargaba, se percibía en ella un hálito de paz.

—La decisión está tomada, Martí. Sin embargo… hay algo más que querría pedirte. —Hizo una pausa, su rostro se contrajo por el dolor. Martí le acarició la frente con ternura—. Quiero morir, si Jehová así lo decide, en el seno de la religión de mis mayores y ser enterrada según su tradición.

Se hizo el silencio. Martí miró a su esposa con los ojos teñidos de duda. Finalmente, la voz del padre Llobet sonó profunda y ponderada como siempre en casos extremos.

—Vamos, Martí, acompañadme. Dejemos que el doctor Harush haga lo que deba. No debemos atosigarle con nuestra presencia. —Y, bajando la voz, añadió—: Olvidad esta última cuestión… Ruth está alterada, Martí, no podemos hacerle caso. A sus palabras no las guía el buen juicio.

—Sé perfectamente lo que digo, Eudald —murmuró la parturienta.

Martí colocó la mano sobre la Biblia y en medio de un sepulcral silencio pronunció el juramento.

—Juro que cumpliré tu último deseo.

El sacerdote no pudo evitar un gesto de contrariedad al oír sus palabras. Luego, tomó al atribulado esposo por el brazo e intentó arrastrarlo hacia la puerta, hablándole al oído.

—Dejadlo; en estas condiciones, el juramento carecerá de valor.

Martí se resistía a abandonar la estancia. Entonces la frase del físico solventó la indecisión.

—Si no me dejáis obrar, todo será inútil.

Cuando ya hubieron partido, la voz balbuciente de la mujer se oyó de nuevo.

—Ahora, Harush, cumplid con vuestra obligación de judío y de físico. ¡Salvad a mi hijo! ¡Os lo ruego!

El físico Harush extrajo de su maletín una afilada lanceta que dejó sobre una mesilla; luego tomó una botella de vidrio y derramó un líquido de un tenue color azul sobre un lienzo limpio e indicó a la comadrona que procediera a cubrir con él la nariz y la boca de la parturienta, obligándola a respirar a través de él. En cuanto la vio ligeramente amodorrada, descubrió su abultado vientre y se inclinó sobre ella llevando en su diestra el afilado escalpelo.

El tiempo transcurría lento y espeso. La luna se alzó en el horizonte y la voz del alguacil del barrio anunció el primer rezo de los clérigos de la vecina iglesia de Sant Miquel. Martí estaba de pie, con las manos a la espalda, mirando por la ventana hacia el cielo nocturno mientras que el padre Llobet había aposentado su fuerte corpachón en una de las sillas. Al observar el tenso porte de su joven amigo y protegido, no pudo evitar compararlo con el de aquel joven que, once años atrás, se había presentado ante él con una carta de su difunto padre. Entonces Martí no era más que un muchacho lleno de ilusiones, un campesino que anhelaba convertirse en ciudadano de Barcelona y labrarse fortuna. Y Dios le había ayudado en ese empeño. Martí Barbany era en aquellos instantes sin duda el más acaudalado ciudadano de Barcelona. Propietario de una inmensa fortuna que abarcaba molinos en Magòria, hectáreas de cultivo en el Besós, y dos flotas, la una en Siracusa y la otra en Barcelona, con más de sesenta naves entre ambas, cuyas bodegas, colmadas de mercancías, recorrían los caminos del mar y hacían la vida de vecinos barceloneses más próspera y segura. Martí Barbany comerciaba tanto con el islam oriental y los reinos cristianos de la península Ibérica como con la casa carolingia. Sus naves, navegando en cabotaje o a la estima, fondeaban en las ciudades de la bota itálica y, a través del Adriático, llegaban hasta la Serenísima República de Venecia e inclusive hasta la opulenta Bizancio y los dominios del califa de Bagdad; eran famosas sus atarazanas y carpinterías de ribera que dominaba la mole de Montjuïc. Su inmensa riqueza se debía sobre todo a la importación de aquel negro aceite que, almacenado en las grutas de la montaña, suministraba el preciado oro negro que iluminaba el crepúsculo de la ciudad condal, y al que cada vez se le encontraban más utilidades. La manifestación externa de su influencia era su inmensa mansión en la plaza Sant

Miquel, próxima al palacio condal y visitada frecuentemente por los prohombres de Barcelona.

Pero el mismo Dios que tan generoso había sido con él en asuntos de dinero se había mostrado inclemente con su vida amorosa. Primero fue Laia, su primer amor, la muchacha que enloqueció de dolor por la perfidia de su malvado padrastro, el consejero condal Bernat Montcusí, y terminó arrojándose desde una torre al vacío dejando, con su muerte, a Martí sumido en el desconsuelo. Y ahora Ruth, la benjamina de su buen amigo Baruj Benvenist, la joven judía que había renunciado a su religión y le había dado una hija, se debatía entre la vida y la muerte en el cuarto contiguo… El ruido de la puerta interrumpió sus meditaciones, y tanto el sacerdote como Martí se volvieron hacia ella. El físico Harush, con las mangas de su hopalanda todavía ensangrentadas y el rostro cariacontecido, musitó:

—Señor, ha sido inútil, nada he podido hacer.

Martí miró al físico con ojos vacuos.

—¿Qué queréis decir?

El silencio fue lo suficientemente expresivo, luego la frase cayó como una lápida.

—He llegado tarde. Apenas extraída la criatura vuestra esposa ha fallecido.

La expresión de Martí obligó al físico a proseguir.

—Era un niño, pero únicamente ha sobrevivido unos instantes.

Martí se abrazó a Eudald; parecía a punto de romper en sollozos, pero se soltó enseguida y se encaminó, con pasos precipitados, a la estancia donde yacía Ruth. Sus manos se crisparon sobre los pies de la gran cama y observó el cuerpo de su esposa cubierto únicamente por un lienzo a modo de sudario. El sacerdote y el físico le siguieron, aunque permanecieron a unos pasos de distancia del lecho. Martí miró fijamente aquel cuerpo que tanto había amado, ahora sin vida, y habló con una voz que el clérigo desconocía y que parecía venir de muy lejos.

—Eudald, el de arriba me ha vuelto a robar. Esta vez, a Ruth y a mi heredero.

—Martí, hijo mío, los designios del Señor son inescrutables.

Martí negó con la cabeza.

—Ya basta. Juro solemnemente por la sagrada Biblia que jamás volveré a tomar de nuevo esposa, ni volveré a yacer con mujer alguna. No daré otra oportunidad a Dios para que me la vuelva a robar.

—Estáis fuera de vos; en estas circunstancias ningún juramento tiene validez.

—El último que le hice a mi mujer de enterrarla como judía y el que ahora he pronunciado valdrán para siempre.

Luego, una respiración convulsa comenzó a agitar su pecho y cayendo de rodillas su voz se trocó en un lamento sordo, como de bestia herida, que rasgó la noche.

Nadie se percató en ese momento de la presencia de una niñita que, con expresión asustada, contemplaba la escena desde la puerta. Unos instantes después el padre Llobet vio a la pequeña Marta y, cogiéndola de la mano, la sacó de aquel cuarto convertido en mortuorio. Los ojos de la niña, llenos de preguntas, expresaban una inquietud infinita.

2

El palacio condal

esde la muerte de su eterna rival, Ermesenda de Carcasona, abuela de su esposo, que tan enérgica batalla le había presentado, la condesa Almodis enseñoreaba los condados de Barcelona, Osona y Gerona sin oposición alguna, y en justicia había que reconocer que mediante sus obras de caridad, sus generosas aportaciones a los conventos y su indiscutible talento de gobernante, se había ganado el afecto de los súbditos. Sin embargo, la condesa no olvidaba los azarosos tiempos pasados. Aunque no era una de esas mujeres que viven de recuerdos, a veces, cuando estaba a solas en sus aposentos, gustaba de evocar aquella tormentosa época. Sonreía al pensar en su valor al abandonar a su entonces esposo, Ponce de Tolosa, llevada por la irrefrenable pasión que le había inspirado Ramón Berenguer, el conde de Barcelona. Nunca, ni en los peores momentos, se había arrepentido de ello, aunque sin duda había pagado caro aquel atrevimiento… ¡Maldita Ermesenda! La abuela del conde había solicitado incluso la excomunión de la «concubina de su nieto», como ella la llamaba, y había visitado hasta al mismísimo Papa para conseguirla. Pero el tiempo había ido poniendo las cosas en su sitio: si su llegada a la corte había sido precedida por el escándalo, ahora, once años después, gozaba del respeto de su pueblo. Dios la había bendecido con dos hijos y dos hijas, con el amor de su esposo y el cariño de la gente… Y se había llevado a Ermesenda a la tumba. Que el Señor la tuviera en su gloria.

Aquella mañana, en la intimidad de su recoleto saloncito, Almodis departía con su primera dama, la fiel Lionor de la Boesie, venida con ella desde la lejana Tolosa en aquel su dramático viaje; con doña Bárbara de Ortigosa y doña Brígida de Amalfi, las dos damas de noble familia que su esposo había seleccionado para formar su círculo íntimo, y con Delfín, el enano jorobado compañero asimismo de sus primeros pasos en la Marca y dotado de aquella rara facultad de nigromante. Delfín había sido su fiel amigo y consejero desde que era una muchacha, y aunque solía irritarla con su descaro, su fidelidad era incuestionable.

La sala, que en tiempos había sido un oratorio, era el centro de su vida. El boato del gran salón no cuadraba con sus gustos, y pieza a pieza había ido reuniendo cuantos objetos y curiosidades pudieran complacer su cultivado espíritu en aquel selecto reducto. Desde su sillón balancín a su vieja rueca, pasando por su colección de instrumentos musicales entre los que destacaba una flauta con incrustaciones de nácar, un salterio de palo de rosa regalo del abad de Ripoll y sobre todo una cítara que tañía con esmero su primera dama, doña Lionor. Todo coadyuvaba a hacer más grata su estancia en el palacio condal.

—Señora, creo que os sobrepasáis al tomar tantas responsabilidades. Más os convendría emplear vuestro tiempo en tareas más gratas y dejar por ejemplo que sean los clérigos de la Pia Almoina los que se dediquen a repartir la sopa de los pobres.

La que así había hablado era doña Lionor, que, quizá junto con Delfín, fuera la única persona que se atrevía a opinar sobre las actividades de su condesa.

—Lionor, os puedo asegurar que mi mayor castigo es la inactividad. Pensad que cuando se acaba una tarea importante siento duelo hasta que no hallo otra empresa que me estimule. Las obras de la catedral o la traída de aguas a Barcelona, más que trabajos han sido para mí motivos de vida.

Doña Brígida intervino mientras con la punta de su pie derecho impulsaba la rueca donde se devanaba un ovillo de lana.

—Entre poco y mucho, señora, está la virtud. Son muchas las personas que no son capaces de seguir vuestra agitación y sufren por complaceros.

—¿Acaso os contáis entre ellas, doña Brígida? —inquirió Almodis, con voz afilada.

—Yo no, señora, pero es famoso vuestro ánimo y es difícil seguir vuestro caminar —se justificó la dama.

Un silencio se hizo ante la respuesta de la dama que había entendido el leve reproche que subyacía al tono de su señora.

Doña Lionor acudió en su ayuda.

—Doña Brígida se ha referido sin duda a vuestro indomable espíritu. Vuestra historia avala los hechos. Decidme qué dama, condesa, u otra mujer de igual rango que hayáis conocido, es capaz de emular vuestras iniciativas.

El halago ablandó a la condesa, poco acostumbrada a soportar censuras de nadie, aunque fueran encubiertas.

El diálogo quedó en un punto muerto y ante un leve alzamiento de las cejas de doña Lionor intervino doña Bárbara para cambiar de tema.

—Y dime, Delfín, ¿qué se comenta por los mentideros del mercado?

El enano, que vestía ropón de colores vivos, disfrutaba sobremanera siendo el centro de atención de la pequeña corte, así que procuraba estar al corriente de los últimos sucesos para atraer el interés de su ama.

—Bueno, los comentarios esta vez se refieren a la muerte de sobreparto de la esposa de Martí Barbany, que asimismo perdió al hijo que llevaba dentro, por cierto varón y por tanto heredero de sus riquezas. La llegada de la muerte siempre merece comentario, pero cuando la difunta es personaje de calidad y pierde la vida a una edad temprana, el pueblo siempre se recrea en ello. A las comadres les fascinan los fallecimientos trágicos.

La condesa detuvo su labor.

—¿Me estás diciendo que la esposa de Barbany ha muerto?

—Eso he dicho, señora.

—Y ¿cómo nadie me ha advertido?

—Creí que el padre Llobet os lo habría dicho —repuso Delfín.

—Hace tres días que no le veo.

—Tal vez ése sea el motivo —intervino Lionor.

—O tal vez no lo haya creído de suficiente interés para interrumpir vuestras infinitas labores —repuso doña Brígida, vengándose así de manera indirecta de la anterior repulsa.

—Jamás olvido a aquellas personas que en alguna ocasión me mostraron su afecto. Siempre he sentido una especial predilección por tan buen ciudadano, al que tanto le debe el condado. Un hombre que ya padeció una gran pérdida… Y ahora esto. —La condesa evocó entonces la siniestra imagen de Bernat Montcusí, aquel que había sido consejero de su esposo y cuya lascivia y crueldad se habían cobrado la vida de la inocente Laia, el amor de juventud de Martí Barbany.

—Es muy duro quedarse viudo a esta edad —comentó doña Brígida.

—Peor es no haber conocido varón —apostilló el enano.

—¡Eres un impertinente despreciable!

Doña Bárbara de Ortigosa terció para aliviar la tensión.

—De todas formas creo recordar que tiene una niñita de cuatro o cinco años que será sin duda su paño de lágrimas.

El ruido de los bolillos de las damas llenó el silencio. Luego la voz de la condesa se hizo presente.

—Quiero mostrarle mis condolencias. Lionor, que alguien me traiga mi recado de escribir y llamad a un amanuense.

3

Martí

A pesar de los meses transcurridos, Martí Barbany no salía de su duelo. La servidumbre estaba harto preocupada y no sabía qué hacer ni a quién recurrir ante la postración y el silencio de su amo. Durante el día permanecía bajo los soportales de la galería del último piso y por las noches el resonar de sus pasos en su *scriptorium* era el único eco que se percibía en los habitáculos dedicados al servicio de la casa. De cuando en cuando se asomaba al cuarto donde dormía su hija Marta, la observaba en silencio y luego se retiraba a sus habitaciones. Era tal su abandono que una barba que comenzaba a ser poblada y salpicada de algunas canas se iba adueñando día a día de su rostro. Sus ojos, cuando Andreu Codina u Omar, el fiel liberto, se dirigían a él, miraban sin ver y respondía a sus preguntas con monosílabos. Durante sus inútiles caminatas, la mente de Martí elucubraba errante de una situación a otra atropelladamente, rumiando los dolientes sucesos que habían ido jalonando su triste vida sentimental. Se le aparecía la imagen desvaída de Laia, su primer amor, muerta en terribles circunstancias y las luchas que tuvo que librar para que la enterraran en sagrado, pues los suicidas tenían prohibida la inhumación en cementerio de cristianos; recordaba la ayuda que representó para él el testimonio de su buen amigo y consejero, el padre Llobet. Se le aparecía asimismo el atormentado rostro de su madre como queriendo decirle algo.

Y ahora las pérdidas irreparables de Ruth, su bella esposa judía, y de su hijito, el tan ansiado y futuro heredero.

Sólo una única actividad se había permitido: entre sus empleados buscó los más capaces; los encontró entre sus hombres del mar y entre aquellos otros que le ayudaron a levantar sus molinos: picapedreros, carpinteros, yeseros, tallistas. Al fondo del huerto hizo levantar una capilla al gusto de la época; sobre su entrada y bajo un rosetón policromado puso una cruz de piedra; en su interior, en el centro, instaló un sarcófago del mejor mármol de sus canteras y en él depositó el ataúd que contenía el cuerpo embalsamado de Ruth. Posteriormente, de entre sus hombres de forja, escogió a un judío de toda confianza que trabajaba el hierro cual si fuera cera y le encargó una estrella de David, un candelabro de siete brazos y una cerradura de tres muelles con una única llave. Los dos primeros los hizo colocar respectivamente sobre la losa que cubría el sepulcro y en su frontal, y la cerradura en la gruesa puerta de roble para ocultar a todos su interior. Una vez realizada la obra, siguió con sus paseos solitarios bajo los soportales de la terraza y con sus silencios infinitos.

Esa tarde de invierno, unos golpes secos y autoritarios dados en la puerta de su gabinete reclamaron su atención. Una voz inconfundible exigió más que demandó audiencia.

—¡Abrid esa maldita puerta y dejad que os vea!

Con paso lento y vacilante, Martí se dirigió a la puerta y la abrió. Ambos hombres se quedaron frente a frente. El clérigo acusaba el paso del tiempo, pero todavía conservaba la energía que le había hecho ser en su juventud un esforzado guerrero. Su inmensa estatura comenzaba a mostrar signos de abatimiento y su espalda, a la vez que se encorvaba, padecía frecuentes dolores, consecuencia de las viejas heridas sufridas en combate, pero su vivo genio seguía siendo el mismo y el único apoyo que se permitía era el de su nudoso bastón.

Quería como a un hijo a Martí y en los últimos tiempos su triste estampa le producía una congoja indescriptible. Sin embargo, ese día, al ver su pálido semblante, se apiadó de él y dulcificó el tono apremiante con que había iniciado su visita.

—¿Qué es lo que ocurre, Martí?

—Bien hallado, Eudald, siempre me reconforta veros, pero creedme que en estos momentos lo que quiero es estar solo.

—¡Dejaos de pamplinas! —repuso el hombre de Dios, perdiendo los estribos de nuevo—. ¿Puedo pasar o debo reñiros desde el umbral?

Martí le invitó a entrar con un gesto.

—Venid, sentémonos junto al ventanal.

Ambos se acomodaron. Tras un corto silencio, el clérigo comenzó el diálogo.

—Martí, aún sois joven. Conozco mejor que nadie el rigor de vuestras desdichas, pero debéis reaccionar… Hace ya meses que se nos fue Ruth y no hacéis nada por reponeros: no es sano regodearse en el dolor. Ruth se avergonzaría de vos —insistió el sacerdote, bajando la voz—. No podéis enterraros en vida: vuestra hija Marta os necesita, y el sacrificio de su madre habrá sido en vano si no retomáis el timón de esta casa. Son demasiadas las personas que dependen de vos.

—Por favor, Eudald, dejad que la soledad me envuelva —musitó Martí con voz ronca—. Tengo gentes que cuidan de mi hija y de mis negocios; el dinero viene a mí casi sin buscarlo, y, por cierto, he descubierto que de nada sirve en casos extremos. He de confesaros, sin que por ello me acuséis de desesperanza, que esta vida me parece un muladar.

—Lo mismo dijisteis tras la muerte de Laia y ahora sabéis que después de las tinieblas salió el sol.

—Con más razón: como se me ha ido el sol, me abruma la oscuridad. Creedme que de no ser por Marta, a la que debo cuidar y consolar porque también ha perdido a su madre, hace tiempo que tal vez ya no estuviera entre los vivos… Son muchas las noches en que el recuerdo de Laia acude a mi mente y turba mis sueños. Miedo me da asomarme entre los merlones del torreón de mi gabinete… —La voz de Martí había ido convirtiéndose en un susurro.

—¡No digáis necedades! —le espetó el sacerdote en tono de mando—. La pobre Laia desvariaba, y el monstruo de Montcusí la llevó a un estado en el que perdió la razón por completo. Éste no es vuestro caso, no ofendáis a Dios. El pecado de la desesperación le desagrada más que ningún otro y puede castigaros por ello.

—¿Todavía más? —repuso Martí con sarcasmo—. Ya me ha arrebatado a las dos mujeres que he amado y además me ha privado de mi heredero.

—Quizá porque eran excepcionales y las amó más que vos, al punto que las llamó pronto a su lado.

Martí negó con la cabeza, como si desdeñara ese consuelo teológico.

—No alcanzo a tanto, Eudald... He plantado cara a cualquier hombre y en cualquier circunstancia, vos sois testigo, pero si he de competir con el mismísimo Dios, estoy en desventaja.

—No quiero continuar por este camino que roza lo sacrílego.

—Pues dejémoslo así y decidme cuál es el motivo de vuestra visita, amén de querer que regrese al mundo de los vivos.

El sacerdote se contuvo y tras un largo suspiro habló.

—Debo recordaros el mensaje que os remitió la condesa Almodis cuando os envió sus condolencias. Ahora ella misma me ha pedido que os recuerde que el condado necesita de hombres como vos. Proseguid con los negocios, partid de viaje, engrandeced vuestra flota. El trabajo y vuestra hija serán los únicos bálsamos que os proporcionarán la esperanza que necesitáis para seguir viviendo.

—Veréis, Eudald, el caso es que en mis circunstancias me aterra partir de viaje.

—Si no os explicáis mejor...

—Me espanta dejar a mi hija sola en la casa. A mi regreso parece que siempre me aguarda la tragedia y tendré el alma en vilo cada vez que me llegue una misiva desde Barcelona. Primero fue el suicidio de Laia, acontecido el mismo día de mi regreso a la ciudad; luego llegué junto a mi madre cuando ésta agonizaba. Ruth también se me fue en un sin sentir y vos fuisteis testigo de todo ello: me estremece el solo pensamiento de que, en mi ausencia, le ocurra algo a Marta, que es todo lo que me queda.

—¿Qué queréis que le ocurra?

—Tal vez el Señor se enamore de ella como habéis supuesto.

El religioso arrugó el entrecejo.

—Si pretendéis enojarme, seguid por esa vía. No es de buen cristiano rendirse ante el dolor.

—Perdonad, Eudald, tengo tal amargura dentro de mí que no sé a quién achacar mi duelo.

—Pues no carguéis vuestros temores sobre Dios. Ese Dios al que achacáis todas vuestras desgracias es el mismo que os ha hecho inmensamente rico, que os ha salvado la vida en varias circunstancias y que os ha dado a esta encantadora criatura. Así que dejemos las cosas en su justo lugar.

Las palabras del sacerdote, aquel hombre de pasado guerrero y valeroso, permanecieron en la mente de Martí hasta mucho después de que su buen amigo hubiera partido.

4

Pláticas de corte

La noche caía sobre Barcelona y las sombras iban ganando la partida al día. Por el talante y la forma de caminar se podía distinguir al honrado ciudadano que regresaba presto a su casa tras una dura jornada de trabajo del truhán que, a solas y aprovechando los rincones más oscuros, intentaba ganarse la vida esquilmando faltriqueras, o bien, en cuadrilla, asaltaba a cualquier buen vecino que aún anduviera por la calle a esas horas. Las luces de las ventanas delataban los fuegos que había en cada casa y por su número se podía colegir la calidad de cada domicilio.

Aun cuando las luces del palacio condal se iban apagando, había una que quedaba casi siempre prendida. En el salón privado de la condesa se conversaba hasta altas horas, y los interlocutores eran casi siempre los mismos. Almodis reunía a sus fieles y acostumbraba entonces a confiarles sus cuitas. Lionor y Delfín eran los únicos que conocían todos sus secretos.

—Queridos míos, quiero confiaros algo que me inquieta y que desde hace tiempo turba mi descanso.

—¿Qué es ello, señora? —indagó Lionor—. De puertas afuera dais la imagen de ser la persona más tranquila y segura de este mundo.

—No es oro todo lo que reluce, pero desde mi más tierna infancia me enseñaron a ocultar mis sentimientos y debo deciros que de no haberme acompañado ambos desde Tolosa, nadie, absolutamente nadie —recalcó la condesa—, conocería los secretos de mi alma.

39

—¿Ni vuestro confesor? —Esta vez el que preguntaba era Delfín, que a veces se mostraba celoso del ascendiente que había adquirido el padre Llobet sobre «su» condesa.

—A Eudald le cuento mis pecados y no todos, pero mis inquietudes de condesa de Barcelona me las guardo para mí. Mi confianza en el clero es limitada.

Delfín aprovechó para lanzar una pulla.

—Bien hacéis, casi ninguno es de fiar.

Lionor rompió una lanza en favor del confesor de la condesa.

—Su reverencia Eudald Llobet es el sacerdote más íntegro y cabal que he conocido. Si todos fueran como él, mejor anduviera la Iglesia.

—No os lo niego y debo reconoceros que cuanto más sencillo es el porte de un eclesiástico, mejores acostumbran a ser sus actos. Desconfío por principio de la pompa y de la faramalla del que, debiendo ser humilde, se muestra soberbio y mundano. Tengo más respeto por un simple sacerdote que por un obispo —apostilló Delfín.

—Tú no tienes respeto a nada ni a nadie —intervino Almodis—, pero dejaos ambos de vanas disquisiciones y atendedme. Quiero descargar mis dudas en vosotros antes de acostarme, a ver si consigo que el sueño me visite esta noche.

—Suponiendo que vuestro señor no os visite antes para otros menesteres más perentorios y agradables —apuntó el bufón con una pícara sonrisa.

—Si no te callas, enano impertinente, no seré yo la que vaya a tener mala noche.

—No le hagáis caso, señora —medió Lionor—, es su natural: tiene la cáscara amarga, pero su fondo es bueno.

—Sé bien cómo es, hace demasiado tiempo que lo sufro. Pero dejemos eso, atendedme puesto que lo que os voy a contar no es cosa baladí. Me preocupa mucho y pienso que es una decisión que tal vez en el mañana pueda influir en el buen gobierno de Barcelona.

Ambos servidores se aproximaron cual conspiradores, como si alguien pudiera oír las palabras de la condesa. Ésta comenzó a relatar sus cuitas.

—Mis principios como condesa de Barcelona, como bien sabéis, fueron procelosos y bastante inusuales, pero al fin, tras mi matrimonio, se han ido aclarando las cosas, por lo menos al respecto de la aceptación por parte de las poderosas familias del condado; el tema de la Iglesia me fue más difícil pero finalmente conseguí llevar mi barca a buen puerto, aunque sigo desconfiando de ella. El cielo me ha otorgado la fortuna de dar al conde dos hijos y dos hijas, y sería ello motivo de absoluta alegría si no fuese por su primogénito, Pedro Ramón, habido con la difunta Elisabet, que muestra contra mis gemelos una indisimulada malquerencia y una permanente animosidad... Hasta el punto de que llego a temer por la vida de ellos, si algo me ocurriera.

Lionor, que adoraba a los hijos de la condesa, saltó como una loba furiosa.

—En primer lugar nada os ha de ocurrir y en segundo, nada habrán de temer los niños estando Delfín y yo en el mundo. ¿No opinas igual, Delfín?

El enano calló un instante, luego con voz inusitadamente seria habló de nuevo.

—La condesa ya conoce mi opinión. El peligro para los niños no ha de venir por ahí.

El enano cruzó una mirada breve pero intensa con Almodis y al instante supo que ella había captado el mensaje. Desde el nacimiento de los gemelos, usando sus dotes de augur, había profetizado algo terrible y él sabía que la condesa lo recordaba. Justo en el momento del parto, antes incluso de que supiera que llevaba gemelos en sus entrañas, Delfín había dicho, con la voz tomada por el temor: «Vuestro hijo nacerá y a la vez lo hará con él su Némesis, que encarnará su fatal destino».

Almodis le observó con semblante sombrío.

—Ya conozco tus vaticinios que no me preocupan por el momento; lo que me ocupa, y para lo que os he reunido, es otra cosa, y para ella pido vuestro consejo. —La condesa hizo una pausa para ordenar sus pensamientos y prosiguió—: Sé que nuestras leyes y usos otorgan al primogénito la sucesión del trono condal. Sin embargo, creo que es justo que me ocupe de la herencia de mis vástagos pues, como hijos del conde de Barcelona, algún derecho habrán adquirido. Amén de que creo que cualquier beneficio conseguido por mi mediación les otorga ciertos privilegios; sin embargo, en mi cabeza bulle algo que únicamente puedo confiar a mis leales, pues de llegar a oídos de cualquier persona podría ser malinterpretado e incluso tildado de egoísta.

—Señora, no os comprendo, y creo que Delfín tampoco.

—Un poco de paciencia, que ya voy llegando y es al final cuando demandaré vuestro consejo. Prosigo: no sé todavía qué luces adornarán a mis gemelos, que ahora tienen casi diez años, pero lo que conozco con absoluta certeza es la parte oscura del carácter de Pedro Ramón. Ignoro la forma y no sé si la hay, pero decidme, ¿creéis por un casual que semejante personaje está capacitado para gobernar el condado de Barcelona y tal vez los de Gerona y Osona sin llevarlos al desastre? ¿Acaso no sería una acción meritoria apartarlo de la herencia de su padre por mejor cautelar el porvenir de miles de súbditos abocados a la miseria, caso de que llegara a gobernar?

Lionor y Delfín intercambiaron una mirada. Luego el enano habló:

—Señora, ignoro cuáles son los medios para llevar a cabo vuestra idea, pero de ser posible, la historia dará la espalda al cómo y juzgará los resultados. Si podéis apartar del gobierno a semejante víbora, aunque quebréis la línea sucesoria, las generaciones futuras os bendecirán.

—Sobre todo si fuera Ramón el que subiera al trono —afirmó Lionor—. Debo admitir que a Berenguer no le adornan tantas virtudes. Aunque son todavía pequeños, creed que soy la persona que tal vez mejor los conoce. No olvidéis que, debido a vuestras muchas ocupaciones, han quedado a mi cargo muy a menudo.

—Bien, os ruego guardéis en riguroso secreto lo que os he confiado —dijo Almodis, súbitamente nerviosa—. En palacio las paredes oyen y el viento trae y lleva noticias. No sería conveniente que mis cuitas llegaran a oídos inoportunos y que materia tan delicada se manejara a la ligera cual comadreo de mercado.

Lionor, mirando a uno y otro lado como si temiera que tras algún cortinaje se ocultara alguien, añadió:

—Ama, andamos los tres remando en la misma galera. Si vos os despeñáis, todos vamos al abismo. Por la cuenta que me trae, contad con la discreción de esta vuestra servidora. En cuanto a éste —señaló a Delfín—, mejor sería que cortarais su lengua viperina que tan dada es al parloteo insulso y que goza de buscar auditorio para sus pláticas entre los criados de las cocinas, los palafreneros y mozos de las cuadras.

El enano saltó como un áspid:

—Señora, creo que el climaterio os afecta en demasía. No es mi culpa que hayáis llegado a él sin todavía catar varón.

Y, dando la espalda a ambas damas, salió del saloncillo sin despedirse.

5

Ramón Berenguer I

amón Berenguer I, conde de Barcelona, estaba en el apogeo de su poder. Por la inteligente acción de su abuela Ermesenda, que tuteló con mano de hierro su niñez y su adolescencia, había restablecido su *auctoritas* aunque no su *potestas* sobre el resto de los condados orientales de la antigua marca carolingia y con ello se daba por muy satisfecho. El terrible poder sarraceno, temido desde los tiempos de Almanzor, había sido quebrantado y ahora eran los reinos de Tortosa y de Lérida los que pagaban parias a sus arcas. Sus condados de Barcelona, Gerona y Osona gozaban de preeminencia en todo el territorio y sus súbditos le adoraban, aunque, justo era reconocerlo, con menor intensidad que a su esposa, Almodis de la Marca. Su mente retrocedió en el tiempo y rememoró su viaje a Tolosa. Lo que comenzó con aquella entrega apasionada que le hizo conocer las cimas del placer y que le llevó a fingir su rapto para traerla a Barcelona, desoyendo los consejos de su abuela, había derivado en un amor profundo, cuyo fruto eran dos hembras y dos varones y que además, de un modo impensado, le había proporcionado una fiel y ambiciosa compañera para sus afanes, una mujer que atendía a sus obligaciones y una aliada en los asuntos del gobierno de capacidades tan interesantes como sorprendentes.

Sin embargo, una nube negra y espesa aparecía en su horizonte. Lo que en principio creyó como una lógica reacción de su primogénito Pedro Ramón, hijo de la difunta condesa Elisabet, en contra de su nueva esposa, se había convertido con el paso del tiempo en un enfrentamiento total con su madrastra que hacía irreconciliables sus intereses. Y lo que comenzaron siendo escaramuzas sin importancia se habían tornado, con los años, en situaciones tensas y desagradables que minaban su propia autoridad.

El conde había hablado de ello con su esposa en infinidad de ocasiones, en la intimidad de la alcoba condal; siempre le aconsejó que tuviera paciencia, pues el príncipe era joven e impetuoso y el tiempo habría de moderar sus ardores. Sin embargo, lo que le encrespaba era que su esposa se mostraba intransigente y entraba en la liza argumentando ofensas y faltas de respeto que ella magnificaba, negándose en redondo a ser clemente y comprensiva con el primogénito. Las cosas habían llegado a tal punto que en palacio se habían definido claramente dos facciones enfrentadas.

Él era el fiel de la balanza, daba razón a una y a otro alternativamente, según su leal y justo entender: una actitud que, sin embargo, le procuraba no pocos disgustos. Muchas noches empezaban con una ruidosa discusión conyugal que propiciaba el abandono del tálamo por parte de Almodis, que optaba, enojada, por irse a dormir al gabinete de al lado; un estado de cosas que se prolongaba hasta el día siguiente o incluso durante una semana entera, aunque de por medio se celebrara un banquete importante o un acto público.

Ramón Berenguer había llegado a una conclusión: no había mejor medicina para su problema que dar a su esposa cuantos trabajos y quehaceres surgieran, cuantos más mejor. Tenerla plenamente ocupada era un remedio infalible para sus cuitas. Por lo que refería al primogénito, lo oportuno era dejarle con su afición a las mujeres y al juego, cosa por otra parte propia de hombres e inofensiva: así se distraía de los asuntos de palacio, que eran el mayor punto de fricción con la condesa.

Por eso, aquella noche el conde escuchó complacido la propuesta de su esposa, quien se mostró muy interesada en participar en la redacción de los *Usatges*: hacía ya tiempo que una comisión de jueces, notarios y personalidades importantes estaba llevando a cabo la tarea de recopilación de los usos y costumbres de su pueblo para enmarcarlos en un código general. A él aquella labor le importunaba sobremanera, y le placía mucho más estar en las cuadras con su menescal o albéitar, ocupándose de aquellos cien caballos de guerra normandos que había comprado dos meses atrás. La doma y preparación de aquellos inmensos y poderosos animales, que una vez adiestrados habrían de formar un imbatible escudo que sería la avanzada de su ejército, le era infinitamente más grata que presidir las interminables sesiones y terciar en las sutiles discusiones de los leguleyos para impedir o sancionar una decisión. Almodis lo sabía y había oído varias veces las quejas de su esposo, a quien aburrían sobremanera las largas peroratas de los jueces, así que con la mejor de sus sonrisas se había ofrecido a ocupar su lugar en aquellas reuniones interminables, como él las llamaba, aduciendo que «era imprescindible que algún miembro de la casa condal se hallara presente en dichas reuniones para asegurarse de lo que en ellas se comentaba… y vos, querido esposo, estáis en ellas presente sólo en cuerpo, pues vuestro espíritu, no lo neguéis, está bien lejos de lo que allí se habla».

Ramón Berenguer pensó que se trataba de una maravillosa ocasión para tener a su esposa ocupada, impedir que se metiera en nuevas polémicas que obstaculizaran la paz del hogar y el desarrollo de su actividad marital, todavía fecunda, amén de librarle de una tarea que, aunque necesaria, le parecía tremendamente densa. Mientras besaba los labios de su esposa, que le recibieron como siempre, ávidos y ardientes, Ramón Berenguer se repitió por enésima vez que el destino no podía haberle proporcionado compañera mejor ni más adecuada a sus afanes.

6

Pedro Ramón

l odio del primogénito del conde Ramón Berenguer I hacia la condesa Almodis era legendario. Pedro Ramón tenía un sinfín de razones para detestar a su madrastra: algunas con fundamento y otras más bien fruto de su hosco talante y de su retorcida imaginación, que por todas partes veía ofensas, falsos agravios, injusticias y afanes de postergarlo en sus derechos sucesorios, por favorecer a sus hermanastros, los gemelos nacidos de la unión de su padre con aquella ramera impostora que había conseguido llevarlo al altar pero que durante años no fue más que su concubina. Sus otras dos hermanastras nacidas posteriormente, Inés y Sancha, poco o nada le importaban; serían, con el tiempo, moneda de cambio para sellar alianzas con otras familias y de seguro que no interferirían en sus legítimas aspiraciones.

Las estancias de Pedro Ramón se ubicaban en el segundo piso del palacio condal y desde sus ventanales, que daban al patio interior, se divisaban tanto las cuadras de palacio como el jardín de rosas de su odiada enemiga.

El golpeo en la puerta de su ayuda de cámara le sacó de sus cavilaciones.

—Pasa, Lluc.

Su voz desabrida y destemplada dio venia a su sirviente para que entrara en sus aposentos.

—Dime qué es lo que te lleva a interrumpirme.

El anciano servidor, que conocía el huraño carácter de su amo, permaneció en el quicio de la puerta y desde allí se explicó.

—El caballero Marçal de Sant Jaume, que dice haber sido citado, pide audiencia.

—Hazlo pasar de inmediato y notifica a quien corresponda que esta tarde no atenderé a nadie más. Tus costillas me responderán si alguien nos interrumpe.

El viejo doméstico, acostumbrado a sus modales, se retiró. Poco después llamaba a su puerta un caballero que en otra época había sido incondicional absoluto del viejo conde y había llegado a ocupar cargos relevantes en la corte, pero que el tiempo había convertido en un devoto adepto a su primogénito.

—¿Dais la venia, señor?

—Adelante, mi fiel Marçal.

El recién llegado se adentró en el salón. Vestía afectadamente, con túnica recamada y ricos adornos arábigos, y calzaba babuchas.

—Siempre he admirado vuestro gusto y ese talante que hace que os salgáis de las normas de vestir de nuestros estados sin llegar a transgredirlas.

Tras una ampulosa reverencia para cumplir con el protocolario besamanos, el hombre alzó la cerviz y respondió con una voz ronca que le caracterizaba:

—Mi señor, lo queramos o no, el entorno nos afecta, y no olvidéis que tuve mucho tiempo, casi dos años, para mi mal, para amoldarme a las costumbres de la morisma.

Pedro Ramón no ignoraba la aventura, o mejor dicho la desventura del caballero Marçal de Sant Jaume, y también conocía su costumbre de vestir y vivir según los gustos, más refinados, de los agarenos. Cuando Ramón Berenguer se sintió burlado por la inasistencia de las huestes de al-Mutamid de Sevilla al cerco de Murcia, forzó, con el primer ministro del rey sevillano Abenamar, un intercambio de rehenes, ofreciendo a cambio del hijo del monarca, Rashid, a un influyente caballero de su séquito que se había ganado la animadversión de la condesa Almodis. Éste no fue otro que Marçal de Sant Jaume. En esa situación, no del todo desventurada, pasó dos años en la corte del sevillano: de ahí su costumbre de vestir y vivir según el estilo de los árabes y su afición al ajedrez.

—Mi buen Marçal, a ésta y a otras muchas cosas quería referirme al citaros hoy, y de ello hemos de hablar largo y tendido. Pero mejor acomodémonos en mi gabinete, que allí podremos platicar con más tranquilidad.

Ambos hombres se adelantaron y, tras los cumplidos de rigor, se colocaron junto a la mesa de la estancia que hacía las veces de lugar de trabajo del heredero.

El de Sant Jaume comenzó el diálogo.

—Y bien, señor, me habéis hecho llamar y he acudido presto como siempre.

—Siempre lo habéis hecho, os recuerdo desde niño convocado por mi padre al punto que vuestra presencia en esta casa era tan habitual como la del senescal, la del veguer o la de los jueces.

—Eran otros tiempos, mi joven señor. Vos sabéis mejor que nadie que quien no es bienquisto o no cae en gracia a la condesa tiene difícil medrar en la corte, y donde digo medrar quiero decir servir. Quien se muestra demasiado fiel a vuestro padre, de una forma sutil es apartado y relegado a un círculo exterior, donde poco a poco cae en el olvido pese a haber rendido grandes servicios a la Casa.

—Bien me viene oíros hablar así, pues lo que tengo que tratar con vos mucho tiene que ver con la situación de la que os doléis.

—Soy un atento oyente y no he de deciros que cuanto se diga aquí, aquí quedará —aseguró el caballero.

—Veréis, mi buen Marçal, las cosas en palacio se están poniendo muy difíciles, como bien habéis dicho, para todas aquellas personas que no son del agrado de la condesa o que no se pliegan a sus fines.

—Os sigo atentamente.

—El primer perjudicado por esta situación soy yo mismo —afirmó Pedro Ramón—, pues intuyo sus planes.

—Perdonadme, señor, pero soy muy lerdo y no alcanzo a comprenderos. ¿A qué planes os referís?

—A los que afectan a la persona del heredero que indefectiblemente soy yo, pese a quien pese.

—¡Eso es una obviedad! —exclamó Marçal, sorprendido por las palabras de su señor—. Sois el primogénito del conde, cuya

49

vida guarde Dios muchos años, y eso lo sabe hasta el último de los súbditos de Su Alteza.

—Pues eso que para vos, y como bien decís incluso para el último súbdito, es obvio e incontestable, se me quiere arrebatar utilizando para ello medios torticeros, como son la calumnia y la influencia que tiene en la cama la mujer que calienta el tálamo de mi padre —afirmó Pedro Ramón con gesto sombrío.

—No he de deciros que creía a la condesa capaz de muchas felonías, como la que padecí en mis propias carnes, pero me cuesta creer que tenga la osadía de pretender cambiar el orden dinástico.

—Pues haréis mal —le atajó Pedro Ramón—: sabed que ha conseguido meterse en las reuniones de redacción de los *Usatges* para ganarse la confianza de los hombres de leyes y está lisonjeando a todas aquellas personas que pueden ayudarla a conseguir sus fines, bien con su influencia directa sobre el conde o bien porque les interese su favor.

—¿Insinuáis que pretende ganar voluntades? —inquirió el caballero de Sant Jaume.

—No insinúo, afirmo, mi querido amigo. Estoy bien informado y a los hechos me remito. Ni siquiera la condesa puede guardar sus planes en secreto en este palacio… aunque éstos sean a largo plazo.

—Si no os explicáis con mayor claridad, no acierto a interpretaros.

—Es muy sencillo. Cuando necesitó de vos para convertiros en rehén de al-Mutamid de Sevilla e intercambiaros con su hijo Rashid, ¿qué es lo que hizo? Yo os lo diré: se ganó la voluntad del senescal Gualbert Amat y del notario mayor Guillem de Valderribes. ¿Qué es lo que intenta ahora? Hacerse con la anuencia de los jueces legisladores, Ponç Bonfill, Eusebi Vidiella y Frederic Fortuny.

—¿Con qué finalidad, señor?

—Estoy seguro de que de algún modo pretende cambiar las leyes sucesorias de manera que la corona caiga sobre las sienes de su hijito predilecto, que no es otro que Ramón —finalizó Pedro Ramón con un deje amargo en la voz.

—Me cuesta creer que lo intente, pero más me cuesta creer que lo consiga. La ley es la ley y nadie puede jugar a su antojo con ella.

—Yo no estaría tan seguro. Las leyes nacen de la costumbre, y tocando las oportunas teclas las gentes se acomodan rápidamente a los cambios, sobre todo si dichos cambios están oportunamente remunerados en canonjías o en especies que en la corte se traducen en influencias o ascensos. ¿No os he dicho que junto a los jueces Ponç Bonfill, Eusebi Vidiella y Frederic Fortuny, y con la aquiescencia de mi padre, un pobre títere en manos de la condesa, está promocionando la recopilación de todas las leyes actuales y añadiendo otras que conformarán el código de los *Usatges* que en el futuro regirá la vida de los barceloneses?

—¿Y qué pretende hacer con vuestra persona, ya que vos no os diluiréis en el aire cual espectro?

—Confinarme en un rincón en las montañas y que me conforme con las migajas de un condado perdido donde a nadie moleste, como a un can al que se le da un hueso.

—Pero caso de que así fuere, ¿qué diría Berenguer, el otro gemelo?

—Imagino que nada grato, pero eso a ella nada le importa: proyecta a largo plazo, ya hallará el medio para contentarlo. Es una mujer artera y tiene mucho tiempo por delante. No olvidéis que mis hermanastros son aún muy jóvenes.

—¿Y qué pretendéis, señor? —inquirió Marçal.

—Seguir su ejemplo y formar mi partido: no quiero que el fragor de la batalla me pille a contrapié, con el paso cambiado y mirando al lucero del alba.

—¿Cuál es mi papel, señor?

—Os lo diré. En primer lugar os acercaréis a los jueces proclives a mi padre; dos de los tres lo son y entiendo que el sentido de la justicia deberá presidir sus actos; luego vais a ir reuniendo a todos aquellos que tuvieron que soportar ofensas de la condesa o que hayan recibido agravios de la misma. No os será difícil, la corte está llena de ellos. A todos les hablaréis de mí y les prometeréis que si me asisten yo seré el campeón de sus reivindicaciones.

Y cuando estalle la guerra, que me temo va a ser inevitable, quien me ayude será recompensado.

—¿Me autorizáis a hablar en vuestro nombre?

—Hacedlo sin reparo. Os sorprenderá la cantidad de súbditos de mi padre que en una u otra ocasión sufrieron agravios, fueron desposeídos de sus derechos o privados de prebendas obtenidas por los servicios prestados. Vos mismo sois ejemplo de ello.

—¿Qué clase de ayuda necesitáis?

—Influencias y dinero, ambas cosas son importantes. Tanto me interesa el apoyo de una noble familia como los dineros de un cualquiera sin nombre que me ayuden a engrasar los polipastos de la catapulta. Los unos me darán prestigio y afirmarán mi posición; los otros, los medios para lograr mis fines y aunque de los segundos no presumiré, me serán útiles para forzar voluntades. Sabéis mejor que nadie que el oro mueve montañas.

—Me pondré al punto a la tarea, sabed que en mí tendréis al más rendido y fiel de los vasallos —prometió el caballero en tono solemne.

—Nunca lo he dudado, Marçal, y vos junto a mi reconocimiento, tendréis al más complaciente de los señores. Sabed que ahora y siempre tendréis paso franco en palacio.

7

El mensajero

l mensajero estaba en pie, cubierto de polvo hasta las cejas, con el cartucho de cuero que llevaba en bandolera abierto entre las manos a la espera de que aquel hombre de extraño aspecto que, sentado a la mesa, leía con fruición el pergamino del que había sido portador, concluyera la lectura. Había viajado sin descanso, galopando día y noche y cambiando postas, desde la antigua Egara hasta Perpiñán, la capital del Rosellón, y reventando no menos de tres cabalgaduras, a sabiendas de que la misión que le había sido encomendada era urgente y que la vida del que le enviaba estaba llegando a sus últimos momentos.

El hombre dejó el pergamino sobre la mesa y la vitela se enrolló rápidamente volviendo a su forma natural.

—¿Tan grave está? —inquirió el extraño caballero.

Al elevar su rostro, el mensajero observó, a la luz de las velas, el parche que cubría parte de su rostro. La visión era desagradable y apartó los ojos sin poder evitarlo antes de responder:

—Yo no lo he visto, señor, pero por la urgencia que me encomendó maese Brufau, creo que al amo le queda poco tiempo.

—Está bien, ahora os darán de comer y luego os proporcionarán un buen jergón en el que vuestros maltratados huesos podrán descansar. Yo partiré de inmediato, y si no llego a tiempo no será por falta de diligencia. Si alguna deuda tengo contraída en este mundo, es con Bernat Montcusí.

El extraño individuo alcanzó una campanilla que estaba sobre la mesa del gabinete y la hizo sonar. Apenas cesado su tintineo apareció en el quicio de la puerta la cabeza calva de un sirviente.

—Atiende a este hombre, dale de comer y de beber y proporciónale alojamiento. Baja luego a las cuadras y ordena que preparen mi mejor caballo. Partiré en cuanto esté todo a punto.

Tras dar estas órdenes y despedir al mensajero, el extraño individuo volvió a leer el pergamino y al finalizar, cruzando los dedos de ambas manos y siguiendo una vieja costumbre, hizo crujir sus nudillos, señal inequívoca de que se disponía a concentrarse y a evocar sus recuerdos.

El ser humano puede subsistir alimentado por dos pasiones, el amor o el odio. A él le habían arrebatado a su padre y, de no ser por sus ansias de venganza, su vida habría carecido de sentido. Desde muy niño la imagen del que fue su padre siempre estuvo presente hasta que aquellos dos malditos se lo arrebataron. De haber podido disponer libremente de su vida hubiera actuado hace tiempo, pero perteneciendo a la Orden, nada podía hacer sin su conocimiento y autorización: éste era el mensaje que su albino progenitor había grabado a fuego en su corazón. «Todo cuanto hagas en la vida, Luciano —le dijo—, habrá de ser en provecho del Supremo Guía y nada harás sin su conocimiento, aprovechamiento y permiso: el beneficio te vendrá por la Orden; sin ella no existes.»

Cuando tuvo conocimiento del trágico final de su padre, envió un mensaje a Tebas, demandando venia para actuar por su cuenta, pero le fue denegada y la respuesta que recibió fue concreta: «Aquello que hagamos contra nuestros enemigos ha de redundar siempre en una mayor grandeza de nuestra sociedad». La Orden siempre obtenía beneficios materiales de sus actos, los cuales eran entregados al Supremo Guía. Cada vez más, el oro engrasaba los resortes de su actividad. Por eso, cada acción se emprendía fundamentalmente por ese motivo; las aspiraciones personales de sus fieles acólitos estaban subordinadas a él. Pertenecía a aquel grupo por ser hijo de quien era. Lo habían educado, aleccionado y preparado para servir a la grandeza de la poderosa hermandad, no para actuar por su cuenta.

Ahora el pergamino que yacía sobre su mesa le abría la oportunidad de aunar los intereses de la Orden con los suyos propios; posiblemente aquel moribundo que tan bien conocía proporcionaría suficiente beneficio a sus señores como para que le dieran la ansiada venia y de esta manera podría llevar a cabo su venganza.

Luciano Santángel tomó una pluma de ave del cajón de su mesa y con una navaja afiló su punta; desplegó después una vitela y mojando el improvisado cálamo en un tinterillo se dispuso a escribir. La misiva que partiría para Tebas debía ser detallada y persuasiva, alegando que iniciaba aquel negocio porque sin duda la Orden obtendría un gran beneficio; una vez finalizado el escrito lo repasó tres veces, esparció luego los polvos secantes sobre la negra tinta, y después de enrollar el pergamino y lacrarlo con su sello, lo introdujo en un tubo de cuero e hizo sonar la campanilla a fin de que acudiera su secretario. Mientras aguardaba, tomó una decisión: no podía arriesgarse a que el contenido de la misiva fuera malinterpretado… No, ése era un mensaje que debía entregar en persona, aunque hacerlo retrasara de momento sus planes. Recordó que la venganza es un plato que se sirve frío y sonrió. Acudiría a la cabecera del lecho del moribundo, y luego iría hasta Tebas a exponer su caso si con ello se aseguraba de que aquel poderoso naviero llamado Martí Barbany y su amigo, el entrometido sacerdote, sufrían una agonía lenta y dolorosa.

8

El futuro

esde lo alto del torreón, Martí Barbany observaba la ciudad a sus pies. La bóveda celeste tachonada de estrellas lo abarcaba todo; sin embargo, era consciente de que lo que veían sus ojos tendría otra perspectiva si su impronta, su espíritu comercial y su iniciativa no hubieran aportado al condado aquel aceite oscuro que, transformado en puntos de luz, moteaba de luciérnagas las moles oscuras de las construcciones de la ciudad, dejando adivinar el perfil de las murallas y de todo lo que se hallaba en su interior: plazas, calles, mansiones y sobre todo las erguidas espadañas de los campanarios de las abundantes iglesias barcelonesas, la catedral, Sant Jaume, Sant Miquel y la de los Sants Just i Pastor. Martí fue dando lentamente la vuelta al torreón; a medida que avanzaba fue apareciendo ante sus ojos el paisaje que tan bien conocía: al fondo el reflejo negriazul del mar donde se abrían los caminos que iban surcando sus naves; luego lentamente las puertas de Regomir, del Castellvell, del Castellnou y del Bisbe; el palacio condal y la catedral. Hacia el nordeste se hallaba el *Call*, y tras la muralla del mismo lado pequeñas luces que se movían como fuegos fatuos y que le marcaban el camino de la Boquería y el de Montjuïc; cerca de la playa reverberaba el agua de la riera del Cagalell, y en el lado opuesto el *raval* de Vilanova de la Mar; más arriba Sant Cugat del Rec y la vía Francisca; por el norte el Palacio Menor y el Cogoll. Su pensamiento, en un tránsito fugaz, rememoró su historia: su llegada a la ciudad apenas cumplidos los diecinueve años portando como todo equipaje un anillo y un pergamino, un bagaje que había cambiado su vida; la presencia de Eudald Llobet, el sacerdote que había sido compañero de armas de su progenitor y desde el primer momento su padrino y protector. Recordaba Martí los primeros tiempos y cómo, sin esperarlo, se hizo cargo de la pequeña herencia de su padre que fue el fundamento de su fortuna; de repente acudió a él la imagen de Laia, su primer y trágico amor, y tras ella, la de su pérfido tutor Bernat Montcusí. Luego, siguiendo el hilo de su remembranza, apareció Baruj Benvenist, su suegro, el pequeño y sabio judío injustamente ejecutado por culpa de las intrigas de Montcusí, y que tanto le había enseñado en sus negocios; ahora tenía tierras, molinos, caravanas y, sobre todo, una flota que con el gallardete con la M y la B enlazadas en azul sobre fondo amarillo recorría todas las rutas de los mares conocidos. Todo cuanto tenía lo hubiera dado gustoso a cambio de un solo día más de la vida de Ruth...

Con la vista puesta en la ciudad, se dijo que Eudald tenía razón. La pequeña Marta no podía pagar su ira contenida y sumar a la falta de madre el abandono y desatención de su padre; muy al contrario debía concentrar todo su amor en aquella maravillosa criatura y hacer que su niñez fuera una fiesta. Al fin y a la postre no iba a tener más hijos y la única heredera de aquella inmensa fortuna iba a ser ella. Y había algo más: aquella ciudad, que tanto le había dado, también merecía que él siguiera engrandeciéndola con sus negocios. Barcelona estaba llamada a ser uno de los más importantes emporios del Mediterráneo, y él ansiaba contribuir a esa gloria.

Conducido por el fluir de su pensamiento abandonó el torreón y por la escalera de caracol descendió a su gabinete; de su mesa tomó un candil y se dirigió al dormitorio de la niña. En la inmensidad del adoselado lecho la observó detenidamente: semejaba un pequeño querubín arrebujado entre las frazadas y apretando contra su pecho su muñeco preferido, hecho por Ahmed, cuyos ojos eran dos botones de nácar, con el cuerpecillo gastado por el uso y uno de los brazos medio arrancado. Martí alzó la mirada hacia los anaqueles y observó la inmensa cantidad de muñecos que él y sus capitanes le habían ido trayendo de sus viajes desde los más lejanos puntos del mundo conocido. El más insignificante de todos ellos era infinitamente superior al que abrazaba la niña; sin embargo cada noche, invariablemente, escogía el mismo. La imagen le avanzó el futuro que le aguardaba. Iba a dedicar su vida a aquella criatura dándole lo mejor de sus días sabiendo que, por ley de vida, llegado el momento, se haría a un lado y cedería el paso, como compañero de viaje de su hija, a un ilustre desconocido. Se vio a sí mismo, de eso hacía ya muchos años, en un repecho del camino, jinete en su ruano cuatralbo, medio vuelto en la silla de su cabalgadura agitando su mano con un desvaído gesto de adiós en tanto que Emma, su madre, enjugaba sus lágrimas con el borde de su delantal.

Martí se acercó al lecho y, agachándose, depositó un beso sobre la frente de la niña; después volvió sobre sus pasos y se dirigió a la puerta, la abrió con sumo cuidado curando de que el ruido de los goznes no la despertara y la volvió a cerrar; luego salió al pasillo. Los hachones de la pared continuaban prendidos. Se dirigió de nuevo a su gabinete. La noche iba a ser larga.

SEGUNDA PARTE

Los DESEOS *de los* HOMBRES

9

Marta

e lo prometiste y nunca tienes tiempo.

La que así se quejaba era Marta, que a sus diez años reclamaba a Ahmed su promesa de enseñarle a manejar la honda, y su voz sonó con fuerza en la tranquilidad que solía presidir la casa de los Barbany.

Lo cierto era que no podía decirse que la casa de Martí Barbany fuera un lugar alegre. En los años que habían seguido a la muerte de Ruth, un espeso silencio se enseñoreó de la mansión y un manto de desolación lo cubrió todo, de manera que hasta las cosas más simples se despachaban en susurros. Todo era un ir y venir en sordina para no interrumpir la doliente actitud del señor. Poco a poco, sin embargo, la tristeza fue remitiendo, gracias sobre todo a la presencia de Marta. Pero ni siquiera la niña había conseguido borrar del todo el dolor que a ratos demudaba el semblante del señor de la casa. Había días en que Martí Barbany volvía a sumirse en los recuerdos, y entonces el silencio y los andares de puntillas dominaban de nuevo la gran casa familiar, contagiando a todos sus moradores. En esos años, Marta se había convertido, además de en el consuelo de su padre, en el juguete de toda la casa de Martí Barbany. Había heredado de su madre la belleza serena, el tono miel de sus ojos y una boca siempre sonriente, pero sobre todo su espíritu alegre, aquella rara facultad de ganarse a todo el que la conociera. De su padre había sacado el genio vivo ante la injusticia, la facultad de mandar con la mirada, un gesto decidido y el inconfundible hoyuelo de su barbilla que había distinguido durante generaciones a la estirpe de los Barbany. Ni que decir tiene que desde los capitanes de los barcos de su padre, pasando por criados, amas y servidores de la casa, todos la adoraban, pero tres eran sus pasiones: los hermanos Ahmed y Amina, hijos de Omar y Naima, el matrimonio de libertos, y Eudald Llobet, el inmenso clérigo amigo de su padre, al que consideraba su padrino y al que confiaba sus cuitas cuando las consideraba de un nivel que excedía los conocimientos de Amina. Por contra, sus enemigas declaradas eran dos: doña Caterina, la vieja ama de llaves que se había constituido en su guardiana, y Mariona, la cocinera, con la que siempre pugnaba cuando quería conseguir de las cocinas algo que ella y Amina necesitaban para sus juegos. A Amancia, que la había alimentado de sus pechos, la quería mucho aunque la viera poco: bastante tenía la mujer con haber criado a ocho hijos, ya que su hombre, que era contramaestre de uno de los navíos de su padre, la preñaba cada vez que tocaba tierra. Pero su referencia era Ahmed, el hermano de su amiga; aunque era consciente de que desde la altura de sus veintidós años, las veía como un par de niñas pequeñas, algún anochecer de verano cedía a sus ruegos y les contaba historias que sucedían allende los muros de su casa, abriéndoles los ojos a un mundo al que ambas ansiaban pertenecer. Ahmed había participado en varios periplos y ambas podían escucharlo embobadas hasta que la voz del ama de llaves las conminaba a entrar en la casa, cosa que hacían a destiempo y enfurruñadas. Aunque, a decir verdad, en los últimos tiempos Ahmed había cambiado: se mostraba más embobado, y cuando recurrían a él para algo, las mandaba a tomar viento con cajas destempladas, o les daba largas, como hacía ahora con el tema de la honda. Ahmed había aprendido desde muy niño el manejo de aquel artilugio, aleccionado por un calafate mallorquín —descendiente tal vez de alguno de aquellos esforzados honderos que atravesaron los Alpes con Aníbal, poniendo en un brete al poderoso imperio de Roma—, que trabajaba en las atarazanas de Martí Barbany. Gracias a sus lecciones y tras mucho practicar, había llegado a adquirir una puntería envidiable.

—¡Marta tiene razón! —intervino Amina—. ¡No sé qué te pasa últimamente! Eres un bellaco sin palabra. Yo estaba cuando se lo dijiste en la bodega el último día que vino a cenar el padre Llobet.

Ahmed se revolvió contra su hermana.

—Solamente faltas tú, Amina, para meterte a redentora. Vosotras tenéis todo el día para jugar, y es un juego más el querer manejar la honda, como la pinola o las comiditas, pero yo no paro un instante y tengo que robarle tiempo al tiempo para llegar a todo. Además, he de fabricar una honda pequeña, porque para voltear una de las mías a vos, Marta, os falta crecer una cuarta. ¡Y desde luego con esas sayas y esos escarpines difícil será que mantengáis la posición!

—Eso son excusas, Ahmed —afirmó Marta con una autoridad impropia de su corta edad. Dulcificó el tono con una sonrisa—. Dime cuándo y yo estaré dispuesta.

Ahmed negó con la cabeza… No estaba de humor para esos juegos de niñas.

—Lo siento, pero cuando os levantéis de la siesta ya he de estar en el astillero.

Marta soltó un bufido de exasperación.

—No te preocupes: el día que me digas no habrá siesta. ¿Dónde quieres que esté?

Ahmed la observó, sin poder evitar que el empeño de aquella chiquilla le hiciera gracia. Cualquier cosa que dijera Marta debía tenerse en cuenta, por imposible que pareciera.

—Está bien —cedió el joven por fin—. Pasado mañana, cuando suene la campana del primer rezo de la tarde, os aguardaré en el huerto detrás de la bodega.

Marta esbozó una franca sonrisa.

—Allí estaremos, ¿no es verdad, Amina?

La aludida, que a pesar de ser seis años mayor que su joven ama confiaba a ciegas en su palabra, asintió sin dudar.

Dos tardes después, a la hora de costumbre, doña Caterina, el ama de llaves, ajustaba los postigones del cuarto de Marta a la hora de la siesta.

—Que descanséis, os despertaré con tiempo suficiente. Hoy tenéis clase de letras y latín con vuestro padrino y ya sabéis que no le agrada esperar.

Marta contestó con los ojos cerrados:

—Retiraos ya, doña Caterina, esta noche he dormido muy mal y tengo mucho sueño.

La mujer, algo sorprendida, ya que Marta detestaba las siestas, respondió mientras se dirigía a la puerta de la estancia:

—Pues aprovechad y descansad ahora un rato.

Marta aguardó atenta a que los pasos se alejaran. Cuando tuvo la certeza de que la mujer había comenzado a bajar la escalera, se dispuso a poner en práctica su plan.

Cuidando hasta el crujir de las maderas, se alzó de su lecho y se dirigió al gran armario que ocupaba casi un lienzo de la pared; abrió la puerta y, del fondo del mismo, comenzó a extraer ocultas y secretas pertenencias que se había agenciado en los dos últimos días. Una pequeña camisa ajustada y unas calzas que habían pertenecido a un zagal que cuidaba del ganado de su padre y que cada mañana acudía a la casa con huevos frescos y leche en un carro tirado por un jumento. El muchacho, que era flaco y desmedrado, había accedido a venderle aquellas prendas por un maravedí y los restos de una tarta de almendras que ella había hurtado de la despensa. Una porción que, como dijo a Mariona cuando la echó en falta, se la había dado a un mendigo hambriento que se había acercado a la puerta. Así que, en realidad, no había mentido en absoluto.

Ya con el tesoro en sus manos, Marta procedió con diligencia. Se despojó de la camisa de dormir, y remetiendo su refajo por las calzas se las colocó, sujetando a sus pantorrillas las cuerdas que remataban las perneras; luego se puso la camisa, dejando que los faldones le cubrieran la parte posterior del gastado pantalón, que se ciñó a la cintura con una guita, y se calzó unas alpargatas que se sujetaban a los tobillos mediante unas cintas. Tras cubrir sus cabellos con una gorra vieja, se dispuso a cumplir la segunda parte de su plan.

Con mucho tiento abrió la puerta de su dormitorio y asomando la cabeza observó a un lado y a otro si el paso estaba franco. Cuando comprobó que así era, se encaminó hacia el extremo del pasillo opuesto a la gran escalera. El trayecto era el único que le permitiría acceder al huerto de detrás de las cocinas sin pasar por las mismas, donde habría riesgo de que la descubrieran. Al fondo se abría un ventanal que daba a una terraza exterior a la altura del primer piso, en la que las criadas tendían la ropa por la mañana, pues el sol, a aquella hora temprana, daba de firme. Sin dudar un instante, la muchacha la abrió y deslizó su esbelta figura a través de la misma hasta que su pie derecho se apoyó con firmeza en el balaustre de la solana. Luego, ya en el exterior y tras comprobar que nadie la observaba, se deslizó hasta la esquina de la terraza más alejada; se subió a horcajadas sobre la baranda y pasó la pierna al otro lado de la misma, deslizándose lentamente hasta el rincón desde donde bajaba un canalón de agua que desembocaba en la parte anterior del huerto. Marta se agarró a él con manos y pies y lentamente fue descendiendo hasta que llegó abajo. Cumplida su hazaña y luego de sacudirse el polvo de sus doloridas manos, se dirigió al encuentro de sus amigos.

Ya desde primera hora de la mañana, como no dudaba de que su ama acudiría a la cita, Ahmed se había dedicado a fabricar una honda a la medida de Marta. Calculó su altura, cortó una cuerda de la longitud y el grosor deseado, colocó una pieza de cuero en el centro de la misma en forma de cuenco, hizo una gaza en uno de sus extremos y con una tea encendida quemó el otro ungiéndolo con una pasta de su invención que soldaba sus fibras. Luego se dedicó a probar la efectividad de su invento. Por la tarde, seguido por Amina, se dirigió al fondo del huerto y preparó los oportunos blancos a fin de ensayar los tiros. Clavó al lado de la tapia unos palos y en su extremo libre colocó, en posición invertida, varias ollas viejas de barro, condenadas al desuso por sus grietas o falta de asas; al final colocó un caldero de cobre agujereado.

Estaban en ello ambos hermanos cuando por el fondo del caminito que desembocaba en la casa apareció la imagen de un arrapiezo cuyo aspecto desastrado no concordaba en absoluto con el entorno. La primera en darse cuenta de quién era el personaje fue Amina.

—¡Por mi vida si no es Marta la que por ahí viene!

Ahmed hizo visera con la diestra y le costó un tanto más que a su hermana reconocer a aquel desaliñado intruso.

Marta llegó a la altura de sus amigos y sonrió divertida ante su asombro.

—Conque la siesta me impediría acudir, ¿no es eso lo que dijiste?

—Sé que sois muy atrevida, pero jamás creí que llegarais a tanto —dijo Ahmed, asombrado y divertido a la vez.

—Pues aquí me tienes. Ya ves que he cumplido mi parte del trato. Ahora te toca a ti cumplir la tuya.

Sin responder directamente al reto, Ahmed preguntó:

—¿De dónde habéis sacado este atuendo que más parece de un menesteroso?

—¿No dijiste que con mis vestidos no podría aprender? Pues heme aquí oportunamente ataviada.

—De eso no hay duda, ama —dijo Amina, boquiabierta—, pero jamás os imaginé de esta guisa.

—No me llames ama, Amina… ¡Y vamos a lo nuestro!

La otra, todavía asombrada por el aspecto de su amiga, no reaccionaba.

—Pero ¿de dónde habéis sacado este atuendo?

—Ya te lo contaré. Vamos ahora al asunto, que el tiempo apremia.

Los tres se dirigieron al fondo del huerto y se detuvieron a la distancia de las ollas que Ahmed consideró oportuna. Entonces el joven comenzó a explicarse con voz autoritaria.

—En primer lugar, como un ejemplo vale más que mil palabras, observad cómo procedo yo.

El mozo tomó su honda y luego de pasarse la gaza por la muñeca diestra y recoger el otro extremo entre el índice y el pulgar, procedió a extraer de su bolsillo un canto rodado y lo colocó en el refuerzo de cuero que se hallaba a la mitad de la cuerda.

—Ved ahora lo que hago. Retiraos un poco, os podría dañar sin querer.

Ahmed separó las piernas y alzó su brazo izquierdo de modo que la punta de sus dedos quedara al nivel de su vista, que dirigió a la olla de cobre. Luego, con parsimonia y con un movimiento circular obligó a la cuerda a girar violentamente. Un zumbido como el de un abejorro furioso resonó en el aire, hasta el punto que ambas muchachas se llevaron las manos a los oídos.

Amina se hizo a un lado, temerosa, en tanto que Marta observaba con atención los movimientos de Ahmed. Entonces el muchacho soltó el extremo de la cuerda que sujetaba entre la punta de los dedos; al quedar libre, la piedra partió como un mal espíritu y alcanzó la olla de cobre, que profirió un lastimero sonido quejándose del impacto.

—¿Me habéis observado? —preguntó con falsa severidad.

—Perfectamente, déjame probar a mí.

Ahmed se rió.

—Aún es pronto, observad.

Ahmed lanzó varias piedras y ante el asombro de Marta acertó en todas las ocasiones. Luego se dedicó a instruirla.

—La mano izquierda os señalará la altura del blanco. Deberéis colocar la honda en la diestra. Sujetad la gaza entre vuestros dedos: eso impedirá que la perdáis al primer disparo. Debéis hacer que coja velocidad hasta que tengáis asegurado el tiro y sobre todo soltar la punta en el momento oportuno, de ello depende la precisión del lanzamiento. Eso es lo fundamental —concluyó—. Existen muchas clases de hondas y diversos tiros pero comenzaremos por lo esencial: tiempo habrá si porfiáis, en aprender los demás.

—Cuando quieras, estoy dispuesta —dijo Marta, conteniendo apenas sus nervios.

—Está bien. Colocaos en posición de lanzar tal como yo he hecho.

Marta ocupó el lugar previsto. Tras extraer de su faltriquera la honda de la niña, Ahmed se la colocó en la muñeca. Después de cargar el artilugio con la correspondiente munición, se situó a su lado y la ayudó en los primeros lanzamientos. Marta estaba exultante. Hacía girar la cuerda cada vez más y más velozmente y a la orden de Ahmed soltaba el extremo. La piedra partía cada vez más rápidamente y, aunque no diera en el blanco, el entusiasmo de la niña no decayó un instante.

—Déjame probar a mí sola, Ahmed.

—Todavía no estáis preparada —le advirtió el joven.

—Te obedeceré en todo —suplicó la niña—. Será como si guiaras mi mano.

—¿Estáis segura?

Marta ni respondió. Tomó uno de los proyectiles y tras colocarlo en el nido de cuero, se puso en posición aguardando órdenes. Ahmed no tuvo más remedio que ceder.

—Vamos allá, comenzad —dijo con un suspiro de exasperación.

La honda comenzó a girar en la mano de la niña y adquirió al instante la velocidad adecuada.

—Alzad la izquierda hasta la altura de los ojos. ¡Por Dios! No me miréis a mí, mirad hacia delante.

Marta se ofuscó un instante.

La piedra giraba a gran velocidad.

La voz de Ahmed sonó apremiante.

—¡Venga, soltad ya!

La niña perdió el control y cuando la honda apuntaba al cielo, soltó el extremo de la cuerda.

Los tres quedaron un instante paralizados. El proyectil, que partió como un rayo hacia el cielo, en vertical, describió media parábola y descendió como una centella hasta acabar en la terraza, donde doña Caterina, ayudada por dos sirvientas, estaba recogiendo la ropa tendida.

Un grito rasgó la tarde. Doña Caterina se asomó a la balaustrada mirando hacia el huerto. Al fondo divisó a los tres. Su voz sonó histérica y desazonada.

—¿Qué es lo que habéis hecho, desgraciados? ¡Habéis descalabrado a la pobre Gueralda! La chica está sangrando… —Entonces se dio cuenta de que Marta era el golfillo que sujetaba la honda—. Subid inmediatamente y esperadme en la puerta del gabinete de vuestro padre. —Los gritos que partían de la terraza rasgaban la tibieza de la tarde—. Ahora voy a atender a esta pobre a la que habéis destrozado el rostro y luego me ocuparé de vos. ¡Ya os podéis ir preparando! ¡Estas correrías tienen que terminarse!

10

El mercader

l hombre tenía un singular aspecto que llamaba la atención de casi todos los viandantes que se cruzaban con él por la vía Francisca. Bien entrado en la treintena, montado en un buen caballo y arrastrando un mulo tras él, vestía unas calzas embutidas en unos borceguíes de piel de jineta que le llegaban a las corvas y cubría su torso con una camisa cuyas mangas asomaban por las aberturas laterales de un chaleco de piel de oveja. Adornaba su cabeza una especie de tricornio negro de pana, del que sobresalía por la parte posterior una mata de pelo lacio recogida en una coleta mediante un bramante atravesada por una crencha blanca. En el cuello llevaba una bufanda ceñida que le cubría hasta la barbilla. Sin embargo, lo que más llamaba la atención era el parche negro sobre su ojo izquierdo que casi le ocultaba media cara; en la otra media, una pupila brillante y curiosa parecía querer abarcarlo todo. El extraño viajero caminaba paralelamente al Rec Comptal, importante obra todavía inacabada que aportaba agua a Barcelona atravesando Sant Andreu del Palomar y el *raval* de Provençals, observando asombrado los cambios que ofrecían los aledaños de la ciudad.

El paso cansino de sus caballerías le condujo al Pla del Mercat y llegado a él se introdujo en la urbe atravesando la muralla por el portal del Castellvell. Los soldados destinados a verificar la mercancía por si hubiera lugar a cobrar el portazgo, el impuesto que debían pagar ciertas mercancías, estaban recién comidos. Unos andaban atareados en una partida de tabas, y dos de ellos se hallaban recostados a la sombra de un emparrado en un banco de piedra echando una ligera cabezada, de modo que nada le dijeron. Así que, sin detenerse a preguntar nada a nadie, dio espuelas y siguió adelante por un estrecho callejón. Al llegar a la altura de la taberna de Perot, se dispuso a descabalgar. Dejó la montura bien sujeta junto al mulo en la barra de madera dispuesta a tal efecto en la entrada del establecimiento, rebuscó en una de las alforjas y extrajo de ella una faltriquera de regular tamaño; tras examinar su interior y asegurarse de que todo estaba en su lugar se la colocó en bandolera y se dispuso a entrar en el figón, en tanto que con el tricornio se sacudía el polvo del camino de sus calzones.

Cuando atravesó la cancela tuvo que acostumbrarse a la media penumbra que reinaba en el establecimiento, debido a que la luz de la calle entraba en el interior por tres pequeñas ventanas que daban a un pasaje lateral. Cuando pudo percibir el perfil de las cosas, se dirigió al hombre que le observaba con curiosidad tras una alta mesa situada al fondo y que, soportada por dos gruesos caballetes, hacía las veces de mostrador. Vestía el individuo un mandil verde sobre su corta túnica y en aquellos momentos se dedicaba a limpiar un par de perolas y ollas de cocina en el agua sucia de un barreño, mientras una joven sirvienta vestida con una arrugada camisa blanca, una falda de sarga marrón y un mandil anudado a la cintura y con la cabeza cubierta con una cofia que le sujetaba el cabello, zascandileaba con un trapo haciendo ver que quitaba el polvo de las mesas del local.

El recién llegado, fingiendo no apercibirse de la curiosidad que despertaba en el hombre, se aproximó hasta él.

—Dios os guarde.

—Que Él os acompañe. ¿Qué es lo que queréis? El figón todavía no está abierto.

—Busco a Perot, ¿tal vez sois vos?

—¡Ojalá! —se rió el hombre—. Perot es mi amo. ¿Queréis hablar con él?

—Ésa es mi intención, y si fuerais tan gentil de traerlo, os quedaría muy agradecido.

La muchacha, que desde el fondo había oído la petición del extraño forastero, interrumpió el dialogo:

—Ya voy yo, padre. Me viene de paso, pues tengo que ir a la tienda.

En un periquete se despojó del mandil y lo dejó al desgaire sobre el mostrador, soltó el trapo sobre una mesa y partió rauda hacia la puerta del local, seguida por las palabras del hombre.

—Tú con tal de no trabajar te bajarías al mismísimo infierno. —Luego añadió—: La juventud no es la de mis tiempos: si yo hubiera interrumpido a mi padre delante de un extraño me habría medido la espalda con una vara de fresno. Los tiempos cambian día a día.

—Y que lo digáis, ya no se respetan las canas. Los jóvenes tienen prisa y pretenden comerse el mundo a dentelladas.

Tras este diálogo quedaron ambos en silencio hasta que al cabo de poco la cortina que cubría la puerta se retiró y apareció un hombre de mediana edad vestido al uso de un acomodado propietario —camisola parda cubierta por un jubón granate ceñida a su cintura con una soga hasta media pierna y medias más oscuras embutidas en unos borceguíes de piel—, que desde la entrada demandó:

—Joan, ¿quién me busca a esta hora tan temprana?

El otro se excusó.

—Mi hija se ha precipitado, señor. Ya he dicho al visitante que aún estábamos cerrados.

El recién llegado paró su atención en el huésped e indagó:

—¿Me buscáis a mí por un casual?

—Vengo de los caminos y he hecho un largo viaje. Vuestro establecimiento es conocido allende Barcelona y en él me he citado con un tal Simó «lo Renegat», al que solamente conozco por referencias, aunque sé dónde vive. Me han dicho que Perot, que es quien conoce la vida y milagros de todos los moradores de la ciudad, es la persona que mejor me puede informar acerca de sus actividades.

—Toda Barcelona conoce a Simó: su cargo hace que sea muy popular.

El viajero rebuscó en el fondo de su saco y extrajo una moneda de cierto valor, colocándola al alcance de ambos hombres sobre la rudimentaria mesa.

—Servidme, si sois tan amable, un vaso de buen vino.

El recién llegado mostró una mirada avariciosa y alargando la mano tomó la moneda.

—Joan, sirve a este cliente, aunque a hora tan temprana no tendremos cambio.

—Quedaos la vuelta a cuenta de las molestias.

El otro prestó atención a ese extraño personaje que tan munífico y dadivoso se mostraba.

—Sentaos donde queráis.

Diciendo esto, ordenó al tal Joan que limpiara una de las mesas, cosa que el otro se dispuso a hacer con el sucio trapo que colgaba de su delantal.

—Al punto os servirán uno de los mejores vinos de Barcelona. Procede de las viñas de Magòria, cuyo propietario, Martí Barbany, cuida con esmero y diligencia, y os pondré al tanto de cuantas cosas deseéis conocer de esta ciudad y de cualquiera de sus moradores ya que, efectivamente y dado mi trabajo, conozco a muchos de ellos.

Al oír el nombre del amo de la viña, y sin que el mesonero se diera cuenta, en la frente del tuerto amaneció una pequeña arruga.

—La cuestión es simple. Estoy citado con el tal Simó aquí, en vuestro establecimiento, e ignoro cuál es su aspecto, pero allí de donde vengo me dijeron que aquí me darían razón de cualquier persona, de sus trabajos y de quiénes son sus amigos.

El hombre, incentivado por la generosa propina, se dispuso a hablar.

—Os informaron bien, y si es de vuestro interés os diré que el tal Simó, que vive muy bien por cierto, tiene un puesto envidiado por muchos y no únicamente porque le aporta buenos dividendos sino porque, cosa más importante, le relaciona con los más altos señores.

—Me dijeron que sigue en el cargo de subastador de esclavos en el mercado de la Boquería, allende la muralla.

El tal Perot se dispuso a ganarse la voluntad del que se presentaba con tan buenas credenciales.

—Ése es el puesto al que me refiero. Lo conozco bien: viene por aquí de vez en cuando, y sí, continúa siendo el principal subastador de esclavos, lo cual es, por cierto, la clave de su regalada existencia.

—¿Qué queréis decir?

—Os voy a hacer una revelación que sin duda os parecerá chocante. Puede hacerse con la propiedad de cualquier esclavo e inclusive con un lote completo antes de que salga a subasta. Por eso os he dicho que ha sabido valerse de su condición y ha sabido ganarse amigos influyentes.

Ante aquella noticia, el tuerto agudizó la atención.

—¿Cómo sabéis eso?

—No olvidéis que viene por aquí lo más granado de la ciudad, o incluso gente que tiene el paso franco en palacio, y uno sin pretenderlo oye cosas.

—¿Y qué otras cosas oís?

—Se murmura, aunque todo son conjeturas, que goza de la protección de un alto personaje de la corte.

El viajero se mantuvo pensativo durante unos instantes y luego respondió:

—No sabéis cómo agradezco esta última información. Quedo en deuda con vos y no dudéis de que sabré corresponder como es de justicia a vuestra ayuda.

—Para eso estamos. Si os place esta mesa situada bajo la ventana, al instante os servirán el vino prometido. —Y, alzando la voz, ordenó—: ¡Joan, un vaso del vino de la barrica del fondo para nuestro huésped! Y paga la casa. Si no deseáis nada más, yo me retiro, mis obligaciones me reclaman otros asuntos; de cualquier manera, si necesitarais alguna otra información no tenéis más que buscarme.

—Id a lo vuestro y sabed que os quedo muy agradecido. Tendréis noticias mías.

El tal Perot salió del figón y el forastero se instaló en el lugar indicado, donde ocupó uno de los escabeles, dejando a un lado su escarcela. Regresó el sirviente con una jarra de barro, de la que escanció en una taza de loza un excelente vino rojo que alegraba el gaznate. El forastero se dispuso a hacer tiempo dando ligeros sorbos a la bebida, en tanto que los dedos de su mano siniestra tamborileaban en la rústica superficie de la mesa.

Al cabo de un tiempo, cuando las campanas de la iglesia de los Sants Just i Pastor tocaban a nonas, la puerta se abrió y en su quicio apareció la figura de un sujeto gordo y de atildada vestimenta. Tras él, el viajero pudo divisar una silla de manos portada por ocho fuertes sarracenos que descansaban del esfuerzo de soportar el peso del orondo individuo. El personaje, tras una breve mirada de soslayo hacia el ocupante de la única mesa, se dirigió al hombre del mostrador, y acercando sus labios a la oreja del mesonero cuchicheó unas breves palabras.

El hombre, que tenía las manos ocupadas, indicó con el gesto de su barbilla al visitante, que se acercó a la mesa y con un afectado ademán, inquirió:

—¿Tal vez os conozco, mi señor?

El otro, sin levantarse, respondió con una afirmación.

—De momento por mis obras, y eso es lo que importa.

—¿Sois vos entonces quien me ha citado en tan sorprendentes circunstancias?

—¡Y a fe mía, convincentes! —repuso el viajero—. En caso contrario sospecho que no hubierais acudido a la cita.

—Cuando un desconocido tiene la gentileza de enviar un recado mediante un pergamino demandando meramente una entrevista, y con él un saquito con un puñado de buenos dineros, la prudencia aconseja conocer a tan dadivoso individuo, que de seguro habrá de ser persona de calidad.

—Pues ése es a quien tenéis ante vos.

—En cualquier caso, no acostumbro a beber con desconocidos... —dijo el recién llegado, a quien la prudencia podía tanto como la codicia.

—Lo cierto es que mi nombre nada os dirá. Me llamo Bernabé Mainar y acabo de llegar a Barcelona. Si queréis que la bolsa que os he enviado siga engordando, mejor será que reconsideréis vuestra actitud y os mostréis menos desconfiado con quien ha dado pruebas de ser generoso…

El orondo sujeto vaciló durante un instante. Apartó el escabel, recogió el vuelo de su ropón, descubrió su casi calva cabeza y tomó asiento en la mesa aguardando receloso a que el otro se explicara.

—Bien, atenderé vuestra sugerencia pero mi tiempo apremia. Mejor será que me expliquéis en qué puede consistir nuestro negocio.

El forastero se tomó un respiro que sirvió para aumentar la curiosidad del otro. Luego, tras demandar al mesonero otro vino para su invitado, comenzó:

—Todo a su tiempo. Veréis, amigo mío, el caso es que estoy perdido en la gran Barcelona. Hice buenos dineros en negocios a lo ancho y largo de todo el Mediterráneo, pero la edad limita a las personas y bueno es comenzar a plegar velas e ir preparando el futuro… ya que el costillar de mi barca necesita reposar en la arena de una playa y todos tenemos querencia al lugar donde vinimos al mundo.

—¿Y qué tengo yo que ver en todo ello? —indagó el subastador.

—Como vais a ver, en mucho valoro vuestra colaboración si es que llegamos a un acuerdo.

—¿Y por qué yo y no otro? —se extrañó Simó.

—Porque vos sois Simó, llamado lo Renegat. El cargo que ocupáis, por cierto con gran competencia, y lo que representa, es lo que os hace único para mí. De no llegar a un arreglo con vos, me vería obligado a tentar otros caminos.

—Hablad y explicaos. Mal puedo tomar decisión tan capital sin conocer el asunto y la persona a fondo. —Simó se dispuso a escuchar: algo le decía que iba a merecer la pena.

—Bien, procedamos con orden. Si el negocio os interesa tiempo habrá de conocernos mejor.

—Soy todo oídos.

El llamado Mainar prosiguió después de dar un tiento a su vino y chasquear la lengua.

—Si mis informes son fidedignos seguís siendo el principal subastador del mercado de esclavos.

—Así es, en efecto, y debo decir que cuando expositores y licitadores, cristianos, moros y judíos, siguen escogiendo a mi humilde persona para tal menester y durante tantos años, entiendo que debe de ser porque unos y otros se sienten satisfechos por lo bien servidos.

—Nada hay que me interese más que sigáis en ello mucho tiempo —apuntó el tuerto con una leve sonrisa.

—¿Qué queréis de mí para mostrar tanto interés en mi trabajo?

—Ya llegaremos a ello, pero necesito seguir informándome.

—Proseguid —cedió Simó de mala gana—. Aunque luego seré yo el que exija explicaciones...

—Me han dicho, además, que gozáis de una suerte de privilegio a la hora de intervenir en la subasta y que podéis optar por una pieza en detrimento del que ha ganado la puja.

El gordo se revolvió inquieto en su asiento.

—¿Y quién os ha dicho eso?

—Por el momento, no importa.

—Os han informado mal: cuando opto a una pieza, ésta no entra en la subasta.

—¡Mejor me lo ponéis entonces! —exclamó Mainar con una sonrisa que daba un aspecto aún más siniestro a su extraño semblante.

—Simplemente, tengo, digámoslo así, un derecho de tanteo.

—Eso podría ser tildado de abuso... —insinuó Mainar.

—Puede. Sin embargo, no hay reclamaciones en este punto y no descubrís nada nuevo. Cuando desde palacio se me ha otorgado este privilegio será por algo, digo yo —afirmó Simó con cierta arrogancia.

—Tal vez sea porque algún poderoso valedor está interesado en ello.

—Puede ser. —La impaciencia comenzaba a apoderarse del gordo Simó—. Y eso, ¿qué os va a vos?

—No os alteréis; tal condición no solamente no es estorbo sino que quizá sea la cualidad que más me interesa de vuestra labor.

—Dejaos de circunloquios e id al grano.

—Veréis —comenzó Mainar—, tal como os he dicho, deseo finalizar mi vida nómada y establecerme en esta ciudad, por lo que he de allegar los medios oportunos para que la fortuna que tanto esfuerzo me ha costado adquirir no sólo no mengüe sino que crezca. Para ello es necesario invertir en un negocio seguro y del que, por cierto, entiendo bastante.

—¿Y cuál es ese negocio seguro, si es que existe tal cosa? —replicó con sorna el gordo.

—Uno que en cualquier país, ya sea moro, cristiano o bárbaro, siempre ha marchado y marchará, aunque debo admitir que con más dificultad en aquellos reinos donde alcanza el largo brazo de Roma.

—Bien, veamos pues cuál es ese trueque infalible.

El tuerto enfatizó la respuesta.

—La lujuria del hombre.

El orondo personaje quedó unos instantes en suspenso y luego, tras enjugarse con un pañuelo la sudorosa calva, respondió con un adarme de recelo:

—No veo yo que pueda tener papel alguno en tan escabroso asunto.

—Vos ya estáis de vuelta de las veleidades humanas —repuso el tuerto—. Al hombre le agrada dar alpiste al canario fuera de casa: unos lo solventan comprando una esclava, pero ésos son los menos, pues tal cosa está únicamente al alcance de unos pocos, y además es motivo de escándalo si se es soltero, o de trifulca si se tiene parienta. Mi idea es poner buen género al alcance de muchos a un precio razonable y donde además se goce de una amable espera. ¿Me vais comprendiendo?

—Algo se me alcanza, pero ése es el negocio más viejo del mundo, no descubrís precisamente el elixir de la eterna juventud: hay mil alcahuetas que se dedican a ello.

—Ofreciendo viejos pellejos en figones de tres al cuarto donde se transmiten toda clase de bubas y chancros a los desgraciados que a ellos acuden, y que un día cierran, obligados por alguna denuncia, y al otro reabren en distinto lugar y en idénticas condiciones. Si lo instauro como pienso, y vos me ayudáis a conseguir mi propósito, enseguida entenderéis que lo que os propongo es otra cosa.

—Os sigo —afirmó Simó.

—Bien, la ciudad ha descosido las murallas, los *ravals* van creciendo, vos sabéis dónde paran las gentes que abandonan el centro de la urbe y cuáles son las villas nuevas que los acogen. Mi intención es abrir un par de mancebías donde puedan holgar discretamente. Si la mercancía es de calidad, sin duda los más ardientes de los adeptos a los placeres de la carne abandonarán a sus proveedores habituales y acudirán a nuestros reclamos.

—¿Y dónde y de qué manera entra en esto mi persona, suponiendo que la oferta me interese?

—En primer lugar, sois el indicado para aconsejarme los lugares idóneos para situar mis… llamémoslas ventas de amor; en segundo, por vuestras manos ha de pasar toda la mercancía que ha de ser la base de mis transacciones. Y, por último, deseo que vuestro mismo protector vele por mis intereses que serán los suyos y por ende los vuestros.

—¿Y cuál sería mi ganancia? —preguntó Simó.

—Veo que vais comprendiendo. De eso hablaremos al final.

—No veo impedimento en aconsejaros dónde hay mayor abundancia de mozos jóvenes e impetuosos, pero en cuanto a lo otro, es mucho más complejo —dudó el gordo Simó.

—Atendedme. Mi intención era hacerme con la propiedad de cualquier esclavo, ya sea hombre, mujer, doncel o muchacha todavía púber, cuando saliera a subasta, pero ahora, sabiendo lo que sé, mi pretensión es hacerlo antes.

—Eso es imposible.

—Nada hay imposible si detrás hay una considerable cantidad de dinero.

Las defensas del gordo subastador se resquebrajaban ante la golosa exposición del desconocido; sin embargo, como buen comerciante, se refugió tras una frágil excusa.

—Como bien habéis supuesto, alguien muy poderoso me ha otorgado el derecho de tanteo sobre toda aquella carne que se subaste, y como es obvio, no puedo defraudarle.

—Mi pretensión es precisamente ésa. Me explicaré: mi deseo es que aquellas piezas que valgan la pena sean apartadas por vos antes de que lleguen a subir a la tablazón del mercado.

—Amén de que vuestro deseo topa frontalmente con el de mi protector, suponiendo que tal fuera posible, ¿cómo pago yo al propietario la mercancía?

—Con mi dinero y vuestro incomparable arte para comerciar.

El afectado personaje vacilaba.

—Mi precio sería altísimo. Mi protector podría quedar defraudado y sentirse estafado al perder las mejores piezas de la subasta.

—Os engañáis. Si le apeteciera, tendría prioridad sobre cualquier esclavo o esclava, ya sea para su solaz, sea para hacer un obsequio a quien le plazca. Con una ventaja añadida: no correrá con el gasto de su mantenimiento ni con la engorrosa misión de buscarle acomodo, ya que eso correrá de mi cuenta. En mis figones tendrá la mejor de las mercancías sin que le cueste un sueldo. —Mainar hizo una pausa para que el traficante de esclavos comprendiera bien lo que acababa de decirle. Cuando vio que lo había logrado, prosiguió—: ¿Y cuál será mi ventaja, os preguntaréis? Es simple: necesito de su protección. Ya sabéis que la Santa Madre Iglesia siempre interviene en los negocios de la carne y que, en ciertas circunstancias, se vuelve algo puntillosa e irritable.

—Entiendo vuestra idea, pero debo pedir su permiso; en caso contrario mi vida correría peligro. Sobre todo —le advirtió el gordo Simó, a quien los nervios hacían sudar copiosamente—, nadie debe tener noticia alguna de este arreglo antes de que yo hable con quien corresponda.

—Lo sabemos vos y yo: a vos no os interesa que se sepa y a mí, como es elemental, se me acabaría el negocio antes de comenzarlo —le tranquilizó Mainar.

—De cualquier manera, muchos son los que desean mi puesto. Faltaría tiempo a los envidiosos para calentar los oídos de los que tienen acceso a la corte.

El forastero, sin atender el razonamiento, prosiguió:

—Mi prioridad sois vos; de otra manera no os habría convocado. Y en cuanto al precio, podríamos estar hablando de un cinco por cada cien.

El gordo, al intuir una mina de oro, intentó sacar provecho.

—Yo no tengo entrada directa en palacio y como supondréis, habré de ganar voluntades de quien sí la tiene, y eso cuesta buenos sueldos.

—Todo se tendrá en cuenta.

El subastador meditó unos instantes.

—Bien, tal vez se pudiera intentar algo, aunque nada os prometo y además precisaré de un tiempo. No se ganan voluntades en un día.

—No os preocupéis, sé esperar. Comprendo que tales asuntos requieren su tiempo; no me viene de un día, ni de una semana, ni de un mes. —Mainar echó la cabeza hacia atrás, con aire pensativo—. He recorrido el mundo conocido y he rumiado demasiado tiempo mi venida a Barcelona para no saber aguardar pacientemente a que los hados me sean favorables. Lo que os propongo es proceloso, lo aprendí en la tierra del poderoso califa de Bagdad, donde los negocios del amor florecen como las amapolas en el estío, pues su religión les permite tener varias concubinas. Aquí, en tierras de cristianos, al ser la Iglesia mucho más estricta, se obliga a los hombres a vivir en la hipocresía de la monogamia, pero las necesidades son las mismas… Aliviaremos con nuestro negocio —recalcó lo de «nuestro»— muchas conciencias que tendrán que confesarse de un fugaz desliz contra el sexto mandamiento, no de un pecado continuado sin posible arrepentimiento y por ende, perdón. Como comprenderéis, si mi empeño fuera tan fácil como abrir una abacería o unos baños, no requeriría vuestro consejo ni cobijarme bajo el manto protector de nadie, y por tanto no precisaría de socios que se lleven una parte de las ganancias.

En el rostro del gordo se esbozó una sonrisa.

—A fe mía que sois ingenioso. No os digo ni sí, ni no: veré lo que puedo hacer. Decidme dónde paráis y en cuanto tenga una respuesta os mandaré llamar y nos reuniremos en mi casa. Éste no es sitio apto para conducir negocio de tanta enjundia. Vivo en…

—No hace falta, sé dónde vivís. Bien llegó mi recado, ¿no es cierto? —preguntó Mainar con una aviesa sonrisa.

—Tenéis razón, soy un necio.

—Hablando de acomodos, acabo de llegar y aún no me he ocupado de buscarlo. Si fuerais tan gentil de indicarme un lugar apropiado donde mandara la discreción y el buen trato, os quedaría eternamente agradecido.

—En la fonda de na Guillema, junto al antiguo templo romano, hallaréis lo que buscáis. Decid que Simó lo Renegat os envía.

En ese instante el llamado Bernabé Mainar supo que había hallado a su hombre y que el cebo era el adecuado. Su ambicioso plan había comenzado a tomar forma. Y aquello únicamente era el principio; si todo salía como esperaba, entendía que estaba sembrando las semillas para lograr su sueño de llegar a ser alguien muy importante en aquella ciudad, tal y como había jurado ante el Supremo Guía para obtener su permiso. La tarea a él encomendada por el moribundo hallaba visos de ser cumplida. La flecha había partido de su arco, los dos palomos causantes de la muerte de su padre pagarían el precio de su insensata acción, y él, además de cumplir el encargo a mayor gloria de la Orden, iba a consumar su venganza.

11

La tumba de Ruth

Aquélla era una tarde especial; el sol de verano caía a plomo sobre la ciudad, reverberando sobre todas las superficies lisas. Barbany, por no perder la costumbre, andaba de viaje, había acudido con Omar a la feria anual de Vic, y Marta zascandileaba por el fondo del jardín sin nada que hacer. En los últimos días, su padre se había mostrado muy severo con ella. Tras el desafortunado incidente con la honda en el que había resultado herida aquella sirvienta llamada Gueralda, Martí Barbany había manifestado su enfado. «Ésas no son formas de comportarse», le dijo en un tono inusualmente serio, obligándole a pedir perdón a la víctima de la pedrada. Marta lo había hecho, compungida, pero se había topado con el rencor mal disimulado de la afectada, que no cesó de decir que en la casa donde servía antes, la de los nobles Cabrera, eso no habría sucedido nunca. Aunque Martí había intentado reparar el daño con una sustanciosa cantidad de dinero, la mujer miraba a Marta desde entonces con malquerencia, sobre todo cuando se cruzaba con ella a solas en la casa. Por enésima vez, la niña deseó tener a su lado una madre a quien confiar sus pesares. Todos a su alrededor hacían lo que podían, incluido su padre, pero Marta notaba en su interior un vacío, una ausencia que, intuía, sólo una figura materna podía llenar. Siguió deambulando por el jardín, aburrida, cuando súbitamente un hecho singular le inspiró algo que sabía prohibido. Un rayo de sol incidió sobre el policromado vidrio del rosetón de la capilla y se dio cuenta de que jamás le habían permitido entrar allí. Después de la comida era la hora apropiada para su plan. La casa permanecía, como muchos de sus habitantes, adormilada, el silencio era absoluto y el umbrío frescor invitaba al descanso. Marta recogió sus sayas y con el paso ligero como el de un pajarillo, ascendió la regia escalera. Al punto se encontró frente a la puerta del gabinete de su padre, miró a uno y otro lado buscando la incómoda presencia de doña Caterina o de algún criado que pudiera delatarla; nadie a la vista. Abatió el picaporte y empujó la gruesa cancela que, ante su alarma, chirrió al abrirse, como gato al que pisan la cola. Aguardó un instante a que su corazón se acompasara ante aquel ruido que le pareció estentóreo... Silencio absoluto. Cerró la puerta a su espalda con sumo cuidado y se dirigió a la inmensa mesa desde la que su padre gobernaba todos sus negocios. Marta sabía lo que buscaba: comenzó a abrir cajones y a removerlos, aunque puso suma cautela en la tarea, fijándose en cómo estaba todo antes de moverlo para volver a dejarlo tal cual lo había encontrado. Cuando ya desesperaba, en el fondo del tercer cajón de la derecha halló una caja de madera taraceada con los cantos de marfil. La abrió. Allí estaba; tomó en sus manos la llave y tras dejar de nuevo la caja, cerró el cajón, metió su tesoro en la pequeña escarcela que llevaba a la cintura y se dirigió al fondo del jardín.

El sol continuaba cayendo a plomo y apenas algún ruido en las cocinas turbaba la paz de la tarde. Atravesando parterres se dirigió por el camino de grava hasta la capilla del fondo. Con mucho cuidado y tras una larga mirada, sacó la llave de la escarcela y la introdujo en el ojo de la cerradura. La herrumbre dificultó la tarea, pero al fin los muelles cedieron y, deslizándose como un ratoncillo de campo, se introdujo en el interior del pequeño oratorio. Al principio la oscuridad le impidió ver con claridad, pero luego sus ojos se fueron acostumbrando poco a poco a la penumbra. La luz que entraba por el policromado rosetón caía sobre el túmulo. La muchacha se acercó de puntillas y lo observó todo con atención. Su mirada se detuvo sobre la hermosa mujer de mármol blanco que yacía dormida sobre la tumba con las manos cruzadas sobre el pecho. En la cabecera del sepulcro había un candelabro de hierro forjado de siete brazos y a sus pies una estrella de David del mismo metal que resaltaba sobre la lápida. Se acercó más, aunque no pudo leer el epitafio, labrado en la piedra y escrito en latín.

Marta estaba sobrecogida; puso su mano sobre las de la mujer de mármol y le pareció que estaban calientes. Jamás había estado, en su recuerdo, más cerca de su madre. Sus ojos recorrieron el contorno de la capilla. Al fondo del ábside distinguió un crucifijo, y debajo de él un pequeño relicario de pórfido, con una astilla de madera en su interior. Salió renovada, algo en su corazón había cambiado: se sintió muy mayor y se prometió que cuando tuviera ocasión regresaría sólo con el fin de percibir de nuevo aquella maravillosa sensación de paz. Salió al exterior, cerró el portalón con sumo cuidado, dio dos vueltas con la gruesa llave y se dirigió otra vez al gabinete de su padre. En el camino se cruzó con Gueralda, y como siempre que veía a la criada, herida en la cara por culpa de su descuido, Marta sintió que se le encogía el corazón. Sin embargo, había algo en la actitud de la sirvienta que le provocaba más recelo que lástima y la llevaba a evitarla. Esa vez también lo hizo: con las prisas, y supeditando la rapidez a la prudencia, Marta dejó la puerta del gabinete abierta, se llegó hasta la mesa, abrió el cajón, extrajo la cajita taraceada y depositó la llave en su interior. Todo quedó tal como lo había hallado. Finalmente salió y cerró la puerta. Los ojos de Gueralda habían observado toda la operación. Marta tal vez se hubiera percatado de la impropia curiosidad de la sirvienta de no haber sido porque unas voces enojadas llegaron hasta ella desde el jardín y llamaron su atención.

—¡Ahmed —exclamaba Amina—, estás en las nubes! Te has vuelto a dejar la regadera en el brocal del pozo. ¡Cuando te atrape padre, te va a deslomar!

—Ocúpate de tus cosas, metomentodo —replicó él, distraído.

—¡Encima de que me preocupo por ti e intento prevenirte, me insultas! Se lo diré a doña Caterina y ella te arreglará.

—Márchate y déjame en paz… No tengo por qué dar explicaciones a una cría.

Amina se metió en la casa, ofendida por la respuesta de su hermano, con lágrimas en los ojos. Marta fue a su encuentro y las dos se dirigieron a la ventana: desde allí vieron cómo Ahmed, tras echar una ojeada a su alrededor, se encaramaba en el murete y saltaba al exterior de la finca.

—Me gustaría averiguar adónde va —dijo Marta—. Estoy segura de que estas escapadas tienen mucho que ver con su estado de ánimo…

Amina miró a su ama, sorprendida.

—¿Y cómo pretendéis averiguarlo? —inquirió, algo temerosa, aunque en el fondo preveía la respuesta.

—¿Cómo va a ser? Siguiéndolo —afirmó Marta con una sonrisa. Y, decidida, corrió hacia la puerta—. ¿Se puede saber a qué esperas? ¡Si no nos damos prisa, le perderemos!

12

Ahmed y Zahira

A sus veintidós años, Ahmed estaba viviendo el sueño del primer amor. Aunque muchos otros pasaban por ello a edades más tempranas, Ahmed no había sentido la llamada del amor hasta el invierno anterior, el día que fue al mercado y se topó con aquella hurí del paraíso que le había sorbido el seso. En cuanto la vio tomó una decisión: ni un día más iba a pasar sin que supiera quién era y dónde moraba la dueña de sus pensamientos, de modo que trazó sus planes, que indefectiblemente pasaban por Manel.

Era éste un compinche de su edad cuyo padre, alquilador de burros catalanes, tenía su comercio en un callejón que llamaban de las Ratas, entre la calle de Regomir y el atajo que conducía a las atarazanas. Lo había conocido en la playa cuando, con diez u once años, salían por la noche con las barcas de pesca. En ellas hacían trabajos menores: ayudaban a recoger redes y colocaban sobre la cubierta las nasas cargadas de aquellas incautas especies que se habían introducido en ellas. Con los años se habían convertido en pescadores consumados, pero entonces Manel lo dejó porque tenía que ayudar a su padre. Cada amanecer, Manel cargaba las alforjas de uno de los borricos de su progenitor con almendras, avellanas, nueces y otros frutos secos, e instalaba su tenderete en la plaza del Blat, junto al Mercadal mayor, contando con que los compradores que regresaban a la ciudad tras proveer sus necesidades, se detuvieran y compraran sus productos. Allí voceaba su mercancía toda la mañana, hasta que las campanas de los Sants Just i Pastor, y las de Santa Maria de les Arenes, anunciaban la hora del Ángelus. Entonces recogía el sobrante, que era imperecedero, y regresaba a casa para, por la tarde, ayudar a su padre en el negocio de alquilar pollinos.

La edad había vencido a las diferencias de religión; Ahmed y Manel eran amigos desde la infancia y habían compartido hazañas y aventuras, y también algún que otro garrotazo, como la vez que regresando de bañarse en la playa de la ribera, montados ambos en un asno retirado por asmático y, para escapar de unos mozalbetes que estaban burlándose de ellos con las peores intenciones, habían arreado al viejo jumento hasta la extenuación, de modo que al poco de llegar a la cuadra la pobre bestia murió. Su padre midió a Manel las nalgas con una vara de fresno hasta que cantó el nombre de su compinche, noticia que llegó hasta los oídos de Naima, la madre de Ahmed, que por no ser menos hizo lo propio con él.

Aquel día de invierno, Ahmed se halló frente al arco que guardaba la entrada del patio donde el padre de su amigo tenía el negocio. Los rebuznos de los rucios le anunciaron que había llegado a su destino. Nada más entrar, divisó a Manel que con una pequeña horquilla de madera estaba llenando de paja los pesebres de las bestias: de ahí el sonoro recibimiento del que había sido objeto.

—Hola, Manel.

—Bienvenido, Ahmed. ¿Qué te trae por aquí?

—Hace tiempo que estás tan atareado que no nos vemos.

—Ya conoces mi vida. He de repartir mi jornada entre labrarme un porvenir y ayudar a mi padre.

—Cierto es, pero al menos tú dedicas algún esfuerzo en tu propio beneficio en tanto que yo soy el mozo de recados de toda la casa de mi señor por las mañanas y calafate en la playa por las tardes.

—A cambio de esto, vives en el mejor de los mundos. Yo, en cambio, salgo de las cuadras para comer una bazofia y dormir en un jergón. Eso el día que no me toca vela y he de compartir mi descanso en el altillo de la cuadra acompañado por uno de los gañanes que contrata mi padre y que por lo general apestan, roncan como furias de los infiernos y sueltan unas ventosidades que hacen que el olor de las pocilgas parezca gloria bendita.

—Sí, pero por las mañanas eres libre y todo lo que ganas es para ti.

—Vaya una cosa por la otra.

Ambos amigos quedaron un instante en silencio.

—¿Sigues practicando con la honda? —preguntó Manel.

—Ahora soy capaz de abatir un vencejo o una golondrina en pleno vuelo. Practico siempre que tengo ocasión y lo hago con hondas de diferente alcance. Mi maestro me dice que parezco un auténtico hondero balear —dijo Ahmed, orgulloso.

—Algún día me mostrarás tus habilidades. Pero dime, ¿qué es lo que te ha hecho buscarme hoy?

—El agrado de hablar contigo y recordar viejos tiempos.

El otro lo observó socarrón.

—¿Me quieres hacer creer que tan sólo el placer de la conversación basta para llegarte hasta aquí?

—Bueno… hablando se tratan asuntos y uno muy importante para mí es el que me ha hecho buscarte hoy, pero sabes que siempre fuimos buenos amigos y que juntos hemos pasado grandes ratos y alguna que otra peripecia.

—Eso ya lo entiendo mejor, y sabes que siempre puedes contar conmigo, además te debo una, pues aún recuerdo el día que, bien a mi pesar, circunstancias adversas me obligaron a delatarte y sabe Dios que no lo puedo borrar de la memoria. Pero ten por cierto que soy tu amigo.

—Jamás lo he dudado… Y en cuanto a aquel triste suceso está olvidado, Manel —le aseguró Ahmed.

—Entonces deja que acabe esto y enseguida estaré contigo.

El otro se afanó unos instantes y cuando tuvo las artesas colmadas, se dirigió a Ahmed.

—Vayamos al cobertizo, donde al menos la hediondez será más soportable. ¡Aquí no huele precisamente a rosas!

Ambos amigos atravesaron el enlodado patio y se dirigieron a un sombrajo producido por cuatro palos que soportaban un trenzado de cañas y en el que, como todo mobiliario, había una mesa de rústica madera, un escabel y una silla que en tiempos había tenido cuatro patas y que en la actualidad tenía sólo tres: la cuarta había sido sustituida por un pedrusco. Los amigos se colocaron frente a frente y fue Manel el que, movido por su curiosidad, inició el diálogo.

—Bueno, Ahmed, ya me dirás en qué puedo servirte.

—¿Sigues con tu puesto en la plaza del Blat?

—Es ahí donde me gano las habichuelas. Si quieres un consejo, no trabajes jamás para tu padre. Ah, y gracias por haber dado la categoría de puesto al tablero que tengo alquilado a una payesa que viene de Les Fonts, a la que ayudo a cambio de colocar su mercancía. Bueno, pero dejemos esto y dime cuál es el mal que te atosiga para que pueda aliviarte.

—No es un mal solamente, es un sinvivir.

—No me asustes, ni andes con revueltas. Ve al grano.

Ahmed se retrajo un instante, hecho que aumentó la curiosidad de su amigo.

—¡Por tu madre, habla ya! Para eso has venido…

—El caso es que no sé cómo empezar.

—¿No querías contarme algo? Conmigo no has de andar con rodeos o sea que desembucha.

—Manel, ¿has estado alguna vez enamorado?

El otro lo miró con desconfianza.

—Ni lo he estado ni me conviene: las hembras sólo traen complicaciones. Tengo un primo al que por culpa del fornicio con la mujer de su amo le han dado de palos y se ha quedado sin trabajo. Ya sabes lo que dicen de no mezclar las habichuelas con el yacer. Para mí no hay duda: no quiero un dogal tan joven… Tiempo habrá para complicarse la vida. —Detuvo su parloteo ante la mirada perdida de su amigo—. ¿Acaso te has enamorado tú?

—No sé cómo llamar al sentimiento que me embarga, únicamente puedo decirte que me acuesto pensando en ella y me despierto de la misma manera. Si esto no es estar enamorado que baje Dios y lo vea.

—¡Uy…! Mal te veo, amigo, si no sales de eso, estás perdido.

—Es que no quiero hacer lo que dices; muy al contrario quiero buscar la forma de conocerla.

—¿Me insinúas que todavía no la conoces y estás tan atrapa-do en el engaño? —preguntó Manel, que no podía disimular su asombro.

—No lo puedes entender. El día que te ocurra a ti, entonces entenderás de lo que te hablo.

Manel emitió un suspiro contenido, compadeciéndose pro-fundamente de su amigo.

—Lo siento por ti, Ahmed, pero ¿qué tengo yo que ver con este negocio?

—Tú eres la única llave que me puede abrir la puerta del pa-raíso.

—Explícate: antes de ser el causante de semejante sinrazón, necesito conocer detalles.

Ahmed miró a su amigo con los ojos cargados de ilusión.

—Verás Manel, la he visto dos veces en el Mercadal y en am-bas ocasiones iba acompañada; la primera por una especie de due-ña oronda vestida a la usanza mora que se bamboleaba como una nao y que tras pasearse por todos los puestos posibles de especie-ros, tejedores, carniceros, curtidores, abaceros, perfumistas y dis-cutir, antes de comprar, con todos ellos, la hizo cargar con dos cestas inmensas. Quedé tan turbado por su belleza que ni tiempo tuve de reaccionar... Y la segunda fue el martes pasado: caminaba al costado de una silla portada por seis esclavos también de aspec-to moruno. Comencé a seguirla, pero el guardián se dio cuenta y me conminó a desaparecer amenazándome con llamar al almota-cén del mercado. Eso sin contar con el garrote en el que se apo-yaba. Y yo, por no comprometerla, desistí.

—¿Y qué quieres que haga yo?

—Se me ocurre que como tú vas todos los días al Mercadal, tal vez me pudieras dar razón de quién es, dónde vive y en qué condición.

—Sabes que mi punto de venta está en la plaza del Blat, yo no voy al Mercadal.

—Pero sin embargo te cruzas con mucha gente —insistió Ah-med— y tal vez pudiera darse la casualidad de que alguna vez la hubieras visto.

—Pero infeliz, ¿sabes la cantidad de gente que se mueve en los aledaños del mercado? —inquirió Manel, no sin cierta sorna.

—Eres mi única esperanza, Manel. Si tú no me das razón, no sé dónde acudir. La ciudad ha crecido fuera de las murallas, mucha gente vive en las villas nuevas y yo no puedo pasarme los días yendo al mercado e indagando de un puesto al otro.

—Dime… ¿cómo vestía ella? Tal vez también a la moda arábiga, al igual que sus acompañantes…

Una lucecilla de esperanza amaneció en los ojos de Ahmed.

—¿Por qué me preguntas eso?

—Veamos, ¿quieres que te ayude o no?

—Claro, Manel, ella también vestía ropas al modo mahometano.

—Tal vez me hayas dado la punta del hilo —murmuró Manel, pensativo.

—¡Habla, Manel! ¡Por tu madre!

Su amigo se regodeó un instante sintiéndose amo de la situación, echó hacia atrás su asiento y metiendo los pulgares en el cinto que sujetaba sus calzones, continuó:

—Son figuraciones mías… meras conjeturas.

—¡Explícate, por el Todopoderoso! —le rogó Ahmed.

—Al darme pormenores de las dos únicas ocasiones en que has tenido la oportunidad de verla y al describirme a sus acompañantes siempre vestidos al modo árabe, se me ocurre que tienen que ser servidores de la casa de don Marçal de Sant Jaume, cuya afición de vestir de tal guisa y vivir al modo de los infieles, desde que fue rehén del rey moro de Sevilla, es de sobra conocida y, afilando la memoria, creo haber reparado en alguna ocasión en una criadita, que es esclava, pues lleva al cuello la chapa infamante, y que ciertamente es bella.

—Manel, si me dices su nombre seré tu deudor toda mi vida.

—Creo recordar que se llama Zahira, pero ya te digo que tiene dueño.

Ahmed alzó los ojos y por unos instantes pareció sumirse en un estado de ensoñación.

Manel, dándole una palmada en la rodilla, le conminó a bajar a la tierra.

—Ahmed, regresa al mundo de los vivos y comprende que no tienes posibilidad alguna.

—¡No importa! —le rebatió el joven enamorado—. Trabajaré como un perro en lo que sea con tal de reunir lo preciso para comprarla.

—Estás completamente loco. —Manel miró a su amigo con franca conmiseración, y, meneando la cabeza, añadió—: Si esto es el amor, a mí no me interesa.

Pero a Ahmed sí le interesaba. Y mucho. Así que no perdió el tiempo. Durante varios días, a pesar del frío invernal, Ahmed había aguardado a que pasara su amada oculto tras un árbol a la vera de la vía Francisca. Las indicaciones de Manel le habían traído la luz. Si el caballero Marçal de Sant Jaume moraba en Sant Cugat del Rec, bien pudiera darse el caso de que su servidumbre se desplazara al Mercadal o a la ciudad atravesando la puerta del Castellvell. Si tenía la fortuna de toparse con Zahira y de que fuera sola, se atrevería a abordarla para poder hablar con ella durante el tiempo que durara el camino. Estaba dispuesto a dedicar todos los días que hicieran falta hasta conseguir su propósito, a pesar de las riñas de su padre y del contramaestre de la playa, si no atendía bien su trabajo. De cualquier manera todo le parecía soportable si conseguía ver a la dueña de sus pensamientos. Otros planes fraguaba su mente, caso de que fuera acompañada por aquella galera de refajos y tafetanes que ya una vez entorpeció sus propósitos. Como sabía que la mujer era proclive a detenerse en todos los puestos del Mercadal, aprovecharía cualquier descuido para deslizar en las manos de Zahira un billete esperando que surtiera efecto. A partir de ese día estaría de plantón durante una luna en el mismo sitio y a la misma hora aguardando el milagro. En esos vericuetos andaba cuando a la vuelta del camino se produjo el milagro y apareció la luz de sus sueños. La vio como a una hurí del paraíso, con su paso elástico y cimbreante como de gacela que hacía que el bulto que llevaba sobre el rodete que coronaba su cabeza se balanceara armoniosamente. Tras asegurarse de que venía sola, Ahmed saltó al camino y se instaló a su altura ajustando su paso al de la muchacha. Ella instintivamente se hizo a un lado dando un respingo.

Ahmed, intentando dominar el temblor que sacudía todo su cuerpo, aclaró:

—No te alarmes, Zahira, por favor.

La muchacha pareció salir de su sobresalto y posando sus hermosos ojos de gacela sobre el muchacho parpadeó un instante. Ahmed sintió que en su alma nacía y moría un relámpago.

—No te conozco, ¿quién eres? ¿Cómo sabes mi nombre?

—Tu nombre adorna mis sueños y soy tu más humilde y devoto admirador.

La muchacha miró hacia atrás con recelo.

—Si es así, te ruego que te apartes de mi camino. Si mi ama me ve hablando contigo me castigará... Además, ni siquiera te conozco.

—Me llamo Ahmed, y no pienso cejar en mi empeño. Paso en vela muchas noches desde el día que te vi en el Mercadal. Soy un servidor de la casa del muy ilustre señor Martí Barbany, ciudadano de Barcelona y uno de sus más reputados vecinos.

—¿Te refieres al naviero? —preguntó la joven, con un deje de admiración en la voz.

—Al mismo —repuso Ahmed, orgulloso.

La muchacha pareció confiarse un poco y, aunque reanudó el camino, le ordenó:

—Si quieres que hablemos ponte detrás de mí, de manera que parezca que no nos conocemos. Así podremos seguir charlando hasta que lleguemos al mercado.

A Ahmed le flaqueaban las rodillas.

—Voy donde digáis, mi señora, con tal de poder hacer el camino junto a vos —dijo, con una leve reverencia, como haría un caballero ante su dama. La joven no pudo ocultar una sonrisa antes de seguir caminando.

—Yo sirvo en la casa del caballero Marçal de Sant Jaume y cuando me envían a alguna encomienda no se me permite hablar con extraños —le dijo Zahira, sin volverse hacia él.

Ahmed, que caminaba tras de ella subyugado por el contoneo de sus caderas, se distrajo y tropezó con una rama que obstaculizaba el camino, dando con sus huesos en el polvo.

La muchacha se volvió al punto y al verlo en tan triste situación no pudo impedir una carcajada.

Ahmed se levantó de un salto, sacudió sus calzones y ganó en dos pasos la distancia perdida.

—Doy por bien empleado el leñazo —comentó el muchacho—, pues te he visto reír y ha sido como si saliera el sol.

—Eres muy zalamero y gracioso, pero tu compañía me puede crear perjuicios y causar complicaciones… Te ruego que me dejes sola.

—No pienso tal, y por mi vida te aseguro que si no me hablas, te aguardaré todos los días en el mismo lugar hasta que aceptes escucharme.

La muchacha se puso seria, y llevando su mano al cuello indicando la cadena infamante, argumentó con voz súbitamente amarga:

—¡Insensato! ¿No ves mi condición de esclava?

Ahmed, que ya se había dado cuenta del hecho, respondió:

—Eso no significa nada para mí. Si aceptas mi compañía, te juro que un día te liberaré de tu cadena.

Zahira lo miró fijamente y en el fondo de sus oscuros ojos apareció una llamita.

—¿Qué estás diciendo?

—Lo que has oído. Trabajaré sin descanso hasta que ahorre lo suficiente para poder comprarte.

La muchacha reanudó su marcha.

—Eres un insensato, aunque debo reconocer que sabes cómo hablarle a una muchacha.

—Tómame por un charlatán si lo prefieres —insistió Ahmed—, pero te juro que a partir de hoy mismo todos los dineros que pueda reunir los guardaré para conseguir tu liberación. Una única cosa te pido mientras tanto.

La joven se había vuelto a detener y esta vez lo miraba a los ojos con curiosidad.

—Dime…

—Que me digas qué días vas al mercado y que acordemos la forma de encontrarnos. Así, a medida que vayamos charlando, podrás conocerme mejor.

Zahira meditó unos instantes.

—Está bien —cedió—, acércate los lunes al puesto de flores que hay junto a la primera columna de los soportales y pregunta por Margarida. Cuando tenga que decirte algo, ella será la intermediaria.

Y dicho esto la joven, presa de una súbita oleada de rubor, aceleró el paso, dejando atrás a un Ahmed que creía estar flotando en las nubes.

Y flotando seguía ahora, varios meses después, ya que el embeleso del inicio se había ido convirtiendo, a medida que pasaban las semanas, en un amor puro y sin condiciones. Un amor inocente y tierno del que fueron asombradas testigos dos jovencitas que, escondidas tras un recodo del camino, vieron cómo Ahmed y Zahira se sentaban y, mirándose a los ojos, cuchicheaban secretos de enamorados.

13

Simó lo Renegat

l astuto subastador del mercado de esclavos, instalado en los aledaños del camino de la Boquería, tenía un plan que le iba a permitir, si todo salía como maduraba, cobrar a dos manos y sacar de ello una buena tajada. Pedro Ramón, el primogénito del conde, le había ascendido en sus atribuciones y pese a que el nombre de su protector era de común conocimiento en toda la ciudad, nadie se atrevía a levantar la voz y mucho menos a expresar una crítica u opinión contraria, ya que se suponía que su padre estaba al corriente del negocio y le permitía aquel tejemaneje. El caso era que, por orden indirecta del joven heredero, debía apartar los bocados más apetecibles que llegaban a aquella muestra de carne humana, comprándolo en su nombre a bajo precio antes de que fuera subastado. Los vendedores aceptaban el trato con el fin de obtener otras oportunidades como era comerciar, en aquella importante feria, en condiciones ventajosas. En cuanto a los licitadores, aunque el asunto era vox populi, callaban, pues aunque suponían que la mercancía que no subía al tablado debía ser de primerísima calidad, al no llegar a verla no se dolían en demasía y se conformaban pensando que iría a parar a palacio, lugar donde el común de los mortales no tenía acceso ni cabida. Se rumoreaba... se decía... pero en concreto nada se sabía y todo eran especulaciones.

La persona con quien cerraba los tratos y que le había proporcionado aquel pingüe negocio, ya que él no tenía paso franco en la corte, era el caballero Marçal de Sant Jaume, cuya relación con el heredero era notable y cuya palabra todos aceptaban como ley, ya que se suponía que hablaba por boca del futuro conde de Barcelona.

Aquella tarde y tras la subasta, Simó, que había atravesado la ciudad desde la puerta del Castellnou cruzando por el antiguo *cardus* de los romanos, hasta salir por el Pla del Mercat, ascendía sudoroso y jadeante la escalinata que conducía a la mansión del caballero, ubicada en la Vila Nova de Sant Cugat del Rec, fuera del recinto amurallado y por encima de la vía Francisca. Siempre que debía reunirse con el caballero de Sant Jaume, procuraba ir solo, ya que no se fiaba ni siquiera de los porteadores de su silla, criados al fin y esclavos, propensos a comentar después en sus cubículos las idas y venidas de su patrón: cuantas menos gentes supieran de sus zascandileos y más discretas fueran sus visitas, mejor habrían de ir las cosas para su negocio; de modo que en aquella ocasión se había desplazado hasta allí en una blanca acanea que, resignada, trasladó a aquel voluminoso personaje hasta su destino. Existía otra razón, amén de la discreción, para que Simó prefiriera ir solo: el caballero de Sant Jaume no ocultaba su desagrado por tener que tratar con un mercader de esclavos como él, y no perdía ocasión de humillarlo. Y Simó no quería añadir el escarnio público a la humillación que Marçal de Sant Jaume le dedicaba en privado.

Tras entregar las bridas de su montura al palafrenero que salió a su encuentro y reposar unos instantes en el rellano principal para recuperar el resuello y decidir la mejor manera de abordar el asunto, levantó con su mano diestra el picaporte, la garra torneada de un basilisco trabajada en bronce, y dejándolo caer, se dispuso a esperar. La demora fue breve y el ruido de fallebas y cerrojos le avisó de que el momento había llegado. La cancela se abrió y el mayordomo del caballero de Sant Jaume, otrora esclavo comprado en una de sus subastas, le reconoció al punto de otras visitas y con una meliflua sonrisa le brindó el paso franco.

—Adelante, Simó.

El hábil subastador observó que el mayordomo no llevaba en el cuello la cadenilla de la ignominia que denunciaba su condición de esclavo y que en cambio lucía un cordón dorado, de lo cual se infería que su amo había pronunciado ante notario las palabras mágicas: *Ego hunc hominem liberum esse aio.* «Yo declaro a este hombre libre.»

—Bien hallado, Samir. Por lo que veo, tus cosas marchan viento en popa y me alegro de que hayas adquirido la categoría de liberto. Desde que te vi subiendo al tablado tuve la certeza de que iba a subastar a un futuro hombre libre.

—No me puedo quejar: los astros me han sido propicios y la rueda de la fortuna ha girado a mi favor. La magnanimidad de mi amo ha obrado sobre mí y me ha otorgado la condición que ahora ostento, por cierto aún no hace una semana.

—No sabes cuánto lo celebro. ¿Está en casa tu señor?

—Ahora mismo os anuncio. De momento, hacedme la merced de pasar al salón.

Pasó Simó a la nombrada estancia y no pudo dejar de admirar su decoración. Los suelos tapizados con gruesas alfombras y adornados con tres inmensos cojines; en las paredes se apreciaban panoplias de alfanjes y cimitarras musulmanas y en uno de los rincones un humeante pebetero del que salían efluvios de cardamomo. La iluminación provenía de dos inmensos candelabros de catorce bujías cada uno, colocados de forma que su luz incidiera sobre el lugar donde se hallaban los almohadones.

El fino oído del subastador percibió el rumor de unos pasos tenues que se aproximaban. Se volvió de inmediato, conteniendo el aliento. Siempre se sentía dominado por los nervios cuando debía enfrentarse al caballero. Apareció en la puerta la figura de Marçal de Sant Jaume, calzando unas suaves babuchas.

—¿Cómo te atreves a presentarte así, en mi casa? —inquirió sin mirarle.

—Respetado señor —a Simó le sudaban las manos y no se atrevía a mirar a la cara al dueño de la casa—, os aseguro que de no ser un asunto sumamente importante y provechoso para ambos, y sobre todo para el heredero, jamás me hubiera atrevido a importunaros a estas horas.

Marçal de Sant Jaume dirigió una mirada llena de desprecio a su visitante, y sin decir palabra se dejó caer en los mullidos almohadones mientras Simó permanecía de pie, cabizbajo. A la segunda palmada del dueño de la casa, apareció una joven circasiana vestida con una camisa ajustada al escote con un cordón, un chalequillo de lana amarillo que apenas cubría sus jóvenes pechos, unos bombachos a través de cuya fina tela se insinuaban sus finas pantorrillas y chinelas de pico puntiagudo. Atendiendo al reclamo de su dueño, trajo en una batea una copa de estaño en la que se veía un ambarino licor.

Cuando ya la muchacha se retiraba y luego de repasar de arriba abajo su figura, el subastador, deformado por su oficio, no pudo evitar exclamar en voz baja:

—Hermosa criatura, ¡vive Dios!

El fino oído del de Sant Jaume percibió el comentario de Simó, al hilo de la presencia de la esclava.

—¡Tú me vendiste a Zahira, gordo seboso! Me extraña que ahora te sorprenda su belleza.

Simó tragó saliva antes de contestar, y mientras se maldecía por su desliz deseó en lo más hondo de su ser no tener que soportar los desplantes del arrogante caballero.

—Señor, han pasado tantas por mis manos a través de los años que apenas las recuerdo. Sin embargo, sí me quedan grabadas las virtudes que hicieron tan viva la puja y recuerdo que esta criatura sabía leer y escribir. Me reconoceréis sin embargo que a pesar de los afeites y ropas con las que procuro mejorar su aspecto antes de subastarlas, éste cambia en cuanto, bien comidas y mejor vestidas, se aposentan en una mansión como la vuestra.

Marçal hizo un gesto de fingida fatiga ante las loas de su visitante, aunque en el fondo le agradaban profundamente.

—Soy ya un hombre entrado en años, gordo Simó, y la prudencia, virtud de viejos, aconseja disimular si no se quiere acabar en una corte musulmana en calidad de moneda de cambio por haber sido demasiado osado delante de la dueña de esa mancebía que es la corte condal... Pero dejémonos de charlas, mejor será que comencemos a saber del negocio que te ha traído hoy aquí y que según tú nos ha de hacer ricos a todos.

Simó respiró hondo y se dispuso a explicar de la manera más apetecible la conversación que había mantenido con aquel siniestro forastero del parche en el ojo.

Después de una prolija exposición en la que sus manos gordezuelas fueron subrayando en todo momento sus palabras, comenzaron las preguntas del noble personaje.

—Y dices que su nombre es Bernabé Mainar —dijo Marçal de Sant Jaume en tono inexpresivo.

—Así es, señor.

—Y que lleva un parche negro que le cubre un ojo.

—Exactamente, señor.

—¿Y vas al encuentro de un desconocido sin conocerle y sin saber sus propósitos? ¡Cada vez te vuelves más imprudente, Simó!

El aludido bajó la cabeza y murmuró una explicación:

—Señor. Cuando tales circunstancias vienen acreditadas por una escarcela con dineros suficientes para comprar el más maravilloso de los donceles sin haber todavía obtenido nada a cambio, justo es que pretendiera conocer a tan generoso individuo. Por cierto que la mitad es vuestra, como de costumbre, caso de que deseéis intervenir en el negocio.

El de Sant Jaume disimuló una sonrisa complacida y pareció meditar la respuesta.

—Vamos a ver si he entendido bien tu proposición. En primer lugar tienes que orientar al personaje sobre dónde situar sus casas de fornicio buscando para ello los lugares más pertinentes.

—Exactamente, señor. No es la misma clientela, ni por tanto el mismo precio, el que pagará un comerciante de la ribera por el solaz momentáneo con una moza, que el que abonará un señor pudiente o un abad.

—Y dime, ¿cómo le vendo yo el artificio a nuestro protector?

El astuto Simó observó complacido que Marçal de Sant Jaume entraba en su juego.

—Con la confianza que tenéis con el heredero no os será difícil.

El tono del caballero de Sant Jaume era glacial cuando replicó:

—No te demando que me halagues recordándome que gozo de la confianza de mi señor, sino que me expliques la manera de afrontar este negocio y el modo de justificar la necesidad de su patronazgo.

El orondo subastador entendió el mensaje.

—Veréis, señor, el heredero quiere disfrutar de la prerrogativa de escoger las mejores piezas de las subastas: ya sea para hacer una merced a quien lo merezca entre sus amigos, ya sea para su satisfacción personal, lo cual le comporta no pocas preocupaciones y gastos, pues el cupo de esclavos de palacio es ya notable y día llegará que pueda tener una embarazosa complicación, tal vez inclusive con la condesa. Por otro lado, a nuestro futuro socio le interesa sobremanera la protección del heredero: ya sabéis la dificultad que entraña ese comercio... Siempre hay algún prójimo que, azuzado por la verde envidia, pues para su solaz tiene únicamente la entrepierna de una parienta impresentable, se dedica a acudir a la iglesia más cercana a denunciar que en su vecindad se mercadea con el virgo de alguna que otra moza.

—¿Y?

—Si el heredero accede a lo que os propongo, gozará de los mismos privilegios sin tener que mantener a un conjunto de personas que comen, visten y ocupan lugar donde se alojen. Y a cambio sólo tendrá que ofrecer su protección.

—Ya entiendo... O sea que el primogénito del conde tendrá prioridad sobre cualquier pieza, ya sea para su capricho ya sea para halagar a cualquier amigo o partidario, contando con la consiguiente discreción.

—Exacto. Amén de contar que, si así lo desea, una moza será reservada para personas de la mayor calidad. A cambio, si surgiera algún problema, extendería sobre el asunto su protector manto.

—Voy entendiendo. Y supongo que tanto tú como yo obtendremos parte de los beneficios de tan cómodo negocio, en el caso de que lleguemos a un acuerdo. —En el tono de Marçal subyacía el rencor de tener que compartir su suerte con un individuo de la calaña de Simó lo Renegat. Pero la codicia, como siempre en él, se imponía al honor.

—Por supuesto, señor.

El de Sant Jaume meditó unos instantes ante la angustiada mirada de Simó.

—En el bien entendido que siempre trataré contigo, que serás el nexo de unión con ese estrafalario personaje y que, exceptuando la vez que lo conozca, jamás deberá acudir a mí sin tu compañía si yo no lo reclamo… Y eso únicamente en contadas y graves ocasiones.

—Es evidente, señor —le aseguró Simó—. El vínculo con el extraño personaje seré únicamente yo mismo. Sus observaciones sobre cualquier aspecto del negocio se harán a través de mi persona.

—Entonces, sin más, pongamos hilo a la rueca y veamos dónde va a parar tan extravagante proposición. —Y, sin despedirse de Simó, se levantó de los cojines y salió de la sala.

14

Bernabé Mainar

l viajero se había alojado en la fonda de na Guillema que le había recomendado Simó, y allí aguardaba con impaciencia las nuevas de su futuro socio.

Al no tener otra cosa que hacer se dedicó a pasear por la ciudad, reconociendo unos lugares, descubriendo otros y asombrándose de hasta qué punto había crecido Barcelona.

Aquella mañana salió con un fin premeditado, aunque en principio se dedicó a dar un indolente paseo por los lugares que le interesaba conocer. Se detuvo ante el palacio condal, luego encaminó sus pasos hacia el Palau Menor y fue siguiendo el perímetro de las murallas, sin dejar de observar el tráfico de las distintas puertas y el atareado trajinar de guardias y mercaderes. Pasó luego por el *Call*, bajó hasta los tinglados de la playa, donde la cantidad de naves que habían echado el hierro en el fondeadero le señaló el inmenso cambio que había sufrido la urbe. Por último encaminó sus pasos hacia el lugar, auténtico incentivo de su curiosidad y que, según le indicó el paisano al que se dirigió para informarse, era asombro de propios y extraños: el jardín de Laia; una vez dentro llegó hasta un monumento de mármol gris y basalto. Allí se detuvo y leyó las letras de bronce encastadas en la lápida: «Desde aquí voló al cielo Laia, que siempre vivirá en el recuerdo de quienes la conocieron. Los ángeles deben estar con los ángeles».

Luego su pupila recorrió cuanto abarcaba su vista. Finalmente se dirigió al torreón que daba a poniente y tras agacharse, buscó con detenimiento lo que le interesaba, en la base del mismo. Después dirigió sus pasos a la pequeña capilla situada en uno de los laterales: la construcción, que databa de tiempos remotos, aún mostraba en sus paredes las huellas del fuego y del humo que habían arrasado el resto de la lujosa mansión que allí se alzó. Tras lanzar una última mirada a su entorno, fue a hacer la postrera diligencia antes de regresar a su nuevo hogar. Bernabé Mainar recogió el vuelo de su capote de viaje y tras calarse el tricornio, ascendió por el Pla de la Seu y se encaminó hacia la Pia Almoina. Allí era fácil pasar inadvertido, pues la cola de más de cien menesterosos —que aguardaban escudilla en mano a que saliera un lego que, ayudado por dos acólitos, repartiría la sopa de los pobres, desde que el conde Suñer y su esposa regalaron la casa de la canonjía para este menester— era nutrida. Mainar se colocó junto a la cancela y en tanto esperaba se dedicó a observar el escudo que presidía la entrada en el que se veían las herramientas del tormento de Jesucristo y la cruz hospitalaria. El parche que ocultaba parte de su rostro y sus ropajes poco distinguidos le ayudaron en su propósito. La agitación de aquellos mendigos le indicó que la ceremonia de repartir el modesto condumio estaba a punto de comenzar. Cuando el pequeño cortejo ocupó la arcada central, los dos sacristanes instalaron en el suelo enlosado el inmenso caldero y el lego se dispuso a llevar a cabo su caritativa misión. Entonces, aprovechando el barullo del momento, Mainar se introdujo en la portería. En la pared, junto a la segunda cancela, figuraba una madera de avisos y en ella colgaban unas tablillas con los nombres visibles de los ocupantes de la santa mansión, caso de que estuvieran presentes; de no ser así la oportuna tablilla puesta del revés denunciaba su ausencia facilitando la misión del portero, ya que los visitantes se acercaban a ver si el sacerdote que buscaban estaba en la casa y en caso contrario se retiraban, sin necesidad de acudir al lego que se ocupaba de la portería.

Mainar examinó el tablero buscando un nombre. Éste no aparecía. Girando el rostro observó sesgadamente que el portero estaba ocupado en alguna tarea. Entonces, en silencio y rápidamente, fue volviendo las tablillas que indicaban la ausencia del clérigo correspondiente. Al tercer intento cumplió su propósito. El nombre de Eudald Llobet figuraba en la madera con una historiada letra esculpida por un hábil amanuense.

Salió tal y como había entrado y, satisfecho por haber comprobado que el odiado sacerdote seguía en la ciudad, se dirigió a su posada.

El hombrecillo que atendía el ingreso de viajeros y que por la mañana le había indicado la ruta que deseaba realizar a cambio de una generosa suma, en cuanto lo divisó, se agachó y del anaquel de debajo del mostrador tomó un pergamino sellado que le entregó al instante, aguardando su gratificación. Mainar sacó del fondo de su escarcela una moneda y se la entregó. Acto seguido se dirigió a la ventana que daba al patio interior y tras rasgar con la navaja que llevaba en su bolsón el sello de lacre se dispuso a leer la misiva.

> A la atención de Bernabé Mainar:
> Mi señor: Paso a anunciaros que la encomienda que he hecho acerca de la persona que os ha de facilitar el negocio que tanto os interesa ha sido positiva. Como no es cuestión de dejar ciertos asuntos escritos, os cito en mi casa, ya conocéis dónde está, luego de la comida del miércoles, día en que no tengo subasta en el mercado, a fin de que podamos hablar largo y tendido del tema.
> Vuestro afectísimo,
>
> SIMÓ

La entrevista entre Simó lo Renegat y Bernabé Mainar se desarrolló el miércoles siguiente en la casa que el subastador tenía en el *camí* del Cogoll junto al Areny, cuya torrentera desembocaba en el Cagalell. Para acudir a ella se tenía que atravesar la puerta del Castellnou junto al *Call* y seguir la muralla, pero por la parte exterior de la misma, hasta que el camino se desviaba hacia el Palau Menor. Su ubicación convenía a su cargo pues le acomodaba la proximidad del Pla de la Boqueria donde se desarrollaban las subastas de esclavos. Simó, por mor de su provecho, se había hecho bautizar y hacía gala de su nueva condición de converso: al punto de ordenar a sus esclavos que «hicieran sábado», con las puertas de par en par, a fin de que los transeúntes pudieran ver que allí no se respetaba el día sagrado de la comunidad judaica. Así pues, ya no vivía en el *Call* donde moraban, intramuros, las setenta familias judías con sus comercios: carnicería, baño público, cambistas, físicos… Se podía decir que aquella comunidad extremadamente trabajadora se había rehecho de la escabechina a que fuera sometida a final del siglo anterior cuando Almanzor asoló la ciudad.

La casa del subastador gozaba de una buena situación, exactamente a la altura del tercer torreón de defensa de aquella parte del lienzo amurallado entre los burgos del Pi y de la Vilanova dels Arcs. Su exterior era discreto, como correspondía al gusto de una persona a la que no convenía llamar la atención, pero su interior nada tenía que envidiar a la casa de cualquier acomodado comerciante. La entrada daba a un jardín umbrío circunvalado por una tapia, que abarcaba un cuidado huerto en cuyo centro se alzaba una estructura de dos pisos rematada a dos aguas por una techumbre hecha de teja curva árabe. En la planta había un recibidor decorado con el recargado gusto de su propietario, un saloncillo junto a la pieza donde se comía y al fondo, dando al huerto, la cocina. En la parte superior se hallaban los dos dormitorios y un lujo del que pocos podían presumir en aquel tiempo: un baño de agua corriente, un ingenioso artilugio manejado por un esclavo que hacía subir el valioso líquido desde un pozo hasta el caño por el que manaba.

Bernabé Mainar, que había abandonado ya los ropajes con que había dado sus primeras vueltas por la ciudad, se presentó en la casa de su futuro socio ataviado como un rico hombre de negocios.

El criado, un etíope que tenía un cuarto de sangre árabe, anunció al recién llegado.

—Amo, en la entrada está el visitante que aguardabais… mas debo deciros que su aspecto no es el que corresponde a una persona normal: un parche negro cubre su ojo izquierdo.

—Eso no es de tu incumbencia, ¡necio!

El criado, sin inmutarse, replicó:

—Siempre me habéis dicho que si observo alguna anomalía os la cite.

—¡Retírate y no me repliques!

Simó se precipitó a recibir a su huésped y lo hizo con la ampulosidad y el exceso del avaro que presiente una buena oportunidad.

—Mi querido amigo, imagino que no habéis tenido dificultad para encontrar mi humilde casa.

—Ni siquiera he tenido que preguntar.

Simó, mientras cerraba la cancela, argumentó:

—Siendo éste un barrio nuevo, es común que la gente lo desconozca. Esta ciudad está creciendo tanto que pronto será la más próspera del Mare Nostrum, de noche hasta a mí mismo me cuesta a veces hallar el camino. Hasta aquí no han llegado todavía los fanales que iluminan el centro de Barcelona. Pero pasad, vais a creer que no soy buen anfitrión: os voy a mostrar mi humilde morada y luego pasaremos al jardín. En esta época de calores es donde estaremos mejor y resguardados de oídos indiscretos. —Y haciendo un amistoso guiño, añadió—: Para ciertos asuntos toda precaución es poca.

Ambos personajes pasaron al interior y Simó le mostró orgulloso su casa haciendo hincapié en su innovadora sala de baños.

—En verdad, curioso —comentó Mainar—. Únicamente recuerdo algo parecido en tierras de moros.

—¿Habéis vivido entre infieles? —preguntó Simó, siempre ávido de información que pudiera serle útil.

—Sí. Y por cierto de ellos tengo gran concepto: sus filósofos y sus poetas superan en mucho los toscos empeños de los cristianos.

—Y si no es indiscreción, ¿qué circunstancia os llevó entre esas gentes de infausto recuerdo para Barcelona desde los tiempos de Almanzor?

—Sí, es indiscreción —replicó Mainar, e hizo una breve pausa—, pero no obstáculo. Necesité en cierta ocasión al mejor de los cirujanos para una reparación harto compleja y tuve que aprovechar la coyuntura de la visita a Toledo de Omar al-Qurtubi, el mejor físico cordobés, que estaba de paso por aquella ciudad. A él le debo el ojo que aún conservo... Pero dejemos esto, que me trae malos recuerdos. Es allí donde pude ver un artilugio semejante al vuestro.

Simó no quiso insistir sobre la cuestión: sabía cómo salir airoso de esos momentos.

—No sólo los árabes tienen gusto por la limpieza: los miembros de mi antigua religión también. No así los cristianos, que hieden a muerto en cuanto se arrejuntan cuatro. ¡En verdad que no son amantes del agua! Yo he sabido escoger lo mejor de las tres religiones para subsistir en los procelosos tiempos que corremos.

—Ciertamente —convino Mainar—, saber navegar entre dos aguas es virtud y me confirma que sois vos la persona que me conviene.

—Sois muy amable, y espero no defraudaros… pero prosigamos.

Tras presumir de sus propiedades y mostrar su frondoso jardín, el subastador condujo a su huésped hacia unos bancos dispuestos bajo un árbol de alta copa.

—Sentaos a vuestra entera comodidad. Habéis tomado posesión de vuestra casa.

Ambos se acomodaron bajo las acogedoras ramas y al poco un vientecillo suave, huésped de aquellos pagos, sopló meciendo las hojas del gran árbol y aligerando la calima.

Simó dio dos fuertes palmadas para reclamar la presencia del criado.

Apareció éste al punto portando en sus manos una bandeja con una jarra en la que brillaba un licor rojo ambarino con el que colmó dos copas. Dejó ante ellos también un cuenco con dos racimos de uvas.

—Espero sea de vuestro agrado, es el mejor licor del condado. Lo hago hacer ex profeso por un experto y las grosellas vienen directamente de la Cerdaña.

El criado se retiró y ambos hombres cataron el delicioso brebaje con fruición. Mainar, tras chasquear la lengua como tenía por costumbre, creyó oportuno hacer un elogioso comentario.

—En verdad, es insuperable. Si todo lo que tocáis lo hacéis con el esmero con el que este licor está tratado, será sin duda una delicia hacer negocios con vos.

—Eso espero y creo que es hora ya de que tratemos de lo nuestro.

El recién llegado comenzó:

—Me decís en vuestra nota que habéis hablado con alguien que ha de facilitar nuestro ambicioso proyecto.

—Cierto. Ya os dije que no es fácil entrar en palacio, pero yo tengo los medios de acceder a través de alguien que tiene el paso franco —alardeó Simó.

—¿Y puedo, si no es óbice, saber de quién se trata?

—No hay impedimento. Como es lógico, él figurará en el negocio, pero sólo desea hacer tratos conmigo —dijo Simó, aunque se guardó mucho de relatar el desprecio que teñía aquellos tratos.

—Desde luego, y no dudéis que sé cuál es mi lugar.

—Se trata del caballero Marçal de Sant Jaume, que fue en su día favorito del conde Ramón Berenguer y que por circunstancias de la vida cayó en desgracia ante la condesa, cosa que le hizo cambiar de bando.

—Yo, aunque de lejos, seguí esta historia. ¿No fue acaso por el desgraciado incidente de los falsos maravedíes del rescate del hijo de al-Mutamid?

—¿Conocéis tal circunstancia? —se asombró el subastador.

—Llegó a mis oídos. Por aquel entonces, yo residía en Urgel y como sabéis el conde Armengol es primo del de Barcelona.

—Pues ése es nuestro hombre en palacio.

—¿A qué os referís al decir cambiar de bando? —indagó Mainar.

Simó bajó un poco la voz y se lanzó de lleno a exponer todo cuanto sabía de la corte ante un interlocutor que le trataba con tanta cortesía.

—En la corte existen dos facciones enfrentadas: la de la condesa Almodis, que maneja a voluntad al conde, y la del primogénito Pedro Ramón, nacido de la primera esposa de Ramón Berenguer, la añorada Elisabet de Barcelona. Los que viven del pasado se suman a la primera y los que creemos en el futuro, lo hacemos a la segunda. Por el momento somos pocos pero selectos y el que nos aglutina es mi protector, el caballero Marçal de Sant Jaume, que tiene, como os he dicho, la llave del camarín del auténtico heredero, de quien solicitaremos permiso y protección para nuestro delicado menester.

—Entiendo. ¿Y cuál es la causa del enfrentamiento?

—Todo son rumores, amigo Mainar... pero ya sabéis que éstos a veces resultan ser los heraldos del futuro. —Hizo una pausa para conferir mayor efecto a lo que iba a decir a continuación—: Según ha llegado a mis oídos, la condesa pretende cambiar el orden dinástico y favorecer a su predilecto, el mayor de sus gemelos, en detrimento de Pedro Ramón, que es el auténtico primogénito.

Bernabé Mainar quedó en silencio un instante en tanto ordenaba sus ideas.

—Aunque lo que decís sea cierto, imagino que el otro gemelo también tendrá algo que alegar.

—Aún es pronto... No olvidéis que son ambos muy jóvenes, pero lo que es irrefutable es que la madre tiene un favorito y que siempre beneficia a Ramón en menoscabo de Berenguer.

—¿Y tiene esa actitud algún fundamento? —se interesó Mainar.

—Tal vez. En la corte se dice que el primero es juicioso en su criterio, diligente en sus trabajos y aplicado en los estudios, en tanto que Berenguer, que fue el segundo en nacer, es caprichoso, cruel y soberbio en el trato con los servidores de palacio.

—Entonces la predilección de la condesa no es de extrañar. ¿Qué mal hay en que se ocupe del futuro por el bien de sus súbditos?

—No se trata de esto. Lo que haga con los gemelos, lo mismo que con sus hijas, las condesitas Inés y Sancha, no viene al caso; lo que se impone en justicia es que el condado lo herede el hijo mayor del conde y ése no es otro que Pedro Ramón, que ya empieza a estar harto de los manejos de su madrastra para apartarlo del trono. Además, eso no nos interesa, ya que es nuestro auténtico valedor y quien, en su día, me otorgó el derecho de preferencia a la hora de escoger esclavos, claro es, que para su beneficio y al que ahora, a través del caballero de Sant Jaume, solicitaremos protección.

—Voy entendiendo y me congratulo de haber dado con vos, parece que el moverse en la corte a la sombra de los poderosos es todo un arte.

—Cierto. Todo consiste en saber la cuerda que hay que pulsar en cada circunstancia para que el laúd suene afinado, y esa virtud se adquiere con el tiempo —se ufanó el subastador.

—Bien, vayamos pues al segundo punto. ¿Dónde se os ocurre que se deben instalar nuestros negocios? En el bien entendido que ha de ser más allá de los muros, pero sin embargo en un sitio accesible.

—Primeramente os debo preguntar, y perdonad por la obviedad, ¿contáis con suficiente numerario o crédito para afrontar semejante dispendio?

—No os preocupéis por tal cosa: mi bolsa está saneada.

—En tal circunstancia nada más tengo que objetar.

Simó se entretuvo un instante en dar un sorbo a su copa de licor y luego prosiguió:

—He andado pensando en todo ello y he llegado a dos conclusiones. Primeramente los sitios escogidos han de estar bien comunicados y por ende sus caminos expeditos y seguros, pese a estar extramuros; y en segundo lugar, no sería buena la proximidad de la Santa Madre Iglesia.

—Me admira vuestra sagacidad. Entonces, decidme, ¿adónde conducen vuestras palabras?

—Dos de cuatro son los *ravals* o villas nuevas que pueden acoger vuestras ventas de amor y ahora os explico los motivos Las preferidas son, en primer lugar, Sant Cugat del Rec, que está al paso de la vía Francisca, por la que circulan numerosos viajeros que se dirigen a Barcelona o a sus mercados.

—Buena elección, sin duda. Proseguid.

—Luego estaría la Vilanova dels Arcs, a la entrada de la puerta norte de la ciudad que controla la salida de la vía Augusta: el tráfico es abundante y los viandantes que por ella transitan acostumbran a ser gentes de los condados del norte, mejor dispuestos a gastar sus dineros en la gran ciudad.

—Me asombra lo rápida y sagazmente que habéis interpretado mis deseos —le elogió Mainar.

—Mi cargo me ha acostumbrado a ello. Desde mi tribuna siempre acierto a descubrir al licitador que está dispuesto a aumentar el nivel de la apuesta por cualquier esclavo y casi nunca me equivoco.

—Decidme, por curiosidad, ¿por qué habéis descartado los otros dos?

—En primer lugar, Vilanova de la Mar es barrio de pescadores: chusma, miseria y compañía, y en sus aledaños se halla la capilla de Santa Maria de les Arenes, mala vecina sin duda para vuestro comercio carnal.

—¿Y el otro?

—El burgo del Pi: la iglesia de Santa Maria del Pi está asimismo en su proximidad y además se halla en el camino del cementerio de Montjuïc y de las canteras. Por lo cual al primer inconveniente se une otro: las gentes, cuando recuerdan que este mundo es finito y que al fin del camino les aguarda la guadaña de la parca, acostumbran a retraerse pensando en el fuego eterno. Y por otra parte los canteros son poco dados a escarceos de la carne ya que a esas horas de la noche lo que sus machacados cuerpos requieren es un buen descanso, amén que su bolsa es cicatera y poco dada a abrir su embocadura por no perder lo que tanto esfuerzo les ha costado.

—En verdad, Simó, me asombra vuestra sutileza y vuestro buen criterio —dijo Mainar con una sonrisa—. ¿Cuándo enhebramos la aguja para comenzar nuestra común aventura?

—No vayáis tan deprisa: no es bueno poner el carro delante de los bueyes. Una de las casas que mejor convendría a vuestro propósito es una casa construida extramuros y que su propietario ni pudo estrenar, pues murió a manos de unos bandoleros yendo a la feria de Vic. Su viuda, mujer de hondas creencias, al no disponer de numerario para mantenerla, se la vendió a Martí Barbany. Creo que es difícil que éste esté dispuesto a deshacerse de ella, pero si así fuera... el lugar sería perfecto.

Al escuchar aquel nombre, un parpadeo sutil ensombreció la mirada de Mainar.

—¿Y dónde está?

—En la Vilanova del Arcs: el lugar es perfecto, accesible pero sin embargo apartado... En una palabra, reúne todas las condiciones que vuestro negocio requiere. Pero, os repito, su adquisición es complicada.

—Soy hombre tenaz, jamás cejo en mis empeños, cueste lo que cueste, en tiempo o en dineros.

—Creo que, en esta ocasión, será una inútil porfía.

—Es mejor fracasar que no intentarlo.

—Barbany siempre compra, jamás vende —sentenció Simó.

—Vos, que sois un experto en el tema, sabéis que eso siempre depende de los dineros que haya en juego, amén de saber presentar el asunto de forma apropiada.

—Os auguro un fracaso —le advirtió el subastador, meneando la cabeza.

—Todo lo resuelve el oro.

—No todo, si lo que queréis comprar lo posee alguien que nada necesita.

—Dadme un punto de apoyo y moveré el mundo. Lo dijo Arquímedes.

—Y ¿cuál es el punto de apoyo que os debo proporcionar?

—Una carta de recomendación del caballero Marçal de Sant Jaume a fin de que me conceda una entrevista: lo demás correrá de mi cuenta —dijo Mainar con firmeza.

—Ignoro cuál será vuestra argucia, pero si se trata únicamente de dinero ya podéis pensar en otro lugar.

—Cada hombre tiene un flanco débil: se trata de hallar el de Martí Barbany.

—Por mis barbas que sois testarudo —dijo Simó, esbozando una sonrisa de complicidad—, pero contad con la carta.

15

Pláticas de alcoba

os condes de Barcelona se hallaban juntos en sus aposentos, y Almodis comentaba, con entusiasmo, los detalles de la última reunión del consejo encargado de la redacción de los *Usatges* a su esposo, que normalmente sólo fingía escucharla con interés. Con el tiempo, Ramón Berenguer había cultivado una añagaza que le daba óptimos resultados: todas las noches, antes de que los criados apagaran velones, candelabros y lámparas, se hacía explicar por su esposa cómo había ido la sesión. Ella, que era minuciosa y prolija, explicaba los avatares de la misma detalladamente y él se ocupaba de fijar en su memoria algún dato que llamara su atención; luego su mente se iba a sus cosas abstrayéndose de esa voz que monótonamente le repetía los puntos que más le interesaban.

Súbitamente la condesa se quejaba argumentando que no la atendía; era entonces cuando Ramón se escudaba en su coartada.

—Estáis equivocada, señora. Me he quedado meditando aquello que tan inteligentemente habéis resuelto al respecto de...

Entonces recurría al punto memorizado, demostrando con ello que la atendía puntualmente. De esta manera ella quedaba satisfecha y así podían iniciar la noche en paz y concordia.

De cualquier modo, en esta ocasión era diferente, ya que los temas que sacó a colación la condesa captaron al punto su interés.

—Esposo mío, es mucha la responsabilidad que en mí depositáis para que ose tratar temas, si éstos son de particular enjundia, sin antes haberos consultado.

Por el tono de la condesa supo Ramón que su esposa preparaba el terreno para introducir algún tema importante y que más le valía estar atento.

—No debéis preocuparos. Soy yo, al fin y a la postre, el que deberá sancionar cualquier disposición.

Almodis meneó la cabeza, con aire dubitativo.

—Sin embargo, no es bueno que yo entre en temas que puedan suscitar opiniones contrarias sin vuestra autorización y tampoco es bueno que ilustres jueces y notarios expongan su sentir si dichos temas no debieran ser tratados.

—¿Y qué asuntos son ésos? —inquirió el conde, francamente interesado esa noche.

—Temas que no atañen a la codificación de las costumbres y sin embargo afectan directamente al futuro de vuestro pueblo.

—Me inquietáis, señora. Explicaos.

Almodis hizo una pausa y colocándose frente al bruñido espejo, comenzó a quitarse el tocado.

—Como comprenderéis, he meditado profundamente el asunto antes de veniros con mis cuitas, y gentes de toda mi confianza opinan al respecto igual que yo sobre ello.

El conde la miró, expectante. Almodis supo que tenía su absoluta atención y, con voz neutra, como si el asunto que trataba no la implicara personalmente, se lanzó a exponer sus afanes e inquietudes en lo tocante al primogénito, Pedro Ramón.

—No quiero influiros al escoger heredero, sino simplemente deciros que el carácter de vuestro primogénito le invalida para tan alta acción de gobierno; ignoro si deberíais nombrar una tutela de tres varones que juzgaran su madurez o designar a la Iglesia para tan alto cometido, pero insisto, él no es por el momento la persona indicada.

El conde, que conocía el talante de su mujer y que sabía que era mucho más conveniente dejar larga la cuerda que oponerse frontalmente, respondió:

—Lo que proponéis es casi imposible y en principio no soy partidario de tocar el tema. Sin embargo, me gustará saber la opinión de doctos jueces al respecto. Si todos coincidieran, no me opondría a considerar el asunto.

Almodis comprendió que la batalla, que presumía larga, no empezaba del todo mal para ella.

—Otra cuestión me inquieta, querido, y aunque quizá consideréis que es prematura, creo que sería conveniente comenzar a pensar en ello.

—¿Qué es ello, esposa mía?

—Creo que la labor de un estadista rebasa en mucho el tiempo finito de la existencia de un hombre.

—¿Acaso insinuáis que debo prepararme para la muerte?

—En modo alguno. Nadie en mayor medida que yo os desea una larga vida.

—¿Entonces?

—La historia nos pondrá en el lugar que nos corresponda según nuestras acciones y mi deseo es que vuestro nombre sea bendecido por las generaciones que nos sucedan.

—No comprendo adónde queréis ir —dijo el conde, algo fatigado y deseoso de zanjar ese espinoso tema.

—Yo os lo diré. Hemos de comenzar a preparar el futuro de nuestros hijos. Entiendo que con el vuestro obraréis como os parezca, pero con los nuestros —la condesa remarcó «nuestros»— me corresponde una parte importante de la decisión.

—Os rogaría una mayor claridad y que no os dilatarais en los preámbulos.

—Voy a ser diáfana y en mi propósito veréis que priva la imparcialidad y que el amor de madre no ciega mi criterio.

—Sigo sin comprender.

—Ya llego. Tenemos cuatro hijos, dos hembras y dos varones, y a los cuatro ama por igual mi corazón de madre.

—Almodis, nada nuevo me decís. Siempre he sabido que os habéis mostrado como una leona en su cuidado, pero sigo sin entender adónde queréis llegar.

—Veréis, esposo mío. Los cuatro se deben a sus obligaciones como hijos de la casa condal. Por eso sus bodas deberán ser tratadas con sumo cuidado. Vos sabéis la importancia del que ocupa el tálamo al lado de cada quien, y de la influencia buena o perniciosa que puede ejercer cada cual.

—Eso me consta, y bien sabe Dios las veces que he llegado a agradecer vuestros desvelos. Debo confesaros que tras los largos años de gobierno de mi abuela, la condesa Ermesenda de Carcasona, que el Señor haya acogido en su seno, y que tan bien veló por los intereses del condado, de no haberos cruzado en el camino de mi vida, en más de una ocasión hubiera elegido el rumbo equivocado.

—Dejemos en paz a vuestra abuela —repuso Almodis—, que más bien cuidó de los suyos que de los vuestros y volvamos al día de hoy. Mi obligación es desbrozaros el sendero y velar por aquellos asuntos domésticos que, si bien intrascendentes e incómodos, en ocasiones pueden llegar a tener mucha importancia.

—Está bien, centrémonos en el tema que os ocupa.

—Los matrimonios de nuestros hijos son algo de importancia capital para el condado y deben ser planeados con tiempo y cabeza.

Ahora el conde prestaba el máximo interés a las palabras de su esposa.

—Proseguid, señora, os lo ruego.

—Hablemos en primer lugar de nuestras hijas. Como cualquier enlace de mujer noble su misión no es otra que procrear hijos que a su vez proporcionen futuras alianzas con casas importantes. Si el elegido es gentil y bien parecido, como es el caso del segundo que nos ocupa, mejor, pero si no fuera así lo que debe primar es la conveniencia del condado.

El amor de padre salió a flote en aquel momento.

—¿De verdad creéis que es adecuado abordar este tema en estos momentos?

—¿A qué edad creéis que se pactó mi primer matrimonio con Hugo de Lusignan? Como todos los padres, os negáis a ver que vuestras hijas crecen… Inés y Sancha ya no son unas niñas.

—No desearía que los matrimonios de mis hijas fueran anulados por falta de madurez de la desposada como lo fue el vuestro —puntualizó el conde.

—Os consta que todo ello es fruto de pactos posteriores y si conviene a las partes se alega la causa de consanguinidad u otra excusa según convenga. Como bien sabéis —continuó Almodis con sorna—, la Iglesia de Roma lo admite todo, si bien argumentado está con buenos dineros, prebendas y beneficios. Pero estoy con vos: mejor es que nada de eso ocurra y que las gentes vivan felices, si es que este estado de cosas existe en este mundo de locos y de santos en el que nos ha tocado vivir.

—Veo claramente que el tema no es fruto de la improvisación y que algo hay en la trastienda que os ocupa hace tiempo. ¿En quiénes habéis pensado para nuestras hijas? —cedió por fin el conde.

—Me conocéis bien y sabéis que no me agrada dejar el futuro en manos de la providencia. Creo que quien mejor provee para uno es uno mismo, y no me gusta dejar cabos sueltos.

El rostro del conde denotaba el máximo interés.

—Creo que deberíamos cerrar alianzas a ambos lados del Pirineo —prosiguió Almodis con vehemencia—. No es bueno tener todos los huevos en la misma cesta. De esta manera y según sople el viento podremos decantarnos hacia un lado u otro de la Septimania, según convenga.

—Insisto —dijo el conde, ocultando una sonrisa—, ¿en quién habéis pensado?

—Del lado de acá, por así decirlo, en Guillem, conde de Cerdaña, que acaba de enviudar y que es ya un hombre maduro que se mostrará encantado de emparentar con el condado de Barcelona; y del lado de allá en el heredero del condado de Albon, Guigues es su nombre, que es joven y bien parecido.

—¿Y cuál de ellos será para Inés y cuál para Sancha? Ambos candidatos son bien distintos en porte y edad…

—Como comprenderéis, eso es lo que menos me preocupa. Se lo daremos resuelto y por no ser injustos lo podemos decidir a suertes. ¿O acaso vos, antes de conocerme, tuvisteis oportunidad de elegir?

El conde quedó en suspenso unos momentos admirando como siempre el agudo sentido práctico de su esposa y la forma expeditiva con que resolvía lo que para él era motivo de dudas y vacilaciones. La voz de Almodis interrumpió sus meditaciones.

—Pero ahora viene la más importante de las decisiones que debemos afrontar.

—Os sigo escuchando con suma atención.

—Aún no he pensado en nadie para Berenguer... —La condesa ahuyentó con un gesto las dudas que albergaba hacia ese muchacho, igualmente carne de su carne.

—Bien, entonces intuyo que vais a abordar el matrimonio del mayor de nuestros gemelos, Ramón.

—Efectivamente, y debemos poner en ello la máxima atención pues en la línea sucesoria es por el momento el segundo... Y a lo largo de una vida pueden acaecer muchas cosas.

El conde, asociando la frase de su mujer a lo hablado anteriormente al respecto de la primogenitura, adoptó una postura suspicaz y desconfiada. Almodis, que tan bien lo conocía, no se arredró ante su gesto adusto.

—Aunque no lo creáis —se apresuró a explicar—, no le deseo mal alguno a Pedro Ramón, pero nunca se sabe qué nos deparará el destino: puede haber guerra en la frontera, su esposa puede ser estéril... A lo peor el Señor no le otorga la bendición de un hijo. El condado, que debe ser un tronco con muchas ramas, está obligado a considerar todas las posibilidades sucesorias.

Al observar que se relajaba el entrecejo de su esposo, la condesa supo que había solventado el mal paso.

—Proseguid, habladme de los planes que habéis pergeñado para Ramón.

—Se me ocurre, esposo mío, que una de las alianzas que más conviene a Barcelona es la del Papa ya que nunca fuimos queridos por él. La Iglesia es un poderoso aliado.

—¿Y bien?

—Sabéis que todos los caminos conducen a Roma. También conocéis la predilección de que goza el duque Roberto Guiscardo en la Santa Sede.

Ramón Berenguer asintió con un gesto de cabeza.

—Pues bien. Si pactáramos el matrimonio de su hija Mafalda de Apulia y Calabria con nuestro Ramón, ganaríamos un aliado en las procelosas riberas del Mediterráneo y otro en las no menos enmarañadas de la diplomacia pontificia.

El conde sonrió con franqueza.

—Me admiráis, señora mía. Creo que si faltara y os instituyera como regente, el condado ganaría en cordura, discernimiento y buen gobierno.

—Yo únicamente soy la sombra que proyecta un gran árbol, sin vos no soy nada más que una pobre mujer asustada.

Y el conde, que llevaba ya un rato deseando posar sus labios en los de su esposa, puso fin a la conversación con un beso, el preludio de una larga noche.

16

La naviera

l viento soplaba invariablemente a favor de las actividades comerciales de Martí Barbany. Siempre había
sido así: cuanto más duras eran las circunstancias de su
vida sentimental mejor marchaban sus negocios. En
aquellos días se podía decir que ningún ciudadano de Barcelona
acumulaba las riquezas que atesoraban sus múltiples y diversos negocios. Las viñas de Magòria producían excelentes vinos. El agua
de sus pozos manaba incesante, y su canalización para suministrar
el valioso líquido a sus vecinos se había convertido en un negocio
óptimo. Sus molinos trabajaban día y noche moliendo el trigo
que portaban los campesinos de los señoríos cercanos y del que le
reservaban una quinta parte. El movimiento de mercaderías en las
bodegas de sus naves era continuo, el trabajo en sus atarazanas era
incesante, el sonido del martillo de sus herreros y la sierra de sus
carpinteros junto a las órdenes de sus maestros de hacha eran la
música dominante del barrio de la ribera, pero sin duda el negocio que le había hecho legendario entre sus convecinos y que había rebasado las fronteras del principado, había sido la importación
del aceite negro desde el lejano Oriente. Dicho producto, que cada
día se empleaba en más usos, alumbraba, además de las calles de la
ciudad, una inmensa cantidad de hogares de los condados catalanes. Sus negocios no podían ir mejor y Martí creía que era esa incesante actividad lo que le había impedido enloquecer de dolor.
Para él, el único asueto comenzaba cuando, al nacer el día, se dirigía al torreón de la ribera junto a las atarazanas donde tenía su

scriptorium y en cuya antesala una ingente multitud de personas que deseaba acercarse a él aguardaba pacientemente ser recibida. A partir de ahí, variados asuntos le ocupaban el día entero, de manera que casi nunca tenía tiempo de detenerse ni tan siquiera a la hora de comer.

Un torrente de sentimientos encontrados asaltaba su corazón cuando al llegar a la casa observaba a hurtadillas los juegos y peleas de la pequeña Marta, su bien más preciado, con Amina, la hija de sus libertos. De una parte estaba su orgullo de padre ante aquella espléndida criatura, y de otra un oscuro dolor al recordar que sería ella la heredera de su imperio en lugar del varón que había costado la vida a su querida esposa, el ser que más había amado en este mundo.

Muchas mañanas, mirando hacia el exterior por el ventanal bilobulado de su gabinete, pensaba qué sería de aquella niña cuando él ya no estuviera en este mundo, cosa que, a pesar de las reconvenciones del padre Llobet, poco le importaba.

La llamada de Omar, su fiel ayudante, sonó en la puerta.

—Pasa, Omar.

La cancela se abrió y en la abertura asomó el oscuro rostro de aquel hombre a quien había comprado junto con toda su familia en el mercado de esclavos de la Boquería, en un tiempo que se le hacía muy lejano.

—¿Dais vuestra venia?

—Pasa y siéntate.

El hombre se introdujo en la amplia pieza con un rollo en la mano y tras aguardar que él hiciera lo propio, se situó frente a la gran mesa repleta de pergaminos y contratas.

—Te conozco bien, Omar; tu rostro me indica que algo ocurre.

El hombre se revolvió inquieto.

—Nada importante, señor, asuntos domésticos intrascendentes pero ya sabéis: cuando a la mujer le entra entre las cejas que su hijo se puede descarriar no desiste ni día ni noche de dar la vara.

—¿Cuál es ese asunto doméstico que preocupa a Naima?

—Las andanzas de Ahmed la tienen inquieta.

—¿Ha hecho algo inadecuado acaso?

—No, pero anda tocado del mal de amores y su madre no puede con él.

Martí sonrió.

—¿Y qué de extraordinario hay en ello? Lo raro sería que a su edad no anduviera detrás de unas sayas.

Omar asintió, ya que en el fondo él era de la misma opinión. Y maldecía que su esposa se hubiera enterado de ese tema por culpa de Gueralda. La criada, que no gozaba precisamente de las simpatías de nadie en la casa, había informado a Naima de que su hija, Amina, y el ama Marta habían salido en pos de Ahmed una tarde de ese verano. Naima había puesto el grito en el cielo al saber que ambas habían deambulado solas por las calles y no paró hasta descubrir el motivo de esa escapada. Y a partir de ese momento, tampoco había parado de lamentarse de que su Ahmed hubiera perdido la cabeza por una joven que no era libre.

—Lo sé, señor —afirmó Omar—, pero a su madre no le agrada la muchacha: es una esclava y sabe que va a sufrir.

—Deja que madure: nada hay que reafirme más a un hombre que un amor contrariado… —Hizo una pausa antes de proseguir—: Si llega el momento y el tema se pone grave, házmelo saber.

—Gracias, señor, siempre apuntaláis las pilastras antes de que se hundan los puentes.

—Pues entonces pasemos a despachar el parte del día.

El secretario desplegó la vitela que portaba entre las manos y tras consultarlo brevemente, informó:

—Hoy no todo son buenas noticias.

—Habla claro. No quieras que adivine las nuevas. El tiempo es oro y no estoy de humor para adivinanzas.

—Está bien, señor, el *Sant Tomeu* y el *Albatros* han llegado a sus respectivos destinos en Chipre y en Alejandría y sus cargamentos han sido almacenados.

—¿Entonces?

—Parece ser que la piratería berberisca se está adueñando de nuevo de las aguas meridionales de Italia y que Naguib el Tunecino vuelve a crear problemas.

—¿Ha atacado alguna de nuestras naves? —inquirió Martí.

—Todavía no se ha atrevido, pero ese maldito pirata lo hará en cuanto se sienta lo suficientemente fuerte. Y si mis noticias son ciertas, pronto lo será.

—¿Por qué dices eso?

—Han llegado nuevas y parece ser que goza de la protección del walí de Túnez y de que le ha asignado una rada protegida de los vientos donde está construyendo un tipo de barcos mixtos de remo y velas que han de ser muy rápidos y de poca mota o capacidad de carga, de lo que el capitán Manipoulos infiere que están concebidos para incursiones en la costa y para llevar a cabo ataques a naves comerciales que transiten las rutas habituales.

—Nos ocuparemos de él oportunamente. No quiero ser yo el que declare la guerra, pero mejor será que estemos alerta. —Permaneció unos momentos ensimismado y luego añadió—: Dime las buenas nuevas, si es que las hay.

—Me comunica el capitán Manipoulos que ha llegado noticia de que vuestro hombre en Kerbala, Rashid al-Malik, del que tanto hemos oído hablar, ha aceptado la invitación de venir a Barcelona.

La expresión del rostro del naviero varió profundamente. Hacía ya años que había invitado a su hombre en la lejana Kerbala a visitar Barcelona y éste se había excusado por la edad. Apreciaba profundamente a Rashid y no olvidaba que éste se hallaba en el origen de su fortuna, ni tampoco la confianza que en él había depositado al compartir con él la fórmula del «fuego griego», aquel secreto ancestral de valor incalculable que su familia había guardado tan celosamente a través de los siglos; un secreto tan peligroso que Martí había preferido olvidarlo.

—¿Debo hacer algo al respecto?

—Sí, dile al capitán Manipoulos que le prepare la más calurosa acogida que jamás haya hecho y que me tenga al corriente de su llegada. Es una de las más agradables noticias desde hace mucho tiempo.

—Ahora mismo me pongo a ello.

—¿Algo más?

—Señor, pide audiencia un hombre que muestra gran interés en hablar con vos.

—Que haga el correspondiente turno —replicó Martí—, son muchas las personas que me buscan todos los días. Ya deberías saberlo.

—Lo sé bien, señor, —se excusó Omar—, pero viene recomendado por el caballero Marçal de Sant Jaume.

—¿Cuál es su nombre?

—Bernabé Mainar, señor.

Martí consultó unas notas que estaban en la mesa frente a él.

—Lo recibiré el miércoles de la próxima semana después de la comida del mediodía.

Llegó el día fijado. A la hora señalada un atildado comerciante guardaba antesala en el amplio salón que acogía a los visitantes de Martí Barbany. El hombre destacaba entre los otros, además de por su cuidado atuendo, por el parche negro que, sujeto por una cinta, le cubría un ojo. Vestía una capa sobre una corta sobreveste azul; por la escotadura y por las aberturas laterales asomaban las mangas grises de una camisa ajustada a su cuello; cubrían sus piernas medias de hilo de un añil más claro y calzaba buenos borceguíes de piel de jineta. En la cabeza lucía un casquete adornado por un broche de perlas. El extraño individuo destacaba del resto de los visitantes que aguardaban en la antesala para poder entrevistarse con uno de los hombres más poderosos del condado: Martí Barbany.

Un ujier salió por una puerta lateral con una ristra de nombres anotados en un papiro y en alta voz nombró al peculiar personaje. Éste se alzó del banco del fondo y tras coger un cartapacio de piel se dispuso a seguir al subalterno. A su paso, oyó los murmullos de los presentes. El hombrecillo le condujo por un corto pasillo y con un gesto le indicó que aguardara un instante, el tiempo que requeriría anunciarlo a su señor. Ni tiempo tuvo de desprenderse de la capa cuando ya el hombre asomaba su cabeza por el quicio de la puerta y abriéndola de par en par anunciaba su nombre.

—El ciudadano Bernabé Mainar acude a la cita que tiene demandada.

Martí Barbany alzó su mirada del pergamino que estaba examinando y se puso en pie para recibir al visitante.

El otro se llegó hasta la mesa con paso firme, se destocó y procedió a presentarse.

—Vuestro ujier ha elevado mi categoría, cosa que agradezco, pero debo aclarar que todavía no soy ciudadano de Barcelona aunque ésa es mi aspiración.

Martí, atento, le indicó con el gesto que tomara asiento ante él. Mientras lo hacía, el visitante tuvo tiempo para observar detenidamente la estancia. Ésta destilaba riqueza y buen gusto y era la copia exacta, aunque muy ampliada, del castillo de popa de una galeaza. En las paredes y estantes un sinfín de reproducciones en miniatura de galeotas, trirremes, fustas y otras embarcaciones ornaban la estancia y en el lugar de preferencia, destacaba la del *Laia*, el primer barco de la flota de Martí Barbany.

—Vuestro deseo es justo y os honra. Creedme si os digo que la ciudadanía no es condición fácil de adquirir y que no es un logro al alcance de cualquiera, aunque sea la pretensión de todo aquel que llega a esta ciudad.

—Sé de su dificultad y lo comprendo: son muchas las ventajas que tal título otorga, y para los que no nacimos de noble sangre es un hito que ofrece gran honra. En mi caso esa dificultad, más que de impedimento, me servirá de acicate.

Una pequeña pausa se estableció entre ambos interlocutores. Tras ella, el visitante abordó un tema que Martí, por su prudencia y buen criterio, jamás habría tocado.

—En primer lugar —empezó, con aire levemente humilde—, y dado que mi presencia acostumbra a inquietar a aquellos que no me conocen, quiero aclararos el porqué de mi parche. Me consta que es de buena educación mostrar el rostro a aquellas personas que tienen a bien recibirme. Por otra parte mi percance no es nada deshonroso y si llevo medio rostro cubierto es por no mostrar la cuenca vacía de mi ojo izquierdo, cosa que puede producir rechazo en ciertas gentes.

Martí se sorprendió del sesgo que tomaba la entrevista, pero su curiosidad pudo más que su prudencia.

—No tenéis por qué. Dados los tiempos violentos que nos ha tocado vivir, raro es el que no tiene alguna anomalía, más aún entre las gentes de la mar, medio en el que, como imagino sabéis, se mueven gran parte de mis negocios. Amputaciones de brazos, piernas o dedos son el santo y seña de gran porcentaje de mis hombres, de manera que si os place explicaros hacedlo… Pero sabed que a mí nada me importa de un ser humano más que su corazón y la rectitud de sus intenciones, aunque en honor a la verdad debo deciros que vuestro aspecto es asaz peculiar.

—Mi nombre, como sabéis, es Bernabé Mainar. Mi vida no ha sido precisamente anodina, desempeñé en mi juventud muchos oficios y por circunstancias fui soldado. En una batalla contra el infiel la piedra de una culebrina cayó sobre el caldero en el que se cocinaba el rancho de la tropa, con tan mala fortuna que al hacerlo el líquido ardiente me salpicó el rostro. Perdí casi la vista, pero la ciencia de un físico árabe me la salvó. Perdí un ojo, mas salvé el otro y de alguna manera recompuso mi rostro, es por ello que llevo esta especie de media máscara que, si deseáis, me retiraré.

Ante la franqueza de su interlocutor, Martí no tuvo reparo en decir:

—No ha lugar si de esta guisa estáis más cómodo; el hecho de explicar vuestra peripecia da medida de vuestro afán de daros a conocer. Sin embargo, si no os importa, mi tiempo es limitado y creo que es momento de hilvanar el asunto que os ha traído hasta mí.

El visitante se acomodó en su asiento y comenzó su discurso.

—Veréis, señor, el caso es que por una suerte de circunstancias que harían prolija mi explicación, he decidido establecerme en Barcelona tras largos años de andar haciendo negocios por estos mundos de Dios. Mi periplo ha sido largo y diverso, he mercadeado con infieles y cristianos, en las Españas, en tierras sarracenas y, cómo no, también en Génova, Milán, Pisa, países francos y he llegado hasta las tierras del califa de Bagdad. Como podéis imaginar he conocido en mis viajes todo tipo de personas y he tenido tiempo de aprender oficios que, por desconocidos, aquí no se estilan. Es mi intención establecerme e intentar una actividad harto común entre los súbditos de los príncipes de Levante. —Hizo una pausa tras tan largo discurso, y añadió, bajando un poco la voz—: Sé que ante un hombre de honor como vos puedo explayarme sin temor a que intentéis aprovecharos de mi idea.

Martí Barbany se extrañó del singular prólogo y antes de que el forastero prosiguiera intervino:

—No se me alcanza saber el motivo por el que tengáis que explicarme vuestro negocio ni qué es lo que pretendéis de mí, pero si os cabe la menor duda de que no soy la persona adecuada o que tal vez pueda hurtaros vuestra idea, no tenéis por qué proseguir.

—Si os he demandado audiencia es porque necesito de vos para llevar a cabo mi proyecto y de igual manera me he informado de vuestra probidad, no exenta de firmeza, al tratar temas de negocio. Por ello he acudido a vos en primera instancia, pero en el caso de que nuestros pactos no llegaran a buen fin, intentaría otros itinerarios.

—Me tenéis intrigado, continuad.

—El caso es que ha llegado a mis oídos que las subastas del mercado de esclavos siguen en auge.

—Evidentemente —repuso Martí—, y no sólo aquí sino en todo el Mediterráneo. Mientras haya escaramuzas de frontera y piratas habrá esclavos. También es cierto que la ciudad no podría sobrevivir sin esa mano de obra barata y continuada —reconoció, con cierto pesar—. Aunque debo deciros que en mi casa, al cabo de un tiempo y según sus méritos, todos acaban convirtiéndose en libertos.

—Es conocida vuestra magnanimidad, que es precisamente lo que me ha hecho acercarme hasta vos. Mi proyecto no se aleja demasiado de vuestras ideas. Permitidme continuar.

Martí le indicó que prosiguiera con un gesto.

—Es evidente que cuando un esclavo sube al tablado de la subasta es casi una bestia que tiene un valor determinado; y que, según en qué manos caiga, progresará en su condición o se embrutecerá en ella.

—Ciertamente: el amo que lo adquiera, tendrá mucho que ver en su progreso —afirmó Martí.

—Mi idea, que no es tal pues no me pertenece, es la de mejorar la vida de esos desgraciados aplicando una manera de hacer hasta ahora desconocida en estos lares y que por descontado me proporcionará a la larga buenos réditos. —Mainar había lanzado el anzuelo. Hubo unos instantes de silencio y añadió—: Aunque no es mi intención caer en la usura y hacerme rico en dos días, ya que ello no agrada a la Santa Madre Iglesia.

—Creedme si os digo que habéis conseguido intrigarme, aunque aún no alcanzo a ver dónde entro yo y cuál es el negocio.

—Enseguida lo vais a ver. Mi intención es hacerme con aquellos esclavos que mi instinto y buen criterio me indiquen que pueden progresar. No he de aclararos que he visitado casi todos los mercados del mundo conocido y que sé entrever, bajo cualquier color de piel, el potencial de un hombre. Si el precio me conviene y llego a un buen acuerdo, me haré con aquellos a los que pueda enseñar un oficio de acuerdo con su natural disposición: los mantendré, pagaré su estancia y su alimentación y los dotaré de buenos maestros artesanos. Cuando al cabo de un tiempo haya perfeccionado su natural condición, los revenderé a gentes adineradas, lógicamente cargando un modesto beneficio por mor de su enseñanza y preparación, con la condición de que al cabo de un tiempo, que variará según el rendimiento de cada uno, les deberán dar la oportunidad de convertirse en libres.

Martí meditó unos instantes. El proyecto era inusual.

—Dos cosas se me escapan en este asunto que, reconozco, me parece un hermoso gesto. La primera, el porqué de este extraño mecenazgo y la segunda… qué tengo yo que ver con todo esto.

Mainar esperó unos segundos antes de responder. Éste era el momento crucial de la conversación y debía mostrarse plenamente convincente.

—Voy a responderos por orden —dijo finalmente—. Yo fui esclavo en Túnez y la fortuna y el favor de Dios hicieron el milagro de que hoy pueda estar aquí como hombre libre. Creo, por tanto, que estoy en deuda con mi Hacedor. Mi propósito no es hacer caridad sino ganar un estipendio ajustado y de paso hacer un bien a alguien necesitado. La Santa Madre Iglesia me lo tendrá en cuenta, sin duda, en mi última hora.

—¿Y la segunda?

El ojo de Mainar brillaba ansioso pues tan largo y tortuoso diálogo había llegado a su punto álgido.

—Veréis, señor, vos poseéis una casa que sería la apropiada para llevar a cabo mi proyecto de dar mejor vida a estos desheredados.

Martí arrugó el entrecejo al percatarse por fin de cuál era la intención final de aquella entrevista.

—¿A qué casa os referís?

—A la que poseéis en la Vilanova dels Arcs y que, según me han informado, se halla desocupada en estos momentos.

—Lo recuerdo perfectamente: se la compré a una viuda necesitada de numerario y por cierto no intenté sacar beneficio del trato, rompiendo con ello una norma en los negocios que me enseñó mi suegro, un judío justo que ya murió y que la consideraba una regla sagrada. En cualquier operación es razonable sacar un dividendo.

—Os dais cuenta de que a veces es bueno mezclar el corazón con la cabeza tal como yo pretendo hacer ahora —adujo Mainar.

—Y vos sois consciente de que para llevar a buen fin vuestro proyecto os será necesaria una gran cantidad de dinero.

—Como comprenderéis, antes de acudir a vos he hecho mis cálculos tanto al respecto de la compra de la casa que necesito como de los gastos de instalarla y del precio de la compra del primer grupo de esclavos que me será necesario, así como su manutención antes de que pueda proceder a su venta.

—Perdonad que insista. Soy hombre de negocios y sé por experiencia que si no se calculan los riesgos al planear un negocio hasta el último sueldo, fácil es que todo se venga abajo por no haber tenido en cuenta cosas que parecen nimias y que sin embargo son muy importantes.

—Si no fuera persona de confianza, ¿creéis acaso que caballero de tanto renombre como Marçal de Sant Jaume me hubiera otorgado su favor para conseguirme esta entrevista? Creedme si os digo que no solamente tengo cubiertos todos mis desembolsos y los plazos para hacer frente a mis compromisos, sino que además algún prestamista judío avalaría mis operaciones si fuera necesario.

Martí se tomó unos instantes para contestar. Era obvio que estaba evaluando la propuesta. Mainar intentaba disimular su ansiedad ante la respuesta.

—Os voy a decir algo. —Martí miró a la cara de aquel hombre de siniestro aspecto con respeto e incluso cierta admiración—. Hace tiempo que no hallaba alguien que pensara en los demás al plantear un negocio; justo es ganar dinero sin llegar por ello a explotar almas. Desde que llegué a esta ciudad hace ya muchos años, siempre he comprado: desde molinos a barcos pasando por mansiones y huertos… He arrendado caminos, he cobrado cánones por moler trigo, he hecho acequias y he cobrado el suministro de aguas a vecinos necesitados, pero jamás he vendido posesión alguna ni he caído en la usura. Con vos, y no me preguntéis por qué, voy a hacer una excepción. —Suspiró—. Quizá porque de esta manera me libre de alguno de mis demonios particulares y complazca a alguien a quien amé que partió de este mundo dando la más excelsa lección de generosidad que un ser humano puede dar.

»Si llegamos a un acuerdo y acordamos un precio justo, os venderé la casa para que llevéis a cabo vuestra buena obra. En su momento mi secretario os comunicará la fecha de acudir al notario del condado. Cuando la venta se haya realizado podréis presumir de ser la persona a quien, por primera vez, Martí Barbany ha vendido una propiedad. Vuestra buena intención me ha conmovido.

Tras estas palabras Martí se puso en pie dando por finalizada la entrevista. Mainar se levantó a su vez y no pudo impedir, al estrechar la mano del naviero, que un destello de satisfacción relampagueara en su único ojo.

17

Los *Usatges*

a condesa Almodis iba a presidir la última reunión del año antes de las fiestas de Navidad, que se iba a celebrar como cada viernes en el palacio condal. Para ello, aconsejada por su pequeña corte compuesta por su primera dama Lionor, las damas de gabinete doña Brígida y doña Bárbara, Hilda, la vieja ama de los gemelos, y Delfín su bufón, augur y consejero, se acicalaba en sus compartimientos privados a fin de vestir del modo más apropiado para aquella solemne reunión que presentía borrascosa y que tan importantes consecuencias podría tener para el futuro buen gobierno de los condados catalanes. Llevaba años sembrando el camino para abordar el tema que iba a tratar en la reunión de ese día. Era ésta previa e informal, como todas las que precedían a la votación final antes de dejar aprobado o rechazado cualquiera de los artículos que deberían constituir finalmente el *corpus judice* que regiría la vida y costumbres de los catalanes y que debería ser sancionado por la rúbrica del conde. Entre los presentes estarían Gilbert d'Estruc, gentilhombre de confianza fiel servidor suyo; Gualbert Amat, senescal de cámara y adicto indiscutido del conde Ramón Berenguer I; Olderich de Pellicer, veguer de la ciudad, hombre justo donde los hubiere y amante de las normas; Odó de Montcada, obispo de Barcelona y como tal atento a las conveniencias de la Iglesia, fiel seguidor de las indicaciones del papado y guardián de su ortodoxia; Guillem de Valderribes, notario mayor, fedatario condal que cuidaría de que la redacción de la ley se ajustara a derecho, y los honorables jueces Ponç Bonfill, Eusebi Vidiella y finalmente Frederic Fortuny. De éstos, únicamente el tercero se mostraba afín a ella; los otros dos se inclinaban más bien hacia su esposo y eran guardianes rigurosos de las normas establecidas.

Frente a su bruñido espejo, la condesa Almodis daba las últimas pinceladas a su tocado. En contra de la opinión de Delfín que, agudo y descarado como siempre, se atrevía a decir a su ama lo que nadie osaba en su presencia, doña Lionor aprobaba la negra y solemne vestimenta de su señora teniendo en cuenta la circunstancia y el momento.

—Señora, el negro, además de favoreceros, os da un aire de seriedad que conviene a la reunión que vais a celebrar, y el tocado en banda que os recoge la barbilla os proporciona un toque monjil que agradará sin duda al obispo Odó de Montcada.

—Perdonadme, Lionor, que esté en total desacuerdo con vos. —La chillona voz de Delfín resonó en la gran estancia.

—A ver… ¿qué es lo que tienes que opinar desde tu óptica miope y corta de miras?

—Pues veréis, mi ama. El negro os avejenta todavía más y ya no sois una niña. Y en cuanto a la banda que recoge vuestra barbilla, si bien entiendo que disimula vuestra papada incipiente, os da un aspecto mojigato que implica una sumisión a la Iglesia que no conviene que perciba nuestro obispo.

La condesa palideció bajo los afeites que disimulaban su edad. Los partos, que entre uno y otro marido habían sido siete, las tensiones de gobierno, las campañas guerreras acompañando a su esposo y las vicisitudes de su agitada existencia, habían dejado huella en aquel otrora hermoso rostro que ahora, al borde de la cincuentena, comenzaba a acusar los estragos del tiempo.

—Eres un impertinente crónico y no te hago azotar porque hoy no es día, pero no olvidaré tu escarnio y te lo cargaré en el debe.

Las damas callaban y cuando Lionor iba a intervenir, el enano díscolo y caprichoso respondió, indómito:

—Por lo visto, señora, os complace más la opinión de esta corte de viejas cluecas aduladoras que os rodea que la opinión franca del hombre que ha seguido desde siempre vuestro proceloso caminar por la vida y que dejando aparte su conveniencia os dice la verdad, aunque eso signifique caer en vuestra desgracia.

Tras esta diatriba, el bufón se apeó de un brinco de la grada desde la que observaba el acicalamiento de su ama y dando un portazo salió del saloncillo.

—Dejadlo, señora, no vale la pena —terció el ama Hilda, apaciguadora—. Si siempre fue persona quisquillosa y amargada, la edad lo está volviendo imposible. Y lo que en su juventud fuera ingenio y solaz para todos se ha tornado con los años en un escudo defensivo que, pretendiendo ser franco, roza la impertinencia y la mala educación.

—Doña Hilda tiene razón —convino doña Lionor—: como nada entiende de ropas ni de conveniencias, hace bandera de su descaro y abusa de vuestra paciencia para demostrarnos a todas que es el único que se atreve a deciros verdades desagradables cuando en realidad es un ser impertinente y resentido que lucha por mantener a vuestro lado el lugar preeminente de honesto consejero que le habéis otorgado... A veces sin merecerlo —concluyó, con evidente mala intención.

Almodis meditó unos instantes. Vio su rostro reflejado en la bruñida lámina de cobre que le devolvía una imagen distorsionada y comenzando a desabotonarse el cuerpo de su vestido, dijo:

—Dicen que únicamente los locos y los niños acostumbran a decir las verdades y el pobre Delfín tal vez participe de ambas condiciones. Dejad en mi arcón este traje negro y traedme el malva de las mangas sujetas con cintas a las muñecas. Tiempo habrá, Dios no lo quiera, de lucir tocados de viuda.

Nadie de los presentes se atrevió a contradecirla.

La reunión iba a tener lugar en un salón alargado en el primer piso del palacio, que se había usado tradicionalmente como lugar de recepción de altos dignatarios o embajadores de países menos importantes. Su artesonado de maderas trabajadas amortiguaba el eco de las conversaciones y hacía posible el diálogo entre una punta y la otra de la gran mesa que había en su centro. En los sillones de ricas maderas labradas, todos diferentes, obra que comenzara el maestro Tubau de Argemí y finalizara su nieto, se fueron sentando los consejeros y auditores y a sus espaldas lo hicieron cada uno de sus respectivos amanuenses, que preparaban sobre sus rodillas los recados de escribir, afilando sus plumas, destapando sus frasquitos de tinta y preparando el polvo secante. Los criados fueron encendiendo los candelabros y hachones que iluminaban la estancia, y apartando de las emplomadas vidrieras de los ventanales las telas que impedían la entrada de la luz natural.

Haría un rato que aguardaban cuando el chambelán de puerta dio un golpe con la contera de su vara en el entarimado y anunció:

—La muy ilustre condesa de Barcelona, Gerona y Osona.

Entre un murmullo de voces y un arrastrar de sillones compareció majestuosa y solemne Almodis de la Marca, ataviada con un vestido malva que resaltaba sus todavía voluptuosas curvas y acompañada por aquel enano impertinente. Su porte conservaba aún un empaque tan especial que emanaba autoridad. Con paso lento se dirigió a la cabecera de la gran mesa, y tras tomar asiento en su trono, indicó a los cortesanos que se sentaran en sus correspondientes sitiales en tanto que con un brusco gesto de su diestra, que hubiera podido dirigir a un can, indicó a Delfín que se colocara en un bajo escabel, junto a sus piernas.

Cuando todos se hubieron situado, la voz de mando y algo ronca de la condesa rasgó el silencio:

—Excelencia reverendísima, señor obispo Odó de Montcada, señores jueces Bonfill, Vidiella y Fortuny, senescal Gualbert Amat, notario de Barcelona, Guillem de Valderribes, honorable veguer de la ciudad Olderich de Pellicer. Hoy he tenido a bien cambiar nuestro ordinario lugar de reunión para dar a ésta un cariz diferente, ya que diferente y muy importante es el tema que vamos a tratar. El lugar escogido es mucho más íntimo, pues para el empeño que hoy nos ocupa era mi deseo tener a vuestras señorías más cercanas, a efecto de calibrar más acertadamente las opiniones y consejos que tengan a bien transmitirme y asimismo saber quiénes son los que abundan en mi criterio y quiénes los que encuentran obstáculo a mis propuestas.

Los ilustres consejeros se removieron inquietos en sus respectivos sitiales ante la inusual introducción de la condesa.

—Como vuestras señorías me conocen bien y saben que no soy amiga de preámbulos ni de circunloquios, voy a entrar en el tema de inmediato. Sin embargo, antes de hacerlo, quisiera saber la opinión de vuestras señorías ante diversas cuestiones, todas ellas relacionadas en el fondo con el tema que deseo abordar.

Tras intercambiar una mirada de inteligencia con el resto de los presentes, el obispo tomó la palabra:

—Señora, os escuchamos atentamente.

—Bien está, ilustrísima. Voy a ello. Según vos, ¿cuál es la prioridad del buen gobernante?

Los consejeros se miraron, sorprendidos.

El notario Guillem de Valderribes fue esta vez el que tomó la palabra.

—Creo, señora, que lo primero es procurar el bien de sus súbditos.

—Muy cierto, señoría —repuso la condesa con una leve sonrisa—. Y decidme ahora vos, senescal, ¿creéis que el buen cuidado se refiere al presente o abarca también a las futuras generaciones?

Gualbert Amat alzó su voz y respondió con mesura.

—Señora, creo que la respuesta es obvia: al igual que un buen padre de familia, el cuidado debe proveerse a lo largo del tiempo.

—Entonces, veguer —prosiguió Almodis, ante la nerviosa extrañeza de los allí congregados—, ¿opináis que el futuro de los súbditos del condado nos debe preocupar o que, por el contrario debemos despreocuparnos de la posible turbación que pudiera producirse si no disponemos bien las cosas?

Olderich de Pellicer, al verse directamente interrogado, respondió presto:

—Señora, es de buen gobernante proveer las disposiciones pertinentes para el mejor gobierno de sus vasallos, ahora y en el futuro.

Almodis de la Marca permaneció unos instantes en silencio, con la mirada al frente.

—Me alegra oír tan sensatas y atinadas opiniones. —Hablaba en un tono inexpresivo, como si estuviera manteniendo una charla informal, que no engañaba a ninguno de los allí presentes—. Pongamos el caso de un buen padre de familia que conoce bien a sus hijos y observa que el mayor es disoluto, amante de francachelas, dilapidador y déspota con sus servidores, mientras que por el contrario el segundo es laborioso, justo con los jornaleros y buen cumplidor de sus obligaciones. ¿Debería en esta tesitura legar sus bienes al mayor, como marcan la ley y la tradición, aun teniendo en cuenta que de hacerlo no llegarán a la siguiente generación?

Los consejeros se miraron, desconcertados.

—Señora —osó decir el obispo—, tal parece una parábola del Nuevo Testamento.

—Ya que lo traéis a colación, ¿no es cierto que el Señor Jesús vino a cambiar la ley y que nosotros estamos aquí con la misma intención?

Guillem de Valderribes inquirió:

—Señora, ya que decís que jamás andáis por caminos indirectos, aclaradnos, os lo ruego: ¿adónde queréis llegar?

—Tened un poco de paciencia —replicó Almodis, en un tono de suave reconvención—. Antes quiero recordaros algo muy importante.

El silencio se podía sentir en el agitado respirar de alguno de los presentes.

—Mis queridos consejeros, estamos aquí como cada semana para redactar una serie de propuestas que debidamente reunidas y sancionadas por mi esposo el conde, plasmen leyes que habrán de regir la conducta de las generaciones que nos sucederán. Sin duda, en algunos casos nos veremos obligados a romper la costumbre para proveer en el futuro. ¿Comparten o no esa opinión, señorías?

Todos asintieron con el gesto.

—Como bien saben sus señorías, la casa de los Berenguer es la única entre las reinantes en los condados catalanes que desciende directamente de una rama visigótica de raigambre mucho más antigua que cualquier otra de estirpe carolingia.

—No comprendemos vuestras digresiones —apuntó el juez Vidiella con voz fatigada.

—Ya llego a ello, tened un poco de calma. Y decidme vos mismo, señoría, ¿quién sucedía, en tiempos de los visigodos, al difunto rey?

—Todos sabemos cuál era la costumbre —respondió el juez.

—Decidlo en voz alta, mi querido Vidiella.

—Los nobles elevaban sobre un escudo al más significado de entre ellos y lo nombraban rey.

—De lo cual se infiere que la monarquía era electiva, no hereditaria, y que de entre todos nombraban al más capaz.

—Evidentemente, señora, pero la mayoría de las veces se proponía, si era mayor de edad, al hijo primogénito —intervino, tajante, el juez Bonfill.

Almodis notó que Delfín le rozaba discretamente la rodilla.

—Sin embargo, finalmente ocupaba la alta distinción el más capacitado y que contaba con la preferencia de la mayoría —apostilló Vidiella.

—Por otro lado —prosiguió el juez Bonfill—, no olvidéis que tal sistema incentivaba el ansia de poder. No podemos ignorar la cantidad de regicidios que ocasionó tal costumbre, al punto que a la traición de los hijos de Witiza se debió la muerte de don Rodrigo y la entrada de los árabes en la península.

—Cierto, mi querido juez —concedió Almodis—, pero aquéllos eran tiempos oscuros y salvajes.

El senescal intervino de nuevo, sin ocultar su impaciencia:

—Señora, no entendemos adónde queréis llegar.

—Ya llegamos al final del hilo. Mi marido ha tenido varios hijos, de los cuales el primogénito es Pedro Ramón, hijo de la difunta Elisabet. Pero sin que medie en ello pasión de madre, pues tengo dos varones, el más capacitado para heredar los condados de Barcelona y Gerona es Ramón, el mayor de mis gemelos. Ved que no nombro a Berenguer, que me es igualmente querido e hijo de mis entrañas.

Un silencio glacial acompañó las palabras de la condesa.

—Preguntad al pueblo llano cuál es la opinión que tienen de uno y de otro —prosiguió la condesa en tono apasionado—. Pedro Ramón es iracundo, dado al vicio y a las veleidades, gusta de mujeres y de vino, y las tareas de gobierno le incomodan. En cambio Ramón, a pesar de su juventud, es reflexivo, paciente, esforzado en el aprendizaje de las armas; su criterio es justo y ama a su pueblo y a su país por encima de toda ponderación. ¿Dudáis acaso que si de elevarlo sobre un escudo se tratara el buen pueblo de Barcelona no lo elegiría a él?

Los consejeros cambiaban circunspectas miradas entre ellos y nadie parecía dispuesto a romper el hielo. Finalmente habló el obispo Odó de Montcada:

—Señora, lo que proponéis tiene una trascendencia vital para Barcelona y no atañe particularmente a las costumbres, que es de lo que hasta hoy han tratado nuestras propuestas. Creo que convendría conocer la opinión del conde, pues materia tan delicada escapa a nuestras pobre luces.

—Dejémonos de rodeos, señora —intervino el juez Vidiella con gesto avinagrado—. De lo que se trata es de hurtar el condado a su legítimo heredero.

—Honorable juez, ¿no habéis ratificado antes de comenzar que lo que antecede a cualquier otra consideración es la salud y el buen gobierno del pueblo? —replicó Almodis en tono falsamente suave.

Delfín golpeó de nuevo la rodilla de su ama y ésta entendió el mensaje.

—Bien, voy a dejar a sus señorías que mediten su consejo y mañana procederemos a la votación. Quiero saber quién está conmigo y quién opina que una ley caduca en el tiempo es buena aunque perjudique a los súbditos de mi esposo.

Entonces fue el senescal quien tomó la palabra.

—Señora, como bien sabéis, tal decisión puede traer violencia e inclusive dar paso a algún asesinato... como sucedió entre los visigodos. La ambición de poder es mala consejera.

—No paséis cuidado —replicó la condesa con aspereza—. Nadie va a asesinar a nadie.

—Señora, insisto, cabría considerar la opinión del conde sobre asunto tan delicado, esto nos ayudaría a decidir lo más conveniente y de esta manera...

—El conde, senescal, escuchará los consejos de quienes desean lo mejor para el condado. Y ahora, si nadie requiere otra aclaración, voy a cerrar el debate de hoy. Que tengan sus señorías un buen día y que el sueño aclare sus ideas. Nos veremos a la entrada del nuevo año.

Con aire ofendido, Almodis de la Marca abandonó la estancia escoltada a duras penas por Delfín, cuyas cortas extremidades apenas podían seguir el paso rotundo de la condesa.

18

El juez Bonfill

luc, el mayordomo del primogénito, anunció la visita del juez Bonfill, que había acudido a palacio para entrevistarse con Pedro Ramón. Éste lo aguardaba en su gabinete del segundo piso: en pie junto a la mesa, en atención al elevado cargo del visitante, y ¿por qué no decirlo?, para ganarse el favor de uno de los caballeros más poderosos del condado.

El juez Ponç Bonfill, que debido a sus achaques caminaba con un grueso bastón, se despojó del bonete negro que cubría su calvicie y se dirigió hacia el heredero; éste, meloso y afectado, fue a su encuentro y tomándolo del brazo lo condujo hasta uno de los sillones que había frente a su mesa. Él ocupó el otro, a su lado, en lugar de sentarse al otro lado de la mesa como era su costumbre.

—Querido juez, me honráis con vuestra presencia y os la agradezco doblemente pues me consta lo dificultoso que os resulta trasladaros en vuestra circunstancia.

—Bien podéis afirmarlo —murmuró el juez con voz fatigada—, pero a veces el cargo obliga.

—Comprendo y aplaudo vuestra presencia en el tribunal. Y más aún que tengáis la gentileza de acudir a palacio para verme a pesar de vuestras dificultades. Vuestro gesto se traduce en una deuda de gratitud de mi parte.

Pedro Ramón sirvió al juez una copa de hipocrás y esperó a que se recuperara un poco antes de iniciar la conversación.

—Estoy ansioso por conocer los motivos de vuestra visita, señoría.

El juez Bonfill miró al heredero a los ojos, carraspeó y respondió en tono solemne:

—Mi querido príncipe, son tan simples como que un juez tiene un doble compromiso cuando se enfrenta a un desafuero. El primero, como cualquier persona de bien, es reaccionar ante la inminente comisión de una injusticia, y el segundo tiene más que ver con el cargo que ocupa.

—No os sigo, señoría —advirtió Pedro Ramón.

—Atendedme, señor. A un clérigo se le atribuye la caridad y la castidad, a un soldado el sacrificio y el valor... Y a un juez la probidad en su conducta personal y una estricta y exquisita conciencia de todo aquello que atañe a sus decisiones personales antes de tomar partido por una u otra facción.

Se ensombreció el rostro del primogénito.

—Voy imaginando por dónde queréis ir —rezongó, torciendo el gesto—. Es vox pópuli la opinión de la usurpadora del afecto de mi padre sobre lo que le gustaría que sucediera a la muerte del mismo. Sin embargo —añadió, esbozando una aviesa sonrisa de satisfacción—, poco puede hacer al respecto.

—Si opinara como vos, no estaría aquí y ahora.

El semblante de Pedro Ramón varió notablemente.

—Explicaos, juez.

—Si únicamente fueran meros deseos o elucubraciones sin sentido, no me preocuparía. Pero cuando los deseos se convierten en actos y la iniciativa sustituye a la mera especulación, mi conciencia me dicta que debo pasar a la acción y hacer cuanto esté en mi mano para impedir que tal empresa prospere y se cometa tamaño atropello.

—¿Qué acción se ha llevado a cabo para inquietaros hasta ese punto?

—En principio eran vagas sospechas, mas en la última sesión de consejo consultivo, que por cierto jamás preside vuestro padre, la condesa insinuó claramente cuáles eran sus intenciones al respecto de la sucesión del trono condal.

La palidez cérea que tiñó el rostro del primogénito alarmó a Bonfill.

—¿Os encontráis bien, señor?

—Jamás he estado más despierto —respondió Pedro Ramón con voz ronca—. ¡Proseguid!

—La condesa ha destapado claramente el tarro de sus intenciones. Ahora puedo decir con fundados argumentos que su máxima aspiración es ver en el trono del condado a su hijo Ramón.

La violencia del carácter de Pedro Ramón se hizo patente una vez más en aquel instante y, ante la asombrada mirada del juez Bonfill, la damajuana que contenía la bebida de hipocrás y la mesilla que la sustentaba volaron por los aires.

—¡Víbora ambiciosa! ¡Vil ramera usurpadora! —La voz del príncipe silbó más que habló—. Jamás creí que sus deseos pasaran por algo más que por susurrar maldades a mi padre en la alcoba… además de otra cosa que imagino que también hace cada noche.

El juez, más avergonzado por las palabras que por la acción, prosiguió:

—Es un hecho que intenta ganar voluntades con argumentos falaces para añadir adeptos a su causa.

Llegado a este punto, el juez explicó detalladamente el contenido de la última sesión del Consejo. Pedro Ramón le escuchó con suma atención. Cuando el juez hubo terminado su relato, el heredero tomó aire y, antes de nada, aseveró:

—Tened por seguro, mi querido juez, que cuando yo ocupe el trono condal tendré muy presente quiénes han sido mis amigos y quiénes mis enemigos.

—Señor, entended que no pretendo prebenda alguna. Lo único que preside mi actuación es el deseo ferviente de que la injusticia no pervierta el orden establecido. Os diré algo más: de momento no tenéis que preocuparos. Sé que son muchos los que piensan como yo… Y me consta que incluso vuestro padre, el conde, se muestra reacio a subvertir ese orden. Sólo he venido a advertiros… Y a deciros que actuéis con prudencia: no os dejéis llevar por la ira… Sed cauto, señor.

Pero el semblante de Pedro Ramón denotaba más furia que cautela.

19

Sants Just i Pastor

En las últimas semanas del año, el humor de Ahmed había ido de la duda al miedo y eso hacía que su estado de ánimo transitara de la euforia más desatada a la melancolía más negra, cosa que desorientaba a las dos muchachitas. Por una parte algo en su interior decía al muchacho que su historia de amor con Zahira no era un sueño; por la otra, el sudor le invadía al pensar que algo le hubiera ocurrido a su dulce quimera. Sin embargo, los hechos eran crueles y tozudos: habían pasado cuatro semanas desde la última vez y cada lunes, como de costumbre desde hacía ya casi un año, había acudido al puesto de flores y hierbas aromáticas de Margarida sin que hubiera para él recado alguno. Si hasta entonces había andado por la casa a una vara del suelo y todos sus habitantes desde el amo hasta el último de los criados le parecían las más amables de las criaturas, en estas últimas semanas del año la vida le parecía un pozo tan frío como el invierno que azotaba inclemente la ciudad. Aunque estaba seguro del amor de Zahira, en los últimos encuentros la muchacha había acudido a sus citas de los lunes más triste que ilusionada. Zahira decía que su amo jamás accedería a venderla y que, caso de que así fuera, su precio sería inalcanzable. Este estado de ánimo era advertido por todos los habitantes de la mansión de Martí Barbany y éste, ante las quejas del mayordomo y del ama, había respondido que debían tener paciencia, que era uno de los momentos más maravillosos de la juventud y que tristemente duraba poco.

Aquel gélido lunes de diciembre, Ahmed se dirigió al Mercadal desesperanzado. Pero, apenas hubo cruzado el límite, vio a Margarida sonriente, recostada en la columna de la primera arcada frente a su puesto, y su corazón comenzó a galopar desbocado. Se abrió paso corriendo entre el gentío que abarrotaba la feria y, al hacerlo, tropezó con un muchacho que trasegaba un cántaro: ambos cayeron al embarrado suelo, la alcarraza se partió en mil pedazos y él, en tanto recogía su gorrilla, se adelantó ante los reniegos del otro y le alcanzó un maravedí que llevaba en su escarcela al tiempo que le pedía excusas por su torpeza. Margarida, espectadora privilegiada del lance, reía con descaro. Llegó hasta la muchacha con el rostro desencajado y la mirada anhelante.

—Me da el pálpito de que tienes nuevas para mí.

—¿Es ésa la forma de presentarte ante una doncella?

—Perdona, pero es tal mi ansia que he sido descortés —sonrió Ahmed—. Que Dios te guarde.

—A buenas horas —le reconvino ella, en broma—. Anda, sígueme al interior, que aquí todo el mundo está al tanto de las vicisitudes del vecino y los dedos se hacen huéspedes. Además, hace un frío de espanto.

Tras estas palabras se dirigió al portal de su tienda moviendo airosa las caderas en tanto que un Ahmed ansioso la seguía sacudiéndose torpemente el barro de sus calzones. La madre de Margarida interpeló a la muchacha:

—¿Dónde vas, atolondrada, dejando el puesto del mercado sin vigilancia? ¿No sabes que los amigos de lo ajeno están a la que salta por aprovechar el primer descuido de la gente?

—Es sólo un momento, madre. Además, para este desempeño ya está el almotacén y los alguaciles. —Y añadió, con voz seria—: Este joven es un criado de la casa de Barbany y viene con una encomienda.

Al mencionar el nombre del patrón del muchacho el rostro de la mujer cambió de registro y se tornó amable y risueño.

—Perdona, mozo, pero esta buena pieza pierde el sentido en cuanto se le acerca un chico guapo... y tú lo eres, sin duda.

—Luego, dirigiéndose a su hija y tras dejar el cubo en el suelo, añadió—: Voy fuera, avía lo que tengas que hacer y regresa pronto. Y en cuanto a ti, que sepas que los que vienen de casa de Martí Barbany siempre son bien recibidos aquí.

La mujer se dirigió al exterior y Margarida, con un gracioso guiño de complicidad, desapareció en la trastienda apartando una cortinilla de tiras de esparto que ocultaba un tabuco donde debían de guardar los trastos del negocio.

La espera le pareció interminable, pero el caso es que al poco apareció la moza blandiendo alegremente en su diestra un pequeño rollo de vitela.

—Toma, pero antes me debes un beso… que yo transmitiré a Zahira.

Ahmed, a la par que tomaba el papiro, depositó un ósculo en la tersa mejilla que, mimosa y cerrando los párpados, le ofrecía la muchacha.

Salió a la plaza y se encaminó al mesón de la herrería donde el personal se aglomeraba en torno a un mostrador donde el dueño despachaba vasos de vino y raciones de cecina al por mayor. Ahmed, apenas entrado en el local, se dirigió al fondo, donde la luz entraba por un ventanuco, y desplegando el rollo se dispuso a leer.

Ahmed, me ha sido imposible avisarte antes. El primer lunes de enero iré a la ciudad y a la hora del Ángelus podré verte. Mi ama va a despachar unos asuntos suyos aprovechando que el amo la envía a buscar hierbas aromáticas y, como me consta que mi presencia le incomoda, me dará, como es su costumbre, un tiempo libre que aprovecharé para reunirme contigo. Te aguardaré a esa hora junto a la hornacina de la Virgen que está a la entrada de la iglesia de los Sants Just i Pastor.

Recibe un afectuoso recuerdo de tu Zahira.

Ahmed profirió un largo suspiro; luego releyó una y otra vez el recado, lo volvió a enrollar y colándolo bajo su juboncillo a la altura del corazón, salió a las arcadas del Mercadal, metiéndose entre el gentío convencido de que caminaba a una cuarta del suelo. Ya no sentía el frío.

El ansiado lunes amaneció la ciudad cubierta por un blanco sudario de nieve que hacía que las cosas parecieran nuevas y distintas. Ahmed, que no había pegado ojo en toda la noche y que había caído rendido en la madrugada, despertó bruscamente alarmado por los gritos que Marta y su hermana Amina proferían enloquecidas desde el jardín de detrás, exaltadas y jubilosas ante el sorprendente espectáculo. Se incorporó en su catre intuyendo que algo extraordinario pasaba y se asomó a la pequeña ventana de su estancia, abrió el postigo y la lenta y vaporosa caída de los pequeños copos le aclaró la duda. Sonrió en su interior sabiendo que la nieve era portadora de buenos augurios. Las chiquillas lo adivinaron desde el jardín y le hablaron jubilosas.

—¡Baja, Ahmed, esto es maravilloso! Baja, que haremos una batalla de bolas de nieve.

—Esperad, que os voy a correr a bolazos…

—Eso lo veremos, bribón.

En cuanto la retaban, Marta no se lo pensaba dos veces antes de aceptar el envite, pese a las reconvenciones del ama que decía que aquello era cosa de muchachos.

Ahmed cerró el postigo, se acercó al aguamanil soportado por un trípode de madera y tras llenar la jofaina con el agua de la jarra de cinc con el escanciador en forma de pico de pato que se hallaba entre sus patas realizó las abluciones diarias y se dispuso a engalanarse de acuerdo con la importancia de la jornada. Antes de hacerlo, se llegó a la mesilla del costado del catre y leyó por enésima vez la misiva que le había entregado Margarida el lunes anterior, bajo los arcos de los soportales del Mercadal, y como cada una de las veces que lo había hecho, un nudo se apretó en su garganta.

Ahmed se vistió con sus calzas nuevas, se ajustó las mejores medias que tenía y por encima de la camisa se colocó el jubón de pana que el amo le había regalado la Navidad pasada; calzó sus pies con botas tobilleras de grueso cuero apropiadas para las circunstancias del día y tras ponerse la zamarra de piel de cordero y colocarse su gorrilla ladeada, se dispuso a bajar al jardín.

Las risas de las niñas y la luz fueron aumentando a la vez que llegaba a la entrada de la galería. Al asomarse, el espectáculo le causó una honda impresión. La claridad era cegadora y los carámbanos de hielo que se habían formado en las gárgolas de la pequeña capilla del fondo del jardín parecían cuchillos de plata que brillaban en la mañana.

—¿Dónde están las jactanciosas que me han amenazado en la distancia?

Las niñas, que se habían ocultado tras el murete del estanque helado, se alzaron súbitamente con las manos a la espalda, ocultando en ellas sendas bolas de apretada nieve. Ahmed hizo ver que no se enteraba y se acercó para darles la oportunidad de sorprenderle. Apenas estuvo a la distancia apropiada, ambas lanzaron con gran jolgorio su munición sobre el muchacho en tanto le conminaban a rendirse so pena de enterrarlo en nieve. Ahmed, acuclillándose primero y luego arrodillándose y tapándose el rostro entre las manos, simuló un ataque de pánico.

—¡Por favor, perdón!

Ambas se aproximaron para rematar su obra y con la diestra alzada Marta le conminó:

—¡Ríndete o eres hombre muerto!

Entre los dedos de las manos que cubrían su cara, Ahmed calculó la distancia. Cuando supo que estaban a su alcance se alzó como un resorte y tomándolas por la cintura se revolcó con ellas, entre risas y gritos, sobre el blanco sudario.

En aquel momento apareció la severa imagen de doña Caterina aupada sobre sus almadreñas, en el quicio de la puerta del jardín. La mujer, remangándose las sayas y el pellote para no mojarlo y gritando, se aproximó al revoltijo y tomando a Marta por el brazo la obligó a alzarse mientras increpaba a Ahmed.

—¡No puedo creer que andes en semejantes lides con criaturas! Y vos, Marta, debéis saber que éstos no son esparcimientos apropiados para damas. En cuanto a ti, Amina, ya eres mayorcita para estos juegos… Ya hablaré con tu madre.

—Ha sido culpa mía, ama; no volverá a ocurrir —dijo Ahmed mientras se sacudía la nieve de las calzas.

—Desde luego que no volverá a ocurrir, de eso me ocupo yo. —Y tomando a Marta de la mano y seguida por una Amina cariacontecida, se retiró hacia el interior de la casa.

Aquel día Ahmed estaba dispuesto a perdonar cualquier ofensa, tal era su estado de felicidad. Cuando el ama se hubo retirado, se caló la gorra, se dirigió a la cancela de hierro del jardín y abriéndola ganó la calle.

El camino hasta la iglesia de los Sants Just i Pastor le pareció nuevo y maravilloso. El hielo junto a la base de los árboles formaba un encaje de puntillas y la nieve crujía a su paso. Las gentes parecían de mejor humor ante el insólito acontecimiento y todos los niños de la ciudad parecían haber coincidido en la plaza de Sant Miquel jugando a guerras de nieve. Ahmed la atravesó y se dirigió por debajo del antiguo *cardus* de los romanos hacia la iglesia de Sant Jaume; tras pasarla y superar un pequeño repecho se halló frente a la iglesia de los Sants Just i Pastor. Al abrir, los goznes de la cancela gimieron lastimosamente y Ahmed, gorra en mano, se introdujo en el templo. Al principio la oscuridad le impidió divisar el paisaje interior, pero enseguida sus ojos se fueron acostumbrando a la penumbra. En la nave central se hallaban cuatro viejas orando y en el presbiterio un hombre hablaba con uno de los eclesiásticos; a la luz que iluminaba el altar mayor pudo divisar el perfil amado de Zahira que, habiendo llegado antes, le aguardaba. Ahmed, casi de puntillas, se llegó hasta donde estaba la muchacha bajo la hornacina de la Virgen y, tras santiguarse desmañadamente, se colocó a su lado. Como en cada una de las ocasiones anteriores el corazón comenzó a latirle cual potro desbocado. Luego su mano buscó insistentemente la de la muchacha.

—¿Cómo estás, amada? El tiempo se me hace insoportable aguardando tus nuevas.

La muchacha, sin volver su rostro hacia él y medio oculta bajo la capa que ocultaba sus ropajes árabes, respondió.

—Bien hallado Ahmed, mi corazón sufre más que el tuyo sin duda, pero me es muy dificultoso enviarte mensajes y todavía más verte… No olvides que tú eres libre y gobiernas tu vida en tanto que yo dependo de los caprichos de muchas personas.

—Perdona mi pronto, pero la espera se me hace insoportable y cada día parece más largo que el anterior: nada hago a derechas y si no pago las consecuencias de mis descuidos se debe a la benevolencia de mi amo.

—Mejor dirás de tu patrón; ignoras el sentido de la palabra amo —musitó Zahira, con voz triste.

—Bien que lo sé, no olvides que fui comprado de niño y conozco la condición de tantos y tantos que viven en la esclavitud. Reconozco que tuve la fortuna de hallar un gran amo que nos manumitió a mí y a los míos… Pero no quiero desperdiciar ni uno de los escasos momentos en que gozo de la dicha de verte en vanas explicaciones que a nada conducen.

La muchacha se volvió hacia él y al hacerlo el embozo que cubría su rostro se retiró un tanto y Ahmed pudo entrever el brillo de sus hermosos ojos.

—Así es como quiero recordarte esta noche —murmuró él, acariciándola con la mirada—. Háblame, por caridad, que cada palabra es un tesoro que guardo en mi corazón.

Zahira meneó la cabeza y soltó un suspiro de pesar.

—Ahmed, las cosas se están poniendo harto difíciles. Casi nunca salgo sola y me es muy comprometido, no ya verte sino incluso dejar un recado a Margarida para que te lo entregue. Temo lastimarte dándote vanas esperanzas pues todo seguirá igual o peor… Mi dueño es voluble y caprichoso, lo cual lo hace imprevisible; dependo de su humor y del de la dueña. Si me pillan haciendo algo indebido, me libraré del azote porque no querrán llenar mi espalda de cardenales por miedo a tener que malvenderme, pero no dudes de que el castigo será terrible.

—Zahira, desde el primer día que hablé contigo estoy ahorrando todo cuanto gano para poder comprarte —le aseguró él—. Trabajo, además de en la casa, en las atarazanas de mi amo calafateando barcos y tengo ya reunidos treinta mancusos, veintitrés sueldos y once dineros exactamente. ¿Cuánto crees que tu amo pedirá por ti?

Zahira esbozó una sonrisa llena de melancolía.

—Eres un soñador, Ahmed, y tal vez eso fuera lo que me enamoró, pero tu esfuerzo es baladí. Si aceptara venderme, mi amo pediría mucho más por mí. Cierta vez le oí comentar que esperaría a que cumpliera los diecinueve años para escuchar ofertas.

—Nada vale lo que no se intenta, he de saber, ¡por mis muertos!, lo que tu dueño quiere por ti. Y si me he de empeñar con mi amo de por vida, lo haré sin dudarlo. Si no te libero de tus cadenas, me tendré por un fatuo o, lo que es peor, por un ser sin corazón que te ha hecho concebir vanas esperanzas.

—Agradezco tu buena intención —dijo ella con dulzura—. Quiero que sepas que tu amor me ha ayudado a vivir hasta el día de hoy, pero es hora ya de que bajemos a la tierra desde la nube en la que nos instalamos hace unos meses. No quiero convertirme en un obstáculo en tu camino. —Zahira no pudo mirarle a los ojos y bajó la cabeza antes de murmurar—: Es mejor que olvidemos este sueño.

Ahmed habló, en tono contenido y sin embargo firme.

—Zahira, eres y serás la única mujer de mi vida. Si no me ayudas a poner los medios, obraré yo solo. Buscaré el día y la hora, y te juro que sabré llegar hasta tu dueño.

—No insistas, Ahmed. Jamás te olvidaré, pero ha llegado la hora del adiós.

Zahira miró a un lado y a otro, y tras asegurarse de que nadie la observaba, tomó entre sus manos el rostro de Ahmed y depositó un beso en sus labios. Luego caló la capucha de su capa ocultando su rostro y partió dejando al muchacho sumido en un mar de zozobras y desazones.

20

La mancebía de Mainar

a entrevista se llevó a cabo en la casa del *raval* de la Vilanova dels Arcs que había sido propiedad de Martí. Para aquel solemne día del año que recién comenzaba, Mainar había citado al caballero Marçal de Sant Jaume, su todavía desconocido protector, y a su socio y enlace Simó lo Renegat. La venta se había llevado a cabo meses atrás en el domicilio del notario mayor Guillem de Valderribes, cerca del antiguo templo romano, y en presencia de cuatro testigos que fueron por parte de Mainar el propio Simó en su condición de converso, y, por parte del vendedor Martí Barbany, el capitán griego Basilis Manipoulos, que ya era vecino reconocido de Barcelona; los otros dos fueron amanuenses del propio notario mayor. El pago del inmueble lo realizó Mainar, por mor de vestir la farsa, la mitad en circulante en onzas de oro y en mancusos sargentianos y la otra mitad mediante un pagaré a un año librado por la banca genovesa y avalado por Eleazar Bensahadon, segundo preboste de los cambistas del *Call* de Barcelona.

Mientras aguardaba a sus visitantes, Mainar repasó mentalmente las vicisitudes por las que había tenido que pasar para la consecución del ansiado caserón. En principio, en el acuerdo tuvo que especificar las condiciones en las que se vendía el inmueble y al fin al que estaba destinado. Su astucia le inspiró el camino a seguir. A requerimiento de Barbany, el notario anotó en el documento que en la casa se alojarían esclavos comprados en las subastas del mercado de la Boquería, cosa que certificó el subastador del mismo; que a aquellos hombres, mujeres y niños se les enseñaría un oficio que les serviría en el futuro para mejorar su condición, que en su posterior venta se incluiría una cláusula para que pudieran adquirir su libertad en el bien entendido que en dicha transacción debería estar incluido el beneficio que Mainar debería percibir por la inversión hecha en sus personas tanto en el momento de la compra como en el de su enseñanza y mantenimiento. Cuando vio que Barbany aceptaba el trato, respiró tranquilo, pues aparte del precio y de aquella sinuosa cláusula las demás condiciones le parecieron un juego de niños.

La casa hacía esquina a dos calles; estaba perfectamente conservada y su fachada exterior apenas necesitó ser remozada; en cuanto al interior realizó las reformas pertinentes para adecuarlo a su idea. La entrada del patio de caballerías y carros fue ampliada y reformada. Tras el portón se abría una sala en cuyas paredes, con anaqueles, los parroquianos debían dejar las prendas y objetos que consideraran innecesarios para su relajo y entretenimiento y, obligadamente, cuchillos, navajas y cualquier arma cortante que pudiera ser peligrosa en caso de una reyerta entre algún que otro achispado cliente que sufriera un ataque de celos o cuyo intelecto se viera turbado por los vapores del vino. Ante los estantes había un largo banco de torneadas patas. Desde esta sala se pasaba a otra donde, alrededor de un tablado parecido al de la subasta de esclavos pero circunvalado por un ruedo de candiles con sus respectivos velones, se habían dispuesto mesas de diversos tamaños con sus respectivos escabeles para acoger a los clientes. Ni que decir tiene que en el susodicho espacio irían apareciendo las desdichadas de las que podrían gozar durante la velada y, si así convenía, adquirir posteriormente. La sala desembocaba en una escalera que ascendía al primer piso: allí se abrían ocho puertas que daban a los consiguientes reservados, debidamente acondicionados con jergones y aguamaniles con sus correspondientes servicios, y desde donde se podía observar a través de un pequeño ventanuco cubierto por una discreta celosía, lo que sucedía en el salón inferior. Tras el escenario había unos cuartuchos sin ventilación donde aguardarían turno las destinadas a mostrarse al público cada noche. En el sótano se encontraban las mazmorras donde deberían dormir los desgraciados habitantes de aquella singular y gigantesca prisión. En cada piso había unos mingitorios destinados a aliviar las necesidades de los parroquianos y en la parte posterior de la planta baja, más allá del gran patio, las cocinas y despensas con todo lo necesario para poder alimentar a los allí alojados y el comedor de los esclavos, además de un gran huerto que abastecía de verduras a todo el personal. Lo circunvalaba un alto muro coronado de puntas de vidrio, cuyo único portalón, destinado a la entrada de mercancías, estaba rematado en cada una de las esquinas por atalayas desde las que se podía vigilar tanto el exterior como el interior, ya que por las mañanas toda la tropa de esclavas era obligada a salir a la luz del sol para conservar su salud y aspecto. Finalmente, junto a las cuadras, había una estancia destinada a los guardianes encargados de mantener el orden en el local; a su alcance, en un armario, un arsenal de porras, bastones y chuzos de asta de madera y afilada punta de hierro dispuestos a disuadir al más revoltoso de los parroquianos. Junto a esta estancia, el dormitorio de los sirvientes.

A la hora acordada, un propio llamó a la cancela de su estancia para anunciarle que los esperados visitantes habían llegado. Mainar se estiró el jubón, se alisó las calzas y tras ajustarse el parche del ojo, ordenó al doméstico que los hiciera pasar sin poder evitar que un nudo atenazara su garganta. Se puso en pie y apoyándose en el ángulo de la mesa, compuso el gesto y enderezó la espalda, dispuesto a causar buena impresión al poderoso caballero. Tras demandar la venia se abrió la puerta y ante él comparecieron Simó, el eficaz subastador del mercado de esclavos, acompañado del mítico Marçal de Sant Jaume, otrora influyente amigo del conde Ramón Berenguer y ahora poderoso intercesor ante el primogénito Pedro Ramón. Los ropajes del caballero sorprendieron a Mainar; no tanto por su estilo, ya que de sobras conocía su costumbre de vestir al modo musulmán, sino más bien por su magnificencia y boato. Se cerró la puerta tras ellos y ambos hombres se miraron con curiosidad. Simó esperaba en la puerta, cabizbajo.

—Bienvenido a esta humilde morada, señor, habéis tomado posesión de vuestra casa —saludó Mainar.

El de Sant Jaume calibró con la mirada al medio enmascarado anfitrión, jugueteó indolente con el rebenque que portaba entre las manos y respondió solemne y engolado:

—A mí también me place conoceros. Simó ha sido para vos un buen introductor, mas una vez satisfecha mi curiosidad, por mi conveniencia y por la vuestra, pocas serán las veces que nos veamos: la corte tiene ojos y oídos por todas partes y no sería procedente entorpecer lo que promete ser un pingüe negocio por una imprudencia. Nuestro vínculo será como siempre el gordo Simó —añadió, con el tono de desdén que dedicaba siempre al subastador de esclavos.

—Sea siempre como gustéis, señor.

El caballero de Sant Jaume paseó indolente su mirada curiosa por toda la estancia.

—A fe que estáis bien instalado, soy buen conocedor de distintas costumbres y me place que los ambientes correspondan a los negocios que en ellos se desarrollan.

—He procurado, señor, que en toda la casa presida la alegoría del placer común en lugares lejanos, como bien sabéis, y tan denostado, en cuanto a lo público se refiere, por nuestra Iglesia.

—De lo cual se infiere que el islam es mucho más respetuoso con la naturaleza del hombre que nuestra religión. Ved que su paraíso habla de huríes vírgenes y de cópulas infinitas en prados verdes surcados por riachuelos, en tanto que al nuestro nos lo pintan, aparte de asaz monótono, difícil de alcanzar.

—Señor, todo lo que vaya en contra de las leyes del instinto de procrear está condenado al fracaso. Por eso este negocio es infalible.

El de Sant Jaume hizo un gesto de asentimiento.

—Abundo en vuestro criterio, pero debo deciros que deberéis pensar en otro sitio para el segundo de vuestros negocios, ya que no me placería tener tal comercio en las cercanías de mi casa. —Luego se dirigió a Simó, que asistía mudo a aquel diálogo—. Creo que en el camino de Montjuïc, a la vera del *raval* del Pi, hallaréis un emplazamiento mejor.

El subastador intervino.

—He pensado, señor, por lo mismo que comentabais hace un instante, que no es bueno para el asunto la vecindad de la iglesia del Pi.

—No seas estúpido. Nada habrá de acaecer contando en palacio con el beneplácito y la protección de quien sabéis.

—¿Y si algún clérigo inoportuno mete las narices?

—Será que se siente atraído por el olor a mujer y entonces sabremos satisfacer su necesidad —respondió Marçal, socarrón.

Mainar, que lo último que deseaba era contradecir a su protector, matizó:

—Será sin duda como gustéis, y ahora si os place os mostraré las instalaciones.

—Aún no. Antes quiero saber el porqué de vuestro extraño aspecto.

Después de invitar a su protector a acomodarse y hacer él lo propio, el tuerto le puso al corriente de sus extrañas andanzas y tuvo buen cuidado de explicar la misma historia que había contado a Simó, que pareció satisfacer al de Sant Jaume. Al punto Mainar mostró las instalaciones al caballero, seguido a unos pasos por Simó, y por la actitud del visitante supuso que el lugar le había complacido en grado sumo.

—El continente parece apropiado; el contenido, Simó, dependerá de ti —advirtió Marçal.

—Os aseguro, señor, que estará a la altura, no tendréis queja.

—Bien está lo que bien acaba; no quiero volver a hablar del asunto.

Luego, el de Sant Jaume, indicando a Simó con un gesto que le siguiera, se dirigió a la salida donde, al pie de la escalinata, sus portadores le aguardaban con las calzas de madera de la silla apoyadas en el suelo.

Cuando ya hubieron partido y en la quietud de su gabinete, el tuerto meditó en voz alta: «Llegará el día que comerás en mi mano».

21

La botadura

oña Caterina, traedme a Marta a la biblioteca vestida como corresponde al acontecimiento que hoy vamos a celebrar. Para mí es un gran día, pero para ella tiene que ser inolvidable.

La mujer se retiró apresurada y la voz de Martí Barbany la detuvo en el marco de la puerta.

—Quiero que asistáis todos a la playa, que en la casa se queden únicamente el mayordomo y el jefe de mi guardia con un retén que cubra las puertas y la muralla.

—Como mandéis, señor.

Martí se quedó solo aguardando a su hija y aprovechó aquellos instantes para poner un poco de orden en sus pensamientos. Marta, el centro de su existencia, había cumplido ya once años, y en ella veía reflejadas las virtudes que habían adornado a su amada Ruth. Su imperio económico no había parado de crecer desde la muerte de su esposa, y su gallardete era conocido en todos los puertos del Mediterráneo, así como sus caravanas cargadas de valiosos productos: marfil, espadas, armaduras, trigo, cebada, paños y pieles curtidas, que llegaban y partían de Barcelona tanto hacia la tierra de los francos como hacia los reinos cristianos y moros del resto de Hispania. Un único asunto turbaba su espíritu en el nuevo año y no era otro que el engaño sufrido al vender la casa de la Vilanova dels Arcs a aquel villano que, aprovechando su buena fe, le constaba había establecido, sin que al parecer a nadie importara, un negocio que repugnaba a cualquier conciencia cristiana.

Los pasos ligeros de Marta, acompañada por las voces de doña Caterina, que se fatigaba en extremo al intentar seguir a aquel cervatillo por las escaleras, anunciaron su presencia. La niña se asomó por la puerta y sus vivaces ojos lo buscaron por la estancia. Al ver a su padre instalado en un sillón bajo el ventanal trilobulado, corrió hacia él y se arrojó en sus brazos.

—¡Calma, Marta, doña Caterina casi no te puede seguir!

La mujer llegó sin resuello a la entrada del gabinete.

—Se lo digo una y mil veces, amo: las damas deben caminar con más recato y adoptar un paso pequeño y contenido; Marta ya es una mujercita. —Martí, que ya había renunciado a que el ama Caterina le llamara señor, apoyó su criterio.

—Cierto. Hija mía, ya comienzas a tener una edad y tu comportamiento ha de ser digno de tu condición.

—Padre, es la alegría que tengo cuando consigo veros. Trabajáis tanto y sois tan caro de ver que cuando me hacéis llamar, me olvido de las normas y corro al galope.

—De eso es de lo que me quejo —añadió la vieja aya—. Apenas puedo seguiros y me canso de repetiros lo mismo una y otra vez.

—No se repetirá, doña Caterina, a partir de ahora tendremos mucho cuidado. —Y, dirigiéndose a su hija, añadió—: ¿No es cierto, Marta?

—Tendré mucho cuidado, padre, no volveré a correr dentro de la casa.

—Así me gusta, y vos ama, podéis retiraros.

Padre e hija quedaron frente a frente.

—Ven acá, Marta, siéntate a mi lado.

Recogiéndose la almejía, la muchacha se acurrucó en el sillón al lado de su padre. Lucía una sobreveste de color azul, abierta por los laterales, por los que asomaban las mangas de una camisa blanca que se ajustaban a las muñecas y con el escote ribeteado de pasamanería, cerrado a caja; cubría sus piernas con medias de color añil y calzaba sus pies con sus primeros escarpines de un azul más intenso. Martí la miró con orgullo. Aquella mujercita era su hija.

—Veamos, Marta, el día ha llegado y hoy vas a vivir unos acontecimientos que marcarán tu vida.

—Ya lo sé, padre mío, y ello ha hecho que esta noche el sueño me haya abandonado. No he cerrado los ojos ni un instante pensando en la hermosa jornada que se avecinaba.

—Pues no lo sabes todo, hija mía, y nada te he dicho porque hasta esta mañana no me han confirmado lo que te voy a exponer.

—¿Qué puede haber más importante que presenciar la botadura de un barco que he visto construir durante dos años?

—Pues que la condesa Almodis en persona va a apadrinarlo junto a ti.

Los ojos de Marta brillaron jubilosos.

—Padre, ¿por qué soy tan afortunada?

—Sin duda porque te lo mereces, por buena hija de la Iglesia y por buena hija mía.

—¿Os puedo pedir una cosa?

—Ciertamente.

—Me gustaría que Amina me acompañara.

Martí meditó unos instantes.

—¿Lo crees necesario?

—Padre, cuando llegue no conoceré a nadie.

—Que así sea si así te place, pero ten en cuenta que cuando te presente a la condesa ella habrá de quedar a un lado.

—Os adoro, padre —dijo ella, echándose en sus brazos, antes de ir a comunicar la buena noticia a su amiga del alma.

De camino se cruzó con Ahmed, que pasó casi sin verla. Pensativa, Marta siguió con la mirada la triste figura del joven. Unos meses atrás andaba embobado, con una perenne sonrisa, y sin embargo ahora unas profundas ojeras oscurecían su mirada. La muchacha se dijo que habría dado cualquier cosa por saber qué turbaba esos días el espíritu y los amores de su buen amigo.

La playa situada a la derecha de la puerta de Regomir, donde tenía sus atarazanas Martí Barbany, era un hormiguero de gentes venidas de todos los rincones del condado. La botadura del primer barco de aquel porte no era cosa baladí y para los barceloneses, a pesar del riguroso frío invernal, la ocasión era una fiesta. Aquel navío iba a ser, sin duda, el mayor de la flota del naviero, compuesta ya por sesenta y tres naves de diferentes bordos y calados. En esta ocasión, Martí había coronado un proyecto largamente acariciado y sus carpinteros de ribera, calafates, herreros y en conjunto todos aquellos que dedicaban sus esfuerzos a la construcción de bajeles, habían batido sus anteriores registros. Pese a que lo había visto crecer desde el inicio, Marta, al llegar a la playa, se asombró de la magnitud del que había de ser el buque insignia de la flota de su padre. La acusada quilla del casco del esbelto navío mixto de vela con tres hileras de remos yacía encajada en la hendidura central de una cama de traviesas de madera de haya, que colocadas a tres varas una de otra y embadurnadas de grasa descendían por la playa hasta el agua; sus poderosos flancos descansaban apuntalados desde las amuras hasta las aletas de popa por largas y gruesas pértigas a su vez clavadas en la arena y que, manejadas y sujetas por avezados y forzudos hombres de mar, la acompañarían hasta el agua. La nave era un trirreme parecido a la celandria bizantina de veintiséis filas de tres bancos y de tres galeotes por remo que además iba a aprovechar la fuerza del viento mediante tres velas latinas cuyos palos, trinquete mayor y mesana descansaban en aquellos momentos recostados sobre la cubierta y que se montarían cuando ésta estuviera ya en el agua. El castillo de popa soportaba en su cubierta un timón doble que garantizaría el buen gobierno; bajo él se hallaba, a estribor, el camarote del capitán y a babor, el del armador. A proa un castillo algo menor con otros dos camarotes para pasajeros ilustres o adinerados que los pudieran pagar, y un pequeño cubículo para el físico de a bordo, figura instituida por iniciativa del armador. En el sollado estaban los cois de la tripulación, y más abajo la bodega de carga. Circunvalaba la nave una estrecha pasarela alzada que permitía rodearla por el exterior y desplazarse sin interferir en la boga de los remeros, y por el centro de la nao y de proa a popa y bajo la cubierta, la atravesaba un estrecho puentecillo de madera por el que se podía desplazar el cómitre para, en casos extremos de huida o defensa, estimular con el rebenque a las bancadas de galeotes. En aquel momento tres largas escaleras de mano estaban apoyadas a ambos costados y dos plataformas hechas con tablones de madera con sus respectivas barandillas y amarradas a sus correspondientes polipastos descansaban en la arena junto al barco, preparadas para subir a bordo a los invitados.

La multitud se arremolinaba festiva e inquieta alrededor de las cuerdas que determinaban el límite de todo el tinglado; algunos alguaciles del veguer se iban a ocupar de que la condesa Almodis y su cortejo pudieran llegar junto a la nave sin dificultad. A tal efecto se había construido una engalanada tribuna con sus respectivos sitiales para presidir la ceremonia; desde ella hasta el comienzo de la playa se extendía una larga alfombra para impedir que los escarpines de las damas y el bajo de las sayas se mancharan con los restos de brea y la suciedad de la arena.

En pie junto a su hija y en compañía de sus capitanes y de su entrañable amigo el canónigo de la catedral y confesor de la condesa Eudald Llobet, Martí Barbany aguardaba la llegada de la corte. Marta, que daba la mano a Amina, impresionada por todo aquel barullo, observaba con curiosidad que tanto el nombre de la nave como el mascarón de proa estaban ocultos bajo unos espesos cortinajes.

—Padre, ¿por qué está cubierta la proa?

—Ésa es la sorpresa que te guardo.

En aquellos momentos el sonido de los añafiles y el redoblar de los tambores indicaron que los componentes de la corte barcelonesa estaban a punto de llegar a la playa. El remolinear de la gente y el brusco movimiento de las picas de los guardias al cruzarse confirmaron su impresión. Precedida de escoltas, rodeada de sus cortesanos predilectos, embocaba ya la entrada de la roja alfombra, mayestática y solemne, la condesa Almodis. Apareció con una bellísima almejía ceñida por un cíngulo que remarcaba sus todavía hermosos senos, las mangas anudadas mediante cintas a sus anulares, un sobrepelliz de armiño blanco para protegerse del relente del mar y calzando sobre unas medias color berenjena que dejaban ver sus finos cabos al subir o bajar un escalón, lujosos coturnos que elevaban su estatura y que la aliviaban de los rigores de la arena. Cubría su cabeza un curioso tocado de concha de tortuga y perlas que conjuntaba con el hermoso collar que lucía al cuello y con la ceremonia náutica que se iba a desarrollar dentro de poco. A su lado los gemelos Ramón y Berenguer y tras ellos, distanciado, el primogénito Pedro Ramón. Delfín lucía su malhumorado rostro, y ligeramente retrasadas iban sus damas, con Lionor al frente. Justo detrás del grupo, Olderich de Pellicer, veguer de Barcelona, Odó de Montcada, obispo de la ciudad, Guillem de Valderribes notario mayor y Gilbert d'Estruc, gentilhombre de confianza y fiel servidor de Almodis, completaban el cortejo. Una vez hubieron llegado a la altura de la tribuna, Martí se precipitó a besar la mano que le tendía la condesa, cosa que hizo rodilla en tierra cual si fuera el último de sus siervos, y a continuación saludó a los tres príncipes. Después que los demás, a excepción del padre Llobet, rindieran pleitesía, Almodis ascendió a la tribuna seguida de su pequeña corte y desde allí dirigió su mirada a la soberbia nave.

—Hermosa criatura, ¡vive Dios! Parece, mi buen Martí, que no cejáis jamás en vuestros empeños para honra y prez de los condados catalanes.

—Señora, es mi trabajo, y si con él colaboro a engrandecer esta ciudad que tanto me ha dado, me congratulo por ello.

Entonces la condesa pareció reparar en Marta que, asombrada, observaba cuanto pasaba a su alrededor.

—¿Es esta mocita vuestra hija?

—Ella es Marta, señora, mi hija y todo lo que de afecto me queda en este mundo.

—Gran honor me parece a tan temprana edad. ¿Qué haréis cuando contraiga matrimonio?

—Falta mucho para ello —suspiró Martí—, aún no es tiempo.

—Pero sí está ya en edad de merecer —dijo Almodis con una sonrisa. Luego se dirigió a Marta—. Me gustaría que en alguna ocasión tu padre te trajera a palacio: tengo dos hijas, Inés y Sancha, que ahora están con mi esposo, el conde de Barcelona, visitando a su tío, el conde de Urgel, por lo que no me han acompañado. Son algo mayores, pero creo que podrían hacer buenas migas contigo.

Martí dio un ligero golpe en el hombro de su hija y ésta interpretó el mensaje.

—Será un honor que tal suceda, señora, y me hará una ilusión inmensa conocerlas y conocer palacio.

—Que así sea, pues —concluyó la condesa—. Prosigamos con la ceremonia, Martí: los vecinos de Barcelona no merecen tan larga espera.

—Entonces, señora, si me lo permitís, ordenad al señor obispo que proceda.

Odó de Montcada, revestido de una sobreveste morada que cubría una ornada hopalanda ribeteada con hilos de oro, se acercó al casco de la nave y tras proceder a su bendición tomó el hisopo de un cubito que le sostenía un clérigo menor y desparramó sobre el casco unas gotas de agua bendita. Entonces Martí se adelantó y tirando del cabo que gobernaba las cortinillas procedió a descorrerlas, dejando al descubierto tanto la tablilla donde figuraba el nombre de la nave *Santa Marta* como el mascarón de proa que era la imagen de una sirenita con las exactas facciones de la niña. Marta, tapándose el rostro con las manos, ahogó un sollozo intentando contener la emoción.

En tanto que el estruendo de atabales y trompetas agitaba el aire, el gentío comenzó a aclamar a la condesa y al armador, a la vez que unos criados con cestas llenas de viandas aparecían a las puertas de las atarazanas y lanzaban su contenido entre el alborozado populacho.

—Señora, si me lo permitís me gustaría invitaros a subir a bordo antes de que la nao flote en el agua.

La voz de Martí sonó sobre el estruendo y la algarabía.

—Nada me puede placer más. La última vez que llegué a Barcelona por mar gocé por cierto de unas muy especiales circunstancias —dijo la condesa, recordando con una sonrisa su accidentada huida de Tolosa y posterior llegada a la ciudad.

—Entonces, señora, vamos a ello.

De la tribuna se adelantó un reducido grupo que se dirigió a las

plataformas provistas de rasteles de cuerdas que sujetos a los polipastos aguardaban recostadas en la arena de la playa. Abría la marcha Martí dando la mano a su hija; luego la condesa y detrás sus
dos gemelos. El heredero, con un gesto displicente, se quedó en
tierra renunciando a visitar el navío, más que por otra cosa, por
hacer un feo a su madrastra. Cerraba la marcha Eudald Llobet,
cuyo gastado organismo no renunciaba a gozar de nuevas sensaciones. Las plataformas, cada una de ellas con cuatro personas,
fueron ascendiendo lentamente a fuerza de brazos y en varias veces, por los costados de la nao. En la última tanda subieron los capitanes de Martí que estaban en Barcelona, el griego Manipoulos
y Felet, su amigo de la infancia, que iban a ser los encargados de
dar cuantas explicaciones técnicas requiriera la curiosidad de los
invitados. Las ruedas de los ingenios gruñían forzadas por la tensión de los cabos de cáñamo hasta que finalmente las plataformas
alcanzaron la altura conveniente y todo el grupo se halló sobre la
cubierta del barco.

Los presentes se desparramaron por el trirreme yendo de un
sitio a otro asombrándose ante la cantidad de adelantos, los bruñidos bronces, las ricas maderas, los barnizados polipastos, el juego
de timones; todo era lo mejor y más avanzado de la época; luego
la condesa hizo un aparte con el naviero.

—Amigo mío, esto es asombroso, jamás creí que el hombre
fuera capaz de tanta maravilla. Es notable el esfuerzo que hacéis
por engrandecer al condado de Barcelona. Si algo deseáis pedirme, éste es el momento.

El arcediano cruzó una mirada inteligente con Martí y éste
entendió el mensaje.

—Señora, hablaríamos mejor en uno de los camarotes.

Al poco, la condesa, su anfitrión y su confesor se hallaban a
popa en el camarote del armador habilitado bajo la toldilla. Almodis despreocupadamente tomó asiento en la litera de estribor
e indagó.

—Mi instinto de mujer me dice que no me habéis traído hasta aquí por algo baladí.

Llobet carraspeó.

—Así es, señora. Una vez más vuestra intuición no os ha engañado.

—Decid pues, amigo mío, soy toda oídos.

Martí tomó la palabra:

—El caso es, señora, que ha tiempo quería exponeros una cuestión que me duele en el alma.

—Os escucho, Martí —dijo la condesa.

—Además, condesa, debo deciros que dicha cuestión no solamente atañe a nuestro amigo sino que ofende a la Santa Madre Iglesia —apostilló el clérigo.

—Me inquietáis, Eudald. Decidme qué es ello, y si está en mi mano, intentaré poner el correspondiente remedio; hablad, Martí.

—Veréis, señora. Hace tiempo vino a verme un personaje que, valiéndose de malas artes y de engaño, me propuso un negocio que suponía la manumisión de esclavos, para lo que quería que le vendiera una casa de mi propiedad en la Vilanova dels Arcs.

—¿Y?

—Yo accedí a ello —reconoció Martí, pesaroso.

—¿Entonces?

—El propósito, señora, no era tal, sino más bien instalar un nido de lujuria y desenfreno en el que no solamente no manumite a ningún esclavo sino que los fuerza y utiliza para el vicio prostituyéndolos sin la menor misericordia.

—Con ello ofende al sexto mandamiento de la ley de Dios y ensucia la ciudad —apostilló Llobet.

Almodis meditó unos instantes.

—¿Y no creéis que en vez de a vuestra condesa a quien deberíais informar es al veguer para que proceda a allegar los medios oportunos para cerrar tal lupanar?

Martí y el sacerdote cruzaron una mirada cómplice.

—Permitidme, condesa.

—Os escucho, Eudald.

—El caso es que parece ser que el tal individuo goza de cierta protección en las altas instancias de palacio, lo que le hace inmune a las denuncias.

La mirada de Almodis cambió radicalmente.

—Explicaos.

Martí tomó la palabra.

—Señora, ¿recordáis a Marçal de Sant Jaume, aquel caballero que fue rehén del rey al-Mutamid de Sevilla en aquel triste suceso de los falsos maravedíes que tan caro costó a mi querido suegro?

—¿Cómo podría olvidar aquel horrible asunto? —dijo la condesa, mientras un estremecimiento recorría su cuerpo.

Años atrás, el rey al-Mutamid de Sevilla había abonado el rescate de su hijo, rehén en el palacio condal, con unos maravedíes que luego resultaron ser falsos, y liberado a cambio al rehén que tenía en su corte: el caballero Marçal de Sant Jaume. El engaño había sido de tal calibre que su esposo, mal aconsejado por su hombre de confianza, Bernat Montcusí, había buscado un chivo expiatorio, que no fue otro que el pueblo judío en la persona del malogrado Baruj Benvenist, el suegro de Martí Barbany, quien fue ejecutado injustamente y sus bienes incautados, acusado de falsificar los maravedíes.

—Pues bien, señora, parece ser que éste es el vínculo que tiene el rufián con palacio.

—Concretad, ¿con quién de palacio, si se puede saber? —exigió Almodis.

El arcediano intervino de nuevo y a pesar de estar en cubierto, bajó la voz.

—Si mis informaciones no mienten, el protector del caballero es el primogénito.

El rostro de la condesa se crispó imperceptiblemente.

—¿Queréis insinuar que Pedro Ramón protege ese tugurio?

—Así es, señora.

La expresión de la condesa había variado visiblemente.

—Mi querido Martí, aparte de que os han sorprendido en vuestra buena fe, creo que no me corresponde mediar en tales asuntos.

—No os entiendo, condesa —intervino el padre Llobet, cariacontecido.

—Mi buen Eudald, a estas alturas de la vida sabéis mejor que nadie que el fornicio no tiene remedio, que el invierno es largo y frío y que éste se cura, además de con buenas brasas, con una cama caliente. Tengo ya muchos problemas con el heredero y no quiero aumentar su malquerencia y mucho menos tratar un tema de esta índole con mi esposo. Si eso distrae a Pedro Ramón y consigue que entretenga sus ocios en estos menesteres en lugar de incordiarme en palacio, os diré que, aun lamentándolo por vos, Martí, daré por bien empleado el tiempo y el invento. Además —añadió con la sonrisa de quien ha vivido y visto muchas cosas—, una pobre condesa nada puede hacer por aliviar el ardor de sus súbditos varones, ni creo que ésa sea su tarea.

—Pero, señora, tratándose de ofensa tan manifiesta a Dios y conociendo la preocupación que tenéis por otras cosas, hemos creído que tal vez…

—Pláticas palaciegas, Eudald. Sabéis que no me place ni estoy conforme con el hecho de que nuestra Iglesia se ocupe tanto de cosas que son naturales y por tanto incorregibles y deje en cambio campo libre a tanta injusticia y tanta falta de caridad. Os consta además que no siempre acuden a aliviarse casados y solteros sino que entre vuestro gremio, mi querido Llobet, hay quien tiene a su cargo a una barragana. Lo siento, Martí, pero en estas circunstancias no puedo intervenir en el asunto.

En el rostro del naviero se pudo observar la decepción que la respuesta de la condesa le ocasionaba.

Tras una pausa, Almodis, a fin de congraciarse, añadió:

—Sin embargo y para que veáis que valoro y en mucho vuestra ingente tarea en pro de Barcelona, voy a pagaros con una merced que no me habéis pedido.

—Y ¿cuál es, señora?

—Veréis, caro amigo, hace ya mucho que quedó claro que ni la comunidad judía y mucho menos vuestro suegro Baruj Benvenist, tan injustamente tratado, tuvieron nada que ver con el desgraciado incidente de los falsos maravedíes. Su vida no os la puedo devolver, pero sí sus bienes. Por tanto, y sirva como especial reparación que os ofrece vuestra condesa, recibiréis toda la documentación que conforma la devolución de la casa del *Call*, que os pertenece sin duda como viudo de la que fue vuestra esposa. Vaya lo uno por lo otro. Y ahora, si no tenéis otra cosa que decir, creo que esta conversación ha concluido. Sigamos con la botadura de este hermoso barco.

22

El castigo de Zahira

La noche cerraba. Una luna difusa y trashumante emborronada por un tropel de desflecadas y huidizas nubes apenas alumbraba el camino que se abría tras la puerta del Castellvell. Un grupo al parecer inconexo formado por un carruaje tirado por cuatro mulas y dos sillas de manos transitaba a aquella avanzada hora por la vía Francisca hacia el puentecillo que atravesaba el Rec Comptal situado después del desvío que conducía a la Vilanova del Mar. Las gentes que se cruzaban con la extraña caravana se hacían a un lado y observaban recelosas el paso de la comitiva, ya que tanto la calidad de los arreos como lo avanzado de la hora no se correspondía con lo que se acostumbraba a ver por aquellos andurriales. Abría la marcha un lujoso carricoche: en su elevado pescante, además del auriga, viajaba un mozo pertrechado con un fanal cuya temblorosa luz iluminaba al sesgo el asta disuasoria de un chuzo de afilada punta metálica que asomaba entre los faldones de su capote; en la trasera y encaramado en una pequeña plataforma, un lacayo que vigilaba la retaguardia; delante, a lomos de un caballo, atento a la calzada, un postillón que cuidaba de avisar los posibles baches y obstáculos que surgieran al paso de la comitiva. A una distancia de varios trancos iban las dos sillas de doble vara, con ocho porteadores, amén de la correspondiente escolta armada y el portaluces.

La caravana llegó al *raval* de Sant Cugat del Rec y se detuvo ante una pétrea mansión cuya puerta se abrió apenas el primer carruaje se detuvo ante ella. Los tres vehículos fueron entrando hasta un patio, donde ya había otros coches llegados con anterioridad. A su lado un grupo de palafreneros, cocheros y criados conversaba en tono distendido.

Las luces de los criados de la casa corrían en la noche cual febriles luciérnagas alumbrando el paso de los aparentemente ilustres visitantes. Del primer carruaje descendieron solemnes los jueces de la ciudad, Ponç Bonfill y Eusebi Vidiella, de la primera silla de manos el ilustre notario mayor, Guillem de Valderribes, y de la posterior, de forma muy discreta, el gordo subastador del mercado de esclavos, Simó lo Renegat. Al pie de una escalinata, para recibirlos y homenajearlos, estaba el caballero Marçal de Sant Jaume, vestido a la usanza mora, solícito y sonriente.

Tras los saludos de rigor se dirigieron todos, a excepción de Simó, que se quedó fuera obedeciendo las precisas órdenes del de Sant Jaume, a una gran estancia sobriamente amueblada al estilo moro. En ella aguardaban ya varios miembros de familias principales del condado: los Rubí, Cervelló, Castellví, Miró de Ostolés, Bonuc de Claramunt, Odó de Sesagudes y otros, que fueron apagando sus conversaciones a la llegada de los nuevos visitantes. Inmediatamente, el caballero Marçal de Sant Jaume ocupó la presidencia de la reunión en un sillón abacial tras una mesa engalanada con un paño adamascado, en tanto un mayordomo seguido por Zahira y otra joven esclava que atendía por Bashira ofrecía a los presentes zumo de grosellas de una frasca y las copas pertinentes para su servicio. Las miradas de los presentes se lanzaban un sinfín de cautas y recelosas ojeadas entre ellos. Cuando ya el de Sant Jaume iba a tomar la palabra, la voz ronca e inconfundible del notario mayor Guillem de Valderribes sonó al fondo del salón.

—Perdonad, señor, nada nos habéis adelantado, ¿él va a asistir?

Cuando sonó el «él», casi todos sabían a quién se refería.

—Ilustrísimo notario mayor, todos conocemos las dificultades y lo proceloso del asunto: el heredero ni va a venir, ni por el momento interesa.

El señor de Cabrera, que se hallaba en el centro del círculo, acotó:

—Eso se debería haber avisado. No conviene que defender la

ley parezca algo de lo que hay que avergonzarse u ocultar. No somos conspiradores, sino por el contrario vecinos amantes del orden de las cosas y guardianes de la ortodoxia y de las buenas costumbres.

—¿Por qué ha acudido el subastador del mercado de esclavos al que he visto en la entrada y al que ni por su rango ni por su oficio corresponde este lugar? —indagó el señor de Geribert.

—Procedamos con orden —puntualizó el caballero de Sant Jaume—, mal puedo responder a la vez a tanta cuestión y si queremos que el engranaje funcione cada una de las piezas ha de estar en su sitio. Yo soy el primero al que le molesta tratar con individuos como Simó, pero lo que deberá hacer no es tarea de caballeros: seguro que ninguno de los aquí presentes visitaría jamás los lugares a los que tendrá que acudir. Yo en persona le comunicaré al acabar esta velada lo que deberá hacer cuando lo determinemos. Señor de Cabrera —añadió—, muchas veces lo obvio parece que no complace a muchos: si tan claro estuviera, no sería necesaria esta reunión. Mejor es por el momento la discreción y el silencio de la noche aunque para todos nosotros el tema esté más claro que el agua del arroyo. —Marçal de Sant Jaume hizo una pausa en su largo discurso y, tras advertir que tenía la atención de los allí presentes, continuó—: Entonces, si sus señorías me lo permiten, voy a entrar en materia, ya que no todos conocen el trasunto de esta reunión.

El grupo se revolvió inquieto en los asientos y aguardó expectante.

—Sabido es desde hace mucho que en palacio se han delimitado abiertamente dos facciones: nosotros no nos inmiscuimos, ni lo hemos hecho anteriormente, en cualquier situación que tenga que ver en el presente con la condesa Almodis, a la que deseamos larga vida, ni en su influencia en las decisiones de nuestro conde Ramón Berenguer. Ella tiene sus parcelas de poder, que algunos podemos juzgar excesivas, pero esta asamblea no es quién para cuestionar y mucho menos entrometerse en cosas que le son totalmente ajenas y que podrían redundar en perjuicio de todos.

»Los aquí presentes no nos decantamos, pues, por bando alguno y únicamente nos guía el afán de legalidad. Por tanto, demos por buenas tanto sus compras de otras tierras, y lo que con ellas decida hacer en el futuro de común acuerdo con su esposo nuestro señor, como sus limosnas a órdenes religiosas y legados caritativos a fundaciones como la benedictina de Sant Pere de les Puelles. Por cierto, que sobre este hecho os quiero resaltar una circunstancia que debemos tener en cuenta, ya que la condesa no da puntada sin hilo. Las veinte monjas que constituyen la comunidad gozan de una especial protección como jamás se vio desde los tiempos de la fundadora condesa Riquilda de Tolosa, viuda del conde Suñer y las sucesivas abadesas, hasta la actual sor Adela de Monsargues; todas las que han gobernado el cenobio han sido desde siempre figuras de la nobleza del condado, desde la primera, Adelaida, viuda de Sunifred de Urgel. Como no ignoráis, las familias de las monjas son las principales beneficiarias del monasterio en el que únicamente son admitidas muchachas de noble linaje. Como fácilmente podéis deducir todas esas familias se alinearán sin duda en el bando de la condesa, que a pesar de la peregrina entrada que tuvo en estas tierras, ha demostrado tener, a lo largo de estos años, una fuerza política ajena totalmente a su condición femenina. Desde el primer día no ha cejado en su empeño de ganarse voluntades por cualquier medio. Por tanto, señores, tengamos claro a quién y a qué nos enfrentamos.

La tensión del momento se reflejaba en el grupo que permanecía mudo y expectante. El orador prosiguió:

—Ilustres señores, tenemos noticias fidedignas de que la condesa está maniobrando para terminar con nuestras tradiciones más sólidas, y eso sí que nos atañe a todos. Pero para mejor entender el asunto, cedo la palabra y el estrado al muy honorable juez Eusebi Vidiella, que ha escuchado de primera mano en varias ocasiones sus intenciones hacia la herencia común que representan los condados de Barcelona y Gerona en otro tiempo gobernados por la nunca suficientemente llorada condesa Ermesenda de Carcasona.

Al ser aludido, el honorable juez se levantó, recogió el vuelo de su rica hopalanda y se dispuso a intervenir.

La expectación creció notablemente y el silencio de los presentes se hizo casi audible.

El anciano se dispuso a tomar la palabra, pero antes de hacerlo compareció a su espalda el mayordomo con una copa vacía. Mediante una seña, indicó a Zahira que procediera a llenarla. La muchacha, provista de una jarra de zumo de grosellas, hizo el gesto de acercarse para cumplir la orden, con tan mala fortuna que tropezó y cayó de rodillas sin poder impedir que la jarra se estrellara contra el suelo manchando el ribete de la túnica del juez Vidiella, cuyo genio era legendario. El magistrado se puso en pie intentando torpemente limpiar su hopalanda.

—¡Maldita estúpida! ¡Por Dios! ¿Es que acaso no disponéis de criados que sepan servir un refresco? ¡Retirad a esta inútil!

El de Sant Jaume se abalanzó para ayudar, a la vez que dirigía una mirada asesina a aquella inepta cuya torpeza amenazaba con estropearle la velada. Luego, con voz entrecortada por la ira, añadió:

—Mayordomo, retírala de mi presencia que luego me ocuparé de ella, y haz que recojan este estropicio. —Dirigiéndose al juez, añadió—: Sabed excusarme, señoría.

—Os aconsejo que cuidéis de que vuestros criados desempeñen aquellas tareas para las que están mejor dotados. Si criáis cochinos, la pocilga es el lugar que le acomodaría mejor.

—Sois muy indulgente; yo no lo seré tanto. A esta ralea de lerdos las cosas únicamente les entran a golpes de vergajo, y el lugar al que la destinaré le va a acomodar todavía más.

Tras ordenar a Bashira, otra de sus esclavas, que se ocupara de servir el nuevo zumo, el mayordomo se retiró con Zahira firmemente sujeta por el brazo. Entonces el juez comenzó su discurso.

—Señorías, ilustres próceres barceloneses, mi oficio me dicta todos los días prudencia y mi edad me impide obrar a la ligera y emitir juicios de valor sobre sucesos de los que no tengo la certeza de que sean exactos. Sin embargo, en esta ocasión nadie me ha contado nada, sino que simplemente yo mismo he sido testigo de los hechos que paso a relatar a continuación a sus mercedes: unos hechos luctuosos que evidencian una situación y un talante que ni como juez ni como barcelonés puedo admitir.

Los presentes se miraron inquietos y el juez prosiguió.

—Me voy a referir a lo acaecido el último día de consejo, y voy a eliminar lo innecesario para centrarme en lo que creo nos atañe y es fundamental. Las leyes sucesorias son inamovibles y están cimentadas en la *consuetudo* romana, cuna de nuestras costumbres y salvaguardia de la conservación de este reino. A fin de que los dominios condales no se diluyan y prevalezca la unidad son varios los pilares que sustentan nuestras leyes. En primer lugar está la legalidad del heredero, que se sustenta en la primogenitura. ¿Qué quiere ello decir? —preguntó, mirando a su audiencia—. Pues que el primogénito es quien es y no otro. Lo segundo tiene que ver con el momento de la sucesión: es decir, que la transferencia de poder debe realizarse al óbito del antecesor reinante, de manera que si un primogénito intentara alcanzar el trono en vida de su antecesor y sin la aquiescencia de éste, tal sucesión carecería de legalidad. Y, por último, se encuentra la escala natural de los herederos y por tanto la cronología: es decir, si alguien intentara adelantar su herencia forzando al destino, por ejemplo eliminando a su antecesor en el derecho dinástico, perderá la razón de su derecho. Resumiendo: en primer lugar, el heredero siempre será el primer nacido de entre los príncipes vivos; segundo, ningún príncipe alcanzará el poder antes de que la muerte se lleve a su antecesor, y tercero, cualquiera que intentare saltarse el orden prescrito y siendo segundón pretendiera ser primogénito, incurrirá en falsía e invalidará con ello sus futuras prerrogativas.

—Entonces, ¿qué es lo que insinuáis? —preguntó Miró de Ostolés.

—No insinúo, afirmo —dijo el juez Vidiella con voz solemne—. Yo estaba presente y el juez Bonfill es testigo de que, en la última reunión del consejo, la condesa Almodis intentó introducir un proyecto de enmienda para que, al deceso de nuestro querido conde, fuera nombrado heredero el príncipe Ramón en detrimento de los derechos del primogénito, Pedro Ramón, y de su otro hijo Berenguer, al que ni nombra ni considera y al que sin duda conformará con las migajas de algún condado franco o de cualquier otra donación que se acomode a su natural despreocupado y, ¿por qué no decirlo?, liviano.

La voz del notario mayor, Guillem de Valderribes, sonó al fondo del salón:

—¿Qué es lo que aconseja vuestra señoría?

El caballero Marçal de Sant Jaume, puesto en pie, habló sin alzar el tono pero con voz firme:

—Perdonadme que interrumpa, pero yo os diré lo que debemos hacer y contra qué debemos precavernos; entonces sus señorías entenderán el porqué de esta reunión. Todos los aquí presentes representamos a nuestras leyes y no deseamos entrar en contubernios que alteren el orden por el capricho de un amor maternal mal entendido, sin pararnos a examinar, pues no es ése nuestro cometido, si la conveniencia de un príncipe es mayor o menor que la de otro.

—¿Cuál es vuestra propuesta?

—Mi propuesta es sin duda la legalidad, pero, por raro que parezca, ésta no se sostiene sin partidarios y para ello es preciso organizar un grupo diverso y poderoso que esté dispuesto a llegar a donde convenga en amparo de los derechos del príncipe heredero Pedro Ramón. Este grupo será como la sal de la tierra: su opinión se tendrá muy en cuenta y su prestigio crecerá entre el pueblo llano si sabemos llegar hasta él en plazas, ferias y mercados y en cualquier sitio donde se reúnan más de tres vecinos del condado. Creo que todos estaremos conformes con la propuesta.

El murmullo y el inclinar de cabezas indicaron al de Sant Jaume que su propuesta había calado entre los presentes.

—Pero, señores, todo esto no es gratuito —prosiguió Marçal de Sant Jaume—. Los dineros serán necesarios, y respondiendo a la pregunta que me ha sido formulada al principio os voy a aclarar la presencia del subastador del mercado de esclavos Simó lo Renegat. Importante es que el cordón de vuestra bolsa se afloje, pero no es suficiente: hemos de convencer al pueblo llano y, si fuere preciso, regar con buenos dineros a los cabecillas que habrán de soliviantar a las gentes en mercados y plazas; hemos de recaudar capitales entre las gentes partidarias de conservar el orden natural y no hemos de ser remilgados a la hora de juzgar el origen de los dineros si éstos sirven para el fin honroso a que estarán destinados. El dinero no lleva acuñado su origen, de manera que cualquier aportación será buena si bien sirve a nuestros fines, que no son otros que el bien del condado.

La reunión se prolongó hasta altas horas. En el salón adjunto se ofreció un refrigerio acorde con la solemnidad del momento. Antes de partir, la concurrencia hizo mil y una preguntas, y el caballero de Sant Jaume fue respondiendo a todas ellas ayudado por el prestigio de los jueces allí presentes y del notario mayor.

Cuando todos los participantes hubieron partido, el de Sant Jaume hizo llamar a Simó, que había aguardado pacientemente en un saloncillo a que terminara la reunión.

—¿Dais la venia, señor?

—Pasad.

—Os escucho, señor.

—Esta noche se ha dado un gran paso —empezó el caballero de Sant Jaume—, y pese a que nuestra intención no es otra que preservar la legalidad y el orden en el condado cuando falte nuestro querido conde, necesitábamos ganar para la causa del primogénito a una serie de personas que por su cargo o por el peso de su apellido nos pueden aportar beneficio, ya sea económico o de prestigio. Por legítima que sea una causa, si no tiene partidarios es causa perdida. Y la situación del primogénito es delicada, pues en estos momentos el poder de la condesa es absoluto y todos los tibios que hayan recibido o esperen recibir prebendas y sinecuras estarán de su lado.

—¿Cuál es mi misión, excelencia?

El de Sant Jaume dio un sorbo a la naranjada que tenía al lado y prosiguió.

—Espero no tener que arrepentirme de esto —le dijo el caballero, clavando su dura mirada en la gorda figura del subastador—. Tendrás que ser el eslabón que engarce esta colección de parásitos cortesanos con el pueblo llano. Te ocuparás de que en ferias y plazas se hable bien del heredero y socavarás la posible influencia de esa concubina mediante lo que digan los hombres que buscarás para tal menester. Para ello dispondrás de medios suficientes y serán bienvenidas todas aquellas aportaciones que consigas de comerciantes, mercaderes, gentes del *Call* y, en fin, de todos aquellos cuyo dinero sea grato pero no así su nombre. De todo ello tendrás un porcentaje y, desde luego, el heredero conocerá la procedencia de ese dinero y tu nombre.

Los ojillos porcinos del subastador brillaron de codicia.

—Entonces, ¿estoy autorizado para hablar en vuestro nombre a quien y en donde se me ocurra?

—Con la más absoluta discreción.

—Señor, hoy en día podéis encontrar a cualquiera en cualquier lugar. Os diré más: uno de los lugares escogidos es sin duda la mancebía de Mainar en la Vilanova dels Arcs.

—Admito que a juzgar por los signos externos, como son sin duda los rendimientos del dinero que proporciona el negocio, éste es excelente —reconoció Marçal.

—Creo que al día de hoy no podíais haber depositado vuestra influencia en lugar más rentable. En los pocos meses que lleva abierta, la parroquia aumenta día a día y no únicamente en cantidad sino también en calidad. Aunque sin pretender hacer mérito alguno, la excelencia de la mercancía es extraordinaria y, por ende, la clientela de mayor calidad.

La mención de la mancebía hizo que el caballero de Sant Jaume recordara lo sucedido horas antes con su esclava.

—Por cierto, quiero que te lleves a una esclava a la que he de castigar. No la quiero en mi casa, pero pretendo sacar algún rendimiento de ella por lo hasta ahora invertido.

Dio una palmada y en cuanto apareció el mayordomo le ordenó que trajera a su presencia a Zahira, que había merecido su repulsa en público por lo que él consideraba una torpeza imperdonable que le había hecho perder prestigio ante la distinguida concurrencia.

El astuto Simó calibró con mirada experta el rendimiento que la muchacha, que tan bien conocía, podría dar en la mancebía.

—¿Y cuál es vuestra pretensión, señor?

—Llévatela a la casa de la Vilanova dels Arcs y entrégasela a Mainar para que mientras sirva, ejerza el oficio, y cuando sea un

viejo pellejo siga la suerte de las otras: éste será su castigo por haberme humillado con su desmaña ante gentes tan ilustres.

El astuto subastador la observó con ojos expertos.

—Es muy bella, señor. Alguien pagará buenos dineros por su
himen.

—Haz lo que creas oportuno mientras yo recupere los dineros que invertí en ella.

—Dejadme hacer a mí y no os pesará —aseveró Simó, que en
ello veía la ocasión de hacer méritos ante su valedor.

23

Las dudas de Berenguer

orría el invierno del año 1070, y los gemelos de la condesa, Ramón Berenguer y Berenguer Ramón, cumplieron dieciséis años. A Berenguer y a Pedro Ramón les unía un lazo, su odio visceral a Cap d'Estopes, sobrenombre por el que el pueblo llano conocía a Ramón. Sin embargo, esta oscura aversión llegaba por distintas vías y su cara oculta tenía signos diferentes. Pedro Ramón intuía que la primogenitura se le podía escapar por el trato con que el viejo conde distinguía a aquel hijo, aunque era consciente de que la fuerza instigadora de dicha deferencia era sin duda la condesa Almodis, que ejercía sobre su esposo una extraordinaria y rara influencia. El odio de Berenguer hacia su hermano tenía otras raíces, asimismo marcadas por la envidia y los celos. Las diferencias que hacía su madre entre él y su hermano eran más que notorias. Nadie hubiera podido decir, sin saber la coyuntura de su nacimiento, que fueran ni tan siquiera parientes lejanos. En el físico nada tenían en común: Ramón había salido a sus ancestros maternos y hubiera podido pasar por un príncipe de estirpe carolingia. De altura notable, cabellos rubios como el trigo en sazón, ojos azules y porte sereno y amable, las gentes, que lo adoraban, desde muy pequeño lo apodaron «Cap d'Estopes». Aficionado a la caza, sobre todo con halcones, pese a su edad se le podía considerar un maestro del arte de la cetrería; buen estudiante de latín, griego, política y filosofía, amén de excelente tañedor de vihuela. Tenía, sobre todo, dos grandes aficiones: los juegos a caballo, en especial el estafermo, que practicaba por las mañanas, y las justas en la sala de armas al atardecer, donde pasaba las horas muertas adiestrándose con los jóvenes de la nobleza con espadas, yelmos, lanzas y corazas.

Berenguer, en cambio, había salido a su padre. Su raigambre era mediterránea: más bajo que su hermano, cetrino de piel, moreno de cabellera, algo patizambo; en cuanto a sus aficiones, era poco o nada dado a los clásicos; no obstante, era un gran jinete, a lo cual ayudaban sus curvas piernas. Las armas le interesaban en tanto que con ellas pudiera mostrar su crueldad, pues su talante era violento y su carácter de mal perdedor. En una liza podía recurrir a cualquier artimaña para salir airoso, pese a las reprimendas del maestro de armas e inclusive del senescal, quienes le decían que un gentilhombre debe siempre atenerse a las reglas de los caballeros. El pueblo no lo amaba, pero en aquel momento de su vida, tal circunstancia le era indiferente, y lo que más le interesaba, por el misterio que para él entrañaba, era el sexo femenino: las mujeres le obsesionaban. Sin embargo, para entretener sus ocios y soportar el tedioso día a día, sobre todo en las veladas invernales, entre sus diversiones favoritas se hallaba el acoso a Delfín, el enano nigromante que la condesa había traído de Tolosa en su accidentada huida y al que la edad tornaba más quisquilloso e intransigente, lo cual incitaba a Berenguer a hostigarle todavía más, hasta conseguir que el hombrecillo se refugiara bajo las faldas protectoras de la condesa en demanda de amparo ante sus burlas y chanzas.

Aquel febrero, dada la inesperada nevada, las gélidas corrientes de aire se filtraban entre las paredes del palacio condal y pese a los fuegos de las chimeneas encendidas en todos los aposentos y a los espesos tapices y cortinones que cubrían ventanas y puertas, el frío era el huésped eterno de aquellas estancias. Berenguer recordaba la nieve de cuando la corte se trasladó a Urgel en 1063 para celebrar el tercer enlace del primo de su padre, Armengol III, con Sancha de Aragón, cuando él tenía nueve años. Todo ello hacía que cualquier entretenimiento para aliviar el tedio fuera insuficiente y que, al tener que permanecer dentro de palacio sin salir en ningún momento al exterior, las horas pasaran espesas y densas cual aceite de candil.

Aquella tarde, una idea fija rondaba en su mente y para resolverla, buscó a su hermanastro Pedro Ramón. Lo halló en el «cuarto del sabio», así llamado porque en el torreón del lado de poniente su padre había instalado una serie de artilugios que le había proporcionado el armador más importante de Barcelona e importador del aceite negro que alimentaba los candiles de la ciudad, Martí Barbany, relacionados todos ellos con los métodos de navegación.

Brújulas imantadas, cuadrantes náuticos, astrolabios, tablas astronómicas, ampolletas, almanaques, ecuatorios, nocturlabios, una esfera armilar, un triquetum, dos tipos distintos de armillas y otros mecanismos de observación, se conservaban en los anaqueles. Se podía decir que allí se hallaban todos los útiles que tanto interesaban a su padre, cuya curiosidad por las invenciones náuticas era notoria. Presidía la estancia un muñeco de tamaño natural con los ojos de vidrio y luenga barba, con la diestra posada en una superficie plana que representaba el mundo conocido. De ahí el nombre del aposento.

Ascendió Berenguer por la escalera de caracol del torreón y llegado a la puerta de la última habitación llamó con los nudillos. La voz de su medio hermano respondió desde dentro.

—¿Quién llama?

—Soy yo, Berenguer.

—Pasad, hermano.

Berenguer empujó la pequeña puerta y se introdujo en aquella recoleta estancia que por lo misteriosa y recóndita, siempre había llamado su atención. La pieza era redonda, pues ocupaba todo el contorno de la torre. Durante el día, la luz entraba por tres alargados ventanales algo más anchos que una tronera corriente, y entre los dos que daban a la puerta del Bisbe, lucía el fuego de una chimenea entre cuyos morillos ornados con dos cabezas de perro ardían gruesos troncos de encina.

Como ya había anochecido, dos grandes ambleos y un candelabro de diez bujías alumbraban la estancia.

Al tiempo que enrollaba el pergamino que había estado estudiando, Pedro Ramón preguntó:

—¿Qué es lo que os trae por aquí, hermano?

Berenguer se introdujo en la sala y cerró la puerta.

—Vuestro consejo en un tema para mí comprometido. La verdad es que no se me ocurre a quién recurrir.

Pedro Ramón se removió en su asiento.

—¿Entre todo el personal de palacio no encontráis a quien acudir?

—Para el asunto que me ocupa, no. Cuando os lo cuente lo comprenderéis.

—Os escucho. Tomad asiento y explicaos —le invitó Pedro Ramón.

Berenguer acercó un escabel tapizado de damasco y se sentó en él.

—Como adivinaréis fácilmente, no es tema de estudios ni de armas; para esas materias tengo al senescal y al padre Llobet —aclaró Berenguer.

—¿Entonces?

—Mucho he dudado antes de acudir a vos.

Pedro Ramón sonrió, complacido.

—Pero ya que estáis aquí, empezad.

Berenguer dudaba, pero finalmente se decidió a proseguir.

—Es relativo a las mujeres.

—Conque de eso se trata… Mi joven hermano ha despertado a la vida —comentó Pedro Ramón, jocoso, colocando sus manos en su cogote e inclinando su silla hacia atrás sobre dos patas.

—Ya hace muchas lunas que eso ocurrió —repuso Berenguer, un poco ofendido.

—No tengo demasiado tiempo, Berenguer. Decidíos a hablar claro o dejadme con mis cosas.

—Veréis, hermano, aún no he conocido mujer virgen.

Pedro Ramón volvió a colocar el asiento en su lugar y se acarició la barbilla, regocijado.

—No me diréis que aún no habéis jineteado a una hembra de esa condición, aunque sea una de las damitas de la condesa.

—Ni mucho menos. Si tal hiciera y se enterara mi madre, podría armarme un cuaresmal.

—Cualquiera de las criaditas de las cocinas estaría encantadísima de ofreceros su doncellez en tan delicioso introito —sugirió Pedro Ramón, sonriente.

—De entre las que he conocido, ninguna era virgen —explicó Berenguer, con aire compungido—. Además, no quisiera que nadie creyera que tiene un derecho sobre mi persona por haberme entregado su telilla y preferiría que esa primera experiencia ocurriera fuera de palacio.

Pedro Ramón fingió meditar unos instantes, como si se esforzara por comprender las razones de su hermanastro.

—Dadme tiempo y yo os proporcionaré la ocasión. Gozaréis de la más hermosa doncella subastada en la Boquería. La primera vez que se abre la corola de la flor y ésta sangra, siempre es importante y os aseguro que inolvidable. Os buscaré una Salomé que os transportará al séptimo cielo. Habrá que buscar la ocasión… el lugar ya lo tengo pensado —afirmó Pedro Ramón, seguro de sí mismo—. Confiad en mí. Antes de que cambie la luna satisfaréis vuestros deseos.

—Si tal hacéis, estaré en deuda con vos eternamente —prometió Berenguer.

—No me lo fiéis tan largo y dejad la eternidad para el otro mundo, tiempo habrá para cobrarme el favor en éste.

—Lo que de mí dependa, dadlo por hecho.

—¿Estáis seguro, hermano? —recalcó Pedro Ramón.

—No lo dudéis.

—Pues vos tampoco dudéis de que os brindaré vuestra gran noche.

24

La entrega

imó medía con lentos pasos el entarimado del gabinete de Bernabé Mainar. Había dejado a Zahira en la antecámara, al cuidado de la mujer que guardaba la entrada. La joven, asustada, había colocado su breve
hatillo a sus pies, en el banco donde esperaba nerviosa lo que la
vida le deparara. Pensaba en Ahmed y sufría más por él que por
ella misma. Por un lado estaba contenta de haber podido enviarle
recado a través de Bashira. Por otro, sin embargo, temía que el
muchacho tomara una decisión equivocada.

La zancada de Mainar sonó en el largo pasillo e hizo que el
gordo Simó se girara hacia la puerta. Ésta se abrió y apareció en
su quicio la figura del tuerto.

—¿Tal vez os he hecho esperar en demasía?

—Eso no es importante, nada tengo mejor que hacer que
aguardaros.

—No creáis que regir esta casa es cualquier cosa. Son miles los
cometidos que me atosigan cada día. Estoy rodeado de una cuadrilla de inútiles.

—No quisiera molestaros, ni interrumpir vuestro quehacer
diario.

—Nada es más importante que atender a mi socio y sin embargo amigo, o eso creo —le halagó Mainar.

—No lo dudéis: lo que empezó siendo una relación comercial
se ha convertido al conoceros en una sincera admiración por vuestro trabajo y por vuestro valor al iniciar empeño tan arriesgado.

—Sentémonos y vayamos al asunto, Simó.

Ambos hombres se acomodaron bajo la ventana y, tras un breve preámbulo, el subastador del mercado entró a fondo en el asunto que allí le había traído.

—¿Habéis reparado en la muchacha que hay a la entrada?

—Venía de las cocinas, de revisar lo que comen esos vagos y he entrado directamente al gabinete, pero aclaradme, ¿quién es y a qué ha venido?

—Preferiría, si no os importa, que la hicierais pasar y que opinarais.

—¿Es una nueva pieza de vuestra inagotable cantera?

—No exactamente.

—¿Entonces? —inquirió Mainar.

—Miradla, si sois tan amable, y opinad, luego os contaré.

Bernabé Mainar se puso en pie y se encaminó a la mesa con un pequeño mazo, cuya bola estaba envuelta en piel de cabra; con él golpeó un gong cuyo sonido rebotó por las paredes.

Al punto se personó en la estancia un gordo eunuco de tez oscura, con la cabeza cubierta por un turbante y una gruesa cadena de oro de la que pendía un medallón de jade en el cuello, un colgante que le llegaba hasta el generoso escote de su abierta túnica.

—¿Habéis reclamado mi presencia, señor?

Mainar, sin dignarse contestar la pregunta, ordenó:

—Maimón, tráete a la muchacha que está en el recibidor.

Marchó el eunuco y al punto, sin casi dar tiempo a Mainar a sentarse, trajo del brazo y medio a empellones a una asustada Zahira.

—Decidme, ¿qué os parece la mercancía? —indagó Simó.

Bernabé observó con su único ojo a la muchacha.

—A ver, date una vuelta —ordenó.

Aterrorizada ante la presencia del personaje, Zahira, con su hatillo en la mano, no atinó a moverse.

—¿No has oído, lerda? —intervino Simó—. ¡Deja en el suelo tus cosas y obedece!

La muchacha parecía hipnotizada.

Simó, iracundo, se alzó del sillón y de un manotazo le arrancó el pañuelo anudado donde llevaba sus escasas pertenencias.

Mainar sonreía con sorna.

—Muéstrame tus encantos, criatura.

—No os entiendo, señor —balbuceó Zahira, sin atreverse a levantar la mirada.

El subastador intervino de nuevo.

—Que te quites la ropa y nos muestres tus senos, ¡imbécil!

Zahira estaba paralizada.

Con un gesto iracundo y tomando con su manaza el borde de su escote, el subastador le rasgó la camisa.

Los pechos de la muchacha saltaron palpitantes como tiernos palomos coronados por dos oscuras fresas.

Zahira instintivamente cubrió su desnudez con los brazos.

—A fe mía que me parece interesante la muestra. Me gustaría ver lo demás —reconoció Bernabé Mainar.

—Es justo, mal podéis marcar un precio sin ver la totalidad del conjunto. —Y, dirigiéndose a la muchacha, Simó ordenó—: ¡Ya has oído, basura!

La muchacha temblaba como hoja al viento en tanto de sus ojos caían dos gruesos lagrimones.

—¿Lo haces tú o te ayudo yo? —tronó más que habló la voz del subastador.

Espantada, la muchacha comenzó a desnudarse. La ropa fue cayendo a sus pies hasta que ella quedó completamente desnuda ante los lujuriosos ojos de los dos hombres.

—A fe mía que me parece una buena pieza. A ver, date la vuelta lentamente, veamos si la grupa está a la altura del resto.

Zahira, con lágrimas en los ojos, obedeció.

Ambos hombres iniciaron un diálogo como si estuvieran solos, en tanto la muchacha cubría su desnudez como podía.

—Creo que puede ser una gran inversión. Ese tipo de yegua tiene gran demanda —dijo Mainar.

—No sabéis lo mejor. —Simó, como buen vendedor, hizo una pausa para recabar el interés del posible comprador—. Tiene el himen intacto.

—¡Buena noticia! Muchos son los que pagarán buenos dineros por tal condición, que podremos repetir varias veces contando con la habilidad de Rania.

—Convendría adiestrarla. Mucho es instinto, pero nadie nació sabio en esos menesteres.

—No os preocupéis —le aseguró Mainar—, la encomendaremos a los cuidados de Rania pero no la mostraremos hasta que esté preparada.

Mainar se alzó de su asiento y dirigiéndose al escritorio tomó el mazo y golpeó de nuevo la placa de cobre. Al punto compareció el eunuco y Bernabé Mainar dio una orden.

—Dile a Rania que acuda, tengo un trabajo para ella.

Una mujer flaca de rasgos acusadamente árabes apareció en la puerta poco después, acompañando al eunuco. La orden fue breve.

—Rania, ocúpate de ella, y por el momento enséñale modos —indicó Mainar señalando a la muchacha.

La mora miró circunspecta a Zahira y comentó:

—Siempre soy yo, señor, la encargada de desasnarlas.

—Va en el sueldo, Rania; por eso te he concedido la categoría de liberta.

—¿Puedo retirarme ya, señor?

—Por cierto —añadió Mainar—, me cuentan que es virgen y quiero que lo sea varias veces... Tú ya me entiendes, o sea que ten preparados tus mejunjes. Sí, llévatela. Por el momento y en tanto no te ordene otra cosa, que haga de criada y que sirva las mesas, y mientras la ocupas en estos menesteres que aprenda a pintarse los ojos con carboncillo, a maquillarse el rostro y a moverse con donosura.

—Está bien, señor. —Y luego, dirigiéndose a Zahira, la conminó—: Tú, sígueme.

La atribulada muchacha, que se había colocado la almejía atropelladamente, se precipitó a tomar su pequeño hatillo y a seguir a la mujer. El eunuco también se retiró, cerrando la puerta tras de sí y dejando a ambos hombres solos.

Mainar tomó la palabra:

—Y bien, amigo mío, decidme, ¿de dónde habéis sacado esta perla?

—Deberé contaros una larga historia.

—No tengo nada más que hacer que escucharos.

—Se puede decir que os la envía el caballero Marçal de Sant Jaume.

—¿Y puedo saber a qué se debe esa gentileza?

—Era esclava de su casa y cometió una torpeza imperdonable —explicó Simó.

—No me agradan las intrigas, id al principio y contádmelo seguido.

—Lo que vais a oír es un secreto absoluto, ¿me dais vuestra palabra?

—Contad con ella.

—¿Recordaréis que cuando hicimos nuestro trato os hablé de un protector en palacio al que llegabais a través del caballero Marçal?

—Lo recuerdo perfectamente.

—Bien —explicó Simó, bajando la voz, a pesar de que ambos estaban solos en el gabinete—, pues nuestro protector está en peligro y por ende nosotros también.

Mainar hizo un leve gesto con la mano y un rictus amargo apareció en su rostro.

—Simó, toda la vida me ha gustado entrar de frente a los problemas, más aún cuando éstos me atañen de tan cerca. Os agradecería que me explicarais sin interrupción lo que está pasando.

—Veréis, amigo mío, el caso es, y lo sé de fuente fidedigna, que la condesa Almodis está maniobrando para apartar del trono a nuestro valedor, el primogénito.

Mainar quedó pensativo unos instantes.

—¿Y eso cómo se cuece?

—Intrigando, prometiendo y captando voluntades. La condesa, con sus artes, está seduciendo a cuantos cortesanos se le acercan a fin de formar un grupo compacto de fieles que le apoyen en sus pretensiones. Pretende, como podéis suponer, influir sobre los jueces que han de legislar a fin de cambiar el orden natural de la primogenitura.

—¿Y a quién pretende poner en el trono en el lugar de Pedro Ramón?

—¿No lo suponéis? —preguntó en tono irónico el subastador de esclavos—. Todo el mundo está al cabo de la calle en cuanto a quién es su favorito.

—Cierto es, yo también sé escuchar la voz del pueblo. El mayor de los gemelos, Ramón Berenguer, al que llaman Cap d'Estopes. Siempre ha sido su preferido.

—Efectivamente. Habéis dado en el clavo.

—Y decidme, ¿quién asistió a la reunión?

—Representantes de muchas de las familias importantes del condado y, como gente de peso, el notario mayor Guillem de Valderribes, los jueces Vidiella y Bonfill y un largo etcétera.

—¿Y qué hacíais vos entre tan selecta concurrencia? —inquirió, curioso, Mainar.

—En toda construcción ha de haber un maestro de obras y capataces que estén al pie de la misma; se puede decir que yo soy uno de ellos —afirmó Simó, orgulloso.

—¿Y cuál es vuestra misión?

—Como comprenderéis, además de buenas palabras hacen falta buenos dineros y muchas veces el óbolo de gentes de menos rango pero de buena voluntad hace más que la fortuna de unos pocos que por lo ricos acostumbran a ser tacaños. Yo soy el encargado de encontrar, y sobre todo repartir, esos dineros.

—Concretadme el fin.

—Hacer que el pueblo llano se caliente y ocupe calles y plazas, con gritos y también con piedras y estacas si hiciera falta.

—Eso a sus señorías poco les ayuda.

—Ya veríamos: si llegado el caso se incita a la multitud a rodear el edificio donde se reúnen los jueces y allí arma tal escándalo con palos y gritos que sus excelencias notan la presión que ejerce el pueblo indignado.

Los dedos de Mainar tamborilearon sobre el brazo de su sillón.

—Yo tal vez pudiera, por lo que me atañe, aportar una buena cifra, siempre y cuando se me diera la oportunidad de hablar directamente con el heredero.

—¿Estáis insinuando que queréis ver al primogénito?

—No insinúo, Simó, afirmo. Y por la cifra que puedo aportar vislumbro que tal vez el interesado en hablar conmigo sea Pedro Ramón.

El gordo se removió inquieto en su asiento.

—Tal vez si os explicarais…

Mainar no contestó directamente, y en vez de hacerlo preguntó:

—Para conseguir lo que os indico, ¿qué ruta llevaríais?

—La vía es siempre la misma, el caballero Marçal de Sant Jaume, pero para atreverme a llegar a él debería saber la cifra que sois capaz de aportar, así como de dónde y cómo va a salir el dinero.

—La cantidad os la puedo decir más o menos; pero su procedencia no os concierne.

Los ojos del subastador brillaron de avaricia.

—Si cuando sin conoceros tuve fe en vuestra persona, ¿cómo no la voy a tener ahora que os conozco? —comentó, meloso.

—Mis hechos me avalaron, ¿recordáis cuál fue mi presentación? Yo os lo diré, un buen saco de monedas y ya sabéis que siempre cumplo con los que me sirven. Si conseguís esta entrevista, no os arrepentiréis.

Simó no tuvo ni que pensarlo.

—Por lo que a mí respecta me doy por satisfecho, pero es imprescindible que sepa la cantidad que ofrecéis para que me atreva a importunar al caballero Marçal de Sant Jaume.

—Podríamos estar hablando de dos mil mancusos de oro.

Simó palideció notablemente.

—Ése es el precio de un castillo en la frontera.

—¿Creéis que podréis convencer a nuestro protector? —preguntó, no sin ironía, Mainar.

—Intuyo que hasta el mismísimo heredero estará interesado.

—Entonces proceded.

Manel acudía todos los días a su mostrador en el mercadillo de la plaza del Blat y desde su tarima, y a la vez que pregonaba su mercancía, atendía el puesto de la campesina que le arrendaba el lugar a cambio de sus servicios y algo de dinero. Aquella mañana del 12 de febrero, una abigarrada multitud había acudido al reclamo de la fiesta, ya que siendo el día de Santa Eulàlia, lo que habitualmente era un mercado se había transformado en una feria e iban a ser tres, en lugar de uno, los días festivos. La gente acudía de los pueblos de alrededor de Barcelona y, siguiendo la costumbre, concurría a la Baixada de Santa Eulàlia para rezar una oración y hacer una ofrenda de flores bajo la hornacina que guardaba su imagen donde, según la tradición, en el 305, la santa de trece años que se había negado a adorar a los falsos dioses como ordenaba el edicto promulgado por el emperador Diocleciano había sido lanzada calle abajo metida en un tonel forrado de vidrio; luego, su cuerpo desnudo había sido clavado en una cruz de aspas para escarnio de su memoria y ejemplo para sus convecinos. Sin embargo, en aquel momento los cabellos le crecieron para cubrir su desnudez y una copiosa nevada se abatió sobre la ciudad al punto que lo que tenía que servir de disuasión se convirtió en semilla de la religión verdadera. En su honor se la entronizó como patrona de la ciudad.

Manel voceaba su mercancía y se detuvo al ver que una joven de unos veinte años reclamaba su atención.

Descendió de la tarima y se acercó a la muchacha.

—¿Qué es lo que quieres? ¿No ves que estoy trabajando?

La muchacha miró a uno y otro lado y alzándose sobre la punta de sus galochas le habló al oído, intentando vencer el ruido de la multitud.

—¿Eres Manel?

—Sí, soy Manel. ¿Quién eres tú?

—Éste no es lugar, ¿podrías dejar unos momentos el puesto? Tengo algo que pedirte.

Manel observó detenidamente a la muchacha y pensó que dedicar unos instantes a aquella pizpireta criatura le aliviaría de la monotonía y del tedio que representaba vocear su mercancía. Sin embargo, no tenía a quien dejar al tanto de sus cosas y peor aún, no podía descuidar el puesto de su patrona, que había partido cuando las campanas de Sant Pere de les Puelles habían anunciado el rezo de la tarde y todavía no había regresado. Iba a negarse cuando la fortuna acudió en su ayuda: la gruesa mujer, cargada con un cochino y una cesta llena de velas de cera producto de un trueque, se abría paso entre la multitud e intentaba, cual Moisés abriendo con su cayado las aguas del Mar Rojo, regresar a su parada.

Apenas llegada y mientras la ayudaba a sujetar al gorrino, le pidió permiso para ausentarse unos instantes con la excusa de atender a una parienta que le traía una encomienda de su madre.

—Ve, pero no tardes. Aún tengo que comprar provisiones y no puedo dejar el puesto solo.

—Gracias por su amabilidad, patrona.

—Está bien, pero no creas que soy tonta: los jóvenes pensáis que los mayores siempre hemos sido viejos. Yo también he tenido tus años y me he escondido en el pajar con mi hombre. ¡Anda, ve! —le soltó, con una carcajada.

Manel respondió sonriendo y pensó que mejor era aquello que andar dando explicaciones. De un salto se plantó al lado de la muchacha.

—Venga, no perdamos el tiempo. Ya has oído que tengo que volver. —Y tomando a la moza del brazo la condujo hasta el almacén de carga y descarga de carros que estaba algo apartado y donde se podría hablar sin impedimento.

Ya dentro del cobertizo, Manel preguntó:

—¿Quién eres y qué recado traes?

—Mi nombre nada te dirá: me llamo Margarida y mi padre tiene una tienda bajo los arcos del Mercadal.

—Te equivocas, sí me dice. Tú eres la que guarda los recados para Ahmed.

—La misma, pero creo que desde ahora ya no haré de correo.

—¿Y pues?

—Eso es lo que he venido a explicarte.

Manel alzó las cejas en un inequívoco gesto interrogante.

—Ayer vino a verme una muchacha, esclava de la casa del señor de Sant Jaume, que responde al nombre de Bashira —empezó Margarida.

Al oír la procedencia de la enviada, Manel empezó a sospechar que todo aquello iba a tener una importancia capital para su amigo, y aguzó el oído.

—Prosigue.

—La joven me trajo un recado de parte de Zahira para Ahmed y me dijo que el conducto para llegar hasta él eras tú, a quien conocía únicamente por referencias, así como dónde te encontraría y a qué hora.

—Y ¿por qué no se lo transmites directamente?

—Yo ni puedo desplazarme ni tengo acceso a la casa de Martí Barbany.

—Sigue —la apremió Manel.

—El caso es que, según me explicó Bashira, hace ya unas semanas se reunió en la casa de su amo un grupo formado por gentes de entre las más importantes del condado; a ella y a Zahira les hicieron servir los refrescos con tan mala fortuna que Zahira tropezó y derramó la jarra del licor sobre la hopalanda de uno de los jueces de la ciudad. A su amo le entró tal ataque de furia que la ha castigado enviándola a la casa de un tal Mainar en la Vilanova dels Arcs, de donde por lo visto jamás sale nadie. Cuando fue a recoger el hatillo con sus cosas le dijo a Bashira que me buscara para que te transmitiera el mensaje para que tú a su vez se lo comunicaras a Ahmed, pues eres la única persona que puede hablar con él.

Manel quedó unos instantes en silencio.

—Curioso nombre el de la mensajera.

—¿Por qué? —indagó Margarida.

—Bashira es nombre árabe que quiere decir «portadora de buenas nuevas», y a fe mía que las novedades que me transmites nada bueno anuncian para Ahmed.

25

Cercando la prisión

Ahmed andaba desesperado. Tras recibir el recado de su amigo sintió que su vida se quebraba y que desde aquel mismo instante iba a dedicar el resto de sus días a cumplir la promesa que había hecho a su amada en el último encuentro en la iglesia de los Sants Just i Pastor. Sabía que tendría que desdoblar sus horas, y que tras cumplir sus obligaciones caseras y el trabajo en las atarazanas, iba a destinar todos sus esfuerzos al intento de liberar a Zahira de las garras de su destino, por más que le pareciera superior a sus fuerzas.

El mensaje lo dejó abrumado. Su amigo lo buscó una tarde cuando estaba en el arenal calafateando una barca. Nada más ver el rostro de Manel supo que algo grave había ocurrido. Dejó a un lado el cubo de la brea, la espátula y la brocha y bajó la escalera.

—¿Qué malos aires te traen por aquí, Manel?

El otro, tras secarse la sudorosa frente con un gastado pañuelo, respondió:

—¿Cómo sabes que son malos?

—Te conozco bien y la expresión de tu cara me dice muchas cosas.

—Tienes razón, no quisiera hoy ser el mensajero de este negro mensaje, pero así son las cosas.

—Desembucha, Manel, no te detengas —le suplicó Ahmed, alterado.

—El caso es que el otro día, estando en el puesto del mercado…

En un breve tiempo, Manel puso a Ahmed al corriente de la embajada que le había transmitido Margarida al respecto de las desventuras de Zahira.

—¿Y sabes qué casa es ésa donde la han enclaustrado?

—Por lo que se me ocurre y he indagado, no puede ser otra que una de las casas de mala fama de la ciudad, creo que antes era de tu amo. Es un caserón que está situado en la Vilanova dels Arcs.

A Ahmed se le descompuso el rostro.

Al ver el semblante de su amigo, Manel se ofreció:

—Si quieres que te ayude a buscarla, cuenta conmigo.

—He oído hablar de ese lugar, Manel, y también sé de otro en el camino de las canteras de Montjuïc. Parece ser que ambos son pingües negocios que van creciendo sin ser molestados. Si puedes ayudarme, te lo agradeceré.

De esta manera, al caer la tarde, ambos amigos se instalaban en los alrededores de la Vilanova dels Arcs dando vueltas disimuladamente alrededor de las tapias que guardaban el edificio. El resultado fue fruto de una larga vigilancia a lo largo de muchas tardes. Al caer la noche el movimiento de personas era grande. Ahmed observó que había varias rutinas que se repetían una y otra vez. Una de ellas consistía en un atareado ir y venir que se efectuaba a última hora del atardecer. Dos hombres salían al pasaje por la puerta del huerto posterior, a bordo de un carro de cuatro ruedas tirado por dos mulos y cargado con seis sacos que emanaban un olor pestilente. La basura acumulada el día anterior era conducida y arrojada a la riera del Cagalell; tras esta operación, el carro regresaba de vacío y volvía a traspasar la puerta de la tapia por la que había salido anteriormente.

Una de las noches el carricoche salió conducido por un solo hombre. En aquella ocasión Ahmed también estaba solo. Aguardó paciente a que el carro regresara y abordó al carretero antes de que llegara a la esquina de la muralla. Saltó desde su escondite y detuvo el carromato colocándose en medio de la calzada.

—¿Quieres ganar unos buenos dineros?

El hombre, al oír la tentadora oferta, detuvo al jumento con un fuerte tirón de riendas.

—Depende. Nadie ofrece algo por nada, ¿cuánto, y qué debo hacer?

—¿Te parece bien tres dineros?

El mozo parpadeó ligeramente.

—Eso es el cuánto, ahora dime el qué.

—¿Conoces a Zahira? —preguntó Ahmed, sin poder disimular la emoción que le atenazaba la garganta.

El hombre frunció el entrecejo.

—La conozco, baja a veces a las cocinas. Es una esclava que ha llegado hace poco y que por el momento hace de criada.

—Te entregaré un mensaje para ella; ahora te daré la mitad de lo prometido y cuando me traigas la respuesta, la otra mitad.

—¿Y si no puedo entregarle la misiva? —preguntó el hombre.

—Presumo que eres gente de bien. Aunque no lo hayas conseguido, si me das pruebas fehacientes de que lo has intentado con una palabra clave que ella te dirá para mí, lo prometido será tuyo —afirmó Ahmed.

—Está bien, el hijo de mi madre tiene palabra. Dame la misiva.

26

¿Qué es el amor?

on el permiso de su padre y acompañada por doña Caterina, Marta asistió a la feria del Mercadal, patrocinada en esta ocasión por el cabildo catedralicio: en una silla de manos y custodiada por dos de los hombres de confianza del jefe de la guardia de la casa de Sant Miquel. La silla se quedó a la entrada del recinto y ella y su aya recorrieron a pie los puestos de venta, deteniéndose en aquellos que llamaron su atención. Marta compró cintas y aderezos para un nuevo vestido, y en uno de los tenderetes de abalorios adquirió unos zarcillos de coral que le agradaron, pues al mirarse en un cobre bruñido, éste le devolvió la imagen de una chica que le pareció más mayor. Luego, como quería amortizar el tiempo de su salida y sabía que doña Caterina era incapaz de desobedecer una orden de su padre, se decidió a pedirle algo que sabía no le iba a negar. Hacía ya días que su curiosidad le impelía a buscar información de ciertas cosas que no se atrevería jamás a hablar con su padre: unas versaban sobre hechos pasados y otras sobre asuntos de los que quería instruirse, para lo cual necesitaba una opinión firme y ponderada.

—Aya, me gustaría ir a la Pia Almoina a ver a mi padrino y dejar una limosna para la sopa de los pobres. Me remuerde la conciencia si me gasto lo que me da mi padre en mis cosas y no entrego parte de ello para obras de caridad.

Doña Caterina no pudo negarse a un requerimiento tan piadoso.

—Está bien, Marta, pero tened en cuenta que no debemos retrasarnos; ya sabéis que en este punto vuestro padre es muy intransigente.

—Pero aya —protestó Marta—, él sabe que vamos acompañadas y llevamos escolta. Si encuentro a mi padrino, me gustaría confesarme y eso tal vez me demore algo más.

Como siempre, doña Caterina acabó cediendo, aunque convencida sólo a medias.

—Bueno, sea: el motivo me parece justo pero no por ello debemos contravenir las órdenes de vuestro padre.

Marta supo que había ganado la partida.

—No os preocupéis. Cuando las campanas toquen a completas, habré terminado.

—¿Qué decís? —casi chilló la buena mujer—. ¡Debéis terminar mucho antes!

—¿Me vais a impedir cumplir con mis obligaciones de buena cristiana? —preguntó Marta; en sus ojos había la más piadosa de las miradas.

La dueña rezongó algo por lo bajo, aludiendo a que la niña era muy espabilada, pero comprendió que no tenía argumentos para llevarle la contraria.

—No voy a moverme de aquí hasta que volváis —dijo la mujer mientras Marta se apeaba de la silla y, sujetándose la saya, subía los tres escalones de la entrada del sagrado lugar.

—¿Por qué no vais a dar una vuelta, doña Caterina? No os inquietéis: si cuando termine no habéis regresado, os aguardaré en la sala de visitas.

Y sin dar tiempo a que la mujer respondiera, Marta se dirigió al lego que estaba al cargo de la portería.

—Alabado sea Dios. ¿Está en la casa el padre Llobet?

—Que Él sea alabado —respondió el hombre—. Voy a mirar la tablilla. Creo que sí se encuentra, ya que no le he visto salir.

El portero abandonó su chiribitil y se dirigió al que indicaba la presencia o ausencia de los miembros de la comunidad. El anciano, que conocía la amistad del padre Llobet con el naviero Martí Barbany y sabía que aquella muchachita era su ahijada, no tuvo el menor reparo en dejarla entrar.

—Pasad primero por el refectorio. Si no lo encontráis allí, estará en su celda. Ya conocéis el camino.

Tras dar las gracias, Marta se dirigió al refectorio. Dos hermanos estaban colocando los platos y copas de barro cocido para la cena. Al comprobar que allí no estaba su padrino, se dirigió a su celda; conocía el camino de otras veces. Golpeó la puerta con los nudillos y aguardó. La voz honda e inconfundible de Eudald Llobet le contestó desde dentro:

—Pasad.

La niña abrió la puerta y asomó la cabeza por el resquicio.

—¿Puedo, padrino?

El clérigo se sorprendió al verla y en sus ojos apareció la ternura que siempre le inspiraba aquella criatura.

—¡Qué agradable e imprevista visita! Qué gusto me da verte. A estas horas espero al bibliotecario o a mi coadjutor y ambos acostumbran a darme dolores de cabeza. Pasa y siéntate —la instó con una sonrisa afectuosa—. Y dime, ¿qué es lo que te trae por este aburrido lugar?

Tras cerrar la puerta y besar la mano que le tendía su padrino, Marta se sentó frente a él.

—He ido a la feria con el permiso de mi padre, y vigilada como siempre por mi ama, y se me ha ocurrido que sería buena idea venir a veros.

—¡Buena no, magnífica! Ya sabes que me encanta verte, pero también sabes que si necesitas algo de mí, acudiré siempre gustoso a casa de tu padre.

Marta hizo un leve mohín, y se atrevió a decir:

—Padrino, allí es difícil hablar con vos a solas; mi padre os acapara.

—Vuestro padre os adora y podríamos hablar los tres perfectamente.

—En esta ocasión prefería hablar sólo con vos.

El clérigo, sin saber bien por qué, se puso en guardia. Desde muy niña, Marta había demostrado una inteligencia superior a su edad, mezcla sin duda de la capacidad de su padre y de la intuición de Ruth.

—¿Qué es eso tan especial que queréis tratar sólo conmigo?

Marta tomó aire y, sin pensárselo dos veces, preguntó:

—Padrino, ¿quién era Laia y cómo murió?

—¿Quién te ha hablado de esta historia?

—Nadie en particular, pero yo oigo cosas y además he leído lo que dice en la placa que hay a los pies del monumento que se levanta en los jardines que llevan su nombre.

Eudald Llobet se retrepó en su sillón y cruzando los dedos de sus manos sobre el voluminoso vientre se dispuso a medir sus palabras.

—Ya empiezas a ser lo bastante mayor para saber la verdad de las cosas.

—Por eso acudo a vos. En casa todos me consideran pequeña, no les gusta que crezca.

—Eres aún pequeña, Marta, pero siempre he pensado que tu cabecita maduraría antes de tiempo. En mí siempre encontrarás la verdad: si hay algo que no puedo decirte, no lo haré; y si conviene vestiré mis palabras con el tono y el cuidado correspondiente.

—Entonces, padrino, decidme, ¿quién era Laia? —insistió la niña.

—Laia fue el primer amor de tu padre.

Marta se quedó unos instantes en suspenso.

—¿No fue mi madre su gran amor?

—En la vida del hombre, Marta, hay dos amores que no se olvidan jamás: el primero y el grande.

—¿No son el mismo?

—No tienen por qué serlo. Afortunado es el que los vive ambos con plenitud.

—Y si mi padre vivió el amor antes de conocer a mi madre, ¿por qué no se casó con Laia?

—La vida es muy complicada, hija; las conveniencias sociales hacen que casi nadie se case con la persona que ama. Sin embargo, no te niego que de no haber mediado la gran desgracia que ocurrió, tal vez tu padre se hubiera casado con Laia.

—¿Entonces yo no hubiera nacido? —inquirió Marta, extrañada ante tal pensamiento.

—Has nacido porque Dios lo dispuso así.

—Sé que Laia murió… pero nadie me ha contado nunca cómo sucedió esa desgracia… —dijo Marta con los ojos muy abiertos.

Eudald Llobet entrecerró los ojos al recordar aquel terrible momento.

—El Señor llamó a Laia a su lado.

Marta siguió interrogando al sacerdote con la mirada y éste comprendió que no iba a conformarse con esa explicación.

—¿Se puso muy enferma? —preguntó la muchacha.

—Podríamos decir que sí.

—Creo que todos me ocultáis algo, padrino —repuso Marta, decidida a averiguar algo que la preocupaba desde hacía tiempo.

—Hay muchas clases de enfermedades, Marta. Algo afectó su cabeza y un día, mejor dicho, una noche, paseando por las almenas de la muralla de su casa posiblemente perdió la cabeza… o se mareó, y cayó al patio de guardia. Nada se pudo hacer.

Marta suspiró y su fértil imaginación evocó la figura de una joven doncella, hermosa y trastornada, saltando al vacío desde un torreón. Sin poder evitarlo, se estremeció.

—Y vos, padrino, ¿por qué no os casasteis?

—Porque me enamoré de la Virgen María y decidí estar cerca de ella toda la vida.

Marta aceptó la respuesta sin dudarlo.

—Eso está muy bien, padrino; yo también me casaré con el hombre que ame.

Eudald sonrió.

—Tendrás la suerte de poder escoger. Tu padre te adora y sólo desea tu felicidad.

—Aunque creo que jamás amaré a nadie como amo a mi padre —dijo Marta, pensativa.

—Cuando llegue el momento, verás que el amor que profesas a tu padre es muy diferente al sentimiento que embargará tu corazón.

—Padrino, ¿el amor hace a veces que las personas cambien de

carácter y se pongan tristes? —preguntó Marta de repente, al pensar en Ahmed.

—No tiene por qué. A veces el recuerdo del ser amado hace que la melancolía invada el espíritu y las personas estén como flotando y ausentes, pero no tristes.

—Pues Amina y yo pensamos que Ahmed se ha enamorado. Le ha cambiado el carácter, no quiere entrar en nuestras cosas y se ha vuelto muy misterioso —explicó Marta, ocultando que ambas lo habían seguido y sabían, a ciencia cierta, que una muchacha ocupaba sus pensamientos.

—Posiblemente: está en la edad que estas cosas suceden.

Unos leves golpes sonaron en la cancela interrumpiendo la conversación.

—¿Da permiso vuestra reverencia?

—Un momento, Magí.

El padre Llobet, que había percibido claramente en el pasillo los pasos menudos y acelerados de las sandalias de su ayudante, despidió a Marta indicándole que su tiempo se terminaba y tenía que proseguir con sus obligaciones. La niña, obediente, se despidió de su padrino y al salir por la puerta se cruzó con el joven sacerdote, al que saludó en tanto éste bajaba la vista.

Los ojos del inmenso sacerdote se posaron en su ayudante. Últimamente la salud del padre Magí le preocupaba: lo veía nervioso e irritable; desatendía sus indicaciones y en multitud de circunstancias debía repetirle las cosas. Cosa nada fácil, por cierto, dado el carácter del padrino de Marta, ya que la paciencia no era la principal de sus virtudes, pero debía cuidar tal circunstancia, pues alguna vez, en la que sin llegar a ser brusco, había alzado la voz, se había producido un cataclismo: ya fuera el derrame de un tintero o la rotura de la jarra que el ayudante llevaba en las manos.

—¿Qué es lo que ocurre, padre?

El padre Llobet intuyó que bajo las amplias mangas del hábito, las manos de su coadjutor se frotaban sudorosas.

—Verá, vuestra reverencia, el caso es que debo pedir vuestra venia para ausentarme.

—¿Y pues?

—Es mi anciana madre. Le han vuelto a dar las fiebres y, como sabéis, no tiene a nadie más que a mí.

—¿Habéis tenido noticias de ella?

—Una vecina… me ha mandado recado por una vecina. Ha sido esta mañana mientras yo estaba en el huerto. Me ha dicho que la ha oído toser toda la noche y que gracias a su insistencia se ha quedado en la cama, pues la mujer pretendía levantarse.

—Id, padre Magí. Es más importante ser un buen hijo que un buen sacerdote, y si hace falta quedaos a dormir con ella. Hablaré con el superior y le diré que os he dado permiso.

—Gracias, vuestra reverencia, la mujer ha hecho tanto por mí que me sentiría mal si no hiciera yo lo que pudiera por ella.

El padre Magí se inclinó para besar la mano de su superior y tras hacerlo se retiró.

El padre Magí tenía diecinueve años. Su madre, tras la muerte de su marido, había visto en la Iglesia una manera de sacar adelante a su hijo. A pesar de que se dedicaba a cualquier menester aparte de su oficio de partera, de que cultivaba un huertecillo tras la modesta casa, fabricaba su propio pan y ayudaba a sus vecinas, los dineros no alcanzaban y llegó el momento de tomar una decisión. La mujer pensó que si colocaba a su hijo en el seminario, aunque no llegara a profesar, lo alimentarían durante unos años y adquiriría una cultura que sin duda le sería útil a lo largo de la vida. Luego se vería si le venía la vocación o no servía para la religión, pero de momento habría crecido entre aquellas santas paredes y se habría ahorrado su mantenimiento. Un buen día, el pequeño Magí de la Vall se encontró cantando en el coro de la iglesia. Tenía ocho años. Hasta los trece todo fue bien: aquella vida recoleta y austera le agradaba, podía comer sin las limitaciones que no fueran las litúrgicas, y aunque la comida era sobria, no era escasa. Además, disfrutaba de la compañía de otros muchachos de su edad. Andaba todo el día entre latines, cánticos y la biblioteca, mientras casi todos los demás postulantes trabajaban en el huerto en tareas mucho más duras que las a él encomendadas.

Todo funcionó hasta que el tirón de la libido entró en su vida y comenzó en sueños a manchar las bastas frazadas.

Al cumplir los dieciocho años tomó los hábitos, pero el ensueño de conocer mujer se tornó en obsesión. Magí moraba en la Pia Almoina, pero lo que es vivir, no vivía. Vagaba como alma en pena por los pasillos y sus pensamientos andaban muy lejos del claustro. Había enflaquecido notablemente y su cuerpo, que siempre fue desmedrado, bailaba ahora dentro de las ropas talares cual badajo de campana. En los rezos de última hora de la tarde, bajo los soportales que circunvalaban el estanque, su rostro afilado y pálido apenas se vislumbraba. Hiciera lo que hiciese, ya fuera ordenar los rollos de la biblioteca, repartir la sopa de los pobres o cumplir cualquier encargo de su superior, Eudald Llobet, su mente invariablemente evocaba senos de muchachas, veía en cualquier capitel formas femeninas y sabía que pese a condenarse a los infiernos, sería incapaz de resistirse a aquella tentación.

Tras varias noches sin conciliar el sueño tomó su decisión. Buscaría una excusa y pondría los medios para acercarse a la falda de la montaña de Montjuïc, donde —según escuchó en una conversación entre uno de los mozos de la cuadra y un palafrenero— habían abierto una mancebía. Oyó que dicho establecimiento se hallaba en el camino de la cantera, precisamente en la ruta donde se hallaba la casucha de su madre, en la vía del cementerio judío, y que el montante por ocuparse con una de las pupilas era modesto en comparación del exigido en un lugar similar que había abierto anteriormente en la Vilanova dels Arcs.

Esa tarde, tras salir de las dependencias del padre Llobet y cuando la campana de la Pia Almoina convocaba a los fieles al primer rezo de la tarde, Magí, con el corazón agitado bajo el humilde hábito pardo, abandonaba el convento tras mostrar el pase al portero, que lo observó con indiferencia.

Bordeó las interminables obras de la catedral, continuó a lo largo del *Call* y se encontró en medio de los que al atardecer abandonaban la ciudad para dirigirse a los *ravals* que crecían extramuros. La masa humana iba avanzando entre los gritos e imprecaciones de los carreteros, que desde la altura de sus carromatos insultaban a algún que otro avispado que arteramente pretendía saltarse el turno correspondiente. Cuando la algarabía era notoria, el chuzo de los guardias volvía a poner orden en aquel desconcierto.

Magí avanzaba penosamente tras una gorda mujer con un inmenso canasto en la cabeza y un arrapiezo colgado de sus faldas, al que sin otro motivo y de vez en cuando soltaba un pescozón. Finalmente, y ya sobrepasada la puerta del Castellnou, la muchedumbre se fue diluyendo unos hacia el Cogoll otros hacia el barrio de Santa Maria del Pi y los más por el camino de la Boquería, bien hacia el Areny, bien hacia Sant Pau del Camp. Magí se desvió hacia el camino de Montjuïc y tras pasar el puentecillo de madera del Cagalell observó que hacia la ciudad regresaban los canteros con la herramienta al hombro y el polvo blanquecino del mármol cubriéndoles todo el cuerpo. En cambio en su mismo sentido lo hacían caballerías montadas por comerciantes y sencillos vecinos, que parecían alegres y comunicativos. Magí se desentendió de su entorno y se encerró en sus pensamientos, de manera que casi sin darse cuenta se encontró frente al paraje de su infancia. La antigua acequia, el abrevadero de los animales y el viejo pozo del que tantos cubos de agua había sacado de niño. Alrededor de estos tres elementos se alzaban cinco casuchas que constituían el barrio; la del fondo era la de su madre. Cuatro paredes, un tejado a dos aguas, y tras la construcción, una enjalbegada tapia que cercaba un huertecillo. Magí se acercó a la pequeña puerta que siempre estaba abierta y al traspasarla un conocido olor, a col rancia y a tasajo, asaltó su nariz. La estancia no había cambiado. Frente a él, la ventana que daba al huertecillo; a la derecha, en la chimenea cuyo fuego calentaba la casa, un caldero humeante que certificaba la presencia de su madre; a la izquierda, dos puertecillas, la primera de las cuales comunicaba la estancia con el patio exterior y la segunda daba acceso a una corta escalera que ascendía al altillo. En el lienzo de pared junto a la entrada se hallaba el camastro donde descansaba su madre y un anaquel con diversos cacharros, y bajo el estante interior el modesto arcón donde la mujer guardaba sus instrumentos de partera.

Magí se acercó a la ventana y oteó el panorama. Al fondo, en la corralera, divisó a su madre ordeñando la única cabra en tanto unas famélicas gallinas picoteaban a su alrededor.

Su voz interrumpió la tranquilidad de la tarde.

—¡Madre, estoy aquí! ¡Soy yo, Magí!

Las manos de la mujer abandonaron la ubre de la cabra y haciendo pantalla con la diestra y girando sobre la banqueta donde estaba posada, buscó con la mirada la ventana. Se puso en pie: en su boca desdentada amaneció una torcida sonrisa y una miríada de arrugas circunvaló sus ojos al distinguir el rostro de su hijo.

Las preguntas se agolparon en sus labios en tanto se secaba las manos en el delantal y avanzaba hacia la casa.

—¿Pasa algo? ¿Cuándo has venido? ¿Hasta cuándo te quedas? ¿Lo sabe el padre Llobet?

La mujer ya llegaba a la casa. Magí comenzó a responder desde la ventana, mas luego dirigió su mirada hacia la puerta por la que ya entraba su madre. Después de besarla, intentó satisfacer su curiosidad.

—No pasa nada de particular, madre. He salido del convento en una comisión y mañana debo regresar. Es mi tutor el que me envía; esta noche dormiré aquí con usted.

La mujer lo observó extrañada.

—Me haces feliz, pero ¿qué misión es esa que te hace dormir fuera?

—Las ganas de verla han propiciado la coyuntura y me han hecho decir una pequeña mentira.

La mujer lo observó, inquieta.

Magí prosiguió:

—Esta noche debo llevar a cabo una comisión acerca del párroco de Santa Maria del Pi, y aprovechando que ese *raval* cae mucho más cerca de su casa he alegado que estaba usted un poco indispuesta con el fin de que me otorgaran un permiso de pernocta. Las ansias de verla me han obligado a decir un piadoso embuste, de manera que a mi regreso dormiré aquí y mañana por la mañana podremos desayunar juntos.

—Dios te perdonará, hijo mío. Sé que mentir es malo, pero es tanta la ilusión de verte que no puedo dejar de alegrarme. ¿Quieres que te prepare algo para cenar?

—Nada, madre, voy a tener que irme ahora.

—Entonces te dejaré en la alacena un plato del cocido, así a la vuelta podrás comer algo —se ofreció la buena mujer.

—Es lo que más añoro en el convento, sus guisos. Ahora voy a cambiarme.

La madre lo miró extrañada.

—¿Vas a quitarte el hábito?

—A lo que voy no conviene que vean que soy clérigo. Mi misión es informar a mi superior de la vida que hace un clérigo que por cierto no es modelo de virtudes —mintió Magí.

—Soy una pobre mujer que no entiende de latines. Haz lo que tengas que hacer y nada me expliques. Estás aquí y eso me basta.

—¿Mis cosas están donde siempre?

—Todo está en el arcón de debajo de tu catre.

—Entonces, madre, voy a cambiarme.

Ascendió Magí los escasos escalones que conducían al altillo y al punto su mirada se hizo cargo del paisaje que tan bien conocía. La luz entraba por el pequeño tragaluz del tejado. En un rincón estaba su catre y un inestable taburete de tres patas. En el extremo opuesto, el aguamanil con la correspondiente palangana y una jarra de cinc al lado, y un rústico armario que, junto a la corralera de la cabra y el gallinero, había hecho tiempo atrás con sus propias manos, a ratos perdidos en las visitas que año tras año había venido haciendo a su madre. Lo primero que hizo fue comprobar si sus ahorros estaban donde él los había dejado. Se acercó hasta el armario donde guardaba vieja ropa de su padre y algunas cosas de él, y con un pequeño esfuerzo lo apartó de la pared; luego removió un ladrillo de barro cocido cuya argamasa estaba agrietada y metió la mano en el hueco que había dejado: una pequeña faltriquera de piel de oveja apareció ante sus ojos. El alegre tintineo de las monedas le indicó que todo estaba en su sitio. Tras depositarla sobre el catre, procedió a colocar el ladrillo y el armario en su lugar. Luego extrajo de él viejas ropas y tras despojarse del hábito procedió a vestirse como un paisano cualquiera.

Al poco salía por la puerta un joven: calzas ajustadas, casaca corta de color marrón y sobre la cabeza, ocultando su frailuna tonsura, un gorro encasquetado hasta las orejas. Miró a uno y otro lado y encaminó sus pasos hacia Montjuïc. Al cabo de una media hora, con los pulsos acelerados, tocaba la aldaba de una puerta.

La espera se le hizo eterna; lo que fue un brevísimo espacio de tiempo le pareció una eternidad. La cancela se abrió y la imagen de un inmenso moro vestido al uso ocupó el quicio de la puerta. El eunuco lo miró de arriba abajo y tras una detenida inspección le habló entre interrogante y displicente.

—¿Qué buscáis a tan temprana hora?

Magí intentó mostrar naturalidad.

—Si no me han informado mal, lo que cualquier paisano busca en lugar como éste.

El moro abrió la puerta del todo: un cliente era un cliente y a cualquier hora era bienvenido.

—Excusadme, señor, mi extrañeza se debe quizá a que la hora es temprana.

Magí, temblando por dentro pero simulando una actitud segura y arrogante, respondió al moro:

—Cada quien es dueño de su tiempo y sabe encontrar para estos negocios el rato que le conviene.

—Desde luego, señor, estáis en vuestra casa. Ahora mismo hago encender las candelas del salón y os muestro la mercancía.

—No quisiera mezclarme con otros. Me conviene un lugar más privado.

—Como gustéis, señor, pero pasad; tened la amabilidad de seguirme.

Magí dio un paso al frente en tanto el moro cerraba la puerta. Luego se encontró siguiendo los pasos del eunuco a través de un largo pasillo que le condujo a una pequeña habitación. Tres ambleos proporcionaban luz a la estancia, y el fuego de una chimenea encendida una agradable calidez. Magí se sentó en uno de los dos sillones; el sudor inundaba sus axilas y le costaba un esfuerzo inmenso contener el temblor de su barbilla.

—Si tenéis la amabilidad de indicarme vuestro gusto, tendré un inmenso placer en complaceros: edad, color de piel…

—Quisiera una mujer joven que conozca la vida y que le guste su oficio —respondió Magí con falso aplomo.

El eunuco se dio perfecta cuenta de que el visitante era un pardillo.

—Creo que tengo lo que buscáis. Tened la bondad de aguardar un momento.

Desapareció el moro dejando a Magí al borde del desmayo y con los pulsos al límite.

Al poco rato, se apartó el cortinón del fondo y apareció ante sus asombrados ojos la imagen de la que creyó una hurí del paraíso. Tendría unos veinticinco años, vestía un chaleco verde de raso y bombachos de seda transparente; calzaba borceguíes de punta retorcida y sujetaba su pelo castaño una diadema; sobre el velo que ocultaba sus labios se veían unos ojos profundos y negros, con los párpados maquillados con carboncillo y alheña, para resaltar su belleza, que lo observaban con curiosidad.

27

La respuesta de Zahira

as flores de los tilos empezaban a asomar tímidamente. Zahira no comprendía cómo había florecido el huerto en aquel piélago de tristeza que la rodeaba. La muchacha observaba con ojos asombrados cómo, a pesar de todo, el invierno daba paso a una prematura primavera y un sinfín de olores y colores invadía el aire de abril. Llevaba allí dentro apenas dos meses y le parecía mentira que las cosas hubieran sucedido de aquella manera. ¡Cuánta miseria, cuánto odio y cuánta resignación a su alrededor! ¡Cuánto había llorado! Qué lejanos le parecían sus encuentros con Ahmed, las charlas con Bashira y los pocos momentos felices que la vida le había otorgado pese a su condición de esclava. Los sollozos en la oscuridad de los lóbregos aposentos donde intentaba descansar aquel grupo de desgraciadas formaban en la noche un coro de lamentos inacabable. Jamás hubiera creído Zahira que la providencia le reservara aquella amarga prueba. Su intuición había deducido perfectamente el lugar donde se hallaba y hacia dónde se encaminaba irremediablemente su amarga existencia. Tras la humillación de sentir su desnudez ante aquellos dos hombres que la observaban como se observa una res en una feria de ganado, pudo vislumbrar el abismo donde se iba a despeñar su destino. Rania, la gobernanta, la asignó por el momento a las cocinas, pero apenas conocer las dependencias del lugar y ver la sumisa escoria humana que allí vegetaba, comprendió lo que era aquella casa y el trabajo que hacían los desgraciados que allí moraban. Aquel mismo día, después de mostrarle dónde iba a dormir, la gobernanta le dio una ropa basta y unas almadreñas para que se cambiara, e hizo que la encargada de la limpieza la condujera a la estancia principal, donde por la noche se desarrollaban obscenos espectáculos.

Un hecho singular vino a redimirla de la congoja absoluta que invadía su ánimo. Una tarde, estando en la cocina pelando patatas, se le acercó un criado de los que podían salir de la mansión y visitar el mundo exterior, Pacià era su nombre.

—Te llamas Zahira, ¿no es verdad?

Ella asintió con la cabeza.

—Alguien de afuera me ha dado mensaje para ti.

La muchacha, casi sin atreverse, alzó los ojos. Ante su mirada interrogante, el otro prosiguió.

—El nombre de la persona que te envía el mensaje es Ahmed. Me dice que Manel fue el que le dio el tuyo y espera tu respuesta a través de mí.

Zahira quedó sin habla.

—¿Me estás oyendo?

—Claro.

—Me has de dar una clave, para que él sepa que no le miento y yo le transmitiré, palabra por palabra, lo que me digas. Ahora me tengo que ir; dentro de un rato pasaré por aquí, piénsalo. —Sin otra cosa decir, Pacià tomó un gran saco de avellanas, se lo cargó al hombro y partió al punto.

Zahira miró a un lado y a otro para cerciorarse de que nadie la había visto, luego, comenzó a pensar rápidamente el mensaje que quería enviar a Ahmed. Su mente era un torbellino, seguramente jamás volvería a tener una ocasión semejante y su cabeza trazó un plan a toda prisa. Pacià ya regresaba por el fondo del pasillo; llegó hasta donde ella estaba e hizo como si cambiara de sitio alguna mercancía.

—¿Lo has pensado?

Con voz trémula y muy baja, Zahira se explayó.

—Dile que se olvide de mí, que jamás saldré de este lugar, que sea muy feliz y que lo más hermoso que me ha sucedido en la vida ha sido conocerle.

El hombre se mostraba nervioso.

—La clave, venga: la clave… Dime una palabra que demuestre que has sido tú la que me ha dado recado.

Zahira meditó rápidamente y luego, volviendo el rostro hacia el hombre, musitó:

—Margarida. Ésa será la clave.

El hombre, sin decir palabra, partió a su avío, repitiendo por lo bajo «Margarida, Margarida». Cuando ya estaba en la puerta oyó la voz de la muchacha:

—¿Cuándo sabré algo?

—Yo te buscaré caso de que haya respuesta.

La primera vez que Zahira paseó su mirada por el local y observó la distribución de las mesas, los rincones, el gran banco del fondo y finalmente el tablado semicircular rodeado de candiles, adivinó la actividad que allí se desarrollaba todas las noches. Era, a tamaño reducido, algo semejante a la subasta de esclavos, adornada sin embargo con bailes y canciones. Una semana después de su llegada le entregaron una bata de sarga, un delantal blanco y una cofia y le indicaron que debería ayudar a uno de los mozos del comedor a servir a los clientes. Por las charlas que había mantenido en la cocina con una de las muchachas, dedujo que su intuición no la había engañado sobre la actividad que allí se llevaba a cabo, pero su imaginación se había quedado corta. Al entrar en la sala siguiendo al mozo, el humo que proporcionaban cuatro pebeteros quemando hierbas aromáticas nubló su vista; luego, cuando sus ojos se fueron acostumbrando a aquella semipenumbra y su mente se fue aislando del barullo de la gente, pudo observar a qué se destinaba el salón y por qué desfilaban sobre aquel escenario muchachas casi púberes a las que un sayón despojaba de sus ropajes entre las risas y apuestas de los presentes. Las mesas estaban llenas; una cantidad de hombres que por su vestimenta intuyó de cierta condición, se repartían por la extensa sala. Comerciantes, vecinos de Barcelona, gentilhombres, cambistas, poseedores de puestos en el mercado, bebían vino, reían y comentaban la mejor o peor calidad de las víctimas que continuamente se mostraban en el escenario. Tres músicos que tañían un rabel morisco, una fídula de ocho y un arpa acompañados por dos muchachos negros que marcaban el ritmo percutiendo con los gruesos dedos la tirante piel de cabra de unos pequeños timbales, ambientaban la velada y acompañaban la exhibición de alguna que otra muchacha que, con el rabillo de los ojos tiznado de carboncillo, el cabello suelto sujeto con peinetas y los pómulos de las mejillas resaltados con magenta, además de mostrarse, danzaba alzando los brazos y moviéndose de un modo rítmico y sincopado, como si el tronco estuviera descoyuntado del resto. Zahira, con la mirada baja, seguía al mozo que le habían asignado.

28

El reencuentro

A la hora que acostumbraba a salir el carretero con los desechos y porquería de la casa, Ahmed aguardaba bajo la sombra de un tilo a que se abrieran las puertas y surgiera el mensajero. La espera se le hizo eterna, pero cuando las campanas de Sant Pere de les Puelles convocaron al rezo de la tarde a las monjitas, el ansiado carromato apareció en la puerta.

La prudencia le retuvo un tiempo, disimulado tras el tronco del árbol, pero cuando ya el carricoche estuvo en medio del polvoriento camino, Ahmed, tras comprobar que el guardia que vigilaba aquel lado de la muralla iniciaba la ronda hacia el lado contrario, no se pudo contener y salió a su encuentro.

—Venga, sube, escóndete entre los sacos y aguarda a que yo te avise.

Ahmed no lo dudó: de un ágil brinco se encaramó en la vacilante plataforma y se ocultó entre aquella pestilente montaña de sacos. Cuando el carro dobló la esquina de la calle, la voz del carretero sonó amortiguada por el traqueteo de los cascos de los jumentos.

—Ya puedes incorporarte. No te quites la capucha y siéntate a mi lado. El hedor me anuncia y las gentes más bien se apartan a mi paso. Además, están acostumbrados a ver a dos personas en el pescante.

Ahmed siguió las instrucciones del otro y apenas instalado en su nuevo puesto, demandó noticias.

—Vayamos paso a paso —alegó Pacià—. Te doy la contraseña y me entregas mi parte. Entonces, cuando hayas cumplido el trato, te daré el mensaje.

—De acuerdo —convino Ahmed, impaciente—. Dime.

—«Margarida» es la clave.

Al oír el nombre de la muchacha del Mercadal, Ahmed echó mano a la faltriquera y, sacando los dineros, pagó lo acordado sin decir una palabra. Las manos del muchacho temblaban como azogue.

—Por favor, habla ya.

El otro fue desgranando punto por punto el mensaje que Zahira le había transmitido. Ahmed se lo hizo repetir dos veces. Cuando tuvo la certeza de que aquéllas eran las palabras de su amada, interpeló al carretero:

—Has visto que soy buen pagador. —Intentaba controlar la voz, para que la angustia que sentía no se advirtiera en sus palabras—. Pues bien, si logras que pueda entrevistarme con Zahira brevemente, te haré ganar cinco veces lo que ganas en un mes.

El hombre desatendió las riendas un instante y giró el rostro hacia él. En su mirada se reflejó al unísono la avaricia y el miedo.

—Eso sería muy peligroso.

Ahmed vio abrirse ante él un resquicio de luz.

—¿Pero posible?

—Tal vez, ¿cuánto tiempo sería?

—El tiempo de un rosario.

—Demasiado es, dejémoslo en tres misterios.

—De acuerdo, que sea ése el tiempo —aceptó Ahmed, desesperado—. ¿Cuándo y cómo podría ser?

—No tan deprisa —rezongó Pacià—. Déjame rumiar.

En ésas estaban cuando llegaron a la riera del Cagalell.

—Éste es el término de mi trayecto. Échame una mano mientras pienso si me conviene el trato, y la manera de llevarlo a cabo.

Ahmed saltó del carro, y tomando por dos de las puntas el primero de los pestilentes sacos ayudó al hombre a descargar la hedionda mercancía. Éste hizo lo propio en silencio. Luego habló:

—Si las condiciones del pago son las mismas y puedes estar,

más o menos, a la misma hora que hoy, el lunes próximo, en el mismo sitio, tal vez podamos llegar a un acuerdo.

—Si lo consigues, te estaré agradecido de por vida.

—¡No vayas tan deprisa! ¿Cómo va a ser el asunto del pago?

—Como comprenderás, no llevo esa suma conmigo.

El otro pareció cavilar unos instantes.

—Está bien. Si cuando abra la puerta para llevarte al lugar donde creo que podréis reuniros, no me entregas lo acordado, nuestro trato quedará sin efecto y cerraré la puerta en tus narices. ¿Estás de acuerdo?

—Si cuando abras no estoy allí con lo prometido es que habré muerto —prometió Ahmed.

Al siguiente lunes y a la hora acordada, Ahmed esperaba impaciente la apertura de la doble puerta. En vez de ésta, la que se abrió fue una portezuela lateral, más a la derecha, por la que únicamente podía pasar un hombre. La figura de Pacià apareció en el marco y apenas divisó a Ahmed, le hizo una señal con la mano para que aguardara y se dirigió hacia él.

—¿Has traído lo mío?

Ahmed echó mano a la bolsa y extrajo unos dineros.

—Ignoro cuál es tu sueldo, pero supongo que con esta cantidad lo cubro con creces.

El otro comprobó el importe y, con avaricioso destello asomando a sus ojos, comentó:

—En verdad, esto es ser generoso.

Luego, tras dirigir una breve mirada al centinela del primer puesto de vigilancia, indicó:

—Sígueme.

Ahmed fue tras él sin dudarlo un instante. Atravesaron la portezuela por la que había salido el hombre, quien tras atrancarla con dos vueltas de llave, comenzó a caminar hacia una caseta que se hallaba al fondo del huerto, seguido por Ahmed. Llegados allí, el hombre habló.

—Ahí la tienes. Recuerda el tiempo: tres misterios.

Ahmed echó mano de nuevo a la faltriquera, tomó al albur un puñado de monedas y se las entregó a su bienhechor.

—Que sea un rosario, te lo suplico.

El tono del joven y su manifiesta generosidad conmovieron al otro.

—Me estoy jugando algo más que el puesto —dijo, dubitativo—, pero sea: un rosario.

El hombre empujó el vano con la diestra e indicó a Ahmed que pasara. Éste lo hizo, y en cuanto hubo entrado oyó el chirrido de los goznes y supo que Pacià estaba cerrando la puerta. Al principio la oscuridad le impidió ver las cosas; luego sus ojos se fueron acostumbrando y supo que había entrado en un pequeño pajar: abajo había montañas de sacos y arriba, en un altillo al que se accedía mediante una escalera vertical, montones de balas de paja almacenadas. Ahmed no se atrevía ni a respirar. Al cabo de un poco observó que la claridad del lugar provenía de una lucerna que había en el techo y de un pequeño ventanuco que se hallaba en lo alto del altillo. Súbitamente su corazón comenzó a galopar. De entre las balas apareció el rostro amado de Zahira. Ahmed trepó como un gato montés por la escalerilla y casi sin darse cuenta ambos jóvenes se hallaron unidos en un abrazo desesperado. Pasado ese instante mágico se sentaron en el suelo sobre la paja y comenzaron a hablar atropelladamente en tanto él le apartaba las briznas del cabello.

—Tengo que sacarte de aquí como sea, Zahira.

—No sabes lo que estás diciendo —musitó la muchacha—. Escapar de aquí es imposible.

—Nada es imposible si se tiene valor para ello.

—No hay nada que hacer, Ahmed. Varios lo han intentado, y más pronto o más tarde, todos han acabado muertos. Esto es peor que una cárcel.

—Entonces, Zahira, prefiero morir que no haberlo intentado.

—Pero yo no quiero que mueras —dijo Zahira con voz muy dulce—. Sólo la esperanza de que tengas una vida feliz me ayudará a resistir esto.

—Ten fe, yo daré con los medios oportunos —prometió Ahmed, tomando la mano de Zahira entre las suyas—. Igual que he

comprado la voluntad de un hombre para poder verte, podré so-
bornar a quien corresponda, aunque tenga que entregarle todos
los ahorros de mi vida. —La voz del joven se quebró—. Si con
eso puedo sacarte de aquí, habrá valido la pena.

—No podrás —insistió la muchacha, intentando contener las
lágrimas—. Y si intentamos huir, el castigo será terrible… Conozco a una muchacha a quien, por intentar escapar, le sacaron los ojos.

—Mi patrón tiene barcos, naves que recorren los mares y llegan a lejanos países. En algún sitio hallaré un lugar para nosotros
—rebatió Ahmed, que no podía darse por vencido.

—No, Ahmed, nos cogerán… Y cuando eso suceda no habrá
compasión ni para mí ni para ti.

—Entonces, Zahira, ¿por qué has aceptado verme?

La muchacha clavó su intensa mirada en el rostro de Ahmed.

—Esta casa, amor mío, es una mancebía, un lupanar asquero-
so donde cada noche se comercia con la carne. Ahora hago de
criada, pero sé, y me consta, que mi final será entregarme a quien
mejor pague mi virginidad. A todo me resigno menos a eso. Nadie podrá nunca mandar dentro de mi cabeza y quiero tener el recuerdo de que tú has sido el primero. Por eso quería verte. Quiero ser tuya ahora, Ahmed.

El muchacho se quedó sin habla.

—Zahira, yo…

—No digas nada —musitó la joven con dulzura—. Tenemos
poco tiempo…

Y tras estas palabras la muchacha comenzó a soltarse los cor-
doncillos que ceñían el escote de su corpiño.

Un rato después el rayo de luz que entraba por el ventanuco
iluminó los cuerpos desnudos de los dos amantes en el momento
único del abrazo infinito.

29

La visita a la mancebía

edro Ramón y Berenguer habían abandonado el palacio por una puerta trasera. Iban sin guardia, como dos vecinos cualesquiera, cubiertos con sus capas y ocultos sus rostros por sendos sombreros cuyas alas caían sobre sus ojos.

Berenguer se dirigió a su hermanastro.

—El camino no es precisamente corto, ¿pensáis hacerlo a pie?

—En la puerta del *Call* encontraremos una litera cubierta. Como comprenderéis, no convenía salir de palacio en un carruaje. Hemos de ser sobremanera discretos, teniendo en cuenta adónde vamos y quiénes somos.

—De cualquier manera —repuso el joven Berenguer—, una vez allí, sin duda nos reconocerán.

—Evidentemente —convino su hermanastro—, pero nadie se dirigirá a nosotros si no lo deseamos.

Avanzaron intentando evitar la tenue claridad que las mechas encendidas de los faroles, instalados en la ciudad en tiempos de la visita de Abenamar, proyectaban sobre el empedrado de la calle. Pronto llegaron a la puerta del Castellnou, y allí, como había anticipado Pedro Ramón, hallaron una litera cubierta, que los esperaba. Pedro Ramón se dirigió a ella; descansaba sobre calzos de madera. Abriendo la portezuela, indicó a Berenguer que se acomodara en su interior. Éste así lo hizo y desde dentro escuchó la voz de su hermanastro que, antes de subir, ordenaba al jefe de la cuadrilla que se dirigiera al *raval* de la Vilanova dels Arcs. Los pasajeros, tras las cortinillas de cuero embreado, notaron cómo los porteadores tomaban las varas de la silla y ésta comenzaba su bamboleante caminar. El jefe de cuadrilla intentaba sincronizar con sus gritos el paso de los ocho hombres que cargaban el armatoste.

—Espero poder cumplir mi sueño esta noche —dijo Berenguer, con la voz ronca por la emoción.

—Calma, Berenguer, vais muy deprisa.

—Si me aventuro a salir de palacio a deshora y a hurtadillas, a riesgo de disgustar a mi madre, es por lo que me prometisteis.

—Todo llegará a su debido tiempo. Esta noche tendréis ocasión de escoger de entre lo más granado del condado —le prometió Pedro Ramón—. Cuando lo hayáis hecho, la afortunada será preparada concienzudamente para que la gocéis.

—¿No están para eso las esclavas que allí se muestran?

—Evidentemente, pero quiero que la que deleite a mi hermano sea de primerísima calidad. Y que, además, esté sin estrenar. Y eso, como comprenderéis, habrá que pactarlo.

La litera, tras detenerse una única vez para que los porteadores recuperaran el resuello, fue siguiendo por el camino que serpenteaba junto a la muralla hasta llegar a la Vilanova dels Arcs. La entrada del caserón estaba vigilada por cuatro criados negros. Una vez los porteadores dejaron descansando la litera sobre sus calzos, ambos hombres descendieron y se encaminaron a la entrada. En cuanto la hubieron traspasado, un par de esclavas muy jóvenes, vestidas a la usanza mora, se hicieron cargo de sus capas y gorros. El rostro de Rania, que se hallaba tras el mostrador, se demudó al reconocer a los visitantes.

—Si sus mercedes son tan gentiles de aguardar unos instantes, llamaré al patrón, que atenderá a sus excelencias.

—No es preciso —la atajó Pedro Ramón—. Únicamente necesito uno de los reservados del primer piso.

—De cualquier manera, debo avisar al patrón.

Y tomando una campanilla que descansaba sobre el mostrador, con un gesto breve y rápido, la hizo sonar.

Pasados unos instantes apareció en el marco de la portezuela que daba a su estancia Bernabé Mainar, que tenía por costumbre aguardar en su gabinete y salir de vez en cuando a dar una vuelta por la estancia principal para comprobar que todo marchaba según lo previsto. El inusual y argentino tintineo de la campanilla le hizo comparecer rápidamente y una breve mirada de su único ojo le advirtió de la importancia de aquel momento. Era la primera vez que dos miembros de tal alcurnia iban a su establecimiento. En otras dos ocasiones Pedro Ramón lo había hecho en compañía de Marçal de Sant Jaume y no había tenido oportunidad de abordarlo.

Con una exagerada inclinación de cabeza saludó a los ilustres huéspedes.

—Excelencias, han tomado posesión de su casa, soy vuestro más rendido servidor.

—¿Quién eres?

—Bernabé Mainar, señor, el propietario y patrón de este negocio. A vuestra disposición para lo que gustéis mandar.

Pedro Ramón reflexionó unos instantes: conocía por referencias al personaje y los pingües beneficios que le proporcionaba dicho negocio. Sin embargo, pese a que el caballero Marçal de Sant Jaume le había puesto sobre aviso, jamás hubiera imaginado que su aspecto fuera aquél. Entonces decidió hacerle una concesión.

—Sé quién eres y te agradezco los desvelos que te has tomado por mi persona.

—Me abrumáis, excelencia. Y, decidme, ¿a qué debo el inmenso honor de recibiros?

—En esta ocasión quisiera mostrar a mi hermano —al decir esto señaló con el gesto a Berenguer—, desde algún lugar discreto, claro está, las peculiaridades de este negocio. En una palabra, deseamos ver sin ser vistos. Él es aún muy joven y quiero que empiece a observar lo que es la vida y ver si encuentra lo que busca.

—Habéis venido al lugar oportuno. Podréis gozar de la velada sin que nadie os incomode.

Tras estas palabras hizo llamar a Maimón y ordenó que mandara preparar a un sirviente el reservado grande del primer piso.

Rania, siguiendo las normas de la casa, salió de detrás del mostrador y se adelantó para tomar los dos espadines que llevaban al cinto los ilustres visitantes. La voz de Mainar la detuvo:

—En esta ocasión no es necesario, Rania. Nuestros huéspedes estarán solos en el mejor reservado de la casa. —Y, volviéndose hacia los hermanos, les invitó a seguirle—. Si sus excelencias tienen la bondad.

Con el gesto señaló la escalera que ascendía al primer piso, precediéndoles.

Llegados allí, Mainar los condujo hasta el fondo del pasillo y sacando de su faltriquera una llave abrió una labrada puerta rotulada con el número seis. Ante la asombrada mirada de Berenguer se ofreció una estancia, caldeada por los crepitantes leños de una gran chimenea, perfectamente amueblada con dos amplios divanes, un aguamanil, y lo que más le sorprendió, dos cómodos y almohadillados taburetes que aparentemente miraban a la pared del fondo.

Por vez primera el joven abrió la boca.

—¿Y eso? —preguntó, al tiempo que señalaba ambos escabeles.

Mainar se adelantó, retiró una balda y abrió la portezuela de un ventanuco que, oculto por una celosía, daba frente al tablado de la estancia inferior.

—Esto es para que veáis sin ser visto.

Luego se dirigió al rincón del fondo y mostró una larga cuerda forrada de pasamanería terminada en un borlón.

—Cuando hayáis escogido a la muchacha que sea de vuestro agrado, únicamente tenéis que tirar de la cuerda y al punto os será ofrecida. Y ahora, para que el tiempo os transcurra lo más amablemente posible, vendrá un mozo para serviros las bebidas que gustéis.

—Déjanos solos, Mainar. Primeramente gozaremos del espectáculo; luego, cuando nos apetezca, pediremos la bebida.

—Siempre a vuestro servicio, señor.

Tras estas palabras Bernabé Mainar se retiró, cerrando la puerta tras de sí, sintiendo en su interior que aquella velada podría ser muy importante para él.

Apenas quedaron solos los hermanos, Pedro Ramón habló:

—¿Qué os parece, Berenguer? ¿Os gusta el lugar?

—Si el contenido está acorde con el continente, me parece insuperable.

—Os puedo garantizar que lo superará —dijo Pedro Ramón, sonriente.

Ambos se acomodaron en los escabeles y abriendo sus respectivos ventanucos, se dispusieron a observar.

Ante los asombrados ojos de Berenguer apareció el salón inferior en el momento que la noche estaba en su máximo apogeo. El barullo estaba amortiguado por la tupida celosía, pero pese a ello el ruido era notable. Los músicos tocaban distintas tonadas. El público, excitado, voceaba viendo la carne blanca o morena a la par que un efebo de facciones lampiñas se ocupaba de ir descubriendo los lugares más recónditos de la anatomía de aquellos cuerpos. En aquel instante y siguiendo el ritmo de los tambores, apareció una muchacha de piel oscura, vestida únicamente con unos bombachos y un collar dorado que brincaba sobre sus senos. Al cabo de un tiempo que al joven Berenguer se le hizo cortísimo fueron pasando ante sus asombrados ojos jóvenes esclavas que subían a la tablazón vestidas y se retiraban, ante la demanda de alguna de las mesas del salón, con las ropas en la mano.

—¿Qué me decís, Berenguer? ¿Os gusta el pasatiempo?

—Jamás pensé que esto pudiera existir —aseguró Berenguer, con la voz tomada por la excitación.

—¿Queréis que haga subir a alguna mocita?

—Preferiría beber algo, hermano. Tengo la boca seca.

Pedro Ramón se alzó de su escabel y dirigiéndose al rincón se dispuso a tirar del borlón.

En algún lugar lejano de la mansión sonó una campanilla y Maimón envió al reservado del primer piso al mancebo cuya asistente era Zahira.

El criado tocó con los nudillos en la puerta y aguardó a que una voz desde el interior autorizara su entrada.

—¡Adelante!

El mozo se introdujo en el salón seguido de Zahira, que bandeja en mano le seguía a media vara de distancia.

La muchacha quedó inmóvil en la penumbra y un escalofrío recorrió su espina dorsal al sentir sobre ella la enfebrecida mirada del más joven de los dos hombres.

Berenguer arrimó su boca a la oreja de Pedro Ramón y comenzó a susurrar.

Cuando éste captó el mensaje que su hermano le enviaba, tras observar detenidamente a la muchacha, ordenó:

—Que ella traiga dos vasos de buen vino; y tú, dile a tu patrón que acuda.

Se retiró la pareja y Zahira intuyó que algo grave estaba a punto de ocurrirle.

Transcurrido un corto espacio de tiempo, Bernabé Mainar hacía su aparición.

—¿Me habéis hecho llamar, señor?

—Mi hermano ya ha escogido.

—Me place poder complaceros. Y decidme, ¿quién es la elegida?

—Ninguna de las mostradas. Mi hermano se ha encaprichado de la sirvienta que dentro de un poco nos va a traer las bebidas.

Mainar se masajeó el rostro con la diestra.

—Hace pocas semanas que llegó, señor, y para bien servir al mejor de los caballeros, deberá ser adiestrada. Tened en cuenta que todavía es virgen.

Ahora fue Berenguer el que intervino.

—Todavía me place más. Saber que voy a ser el primero me estimula.

—Pero, señor… —vaciló Mainar—, quizá no sepa complaceros y tal vez no quedéis satisfecho.

En ese instante, tras golpear la puerta, apareció Zahira portando en una bandeja una jarra de vino y dos cubiletes de estaño. Cuando la muchacha se hubo retirado, los tres hombres cruzaron una mirada cómplice.

—Creo, señor, que tengo otras jóvenes mejor dotadas para daros placer; ésta tiene los senos pequeños y además todavía no ha aprendido a moverse —insistió Mainar.

La voz de Berenguer sonó airada.

—¡Ésta y no otra es la que quiero!

Pedro Ramón, que conocía el pronto de su hermanastro, intervino rápidamente.

—Sea, si es ésa la que os place. —Luego, dirigiéndose a Mainar, apostilló—: Los jóvenes cotizan más la belleza que la experiencia. Y a fe mía que la muchacha es hermosa.

—Además, hermano, aunque no me importe en demasía, quiero estar solo —dijo Berenguer.

—Como deseéis. Y no olvidéis que ésta ha de ser una gran noche. —Y dirigiéndose a Mainar, añadió—: Además me gustará cambiar unas palabras contigo. He hablado con el caballero Marçal de Sant Jaume y creo que tenemos una conversación pendiente. El momento me parece oportuno.

Mainar vio el cielo abierto. Aquel inaccesible personaje se le ofrecía en bandeja: sin duda el anuncio de los dos mil mancusos había hecho el efecto esperado y no estaba dispuesto a perder su oportunidad.

—Ahora mismo, señor, doy las órdenes pertinentes para que preparen a la muchacha y tendré el inmenso honor de recibiros en mi humilde gabinete.

Zahira estaba horrorizada, de la cumbre del cielo el día anterior iba a descender, si Dios no lo remediaba, a la sima de los infiernos. La luz que Ahmed había abierto en su corazón estaba a punto de apagarse. De la esperanza de volver a verlo alguna otra vez y de poder alcanzar el ensueño de la felicidad en el pequeño cuartucho del huerto, su instinto le decía que había pasado violentamente al otro extremo y que iba a ser entregada a aquel presuntuoso joven de combadas piernas, que por el tratamiento que había percibido por parte de Mainar, debía de ser alguien importante. Apenas salida de la estancia, Rania la requirió para que la siguiera, cumpliendo las órdenes directas que le había dado su amo.

La voz de la gobernanta la devolvió al mundo de los vivos.

—Será mejor que me obedezcas sin rechistar; de lo contrario te obligarán a ello y será peor para todos. Al principio es duro, luego te acostumbras y si eres buena en el trabajo, te reclaman muchos clientes y si no creas problemas, tal vez logres escapar de la rutina diaria y hasta puedes llegar a desempeñar otras tareas. Fíjate en mí. Y ahora deja la bandeja en el suelo y no se te ocurra hacer alguna tontería. De todos modos, para liberarte de cualquier tentación, el Negre nos acompañará. —El Negre era un inmenso bereber que ayudaba a Maimón a solventar cualquier incidente que se produjera en el local. A la llamada de Rania, éste acudió al instante portando, ceñida a la cintura, la cachiporra que usaba en casos extremos.

Dentro de su inmensa angustia, la cabeza de Zahira analizaba la situación y preveía el futuro. No sabía lo que iba a ocurrir pero, mientras subía al primer piso precedida por Rania y seguida por el bereber, intuía lo peor. La gobernanta se detuvo ante la tercera puerta y abriéndola se dispuso a entrar. Era la primera vez que Zahira visitaba aquella pieza, aunque ya otras esclavas le habían explicado lo que allí se hacía. En la pared del fondo se hallaba instalado un gran espejo de cobre pulido; en su base, un ancho anaquel lleno de potes y pequeños frascos y frente a él, tres altos escabeles; en el centro de la estancia había una gran bañera alargada de madera maciza y en un rincón, dos percheros atestados de prendas. En la pared de la derecha había una gran chimenea que además de caldear la estancia, calentaba dos inmensas ollas de hierro, llenas de agua, que colgaban sobre los leños encendidos. La aguardaban tres esclavas ya maduras que se ocupaban de lavar, maquillar, perfumar y vestir a las muchachas que salían al salón cada noche a fin de prepararlas de modo y manera que el disfrute de los clientes fuera mayor.

La voz de Rania, dirigiéndose a las tres, sonó autoritaria.

—A ver si os lucís. Esta muchacha deberá brillar esta noche como la reina de Saba. Bañadla, ungidla, peinadla, y vestidla después con transparencias cual si fuera una hurí del paraíso. Cuando hayáis terminado, hacedme avisar. —Luego ordenó—: Tú, Negre, quédate aquí y cuida de que todo transcurra en buen son, y vigila a la muchacha, no vaya a hacer alguna tontería. Aprovecha el momento y date una ración de vista. Pocas veces tendrás oportunidad de ver las prietas carnes de una moza como ésta —añadió

Rania con una sonrisa. Tras estas palabras la enjuta gobernanta se retiró, dejando en la boca del Negre una torcida sonrisa.

Sin darle tiempo a pensar, dos de las mujeres se abalanzaron sobre Zahira y la despojaron de sus prendas; después la obligaron a introducirse en la bañera y a sentarse en ella. La más alta comenzó a volcar en su interior los dos cubos de agua que se calentaban en el fuego de la chimenea hasta que el líquido elemento le llegó hasta las encogidas rodillas. Luego las tres comenzaron a fregotearla hasta casi arrancarle la piel; después, ya puesta en pie dentro del recipiente, y tras secarla con espesos lienzos, se dedicaron a ungir su cuerpo con los aceites perfumados extraídos de dos frascos de vidrio. Tras cubrir sus hombros con una sábana, la hicieron sentar en un escabel frente al espejo de cobre y maquillaron sus ojos con rabillos negros, brillos y reflejos; peinaron sus cabellos, adornándolos con aderezos de perlas y turquesas, y finalmente la vistieron al modo otomano, con una especie de bombachos que cubrían sus piernas, un corpiño transparente, oportunamente tamizado con incrustaciones de pedrería que dejaba entrever sus senos ocultando sus pezones y un chalequillo de raso azul y plata. Durante todo el tiempo, sintió los ojos del Negre clavados en su piel y supo, desde aquel momento, que no iba a ser capaz de aguantar lo que el futuro estaba a punto de depararle.

Ambos hombres se acomodaron frente a frente, en el gabinete de Mainar, el heredero en uno de los sillones y el mercader de pie junto a la mesa.

Una vez instalados, Pedro Ramón abrió el diálogo, y fue directo al grano:

—Y bien, mi buen amigo, han llegado hasta mí noticias al respecto de dos mil mancusos de oro, y eso es mucho dinero. ¿Podrías darme alguna explicación?

—El caso es, señor, que se me ha dicho que se buscan nombres ilustres y dineros para vuestra causa. No os puedo aportar lo primero ya que a mí no me corresponde tal condición, pero sí lo segundo, y ésa podría ser la cifra.

—¿Por qué dices «podría»?

—Porque en este momento, tal cantidad no está en mi poder; pero podría estarlo —afirmó Mainar.

—¿Y qué requisitos necesitas?

Mainar meditó unos instantes. Dudaba entre explicar la verdad al príncipe o mantener su secreto. Finalmente optó por lo segundo, dejando para mejor ocasión la verdadera circunstancia.

—Algo de tiempo. He de partir unos días lejos de Barcelona y entrevistarme con mi hermano, que tiene la mitad del plano donde está enterrado el dinero; tras repartirlo con él, la cantidad que me corresponde será vuestra en cuanto regrese a la ciudad.

—¿Por qué no la has solicitado antes?

—En su lecho de muerte, mi padre nos obligó a jurarle que únicamente cogeríamos los dineros cuando uno de los dos tuviera un motivo fundamental.

—¿Y tu hermano estuvo conforme?

—Mi hermano es ermitaño y un hombre de Dios.

—Curiosa historia, ¡por vida mía! —se asombró el heredero, cuyo rostro demostraba cierta incredulidad ante tan extraño relato—. Jamás hubiera imaginado tal cosa. Y dime, ¿qué deberé hacer yo para agradecer vuestro gesto?

—Es fácil, señor.

—¿Cómo de fácil?

Tras demandar la venia para sentarse, el astuto Mainar comenzó a explicar su plan:

—Si todo sale como espero y soy merecedor de vuestra confianza espero que me ayudéis a cobrar una deuda de honor que tengo en esta ciudad con dos personas.

—Aunque me parece totalmente increíble, sean quienes sean, cuenta con mi ayuda. Y si las cosas suceden como explicas, en cuanto yo gobierne el condado, tendrás la debida recompensa.

En aquel momento, unos golpes apresurados en la puerta, y el chillido histérico de Maimón, obligó a los dos hombres a abandonar la conversación.

En cuanto Zahira estuvo lista, una de las mujeres por indicación del Negre, partió en busca de Rania. Al cabo de un poco la gobernanta acudió.

Nada más verla, comentó:

—Parece mentira lo que hacen los baños y la buena ropa. Ya ves, de ser una joven sirvienta has pasado a parecer una princesa persa. —Luego, dirigiéndose al Negre, le espetó—: Tú, síguenos y estate atento, no quiero que ningún incidente en el trayecto me enturbie la jornada.

Salieron los tres de la estancia: en primer lugar iba Rania, luego una aterrorizada Zahira y cerraba la fila el bereber. De esta guisa llegaron a la puerta del saloncito número seis donde aguardaba Berenguer. La gobernanta golpeó con los nudillos en la puerta y cuando desde el interior una voz dio la venia, la abrió.

—Señor, aquí está lo que habéis demandado.

Empujada por el bereber, la muchacha se encontró en el centro de la estancia.

La voz autoritaria del egregio visitante ordenó:

—Dejadnos solos.

—Si no deseáis otra cosa... —musitó Rania.

—¡Si quisiera algo más ya te lo habría dicho, imbécil!

Ante el grito intemperante del irascible personaje, los dos criados partieron precipitadamente, cerrando la puerta tras de sí.

El tiempo se detuvo para la muchacha. El príncipe la observó con curiosidad.

Zahira temblaba visiblemente.

—¿Tienes frío?

La muchacha permaneció muda. Berenguer comenzó a dar vueltas a su alrededor.

—Acércate a la chimenea. Tal vez así se te pase el tembleque.

Sin casi darse cuenta de lo que hacía, Zahira se acercó al fuego.

Los ojos de Berenguer miraron golosos aquel soberbio y joven cuerpo al trasluz del resplandor que emitían las enrojecidas brasas.

—Pronto tendrás calor —dijo él, riendo entre dientes—. ¿Cómo te llamas?

Con un hilo de voz, la muchacha respondió:

—Zahira es mi nombre, señor.

—Pues Zahira, dentro de muy poco, te sobrará la ropa —replicó él con tono jocoso.

Berenguer se sentó en un gran sillón y dando golpecitos con la mano en los almohadones, indicó:

—Ven, siéntate a mi lado.

Al ver que la muchacha restaba inmóvil, ordenó:

—¡Que vengas aquí, te he dicho!

Zahira, aterrorizada, obedeció.

—Si eres buena conmigo no debes tener miedo.

Y acompañando sus palabras, pasó el brazo por la espalda de la muchacha y apoyó la diestra en su hombro.

—Eres muy bella: si me complaces, te visitaré más veces y tal vez te reserve para mí solo. ¿No te gustaría eso?

Con un hilo de voz la muchacha se atrevió a decir:

—Señor, por favor, dejadme ir.

Berenguer la miró extrañado.

—¿Sabes con quién estás hablando? ¿No te halaga que entre tanta mujer hermosa te haya escogido a ti? ¡A fe mía que eres una extraña criatura! Cualquier hembra se sentiría honrada, y en cambio tú pretendes irte.

Zahira permaneció en silencio.

Los ojos de Berenguer la devoraban.

—Ven para acá, hermosa mía, que te voy a hacer mujer.

—¡Dejadme! —suplicó la joven, a la vez que apartaba violentamente a Berenguer.

—¡Está bien! Pretendía tratarte como a una damisela pero cada uno es lo que es… ¡y tú eres escoria!

Entonces el irascible caballero se puso en pie y tras despojarse del espadín de corte que llevaba al cinto y dejarlo en un escabel, se quitó del cuello una cadena de oro y luego el jubón y la camisa.

La orden sonó seca como un trallazo.

—¡Desnúdate! —Y tomándola del brazo la puso bruscamente en pie—. ¿Me has oído?

Zahira, sin saber qué hacer, cruzó los brazos sobre el pecho. Berenguer, enfurecido y rápido como una sierpe, tomando sus leves ropajes por el escote, rasgó su corpiño violentamente y de un brutal empujón la lanzó sobre el diván arrancándole a continuación los transparentes bombachos. Luego sin más, se quitó las calzas y se abalanzó sobre ella. Zahira luchó cuanto pudo. Berenguer, fuera de sí, la asió con fuerza por el cuello con la diestra en tanto que con la izquierda pugnaba por separarle los muslos. Por fin lo consiguió y luego, tras unos torpes movimientos, la penetró con violencia. El acto quedó consumado en unos instantes. Con el rostro demudado, Berenguer se apartó de ella lentamente.

—¡Maldita sea! ¡Me han engañado! ¡No eras virgen! Yo te enseñaré, zorra. —Y sobre la desnudez de Zahira, lanzó un despectivo salivazo—. ¡Ponte de espaldas como la perra que eres!

A Zahira ya todo le daba igual. El recuerdo de Ahmed le dio fuerzas. A su lado, en uno de los escabeles, estaba el espadín del que momentos antes se había despojado Berenguer. Con un rápido movimiento lo desenvainó y poniéndose en pie hirió al príncipe en el antebrazo. Iba a repetir el golpe cuando Berenguer, retorciéndole la muñeca, la desarmó.

—¡Me has querido matar, bruja!

Enloquecido de rabia, Berenguer asió la daga por la empuñadura, y con un movimiento hijo de la costumbre y el adiestramiento clavó la hoja en el corazón de la muchacha; una sonrisa cruel centelleaba en los labios del joven, la escena parecía divertirle. Después, mientras ella agonizaba convulsa en el suelo y un rosetón rojo iba naciendo entre sus senos, él se puso las calzas, y evitando el charco de sangre, se dirigió al rincón y tiró del borlón de terciopelo que avisaba a la servidumbre.

Apenas el criado se hizo cargo de la escena, partió como alma que lleva el diablo a dar cuenta a su patrón del drama que se había desarrollado en el reservado número seis.

Tras golpear la puerta, entró sin casi aguardar la venia.

—¡Señor, señor! Un hecho terrible en el piso de arriba.

Mainar y su ilustre huésped se pusieron en pie al unísono como impulsados por un resorte.

—¡No te calles, estúpido! ¡Explícate!

—¡Sangre, señor, mucha sangre!

Apartando violentamente al hombre, Mainar y Pedro Ramón se precipitaron a la escalera subiendo los peldaños de dos en dos. La puerta del reservado estaba abierta; nada más entrar ambos hombres se hicieron cargo de la tragedia que allí se había desarrollado. Pedro Ramón interrogó a su hermanastro.

—¿Qué ha pasado aquí, Berenguer?

El joven, ajustándose las calzas y ciñéndose su espadín, comentó con una voz que reflejaba a la vez ira contenida y un deje de ingenuidad como si el luctuoso hecho fuera lo más natural del mundo:

—Ha pasado, hermano, que además de ser engañado, casi he sido muerto.

Mainar, que había entrado detrás del heredero, se atrevió a hablar:

—¿Por qué decís eso, señor?

Berenguer, señalando al cuerpo, aclaró:

—¡No era virgen, has intentado engañarme! Además, ha pretendido matarme. —Al decir esto se subió la bocamanga del jubón y mostró el rasguño de su antebrazo.

Mainar, embarazado por la situación, se defendió.

—Por tal la tenía. Si os ha engañado a vos, también a mí. Como comprenderéis no puedo poner un vigilante día y noche a cuidar de los esclavos. En la casa hay rincones y estos malnacidos buscan sus momentos para aparearse como animales en encuentros furtivos. Como comprenderéis, de haberlo sabido, no os la hubiera ofrecido como tal.

—El caso es que la habéis matado, lo que me parece una soberana necedad —dijo Pedro Ramón.

—¿Qué queríais? ¿Que me dejara matar?

—Habéis estropeado vuestra noche y de paso la mía. —Y volviéndose hacia Mainar, argumentó—: Arregla este estropicio y si algo puedo hacer, dímelo.

—Id en paz, mi señor, y permitid que yo arregle este asunto. Ahora mismo haré traer una silla de manos para que os lleve y me pondré a la tarea de desembarazarme de esto —dijo, señalando el cuerpo de la muchacha.

Y volviéndose hacia Maimón, que estaba alelado en el marco de la puerta, ordenó:

—Avisa a Pacià para que meta en un saco a esta desgraciada, la lleve al Cagalell y la tire con los desechos del día. Y aquí paz y después gloria.

—No me olvidaré de tu eficacia, Mainar —le prometió Pedro Ramón.

—Y no os olvidéis, señor, de lo hablado.

—De eso no tengas la menor duda.

Luego ambos hermanastros abandonaron la estancia y se dirigieron a la entrada para recoger sus capas y sombreros. Berenguer, como si nada hubiera ocurrido, al embocar el alto de la escalinata, comentó:

—Hace una hermosa noche.

30

El jardín de Laia

La noche era negra como ala del cuervo. Unas nubes espesas y amenazadoras cubrían una luna mínima que recordaba una tajada de melón. Un hombre embozado, cargado con un saco, se dirigía, arropado bajo la sombra protectora de la gruesa muralla, desde la Vilanova dels Arcs hasta la puerta del Bisbe, que permanecía abierta hasta altas horas. El alguacil que estaba al mando de la misma le detuvo hasta que el individuo intercambió con él unas palabras, sacó algo de su escarcela y algo cambió de mano; acto seguido, el custodio dejó el paso franco. El hombre bordeó el cerco interior de la gran muralla, cruzó el Pla de Palau y prosiguió por el *carreró* d'en Guitard hasta el jardín de Laia.

Llegado al arco de la entrada miró a uno y otro lado cauteloso por si la ronda vigilaba: nadie a la vista, todo estaba tranquilo. El embozado se introdujo por los senderos que separaban los parterres, enfilando el corredor de las glicinias, pasó junto al estanque de los nenúfares y se dirigió al torreón.

Tras dejar el saco en el suelo junto a la pared, se inclinó y extrajo de él un fanal de mecha, dos piedras de fósforo, una yesca, cuerdas con diversos nudos equidistantes en cada una de ellas, varias cuñas, un mazo y tres cartabones marcados con signos y señales diferentes. Finalmente extrajo de su escarcela un pergamino. Un sexto sentido afinado en mil circunstancias adversas le hizo darse la vuelta: sí, una luz avanzaba por el fondo del camino. Rápidamente ocultó sus pertenencias entre los arbustos y se escondió en la cara oculta del torreón. Alguien al que podía observar sin ser visto avanzaba hacia él. A la vez que de su hondo bolsillo extraía una cuerda trenzada de tripa de animal y aferraba fuertemente sus dos extremos, pensó cuán fútil era la vida y cómo a cada cual le aguarda su destino a la vuelta de la esquina. Su avezado oído le indicó que el hombre, por el modo de arrastrar los pies sobre la arena del camino y lo lento de su paso, debía de tener una edad alejada ya de sus mejores años. La luz del farol precedía al individuo. Cuando ya le sobrepasaba, saltó a su espalda y con un movimiento rápido y mecánico, fruto del oficio y la experiencia, le enlazó velozmente por el gaznate y tirando fuertemente de los extremos, procedió a estrangularlo a la vez que empujaba de él hacia atrás. El individuo pataleó luchando por su vida, la luz enloquecida cayó al suelo, y al cabo de un poco, todo estaba igual que antes.

Bernabé Mainar procedió con orden; miró a su alrededor por si había alguien en los aledaños, enderezó el fanal, y tras recoger las piedras y la yesca pues ya no le hacían falta, se dispuso a actuar. A la luz del farol consultó el pergamino: las instrucciones estaban claras y el pequeño plano, a pesar del tiempo transcurrido, se podía ver claramente. Se dirigió al torreón y sacando una alcayata y un martillo, clavó la punta de hierro en su base en el justo punto que la piedra mostraba la señal labrada de una antigua cruz. Luego, tomando el cartabón, lo colocó en el suelo y atando la cuerda más larga en la alcayata, la hizo pasar justamente por la marca que mostraba la escuadra cuidando de que el ángulo fuera perfecto. Entonces se alzó y tomando la segunda cuerda se dirigió al ángulo que formaban el frontis y el lateral derecho de la chamuscada capilla; clavó una segunda punta y la sujetó, poniendo paralela a ella la base del segundo cartabón. Después extendió la soga haciéndola pasar exactamente por la señal marcada en la otra escuadra, y por último, tomando como referencia el ángulo que formaban ambas, clavó la tercera alcayata y tomando la tercera soga y la escuadra correspondiente, hizo lo propio. Entonces buscó el lugar donde las tres cuerdas convergían junto a un punto de la muralla.

—Aquí es —dijo para sus adentros.

Colocó el farol en el suelo e iluminó con su haz el lienzo de la muralla señalado por la alcayata. Contó los sillares que lo formaban y acercó la luz al tercero. Al observarlo detenidamente llegó a la conclusión de que no era de piedra maciza y sólo estaba ensamblado al muro en apariencia. Entonces, tras dejarlo de nuevo en el suelo, tomando el mazo y el escoplo comenzó a romper la argamasa que lo circundaba. Las nubes se habían abierto y la lechosa luz de la luna iluminaba su sudoroso rostro. Las campanas de Santa Maria de les Arenes tocaron a tercias.

Al poco rato la piedra estaba suelta, y con una escobilla de esparto trenzado procedió a limpiar la superficie. Observó cuidadosamente que nada ocurriera y se dispuso a retirarla.

Lentamente, haciendo palanca con dos herramientas, la fue extrayendo poco a poco. Cuando ya dos tercios asomaban del muro la tomó entre sus poderosas manos y tiró de ella. Al poco estaba sobre la hierba. Cogió el farol y examinó el hueco. La sangre le latía en los pulsos. Al fondo del agujero divisó un cofrecillo, lo extrajo, lo depositó en el suelo y, sacando de su bolsillo una llave, intentó introducirla en la cerradura en vano. La tierra había entrado en su interior estropeando el mecanismo.

No lo pensó dos veces: tomó el escoplo y el mazo, reventó el cierre y se dispuso a abrir la combada tapa. En su fondo había tres pequeños sacos: deshizo la lazada que cerraba la embocadura del primero y el espectáculo que apareció ante sus ojos le acompañaría hasta su última hora.

Un montón de monedas de oro resplandeció en la noche.

Bernabé Mainar no perdió ni un instante. Con esfuerzo, volvió a colocar la piedra, cubrió el hueco y procedió a rellenar los intersticios con tierra. Luego introdujo el cofrecillo en el saco y lo transportó junto al torreón. Sus pupilas ya se habían acostumbrado a la noche y la luna seguía en lo alto. Apagó el farol y dejó todo en el suelo, disponiéndose a realizar el último paso. No se molestó en mirar al muerto... Sería otro misterio más de las noches de la ciudad.

31

El entierro

Al anochecer, en el sitio de costumbre, Ahmed aguardaba la salida del carro de los desechos. Lo hacía tras el tronco del árbol que le servía de abrigo desde el primer día. La espera se le hacía insoportable. Su mente viajera flotaba entre los recuerdos de la primera vez que vio a Zahira y el atardecer en que fue suya. Su mirada estaba fija en el gran portalón cuando, por el rabillo del ojo, observó que se abría la pequeña cancela lateral. La figura inconfundible de Pacià apareció en ella mirando a uno y otro lado. Dando un paso al frente, Ahmed salió de la protección del árbol y llevándose dos dedos a la boca emitió un corto silbido. El otro lo divisó al instante y guareciéndose en la sombra que proyectaba el muro, fue hacia él. Ambos se encontraron en un punto muerto fuera del alcance de la visión del vigilante.

—¿Qué nuevas me traes?

En los ojos de Pacià apareció una sombra de conmiseración.

—Me temo que hoy no soy portador de buenas noticias.

—¿La podré ver otra vez? —suplicó Ahmed—. Te pagaré lo que me pidas.

El hombre meneó la cabeza, apesadumbrado.

—No se trata de eso, y el riesgo que corro es inmenso.

Ahmed, dentro del cuidado que debía observar, tensó la voz.

—¡Ya he dicho que no me importa el precio!

Tras una pausa, Pacià replicó:

—Tú la podrás ver, pero ella a ti, no.

—¿Tal vez no pueda bajar y me ha de ver desde una ventana? —inquirió Ahmed, esperanzado.

Pacià emitió un largo suspiro.

—Lo siento. Zahira ha dejado el mundo de los vivos.

Ahmed clavó sus ojos en el hombre, sin comprender.

—¿Qué quieres decir?

—Hubo un percance... la otra noche... cuando yo llegué todo había acabado.

El muchacho sujetó al hombre por la pechera del raído jubón y zarandeándolo, exigió:

—¿Qué ha pasado?

Las fuertes manos de Pacià le asieron por las muñecas y le obligaron a soltarle.

Entonces la voz del hombre sonó baja pero sin embargo tensa.

—No descargues tu ira sobre mí, bastante me juego siendo el mensajero. Te lo repito —terminó con voz seria—: cuando llegué todo había terminado.

Ahmed se contuvo.

—Explícame punto por punto lo sucedido.

—Ayer por la noche, fui llamado a uno de los compartimientos del primer piso: allí estaba mi amo, Bernabé Mainar, su secretario Maimón y Rania la gobernanta; en el suelo y en medio de la estancia, yacía en un charco de sangre tu Zahira.

Ahmed palideció intensamente y tuvo que apoyarse en el muro. El otro, haciéndose cargo de la situación, lo sujetó por el hombro.

—¡Aguanta, por lo que más quieras! Bastante me ha costado avisarte, no compliques las cosas...

El muchacho intentó recomponerse.

Su voz fue un susurro.

—Por favor, ¿qué pasó?

—¿Para qué quieres sufrir más? Ella ha muerto...

—Sea lo que sea, habla. Debo saberlo.

Pacià soltó un suspiro.

—Poco hay que explicar. Como te he dicho fui reclamado y acudí presto. Lo que vieron mis ojos ya te lo he contado... lo demás es lo que circula por la casa. Zahira fue enviada a servir a dos importantes personajes de palacio, uno de los cuales quiso quedarse con ella. Como es óbice la prepararon y engalanaron para la circunstancia. Por lo visto ella se defendió y tal vez pudo herirlo: ello fue su sentencia de muerte. El individuo acabó con su vida de una cuchillada.

Ahmed quedó en silencio, como traspuesto.

Unos golpes dados por la ruda mano de Pacià en su mejilla le devolvieron al mundo real.

—¿Quiénes eran los personajes? —balbuceó Ahmed, con voz entrecortada.

—No se sabe a ciencia cierta… Se dice, se murmura, en fin, todo son rumores y conjeturas, pero nadie habla. Las órdenes son estrictas y el castigo para el que diga algo se anuncia terrible. Al criado que entró en la estancia en primer lugar lo han llevado a otro sitio. Se me ordenó deshacerme de la criatura y, como te conozco, obedecer me pareció un ultraje.

Ahmed echó mano a su escarcela y extrajo de ella un saquito de monedas.

La mano de Pacià lo detuvo.

—No, en esta ocasión no es mi intención tomar tu dinero. Me parece tal desafuero lo ocurrido que intento redimirme de todo lo malo que he hecho en esta vida.

Ahmed guardó su dinero.

—Está bien, ¿qué has hecho con ella?

—Sígueme.

El hombre, pegado a la muralla, comenzó a caminar. Ahmed, sin saber bien lo que hacía, fue tras él. La portezuela del muro había quedado abierta. Pacià, tras comprobar que el muchacho le seguía, se introdujo entre el muro interior y las cañas de las plantas; de esta guisa y protegidos por la oscuridad, llegaron al cuartucho del huerto.

La voz del criado sonó contenida.

—¿Estás preparado?

Con una ligera inclinación de cabeza, Ahmed asintió.

Ambos se introdujeron en el cuartucho, el hombre fue hasta

el fondo y, agachándose, comenzó a retirar brazadas de paja. Al poco apareció el cuerpo de Zahira cubierto por un sudario blanco. A la pálida luz de la dama de la noche que entraba por el ventanuco, Ahmed contempló el todavía más pálido rostro de su amada.

El muchacho no pudo contenerse y arrodillándose la tomó entre sus brazos y, juntando su rostro al de ella, comenzó a sollozar agitadamente.

Pacià se llegó a la cancela y ajustó la puerta, respetando su dolor.

Al cabo de un rato y cuando Ahmed parecía ya más sosegado, el criado habló.

—Déjame finalizar mi buena obra. Si me dices adónde debo llevarla, cuando las campanas toquen a ánimas, la sacaré en mi carro, junto con la basura. Al ser cosa que hago todos los días, nadie se interferirá y te podré entregar el saco que contenga su cuerpo. Luego tú verás lo que haces con él.

La luna ya había caminado un trecho considerable en el cielo. Ahmed, acompañado de su amigo Manel, aguardaba en uno de los carros del padre de éste, en la confluencia de la puerta del *Call* con el camino de la Boquería. Había confiado a su compañero el drama por el que estaba pasando. Manel, ante la gravedad de los hechos, embridó uno de los mejores tiros de su padre y lo unció a la lanza de un carruaje de cuatro ruedas que consistía en una plataforma con un alto pescante, decidido a hacer cuanto fuera necesario para aliviar la pena de su amigo. Tras una larga espera divisaron una luz bamboleante que avanzaba por el camino de la Vilanova dels Arcs. Al cabo de un tiempo los dos carros estaban a la misma altura. Ambos amigos saltaron desde el pescante al suelo al tiempo que Pacià hacía lo propio.

—Procedamos con diligencia, y aunque no es probable que fuera de las murallas acuda el retén de guardia, podría suceder si nos demoramos y las consecuencias para mí serían fatales.

Tras decir esto, Pacià se apresuró a retirar los sacos colocados al final de su carruaje.

Mostrando un bulto alargado, apuntó.

—Aquí la tenéis.

Cuando Manel se disponía a tomar el bulto por los pies, Ahmed lo detuvo.

—Déjame a mí.

Y tomando suavemente el rígido cuerpo de Zahira lo trasladó de un carro al otro, depositándolo en la plataforma con sumo cuidado. Luego, dirigiéndose a Pacià, lo apretó entre sus brazos. El carretero, sorprendido, correspondió al abrazo. Manel era mudo testigo de la escena. Al cabo de un tiempo los hombres se separaron.

—Cuenta conmigo para siempre. Lo que hoy has hecho por mí jamás se me olvidará.

La dura expresión de Pacià se suavizó cuando en sus ojos apareció una lágrima.

—Aunque espero no volver a servirte en circunstancia tan amarga, allí dentro tienes un amigo.

Y encaramándose al pescante de su carromato, con un chasquido de su lengua, arreó los caballos y partió.

Ahmed y Manel le vieron perderse en la noche. Luego hicieron lo propio y se dirigieron por el camino de Montjuïc hacia las viñas de Magòria donde su amo, Martí Barbany, poseía muchas tierras y un molino casi abandonado. Llegaron cuando las campanas de Santa Maria del Pi tocaban las completas.

Ahmed tenía en la mente un plan que había confiado a su amigo. Al llegar al molino detuvieron las caballerías y, tras atarlas a un poste, se dirigieron a una barraca donde se guardaban los aperos para el servicio del artefacto. Lo primero fue encender el velón que llevaba en la alforja. Allá dentro se hallaban, perfectamente alineados, picos, azadones, palas, rastrillos, hachas y un largo etcétera. Ahmed tomó una pala, un pico y un azadón, y entregándoselos a Manel le rogó que aguardara afuera; este obedeció la orden en silencio. Luego Ahmed se dirigió al carromato, tomó en sus brazos el cuerpo de Zahira y regresó al molino colocándolo en una especie de mostrador que servía para trabajar la harina. Al punto se dispuso, según su buen entender, a preparar el cuerpo de su amada para la ceremonia. En la parte baja de la construcción se hallaba un lavadero alimentado por medio caño de mampostería del que manaba continuamente un chorrillo de agua. Ahmed, transido por la emoción, despojó a Zahira del burdo saco que la envolvía y, tras besar su frente, procedió a desnudarla, dejando al descubierto la terrible herida que le atravesaba el pecho. Ahmed se deshizo del costal que llevaba en bandolera y extrajo de él retazos de hilas de lino, una jarra con aceite perfumado y una sábana blanca sin costura, todo ello recogido de su casa antes de ir a buscar a Manel. Sin tener otra opción, ni mujeres que le ayudaran, ni posibilidad de llamar a un imam, procedió, transido por el dolor y deshecho en lágrimas, a cumplir con los ritos funerarios. Primeramente empapó un trozo de lienzo en el aceite y ungió con él el cuerpo, luego taponó con hilas empapadas en aceite perfumado los oídos y los orificios de la nariz de la muchacha y finalmente envolvió su cuerpo en la mortaja blanca que había traído consigo. Luego se inclinó sobre ella y mirando a La Meca, recitó los cuatro *takbir* funerarios que recordaba.

Tras estas operaciones se asomó a la puerta y llamó a Manel. Estaba éste sentado en un banco aguardando las órdenes de Ahmed con los mangos de los aperos junto a sus pies. Al oír la voz de su amigo se acercó hasta él.

—Manel, ayúdame, por favor.

Y tras decir esto se introdujo en el barracón seguido de su amigo.

—Ayúdame a colocarla sobre aquella tabla.

Señaló con la mano un grueso tablón que servía para amasar la harina. Manel se dispuso a tomar el amortajado bulto por los pies en tanto Ahmed lo hacía por los hombros. Cuando tuvieron a Zahira colocada en el tablón al modo de camilla, ambos se dirigieron hacia un punto fácilmente localizable, ya que allí se iniciaba el murete en ángulo que, desviando el agua de la acequia, la obligaba a mover las palas del molino que a su vez hacían girar las muelas de piedra. Llegados al lugar dejaron el cuerpo en el suelo y Manel fue hasta el banco a recoger las herramientas.

—Hemos de cavar una tumba y enterrar el cuerpo de Zahira mirando a La Meca.

Procedieron a ello, bañados por la luz de una luna que ya empezaba a descender.

La tarea fue ardua. Al cabo de un tiempo el montón de tierra acumulado a un lado daba fe de la profundidad del agujero. Tras depositar el cuerpo en su interior procedieron a colocar de nuevo la tierra en su lugar. Finalizada la tarea, Manel miró a su amigo: el rostro sudoroso, desencajado y lleno de tierra le impresionó.

—¿Te encuentras bien, Ahmed?

—No me encontraré bien hasta que haga pagar con la misma moneda al que hizo eso.

Los ojos de Ahmed eran un pozo de odio, desesperación y venganza.

Manel se aterró.

32

Mal de amores

os meses iban pasando en la casa de los Barbany y Marta seguía preocupada por Ahmed. Su cambio de carácter era notorio y tanto ella como Amina habían intentado averiguar qué le sucedía.

—Te digo, Amina —decía Marta por enésima vez en aquellos últimos meses— que desde hace un tiempo es otra persona. Va y viene como una sombra, apenas habla y jamás sonríe. ¿Te has dado cuenta de que no solamente no cuenta historias sino que apenas nos ve juntas, nos rehúye?

—Eso que no lo veis en sus ocupaciones en la casa... ni os digo lo que ocurre cuando nos retiramos a nuestras dependencias a las horas de comer o de cenar. En la mesa con padre y con madre, ni levanta la cabeza del plato. A veces ni se sienta con nosotros y de cualquier manera, en cuanto hemos terminado, se retira.

—¿Qué crees que le pasa? —preguntó Marta.

—Mal de amores no es; si tal fuera, deambularía por la casa como ido, como hacía antes, una sonrisa imbécil luciría en sus labios en vez de la amarga que los preside, y por el contrario, estaría amable con todo el mundo.

—Debemos hablar con él... ¿Lo has intentado?

—A mí ni me dirige la palabra. Tendríais que intentar encontrarlo en un aparte y hablar con él.

—Déjame a mí, de mañana no pasa.

Las muchachas quedaron un instante en silencio y pensativas.

—¿Por qué no tocas algo, Amina? —le pidió Marta señalando el salterio que había en la estancia.

La muchacha, inclinando su cabeza en señal de asentimiento, se dirigió hacia el instrumento y tomándolo entre sus brazos y sentándose en un pequeño escabel, acarició las tensas cuerdas con las yemas de sus dedos y arrancó de ellas una hermosa y antigua melodía de su lejana tierra.

Marta intentó por todos los medios encontrarse a solas con Ahmed, pero éste parecía intuir que la muchacha le buscaba y hallaba siempre la forma de escabullirse. «No puedo atenderos, tengo trabajo y no puedo perder el tiempo con vuestros juegos de niñas», era su respuesta habitual.

—Únicamente dime una cosa, Ahmed, ¿te he ofendido en algo?

—No me habéis ofendido... Son cosas mías, cosas de mayores; algún día lo entenderéis.

—Me tomas por una niña, Ahmed —protestó Marta—, y ya tengo once años.

Pero, sin añadir ni una palabra, Ahmed dio media vuelta y la dejó desencantada en el banco del jardín.

—¡Pasad!

Martí Barbany, con una voz extrañamente desabrida, autorizó la entrada en su gabinete a la persona que con los nudillos golpeaba su puerta.

Marta, empujando la artesonada cancela, asomó su cabeza por la abertura.

—Soy yo padre, ¿puedo?

Martí enrolló el pergamino sobre el que estaba trabajando y lo guardó en uno de los cajones de su mesa. Cambiando su adusto gesto por una sonrisa, respondió:

—Tú puedes siempre, hija; el que no puede siempre soy yo. Bien a pesar mío, te veo poco; y por cierto, que es ya hora de que me aparte de los negocios y pase más tiempo contigo.

—Esa cantinela ya me la sé, padre, cada año es el año que viene y si no fuera porque en vuestras ausencias os suple mi padrino, el padre Llobet, que por cierto me consiente más que vos, todavía os añoraría más. Pero me conformo si cuando estáis os puedo ver cada día un rato y escucháis mis cuitas.

—Para eso siempre estaré —le aseguró Martí—. Más aún ahora que tus cosas ya no son las de una niña. ¿Qué ocurre? ¿Hay algo que yo deba saber o meramente te preocupe?

—No es a mí, padre, sino a alguien que quiero mucho, que os ha servido fielmente y que, si mi intuición no me engaña, está sufriendo mucho en estos momentos. —Marta miró a su padre, quien apenas pudo sostener su mirada. ¡Dios! Era tan parecida a Ruth...

—¿Y quién es ese alguien?

—A Ahmed le pasa algo, padre. No sé qué.

Martí, en un gesto que le era muy característico, se acarició el mentón suavemente.

—¿Y qué te va a ti en ello?

Como padre, siempre había comprendido y aprobado el profundo afecto que su hija profesaba a Ahmed, pero ahora se daba perfecta cuenta de que Marta comenzaba a ser una mujercita.

—Me va, padre, porque es mi amigo, porque es hermano de mi mejor amiga, porque lo conozco bien y porque sé que lo que le ocurre no es un desvarío, sino algo que entristece su espíritu y que está ahogando su alma.

Martí, tras una pausa, tras tranquilizarse él, sosegó a su hija.

—Despreocúpate, Marta, deja que llegue el sábado y yo me ocuparé de la cuestión. Por cierto, me ha enviado un mensaje tu padrino y el mismo sábado vendrá a comer. Tú lo harás con nosotros en el comedor grande y ocuparás en la mesa el lugar de tu madre.

—Como mandéis, padre. Me hará mucha ilusión.

Ahmed estaba roto. Deambulaba por la casa como alma en pena y el paso de las horas se le hacía eterno. Le costaba un mundo conseguir llegar al final del día, cuando por fin podía acostarse en su camastro y dedicar sus pensamientos a la amada muerta. Una y otra vez daba vueltas en el lecho, insomne, obsesionado por el tema, pues era consciente de que el momento, tarde o temprano, llegaría. Era irremediable que cuantas personas moraban bajo aquel techo se interesaran por su estado. De ser un muchacho alegre, optimista y extrovertido, había pasado a ser un individuo solitario y taciturno. El cambio era evidente y todos podían darse cuenta de que no se trataba de un mal día sino que su cambio de humor era perenne. Desde sus padres Omar y Naima, su hermana Amina, e incluso Marta, a la que pronto debería dejar de tratar como a una niña para hacerlo como a la señora de la casa, Andreu Codina el mayordomo, doña Caterina el ama de llaves y Mariona la cocinera, todos, en una u otra ocasión, le habían preguntado qué era lo que le pasaba. Hasta aquel día había soslayado la respuesta. A unos en un tono respetuoso, respondiendo que «cosas suyas», y a otros con voz más displicente, diciendo que lo dejaran en paz y que se metieran en lo suyo que trabajo tenían. De toda situación había salido con bien, pero no sabía cómo resolver lo que indefectiblemente se avecinaba. Era consciente de que hasta el amo habrían llegado noticias al respecto de su cambio de talante, y que éste, sin duda alguna, tarde o temprano lo llamaría a su presencia. Y ahí radicaban sus dudas. Si le decía la verdad del terrible suceso acaecido, se abrirían dos vías: la primera, que, conociendo el carácter de su patrón era la más probable, fuera a palacio a entrevistarse con la condesa, para intentar saber quién o quiénes eran los culpables y demandar justicia; la otra, que, considerando imposible su reivindicación, optara por no hacer nada.

Ahmed meditaba. Sabía que si optaba por la primera, no solamente nada conseguiría sino que su amo se ganaría la malquerencia de la condesa, Almodis de la Marca, que siempre protegía a sus gentes. Si, por el contrario, Martí nada hacía y dejaba el hecho por imposible, era consciente de que se sentiría defraudado y habría llenado sus noches de insomnio y remordimientos. Ambas posiciones le parecían a Ahmed insoportables.

Y llegó el sábado. Había en las cocinas un trasiego notable; Mariona la cocinera estaba en su salsa, ordenando aquí y allá pues como siempre que venía a comer Eudald Llobet, al que privaba la buena mesa, pretendía lucirse: el hecho de que el clérigo bajara a las cocinas a felicitarla era para ella un timbre de gloria. En tanto, el mayordomo Andreu Codina mandaba a la bodega a dos ayudantes para que subieran botellas de los mejores caldos, Mariona ordenaba a gritos un sinfín de cosas entre una nube de pequeñas plumas que volaban por los aires, pues Gueralda y tres jóvenes criadas estaban en un rincón desplumando aves.

Ahmed estaba trasegando un gran caldero de cobre cuando la voz de Omar, su padre, le llamó desde la puerta.

—Ahmed, adecéntate un poco y ve al gabinete; el amo te aguarda.

Ahmed pensó que el momento había llegado. Dejó en el suelo el caldero, se sacudió las manos, y sin decir palabra se dirigió al lavadero del patio posterior para lavarse la cara y alisarse el pelo. Cuando el reflejo de su rostro en el agua le pareció decente, atravesó de nuevo la cocina y se dirigió a la escalera de servicio para ascender hasta el primer piso donde estaba el gabinete de Martí Barbany. Llamó a la puerta y aguardó a que aquella voz que tan bien conocía diera la venia. Cuando ésta llegó a través de la gruesa madera, Ahmed se introdujo en la estancia. Siempre, desde muy pequeño, había tenido la sensación de que ese gabinete era como un templo. La voz del amo sonó a sus oídos tal vez más amable que nunca.

—Pasa, Ahmed, no te quedes ahí.

Sus pasos le acompañaron en el entarimado suelo con un eco profundo. Llegado a dos varas de la mesa, se detuvo.

Lo que hizo entonces el amo le sorprendió por lo inusual. Jamás había pasado anteriormente. Martí se levantó del sillón de su mesa y dirigiéndose a los bancos que había bajo la ventana le invitó a acompañarle.

—Ven aquí, Ahmed... Hace mucho que no hablo contigo. Hace años siempre tenía un tiempo para dedicarlo a los de mi casa, ahora apenas lo tengo para ver a mi hija. Siéntate.

Ahmed, con un nudo en la garganta, lo hizo y, cruzando sus manos, apretó los dedos hasta que los nudillos se le pusieron blancos.

—Cuéntame, Ahmed, ¿cómo estás? Por varios sitios me ha llegado la voz de que no eres el mismo. ¿Tal vez algo o alguien te incomoda? Si es así y está en mi mano remediarlo, nada más tienes que decírmelo.

Ahmed, con la mirada baja, guardaba un respetuoso silencio. Martí insistió:

—Vamos, Ahmed, responde. Todos en la vida pasamos situaciones duras, pero bueno es apoyarse en los que pueden ayudarte. Eres para mí como un hijo, y tú lo sabes, y no puedes, con tu silencio, causar preocupación a tus padres y a los que te quieren. ¡Y mírame a los ojos! Todo en la vida tiene remedio.

La voz de Ahmed sonó queda y ronca:

—Todo menos la muerte, amo, eso no tiene remedio y eso a vos os consta.

—Eso, aunque parezca imposible, también tiene remedio. El tiempo cura las heridas y la vida continúa... —repuso Martí, sorprendido ante la mención de la muerte en labios del joven—. Los que aquí quedamos nos vemos obligados a seguir; al principio nos parece que se nos parte el alma, luego nos acostumbramos... No debemos hacer pagar a los nuestros nuestras aflicciones. Cada uno debe pechar con su destino y no es justo que unos paguen por las penas de otros.

Tras una pausa, Martí prosiguió.

—Además, dime, ¿quién se ha muerto?

Ahmed, que ya había preparado sus argumentos, habló con voz tensa y vacilante.

—Veréis, amo, el caso es que me enamoré de una muchacha y este invierno pasado... las fiebres se la llevaron.

Ahmed no se atrevía a alzar la mirada. Intuía que no debía dar muchas explicaciones, ya que de hacerlo el amo le acabaría sacando la verdad.

—¿Y se puede saber quién era la muchacha?

—Una joven criada que servía en casa de un comerciante de las afueras. La conocí en el Mercadal y nos prometimos.

—¿Sin saberlo tus padres?

—Pensaba decírselo cuando la cosa fuera más formal; no hubo lugar. Limpiando las cuadras se hirió con un clavo viejo, le vinieron fiebres malignas y la muerte se la llevó.

Ahmed sudaba al tener que mentir, pero no veía otra salida y había preparado muy bien su embuste.

Martí colocó su mano sobre la del muchacho.

—Sé lo que es eso. Lo siento Ahmed, de haberlo sabido le hubiera enviado el mejor de los físicos.

—Gracias, amo. Fue todo muy rápido y el suyo hizo lo que pudo.

—¿Puedo hacer algo por ti?

Ahmed restó callado y Martí insistió:

—Lo que sea, Ahmed, por aliviar tu pena. Pero, te repito, no hagas pagar a los que te aman el precio de tu dolor.

El muchacho titubeaba. Luego, con un hilo de voz, habló.

—Amo, el año pasado murió el molinero. El molino de Magòria sólo trabaja los días que traen trigo y el resto se queda solo y sin guarda. Las muelas están deterioradas y el óxido se come los herrajes. Me gustaría quedarme a vivir allí y ocuparme del artefacto.

—Comprendo tu pena, Ahmed. Cuando nos dejó la señora, de no ser por Marta, también me hubiera gustado estar solo. Diré a tu padre que dos hombres reparen los desperfectos que pueda tener el molino y que cuando esté a punto te entregue las llaves y te asigne un sueldo.

—Amo, preferiría hacerlo yo mismo —dijo Ahmed—. Los arreglos llevarán tiempo y cuanto antes pueda irme, mejor cuidaré solo de mi dolor.

—Sea, si así lo quieres. Tienes mi permiso desde hoy mismo para marchar. Recuerda que el tiempo pasa para todos. No castigues a tus padres con tu ausencia. Ven a vernos de vez en cuando.

—¡Mil gracias, amo, mil gracias!

Sin que Martí pudiera impedirlo, Ahmed se arrodilló a sus pies y tomándole la diestra, se la besó.

A Martí el gesto del muchacho le sorprendió.

—Álzate, Ahmed, no me agradan los besamanos. Dile a tu padre que venga y mañana por la mañana podrás partir para Magòria. ¡Y no me llames amo!

33

La mala nueva

hmed partió con el corazón henchido de gratitud hacia aquel hombre que para él era el desiderátum de la generosidad y del buen tino, y desde lo más profundo de su ser le agradeció la posibilidad de ocupar la plaza del difunto molinero, en el molino de Magòria; de esta manera, además de estar siempre cerca de su amada, podría alejarse del mundo para paliar su pena. En todo ello andaba su mente al abandonar la estancia y cuando se disponía a buscar a su padre para darle el recado del amo, Omar ascendía precipitadamente las escaleras.

—Padre, el amo os requiere.

Omar, pasando a su lado como el viento, respondió:

—Y yo requiero al amo, Ahmed.

El muchacho intuyó que algo grave pasaba.

—¿Ha ocurrido algo, padre?

Omar, al que los silencios de su hijo habían tenido muy preocupado, estuvo a punto de detenerse para hablar con él. Pero la obligación pudo más.

—Ahora no es el momento, pero sí, ha ocurrido algo grave.

Ahmed se quedó mirando cómo su padre avanzaba por el artesonado pasillo hasta la puerta del gabinete del amo, y sin tener en cuenta el protocolo, a la vez que golpeaba con los nudillos, abatía el picaporte.

—¿Dais la venia, amo?

Martí, al ver que la puerta se abría sin esperar su permiso, sospechó que algo anómalo ocurría.

—¿Qué son esas prisas, Omar?

El hombre avanzó hasta el lugar donde estaba Martí y comenzó a hablar atropelladamente.

—Señor, perdonad mi entrada pero mi urgencia se debe a la gravedad de los hechos.

—Habla, Omar, no te detengas.

—El *Laia* del capitán Jofre, que ya debería haber llegado a Rodas, no lo ha hecho y nadie sabe nada de él.

Martí sopesó unos instantes la mala nueva.

—¿Quién ha dicho eso?

—El capitán Manipoulos es quien me envía. Él está ahora en la playa arreglando la descarga de una saetía y viene de inmediato.

—¿De cuánto es el retraso?

—Lo ignoro, señor.

No era el primer barco que perdiera, si éste era el caso. El mar era un hacedor de viudas y eso iba incluido en el negocio. En aquel instante lo que le desazonaba era la noticia de que Jofre Armengol, uno de sus amigos más queridos y uno de sus mejores hombres junto a Rafael Munt y Basilis Manipoulos, fuera el capitán de aquella nao.

—¿Quién se lo ha dicho a Basilis?

—El capitán de la saetía es el que ha puesto al capitán Manipoulos al corriente. Me ha dicho que en cuanto le sea posible acudirá, que está arbitrando los medios oportunos para saber qué es lo que ha ocurrido exactamente.

En aquel instante la puerta se abrió de nuevo y apareció en ella la inconfundible imagen del viejo griego. Venía agitado. Martí, que tan bien lo conocía, supo que lo acontecido era grave. De no ser así, la actitud de Manipoulos hubiera sido otra.

El viejo marino, cuya devoción por Martí era probada, sin mediar palabra se sentó frente a su amigo. Y éste, que intuyó que el tema iba para largo, despachó a Omar.

—Omar, baja a las cocinas y envía un mensajero a la Pia Almoina… Que avise al padre Llobet de que la comida se ha anulado y de que yo iré a verlo en cuanto me sea posible. Vete presto y déjanos ahora.

En cuanto Omar se hubo retirado, Martí interrogó a Basilis.

—Algo grave ha ocurrido, ¡contad!

—Ha llegado el capitán Marimón desde Marsella rompiendo la espalda a los galeotes. Doblando la punta de la bota itálica ha desaparecido el *Laia*: tenía que llegar a Brindisi hace diez días para partir después hacia Rodas, y nadie sabe de él.

—Jofre estaba al mando —afirmó Martí deseando que le dijeran lo contrario.

—Sería la primera singladura en que Armengol no estuviera al mando.

—¿Habéis tomado alguna medida?

—He enviado la orden de que parta del puerto de Ostia una nao a seguir la ruta del *Laia* para que visite todos los puertos donde pudo haber recalado. No quiero pensar lo peor; de todas maneras, el tiempo ha sido malo desde el estrecho de Bonifacio hasta Mesina y puede haberse retrasado.

—¿Qué creéis que puede haber pasado? —peguntó Martí, y su rostro pedía la más absoluta franqueza en la respuesta.

—El *Laia* es un buen barco y Jofre un gran capitán. No creo que sea el mar el culpable. —El capitán hizo una pausa, mientras ponía en orden su razonamiento—. Por otra parte, es una presa apetecible y aquélla es una costa de forajidos. Pese al respeto que inspira el duque normando Roberto Guiscardo, los hay en todas las calas y cuevas de Sicilia, Calabria y Nápoles.

Martí asintió, pensativo.

—Jofre no es presa fácil. De cualquier manera prefiero eso a que el mar haya hecho de las suyas. Con los piratas se puede tratar un rescate, el mar no admite pactos. Tenedme al corriente y si hay nuevas, ya sea día o noche, hacedme avisar.

34

Eudald Llobet

quel lunes, el viejo clérigo andaba preocupado; no tenía noticias de su amigo Martí desde el sábado anterior cuando un criado de la casa de Barbany acudió con el mensaje de que la comida había sido anulada. Para distraer su ocio se dedicaba a cuidar los esquejes de las rosas que con mimo y dedicación cultivaba en macetas en el alféizar de la ventana de su alcoba. En ello estaba cuando un lego le avisó de que alguien demandaba su presencia en la entrada. Dejó al punto sus útiles de jardinería y acudió a la llamada.

Cuando ya enfilaba el pasillo que enfrentaba a la sala de visitantes, el rictus especial que mostraba el rostro de su amigo le advirtió que algo extraordinario pasaba.

El clérigo se llegó hasta su lado y le saludó afectuoso como siempre

—Bienvenido, Martí, qué grata sorpresa. Pensaba ir a veros por la tarde, con el buen deseo que la suspensión de la comida del sábado no se debiera a algo importante.

—Pues siento defraudaros.

—¿Entonces?

—Se me ha ocurrido que tal vez pudierais aliviar mis cuitas.

—Decidme qué es lo que os inquieta y si está en mis manos ayudaros, contad con ello.

Entonces Martí, ante la atenta escucha de su buen amigo, explicó con pelos y señales la desgracia habida con la desaparición del *Laia*.

—No permitáis que las circunstancia os abrumen —le aconsejó su buen amigo—. Tiempo habrá para ello si es necesario. Nuestra Señora protege a todos los hombres de la mar. Pero decidme, aparte de teneros presente en mis oraciones, ¿en qué puedo ayudaros?

—Eudald, voy a tener que viajar mucho... Intuyo que la pérdida del barco se debe más a los hombres que a la mar, y si es lo que sospecho tendré que negociar con quien lo tenga en su poder. Negociaciones que serán largas y tortuosas. —Hizo una pausa—. He estado pensando. En mi ausencia quisiera que Marta fuera a vivir al palacio, bajo la tutela de la condesa.

El clérigo meditó unos momentos.

—¿Estáis seguro de que es una buena decisión?

—Evidentemente. Mi ausencia será larga. Mi gente la adora, pero creo que ha llegado el momento de cuidar de su formación y, por ende, de su porvenir. La gente de mi casa han de ser sus criados, no sus amigos, como ocurre ahora con Amina, por ejemplo. En palacio se formará, conocerá muchachas de nobles familias... Mal que me pese va pasando el tiempo y ya es casi una mujercita —reconoció Martí, más para convencerse a sí mismo que por persuadir a su amigo—. Hora es por tanto que comience a velar por su futuro. Yo no voy a vivir siempre.

—Veo que tenéis el día pesimista, pero comprendo vuestra doble preocupación como padre y como naviero. Sin embargo, conozco bien aquella casa y no acabo de discernir si hay mejor beneficio dentro que fuera.

—¿Qué queréis decir?

—No es oro todo lo que reluce, y tal vez fuera mejor mantener cierta distancia con la casa condal.

—Me inquieta oíros decir esto —se alarmó Martí.

Eudald Llobet se lo pensó dos veces antes de seguir hablando. Era obvio que Martí Barbany pasaba por un momento complejo: su misión como amigo era ayudarlo, no sembrarle aún más dudas.

—Olvidadlo —dijo por fin—. Decidme, ¿qué queréis que haga?

—Veréis, Eudald, yo soy ciudadano de Barcelona pero no soy noble... La condesa Almodis tendría que hacer una excepción.

Hasta ahora que yo sepa siempre han entrado a su servicio hijas de la nobleza.

—Os tiene en gran estima y podéis contar con que hablaré con ella. En cuanto tenga una respuesta, os la comunicaré para que obréis en consecuencia.

—Si puedo partir sabiendo que Marta está a buen recaudo y que os ve en palacio casi todos los días podré dormir tranquilo.

—En lo que a mí respecta, considerad que el recado está hecho. Mañana mismo hablaré con la condesa… Pero debo deciros algo —añadió.

—¿Qué es?

—Sabéis cómo son las cosas. Marta entrará en la edad de merecer y no es precisamente en palacio donde encontrará al que pueda ser su futuro esposo. Ya sabéis que la nobleza no suele mezclar su sangre con gentes del pueblo, por conocidos que sean sus merecimientos.

Martí interrumpió bruscamente el discurso de su amigo.

—¡Por Dios, Eudald! Todavía es pronto para eso; no pretendo otra cosa que no sea su educación y el conocimiento de gentes que pueden ser importantes a lo largo de su vida.

35

Los gemelos

n presencia de otros caballeros, los gemelos iban a librar una justa de adiestramiento en la sala de armas de palacio. Las gradas estaban ocupadas por nobles que acudían todos los días a realizar prácticas con diversos artefactos propios de la guerra. Espadas de madera, mazos de bola sin puntas, adargas y lanzas romas, eran escogidos a gusto de cada cual, para realizar simulacros de combate. El senescal de turno Gualbert Amat era el encargado de moderar las acciones de manera que, en el acaloramiento del envite, no fuera a llegar la sangre al río.

Los gemelos habían escogido para su particular justa diversas armas. Después de pertrecharse con perneras, Ramón se vistió con un gambax acolchado que le protegía el torso y que le alcanzaba hasta el muslo; escogió para el ataque una espada corta y para la defensa un pequeño escudo de madera de roble con el borde de cuero reforzado y manoplas y guanteletes para la protección de brazos y manos. Berenguer vistió una brigantina reforzada con escamas de hierro, y como armas de ataque y defensa escogió un mango con cadena y bola de madera, y una adarga que le llegaba hasta las corvas y la misma protección para las extremidades superiores. Ambos príncipes se aprestaban a la lid ayudados por sendos escuderos, en una sala adjunta que, provista de perchas, panoplias, bancos, aguamaniles y espejos de bruñido cobre, ofrecía toda clase de ayudas para antes y después de la liza.

El rostro de ambos mostraba una inusual seriedad. Berenguer, que en aquel momento se estaba calzando la manopla izquierda, fue el primero en hablar.

—Te veo raro, hermano… ¿Acaso no has dormido bien? ¿O tal vez se te ha descompuesto el vientre al tener que enfrentarte a mí?

Ramón, que se estaba ajustando las perneras, respondió con cautela:

—No me ataca mal alguno y he dormido perfectamente, ya que mi conciencia nada me recrimina. A lo peor éste no es tu caso o el de nuestro hermanastro.

Berenguer se había puesto en pie.

—Si tienes algo que decirme, mejor será que lo hagas antes de justar. De esta manera, si me siento ofendido, lo haré más fieramente.

—No soy yo quien ha iniciado este debate —repuso Ramón—. En cuanto a tu forma de justar, hazlo como mejor sepas, pero te recuerdo que en estos casos la ventaja es para el que mejor templa sus nervios.

Berenguer alzó la voz.

—¡Desde que éramos pequeños ya te refugiabas en las faldas de nuestra madre! Siempre haces lo mismo, siempre andas con circunloquios y medias palabras… Si tienes algo que objetar y el cuajo suficiente, ¡dilo ahora!

—No es momento y no hablaré de cuestiones que a nadie más que a nosotros competen.

La voz de Berenguer alcanzaba un tono excesivo.

—¡Eres tú el que ha insinuado algo al respecto de mi conciencia!

Ahora el que se puso en pie fue Ramón, que se dirigió a los escuderos.

—Salid los dos y aguardad afuera.

Los dos hombres dejaron lo que traían en las manos sobre los respectivos bancos y abandonaron precipitadamente la estancia.

Los hermanos se hallaron solos frente a frente.

—¿Qué mosca te ha picado, Ramón? ¿Por qué ha de remorderme la conciencia?

—Más pronto que tarde todo llega a palacio y cuando lo hace quiere decir que los mercados y ferias van llenos.

Berenguer soltó un bufido de falsa exasperación.

—¿Y qué es lo que llega a palacio? Vamos, estás deseando decírmelo.

—Hace una semana dos príncipes de la familia condal tuvieron una actitud de felones en cierta casa de mala nota que por lo visto es un pingüe negocio para sus amos.

—¡Ah! —exclamó Berenguer, con sarcasmo—. ¿Acaso sabes que existen ciertos lugares donde los hombres de verdad acuden a descargar sus humores?

—Los hombres de verdad deben proteger a los débiles y contener las malas pasiones, aunque al respecto de esto último cada quien es libre de hacer lo que su conciencia le dicte. Lo que en modo alguno es admisible es que se erijan en señores de la vida y de la muerte de pobres personas desarmadas.

El rostro de Berenguer se puso rojo como la grana.

—En primer lugar no era una persona sino pura escoria… Y sí, fui yo el que tuvo la caridad de apartarla de esa vida miserable. Además, no iba desarmada: me atacó a traición sin motivo alguno.

—No es eso lo que se dice por los mentideros del Mercadal.

—¡Veo que estás más al tanto que yo de los comadreos!

—Parece que te encaprichaste de una muchacha que no se hallaba entre las hurgamanderas de la casa y la quisiste forzar, y ella solamente defendió su pudor.

—En primer lugar no era virgen —se rió Berenguer—. De ahí mi ira, pues yo había pagado por su himen, y en segundo, las esclavas son bestias, a ellas los conceptos de la honra les son ajenos, les da igual hacerlo con un hombre que con un pollino.

—Si lo que dices fuera cierto no tendría que haberse ofendido —le rebatió Ramón—. ¡Eres un asno y me das asco! A veces me avergüenzo de ser tu hermano.

—Lo que peor me sienta es ese aire de superioridad moral que muestras siempre… cuando sólo eres un cobarde reprimido. —Hizo una pausa y añadió—: Hasta a veces dudo de que te gusten las mujeres.

Ahora el que palideció fue Ramón. Las caras de ambos estaban juntas.

Berenguer habló con voz contenida por la ira.

—Vamos a bajar a la sala de justas, allí podremos dirimir nuestras diferencias.

—Donde quieras y cuando quieras, con armas de entrenamiento o de combate.

—No olvides, Ramón, que eres el bueno y yo el malo. Y ya sabes cómo acabó lo de Caín y Abel.

Ambos tomaron sus armas y salieron a la alfombra. Los nobles estaban estupefactos ante la fiereza del combate, que el senescal tuvo que detener varias veces tras avisar a los gemelos que aquello era una pelea de caballeros y no una reyerta de rufianes.

36

La explicación

l caer la tarde, cuatro conjurados se reunían en la casa de Simó. El lugar se había escogido por su discreción. Ni al caballero Marçal de Sant Jaume ni a Bernabé Mainar, y mucho menos al heredero Pedro Ramón, les convenía mostrarse juntos en público. Los medios para trasladarse hasta allí fueron diversos. Marçal de Sant Jaume llegó montado en un brioso corcel de sangre árabe, Bernabé Mainar en un pequeño carricoche de dos ruedas tirado por un mulo y el príncipe lo hizo en una discreta silla de manos que portaba gente de su confianza.

El gordo Simó no cabía en sí de gozo. Además del hombre que le había proporcionado el negocio, que tan ilustres personajes como Marçal de Sant Jaume y el heredero Pedro Ramón, acudieran a su casa, a él, que de liberto había llegado al cargo de primer subastador de esclavos, le proporcionaba una inmensa satisfacción.

Había preparado su vivienda con esmero y lo había hecho adecuando el salón de abajo como mejor le había parecido. En él había colocado sus mejores pertenencias. Quizá pareciera recargado pero, indiscutiblemente, quien poseyera aquellos objetos, sin duda debería ser considerado un ciudadano pudiente.

Cuando, tras los saludos de rigor, sus huéspedes se hubieron acomodado, los criados traído las bebidas y se hubieron cerrado puertas y ventanas, creyó llegado el momento oportuno para introducir la explicación correspondiente.

—Me siento sumamente halagado de que señores tan importantes hayan elegido a este humilde servidor como mediador necesario para este importantísimo asunto. Mi casa no merecía tal honor y espero que mi empeño y dedicación se hagan merecedores de tan alto trato.

El caballero Marçal de Sant Jaume intervino:

—Déjate de circunloquios y vayamos al grano. Me dijiste el viernes que convocabas esta reunión a instancias de Bernabé Mainar, que el asunto era trascendente y que valía la pena molestar al heredero haciéndole venir a tu casa. ¡Espero que así sea o de lo contrario perderás algo más que tu credibilidad!

Ahora el que habló fue Mainar.

—Espero no hacer perder el tiempo a vuestras excelencias ni defraudar su curiosidad, ya que la historia tiene un final feliz.

Pedro Ramón tomó la palabra.

—Ya sabes, Mainar, que desde el primer día tu historia me interesó, y todavía más el resultado de la misma. Soy todo oídos.

Bernabé Mainar tomó aire y comenzó su relato:

—No en el final, que os adelanto es glorioso, pero sí en el trayecto, he de reconocer que os he mentido… Mejor diré, no os he contado toda la verdad.

Los dos principales interlocutores cambiaron entre sí una mirada que nada bueno auguraba para Mainar.

—Rogaría a vuestras excelencias que no me juzgaran hasta el final de mi narración.

—Jamás me agradaron los embusteros e intuyo que al caballero Marçal de Sant Jaume tampoco —dijo el heredero.

Entonces Bernabé Mainar, inclinándose, tomó del suelo la escarcela de cuero que estaba a su lado y, retirando la cubierta, extrajo de ella dos saquitos de considerable volumen, que depositó sobre la mesa.

—Las circunstancias me obligaron a mentir en las formas pero ya os he dicho que el final, que es lo que interesa, ha sido el que os anuncié.

—¿Qué es lo que nos traes?

—Lo prometido, señor. Dos mil mancusos de oro.

Mainar aflojó el cordoncillo que cerraba la embocadura de los sacos y abriendo la misma, abocó sobre la mesa un montón de monedas que tintinearon cantarinas.

En esta ocasión las miradas del heredero y de Marçal de Sant Jaume, al cruzarse, tuvieron un brillo especial.

—A este precio, Mainar, estoy dispuesto a escuchar cuantas mentiras quieras contarme —exclamó Pedro Ramón.

—Os juro por mi vida, señor, que esta vez os contaré la verdad —prometió el tuerto.

—Está bien. Dos mil mancusos bien valen el beneficio de la duda.

El misterioso hombre del parche comenzó su relato.

—Mi verdadero nombre seguramente no os dirá nada: me llamó Luciano Santángel, al igual que mi padre.

—A decir verdad ese nombre nada me dice. Pero prosigue: tengo una inmensa curiosidad por saber el resto de la historia —le conminó el heredero.

—Cuando la acabe entenderéis muchas cosas, pero vayamos por partes. ¿Recordáis al consejero Bernat Montcusí?

Al oír este nombre el caballero Marçal de Sant Jaume y el heredero intercambiaron una mirada.

—Evidentemente. Su cargo fue demasiado importante para que no recordemos su historia.

—Bien, pues mi padre fue su más fiel y seguro servidor.

—¿Y puede saberse en qué y cómo le servía? —indagó el de Sant Jaume.

—Dejad que os cuente la historia de mi padre, tal y como él me la contó a mí en su día, y entenderéis exactamente en qué consistían sus servicios.

Pedro Ramón miró de soslayo a Marçal, pero la reciente donación de dineros para su causa le hizo hacer acopio de paciencia. Mainar hizo una pausa antes de proseguir.

—Mi padre, Luciano Santángel, vivió en muchos lugares, tanto en los reinos de la cristiandad como en Levante. Siendo él muy joven, sus pecados lo llevaron a Egipto, donde llegó a ser muy apreciado en la corte del califa del Nilo, que se considera heredero de la hija del falso profeta de los sarracenos.

»Las envidias que eso provocó le forzaron a huir aguas arriba del gran río. Cerca de una vieja ciudad de los emperadores paganos que había antes de los mahometanos y que llamaban Tebas, entró en contacto con una extraña sociedad, de la que, sin embargo, le impresionaron su piedad ciega, la adoración que sentían por su jefe, al que llamaban Supremo Guía, y sobre todo, su desprecio por la vida humana, la suya y la de los demás.

»Con el tiempo mi padre se enteró de que la sociedad era muy antigua, pues procedía de las enseñanzas de ciertos filósofos paganos de Grecia, sobre todo uno llamado Pitágoras y otro que se llamaba Platón, que creían que existe un Dios superior a los falsos dioses de los griegos y que, a través de los números, asegura la armonía del universo. Ellos le llaman Demiurgo, que en la lengua de los griegos quiere decir «el que crea». También mantenían la falsa idea de que las almas pasan de un cuerpo a otro cuando éste se muere.

—¡Qué idea más peregrina! —se admiró Pedro Ramón, cada vez más interesado en aquel relato.

—Pues hay más, mis señores —continuó Mainar—. Según me contó mi padre, los miembros de esta sociedad fueron perseguidos y huyendo del peligro se instalaron en Alejandría de Egipto, ciudad mucho más proclive a nuevas corrientes de pensamiento. Allí convivieron con otros filósofos.

»Cuando las predicaciones de los discípulos de Nuestro Señor llegaron allí, aceptaron las enseñanzas de Nuestro Maestro, como le llaman, pues para ellos Jesucristo es un dios mediador entre los hombres y el Demiurgo, a cuyo conocimiento no pueden acceder directamente los humanos. Entonces se dieron el nombre de Ordo Divinae Essentiae, ya que se consideran los más sumisos siervos del Demiurgo y creen que su Supremo Guía puede interpretar sus deseos, lo que le aproxima a la esencia de la divinidad.

Mainar hizo una pausa para ordenar sus ideas. Sus interlocutores respetaron su silencio.

—Por eso —continuó— fueron perseguidos por los cristianos, lo que les obligó posteriormente a huir a Tebas, donde se

266

instalaron. Allí empezaron a comerciar por el río, con tanto éxito, ya que no se preocupaban por el medro personal y sí por el de la Orden, que pronto lograron estar presentes en todos los mercados de Levante. Los emires y los califas de Egipto los protegían porque pagaban buenos impuestos y les servían de otras maneras que ahora explicaré.

—Esto es apasionante. —Pedro Ramón estaba completamente absorbido por el relato.

—Los miembros de la Orden no se consideran sujetos a ley alguna porque afirman que su Demiurgo está por encima de todas ellas y que a la grandeza de su Orden no pueden ponerse trabas. Así que empezaron a matar a todos cuantos se oponían a ella, ya fuera como competidores en el comercio, ya fueran enemigos que deseaban que los gobernantes actuaran contra ellos o religiosos que pretendían que, como herejes, debían ser castigados. Pronto, muchos miembros de la Orden se convirtieron en asesinos muy hábiles en el arte de matar de mil maneras distintas, de modo que mucha gente de calidad, sobre todo soberanos de Levante, que llaman emires, buscaban sus servicios, cuando les convenía eliminar a alguien de forma discreta y eficaz, cuestión que ellos aceptaban encantados porque proporcionaban a la Orden dineros e influencia.

—¡Parece increíble! —murmuró el de Sant Jaume—. Pero decidme, ¿cómo reclutan a sus seguidores? ¿Quién es ese Supremo Guía?

—Nadie conoce su nombre —respondió Mainar—. Siempre se presenta ante sus adictos totalmente enmascarado, de forma que éstos lo creen eterno, aunque yo personalmente lo dudo. Y sus miembros, caballero de Sant Jaume, siguen en ella porque entrevén que en su seno alcanzarán la verdadera salvación. Los seguidores de la Orden no siguen otra ley que no sea la del Supremo Guía. Viven entregados a él y le obedecen ciegamente.

—Pero ¿qué tiene que ver tu padre con esa sociedad? ¿Acaso...?

—La Orden le pareció algo digno de encomio, por su piedad y sus riquezas, de modo que pidió que le iniciaran en sus secretos. Eso no quiere decir —se apresuró a aclarar— que ni él ni yo compartamos todas sus ideas, ya que él, hasta su muerte, y también quien os habla, nos consideramos buenos cristianos.

—¿Acaso formas parte de esa Orden? —preguntó Pedro Ramón, súbitamente atemorizado.

—Mi padre, Luciano Santángel, nunca formó parte de la comunidad, aunque estuvo sometido a ella y al Supremo Guía por un juramento de fidelidad. Eso fue lo que me contó ese día, antes de decirme que había llegado el momento de que también yo, como hijo suyo, fuera introducido en sus secretos. Y, como es lógico, le obedecí. —Mainar hizo una pausa y prosiguió—: Ahora soy, como fue él antes, un miembro externo de la Orden. Eso me permite obtener ganancias de los servicios que hago a la Orden y no vivir en el «campamento», como llaman al lugar donde residen, a pesar de su magnificencia, porque consideran que su vida no es más que un tránsito hacia otras.

—Eso espero, pues por lo que me habéis contado, podría hacer que os apresaran por herejía —dijo malévolamente Pedro Ramón. Y ni al caballero de Sant Jaume ni al propio Mainar les pasó por alto que de repente había cambiado su tratamiento hacia aquel siniestro, pero admirado personaje.

—No es tan fácil, mi señor, porque, como os he dicho, no comparto sus ideas —replicó con falsa mansedumbre Mainar—. Además, la Orden tiene un brazo muy largo y una de sus normas es vengar a aquellos hermanos que caigan en su empeño. Y creedme, nunca dejan de hacerlo.

»Os voy a ejemplificar la forma de proceder de esa secta. Sois sabedores que las gentes atribuyeron la muerte del rey Aben Sulaiman de Jabea a su visir Muley Ben Abas.

El de Sant Jaume asintió.

—Así es sabido.

—Mi padre fue el autor del hecho —prosiguió Mainar—. Sin embargo, su mérito fue que las gentes creyeran la historia que todo el mundo conoce. El eunuco principal del harén, por orden de su ama, fue el instigador. El eunuco odiaba al rey y al visir: al primero porque había abandonado el tálamo de la vieja reina a la que servía desde niño, y al segundo porque conocía sus ambiciones al respecto de heredar el trono y no dudaba en promocionar a su hija para que ocupara el cargo de favorita; para lo cual mantenía encelado al monarca velando para que éste no cumpliera su capricho y le arrebatara la virginidad antes de declararla oficialmente su primera concubina. A la reina y a él convenía deshacerse de ambos. La Orden aceptó el trabajo y se lo encomendaron a mi padre. Él sustrajo la daga del visir en cuya hoja estaba grabado su nombre, y la usó para asesinar al rey. El eunuco celoso lo citó mediante engaños a una hora de la noche en la antesala donde reposaba la hija del visir, mujer de gran belleza; mi padre surgió en la oscuridad detrás del rey y lanzando la daga, lo asesinó. Todos creyeron que el visir había acudido en defensa del honor de su hija. El resultado de la historia fue doble. Primeramente, el rey murió y el hijo mayor de la vieja reina subió al trono y su primer acto fue destituir al visir y cargarle la culpa de la muerte de su padre, ya que la daga le señaló como culpable con la consecuencia que comporta el hecho de cometer un regicidio. El gran consejo lo condenó y a la semana le cortaron la cabeza.

—Me tenéis asombrado, Mainar —exclamó Pedro Ramón—. ¿O debo llamaros Santángel?

—Creo, señor, que es mejor que uséis el nombre con el que me habéis conocido hasta ahora.

—Decidme ahora dónde entra en la historia el que fue administrador de mi padre y su asesor financiero, Bernat Montcusí.

—Ahora llegamos a otra cuestión. Yo tendría unos veinte años cuando conocí personalmente a Bernat Montcusí, al que sin duda habéis tratado. Mi padre le había servido un par de veces y desde la muerte de mi madre siempre tuvo conmigo grandes atenciones. Tras las jornadas horribles de la *litis honoris*, el que había sido consejero del conde cayó en tan profunda melancolía que paseaba por la casa como alma en pena. Ya sabéis que cuando alguien cae en desgracia y la miseria entra por la puerta, los amigos salen por la ventana. Los que estaban cerca de él hicieron lo imposible por rescatarlo del triste páramo en el que había caído su espíritu, pero todo fue inútil: ni las pócimas de los físicos, ni el consuelo de los íntimos hacían mella en su ánimo. Una noche bajó al sótano donde almacenaba el aceite negro que alimentaba los faroles de la ciudad y queriendo acabar con el deshonor y desaparecer después para rehacer su vida en otro lugar y con otro nombre, prendió fuego a todo. Pero algo falló en su plan. Cuando se dieron cuenta las gentes del servicio, ya era tarde y la casa ardía por los cuatro costados. Temiendo lo peor, todos huyeron, cada cual donde pudo. Un mozo de cuadra y su secretario Conrad Brufau lo hallaron ardiendo con la ropa trabada en un clavo de la pared del sótano; entonces lo sacaron de aquel silo ardiente, lo pusieron en una carreta tirada por dos caballos, tras ungir su quemado cuerpo en aceite y envolverlo como una momia, con hilas de lino, y huyeron al amparo de la noche hacia una de las casas que el amo tenía a las afueras de la antigua Egara cuyo guarda era de toda confianza. Milagrosamente sobrevivió al desastre hecho una momia irreconocible hasta que, siete años atrás, Brufau me envió un mensajero portando una vitela con los deseos del moribundo y con el ruego de que acudiera junto al lecho de su amo al que, me dijo, quedaban pocos días de vida. —La atención de los tres era absoluta y Mainar era consciente de ello—. Tiempo me faltó para montar un caballo y acudir junto al lecho del agonizante. Al llegar allí y ver el estado en que se hallaba nuestro valedor, el alma me cayó a los pies. En una estancia de la que emanaba una peste indescriptible, bajo unas frazadas, yacía el cuerpo del hombre que había ostentado más poder en la corte de vuestro padre. Me acerqué al lecho venciendo la repugnancia que me embargaba y, en cuanto Brufau le dijo que estaba yo allí, sacó de entre las sábanas una garra casi sin carne y la clavó en mi brazo derecho.

»—Luciano —me dijo con una voz apenas audible—, has venido, loado sea Dios.

»—Aquí estoy para lo que tengáis a bien mandar —le respondí. Entonces habló en voz tan baja que pese al repugnante olor, no tuve otro remedio que pegar mi oreja a sus labios:

»—Luciano, lo he perdido casi todo y no me refiero a los bienes terrenales, que nada me importan, sino a mi buen nombre y al lugar que ocupaba en la corte, junto a mi señor, el conde de Barcelona. Antes de irme de este mundo, pues sé que mi hora ya ha sonado, quiero encomendarte una misión que sabré recompensar. —Su respirar era fatigoso y entrecortado—. He caído ante tres enemigos poderosos. La condesa Almodis, su protegido Martí Barbany y su confesor particular, Eudald Llobet, que unieron sus fuerzas contra mí para conseguir mi ruina. Quiero que me vengues, pues sé que eres el más capaz. Para ello necesitarás medios y me he preocupado de que los obtengas. Mi fiel secretario Conrad Brufau, al que ya he gratificado cual corresponde, te proveerá de los mismos, a él compete cumplir mis condiciones.

»En aquel instante, Conrad acercó un vaso con un espeso menjunje a los labios de su señor, que parecía desfallecer, y le obligó a tragar. Al cabo de poco la pócima hizo efecto y pudo proseguir.

»—Tres son mis enemigos y a cada uno he de pagar con la misma moneda. Quiero la muerte para Martí y para el cura, y la quiero tan terrible como lo está siendo la mía. En cuanto a la condesa, algo hay para ella más aterrador que morir, y es perder el poder. Harás lo posible para vengarme de cada uno de ellos.

Al oír esto, el rostro de Pedro Ramón adquirió la palidez del mármol y una curva sonrisa asomó en sus labios.

Mainar prosiguió:

—La voz del moribundo se debilitaba: «El día anterior al intento de acabar con todo, entregué a mi secretario una escarcela con dos carpetas en las que se hallaban mis instrucciones. Todo está escrito. En la segunda encontrarás un plano con ciertos procedimientos y medidas; en el jardín de lo que era mi casa oculté hace tiempo una gran cantidad de mancusos de oro por lo que pudiera ocurrir tras la *litis honoris*; deberás desenterrarlos en su momento y emplearlos en favorecer la causa del primogénito, del que siempre fui adicto y él lo sabe; con ello perjudicarás a la impostora y ayudarás al condado. Haz lo que creas oportuno para lograrlo, confío en ti como confié en tu padre, pero no uses mi nombre pues la gente huye del que cae en desgracia. Pero deberás introducirte en Barcelona y hacerte con una posición que te permita acercarte al primogénito, Pedro Ramón, al que siempre serví fielmente. Por otra parte no olvides que mi venganza es la tuya pues de alguna manera los responsables directos o indirectos de la muerte de tu padre fueron los mismos. Ésta es mi última voluntad».

Tras estas palabras el silencio cayó sobre los reunidos. Después Pedro Ramón habló.

—¿Qué impedía a Montcusí avalar vuestra presencia en un pergamino con su sello?

—El sello estaba en la casa y la casa ardió. Además, su deseo era que su nombre no fuera usado.

Otra larga pausa. El heredero habló de nuevo.

—¿Y qué os impide quedaros con todo?

La mente de Mainar giraba como aspas de molino.

—Tengo lo suficiente, señor. No ambiciono más dinero si os sirvo fiel y cumplidamente. Estoy seguro de que vuestra magnanimidad sabrá recompensarme para que pueda cumplir con mi Orden y mi ambición es otra. Hay algo que todo buen hijo debe hacer, y es vengar la muerte de su padre, asesinado a traición. Por lo que he conseguido que la Orden me dé licencia para acabar con Martí Barbany, cuyos barcos perjudican nuestro comercio de Levante, y con su consejero Eudald Llobet, ambos responsables de mi orfandad.

Mainar no dio más detalles sobre dicha circunstancia, aunque la conocía bien. La noche que murió, su padre debía acabar con la vida de Martí Barbany, quien se había atrevido a convocar una *litis honoris* contra Montcusí. Y lo habría logrado de no haber sido por aquel maldito clérigo, que le arrojó una pesada maceta de piedra desde el alféizar de una de sus ventanas

—Tal deseo os honra —afirmó Pedro Ramón, quien, tras una pausa, añadió—: Es únicamente una suposición… Si yo encargara algo contra la que pretende violentar nuestras leyes arrebatándome mis derechos, ¿me podríais ayudar?

Los ojos de Mainar reflejaron el placer que le producía el hecho de que el heredero le pidiera algo.

—Si dicho acto supusiera algún beneficio para la Orden, estoy seguro de que podría convencer al Supremo Guía.

—¿Aunque sea quien es en la corte? —inquirió Pedro Ramón.

—Para nosotros nadie es más alto que otro: la muerte nos iguala a todos, no olvidéis que todos acabamos siendo la misma ceniza y que a todos finalmente nos cubre la misma tierra.

El príncipe se puso en pie y con él lo hicieron Marçal de Sant Jaume y Simó. Mainar entendió el mensaje e hizo lo propio.

—Mainar, ésta ha sido una de las veladas más gratas que he tenido últimamente. Tendréis noticias mías a través de mi amigo, el caballero de Sant Jaume. Si al final os encomiendo la misión que me ronda por la cabeza y la lleváis a cabo con éxito, os aseguro que cuando llegue a reinar pedidme lo que queráis y os será concedido —prometió el heredero.

—Confío en vuestra generosidad y sé que mi gratificación estará acorde y en proporción al servicio que os brinde.

En aquel instante, Pedro Ramón habría prometido la luna si se la hubieran pedido. Luego, dirigiéndose a Marçal, añadió:

—Y vos recoged el maravilloso presente que nos ha brindado la gratitud de nuestro antiguo servidor y la honradez del nuevo y guardadlo hasta que yo decida a cuáles de mis obras piadosas ha de ser destinado.

37

La petición de Martí

Martí Barbany aguardaba audiencia en la antesala de la poderosa condesa de Barcelona, Almodis de la Marca. Mientras esperaba, contempló su imagen en uno de los espejos de la estancia. Ya en la media treintena se mantenía fuerte: su actividad constante y sus morigeradas costumbres coadyuvaban a ello. Podía afirmarse que aparte de unas sutiles arrugas en el borde de sus ojos y las canas que veteaban su cabellera, su fisonomía había cambiado poco con los años. En tanto sus pasos medían la estancia arriba y abajo, volvía a su mente el recuerdo, ya lejano, de la primera vez que sus pies pisaron el entarimado del gran salón para atender la llamada de la señora. De aquel muchacho soñador al hombre actual mediaba un abismo: no eran sólo los años los que envejecen al hombre, sino las tristes experiencias de la vida. El paso de los días, los trabajos y sufrimientos habían troquelado su perfil y endurecido su carácter. Pero ahora sólo una preocupación enturbiaba su alma: su hija Marta. La muchacha era en aquel momento la máxima preocupación de su itinerante existencia y el motivo principal de su visita a palacio.

En tanto el chambelán se disponía a introducir al visitante, Almodis sintió curiosidad por ver de nuevo al hombre que tanto había contribuido a engrandecer la ciudad, cuyas experiencias tantas pasiones habían desencadenado y al que no había vuelto a ver desde la botadura del *Santa Marta*.

Al ver la tranquilidad que denotaba la figura del recién llegado que se recortaba en el marco de la puerta, la condesa también recordó la primera vez que el joven Barbany traspasó la cancela de su salón. Del muchacho que acudió a su presencia entonces al hombre que en aquellos momentos entraba por el fondo de la gran estancia, mediaba una distancia mucho mayor que los años que separaban ambas fechas.

Martí, totalmente vestido de negro, juboncillo, calzas y medias al igual que borceguíes de los que únicamente destacaba una hebilla de plata, acudía a visitar a su condesa con una muy meditada pretensión surgida del deseo de proporcionar a su querida hija un glorioso futuro a la vez de guardarla, en la que preveía una larga ausencia, de los riesgos de una cada vez más peligrosa Barcelona.

—Acercaos, Martí —dijo la condesa, con una sonrisa—. Cuando Eudald me pidió audiencia para vos, me alegró tener ocasión de veros de nuevo. ¿Qué venturosa circunstancia os trae a mi presencia?

El hombre se llegó hasta la tarima donde se ubicaba el pequeño trono de la condesa y con un airoso gesto de cortesano seguro de sí mismo, se inclinó ante la dama y aguardó su venia para incorporarse.

—Alzaos. Y sea cual sea el motivo, mi gozo es inmenso al reencontrar al amigo.

—Señora, me honráis en exceso; no hay título más ilustre en todo el condado que el de ser llamado amigo vuestro.

Barbany, ya incorporado, aguardó a que Almodis dispusiera el modo de la entrevista.

—Sentaos en el escabel, no creáis que pienso dejaros ir fácilmente... Sois tan caro de ver que un día que os tengo pienso abusar de la circunstancia. No os prodigáis demasiado y olvidáis a vuestra condesa, que por otra parte, tal como le dije a Llobet, también deseaba veros.

Mientras obedecía la orden y ocupaba el asiento que se hallaba a los pies de la señora, Martí se excusó:

—Os debo demasiado, condesa. Si no he venido anteriormente ha sido por no entorpecer vuestro quehacer cotidiano que, me consta, es intenso.

—Imagino que este infundio os lo ha comunicado nuestro común amigo, el padre Llobet.

—Puede que así sea, pero es de todos conocido que las horas del día no os alcanzan para llevar a cabo vuestras obras pías y vuestras múltiples tareas.

—Motivo de más para que me tome la licencia de charlar con uno de los pocos amigos que me quedan y en el que puedo confiar —repuso Almodis.

—Señora, bien sabéis que soy vuestro más fiel y seguro servidor.

—Bien, Martí, no quiero ser egoísta. Luego satisfaréis mi curiosidad sobre vuestros viajes, pero repito, ¿qué venturosa circunstancia os ha traído hoy a mi presencia?

Martí jugó con la gorra de terciopelo que descansaba en sus rodillas y buscó las palabras apropiadas para mejor exponer sus deseos.

—Tristemente, señora, la circunstancia no es venturosa, pero de cualquier manera celebro y valoro el honor que me dispensáis.

La condesa recompuso el gesto, atenta a lo que ese hombre, cuya lealtad estaba fuera de toda duda, había venido a exponerle.

—Os escucho, Martí.

—Como sabéis, señora, perdí a mi mujer de parto y a la vez a mi heredero que nació muerto.

Almodis parpadeó un instante.

—No ignoro esa desdicha, Martí, y oportunamente os hice llegar mis más sentidas condolencias a través de nuestro buen amigo y confesor, el padre Llobet.

—A través del cual os envié las expresiones de mi más sincera gratitud.

—Cierto, querido amigo, aunque las palabras pierden el sentido ante tanto dolor. Pero proseguid, que para eso habéis venido.

—Veréis, señora, el caso es que la vida sigue y es compromiso de los mayores, por duro que sea, intentar que los jóvenes tengan la oportunidad de ser felices. Y, si podemos ahorrarles circunstancias para que no pasen por las penas y vicisitudes que pasamos nosotros, ésa y no otra es nuestra obligación.

—¿Y qué puedo hacer yo? —se interesó la condesa.

—Veréis, señora, mi hija Marta, que es la luz de mi vida, va ya para los doce años. Es una hermosa muchacha, digna de su madre, adornada con mil cualidades… —Martí sonrió—.Y no os lo digo desde el punto de vista de un padre embobado, consultad a Llobet y él confirmará mis palabras.

—No hace falta; me basta la vuestra. Proseguid.

—El caso es que pese a que la tengo rodeada de gentes fieles, aya, tutor y dueña de compañía, sería el más feliz de los mortales si la aceptarais en palacio, a vuestro cuidado. Ya sé que no es de noble cuna, pero me consta que la condesa de Barcelona puede hacer y deshacer a su antojo. Ved, señora, que mis viajes me llevan a lugares lejanos y que más de medio año ando por estos mares de Dios; el viaje que ahora preparo es sumamente proceloso. No es bueno que una joven esté sola en esta ciudad.

—Me ha dicho Llobet que en esta ocasión partís hacia el sur de Italia… Creo que os han robado un barco, o algo parecido, ¿no es así?

—Así es, señora.

—¿Estáis seguro de ello? ¿No cabe que el captor sea alguien de vuestra casa? He oído que a veces un capitán simula un abordaje para hacerse con un barco. ¿Tenéis absoluta confianza en vuestra gente?

—Absoluta, señora. Soy armador viejo y conozco mi oficio, el barco era de mi propiedad y la tripulación escogida por mí personalmente; su capitán es Jofre, uno de mis mejores amigos.

—¿Qué otros detalles conocéis?

—Me temo que, si no pago el rescate que sin duda me pedirán, el *Laia* estará perdido; los hombres que quedaron con vida serán vendidos como esclavos para remar en alguna galera berberisca.

—Aparte de vuestro amigo, el capitán Jofre, ¿quién más iba a bordo?

—La tripulación, amén, claro está, de la bancada de galeotes.

—¿Sabéis si entre los asaltantes había alguno de otra raza o eran gentes de la zona?

—Por lo que me ha llegado parece ser que se trata de Naguib, el pirata que protege el walí de Túnez.

La condesa meditó unos instantes.

—Os deseo la mejor de las fortunas en vuestro empeño… Pero… ¡qué curiosa coincidencia! Después os explicaré mi proyecto y tal vez abuse de vuestra amabilidad y aproveche vuestro viaje para algo que a mí concierne, pero continuando con el tema de vuestra hija, lo de la nobleza no es óbice, bien sabéis mi opinión al respecto. Los escudos que figuran en piedra sobre las cancelas de algunas mansiones de Barcelona son mucho menos útiles al conde que los que vuestra laboriosidad y buen tino han proporcionado y proporcionan a la ciudad. ¿Cuál decís que es la edad de vuestra hija?

—Va para los doce, señora.

—Qué barbaridad… Parece que fue ayer y ya va a hacer doce años de la *litis honoris*.

—El tiempo vuela, señora.

—¿A quién se parece más? —preguntó Almodis, sonriente.

—Es el vivo retrato de su madre, aunque dicen que tiene mi talante y mi forma de ser.

—Entonces será harto dificultoso retenerla en palacio —se rió Almodis—. Dejadlo a mi cuidado, dadme un tiempo para consultar a mi esposo, pero os adelanto que podéis contar con ello. Creo que será una buena influencia para las condesitas, sobre todo para Sancha que, aunque algo mayor, se acerca a su edad.

—Señora, me hacéis el más feliz de los mortales, siempre sois mi paño de lágrimas y mi recurso final… No sé cómo pagaros.

—Ahora lo sabréis, Martí. Como os decía, con vuestro viaje se da una coincidencia que me es harto provechosa.

—Soy todo oídos, señora.

Almodis miró a su alrededor, cosa que sorprendió a Martí. Luego, volviéndose hacia el chambelán que aguardaba prudente a tres pasos del trono, le ordenó:

—Id, Gualbert, y llevaos la guardia. Que esperen fuera.

El fiel Gualbert Amat objetó:

—Pero, mi señora, tengo órdenes estrictas del conde de no dejaros sola en ninguna circunstancia… Ya sabéis que por el palacio corren malos vientos.

—Vuestro celo me enternece, pero hemos pasado ya demasiados avatares juntos para que dudéis ahora de que vuestra condesa sepa desenvolverse en cualquier circunstancia. Dejadnos solos, obedeced.

El gentilhombre salió de la estancia a regañadientes y se llevó con él a los cuatro custodios que vigilaban la puerta.

Cuando la condesa y Martí se quedaron solos, ésta comenzó a explicarse.

—Veréis, Martí, tengo en la cabeza un proyecto que requiere prudencia, tacto y discreción. Y como todavía está en cierne, no conviene que oído alguno se entere de algo que requiere como os digo una exquisitez suprema.

—Os escucho, señora.

—El caso es, mi fiel amigo, que como gobernante debo cuidar de mis súbditos; pero, además, mi calidad de madre me exige velar por mis hijos. Sopeso mucho las cosas, pero cuando ambas circunstancias coinciden, pongo todo mi empeño en que el proyecto salga adelante.

—No alcanzo a comprenderos, señora —dijo Martí, desconcertado.

—Enseguida me entenderéis, y a la vez os daréis cuenta de por qué he querido quedarme a solas con vos.

Instintivamente Martí acercó su cabeza a la de la condesa. Ésta prosiguió en voz más tenue.

—Sabéis que tengo dos hijos varones. Debo velar por los intereses de ambos; y en esta ocasión corresponde hacerlo por el mayor de mis gemelos, Ramón.

—Señora, os comprendo perfectamente, pero ¿qué puedo hacer yo?

—Mucho más de lo que imagináis, Martí. —La condesa permaneció en silencio unos instantes, escogiendo bien las palabras que iba a decir—. Como sabéis, el hijo de mi esposo, Pedro Ramón, es el primogénito, y como es lógico, de su boda y en su momento se ocupará el conde. En mi opinión ya es tiempo, pero no es a mí a quien compete el asunto. Sin embargo, el tiempo pasa para todos y a mi vez debo cuidar de mis hijos para los que también va llegando la edad de comprometer futuros enlaces.

El rostro de Martí denotaba la máxima atención.

—Soy además madre de dos hembras. Mis hijas me preocupan menos, pues están destinadas, como es lo propio, a establecer nuevos lazos o estrechar los viejos con poderosas familias de los condados de uno y otro lado de los Pirineos; sin embargo es mi obligación ampliar mis ambiciones a tierras más lejanas para reforzar las alianzas de la casa de Gerona y Barcelona con ultramar, cosa que se descuidó en tiempos de la gloriosa condesa Ermesenda de Carcasona, cuyo carácter le ganó más malquerencias que otra cosa de parte de los reinos, señoríos francos e hispanos. Muchas son las cortes que desean emparentar con nosotros, pero es misión mía acertar en la elección. Mi hijo Ramón está en sazón y pese a que evidentemente tiene la misma edad que su gemelo en años, lo adelanta y mucho en el buen criterio y en la madurez de carácter. —Una sombra nubló el semblante de la condesa—. En confianza, Martí, no puedo decir lo mismo de Berenguer que, aunque me pese decirlo, es a veces violento e impredecible y según para qué cosas terriblemente inmaduro. ¿Me vais siguiendo?

—Atentamente, señora. Nada nuevo me descubrís y abusando de la confianza que me dais, os diré que ésta es la opinión de la calle —se atrevió a decir el naviero.

Almodis de la Marca lanzó un suspiro profundo.

—Mi conciencia está tranquila: yo los eduqué en igualdad y les dediqué la misma atención y los mismos maestros. Sin embargo, mientras Ramón aprovechó su tiempo, Berenguer, aunque igualmente bien educado, fue un mal aprendiz.

—¿Y cuál es mi misión, señora? —preguntó Martí, levemente incómodo ante las muestras de confianza de la condesa y sus confidencias sobre sus hijos.

En aquel momento se abrió la puerta una cuarta y asomó la cabeza del capitán de guardia.

La voz de Almodis sonó iracunda.

—¡He dicho que nadie me interrumpa!

La respuesta del capitán fue titubeante.

—El que pide audiencia es el heredero, señora.

—¡Sólo a mi marido, el conde, le asiste el derecho de interrumpir! —Y en voz más baja aunque igualmente audible, añadió—: ¡Y de nombrar a quien le plazca como heredero!

De un fuerte empellón, la puerta se abrió del todo y apareció en el quicio la figura de Pedro Ramón.

—¡Nadie, ni mi padre es quién para decidir! ¡Mi primogenitura es un hecho incontestable pese a vuestros turbios manejos! Y os lo advierto... ¡nadie es eterno, condesa, y día llegará en el que me pediréis en vano audiencia y seré yo quien os la niegue!

—¡Por el momento sois vos quien la solicitáis y yo quien la he de otorgar, y en este momento no procede! Os retiráis u os mando llevar por la guardia.

Tras lanzarle una mirada cargada de odio, Pedro Ramón se retiró. El capitán se excusó con un gesto y cerró de nuevo la puerta, ante un atónito Martí.

—Prosigamos, Martí; ya veis el ambiente que se respira en este palacio, que más parece una cueva de víboras... Me preguntabais cuál sería vuestra misión y os la voy a explicar. Mi hijo Ramón es uno de los más preclaros príncipes de la cristiandad, el yerno deseado por todas las testas coronadas y, ¿por qué no decirlo?, el marido soñado por todas las princesas casaderas. Es, sin pasión de madre, un espejo de virtudes. Su esposa será una princesa afortunada, ya que a la vez que con su boda servirá a su pueblo, no tendrá que soportar en la cama a un viejo gotoso al que la habrán entregado por conveniencias de Estado. —Almodis se estremeció al pensar en su propio pasado—. Y creedme, Martí, yo sé mucho de eso —añadió, al recordar a su primer y anciano marido, Hugo de Lusignan.

—Sin embargo, señora, no se me alcanza ver cuál es la misión que queréis encomendarme.

—A fe mía que sois impaciente, Martí. Como os he explicado, conviene a la casa de Barcelona estrechar lazos con otros reinos que nos proporcionen buenos aliados. A veces para llegar a Roma los caminos se complican. Es del común conocimiento que a causa de la abuela de mi esposo, mi persona no ha gozado de gran predicamento ante el Santo Padre, quien llegó a excomulgarme años atrás como bien sabéis. Ahora la silla de Pedro la ocupa Nicolás II, quien para romper los lazos con el Sacro Imperio se apoyó en Roberto Guiscardo, el Normando, al que nombró y cito textualmente, «por la gracia de Dios y de san Pedro duque de Apulia y Calabria y de ahora en adelante con la ayuda de los dos, duque de Sicilia». Ni que deciros tengo que para tal distinción ha de ser muy amigo del Santo Padre. Y ahí radica, Martí, el quid de vuestra misión. Tiene el duque una hermosa hija, llamada Mafalda. Convendría que tantearais el terreno para acordar en su día un matrimonio entre ella y mi hijo Ramón. Al santo se le adora por la peana. A vuestras naves les conviene el paso franco por la punta de la bota itálica y a nos, que el Papa, que tanto poder tiene sobre todos los príncipes del mundo, dirija su clemente mirada sobre este condado.

—Es una misión que me honra, condesa —dijo Martí, sorprendido—, pero yo no soy noble ni embajador.

—Pero sois un hombre de negocios, y muy astuto por cierto, y me consta que la desempeñaréis con tacto y mesura. Además, si queréis visitar aquellos mares, el conocimiento y la protección del Normando os vendrán de perlas.

Martí asintió con el semblante serio.

—Sin duda, señora. Las costas de Apulia que dan al Jónico y al Adriático están llenas de cuevas donde se refugian los piratas, y si, como os decía antes, mi información es correcta, ha sido Naguib, el pirata tunecino, el que ha osado hurtar mi barco y con quien supongo que debo tratar el rescate de mi tripulación.

—Entonces, sin duda, el conocimiento de Roberto Guiscardo os será de gran utilidad. Vais a ganar por ambos lados. Además de rendirme un gran servicio vais a ayudar a vuestra causa. Y que vuestra condesa os deba un favor no es algo baladí.

—Señora, contad con todo lo que yo pueda hacer al respecto y aun en el supuesto de que el éxito corone mis afanes, seguiré siendo yo quien esté en deuda con vos por ocuparos de mi hija Marta.

—No os preocupéis, Martí, el hecho de que la condesa Almodis resuelva los problemas de los súbditos fieles forma parte de su responsabilidad. Nada me debéis… Únicamente que no seáis tan caro de ver. Traedme a la niña cualquier día; la recuerdo bien de la jornada de la botadura del barco que lleva su nombre y me gusta conocer más de cerca a las gentes que han de morar en palacio.

—No es por decirlo —repuso Martí, con la voz henchida de orgullo paterno—, pero Marta es una jovencita encantadora que alegrará vuestra casa.

—Y hablando de casas, Martí, recuerdo que aquel día tratamos varios temas; y que al no poder complaceros al respecto de una petición que me hicisteis, y para compensaros, prometí devolveros la casa que fue de vuestro suegro Baruj Benvenist, para lo cual di órdenes al chambelán. ¿Habéis tomado posesión de ella?

—Me entregaron todos los documentos, señora, y dediqué una tarde a visitarla; sin embargo por el momento no he decidido qué hacer con ella. Son demasiados los recuerdos tristes y no quiero que mi hija cargue con ellos.

Un silencio se estableció entre ambos personajes; luego la condesa habló de nuevo.

—Creo que está todo dicho. Martí, vuestra hija será admitida en palacio y vos tendréis la amabilidad de acudir la próxima semana y os entregaré una carta credencial para Roberto Guiscardo; seréis, oficiosamente, mi embajador plenipotenciario.

—Gracias, condesa —dijo Martí, con una inclinación de cabeza—. Lo que sí soy seguro es vuestro más fiel y rendido servidor.

Y tras un cortés saludo Martí abandonó palacio con el alma henchida de gratitud.

38

La solución de Manipoulos

os tres hombres estaban reunidos en el redondo aposento que coronaba el torreón donde Martí tenía instalado su gabinete, cuya peculiaridad residía en el hecho singular de que lo había mandado decorar por hábiles artesanos cual si fuera el camarote del armador ubicado bajo la toldilla de popa de uno de sus barcos, hasta el punto de que el ventanal trilobulado que había detrás del sillón estaba tallado en madera y se inclinaba hacia afuera, sobre la calle, como si estuviera instalado en el espejo y sobre el codaste de la embarcación, luciendo inclusive su fanal de popa.

El capitán Rafael Munt, al que llamaba Felet, amigo de su infancia y el griego Basilis Manipoulos habían acudido a su llamada.

El que en esta ocasión hablaba, era este último.

—La cosa ya es segura; si mis informaciones son ciertas, Naguib el Tunecino es el pirata que abordó el *Laia*. Los hechos fueron los que paso a relataros. La noche se había echado encima, la mar estaba encrespada y Jofre, prudentemente, se refugió en una cala, aguardando a que el tiempo mejorara al día siguiente. Dos aguadores fueron a tierra a bordo de una chalupa cargados con odres para hacer aguada; por ellos sabemos lo que sucedió. Cuando iban a regresar, el barco del Tunecino ya había abordado al *Laia*. Ellos escondieron los odres y se adentraron en la espesura, huyendo hacia el interior, sospechando que los forajidos, al echar en falta la falúa, irían a tierra a por ellos. Apenas amanecido se llegaron a la población más próxima, en demanda de auxilio. Las buenas gentes a cuyo frente estaba el regidor de la ciudad, acudieron a la playa en armas, pero el pirata ya había partido llevando al *Laia*.

Los tres hombres quedaron en silencio. Luego Martí interrogó.

—Los aguadores que bajaron a tierra ¿dónde están?

—En estos momentos regresan a Barcelona en uno de nuestros bajeles —respondió el griego.

—¿Cuándo han de estar aquí?

—Si los vientos nos son favorables, antes de una semana.

—Entonces, esperemos a oír de primera mano los pormenores del asunto.

—Me parece bien conocer el suceso a fondo —intervino el capitán Munt—, eso nos dará idea del lugar y de los detalles, pero el propósito está claro. Los piratas buscan dos cosas: un rescate o galeotes para sus naves y hacer dinero con la venta del barco, por lo que lo retendrán y también a la tripulación hasta que pagues. La forma y el modo de ponerse en contacto con nosotros, ya se verá, pero intuyo, Martí, que no queda otra solución.

La vieja amistad que le unía a Martí le permitía el tuteo.

El rostro curtido y surcado de arrugas del griego era una máscara; sin embargo, en sus astutos ojos lucía un brillo que Martí conocía bien.

—¿Opináis lo mismo, Basilis?

—Yo sí pienso que queda otra. Veréis: no es la primera vez que este malnacido nos busca las cosquillas, y si nos dejamos hurgar la entrepierna, no será la última.

—¿Qué sugerís?

—Desde que supe la noticia le he estado dando vueltas al tema.

—¿Qué se os ocurre? —preguntó Felet.

El griego puso en orden sus pensamientos antes de contestar.

—Desde luego, no cabe duda de que, de un modo u otro, se pondrán en contacto con nosotros. Entonces, y según las circunstancias, habremos de decidir, pero si pagamos rescate una sola vez, seremos pasto de su ambición y el escenario se repetirá. Estos perros sólo muerden donde hay carne.

—¿Entonces? —indagó Martí.

—En vez de rescate, lo que hay que darles es un escarmiento.

—No olvidéis que tienen a Jofre y a la tripulación —apuntó Felet.

—No lo olvido. Muy al contrario, lo tengo muy presente y es para mí lo principal.

—Basilis, no me habléis en clave de misterio —advirtió Martí.

El griego se regodeó en su idea y se dispuso a explicar su plan.

—Desde que llegó la noticia, no he dormido: he dedicado las noches a darle vueltas al asunto, cuidando todos los detalles. Lo primero que se me ocurre es que hemos de ganar tiempo. Lo segundo, que debemos buscar una excusa para visitar la región sin despertar sospechas. Siempre les será más fácil ponerse en contacto con nosotros si estamos cerca de sus bases.

Martí pilló al vuelo la sugerencia.

—La excusa para el viaje ya la tengo. Y ahora pregunto, ¿por qué pretendéis ganar tiempo cuando lo primero sería intentar rescatar a nuestra gente lo antes posible?

—Mi plan requiere cierta preparación. El pirata ha de pensar que queremos negociar con él y pactar un rescate cuando lo que haremos, en verdad, será ganar tiempo a fin de buscarle una ruina que sirva de escarmiento para otros ambiciosos desaprensivos.

—Soltadlo ya, Basilis, ¿cuál es ese plan? —La voz de Martí sonó denotando un interés creciente y un punto de impaciencia.

—Como bien sabéis, siempre triunfa el mejor informado. Por lo tanto, en primer lugar debemos enterarnos de todo cuanto nos interese, como el lugar donde se ha refugiado esa cuadrilla de forajidos, que seguramente será una rada oculta de cualquiera de las islas que abundan en el Adriático y que fácilmente pueda ser defendida con los medios naturales que brinda una naturaleza apropiada y los comunes de las naves.

—¿Y eso cómo se consigue?

—Como se ha conseguido desde que el mundo es mundo: abriendo la cinta de la bolsa en todos los puertos y tabernas de la costa adriática. Y ya sabéis que no hay en el mundo gente más locuaz que un marinero lleno de hipocrás ante la perspectiva de una bolsa de monedas.

Martí asintió brevemente.

—¿Y luego?

—¿No me dijisteis que nuestro hombre en Kerbala, Rashid al-Malik, está a punto de llegar a Barcelona? Si le convencéis para que nos ayude a fabricar una cantidad de esa arma que él denomina «fuego griego», creo que podremos dar un escarmiento a esos bandidos, cuyo eco resonará en todo el Mediterráneo, desde Barcelona hasta Constantinopla.

Martí y Felet cruzaron una mirada inteligente.

—Eso nos llevará mucho tiempo —opinó Martí, pero Manipoulos porfió en su idea.

—¿Acaso creéis que el tiempo no es igual para todos? Esas cosas requieren su compás y una negociación de ese calibre todavía más. El que mejor lo sabe es Naguib, e incluso debo deciros que si obráramos con prisa y no simulamos un tira y afloja, igual despertaríamos sospechas. Pero, decidme, ¿cuál es el hecho de que habéis hablado y que nos brinda la ocasión de andar por aquellos pagos sin que nuestra presencia inquiete al pirata?

Martí, sabiendo que sus capitanes eran dos tumbas, explicó de una manera somera su entrevista con la condesa.

—Es claro que mi estancia en Apulia será pública y notoria. Cualquier visitante que sea recibido por el duque Roberto Guiscardo no ha de pasar inadvertido.

Felet arguyó:

—Mejor todavía. Cuanto más se hable del hecho en las tabernas del puerto, antes llegará a oídos del pirata que estamos allí. Además le hará comprender que misión tan extraordinaria ha de requerir un tiempo importante.

—Entonces lo primero es aguardar la llegada a Barcelona de Rashid al-Malik, instalarle en el lugar adecuado y darle los medios para que elabore la fórmula que un día os brindó, y que vos, por prudencia, decidisteis olvidar y jamás quisisteis llevar a la práctica.

Martí, dirigiendo la mirada a Manipoulos, indagó:

—Concretad el plan, Basilis. Yo estaré en la corte del Normando y, como comprenderéis, dedicado en cuerpo y alma a la misión que me ha sido encomendada. ¿Qué hacemos entretanto?

—Yo iré en vuestro barco como contramaestre, y en tanto dedicáis vuestro tiempo a la gestión como embajador de la condesa, invertiré el mío en visitar los tugurios de la costa, donde se reúne la escoria del Mediterráneo, para averiguar dónde está retenido el *Laia* y cuáles son las características del lugar.

—¿Y entonces?

—En cuanto conozcamos el lugar sabremos si se le puede sorprender y la manera de hacerlo, y si conviene emplear la fuerza o la sutileza. En ese momento, con la ayuda del invento de Rashid y el valor y la preparación de nuestra marinería, que yo habré escogido y que sabrá que lucha para rescatar a sus compañeros, le daremos a ese hijo de perra tal escarmiento que hará comprender a propios y extraños que no es conveniente atacar navíos que lleven en el palo mayor el gallardete de vuestra flota.

—¿Cuánto tiempo requerirá todo esto? —preguntó Felet.

—El necesario para que Rashid al-Malik elabore su invento. Si lo consigue y nos lo entrega oportunamente, pondremos en marcha el plan que habremos pergeñado.

—¿Y en caso contrario?

—Para pagar un rescate siempre estamos a tiempo.

Felet se removió inquieto en su asiento.

—Y, entretanto, ¿cuál será mi misión? Porque aquí, a la espera y sin nada que hacer, se me comerán los demonios. Bien sabes, Martí, que Jofre es mi amigo.

—Tu misión será la más importante. Quedarás al cuidado de Rashid proporcionándole los medios necesarios y todo cuanto pida a fin de llevar a buen puerto nuestro propósito. Y en cuanto tenga la cantidad que requerimos para acometer el plan de Manipoulos, con el bajel más rápido que tengas deberás enviarme las vasijas de fuego griego. ¿Alguna pregunta?

—Sí, Martí, siendo todo ello materia tan delicada y de tan exquisito trato, ¿dónde crees que se pueda manejar sin peligro y sin que la indiscreción de alguno delate nuestro propósito, desbaratando el plan?

—Mientras hablábamos iba pensando en ello, Felet. Bajo la falda de la montaña de Montjuïc tenemos las cuevas donde guardamos las barricas de vino. Deberás trasladarlas y dejar espacio libre para que Rashid se pueda mover sin impedimento. El lugar es discreto, bien situado y seguro. ¿Queda todo claro?

—Como la mismísima agua —respondieron ambos.

—Entonces, amigos míos, si os parece... Pongámonos en marcha.

39

El viaje de Rashid

l *Stella Maris*, con el gallardete al viento que le acreditaba como nave de la flota del naviero Martí Barbany, estaba en aquel instante echando el hierro frente a la playa de la Barceloneta. Acodado en su borda, un hombre que sobrepasaba de largo la cincuentena observaba la playa con ojos asombrados. Vestía al estilo oriental: caftán de color pardo que le llegaba a las corvas, pantalón ajustado de piel finamente curtida, cubría su cabeza con un turbante y calzaba sandalias de cuero entrelazado que anudaba a sus pantorrillas con cintas del mismo material. El hombre, de luenga barba cana, haciendo pantalla con su mano diestra sobre los ojos, oteaba la playa buscando entre la abigarrada muchedumbre que la poblaba: pescadores, marineros, calafates, mujeres que, sentadas en la arena, arreglaban aparejos y zurcían redes, niños semidesnudos… el paisaje propio de cualquier costa mediterránea, pensó el recién llegado mientras esperaba volver a ver al hombre al que debía la vida de su hermano y el bienestar y la felicidad de ambos.

Apenas la huella del ancla se disolvía en remolinos concéntricos cuando una chalupa con dos bateleros se abarloaba al costado de estribor. El capitán del barco, un atezado chipriota de aspecto imponente, tras cambiar unas palabras con uno de ellos, lo buscó con la mirada; al divisarlo se dirigió hacia él.

—Señor al-Malik, cuando gustéis, todo está dispuesto para que abandonéis la embarcación, ahora hago traer vuestro equipaje y os lo estibarán en la chalupa.

Un grumete, ante la perentoria voz del capitán, partió volando hacia el castillo de popa y al poco unas alforjas de lona y un hatillo de mano estaban colocados en la proa de la pequeña embarcación. Rashid al-Malik, tras depositar los tres ósculos de ritual en las barbadas mejillas del chipriota y desearle felices travesías, descendió por la escala de cuerda que, con un pie, tensaba desde abajo uno de los remeros y ocupó su lugar en el banco de popa de la inestable chalupa.

Lentamente, ésta se fue alejando de la embarcación a golpe de boga de los bateleros. Mientras la imagen del barco se alejaba, la de la playa iba en aumento. A los ojos de Rashid las imágenes se hacían más nítidas y el griterío más ensordecedor. Súbitamente observó cómo la muchedumbre se abría para dar paso a alguien cuya importancia debía de ser grande, ya que sin protesta alguna las gentes recogían sus redes y aparejos e inclinándose respetuosas dejaban el paso libre. Una silla de manos, portada por cuatro hombres descalzos, descansó sobre la arena de la playa y apartando la cortinilla descendió de ella el hombre al que debía todo, Martí Barbany. Rashid no pudo esperar y, apenas la proa de la chalupa se clavó en la arena, saltando la borda donde batían las olas, se precipitó hacia la playa al encuentro de su protector. Martí, que había bajado hasta la orilla, se fundió con él en un sentido abrazo que le trajo viejos recuerdos. Ambos hombres estuvieron un tiempo sin hablar, eran demasiadas las remembranzas. Cuando Martí, tomándolo por los hombros, le obligó a separarse, vio que de los ojos del hombre manaban sendas lágrimas que reflejaban la emoción del momento.

—Jamás pensé que la providencia me reservara, a mi vejez, tamaño premio.

La voz del anciano era ronca y entrecortada.

—Pues ya veis, el destino ha hecho que otra vez nuestros caminos se cruzaran. Pero decidme, ¿cómo está vuestro hermano? ¿Y cómo ha ido el viaje?

—De lo primero os diré que, gracias a vos, vive feliz. Lo veo una vez al año por el ramadán y no hay ocasión en que no acabemos hablando de vos y de los viejos tiempos. En cuanto a la travesía, ha sido buena en general, los hados benéficos nos han acompañado y el viento ha sido nuestro amigo.

—No soy un buen anfitrión, perdonadme, las ganas de abrazaros y de saber de vos han impedido que me olvidara de vuestro cansancio. Debería dejaros reposar de tan larga travesía.

—No lo necesito —repuso Rashid—. Estoy tan ansioso de saber de vos y de vuestras gentes y de esta soñada ciudad, que la curiosidad me tiene en pie.

—Tendremos tiempo para todo, Rashid. Ahora iremos a casa, descansaréis en un mullido lecho, y cuando hayáis reposado, luego de un buen refrigerio, el capitán Manipoulos y yo os homenajearemos como corresponde. Después os haré de guía en esta ciudad de vuestros sueños y también de los míos.

A una breve orden de Martí, dos de los criados que acompañaban la silla recogieron de la arena el equipaje de Rashid y lo colocaron en unas pequeñas parihuelas; ambos hombres se acomodaron en el asiento de la litera, y a una palmada del jefe de la silla la comitiva se puso en marcha.

Martí Barbany estaba reunido con sus capitanes. Lo primero iba a ser presentarles a Rashid, poner en antecedentes al recién llegado de la dificultad en la que andaban metidos y pedirle que, en ausencia de Martí, preparara el fuego griego, a pesar del voto que hizo en su momento, y después organizar la forma de transportarlo. Martí, cuya primera previsión había sido el descanso de su viejo amigo, sabía que dada la gravedad del asunto, la devoción que sentía por él y el justo fin que se pretendía conseguir, colaboraría en todo aquello que contribuyera a llevar a cabo el plan de Manipoulos.

La puerta del gabinete se abrió, y apareció ante los tres reunidos la imagen de un Rashid al-Malik totalmente renovado.

—Parecéis otro hombre, ¿habéis descansado?

—No parezco, señor, soy otro hombre; aunque debo reconocer que el camarote bajo la toldilla era el mejor de la nave que me trajo, la distancia entre el catre, en el que he dormido los últimos meses, y el mullido jergón de la alcoba que me habéis asignado media una diferencia mayor que el espacio de mar que existe entre mi país y Barcelona. Ignoro si he dormido un día o una semana entera, lo que lamentaría profundamente, pero un momento antes de bajar a cenar cometí el error de tenderme a descansar y he dormido hasta que esta mañana vuestro mayordomo me ha despertado.

—Mal anfitrión sería yo si no me ocupara primeramente del descanso de mi huésped.

Luego, dirigiéndose a sus capitanes efectuó las presentaciones.

—Éstos son mis amigos Rafael Munt y Basilis Manipoulos, a los que conocéis por mis cartas.

Y, dirigiéndose a ellos:

—Éste es el famoso Rashid al-Malik. Ya os he contado cómo se cruzaron nuestros caminos en mis primeros años de navegación, y cómo tuvo la generosidad de compatir conmigo un secreto de familia que propició el negocio del aceite negro, y también la fabricación de un arma poderosa capaz de prender el mar en llamas.

Después de que ambos hombres tendieran sus manos al recién llegado, Martí prosiguió:

—Os estábamos aguardando para la cena cuando Andreu Codina me avisó de que os habíais quedado dormido en vuestra cámara; entonces ordené que no se os molestara y que se os dejara hasta que vuestro cuerpo hubiera descansado y os despertara por sí solo.

—Pues creedme que lo habéis conseguido.

—Arribasteis el lunes, habéis dormido un día y medio; imagino que tendréis un apetito de lobo.

—Así es, creo que podría devorar una pata entera de cabrito —afirmó Rashid.

—Pues vamos a ello —propuso Martí—. No sé si Mariona nos habrá preparado tan suculento plato, pero sea cual sea su guiso, será un excelente manjar.

Martí Barbany y sus invitados abandonaron el gabinete y se encaminaron al comedor del primer piso.

Era éste una pieza alargada que daba a la plaza de Sant Miquel. Tres ventanales bilobulados se asomaban a ella y por ellos entraba la luz que iluminaba la estancia durante el día. La mesa podía acoger doce comensales; dos puertas daban paso respectivamente a la escalinata que subía de la planta baja desde las cocinas y a la cómoda salita ubicada a su costado donde normalmente se realizaba la sobremesa. Apoyados en las paredes había un mostrador donde se dejaban las bandejas y un trinchante donde Andreu Codina, el mayordomo, despiezaba la carne.

Los cuatro hombres se sentaron en un extremo de la mesa: Martí presidiendo, Manipoulos y Felet a su izquierda, y a su derecha su invitado, Rashid al-Malik. En pie, aguardando junto al aparador y al trinchante, estaban Andreu el mayordomo; Omar, el liberto, que se iba a ocupar de los caldos y Gueralda, la criada de mediana edad a la que la cicatriz causada por la desafortunada experiencia de Marta con la honda desfiguraba algo el rostro. Cuando los cuatro se hubieron instalado en sus respectivos lugares, y tras llenar las copas de agua y de vino, sirvió Andreu unos cuencos colmados de un sabroso caldo de carne y verdura que, según Rashid, quitaban el sentido.

—Eso es que estáis hambriento —apostilló Martí.

Manipoulos, que solía comer frecuentemente en aquella casa, respondió:

—Estáis acostumbrado a tan buena cocina, Martí, que ya no distinguís lo bueno de lo excelente.

En tanto sorbía el caldo, presumiendo de su vieja amistad, añadió Felet:

—De pequeño ya tenía buen paladar. Cuando nos bañábamos en la playa con Jofre, no sé cómo lo hacía, pero entre cambalaches y apuestas siempre conseguía los mejores bocados.

—Así le ha ido en la vida: él es el hombre más rico de Barcelona y nosotros dos pobres capitanes —apuntó el griego.

Martí sonrió.

—¿No tenéis nada que decir, Rashid?

Este último, que sorbía ruidosamente el cuenco de sopa, limpiándose los labios con la bocamanga, alegó:

—Perdonadme, pero con tanta hambre no tengo tiempo para trivialidades.

El ágape transcurría entre el trajín diligente de los criados. Destacó entre los diferentes platos un guiso de ciervo acompañado de un exquisito hojaldre, que los cuatro despacharon con una pequeña horquilla de dos puntas y ayudándose de sus respectivas navajas. Finalmente se sirvieron cuencos de fruta cortada y natilla. Cuando terminaron, Martí sugirió que pasaran a la salita adjunta para poder charlar más cómodamente y ordenó a Omar que Marta acudiera un instante para saludar a su huésped.

Apenas se habían instalado en unos bancos cuando en la puerta apareció Marta. Estaba muy bella con un traje verde de cuadrado escote; llevaba el pelo recogido en dos moñitos a los costados de su cabeza, y en los pies unos escarpines del mismo color que el vestido con el ribete más oscuro y las puntas ligeramente levantadas.

Martí la mostró orgulloso.

—¿Qué os parece mi hija, Rashid?

La voz de este último sonó profunda y, con poética delicadeza oriental, respondió:

—Si su alma es tan bella como su rostro, señor, sois un hombre afortunado.

Tras los consabidos comentarios de «en verdad que vuestra casa merecía tal ama», y «si no andáis presto, pronto os la robarán», Martí ordenó a Andreu Codina que los dejara solos. Marta también se retiró, aunque justo antes de salir paseó la mirada por los preocupados semblantes de los hombres allí reunidos. Algo le decía que su padre preparaba un largo viaje...

Los cuatro hombres estuvieron reunidos hasta que las campanas de las iglesias tocaron la llamada a oración de la tarde. La luz diurna se había agotado y Andreu Codina entró con un cabo de vela para encender los candelabros. Cuando hubo partido, Rashid al-Malik tomó la palabra.

—Señor, vuestra explicación ha sido prolija y detallada. Me he podido dar cuenta del problema que os acucia y del plan del capitán Manipoulos; conocéis perfectamente las premisas del juramento de mi familia sobre el fuego griego. Os lo ofrecí en su día y hoy reitero que nada hay que pueda negaros: el sello que me regalasteis y que llevo en mi anular proclama que os debo la vida de mi hermano. Soy hombre religioso y fiel servidor de Alá, el Clemente, el Misericordioso. Espero que Él me perdone y comprenda que he de allegar los medios para conciliar el cumplimiento con mi religión y el deber de amistad que os debo y que, asimismo, exige el Libro Sagrado. Si os parece, os propongo lo siguiente: me daréis el lugar oportuno y los medios necesarios, junto con un hombre de vuestra total confianza que me ayude en mi laborar; yo os fabricaré el fuego sin que nadie más conozca su secreto y os será enviado allá donde estéis. Evidentemente tenéis que suministrarme los componentes, pero nadie más que yo sabrá las proporciones; eso no impide que, una vez elaborado, os lo pueda entregar para un uso que, no me cabe duda, será justo y adecuado para el fin que perseguís.

Los tres hombres intercambiaron una mirada.

Martí tomó la palabra.

—No solamente me parece bien, sino que estoy orgulloso de vuestra amistad. Ya en su día me hicisteis el gran honor de confiarme ese peligroso secreto, pero debo deciros que, como hombre de paz, decidí confiar dicha fórmula al olvido. Espero que comprendáis que obré así no porque no valorara vuestro obsequio, sino precisamente porque lo aprecié en su justa medida, al punto de que me negué a transcribirlo en un pergamino, por miedo de extraviarlo y de que cayera en manos desaprensivas, causando en la humanidad un daño irreparable. —Luego, tras una pausa prosiguió—: El lugar que ya he elegido, contando con vuestra amistad y benevolencia, reúne todas las condiciones que exige la discreción y el secreto; es seguro, pues es una gruta horadada en la montaña, y sumamente discreto, pues está alejado de todos los caminos. Podréis trabajar tranquilo sin que nadie asome las narices para husmear quién sois y qué hacéis; también he pensado en la persona que os puede ayudar: Ahmed es su nombre. Se ha criado en mi casa, es de absoluta confianza y le irá de perlas trabajar en el proyecto, que le distraerá del mal paso que está atravesando. Mañana haré que venga a conoceros: seguro que será de vuestro agrado. Y ahora, Rashid, creo que deberíais dar al capitán Munt la lista de los componentes necesarios; imagino que reunirlos todos no será tema baladí ni cosa de un día.

—Efectivamente, señor, algunos estarán a mano, pero otros sin duda tendréis que traerlos de otros mercados.

En tanto los tres hombres seguían hablando, Martí se levantó y acercándose a una mesita del rincón, tomó una pequeña campanilla de bronce y la hizo sonar.

Al cabo de un momento los pasos del mayordomo resonaban en la escalera.

—¿Qué deseáis, señor?

Martí, en tanto regresaba a su sillón, ordenó:

—Andreu, trae recado de escribir, tintero, cálamo y pergamino; y avíate, que es urgente.

—Al momento, señor.

Partió el hombre cerrando la puerta tras él y al cabo de un poco regresó portando lo ordenado por Martí.

—¿Alguna cosa más, señor?

—Nada, Andreu, puedes retirarte.

Nada más quedarse solos, Martí habló.

—Felet, ocúpate tú de hacer la lista.

Tras retirarse el capotillo del hombro, el capitán Munt se acercó a la mesilla y comenzó a preparar los útiles de escritura. Con su navaja afiló los calamos, abrió el tinterillo, derramó en él el polvo cárdeno de una probeta y lo agitó; luego preparó los pergaminos, y con un gesto de la cabeza indicó a los tres que estaba preparado.

—Adelante, Rashid —dijo Martí, dirigiéndose a su viejo amigo.

Éste, acariciándose con el pulgar y el índice de la diestra el puente de su nariz, comenzó:

—Dejadme proceder con orden, ya que de no hacerlo así se me puede olvidar algo. La fórmula está en mi cabeza y la he repasado miles de veces; siendo el secreto de mi familia, como comprenderéis no está escrito en papiro alguno: sus proporciones únicamente están aquí.

Al decir esto último palmeó su frente suavemente.

El silencio era total, hasta el punto de que el chisporroteo producido por el minúsculo cuerpecillo de un insecto al quemarse en uno de los candiles, produjo el efecto de un trueno.

Rashid al-Malik habló con voz segura:

—En primer lugar, petróleo en bruto; eso hace que el preparado flote sobre el agua; luego azufre, que al entrar en combustión emite vapores tóxicos; cal viva, que al contacto con el líquido elemento reacciona liberando mucho calor, suficiente para prender materiales combustibles; resina, para activar el fuego de los ingredientes, grasas animales para aglutinar todos los elementos, y salitre, que desprende oxígeno al prender, permitiendo de esta forma que el fuego continúe bajo el agua. Finalmente, cera de abejas y lacre. Las cantidades... creo que con dos libras de cada producto sobrará para vuestro plan.

El capitán Munt se hizo repetir varias veces aquella lista de componentes para no olvidar ninguno. Después de leer el texto en voz alta varias veces y tras la aprobación de Rashid, Manipoulos comentó:

—¡Por todos los dioses del Olimpo! La de veces que por esos puertos de mis pecados he oído hablar de esto, pero jamás creí que llegara a conocerlo. Pensé que era una de esas historias que cuentan los viejos marinos, al igual que las sirenas que con sus cantos atraen a los acantilados a los infelices o las serpientes de inmensas fauces que se han tragado naves enteras. Vos, Rashid, ¿lo habéis visto en activo?

—Una sola vez; no sólo lo han visto estos ojos, sino que lo elaboramos mi hermano y yo.

—¿Y cuándo fue eso? —preguntó Martí.

—Antes de que Hasan partiera al destierro. —El anciano entornó los ojos, como si hiciera un esfuerzo por recordar, y se acarició la barba—. Éramos muy jóvenes y teníamos curiosidad por saber si el legado de nuestros ancestros era realidad o mera fantasía. De modo que en el tinglado que había al lado de nuestra casa nos pusimos a ello. Cuando culminamos nuestra obra, fuimos a una gran balsa que había en un campo adyacente y arrojamos a ella un viejo tronco. Luego le lanzamos una pequeña olla de barro colmada con el preparado. Lo que pudimos ver jamás se nos olvidó. El tronco ardió como la yesca y pese a que lo hundimos en el agua, aun sumergido continuó ardiendo hasta su total combustión.

Un denso silencio atrapó a los cuatro hombres. Luego Martí habló de nuevo.

—Si vuestro secreto sirve para rescatar a mi amigo el capitán Jofre, mi vida no tendrá días suficientes para agradecéroslo.

—Si el secreto de mi familia sirve para vuestros fines, apenas habré comenzado a pagar mi deuda —dijo solemnemente Rashid al-Malik.

40

El padre Magí

agí seguía frecuentando la mancebía de los aledaños de Montjuïc, evocando los apasionados momentos de su iniciación. Allí había conocido el tormento y el éxtasis. Aquella mujer le había conducido a través de las rutas del placer, desde el séptimo cielo hasta la sima de los infiernos. Al terminar cada una de las visitas, él le hacía la misma pregunta: «¿Me queda algo por aprender, Nur?». Y ella, mientras se lavaba en una palangana, respondía invariablemente: «Estás al principio». «¿Cuándo lo sabré todo?» «No tengas prisa, es un largo camino que no tiene fin y que hay que recorrer despacio.» Y hasta aquel momento la mujer había cumplido su promesa: cada vez buscaba una manera nueva y una forma diferente de saciar su pasión. Su sufrimiento cuando no podía ir al encuentro, era únicamente comparable a la gloria que alcanzaba en el momento supremo. Su conciencia le recriminaba todas las noches y en sus atormentados sueños siempre veía su alma sumergida en las calderas del Averno. La confesión del sábado era un suplicio. Obligado a hacerlo, mentía invariablemente, lo cual aumentaba su sensación de culpa. Y últimamente había cometido el más vil de los pecados: al no tener de dónde sacar dinero para calmar su lujuria, no había tenido más remedio que hurtar el dinero del cepillo de las limosnas.

Nueve habían sido las veces que había acudido al lupanar, y cada una de ellas había reclamado a la misma mujer, hasta el punto que a partir de la segunda vez, el encargado ya no volvió a preguntarle a quién quería: tras reclamarle el pago por adelantado, le introducía en una habitación y llamaba a voces a Nur. Ella, si no estaba ocupada, comparecía al punto. Sin embargo, él sabía que la espera era señal indudable de que estaba con otro cliente, circunstancia que le atormentaba el alma y lograba que un sudor frío empapara sus sienes.

Maimón, el eunuco servidor de Bernabé Mainar, andaba asaz ocupado. De una parte le honraba la confianza que su amo había depositado en él. Sin embargo de la otra, la carga del trabajo le agobiaba. Amén de ocuparse del orden de la mancebía situada en el caserón que en tiempos perteneciera a Martí Barbany, estaba al cargo del otro lupanar, ubicado en la falda oriental de la montaña de Montjuïc. Aunque su amo confiaba en él y le había dado amplios poderes, había dejado muy claras un par de cosas. Por un lado, si llegaba a su oído algo referente a Martí Barbany o a Eudald Llobet, debía comunicárselo inmediatamente; asimismo, debía señalar si alguien de calidad o algún eclesiástico iba a aliviar allí sus ardores. Ése era el motivo de que aquella mañana el jinete fuera a lomos de un pollino en busca de su amo. Llegó a su destino y al abrir la puerta del huerto se topó con Pacià, que cuidaba la huerta.

—¿Sabes si está el amo en casa?

—Debe de estarlo pues hace un momento ha venido Rania en busca de provisiones para preparar su comida.

Maimón dejó el pollino al cuidado del criado, entró en la casona por la puerta de atrás y se dirigió al gabinete de su amo; llegó hasta la artesonada puerta y golpeó con los nudillos, en aquel momento salía Rania llevando una bandeja vacía. Maimón, que conocía los humores y las costumbres de Mainar, le preguntó bajando la voz:

—¿Está de buen talante?

—¿No te han enseñado primero a saludar? —replicó ella—. Sí, hoy está de buen talante.

Una voz sorda sonó en el interior.

—Pasa.

El eunuco asomó la cabeza.

Mainar, al ver quién era el visitante, dejó a un lado lo que estaba haciendo.

—¿Qué te trae por aquí, Maimón?

El eunuco se introdujo en la estancia y quedó respetuoso al borde de la mullida alfombra.

—Amo, he seguido atentamente vuestras instrucciones y al hilo de las circunstancias, creo que tengo algo que contaros.

Mainar lo observó con interés.

—Siéntate, Maimón. Intuyo que es muy interesante.

El criado obedeció, extrañado y complacido, y pensó que de todo aquello iba a sacar rédito. Se sentó al borde del sillón y comenzó su explicación.

—El caso es, amo, que hará ya unos seis meses comenzó a acudir a la casa de Montjuïc un jovencito que desde el principio y por las maneras sospeché que era un clérigo. La sospecha se convirtió en certeza cuando, al segundo día, se quitó la especie de gorra que llevaba y pude observar su corte de pelo: una corona rubia de cabello finísimo rodeando una redonda y afeitada calva. A lo primero entró desconfiado, mirando a uno y otro lado, pero al paso de los días se fue aplomando y excepto la rareza de no querer acudir a la estancia general, se comportaba con más soltura. Como uno ya tiene experiencia sobre el ganado que viene a pastar, que es una de las principales virtudes que debe tener el regente de un negocio como éste, desde la primera vez le asigné a Nur, que más que esclava obligada, es hetaira que goza con su oficio y que me confirmó sin la menor duda que el jovenzuelo era un joven cura. Las visitas fueron menudeando y sin embargo el curita no quería conocer a otra mujer que no fuera Nur. Alguna vez que no pudo atenderlo enseguida, pues estaba ocupada, amén de rechazar la que yo le ofrecía, su rostro cambió y sus pasos midieron la estancia arriba y abajo, nerviosamente, una y otra vez. Y el último día se me reveló algo que creo puede ser importante.

—¿Y de qué se trata?

El eunuco, por el brillo del único ojo de su señor, intuyó que estaba en el buen camino.

—Instruí a Nur al respecto, y ella, siguiendo mis instrucciones, condujo el diálogo, antes y después de la cópula, por los vericuetos que, según me habíais dicho, más os interesaban.

—Te escucho atentamente, Maimón, si las cosas resultan ser como pienso, además del sueldo te habrás ganado una buena propina.

Los ojos del eunuco brillaron con avaricia.

—Señor, lo que supuse el primer día era cierto. Nuestro hombre es de parva condición: su madre, humilde viuda, ejerce de partera y malvive en Montjuïc, cerca de las canteras; para ahorrarse la comida y dar algo de cultura a su hijo, lo metió en la Pia Almoina, a fin de que, contagiado por el ambiente, pudiera surgir la vocación sacerdotal; si así era, mejor, y si no, lo tendría alimentado y vestido, al menos durante ocho o diez años y adquiriría una cultura que bien le habría de servir después en la vida. Al parecer, con el tiempo lo asignaron a la biblioteca y además ejerce de adjunto del arcediano y confesor de la condesa, Eudald Llobet.

Ahora el que se instaló al borde del sillón fue Mainar.

—Maimón, si resulta que el pececillo que ha caído en la almadraba sirve para mi plan, te habrás ganado el pan de tu vejez.

El gordo eunuco sonrió complacido.

—No es mérito, señor. Cumplir vuestras órdenes es obligación.

—Premiaré tu fidelidad y diligencia; soy amo severo, pero justo. Estoy acostumbrado a que se me obedezca, pero debo premiar a quien lo hace con tanta eficacia y esmero. Te diré lo que vamos a hacer: vas a ir haciendo pequeños favores a ese infeliz. Comenzarás por hacerle descuentos, algún día señalado lo invitas hasta que un día, cuando menos se lo espere, le dirás que el precio ha subido. Cuando proteste, argüirás que te estás comprometiendo y que, sintiéndolo mucho, debes negarle la entrada; si has hecho bien tu trabajo, te has ganado su confianza, y lo has encelado al punto que yo creo, pataleará y suplicará. Entonces deberás simular que te apiadas de él y le prometerás interceder ante mí, aunque con ello te juegas el cargo. Y ahora viene lo más importante.

Mainar se alzó de su asiento y se dirigió al baúl que estaba en el rincón. Maimón observaba sus pasos con curiosidad. Al poco de remover en un cajón el amo regresaba llevando entre sus manos una cajita de madera y cuero. Entonces, sentándose de nuevo y entregándosela, le habló solemnemente:

—Aquí te entrego, Maimón, el polvo de la felicidad; un único defecto tiene si el que lo usa desconoce la mesura: en la medida en que le complazca al principio, le hará su esclavo después, de manera que no podrá prescindir de él.

El esclavo tomó en sus manos la caja con gesto temeroso y reverente.

—Ábrela —ordenó Mainar.

Maimón así lo hizo, y observó en el fondo una hierba reseca.

—Entrégale a Nur un pellizco de esta hierba. Ella la quemará en un braserillo y obligará a su amado a que aspire el humo, pues de esta manera conocerá el más absoluto de los éxtasis. A partir de ese momento, el curita, sea quien sea, por volver a repetir este sueño, será capaz de matar a su madre.

41

Las despedidas

artí, asomado a la ventanuca de la torre de su casa, observaba Barcelona a sus pies. La ciudad había crecido hasta límites insospechados; las espadañas de las iglesias de Sant Jaume, de Sant Miquel, de los Sants Just i Pastor, y sobre todo el perfil de la catedral recortaban la línea del cielo que se expandía en su horizonte; el Tibidabo se divisaba al norte, la mole del palacio condal y lienzos de la muralla recortaban su visión por el este; por el oeste estaba Montjuïc, y por el sur el infinito azul mediterráneo. Aquél era su espacio vital y aquélla era la tierra que amaba, a la que tanto había ayudado a crecer y en la que quería ser enterrado.

La decisión estaba tomada, pero notaba que se le encogía el alma. Antes de emprender la azarosa aventura de rescatar a su amigo Jofre, capitán del *Laia*, el barco más antiguo de su flota, de las garras del pirata Naguib, debía tomar medidas importantes respecto a su familia y negocios, para no tener otro desasosiego que el buen fin de su viaje. El primer obstáculo era separarse de Marta, y pese a dejarla en palacio al cuidado de la condesa, donde continuaría su educación, y pese a saber que la decisión era una sabia medida, su corazón sangraba; luego, para que el éxito coronara su empeño, debía proceder con diligencia para que todo se desarrollara según el plan previsto, aunque era consciente de que debería tomar muchas decisiones sobre la marcha hasta que Manipoulos no hubiera hecho las correspondientes averiguaciones.

Los acontecimientos se precipitaban y aquella mañana había

decidido tener una larga conversación con Marta sobre su ingreso en palacio y otra con Ahmed, al que había designado como ayudante de Rashid al-Malik, y quien, una vez estuviera preparado el fuego griego, debía transportarlo hasta Apulia con Felet.

Martí Barbany, al que difícilmente arredraba alguna cosa, se dirigió nervioso a la terraza del primer piso, bajo cuyos soportales le aguardaba su hija. Cuando ya coronaba la escalera la divisó a través de una celosía. El corazón le dio un vuelco. Su hija era ya una mujercita y además la viva estampa de su madre a la edad que él la conoció. Su pensamiento voló desbocado a los días en que la pequeña Ruth se hacía la remolona sirviéndole limonada en el jardín de su padre a fin de conversar con él, hasta que Baruj, su viejo amigo y padre de la muchacha, la mandaba, con cajas destempladas, a reunirse con su madre o con sus hermanas; cosa que ella hacía contrariada y con el gesto agrio. Martí inspiró profundamente y con paso decidido accedió a la terraza.

La muchacha, apenas lo divisó, se precipitó a su encuentro, y tomándole las manos lo obligó a girar alegremente.

—Marta, por Dios, ya no eres una niña.

—Padre, sois tan caro de ver que cuando doña Caterina me ha comunicado que me esperabais a esta hora y en la terraza, me he tenido que pellizcar para asegurarme de que no era un sueño.

Martí la obligó a detener sus giros, y ella vio en el rostro de su padre que algo grave tenía que notificarle.

—¿Ocurre algo, padre?

Martí intentó eludir la inmediata respuesta.

—Ven, Marta, sentémonos en el mirador; ya eres casi una mujer, he de hablar contigo largo y tendido.

La muchacha siguió a su padre y ambos se instalaron en el banco de mimbre con almohadones que, mirando al mar, presidía la terraza. Martí observó a su hija con una mirada larga y contenida que no pasó desapercibida a la muchacha. Ella abrió el diálogo.

—Me tenéis inquieta, padre, ¿qué es lo que ocurre?

—Muchas cosas, hija, que me obligan a tomar decisiones que tal vez hubiera tomado más tarde.

—Os escucho.

Martí se removió incómodo.

—Verás, en momentos como éste echo de menos, más que nunca, a tu madre. Hay oficios y circunstancias que los hombres manejamos muy mal.

—Me inquietáis, padre. Imagino que lo que debéis contarme me atañe directamente. ¿Y no decís que soy ya casi una mujer? Habladme pues como tal.

—Las circunstancias han precipitado los acontecimientos, y tal vez han hecho que lo que iba a ser después sea antes, pero de cualquier manera, es mi decisión.

Los ojos de Marta interrogaban a su padre; éste prosiguió.

—He de viajar, hija.

—Siempre lo habéis hecho, padre.

—Esta vez será un larguísimo viaje. Por eso debo tomar ahora medidas que tal vez habría podido demorar unos meses.

—¿Y qué providencias son ésas?

—Decisiones que afectan a tu futuro y que implican un cambio importante en tu vida.

Ahora fue la muchacha la que se removió inquieta. Al punto que el roce de su adamascada almejía con el mimbre del respaldo del asiento sonó en la quietud de la mañana.

—¿Qué cambios son ésos, padre?

Martí intentó un hábil rodeo para presentar el plan a su hija de un modo convincente.

—Como te digo, Marta, voy a estar ausente mucho tiempo y va siendo hora de que me ocupe de tu educación como cumple hacerlo con una joven de calidad.

—Ya os ocupáis, padre. Tengo tutor y maestro en todas las disciplinas y puedo deciros, porque así me lo dicen, que en muchas materias estoy adelantada a las muchachas de mi edad —dijo la joven Marta con cierto orgullo.

—No me refiero al saber, Marta, sino a las costumbres de buena crianza y al conocimiento de personas que, sin duda, favorecerán tu futuro cuando por ley de vida no pueda yo ocuparme de él.

Una sombra oscureció los hermosos ojos de la muchacha.

—No me gusta oíros hablar así, padre.

—Ni a mí me gusta decirte estas cosas —repuso él con la más dulce de sus sonrisas—. Quiera Dios que tenga larga vida, pero eso nadie puede asegurármelo.

La muchacha insistió.

—Tengo junto a mí al padre Llobet, mi padrino, y a doña Caterina, ¿qué más puedo desear?

—A Eudald lo continuarás teniendo… En cuanto a doña Caterina, ha cumplido de sobra su misión a tu lado, pero a tu edad te urge otra compañía.

—Está bien, padre —cedió Marta —, no me opongo a ello; al igual que me habéis traído maestros y tutores, estoy dispuesta a recibir clases de quien dispongáis.

—No se trata de eso, Marta.

—Entonces, ¿de qué se trata, padre?

Martí exhaló un suspiro. Había llegado el momento de decirle cuáles eran sus planes.

—Estando yo ausente, esta casa puede parecer un páramo —empezó.

—Siempre he vivido en ella y jamás me he sentido sola —dijo Marta, extrañada—. Siempre están conmigo Amina, doña Caterina… todos, padre.

—Y precisamente por ello creo que a tu lado debe haber otras personas.

—Ya os he dicho que estoy dispuesta a recibir a quien queráis.

—La compañía que deseo para ti no viene; hay que ir a ella.

Martí extrajo un pañuelo de su ropón y se secó el sudor que perlaba su frente.

—Marta: he tenido la fortuna de que la condesa Almodis te admita en su corte; en mi ausencia vivirás en palacio.

La muchacha se tensó sobre el asiento como la cuerda de un arco y miró directamente a los ojos de su padre.

—¿Me estáis diciendo que debo dejar nuestra casa y dormir en palacio?

Martí tuvo que hacer un esfuerzo para que su voluntad no flaqueara.

—Verás a Eudald todos los días y tendrás los mejores maestros del condado; los mismos tutores que educan a las condesitas.

Marta se rebeló.

—No veo la ventaja, padre; tengo ya los mejores tutores y ésta es mi casa y quiero estar con mi gente.

—Ése es precisamente el problema —respuso Martí, levantando un poco la voz—. A tu edad, la gente que debe tratar diariamente contigo ha de ser otra, quiero que vivas en palacio. La educación de una joven de tu categoría no es únicamente su cultura; las personas que te rodearán todos los días pertenecen a las familias más influyentes del condado; llegará el día en el que tendré que escoger un esposo para ti de entre los hijos de los ciudadanos más preclaros de Barcelona y es bueno que conozcas para tu educación a gentes de las que podrás aprender muchas cosas.

Marta no cejaba.

—Con todo respeto, padre, ni quiero casarme y mucho menos conocer a nadie.

Martí recordó todavía con más intensidad el carácter de la madre de la muchacha, su querida Ruth, y las eternas peleas de ésta con su padre, su suegro Baruj, e intentó convencerla.

—Marta, no es misión de una muchacha escoger marido, yo soy el que debe decidir quién es la persona que puede desposarte. El dinero me ha abierto muchas puertas y mi condición de ciudadano, conseguida con tanto esfuerzo, me ha permitido alcanzar una posición que jamás hubiera logrado por nacimiento pero, mal que me pese, todavía tengo muchas puertas cerradas. Ahora es la ocasión: gracias a la buena disposición de la condesa Almodis, que ha decidido aceptarte en la corte a pesar de que no eres de noble condición, podrás alcanzar honores que a mí me fueron vetados. Para lo cual es imprescindible que vivas en palacio, y lo hagas rodeada de gente de calidad, para que tu presencia entre ellos sea tan habitual como la de cualquier dama. Como te he dicho, voy a estar fuera mucho tiempo. Sé que al principio será duro, pero a mi regreso bendecirás mi decisión, que por otra parte es inamovible.

Marta, que conocía muy bien a su padre, supo que aquélla era una medida sin posible retorno.

La muchacha se demoró unos instantes.

—¿Podrá venir conmigo Amina?

Martí se sintió incapaz de negarle a su hija aquel deseo.

—Si ella quiere y éste es tu gusto, sea.

—¿Puedo retirarme, padre? —solicitó Marta. Una lágrima pugnaba por salir de sus ojos y, sin embargo, se contuvo.

—Puedes hacerlo.

Marta se puso en pie dispuesta a retirarse.

—Ahora no lo entiendes, hija, dentro de unos años bendecirás mi decisión.

Omar aguardaba la llegada de su hijo junto a la entrada del enlosado patio. Hacía ya tiempo que el muchacho se había ido a vivir al molino, y la última vez que estuvo en la casa viendo a su madre, él había partido a una diligencia en las atarazanas, de manera que no pudo verlo.

Ahmed al ver a su padre en pie junto al gran arco de piedra de la entrada de la mansión de Martí Barbany, se estremeció; Omar, que siempre había sido flaco, ahora aparecía ante sus ojos pálido y enteco, la mirada acuosa y desvaída; en sus otrora tersas mejillas se dibujaban dos marcados y profundos surcos, sus orejas le parecieron extremadamente grandes y su tez había adquirido un tono oliváceo. En el encuentro, sin embargo, intentó guardar las formas.

Cuando ya Ahmed había descendido de su cabalgadura y un sirviente se llevaba el caballo a la cuadra, padre e hijo se abrazaron; luego tomaron distancia y se observaron mutuamente.

—¿Se encuentra bien, padre? Le veo algo pálido y usted está siempre al sol.

—Es esa maldita víscera que regula los humores que me trae a mal traer; nada le digas a tu madre, que me tiene cocido con sus monsergas. —Y luego, tras una pausa, añadió—: Ve a verla y antes de subir al gabinete del amo, aféitate esa barba, que no es barba ni es nada y no quiero recriminarte un día que te veo, pero tu desaliño más parece de un gañán de carga que de un siervo del Profeta.

Ahmed, que no quería ofender a su padre, se disculpó.

—Ha sido la premura, padre, estaba trabajando en el molino y han venido a buscarme; descuide que luego de ver a madre, me rasuraré para subir a donde el amo.

Ahmed atravesó el patio y tras introducirse en la casa descendió a las cocinas. Su madre estaba de espaldas inclinada sobre un caldero que bullía sobre el fuego de la chimenea, y repitiendo el juego que tantas veces había consumado de pequeño, se llegó hasta la mujer y con sumo cuidado le deshizo el lazo del delantal. Naima dejó escapar un grito, entreverado de sorpresa y alegría. Simplemente por la acción había reconocido la llegada de su hijo.

La mujer se giró rápidamente y las preguntas se agolparon en su boca sin orden ni concierto.

—¿Qué haces aquí? ¿Cuándo has venido? Tienes un aspecto desastrado, no entiendo por qué te has empeñado en vivir en el molino… Allí tu madre no puede ocuparse de ti. —Unos instantes después siguieron las preguntas—: ¿Te ha llamado el amo? ¿Has visto a tu hermana? ¿Te vas a quedar?

—He venido a ver a la mujer más hermosa del mundo, eso lo primero; todavía no he visto a Amina, la veré a la hora de cenar. Sí, me ha llamado el amo. Déjeme, madre, una jofaina de agua caliente y la navaja de padre; he de adecentarme, ¿no cree? —le dijo con una sonrisa.

La mujer, ante la noticia de que el amo esperaba a su hijo, se esmeró preparando las cosas, tomó un cazo y con un cucharón que alcanzó de la alacena, lo llenó con el agua caliente de la olla que estaba en el fuego, luego le dio una pastilla de jabón de sosa y de sebo que ella misma elaboraba. Después fue a su cuarto a buscar la navaja que usaba Omar y una cinta de cuero curtido y engrasada para afilarla y una lámina de metal bruñido que reflejaba la imagen del que se ponía ante ella y colocó todo al alcance de su hijo.

—Es usted la mejor madre del mundo.

—¡Anda ya, zalamero! Date prisa, no vayas a hacer esperar al amo.

Ahmed, tras quitarse la camisa, se untó la cara con la mezcla de agua jabonosa; y después de afilar en la cinta de cuero el filo de la navaja, procedió a rasurarse en tanto hablaba con su madre.

—Madre, ¿le pasa algo a padre?

La mujer se dio media vuelta, deteniendo su quehacer, y su rostro denotó una inmensa preocupación.

—¿Por qué? ¿Has notado algo?

—Lo he visto en el patio de la entrada, su color no es el de siempre. Tal vez, como usted lo ve cada día, no se haya dado cuenta.

—¿Cómo no voy a darme cuenta? Lo que ocurre es que es más tozudo que una cabra preñada y pese a las recomendaciones del amo y las del padre Llobet, que lo vio el otro día, se niega a que le vea el físico Harush, aunque le ha recetado una pócima que debe tomar antes de cada comida que hago yo hirviendo alcachofas, salvia y enhebro y algo le alivia. La otra noche se levantó hacia la madrugada y vació el estómago en la cuadra; en cuanto lo oí fui tras él sospechando que algo me ocultaba; cuando me vio me mandó para arriba con cajas destempladas pero me dio tiempo a ver el vómito, estaba veteado con hilos de sangre.

Ahmed, con medio rostro todavía enjabonado, escuchaba atentamente las palabras de su madre.

—Pero esto no puede ser, madre, habrá que hacer algo.

—Ahora vete, no hagas esperar al amo. Después de cenar, hablaremos.

Terminó el muchacho de componerse y luego de remeterse la camisa en las calzas, pasarse un trapo por los borceguíes, mojarse el pelo y alisárselo con la mano, partió hacia el gabinete del amo. Como siempre desde que era niño, al comenzar a subir la artesonada escalera el batir de su corazón se aceleró; enfiló el largo pasillo y se llegó hasta la puerta del gabinete, un rumor de voces se oía en el interior, y tras escuchar unos instantes llamó quedamente con los nudillos. La voz de Martí sonó en el interior.

—Adelante.

Ahmed abrió la puerta. Ya fuese por la solemnidad del momento o porque hacía tiempo que no estaba allí, el espacio le pareció mucho más grande y más solemne. Cuando se iba a retirar con una excusa viendo que el amo estaba con una dama, su corazón, en esta ocasión, saltó de gozo al caer en la cuenta, al girar ella el rostro, que la dama era Marta. ¡Dios, cómo había crecido! Su pequeña amiga, la compañera de juegos de su hermana, era ya una mujercita. Iba a saludarla cuando la muchacha se puso en pie y, tras demandar la venia a su padre, pasó por su lado, y saludándolo con un escueto «hola, Ahmed», como si lo hubiera visto el día anterior, se retiró. Al hacerlo observó que sus ojos brillaban denunciando un llanto reciente.

El muchacho vaciló un instante hasta que la voz de Martí despejó sus dudas.

—Pasa. Has venido muy deprisa.

—En cuanto he recibido vuestro mensaje, amo.

—Siéntate, Ahmed. Tenemos mucho que hablar.

Ahmed obedeció y Martí ocupó su lugar de siempre.

—Procedamos con orden y por partes.

—Os escucho, amo.

—En primer lugar, debo decirte que deberías regresar a casa y estar en ella todo el tiempo que puedas; lo que te digo no es una orden, es un consejo, soy yo el que te autorizó a vivir en el molino y no acostumbro a cambiar de opinión.

Ahmed intuyó lo que le iba a anunciar Martí.

—Es mi padre, ¿no es verdad, amo?

Martí asintió con la cabeza.

—Tu padre no va a demorar su encuentro con la muerte.

El muchacho sintió que una cuerda se rompía en su interior.

—Pero amo, si cuando me fui, y no hace tanto, se encontraba fuerte como un roble.

—Así son las cosas, Ahmed, hoy estamos y mañana no estamos.

—Y vos, amo, ¿no podéis hacer nada?

—Sabes bien que la cita la determina el de arriba, y cuando el tiempo se acaba, nada hay que puedan hacer los hombres.

—Mi padre siempre fue muy tozudo, si llamarais al físico Harush, tal vez...

—Ya lo he hecho. ¿Crees que te diría esto sin tener la certeza? El mal del cangrejo le ha atacado la víscera que filtra lo que comemos y se le está envenenando la sangre. El físico le ha recetado un filtro hecho con láudano para aliviar los dolores y extracto de alcachofa, que es muy buen depurativo para desinflamar el órgano e intentar ayudar su función, pero nada se puede hacer.

Ahmed enterró el rostro entre las manos y Martí respetó el momento, luego colocó afectuosamente su mano sobre las rodillas del muchacho.

—Créeme, lo mejor que puedes hacer es pasar el máximo tiempo posible con él, de no hacerlo así te arrepentirás toda la vida.

Ahmed alzó lentamente la mirada.

—Amo, jamás podré pagar mi deuda con vos.

—Te he dicho una y mil veces que no me debes nada. Tú y los tuyos habéis cumplido de sobra con vuestra obligación hacia mí, y de la misma manera yo he de cumplir la mía con vosotros. Y ya que me llamas amo te diré que según el padre Llobet y la Santa Madre Iglesia los deberes del amo hacia los criados son mucho más extensos que los de estos últimos hacia éste; el Evangelio dice que es más difícil que un rico alcance el reino de los cielos que un camello pase por el orificio de una aguja. De manera que os debo yo más a vosotros que vosotros a mí.

—De cualquier manera, amo, mi gratitud y la de los míos hacia vuestra persona es infinita y en estas circunstancias, vuestro consejo es como una orden. ¿Qué es lo que debo hacer?

Martí se alzó de su asiento y con las manos a la espalda comenzó a recorrer la estancia. Luego, tras una larga pausa, habló:

—En estos meses que has estado fuera, Ahmed, han sucedido muchas cosas. La vida de los moradores de esta casa ha cambiado mucho y ha de cambiar todavía más. Como bien sabes, el día que me pediste que te dejara vivir en el molino, alguien nos robó un barco; a su mando estaba el capitán Armengol que, además de un gran marino, es uno de mis mejores y más antiguos amigos; como comprenderás no lo voy a dejar en este trance. He de partir hacia las aguas meridionales de Italia y debo hacerlo con premura. Todo ello implica cambios; la condesa Almodis, en su bondad, ha admitido a Marta entre el séquito de las damas de palacio. Antes de mi partida, mi hija entrará a vivir en la corte y Amina, si éste es su deseo, irá con ella. Quiera Dios que tu padre viva mucho tiempo, pero cuando ocurra lo que está anunciado, deberás estar junto a tu madre. Finalmente, de ti dependerá en gran manera que podamos rescatar al capitán Armengol.

—¿De mí, amo?

—De ti, Ahmed. Alguien ha llegado a Barcelona cuyos conocimientos nos son imprescindibles para conseguir el fin que pretendo; pero para que los pueda poner en práctica me hace falta una persona de toda confianza que le asista en cuantas cosas le sean necesarias, que conozca a fondo la ciudad y que sea ciego y mudo testigo de cuanto vea. Este hombre eres tú.

—No alcanzo a comprenderos.

—Después lo entenderás. Van a venir a comer el capitán Munt y mi amigo de Kerbala en la tierra de Mesopotamia, Rashid al-Malik; después de la comida te reunirás con nosotros, entonces será el momento de explicártelo todo.

Desde el primer instante, el hombrecillo causó a Ahmed una profunda impresión: su frente atravesada por una miríada de arrugas, la nariz prominente, los ojillos hundidos y curiosos. Pero lo que más llamó su atención fue que el extranjero mostraba una anomalía notable: le habían cercenado la oreja derecha.

Recordaba que, tras los saludos de rigor y ya sentados bajo el ventanal, su amo le explicó el motivo por el que le había llamado:

—Ahmed, ésta es la persona de la que te hablé; el capitán Manipoulos y yo partimos de viaje, al frente de la casa quedarán el capitán Munt, Andreu Codina, Gaufred, el jefe de mi guardia, y tu padre, claro es, en tanto tenga fuerzas para hacerlo. En tus manos queda vivir aquí o en el molino; lo que está claro es que durante el día deberás poner todo tu empeño en lo que ordene el capitán Munt para servir a mi amigo Rashid al-Malik; de ello dependerá el éxito o el fracaso de nuestra misión allende los mares.

A una indicación de Martí tomó la palabra Felet.

—La tarea la llevarás a cabo en la gruta de Montjuïc donde antes envejecía el vino. El lagar ya ha sido sellado, la mitad de las botas retiradas y se ha montado todo cuanto el señor al-Malik ha demandado. Todo está preparado para que se pueda fabricar algo que es secreto, que es peligroso y que nadie deberá conocer ya que de ello depende la liberación del capitán Armengol y la vida de su tripulación.

Ahmed seguía atento el discurso y el capitán Munt prosiguió:

—Todo está colocado en anaqueles por el orden indicado, los productos en sus respectivos recipientes y cada uno de ellos marcado con un color diferente; aquí tienes la lista y los colores correspondientes, no debes olvidarla ni extraviarla. Mantendrás siempre encendidos dos hornillos que verás allí. También hallarás todo tipo de recipientes que mantendrás siempre perfectamente limpios. Ésta y no otra es tu tarea.

Ahmed intuyó que estaba ante un cometido fundamental para su amo. Su mirada interrogante y algo confusa se dirigió a Martí.

El que tomó la palabra fue Rashid.

—Mira, hijo, no te atribules. La tarea irá saliendo poco a poco… Enseguida te darás cuenta de que trabajar conmigo es muy fácil; lo que sí quiero que entiendas es que cada noche, cuando cierres el candado de la puerta de la gruta, todo lo que hayas visto o aprendido habrá de quedar allá dentro, no podrás decirlo ni comentarlo con nadie.

Martí advirtió la desazón de Ahmed y trató de tranquilizarlo.

—Tengo en ti toda mi confianza. Vas a ser testigo de una invención prodigiosa, algo tan importante que puede señalar un antes y un después en la vida del condado, y no sólo del condado sino también de todo el orbe mediterráneo: un arma tan mortífera que puede hundir un barco en medio del mar en pocos momentos y que, si es lanzada con una catapulta dentro de un castillo, puede acabar con sus moradores.

Ahmed estaba consternado.

—Amo, yo no sé si…

Martí palmeó cariñosamente la pierna del muchacho.

—Yo sí que lo sé. Eres la persona adecuada: joven, fuerte, fiel y decidido.

—Ignoro qué cualidades me adornan, pero tenéis asegurada de por vida mi fidelidad y la de mi familia.

Felet intervino de nuevo.

—Deberás ser consciente del peligro que corre toda persona al conocer este secreto. Si alguien sospechara que estás al corriente de él, podrías ser apresado y torturado hasta la muerte, y la misma suerte correría cualquier persona que, a través de tu confesión, pudiera sospecharse que también lo sabe.

Un espeso silencio, roto únicamente por el lejano sonar de una campana, se instaló entre los presentes.

La voz de Rashid sonó ronca y grave.

—Mi hermano y yo hemos sido depositarios de este misterio desde niños y ambos hemos llegado a viejos. Observa que todos tenemos dos orejas y una boca, de lo cual se infiere que hemos de escuchar dos veces y hablar una. —Sonrió—. Como se dice allá en mi tierra, «el hombre es el amo de sus silencios y esclavo de sus palabras». Todo dependerá de tu discreción, no lo olvides.

Ahmed asintió, consciente de la importancia de la misión que le encomendaban.

—Amo, por vos y vuestra familia estoy dispuesto a arrostrar cualquier peligro; decidme cuándo debo empezar y qué debo hacer al finalizar.

—Comenzarás mañana antes de que salga el sol; en cuanto a lo otro, todo se te dirá a su debido tiempo —le informó el capitán Munt.

—¿Puedo conocer el nombre de tan poderosa arma? —preguntó Ahmed.

Los tres hombres se miraron.

—Hoy por hoy no lo tiene, pero en su tiempo se llamó el fuego griego —dijo Rashid.

42

La partida de Martí

Los primeros rayos del sol acuchillaban la noche, que fallecía entre brumas. El perfil de la línea del horizonte comenzaba a dibujarse y desde el gobernalle del castillo de popa, el viejo Basilis Manipoulos daba las órdenes pertinentes para que el fierro del *Santa Marta* se despegara del limo del fondo de la playa de Santa Maria de les Arenes a la vez que el cómitre, paseando arriba y abajo por la crujía, ordenaba a las veintiséis hileras de tres bancadas de galeotes que comenzaran la boga. Los forzados de las dos inferiores, escogidos por Basilis, gracias a la gentileza de la condesa, entre la chusma de condenados por delitos muy graves y prisioneros de guerra tomados de las algaradas de la frontera que poblaban las mazmorras del conde, eran conscientes de que si sobrevivían a los avatares del viaje, su pena se vería no únicamente reducida, sino en circunstancias totalmente pagada; en su adusta expresión se podía percibir un aliento de esperanza. Cubrían sus cabezas con gorros de color rojo, una camisola parda ceñida a su cintura por un cíngulo de cuerda ocultaba sus calzas hasta las corvas; y en su tobillo, derecho o izquierdo según el lugar que ocuparan, a babor o estribor, una argolla por la que pasaba una larga cadena que los amarraba a la bancada. Cada remo de dieciséis metros de los que un tercio se hundía en el agua, estaba servido por tres hombres que, según la orden, bogaban o descansaban; cuando dormían lo hacían abrigados por un sobretodo con capucha hecho con fibras vegetales que les protegía del frío de la noche. Por contra, los componentes del primer piso de remos cercanos a la crujía eran galeotes enrolados libremente mediante un estipendio y que en caso de combate y a la orden del oficial correspondiente dejaban el banco y se convertían en soldados. Su armamento iba desde dagas, machetes y lanzas, hasta arcos y flechas, trescientas por cada arquero.

Por lo tanto remaban absolutamente libres, y por las noches, si no les tocaba boga, salían del banco y arrebujados en sus mantas dormían también bajo la tamboreta de proa, cubrían sus cabezas con gorros verdes que los distinguían de los forzados, y estaban autorizados a llevar consigo una bolsa con quincalla para poder hacer en los puertos pequeñas transacciones para mejorar su economía. En aquel momento, un torbellino de sentimientos encontrados se abatía sobre el alma de Martí, que apoyado en la amura de estribor observaba la maniobra de Manipoulos. Su mirada iba desde la chalupa que a través de las embarcaciones atracadas frente a la playa de la Barceloneta se abría paso guiando el trirreme hasta dejarlo en mar abierto hasta el hermoso mascarón de proa cuyo dorado perfil era la misma estampa del rostro de su hija, con el cabello al viento y mirando el horizonte.

Como cada vez que iniciaba una aventura una opresión atenazaba su pecho. Le preocupaba, en primer lugar, el rescate del *Laia* y por ende de su amigo el capitán Jofre Armengol; en segundo lugar, intuía que el secreto encargo de su condesa al respecto de la transacción con Roberto Guiscardo a fin de lograr el enlace del joven conde Ramón con la hija del Normando, Mafalda de Apulia, era misión que caso de prosperar, iba a darle el espaldarazo definitivo en la corte. Lo único que desazonaba su espíritu era el hecho de haber obligado a su hija a vivir en palacio al cuidado de la condesa, pues pese a considerar que era lo más conveniente para ella, la nueva situación no dejaba de entrañar sus riesgos. No podía olvidar el semblante lloroso de su hija, pidiéndole que la dejara permanecer en su casa, y su corazón de padre sufría recordando aquellas lágrimas. Había hecho lo que había creído mejor, se repitió, pero... ¿por qué era tan difícil negarle algo a su amada hija? Hacía sólo unas horas que la había dejado y su ausencia ya le dolía en el fondo del alma: era la primera vez que sus caminos iban a separarse por tan largo tiempo. En estas divagaciones andaba su espíritu cuando el cabeceo del *Santa Marta* y la potente voz del griego turbaron sus pensamientos, indicándole que estaban en mar abierto; siguiendo una inveterada costumbre, Manipoulos, acodado en la barandilla del castillo de popa, se disponía a arengar a la tripulación.

La voz de Basilis, cuando el cómitre detuvo la bogada, sonó rotunda venciendo el rumor del breve oleaje.

—Tripulación del *Santa Marta*, somos todos muy afortunados, desde el capitán al último grumete. Vamos a abandonar la triste rutina de cada día, los hombres libres de cubierta, la monotonía de su vida diaria, el pestazo de las lóbregas casas donde vivís, si a eso se le puede llamar vida, el intemperante carácter de vuestras parientas y el insoportable grito de la chiquillería. A cambio de ello, todas las noches mecerá vuestro sueño el rumor de las olas del mar y el crujir del maderamen de esta maravillosa nave. Tenéis el honor de participar en el primer viaje de este barco. No defraudéis la confianza que he depositado en vosotros, estad atentos a mis órdenes, cuidad la nao como cuidáis vuestro badajo, tenedla limpia y aseada y cumplid con vuestra obligación hasta el sacrificio. Si esto hacéis me tendréis de vuestro lado; en caso contrario conoceréis el gato de siete colas que sabéis, los que ya habéis navegado conmigo, que no tengo reparo en usar.

Luego dirigió la mirada hacia la crujía y habló para los del primer banco.

—Vosotros, buenas boyas, galeotes libres que habéis escogido este viaje y esta profesión, sabéis que al regreso habréis salido ganando en dinero y en experiencias. Quiero que cuando el cómitre ordene boga de ariete le deis al remo como jabatos, quiero que la quilla del *Santa Marta* vuele sin rozar el agua, mas si la campana del contramaestre os llamara a cubierta, os quiero prestos con la daga en la boca y la mirada fiera; sabed que en la mar no se pierde una batalla, se pierde la guerra. Aquí ni se pide ni se da cuartel.

Luego, se dirigió a los de abajo.

—Y ahora me dirijo vosotros, desechos del calabozo, chusma maloliente. El pago que he comprometido con vosotros en nombre de mis señores los condes es el más ventajoso de toda la tripulación. Unos cobrarán en dinero, otros en especies y otros en experiencias. Vuestro pago, si cumplís, será la vida. Los que volváis seréis libres; y tenéis mi palabra de que, si entramos en combate y existe la posibilidad de que nos vayamos abajo, a visitar a Neptuno, se os quitarán las cadenas. Bogad, y viviréis. Ahora bien, si no lo hacéis a conciencia, al regreso vuestra espalda mostrará más costurones que piojos alojará vuestra sucia cabeza.

Luego ordenó:

—¡Contramaestre! Servid a todos un vaso de azumbre.

Y en tanto la algarabía de los vasos de latón chocando uno contra el otro atronaba el aire, el griego, con paso solemne, descendía la escalerilla y se dirigía a proa donde le aguardaba un Martí Barbany de rostro impenetrable. El griego jamás se habría atrevido a decirlo, pero habría jurado que los ojos de su señor y buen amigo estaban teñidos de nostalgia.

TERCERA PARTE

El
DESPERTAR
del
CORAZÓN

43

El rehén

esde la escaraguaita del castillo de Cardona, situada en el ángulo norte de la almena que daba al camino, el centinela dio la voz:

—¡Hombres a caballo!

El oficial de guardia subió al adarve para ver mejor y, asomado entre dos merlones, pudo observar cómo la nube de polvo avanzaba a buen paso en dirección al estribo de la fortaleza. El reflejo del sol y la desmesura del polvo le impedían distinguir el estandarte que enarbolaba el abanderado, pero sin duda era un grupo notable, a juzgar por la importante tolvanera que levantaban los cascos de los equinos. En llegando a la base de la muralla, el que iba al frente alzó la diestra en tanto que, mediante un fuerte tirón de riendas con la otra mano, frenaba su cabalgadura. La tropa se detuvo y la polvareda fue disminuyendo. El oficial de guardia divisó el pendón del conde de Barcelona.

—¿Quién sois y qué pretendéis?

—¡Alzad el rastrillo! Soy Gombau de Besora, emisario de Ramón Berenguer, conde de Barcelona. Decid a vuestro señor que el viaje ha sido largo y proceloso. Él sabe bien a lo que vengo: os demando franca entrada, descanso y alimentos para mis hombres, y paja y pienso para los caballos. Y… ¡daos prisa, voto al diablo! ¡Que tengo poca paciencia y aún menos tiempo para dedicar a lo que aquí me trae!

Al reconocer el estandarte condal, el oficial de guardia resolvió ganar tiempo sin por ello dejar de cumplir con su obligación.

—Aguardad a que os anuncie y enseguida trataré de complaceros.

La diligencia del oficial fue notoria, pues al poco el portón empezó a abrirse en tanto que el ruido de cadenas y poleas denotaba que desde el interior iban alzando el rastrillo.

Gombau de Besora, al frente del pelotón, entró en el enlosado patio de armas y desmontó.

—Esperad junto al caballo a que yo regrese —ordenó a su segundo—. Que nadie desmonte. Cuidad de que el rastrillo esté elevado y el portón abierto, en caso contrario haced sonar el cuerno. Y vos —dijo, dirigiéndose al alférez portaestandarte—, acompañadme.

Gombau de Besora fue hacia el oficial de la guardia que, acompañado de un destacamento de seis hombres totalmente pertrechados, rodeaba al grupo, y dijo en tono que no admitía réplica:

—Llevadme ante vuestro señor.

Folch de Cardona sabía muy bien cuál era el cometido del indeseado visitante. Su castillo se alzaba en Cardona, en los límites de los dominios del rey moro de Lérida, en un altozano que dominaba el cauce del río Cardoner. En origen había sido una fortaleza romana compuesta de ocho torres cuadradas y macizas, y en su interior ahora se alojaba la iglesia de Sant Vicenç de Cardona. Sin embargo, su torre del homenaje aún guardaba la huella de sus recientes desavenencias con Ramón Berenguer I, conde de Barcelona, que se habían zanjado con una ignominiosa derrota. Cuando su alcaide le anunció la visita, ordenó avivar el fuego de las grandes chimeneas y, tras mandar que se enviara recado a la señora del castillo a fin de que permaneciera en sus aposentos, se instaló en el salón noble, compuso la figura ocupando su sitial y aguardó a que el visitante fuera introducido a su presencia.

Gombau de Besora, siguiendo al capitán de la guardia, acompañado por cuatro soldados y por su alférez, fue atravesando las estancias del castillo. Su sentido de la observación le hizo reparar en el orden de las dependencias y en la aparente actividad de todos los habitantes de la fortaleza, que se esforzaban por subsanar los daños causados y dejar de nuevo las estancias como estaban antes del infausto incidente. Las gentes trabajaban animosamente, según pudo ver, enmendando desperfectos en los almacenes, en la cisterna, en el secadero y en el camino de ronda. A su paso, los guardias de las consiguientes piezas inclinaban sus lanzas en señal de saludo y de esta guisa llegó a la sala noble, atravesando pasillos hasta llegar a una doble puerta, sujeta al muro por tres gruesas charnelas de hierro colado y custodiada por dos centinelas. El capitán intercambió unas palabras con uno de los hombres y éste, sin objetar nada, como si ya estuviera sobre aviso, se limitó a abrir una de las hojas e invitó a la comitiva a entrar en el salón.

Dirigiéndose a la tropa, el capitán dio una sola orden:

—Aguardad aquí. —Y mirando al ilustre visitante, añadió—: Si tenéis la amabilidad…

Besora, tras una seca inclinación de cabeza, entregó la celada a su alférez y le indicó que le aguardara fuera. La pareja atravesó el umbral de la puerta, y el embajador se percató de la circunstancia de ser recibido en aquel salón en vez de en la más solemne torre del homenaje: si alguien conocía el motivo, ése era él. Con pasos largos y decididos se acercó al sitial donde le esperaba el de Cardona; éste, cuando ya el distinguido forastero estaba a tres varas de distancia, se alzó de su sillón y, recogiendo en su antebrazo izquierdo el vuelo de su adamascada túnica orlada de armiño, descendió los dos peldaños de la tarima y se situó a la altura del visitante. Ambos hombres quedaron frente a frente.

—Ilustre señor, sed bienvenido a mi casa.

Aunque en su interior sintiera la quemazón del vencido, Folch de Cardona no tenía otro remedio que mostrarse deferente con el emisario de su vencedor.

Tras dejar sus guantes de cabalgar sobre una mesilla con gesto displicente, Gombau de Besora posó las manos sobre los hombros del señor del castillo, de una forma amigable y sin embargo tensa y protocolaria.

El de Cardona tomó la palabra:

—Ha muchas jornadas que esperaba vuestra visita. Sin embargo, debo confesar que me ha sorprendido no haber sido advertido. De haberlo sabido, hubiera preparado de alguna manera vuestra llegada. De cualquier modo, si preferís descansar antes de que hablemos del asunto que os ha traído hasta aquí, la cortesía del hospedaje y el cumplimiento de mis pactos con vuestro señor, el conde de Barcelona, me obligan a brindaros las incomodidades de mi actual casa. Lamento no poder ofreceros nada mejor.

El emisario advirtió la ironía.

—Tengo a mi gente en el patio de armas, y os agradeceré que les proveáis de cuantas cosas obliga vuestra condición de vasallo. —Esto último lo dijo remarcando la circunstancia—. En cuanto a mi persona, prefiero despachar el espinoso negocio que me ha traído e intuyo que será mejor partir de inmediato que aceptar vuestra hospitalidad.

—No dudéis, señor, que mi palabra está por encima de cualquier condición y que la gente de mi estirpe siempre ha hecho honor a sus pactos. —Folch de Cardona se dirigió al capitán de su guardia—: Que los hombres del embajador se acomoden en mi casa y proveedles de cuanto necesiten.

—Cumplid lo segundo —le instó Gombau de Besora—. Lo del acomodo lo dejaremos para más tarde.

Tras un tenso silencio, Folch de Cardona se volvió hacia el ilustre visitante y añadió:

—Como mejor os plazca, pero creo que hablaremos mejor acomodados.

El capitán partió, y el vizconde de Cardona indicó al de Besora, con un gesto, una larga mesa de torneadas patas rodeada de sillas. El amo del castillo tuvo buen cuidado de no ocupar la cabecera para no ofender la sensibilidad del irascible huésped. Cuando estuvieron acomodados uno frente al otro, el emisario tomó la palabra.

—Lamento, vizconde, las circunstancias que me traen a vuestra casa, pero sabed que soy un simple mensajero que cumple órdenes.

El emisario condal extrajo de su faltriquera un pergamino con la intención de entregarlo a su oponente.

El otro lo detuvo con un ademán.

—Sé lo que traéis y también lo que firmé. No necesito releer pergamino alguno.

Un espeso y hosco silencio se abatió entre ambos antagonistas.

—Es la copia de los pactos de Manresa —recalcó Gombau.

—Insisto: es innecesario que me mostréis un documento que he releído cien veces y del que me he arrepentido otras tantas —dijo Folch de Cardona, con la voz teñida de amargura.

—Lo lamento, pero así son las cosas. No fui yo el que se alió con el reyezuelo de Lérida, Sulaiman Ben Hud, contra mi señor. Creo que os equivocasteis de bando, señor, y éstas son las consecuencias.

—Mucho habría que debatir sobre el hecho, pero la razón siempre asiste al vencedor. Al que pierde le queda la justificación moral, y si vuestro señor ataca a alguien que es mi aliado desde antes de que él inicie las hostilidades, no me deja otra alternativa que hacer honor a mi palabra. Vuestro señor sabía que me obligaba a la guerra en la frontera —puntualizó el vizconde de Cardona.

—Sabéis perfectamente que no fue un hecho gratuito. Decidme, ¿qué debe hacer el conde de Barcelona cuando un vasallo que debe pagar las parias anuales, pese a las insistentes reclamaciones, se niega a cumplir lo pactado? Si lo permitiera y mostrara tal flaqueza, al poco nadie cumpliría con sus obligaciones. Lo lamento, pero evidentemente os aliasteis en el bando equivocado. Asimismo, creo que, antes de decantaros por un partido, deberíais exigir a vuestro aliado que cumpla con sus compromisos… ya que de otra manera tal alianza os puede causar gran menoscabo, e involucraros en innecesarios pleitos, que es lo que al fin y a la postre ha sucedido.

—Ahora ya son vanas disquisiciones que a nada conducen y debo asumir mis responsabilidades, pero quiero deciros algo antes de proseguir.

—Os escucho —dijo el de Besora, respetuoso.

—En el asedio fui humillado y fue abatida mi torre del homenaje, como bien sabéis. A pesar de que ya se está reconstruyendo, el costurón infamante siempre quedará como infausto recuerdo de la aciaga jornada. Así lo asumo; es por ello que os recibo aquí, y por lo que pagué puntualmente las parias a las que fui sometido por causa de esta guerra... Lo hice y lo haré —afirmó el de Cardona con contundencia—. Sin embargo, nada me duele más que el hecho de que os llevéis a mi hijo Bertran a la corte de Barcelona, como rehén del conde. Amén de la desconfianza que ello implica, sabed que va a significar la muerte de mi esposa, la vizcondesa Gala. Ved si no sería posible enmendar el pacto instrumentando otra condición. —En el tono de Folch de Cardona se advertía lo mucho que le costaba expresar esa petición.

El de Besora se acarició la poblada barba.

—Sabéis que lo que me pedís no está en mi mano, pero tened en cuenta que vuestro hijo será tratado con el mayor de los respetos en la corte condal. Mi señor no quiere hacer enemigos, sino aliados. —«Y asegurarse de que esos aliados siguen siéndolo», pensó el de Besora, aunque no lo dijo.

—Apenas ha cumplido los quince años. ¡Es sólo un muchacho!

Gombau de Besora permaneció en silencio. Una pausa tensa se estableció entre ambos caballeros. Gombau de Besora decidió zanjar la conversación sin dar pie a más requerimientos.

—Lo siento, no está en mi mano complaceros. Vos perdisteis esta guerra y debéis sufrir las consecuencias.

Folch de Cardona bajó la mirada ante la verdad incontestable y exhaló un hondo suspiro.

—Está bien —dijo por fin—. Decidme si os quedáis o preferís partir. Lo que tenga que ser, que sea pronto —concluyó con voz ronca.

—Si me ofrecéis esa disyuntiva, prefiero partir.

La tensión entre ambos hombres era patente.

El vizconde tomó una campanilla de plata que estaba encima de la mesa y con un ligero movimiento de la muñeca la hizo sonar. Al punto se abrió la puerta y el capitán de la guardia asomó la cabeza.

—Mandad, mi señor.

—Decid a Bertran que se prepare para un largo viaje. Cuando

esté listo, enviádmelo… Nada digáis a la vizcondesa y procurad que no se entere de nada hasta que hable yo con ella.

Partió el soldado a despachar la encomienda y ambos hombres quedaron en silencio.

—¿Os puedo ofrecer una copa de vino? —dijo el anfitrión, que pese a la circunstancia no quería pasar por alto las normas de cortesía.

—Os lo agradeceré —aceptó Gombau de Besora. Para aliviar la tensión del momento, añadió—: Tened por cierto que nada le sucederá a vuestro hijo mientras se halle en Barcelona. Tanto el conde como la condesa Almodis se ocuparán de ello.

El de Cardona se hizo traer una jarra de vino y dos cuencos, escanció el ambarino líquido en ambos, a la vez que decía al desgaire, como sin darle importancia:

—No es lo que tengo entendido sobre el trato que la condesa dispensa a su hijastro Pedro Ramón, el hijo de la difunta Elisabet.

Gombau de Besora encajó el golpe. Era notoria y pública la hostilidad de la tercera esposa del conde hacia el hijo mayor de Ramón Berenguer I.

—Eso son comadreos de mercado en los que ni debo ni quiero entrar —dijo, adoptando una expresión impasible—. Creedme, son habladurías de viejas cotillas que a nada conducen. Os puedo asegurar que vuestro hijo será tratado con el respeto que merece alguien de su estirpe.

En ésas estaban cuando se abrió la puerta y entró en la estancia, acompañado del capitán, un muchachito de unos quince años, mediana estatura, pelo castaño ensortijado, mirada noble y despierta, y facciones que denotaban su alta cuna, que sin rubor alguno se acercó a su padre y preguntó:

—¿Me habéis mandado llamar?

—Sí, hijo mío. —Entonces, dirigiéndose al huésped, añadió—: Quiero que conozcas a Gombau de Besora, embajador y senescal del conde de Barcelona —y señalando con un gesto al muchacho, aclaró—: Éste es mi hijo, Bertran.

El muchacho, adelantándose con paso firme y seguro de sí

mismo, inició una leve reverencia interrumpida por el emisario condal.

—Bienvenido, señor, al castillo de Cardona. Los huéspedes de mi padre siempre son bien recibidos, si vienen en son de paz.

Al noble barcelonés le extrañó la fórmula del protocolario recibimiento y el desparpajo del joven.

—Los emisarios del conde de Barcelona no desean otra cosa que la paz y la prosperidad en los condados de sus vasallos.

El rostro del joven adquirió una tonalidad púrpura.

—Mi señor padre, el vizconde de Cardona, no es vasallo de nadie. Los avatares de la guerra no le fueron propicios, eso es todo, y tiene que cumplir su palabra, pero aparte de pagar las parias hasta liquidar su deuda no es, ni será jamás, vasallo de nadie. Confundís, señor, los términos: una cosa es ser tributario y otra vasallo.

El vizconde de Cardona miraba orgulloso a su hijo en tanto que a los ojos del de Besora asomaba un vivo destello, mezcla de asombro e ironía.

—Sería una interminable disquisición entrar ahora en terreno tan incierto. De lo que no cabe duda alguna es de que vos vais a residir durante unos cuantos años en el palacio del conde de Barcelona.

El muchacho dirigió la mirada a su padre.

—Como ya te expliqué, hijo mío, irás a la corte de Barcelona. Espero que dejes nuestro noble apellido y la alcurnia de esta casa al nivel que debió estar siempre. No olvides quién eres y el linaje al que perteneces. —Dulcificó un poco el tono para añadir—: Hoy te has hecho un hombre, digamos que prematuramente, pero quiero que sepas que he depositado en ti todas mis esperanzas. Partirás de inmediato y morarás en Barcelona.

Un silencio espeso se instaló entre los presentes. Al cabo de un tiempo, Bertran lo quebró.

—Está bien, preparé mis pertenencias y, tras despedirme de mi madre, la vizcondesa, partiré.

—Todas tus cosas están ya en el patio de armas —repuso su padre—. En cuanto a despedirte de tu madre, es mejor evitarle ese trago tan amargo. Ya le explicaré luego tu partida. —Al ver que el muchacho dudaba, el vizconde añadió—: Ésa será la primera prueba de tu hombría.

Bertran intentó que su tono no revelara su pesar.

—Imagino, padre, que podré llevar conmigo a Blanc.

—Tu corcel irá contigo, hijo mío.

Para aliviar la tensión del momento, Gombau intervino.

—En la corte hallaréis, sin duda, corceles que ahora ni podéis imaginar.

—Como el mío no hay otro. Por más que no quiero contraer deuda alguna con el conde de Barcelona, os ruego que no lo olvidéis.

—No veo ningún impedimento para ello, aunque tendréis que ocuparos de él personalmente —advirtió Gombau de Besora.

—Nada puede producirme mayor placer —replicó Bertran.

Tras esta réplica, el muchacho hincó la rodilla en tierra demandando la bendición de su padre, y una vez obtenida, abandonó la estancia, no sin antes inclinar secamente la cabeza ante el emisario barcelonés, que no salía de su asombro ante la actitud del joven.

Al poco se alzaba el rastrillo y la tropa partía hacia Barcelona. En la ventana germinada del dormitorio principal, el perfil de una dama de largas trenzas asomaba medio oculto tras el grueso cortinaje.

44

Marta en palacio

Aquel año de gracia de 1071 que recién empezaba había traído más novedades a la vida de Marta que los doce anteriores. Su padre se había mostrado inflexible y antes de partir para aquella larga y al parecer complicada expedición, la había depositado en palacio en compañía de su amiga y servidora Amina. Cuando, desde una de las ventanas del primer piso, lo vio partir, sintió que el mundo se desmoronaba. Su padre se alejó, acompañado del capitán Munt y de Eudald Llobet, montado en su caballo y sin volver la vista atrás. En aquel instante sintió que únicamente la mano de Amina apoyada en su hombro la enlazaba con su pasado.

Durante los primeros días en su nueva morada los ecos de las grandes estancias, la multitud de rostros desconocidos, y las diferencias entre las costumbres palaciegas y las de su antiguo hogar, la habían turbado profundamente. Añoraba la libertad de movimientos de su vida anterior. En palacio, las damas debían seguir una rutina que comenzaba con los rezos del alba y terminaba con las clases de bordado a última hora de la tarde. Marta se percató enseguida de que, en contra de su costumbre, allí no era el ama, sino una más entre las jovencitas de buena familia que formaban el cortejo de la condesa Almodis. Ésta, a la que había visto sólo un instante rodeada de su gente en su pequeño camarín, se había mostrado con ella gentil y amable. Lionor, su primera dama, le había mostrado parte del palacio y, por supuesto, su habitación y la pequeña antecámara donde, en un catre, descansaría Amina. Ella misma le había informado también de sus deberes y del trato que debía usar con el conde y sus hijos. Y, finalmente, le había presentó a Delfín, el enano bufón de Almodis que, sin quererlo, le arrancó la primera sonrisa de su estancia en palacio: doña Brígida, una de las damas de la condesa cuyo peculiar rostro caballuno había llamado la atención de Marta, le preguntó si le habían mostrado las inmensas cuadras; Delfín, al desgaire, como quien no quiere la cosa y en tanto jugaba con los bolillos de hacer encaje de la condesa respondió, cuidando de estar lo suficientemente alejado para que su integridad no peligrara: «Señora, Marta está muy bien educada y es incapaz sin duda de irrumpir en vuestras habitaciones sin que estéis vos presente».

Las damas, ocultando su rostro tras sus respectivas labores, no pudieron evitar una sonrisa ante la malintencionada ironía del enano, en tanto doña Brígida, ofendida, lanzaba a Delfín una mirada asesina. Él, por si acaso, ya se había refugiado tras las faldas de la condesa.

Ya al anochecer, después de la cena, Marta había tenido ocasión de conocer a los dos hijos gemelos, Ramón y Berenguer, y a la condesita Sancha, dos años mayor que ella, que le dirigió una cálida sonrisa.

En las primeras noches le costó mucho conciliar el sueño. Amina y ella agotaban las candelas hablando hasta la extenuación, se despertaba varias veces y a tientas, guiada únicamente por la luz de la luna que entraba por la ventana, iba a comprobar, casi con miedo, que su amiga dormía junto a ella. Ya de madrugada caía rendida, y en sueños se le aparecía el severo rostro de su padre, disgustado ante su resistencia de entrar en palacio, recomendándole que fuera buena y aprovechara aquella ocasión única que le ofrecía la vida de educarse entre gente tan importante. Despertaba compungida, con el corazón encogido y lágrimas en los ojos.

Sin embargo, a medida que fueron pasando las semanas, la curiosidad fue reemplazando a la añoranza y Marta, ya habituada a la rutinaria vida plena de obligaciones que llevaban las damas de palacio, empezó a observar lo que la rodeaba con ojos perspicaces. A sus doce años, había vivido toda su existencia rodeada de adultos, y los moradores del palacio condal le ofrecían un abanico inesperado de personajes a los que estudiar. Por un lado estaban sus compañeras al servicio de la condesa, todas ellas de noble alcurnia: Araceli de Besora, Anna de Quarsà, Eulàlia Muntanyola, Estefania Desvalls y Adelais de Cabrera. El nombre de esta última le resultó enseguida familiar, aunque tardó unos días en caer en que se trataba de la joven a quien la criada Gueralda había servido antes de entrar en la casa de Barbany y a quien siempre ponía como ejemplo de buena conducta. Sin embargo, lo que centraba su atención, y la de todas las damas, eran los hijos de los condes, Ramón y Berenguer, y sus hermanas, Inés y Sancha, de las cuales la primera estaba ya prometida en matrimonio con Guigues d'Albon. Marta apenas había cruzado una palabra con Inés, pero empezó a intuir que podría trabar con la amable Sancha una buena amistad. En cuanto a los gemelos, lo primero que sorprendió a Marta fue que nadie que ignorara esa condición se atrevería a aseverar que eran ni tan sólo parientes. Sus físicos eran francamente dispares: Ramón era alto, atlético y proporcionado, lucía una melena rubia, heredada sin duda de la familia de su madre procedente de allende los Pirineos, cortada a lo paje, ojos claros, mirada franca, y una simpatía natural que encandilaba a propios y extraños, sobre todo a las damas. Según le habían comentado, era aficionado a la caza, particularmente a la cetrería, y un consumado adiestrador de halcones. Decían que su otra pasión era la música y era asimismo un consumado tañedor de vihuela cuya maestría lucía en las veladas trovadorescas que organizaba su madre, Almodis, todos los años. No podía decirse, pensaba Marta, que la naturaleza hubiera sido igual de generosa con Berenguer, el otro gemelo. Era éste bajo y moreno, de pelo ralo y cetrino de piel; había algo torvo en su mirada; sin embargo, y pese a su escasa estatura, era sin duda tremendamente fuerte. Nada lo distinguía como de noble cuna. A pesar de lo poco que llevaba en el palacio, Marta había oído hablar de sus repentinos ataques de furia, su afición al vino y a los tugurios, a los que acudía disfrazado por temor a ser descubierto, y su gran pasión por las mujeres, de cualquier estado y condición. Ambos mellizos nada tenían que ver y mentira parecía, pensaba Marta, que fueran de la misma madre y del mismo padre.

Marta era la más joven del séquito de la condesa y en sus primeros días en palacio su semblante era tan triste que Almodis, informada por doña Lionor de la añoranza que sentía la muchacha, le permitió ir a su casa en un par de ocasiones, ya que lo cierto era que se encontraba muy cerca de palacio. Eso sí, siempre que hubiera cumplido con sus obligaciones, fuera acompañada por una de las damas y alguien de la guardia. Visitas que se fueron espaciando a medida que la joven se iba acostumbrando a su nuevo hogar y a sus nuevas obligaciones. Dejando a un lado las propias de las damas al servicio de la condesa, tres días por semana seguía recibiendo instrucción del padre Llobet, quien, con el fin de mantenerla ocupada, le imponía toda una serie de lecturas. Adelais de Cabrera, sin dirigirse a ella, había comentado en voz alta que aquel afán de ilustrarse poco iba a servirle a «una plebeya como Marta Barbany». Fue la primera vez que Marta oyó ese comentario en tono decididamente despectivo. Aunque su padre le había recalcado el honor que suponía que una joven que no procedía de la nobleza fuera aceptada en palacio, hasta ese momento no se había planteado que ella fuera inferior en modo alguno al resto de las damas de la corte. El comentario malintencionado la hirió y durante días sólo pensó en regresar a su casa, al lugar donde se sentía protegida, cuidada y querida. Por las noches comentaba esos deseos con Amina, quien se encargaba de consolarla y repetirle que ella valía mil veces más que esa Adelais, por nobles que fueran sus progenitores… Sin embargo, en honor a la verdad, no habían sido las tranquilizadoras palabras de Amina las que la habían conformado con su nueva vida en palacio. El motivo, en realidad, era otro. La tarde que el emisario condal regresó de Cardona, lo hizo con un nuevo huésped. Marta estaba en el salón privado de la condesa, junto a Sancha y dos de las damas, recibiendo clases de bordado de doña Lionor: trabajaban con hilos de colores, sobre un tapiz de tirante cañamazo tensado en un cuadrado bastidor de madera, cuando oyeron, a una hora inusual, voces y ruido de cascos en el patio de caballos. Las cuatro se precipitaron a la vez y se asomaron por la abertura del lobulado ventanal, atraídas por tan anómala circunstancia. Al frente del grupo iba la imponente figura de Gombau de Besora, que en aquel instante descabalgaba de su poderoso caballo y entregaba las bridas al menescal de cuadras. Los soldados hacían lo propio a la voz de mando del sargento. Una figura permanecía quieta sobre un hermoso corcel cuando la palabra del capitán sonó rotunda y autoritaria.

—¡Desmontad y seguidme!

Sin mostrar el menor temor ante la imponente voz del guerrero y ante el asombro de los propios soldados, se escuchó clara y alta la voz del muchacho que montaba el brioso corcel.

—Mi nombre es Bertran de Cardona, señor, os ruego que no lo olvidéis, y gracias a Dios no soy sordo.

45

El paraíso perdido

agí vivía en un infierno. A pesar del éxtasis que acompañaba sus visitas a Nur, acentuado ahora por las mágicas hierbas cuyo humo ella de vez en cuando le dejaba aspirar, cuando estaba a solas su imagen reflejada en las aguas del estanque o en cualquier superficie bruñida le producía una repugnancia invencible. Magí había recurrido a los más viles medios y abusado de la persona que más le quería, su madre: al no poder sujetar sus instintos de visitar a Nur, la había convencido para que, a través de su vecina, enviara al padre Llobet el recado de que estaba enferma y que precisaba los cuidados de su hijo de una forma continuada. Su mentor, tal y como esperaba, le autorizó a ausentarse del convento cuando fuera preciso, aunque por vez primera asomó al rostro del anciano clérigo la sombra de la duda, no tanto por la enfermedad de la madre de su coadjutor sino por la ansiedad que parecía consumir a éste. El siguiente paso de su ignominia fue comparecer frente a Aser ben Yehudá, respetado cambista y pignorador judío, con la caja de partera de su madre bajo el brazo con el fin de que le diera a cambio de ella los sueldos que le faltaban para poder gozar de Nur. Su madre, al echar en falta aquel, para ella, tan importante medio de subsistencia, rompió en sollozos y maldiciones contra su hijo, que después se transformaron en súplicas. Magí le juró que recuperaría la caja, sabiendo que ello era imposible, mas no sólo incumplió su juramento sino que al cabo de otra semana se presentó de nuevo ante el cambista con la escritura de la tumba donde estaba enterrado su padre y donde en el futuro habría de enterrar a su madre, con la intención de empeñarla.

El judío le interrogó.

—¿Estáis seguro de que queréis empeñar eso?

Magí, insolente, respondió:

—¿Creéis acaso que vendría hasta vuestra casa si no estuviera seguro?

—Es que si no pagáis en el plazo previsto, habrá que vaciar la sepultura, y los huesos del cadáver que allí se encuentren tendrán que ir al osario.

—Creo que cuando se cruza al otro lado, lo que se haga con los restos de uno poco importa.

El judío se encogió de hombros, volvió a leer detenidamente el documento y tras ordenarle que pusiera su señal al pie, le entregó el dinero.

Magí había prometido a Nur que el jueves iría a visitarla, y a la hora en punto, como era su costumbre, su mano obligaba a la aldaba a golpear la gruesa puerta. La espera esta vez fue muy breve, y apenas transcurrido un momento apareció en el dintel el inmenso eunuco.

—No os esperaba hoy por aquí, no acostumbráis a venir los jueves.

—Imagino que vuestros clientes no os dan cuenta de cuándo van o vienen —replicó Magí, incómodo.

—No lo toméis a mal, es por mejor serviros; pero haced la merced de pasar, no es bueno tratar estos negocios en la calle.

Y haciéndose a un lado el eunuco dejó franca la entrada.

Magí se introdujo en el recibidor asediado por un mal presentimiento, y en tanto Maimón cerraba la puerta oyó su voz a la espalda.

—De haberlo sabido, Nur no estaría tomada.

Como cada vez que esto sucedía, un ahogo subió hasta la garganta de Magí.

—¿Qué queréis decir?

—A eso venía mi comentario anterior… —explicó Maimón—. De haber sabido que vendríais, hubiera procurado que estuviera desocupada. Pero pienso que quizá sea mejor que aprovechemos la coyuntura y hablemos un poco. Seguidme si sois tan amable. —Maimón sonrió para sus adentros. Nur estaba más que ocupada con su cliente favorito, un tal Tomeu con el que consumía más tiempo del autorizado, y eso le daba la oportunidad de hablar un rato con el curita.

Magí, tembloroso, intuyendo que algo anómalo ocurría, siguió al hombre; éste le condujo al saloncito que tan bien conocía.

—Tomad asiento ya que, antes de que os ocupéis, he de comunicaros las nuevas normas.

Magí, con un hilo de voz, indagó:

—¿De qué se trata?

—Han subido los precios: el tiempo que acostumbráis vale ahora dos sueldos.

El color huyó del rostro del joven.

—¡Pero eso es casi el doble!

—Son las normas, el negocio no es mío.

Magí meditó un momento.

—No me llegan los dineros, ¿me podéis fiar?

—Lo siento, no puedo; también son las normas.

—¡Pero eso es un atropello! —protestó Magí, casi al borde de la desesperación.

—Yo sólo soy un mandado. El amo dice que entiende que la gente se empeñe para comer, pero que para holgar hay que venir con el dinero en la mano.

—Pero habrá alguien que pueda hacer algo —insistió Magí.

El eunuco hizo como si dudara.

—Sois un hombre afortunado, hoy está aquí el dueño.

—Dejad que lo vea. ¡Si hacéis esto por mí, os quedaré eternamente agradecido!

—No os aseguro nada, voy a ver.

Desapareció Maimón por el cortinón del fondo dejando a Magí con el alma en vilo.

Al cabo de un tiempo que se le hizo eterno, unos pasos anunciaron al nuevo visitante. La cortina se apartó y apareció ante Magí un hombre singular; alto, huesudo, el pelo partido en dos por una crencha blanca y luego recogido en una coleta, ropón de color arena, medias marrones y borceguíes de buen cuero. Sin embargo, lo que más sobresalía del conjunto era el parche negro que cubría su ojo izquierdo.

El hombre se llegó a su lado con parsimonia y le tendió la mano para presentarse.

—Bernabé Mainar, vuestro humilde servidor.

Magí, casi sin querer, se puso en pie y tomó la mano que le tendía el otro.

—Mi nombre es Magí Vallés —mintió.

El tuerto se sentó en el sillón, invitándole a hacer lo mismo.

—Me dice mi hombre que sois buen cliente y que tenéis un problema. Casualmente, estoy hoy aquí para atenderos.

Magí vio el cielo abierto.

—Así es, señor; me comunica vuestro encargado que han subido los precios y me encuentro sin numerario suficiente. Quisiera ocuparme con una de vuestras pupilas. La semana próxima sin falta vendría de nuevo y pagaría mi deuda…

El tuerto hizo como si dudara.

—Pedidme cualquier cosa menos eso. Acabo de establecer una norma y no resultaría serio que me desdijera: son demasiados los que vienen a refocilarse a mi casa y después se olvidan de cumplir su parte del trato. Comprendo que un hombre de bien se empeñe por dar de comer a sus hijos, pero la diversión hay que pagarla. Además, estas cosas admiten espera. Volved mañana y la muchacha que escojáis será vuestra.

Magí sudaba y Mainar se dio cuenta.

—Me es imposible —mintió de nuevo—, soy mercader y mañana parto.

—No hay cuidado, esta casa no va a cambiar de lugar, y si os habéis contenido, a vuestro regreso vuestro placer será más profundo.

—Os ruego que tengáis en cuenta la excepción que os pido —dijo Magí, en tono suplicante—. Paro poco en Barcelona, mi situación familiar es complicada… Tened por cierto que os pagaré; pero os ruego que me dejéis a la muchacha que siempre escojo por esta única vez.

—Perdonadme —le atajó Mainar—, pero esta monserga ya la he oído otras veces. Si no tenéis el dinero, no podréis desahogaros. ¿Sabéis lo que ocurre? Que yo no soy un comerciante al uso al que si no compran una pieza de tela la vuelve a colocar en el estante y santas pascuas. Da la casualidad de que vuestro juguete come todos los días, duerme y se acicala con aceites, pomadas, baños... En fin, todo lo que comporta este negocio para que vos halléis la mercancía en perfecto estado. Y eso cuesta mucho dinero y no admite espera.

Y con estas palabras, Mainar se puso en pie dando por finalizada la entrevista.

Magí hizo lo propio.

—Os lo ruego. ¿No habría manera?

El tuerto pareció atravesarlo con su único ojo y tomó de nuevo asiento como reconsiderando la cuestión.

Magí, temblando, hizo lo mismo.

—Se me ocurre que tal vez podríais pagar en especies.

Magí vio el cielo abierto.

—Lo que sea, dadlo por hecho.

La expresión del tuerto cambió súbitamente.

—Dejémonos de subterfugios, ¿no sois acaso un hombre de Dios y vuestro cargo es el de coadjutor del padre Llobet?

Magí se quedó de una pieza.

—¿Cómo lo sabéis?

—Precisamente eso no viene al caso; yo sé muchas cosas. ¿Pero estáis o no estáis cerca del padre Llobet?

—En efecto, soy su coadjutor.

—Así pues, evidentemente gozáis de su proximidad.

Magí asintió con la cabeza.

—Entonces, creo que os puedo ofrecer un buen acuerdo.

El sacerdote abrió los ojos, esperanzado.

—Fijaos en lo que os propongo. Tendréis acceso a Nur durante un año, claro es, en el caso de que no esté ocupada. El rato que empleéis en el fornicio será cosa vuestra y a cambio llevaréis a cabo una encomienda mía cerca de vuestro protector.

—¿Y cuál será ese encargo? —apenas masculló Magí.

—Primeramente decidme si os conviene o no el trato.

Magí no lo dudó ni un instante.

—Haré lo que me digáis.

Una miríada de arrugas orló el único ojo del tuerto a la vez que amanecía una sonrisa en su boca. Bernabé Mainar se regodeó unos instantes.

—Decidme, ¿vuestro protector sigue cuidando los rosales?

—¿Cómo sabéis eso?

—Es claro, las macetas en el alféizar de su ventana se pueden ver desde la calle. Os pregunto de nuevo, ¿cultiva o no cultiva rosales?

—Es su única afición, señor, lo único que consigue apartarlo de sus obligaciones.

—Lo sospechaba.

Magí se frotó las manos nerviosamente. No entendía a qué venía aquel extraño interrogatorio. Pero Mainar le sorprendió aún más al decir:

—Imagino que debéis de conocer a Martí Barbany; es el mejor amigo de vuestro superior.

—Cierto, lo conozco, lo he visto con él en muchas ocasiones y he llevado mensajes del arcediano a su casa. Creo que está ahora de viaje —añadió, para demostrar que se hallaba bien informado.

El tuerto indagó con curiosidad:

—¿Conocéis su casa?

—No puedo decir que la conozca, ya que no he traspasado la cancela pero conozco a muchas de las gentes que la habitan.

—Bien, vuestro encargo consiste en darme noticia de cualquier cosa que descubráis acerca de él o de cualquiera de esas gentes que decís conocer.

—No os comprendo —dijo Magí, desconcertado.

—Ni falta que hace —replicó Mainar con brusquedad—. Limitaos a cumplir mis órdenes. Si sois eficaz en vuestra tarea, cada vez que os ocupéis con Nur, podréis además disfrutar del humo de la hierba... ya sabéis a lo que me refiero.

Una expresión de felicidad cubrió el semblante de Magí.

—Señor, no tendréis queja de mí.

Mainar sonrió a su vez, y dándole un ligero golpe en la rodilla, comentó:

—Sois un muchacho espabilado y os auguro un brillante porvenir.

Luego dio dos fuertes palmadas.

Maimón el eunuco apareció al instante.

—¿Qué mandáis, señor?

—Dile a Nur que baje.

46

Bertran de Cardona

os primeros días tras su arribada al palacio condal fueron para Bertran una sucesión de controvertidas sensaciones. De una parte, un odio latente roía sus entrañas al contacto de aquellas gentes que de una u otra forma consideraba enemigos de su casa. Por otra, sin embargo, sus jóvenes años y su curiosidad le impelían a mirar con ojo atento una cantidad de hechos que su cerebro aprehendía pensando que en un futuro podían serle útiles a su padre.

A pesar de que el castillo de Cardona era una fortaleza singular, no podía competir en lujo y grandeza con el palacio condal. Los inmensos salones de artesonados techos, las ricas estancias, los tapices que forraban las paredes, las armas que en panoplias decoraban los salones, los policromados vitrales y sobre todo la cantidad de luces que en candelas, candelabros, lámparas visigóticas de múltiples brazos y ambleos, iluminaban la noche, no podían sino aturdir la imaginación de un muchacho que, aunque de noble cuna, jamás había salido del entorno de los dominios de los Cardona. Los uniformes de la guardia, las gualdrapas y el lujo de los arreos de los caballos, la inmensidad de las cuadras donde se alojaba Blanc y el boato de las vestimentas de las damas, encandilaban su pensamiento.

Sin embargo, a pesar de esa soterrada admiración, Bertran estaba confinado en una de las estancias de palacio, cómoda pero austera, de la que sólo salía para ocuparse de su caballo en las cuadras y para seguir con su entrenamiento en las artes del combate en la sala de armas, y lo hacía con semblante hosco, dejando claro ante quien se cruzara con él su disgusto por la situación en que se hallaba. En verdad, no podía quejarse del trato que recibía, frío pero correcto, aunque en más de una ocasión había percibido la mirada sarcástica de Berenguer, el moreno de los gemelos de los condes.

Esa mañana, una semana después de su llegada a palacio, bajó a las inmensas cuadras, como cada día, para ocuparse personalmente del aseo de Blanc. Tenía a su lado un cubo lleno de agua jabonosa y mojaba en él un cepillo de esparto con el que friccionaba fuertemente la grupa del animal. La piel del caballo se estremecía de vez en cuando agradeciendo los cuidados de su amo. A la vez que realizaba esta operación, el muchacho hablaba quedamente al alazán. De pronto a su lado sonó una voz cantarina que indagaba curiosa.

—¿Os entiende?

Al principio le asaltó la duda si era a él a quien se dirigía. Miró hacia el lugar de donde salía la melodiosa voz y vio a una muchacha, con el brial azul levemente recogido a fin de no manchar su orlado borde en el sucio suelo de la cuadra, que le observaba con semblante curioso.

—¿Os dirigís a mí tal vez?

Marta miró a uno y a otro lado, levemente avergonzada.

—No veo por aquí a nadie más… —Y añadió con un súbito brillo en los ojos—: A no ser que, como vos, hable con los caballos.

El joven se avergonzó un tanto ante la ironía que destilaba el tono de la muchacha, y al mismo tiempo se puso en guardia; al fin y a la postre estaba en territorio enemigo.

—¿Quién sois?

—¿Por qué no respondéis antes de preguntar?

—Está bien —cedió él, a regañadientes—. El caballo me entiende y yo le entiendo a él. ¿Vuestra curiosidad ha quedado satisfecha?

Marta, en vez de responder, prosiguió:

—¿Estáis seguro?

Bertran se volvió hacia el noble bruto y prosiguió su tarea de cepillado, sin contestar.

Ella cambió el tercio.

—Me llamo Marta Barbany y pertenezco al séquito de las damas de la condesa Almodis.

Bertran arrojó el cepillo en el cubo y no contestó: no sentía el menor deseo de intimar con nadie de aquella corte.

—¿Acaso no me creéis?

—Las damas no suelen dar vueltas por las cuadras de palacio —rezongó él, de mal humor.

—Si está en ellas el joven vizconde de Cardona, no veo inconveniente ni desdoro que una dama acuda al mismo lugar. Si es digno para vos es bueno para mí.

Bertran comenzaba a estar escamado.

—¿Cómo sabéis mi nombre?

Marta ahuecó la voz:

—«Mi nombre es Bertran de Cardona, os ruego que no lo olvidéis, y gracias a Dios no soy sordo.»

La muchacha repitió al pie de la letra la frase que, el día de la llegada, había espetado él al de Besora. La respuesta pilló por sorpresa al muchacho. Recordaba perfectamente el incidente que propició el intercambio de palabras con el senescal. Bertran la miró de reojo, pero se obligó a seguir cepillando al caballo sin pronunciar palabra alguna.

Marta le observó, sintiéndose súbitamente enojada. Se había sentido muy sola en las semanas que llevaba en el castillo y al ver llegar a aquel joven se había dicho que era alguien que, como ella misma, estaba allí en contra de su voluntad, así que había aprovechado uno de los escasos descansos que tenían las damas de la condesa para ir en su busca. Pero aquel joven se mostraba tan engreído como insolente. Y ella no podía arriesgarse a que la vieran con él a solas en las cuadras… eso lo sabía bien. Recogiéndose las faldas, salió con la cabeza bien alta y el rostro arrebolado de furia. Nadie, en sus doce años, la había tratado con tal desdén. Se fue tan rápidamente que no se percató de que el pañuelo azul que llevaba en la mano se le había caído al suelo de la cuadra.

47

El incidente

Aquella mañana, en el palenque de adiestramiento, el joven Ramón Berenguer observaba con atención los progresos de los muchachos que aprendían con el maestro de armas. De entre todos ellos destacaba, sin duda, el hijo del vizconde de Cardona. El muchacho mostraba un orgullo de linaje impropio de su condición de rehén, se resistía a recibir favores y se mostraba indiferente a cualquier demostración de buena voluntad que se le intentara prodigar. Dos únicas fisuras mostraba su caparazón defensivo: la primera, su maestría con las armas, que era notable; el tiempo que dedicaba a perfeccionar las artes de la guerra no tenía, por su parte, principio ni fin; la segunda, su amor por los animales, ya fuera su caballo Blanc y por extensión los otros que poblaban las cuadras de palacio o fuera, el cuidado de los halcones propiedad del conde, gran aficionado a la cetrería, cuya atención y limpieza le había sido asignada. Estas actividades le permitían mostrar una mano y una capacidad que para sí hubieran querido muchos de los afamados cuidadores del principado. Cap d'Estopes intuyó que detrás de ese hosco semblante se escondía una nobleza y un valor que muchos otros quisieran para sí e intentó ganarse la voluntad del joven Bertran.

Aquel día el ejercicio era el estafermo, que mezclaba la equitación con el manejo de lanza, hacha o maza de cadena, y de nuevo el más diestro fue Bertran de Cardona. Ramón lo observó detenidamente e incluso le dedicó algún comentario elogioso, al que el joven ni siquiera se molestó en responder. Ramón sonrió para sus adentros: no debía de ser fácil para un joven tan orgulloso verse relegado a la categoría de simple rehén. Optó, pues, por no decirle nada más y dejar que el joven descargara su furia con el muñeco giratorio. En cuanto terminó el adiestramiento, sin embargo, lo llamó y Bertran no tuvo más remedio que ir hacia él. En un tono amable Ramón le felicitó por su destreza y le señaló un par de detalles de su técnica que podía mejorar. Bertran aceptó tanto los elogios como las leves críticas con su actitud habitual, aunque en el fondo reconocía que el hijo del conde tenía razón y sus consejos eran atinados y útiles. Sin embargo, como estaba decidido a no demostrar agradecimiento alguno, se limitó a asentir con la cabeza y pedir permiso para retirarse, con un respeto no exento de arrogancia.

Las cuadras estaban cerca del jardín del invernadero y cuando el muchacho fue a su avío, divisó, desde la balaustrada de la terraza, a la joven dama de la condesa Almodis atareada regando los arriates de los rosales. La jovencita, que había recibido el experto consejo del padre Llobet sobre el cuidado de las rosas, había sido encargada de las suyas por la condesa Almodis. Aquella mañana lucía un cuerpo ajustado de raso verde con escote cuadrado que marcaba sus pequeños senos y un brial del mismo tejido de tonos pajizos que a ella se le antojaba exquisito, y había dejado sus chapines de tres suelas junto a la banqueta para encaramarse a ella sin obstáculo. Al ver de reojo que aquel joven engreído que tan mal la había tratado se aproximaba, se colocó de espaldas simulando un problema con la ligadura de los tallos, cuyas espinas la incomodaban. Bertran descendió por la escalera de piedra saltando de cuatro en cuatro los peldaños y se sacó del bolsillo el pañuelo que Marta había perdido el día que fue a hablar con él a las cuadras.

Marta siguió encaramada al banquillo de madera, fingiendo no haber advertido su presencia tal y como él había hecho la vez anterior; el joven, súbitamente tímido, aguardó unos momentos y luego carraspeó.

—Ah —exclamó Marta, desde la posición predominante que le concedía el estar subida a la banqueta—, ¿queréis decirme algo? Habría jurado que no teníais el menor deseo de hablar conmigo, dado que no soy un caballo.

—El otro día se os cayó esto —dijo Bertran, con la mirada baja y el brazo extendido, mostrando el pañuelo.

—¿Podéis esperar un momento? Ahora tengo las manos ocupadas —replicó Marta, decidida a demostrar frialdad.

Durante unos segundos ella siguió trabajando en los rosales, consciente de que la mirada del muchacho seguía clavada en ella. Finalmente, cuando creyó que ya le había hecho esperar bastante, descendió del banquillo. Se tomó su tiempo para calzarse los chapines y luego, en tono liviano, se dirigió al joven.

—Muchas gracias —le dijo, cogiendo el pañuelo—. ¿Deseáis algo más?

El joven fue a contestar algo, pero se arrepintió al instante y, dando media vuelta, salió del invernadero. Había algo en su paso lento y en sus hombros hundidos que hizo que Marta se arrepintiera y fuera tras él.

—Esperad… —Al oírla, Bertran se detuvo en la puerta del invernadero y se volvió hacia ella—. Habéis sido muy amable al devolverme el pañuelo —dijo ella, aunque no supo qué más añadir.

Él se encogió de hombros y sus labios esbozaron una media sonrisa. Marta se la devolvió y ambos permanecieron unos instantes en silencio.

—A veces resulta duro estar alejado de la familia, ¿verdad? —dijo Marta—. Sin amigos, lejos de los lugares donde se ha vivido hasta ahora.

Él asintió.

—Quizá podríamos ser amigos… —murmuró ella.

Bertran volvió a asentir, casi contra su voluntad. Se había jurado que no intimaría con nadie de palacio, pero aquella jovencita parecía tan sola como él… y lo cierto era que la soledad se le estaba haciendo insoportable. Se despidieron con un gesto y una franca sonrisa.

Cuando Bertran se hubo marchado, Marta recogió el cestillo donde guardaba sus útiles de jardinería y se encaminó al interior de palacio. Atravesó la galería porticada del primer piso y, tras dejar el cestillo donde tenía por costumbre, pensó en acudir a su cámara para adecentarse y prepararse para la hora de comer. Cuando ya embocaba la gran escalera, de una puertecilla lateral que daba a la sala de armaduras, apareció súbitamente la figura de Berenguer Ramón.

La muchacha quedó un instante en suspenso con el pie colocado en el primer peldaño. Berenguer se acercó a ella y con el índice de la diestra le retiró un rizo rebelde que caía sobre su frente.

—¿Adónde vais tan deprisa? ¿Y de dónde venís, con la figura descompuesta y el cabello desarreglado?

La muchacha fue consciente de que el hijo de los condes, en lugar de mirarla a los ojos, dirigía su mirada hacia el balcón de su escote e instintivamente se cubrió con una mano.

—Vuestra madre me tiene encomendado el cuidado de sus rosales; de allí vengo.

—Estoy seguro de que las rosas se alegran de veros tanto como yo...

Marta sintió que su rostro se encendía como una amapola.

—Señor, si no tenéis a bien mandarme otra cosa, me retiraré —balbuceó la muchacha.

—Se me ocurren muchas cosas que mandaros —dijo Berenguer con una torcida sonrisa—, pero creo que no serían del agrado de la condesa.

La muchacha no esperó más, se recogió las sayas y partió como el rayo escaleras arriba.

48

El invento prodigioso

esde la partida de su amo las cosas se habían complicado para Ahmed. Diversos eran los motivos. En primer lugar figuraban el odio y la melancolía que albergaban su corazón y que le llevaban todos los días al antiguo molino de Magòria, donde reposaban los restos de Zahira. Ahmed supo que no podía seguir viviendo allí estando su padre tan enfermo, pero, incapaz de dejar sola la tumba de su amada Zahira, pidió a Manel que se instalara en el molino en su ausencia. En segundo lugar estaba el deseo de complacer a su amo en aquella apasionante tarea de secundar a Rashid al-Malik en todo cuanto demandara. Y, finalmente, acudir todas las noches a dormir a la casa de la plaza de Sant Miquel, donde la candela de la vida de Omar, su padre, se iba consumiendo poco a poco.

Aquel día la tarea de la gruta había sido agotadora. Había acarreado redomas y matraces, mantenido la llama azul del hornillo para destilar gota a gota el denso líquido que estaba a punto de cristalizar en el ansiado fruto y que, según Rashid, una vez reposado y añadido el último elemento que era el salitre y la resina que lo aglutinaba todo, estaría listo para la prueba definitiva antes de envasarlo en ollas, de diferentes tamaños según su objetivo, hechas de barro cocido al que se había añadido fósforo, que lograba que el envase, al rozar apenas cualquier superficie sólida, emitiera la chispa que debía prender el contenido.

Manel, que estaba engrasando con sebo de caballo las articulaciones del artilugio que hacía girar las muelas de piedra, vio llegar a Ahmed y le saludó con la mano y con el rostro circunspecto, lo que no pasó inadvertido a Ahmed mientras ataba a su cabalgadura en la barra destinada a tal fin.

—¿Qué tal, Manel, cómo van las cosas? He adivinado por tu cara, al llegar, que algo anómalo ha sucedido.

—Razón tienes. Las cosas que se comentan en el Mercadal nada bueno auguran para el condado; sabes tan bien como yo que cuando los nobles discuten, el pueblo paga las consecuencias con hambres y muertes.

—Y ¿qué es lo que se comenta?

—Bien, alguien está soliviantando los ánimos de la gente para que se manifieste públicamente en contra de la condesa Almodis que, según se dice, tiene la ambición de violar la costumbre para que el rubio de sus gemelos herede el condado.

—¿Qué es lo que hace la gente?

—Se montan tablados desde los cuales señalados personajes de no muy buena reputación incitan al pueblo a la rebelión y a manifestarse frente a palacio. Ya van dos días que entre las algaradas, el Mercadal no funciona y nadie comercia: se han destrozado puestos y ayer aplastaron el de loza de un judío porque se negó a pagar el tributo.

—¿Y qué es lo que la gente opina?

—La verdad es que la mayoría vería con agrado el cambio. Todos conocen la fama del primogénito y sus andanzas con Berenguer, su carácter violento y su desinterés por la cosa pública; en cambio la gente ama a Cap d'Estopes. Por eso alguien interesado en que continúe la tradición intenta ganar voluntades, por las buenas o por las malas. Para ello reclaman dádivas a los comerciantes más ricos.

Ahmed meditó unos instantes.

A Manel, que ya conocía el carácter de su amigo, nada le extrañó que sin decir palabra se dirigiera a la tumba de Zahira. Estuvo en pie ante ella un rato con la gorra entre las manos, luego se encaminó a desatar su cabalgadura y tras montar en el cuartago y antes de partir, se dirigió de nuevo a su amigo:

—Voy a casa, mi padre está muy grave.

Tras estas palabras, y con un tirón de bridas, Ahmed condujo al caballo hacia la puerta del vallado.

Ahmed, intentando retrasar el momento de enfrentarse a la triste visión de su padre enfermo, dio un amplio rodeo y entró en la ciudad por la puerta de Regomir. Como cada jornada, las gentes que laboraban allende las murallas iban progresando poco a poco en larga fila, cargados con los frutos de la tierra y de la mar, muchos de ellos con fanales y antorchas encendidas para iluminar el camino, pues en los *ravals* no había la iluminación del centro de la ciudad. Ya sobrepasado el fielato, dirigió los pasos de su cabalgadura por las callejuelas hasta desembocar en la plaza de Sant Miquel, junto a uno de los torreones de la casa del amo. Su camino fue lento y dificultoso pues siguiendo la costumbre, las familias humildes, dada la bondad de la estación, se reunían en las calles y, de pie o sentados en el suelo, comentaban los sucesos y vicisitudes de la jornada.

Llegando a la cancela del muro, Ahmed se percató de que en su interior algo grave estaba ocurriendo. No era normal que además de Gaufred, el jefe de la guardia de la casa del amo, estuviera en la puerta Andreu Codina, el primer mayordomo.

Apenas distinguieron su caballo, los tres se precipitaron a su encuentro y Gaufred lo detuvo sujetando las riendas del noble animal.

Andreu Codina habló atropelladamente.

—Menos mal que has llegado, ve ligero... en caso contrario no verás a tu padre con vida.

Ahmed saltó del caballo y cruzando el patio de la entrada se dirigió a la carrera hacia la parte destinada a los criados de la casa que se ubicaba tras las cocinas. Al llegar a las dependencias de su familia, un llanto contenido le indicó que lo más temido, si no había ocurrido, estaba a punto de acontecer. La última zancada le condujo hasta el quicio de la puerta del dormitorio de sus padres. Naima estaba junto al lecho, en un escabel, tomando la esquelética mano de su esposo, que más parecía un sarmiento y que sobresalía de las frazadas de la cama; en un rincón, cuidando de que la llama del candil no se apagara, estaba Mariona, la cocinera, y al otro lado doña Caterina, con los ojos llorosos, que cubriéndose la nariz con un pañuelo anudado a la nuca, salpicaba el suelo con el sahumerio que colmaba una palangana intentando cubrir el terrible olor que se esparcía por la estancia.

Ahmed se acercó al lecho y apartando suavemente al ama de llaves, tomó la otra mano de su padre y sin esperanza alguna de que le oyera, habló:

—Ya he llegado, padre, ahora podrá descansar.

Omar, como si retornara del otro mundo, abrió los ojos y pareció reconocerle; luego, con un inmenso esfuerzo, se dirigió a él, quedo y contenido, en tanto una flema espesa obstaculizaba sus palabras.

—Ahmed, esto se acaba, siento dejar sobre tus hombros el peso de nuestra casa. —Se paró para retomar fuerzas y prosiguió—. Agradece al amo todo lo que ha hecho por nosotros, nunca podremos pagarle por más que hagamos; sele fiel hasta la muerte, cuida de tu madre y de tu hermana, busca y encuentra para ella un buen marido… Ahora eres el cabeza de familia.

Aprovechando una nueva pausa, Ahmed intentó consolarlo.

—Es un arrechucho como tantos otros, padre, va a ponerse bien. Se recuperará.

La ronca voz del moribundo le interrumpió de nuevo.

—Escucha, ya no puedo esquivar a la muerte. Estoy preparado desde hace mucho y no temo a la desdentada. He tenido una buena vida y os he visto crecer, cosa impensable dada mi condición de esclavo. Ahora me voy al paraíso a preparar la casa donde, cuando Alá el grande, el misericordioso, lo disponga, os reuniréis conmigo. —Hizo otra pausa para recuperar fuerzas—. No quiero que lloréis por mí, el espíritu no muere nunca… Siempre estaré con vosotros, únicamente voy a cambiar de casa. Me hubiera gustado quedar aquí un poco más para ver crecer a tus hijos o a los de Amina, y ver en ellos los brotes de mi rama… pero el que todo lo puede en su sabiduría lo ha dispuesto de forma diferente. Perdonad todo lo malo que haya podido hacer y despídeme de todos los que fueron mis amigos.

Luego, tras una honda exhalación, se apagó a la vez que lo hacía la llama del candil que sujetaba Mariona, como si un viento mágico hubiera venido a llevarse el alma del padre de Ahmed.

49

Nobles y plebeyos

os días se sucedían en palacio con el habitual ritmo y la cotidiana costumbre que, sin embargo, había variado para dos personas, Marta y Bertran. La conciencia de este último estaba hecha un auténtico embrollo. De una parte, el sentido del deber y el orgullo de pertenecer a la familia de los Cardona permanecían intactos; sin embargo, no podía negarse a sí mismo que el tiempo en palacio no le estaba resultando tan desagradable como había previsto a su llegada. Bertran odiaba hacer concesiones a quienes consideraba sus captores, pero no podía negar que los sabios consejos del joven conde Ramón Berenguer habían mejorado en mucho su natural destreza con las armas: en otras condiciones estaba seguro de que ambos habrían sido buenos amigos, ya que los unía el amor por los animales y el valor a la hora de justar. Asimismo, los habituales encuentros con Marta alegraban unos días que antes de conocerla habían transcurrido tediosos e insustanciales. Habían establecido la costumbre de verse prácticamente a diario, después del refrigerio del mediodía, cuando todo el palacio parecía adormecerse, fuera en el invernadero, donde Marta seguía cuidando con esmero los rosales de la condesa, fuera en las cuadras, donde Bertran pasaba muchas horas. Lo cierto era que los escasos días que alguna circunstancia le impedía verla se le hacían largos y desangelados.

Por su parte, Marta aguardaba esos encuentros con Bertran con una ilusión que ni ella misma entendía. Siempre tenía algo que contarle. A veces eran cosas que aprendía en las lecciones con el padre Llobet; otras, comentarios que se hacían entre las damas... aunque Marta se callaba, sin saber por qué, los halagos que dedicaba en privado Adelais de Cabrera al joven vizconde de Cardona. Sí le contó, no obstante, los comentarios cargados de desprecio que Adelais hacía de vez en cuando, en ausencia de doña Lionor, sobre el origen plebeyo de Marta, celosa de los elogios que la condesa Almodis vertía sobre ella, en numerosas ocasiones, al respecto del cuidado de sus rosales.

—Y es cierto, Bertran —le decía Marta un día en que Adelais había vuelto a zaherirla con su proverbial mala intención—. Mi padre no es noble, aunque sí un destacado ciudadano de Barcelona de pleno derecho, y aunque no me agrade decirlo, tal vez sea la persona más rica del condado y más generosa, pues a través de él se pagan obras como la traída de aguas a la ciudad a través del Rec Comptal.

Bertran meditó un momento.

—Cuán distintas se ven las cosas desde fuera. A nadie le cabría en la cabeza que existiera otro poder o influencia que no fuera el conde, el clero o los señores feudales y tú me hablas de ser ciudadano de Barcelona como si de un título de nobleza se tratara.

—Ya se encarga de recordarme Adelais de Cabrera continuamente que no es lo mismo —repuso Marta—. Aunque sinceramente no veo en qué es ella superior a mí sólo por haber nacido en una familia noble... Por lo que sé, su padre se dedica únicamente a haraganear, como tantos otros de su estirpe...

Ahí se encrespó el genio de Bertran, cuya idea de la nobleza pasaba por el tamiz de lo que era y representaba su padre.

—Creo que no sabes lo que estás diciendo. ¿Qué sería de un condado indefenso? Bien es verdad que la tierra la cultivan los campesinos, pero ¿quiénes son los que guardan las fronteras y ofrecen su vida cuando el enemigo amenaza un castillo o invade una pedanía?

—Digamos entonces —razonó Marta— que cada uno cumple con su cometido, lo que no da derecho alguno a unos a abusar de otros en nombre de privilegios habidos por nacimiento.

Bertran asistió atónito al razonamiento de la joven, que chocaba frontalmente con lo que había aprendido desde niño.

—¿Cómo vas a comparar el honor de un caballero con el trabajo de un simple campesino?

—¡Poco honor demuestran los que asolan campos y asaltan casas, los que prenden fuego a las cosechas de quienes no pueden satisfacer sus impuestos condenando al hambre a familias enteras!

—No sabes lo que dices —le espetó Bertran—. Creo que deberías escuchar con más atención las clases del padre Llobet. Dudo que él, a quien tanto admiras, comparta esas cosas que acabas de decir. Claro que es lógico que pienses así... al fin y al cabo no eres más que una joven... —Iba a decir «inocente», pero antes de que pudiera terminar la frase, Marta le miró, furiosa.

—¡Plebeya! Decidlo, vizconde de Cardona. —Hizo una pausa mientras luchaba contra las lágrimas que pugnaban por salir de sus ojos—. No os preocupéis, vizconde, no volveré a importunaros —añadió, recalcando el tratamiento—. ¡Así podréis dedicar vuestro tiempo a damas tan refinadas como Adelais!

Aquella tarde se separaron ambos enconados; Bertran pensaba que aquellas ideas eran propias de mujeres y que no se podía razonar: las mujeres eran mujeres y los hombres, hombres, y la cabeza de las primeras estaba preparada para tareas de menor enjundia —la casa, los hijos, la familia—, eso sí supeditada siempre al más preclaro razonamiento del varón, cosa que quedaba muy clara en las enseñanzas de la madre Iglesia.

50

El Normando

a travesía había sido tranquila. El *Santa Marta*, impulsado por un ligero viento del noroeste que hinchaba sus dos inmensas velas y la firme boga de su triple hilera de remeros, atravesó el enorme azul en menos de tres semanas. El hábil Manipoulos, tras dejar a estribor Menorca, se dirigió al sur decididamente, evitando el paso por el estrecho de Bonifacio entre Córcega y Cerdeña al fin de soslayar vecindades peligrosas; desbordada esta última, giró a babor y se dirigió a Mesina, donde en aquellos momentos tenía la corte Roberto Guiscardo, apodado el Normando, que había reconocido al anterior papa Nicolás II como su señor feudal y gozaba de alta estima dentro de la Iglesia. Al Santo Padre le convenía aquel aliado, ya que el sur de Italia estaba amenazado por el poder sarraceno.

Cuando la proa del *Santa Marta* embocaba la rada del puerto de Mesina la voz del vigía desde la cofa alertó a Martí y a Manipoulos que una chalupa ocupada por dos hombres y seis remeros se acercaba al barco por la amura de estribor. La falúa se amarró junto al costado del barco, y en tanto los bateleros alzaban los remos, uno de los que ocupaban el banco de popa se puso en pie y se dirigió a ellos haciendo bocina con las manos.

—¿Quién sois y de dónde venís?

Manipoulos se acercó a la borda y respondió en la misma tesitura.

—Éste es el *Santa Marta*, barco insignia de la flota del naviero Martí Barbany. Venimos de Barcelona y traemos embajada de la condesa Almodis para el muy ilustre duque de Apulia, Calabria y Sicilia, Roberto Guiscardo.

El interlocutor se agachó y tras hacer una consulta con su cofrade, más importante a todas luces dado su atuendo, habló de nuevo:

—Voy a subir a bordo para ordenar la maniobra dentro de la rada. La falúa irá delante para que se os retire la cadena de la bocana. Atracaremos en el muelle de poniente, pondréis la pasarela y desde tierra subirá la persona que habrá de autorizar vuestro desembarco.

A una orden de Manipoulos, una escalera de gato se lanzó desde cubierta y el hombre, colocándose en bandolera su escarcela, se dispuso a subir a bordo.

Cuando ya lo hubo hecho se presentó ante Martí Barbany.

—Soy Rogelio de Cremona, maestrante del puerto de Mesina, y estoy a las órdenes directas del muy honorable Tulio Fieramosca, almirante de la mar siciliana que irá a tierra en la falúa. En su nombre y en el de mi señor, el duque de Sicilia, os doy la bienvenida a estas tierras.

La falúa partió en boga rápida y se dirigió a uno de los cuernos que formaban la hoz del puerto de Mesina. El *Santa Marta*, con las velas arriadas y con una sola fila de remos en el agua, partió tras el bote.

Al punto se pudo observar cómo en el extremo de la bocana del puerto, unos hombres se precipitaban a los palos que hacían girar el colosal torno y cómo lentamente los eslabones de la inmensa cadena se sumergían en el agua dejando paso franco al navío. A la orden de avante, los remos se pusieron nuevamente en función y el *Santa Marta* con el pendón de Barcelona en popa y el gallardete que distinguía a los navíos de Martí en la punta del palo mayor, entró majestuoso en el fondeadero de Mesina. A una orden de Manipoulos, el *Santa Marta* alzó los remos del costado de estribor y de esta banda atracó junto al embarcadero sostenido por robustos pilotes de madera clavados en el fondo; luego los hombres de a bordo lanzaron cabos a tierra, que fueron recogidos y amarrados a las correspondientes cornamusas. Realizada la operación, Tulio

Fieramosca, almirante de la flota de Roberto Guiscardo, ascendió solemne por la pasarela que habían lanzado desde el barco.

Los saludos y parabienes entre los recién llegados y los representantes del Normando se alargaron solemnemente toda la tarde. Los sicilianos eran cumplidos y sinuosos, y antes de preguntar por qué y para qué acudían los visitantes a Sicilia recorrieron tortuosos caminos. Finalmente, al caer la tarde y tras degustar cantidades importantes de hipocrás, bajaron la guardia y escucharon los pormenores e intenciones del viaje de Martí, cuyo primer objetivo era la presentación de credenciales ante la corte del Normando. Sus anfitriones prometieron acudir sin falta al día siguiente con la respuesta de Roberto Guiscardo.

Al caer la noche Martí y Basilis comentaron los pormenores de la jornada; la impresión que les habían causado los representantes del duque de Sicilia y cómo debían actuar.

—Desde luego, tened por cierto que no es lo mismo llegar con esta nave a cualquier puerto que con el *Stella Maris*, el viejo cascarón con el que os paseé por todo el Mediterráneo años atrás, cuando partisteis de Barcelona para labraros fortuna.

—¿Qué queréis decir, Basilis? —preguntó Martí, sonriendo al recordar ese viaje que emprendió en su juventud, que le había llevado a lugares tan lejanos como Mesopotamia y que le había dado el aceite negro, la base de su gran fortuna.

—Que el empaque que tiene esta nao impresiona a cualquier visitante. ¿No habéis reparado en los ojos con que la miraba Tulio Fieramosca? De no ser por la misiva que os ha entregado la condesa y la certeza de que sois el embajador de Barcelona, dudo que nos dejaran partir tal como hemos llegado. Este barco despierta la codicia de cualquiera.

En esto estaban ambos hombres cuando entró el criado pidiendo venia para servir la cena.

—Si bien os parece, y en tanto reponemos fuerzas, iremos poniendo en orden nuestros planes. —Luego, dirigiéndose al criado, ordenó—: Puedes preparar la mesa; dile al cocinero que quiero una cena austera. Después de tantos días de navegación no deseo saturarme de viandas que luego me impidan conciliar el sueño.

Al poco se encontraron ambos hombres sentados ante una bien surtida aunque sobria mesa en la cámara de Martí.

El mayordomo iba y venía diligente trayendo y llevando platos y cuidando de que las copas de vino estuvieran siempre llenas.

Terminado el ágape, se dispusieron a valorar punto por punto cuál era la mejor manera de llevar a cabo su propósito. Qué era lo que debían decir y qué callar y qué actitud se ajustaría mejor a sus intenciones.

—Creo, Martí, si no pensáis otra cosa —empezó el griego—, que deberíamos ceñirnos al plan primigenio. Vos desenvolveos en vuestra tarea de embajador y a mí dejadme en la mía del rufián de taberna, en la que me defiendo más que bien... Al fin y a la postre es lo que he hecho a lo largo de mi vida.

Martí meditó unos instantes.

—Sin embargo, amigo mío, creo que debemos tener en cuenta una cosa.

—Decid.

—Estamos en aguas de Sicilia; si obramos sin el conocimiento del Normando podemos crearnos su enemistad —observó Martí.

—Justa observación —afirmó Manipoulos—. Sin embargo, debemos considerar todas las opciones. ¿Quién os puede asegurar que Naguib no obra en estas aguas con conocimiento de Roberto Guiscardo? Debéis actuar con cuidado y ser prudente, no vaya a ser que vuestras palabras lleguen a los oídos de ese malnacido.

—En lo fundamental estoy de acuerdo con vos. Sin embargo, creo que debemos demorar la decisión final y supeditarla a mi entrevista con Roberto Guiscardo. Yo acudiré a su encuentro y vos permaneceréis a bordo. Una vez haya entregado mis credenciales, y según me haya ido, abordaré con tacto el tema que nos ocupa para poder tomar la decisión apropiada.

—Seguro estoy de que hallaréis la manera. Aguardaré ansioso vuestras noticias y en el ínterin iré preparando alguna cosa.

Tras estas palabras ambos amigos, vencidos por el cansancio y algo soñolientos por la ingestión de la tercera botella de hipocrás, decidieron irse a dormir para que el sueño reparador acabara de perfilar sus ideas.

Tras la voz del cuarto centinela anunciando la amanecida, la actividad se reanudó en el navío. Los galeotes libres ayudaban a la marinería en las tareas de limpieza y acondicionamiento: unos rascaban la cubierta con agua jabonosa y gruesos cepillos, otros pulían metales, otros más reparaban los deshilachados cabos y recosían los desperfectos del velamen, los cocineros preparaban la comida del mediodía y los pinches se dedicaban a escanciar chorros de vinagre en los odres de agua a fin de que no se corrompieran. Súbitamente, el cuerno del centinela anunció con tres toques cortos y uno largo que alguien venía desde tierra.

Martí y Manipoulos coincidieron precipitadamente en el castillo de popa.

Una elegante silla de manos acarreada por ocho forzudos porteadores estaba deteniéndose junto a la pasarela tendida del *Santa Marta*. Una vez colocada la oportuna peana, de ella descendió el almirante del Normando que hacía las veces de embajador, Tulio Fieramosca.

A la orden del contramaestre, la marinería formó pasillo en la cubierta; engolado y solemne, el distinguido personaje subió a bordo.

Tras los parabienes de rigor y los correspondientes saludos, los tres hombres se reunieron en la cámara de Martí, donde, una vez degustado el consabido refrigerio y escuchados los circunloquios habituales del siciliano, se llegó al auténtico tema.

—Mi señor, el ilustrísimo duque Roberto Guiscardo, ha partido hacia Palermo, y allí os recibirá el sábado en su castillo después del Ángelus. Como podéis suponer, es indispensable que lleyéis con vos vuestras cartas de presentación. Decidme si vendréis solo o acompañado, y en caso de lo segundo, deberéis decirme el nombre y condición de la persona.

—Iré solo, y por supuesto llevaré mi acreditación —afirmó Martí.

—Entonces todo está claro. Mañana al amanecer saldrá de Mesina un barco que os envía mi señor y que os llevará hasta Palermo. Deseo que vuestra estancia entre nosotros sea grata y sobre todo provechosa para nuestros señores.

Dos días después, el barco que el Normando había puesto a disposición de Martí Barbany atracaba en el puerto de Palermo, donde un hermoso carruaje de dos caballos, enjaezados con todo boato, que lucía en su costado el escudo del siciliano, le esperaba para trasladar al ilustre invitado a la fortaleza donde Roberto Guiscardo tenía su cuartel general.

Martí, ataviado con sus mejores galas, contempló el castillo del Normando que se alzaba ante sus ojos. La construcción le causó una gran impresión. No se asemejaba en nada al palacio condal de Barcelona y carecía de la belleza de líneas de éste. Se podría decir que era mucho más ruda. Allí no se había tenido en cuenta la belleza, sino únicamente su valor defensivo. Una doble muralla la circunvalaba, el foso estaba lleno de agua y los robustos portones eran perfecta defensa caso de que la parte exterior del castillo fuera tomada por asaltantes. A la llegada del carruaje y tras los consiguientes intercambios de consignas, los puentes fueron tendidos, alzados los rastrillos y abiertos los portones. Martí fue acompañado al primer piso de la torre del homenaje, donde Roberto Guiscardo tenía instalado su salón de recepción de embajadas. El barcelonés pudo comprobar, en tanto recorría pasillos y salones, la sobriedad de aquella corte, mucho más proclive a la utilidad de sus instalaciones que al boato.

Sin casi darse cuenta fue introducido a la presencia del Normando, que le aguardaba recostado en su trono con dos altos personajes a cada uno de sus costados. Al primero lo conocía, era Tulio Fieramosca, el emisario del conde; no así al segundo, aunque por su vestimenta dedujo que era un alto dignatario eclesiástico.

Tras los consabidos golpes del camarlengo mayor con la contera del bastón sobre el entarimado, oyó cómo el chambelán anunciaba su presencia.

—El muy noble embajador del conde Ramón Berenguer I de Barcelona, el ilustrísimo señor Martí Barbany de Gurb.

Martí, reteniendo el paso por no denotar premura, se acercó a los pies del trono; con la cabeza inclinada, aguardó a que el Normando le diera su venia para alzarse.

La voz del siciliano sonó grave y profunda.

—Alzaos, embajador, mi casa es la casa de mis amigos y de los enviados de mis amigos. El conde Ramón Berenguer se encuentra entre ellos y vos le representáis en este momento.

Martí se alzó y ya de cerca pudo observar detalladamente la legendaria estatura del Normando. La rubia cabellera que se le desparramaba sobre los hombros encuadrando un rostro cincelado a golpe de gubia, los ojos grises y escrutadores, la nariz pronunciada, la boca carnosa y la barba poblada; ceñía sus sienes una corona de oro de cinco puntas, cada una de ellas ornada con un grueso rubí y cubría su espalda un lujoso manto con el cuello de armiño.

—Sed bienvenido a mi corte —dijo solemnemente el Normando—. A mi almirante ya lo conocéis. A mi diestra os presento al legado del pontífice, su ilustrísima el obispo Pedro Damián que es, junto al coadjutor, el monje Hildebrando, el brazo derecho de su santidad Nicolás II.

Martí se sintió observado detenidamente por el eclesiástico. La sonrisa del obispo era franca y sincera y Martí comenzó a relajarse y a sentirse cómodo.

—Tomad asiento. El embajador de Barcelona tiene el rango requerido para tratar conmigo de igual a igual.

Martí, sin demostrar la impresión que aquellas palabras le causaban, ocupó, a los pies de la grada del trono, una antigua silla curul de marfil y cuero que un chambelán le había acercado, a la vez que los dos ilustres consejeros hacían lo propio a ambos lados del conde, aunque un peldaño por debajo de éste.

Martí echó mano a la carpeta de cuero instalada sobre sus rodillas y extrajo de ella sus credenciales.

Con un gesto de su mano, Roberto Guiscardo ordenó a un ujier que las tomara y las entregara a Tulio Fieramosca. Éste rasgó el lacre con un espadín de corte que le entregó el ujier y tras un detenido examen indicó a su señor que todo estaba en orden.

La voz del duque sonó profunda y solemne.

—Os doy de nuevo la bienvenida y escucharé gozoso los motivos de vuestra embajada.

Martí realizó una profunda pausa y comenzó a explicarse lentamente. Tras un ejercicio encomiástico dedicado a él, a sus familiares y a su reino, pasó a explicar el auténtico motivo de su viaje.

—Veréis, señor, mi oficio no es precisamente el de embajador. Sin embargo, por un cúmulo de circunstancias que no vienen al caso, gozo inmerecidamente del favor de mis condes.

El Normando le interrumpió.

—La falsa modestia es la virtud de los que no tienen otra y ése no debe ser vuestro caso. Somos un pequeño país, así considerado por la benevolencia del Papa, pero hasta aquí llegan las noticias. Cuando alguien que no pertenece a la nobleza es honrado con el cargo de representar a sus señores, su origen, en vez de ser menoscabo, supone aún un mayor mérito. Os escucho, embajador.

—Gracias, excelencia, por vuestra consideración —dijo Martí, y tras una breve pausa, inició el discurso que había preparado—. Como bien sabéis el oficio de un estadista es atender a la felicidad de sus súbditos para lo cual es conveniente establecer lazos y relaciones con aquellos países o estados que de alguna manera pueden ser en el futuro firmes aliados. Y, sin duda, Sicilia, por su situación geográfica crucial en todas las vías del Mediterráneo, por la probidad de vuestro gobierno, por el respeto que mostráis al Santo Padre y por la benevolencia que él os profesa, merece tal consideración. Es bien sabido, desde tiempos inmemoriales, que la mejor manera de sumar voluntades y ganar aliados es la asociación de las familias reinantes y ¿cuál es la mejor manera para conseguir tal fin? Vos lo sabéis: mezclar sus sangres mediante la boda de sus hijos, herederos que un día u otro, quiera Dios que muy tarde, habrán de tomar el relevo en el trono.

El Normando alzó las cejas, mostrando la atención que la propuesta de Martí le merecía.

—¿Qué edad tiene el heredero del condado de Barcelona, Pedro Ramón?

Ahora el que se removió inquieto en su sillón fue Martí.

—No es de él de quien vengo a hablaros, sino de su medio hermano, Ramón Berenguer.

—Pero él no es el heredero del trono de Barcelona.

—Señor, con todo respeto, tampoco heredará Sicilia la princesa Mafalda de Apulia y Calabria, que es de quien os vengo a hablar.

—¿Entonces?

—Señor, en los tiempos que corremos de guerras y calamidades, nada es seguro; todavía no está definido quién heredará el trono de Barcelona y el conde Ramón es el segundo en la línea sucesoria. Yo también soy padre de una hija —y al decirlo apareció en su memoria la añorada imagen de su Marta, y casi sin darse cuenta su tono de voz se dulcificó—, y sin embargo, pese a tener que velar por los intereses de mi casa, si me dieran a escoger entre dos hombres que gozaran del carácter y virtudes que adornan al actual heredero y al mayor de los gemelos del conde Ramón Berenguer I y la condesa Almodis, sin duda escogería al segundo.

El Normando se retrepó en su trono acariciándose suavemente la barba.

Martí aprovechó la pausa para extraer de su escarcela un medallón que entregó a Tulio Fieramosca, para que éste se lo hiciera llegar a su señor.

Cuando el Normando lo tuvo en sus manos lo observó con curiosidad.

—El resorte está bajo el camafeo que adorna la tapa, señor —le informó Martí.

Roberto Guiscardo pulsó el oculto botón, y al abrirse la pequeña cubierta apareció el hermoso perfil del joven conde Ramón Berenguer, delicadamente cincelado en marfil por el mejor artista de la corte barcelonesa.

A la vez que lo cerraba, el Normando dijo:

—Si me lo permitís, quisiera mostrárselo a mi esposa, la duquesa Sikelgaite de Salerno.

Martín, con gran alivio, entendió que su misión comenzaba a ser considerada y que tal vez el éxito coronara sus afanes.

—Para vos y para la duquesa me ha sido dado.

Roberto Guiscardo, con un tono de voz que no se correspondía con su imponente aspecto, se excusó en tanto guardaba el camafeo en el bolsillo de sus calzas.

—En mi casa, como en cualquier hogar, en lo tocante a bodas, la opinión de la mujer pesa mucho. Y como comprenderéis, para una madre el aspecto de un posible yerno es fundamental, aunque a mí me importen mucho más sus cualidades morales.

Martí y los consejeros sonrieron ante la observación del Normando y el obispo Pedro Damián, que hasta aquel instante no había abierto la boca, comentó:

—Oficio de madre es comprobar la belleza física de un posible hijo político si además ésta es ornato de su calidad moral. La Iglesia, como madre suprema y universal, debe velar por si la consanguinidad u otro impedimento obstaculiza el enlace.

Martí supo en aquel instante que su misión había triunfado.

—Entonces, lo que me pedís, extraoficialmente, es la mano de mi querida hija, la princesa Mafalda.

—Ciertamente, señor, y si tengo vuestra venia y la respuesta es positiva, el hijo del conde en persona vendrá a conocer a su prometida.

—Entonces, embajador, con la aquiescencia de mi esposa, tendré mucho gusto en invitaros a una velada que daremos mañana en vuestro honor.

—Me honráis en exceso, señor. —Martí creyó que ése era el momento oportuno para plantear el otro tema que le había llevado hasta esas tierras—. Señor, con la venia, existe otro problema personal que atañe a mi oficio de naviero y para el que me gustaría contar con vuestro consejo.

—Os escucho —dijo el duque—, y si está en mi mano ayudaros, desde este momento contad con ello.

Martí bendijo al cielo que tan bien le ponía las cosas y comenzó a relatar los detalles de su problema.

—Veréis, señor, como bien sabéis, mi oficio es la mar y en ella como en tierra no todos son buenos cristianos. Respeto y apruebo la competencia de otros armadores pero lo que odio es el mal que a todos los países del Mediterráneo inflige la rapiña de piratas que, protegidos por el infiel, causan estragos y lágrimas tanto en alta mar como en los pueblos costeros a los que se arriman para capturar esclavos que luego venden en los mercados de Levante o en Berbería.

—Bien que lo sé, embajador —afirmó Roberto Guiscardo al tiempo que su rostro mostraba la preocupación que ese tema le causaba—, y creedme si os digo que es un mal que tiene mala compostura, ya que muchos de mis súbditos, para mi desgracia, son islamitas, ya que hasta hace poco los califas de Egipto dominaron estas tierras, y no solamente aprueban sino que ayudan, en lo que está en su mano, las incursiones de las corsarios. Pero decidme, ¿qué es lo que os ha ocurrido al respecto?

—Muy sencillo, excelencia —repuso Martí—. Me han robado un barco; no el mejor ni el más valioso, pero sí el más querido ya que fue el primero de mi flota. Es más, su capitán era, y pienso que es aún, uno de mis más antiguos y queridos amigos.

—¿Y sabéis quién es el ladrón?

—Si las noticias que hasta mí han llegado son ciertas, ha sido Naguib el Tunecino, azote del Mediterráneo, protegido del walí de los ziriés en Túnez y de Iqbal rey de Denia y señor de las Baleares.

El Normando se acarició la barba, pensativo.

—No temáis por la vida de vuestro capitán; muerto vale mucho menos que vivo. La forma de proceder de Naguib me es de sobra conocida; ahora os está macerando y cuando crea que estáis suficientemente cocido, os hará llegar la noticia de dónde y cuándo deberá ser la entrevista y en ella os dará su pliego de condiciones. Si os avenís, vuestro capitán y amigo vivirá y recuperaréis vuestro barco; en caso contrario, dadlo todo por perdido. En cuanto al lugar, este bandido entrega un tercio de lo que roba a cambio de la protección que le ofrecen las gentes afines de las riberas en cuyos mares ejerce su pérfido oficio. Él les paga bien y ellos a cambio le brindan su ayuda desde tierra, le hacen de vigías y de proveedores. Esos bergantes ni siquiera han de molestarse en salir a la mar y correr riesgos. Por eso intuyo que Naguib estará resguardado en alguno de esos caladeros. Pero decidme, ¿qué es lo que solicitáis de mí?

Martí reflexionó unos instantes.

—Entiendo lo que me decís, señor, pero no pienso quedarme mano sobre mano aguardando que Naguib me llame. Hace ya muchos años que me muevo por este charco y conozco la forma de proceder de estos chacales. Lo que solicito es vuestro permiso para poderme mover libremente por vuestros mares y costas y, si cabe, solicitar ayuda de vuestros súbditos.

El Normando cruzó una breve mirada con su almirante. Luego éste habló.

—Hemos tenido y tenemos graves problemas con la población de nuestras costas. Tened en cuenta, señor embajador, y ya os lo ha dicho mi señor, que son islámicos y que al fin y a la postre fueron vencidos por él y por su hermano Roger y que finalizada la conquista de Sicilia y de las costas del Adriático, hubo que edificar un sistema de gobierno como el que Guillermo implantó en Normandía. Aunque se respetaron sus costumbres y tradiciones, por mor de ganar su confianza, el empeño fue baldío y acabó en fracaso; los moros son proclives a revueltas y algaradas que nos obligan siempre a andar con la adarga y la espada a punto. ¿Acaso no habéis observado que esta construcción más parece una fortaleza que un palacio?

Martí asintió con la cabeza.

—Pues tal circunstancia no es casual, sino una necesidad para tener la certeza de nuestra salvaguardia.

—No atino, señor, adónde queréis ir.

Ahora fue el cardenal Pedro Damián el que tomó la palabra.

—En el fondo subyace un enfrentamiento de religiones que, o mucho me engaño, o acabará en una auténtica cruzada.

La voz del Normando se dejó oír de nuevo.

—Veréis, embajador, yo no tengo súbditos, sino enemigos. Desde luego que os autorizo a moveros por mi reino a visitar mis ciudades y a buscar información donde os convenga, pero proceded con mucha prudencia y circunspección: cualquier movimiento llegará al cabo de pocos días a los oídos del pirata. Por lo que a mí concierne, tened por cierto que si necesitáis ayuda naval o de alguna clase de tropa, podéis contar con mi apoyo.

Martí hizo una somera valoración de su gestión y se sintió satisfecho: las cosas estaban saliendo mejor de lo previsto.

La voz del Normando retumbó de nuevo.

—Tratad con mi almirante las necesidades que tengáis y él proveerá lo oportuno para facilitar vuestra tarea. Mañana por la noche os espero para la velada que daremos en honor vuestro… Y ahora, si me permitís, tengo tareas que despachar.

Martí entendió al punto el mensaje y se dispuso a retirarse de espaldas como mandaba el protocolo.

—Id con el embajador, Tulio —ordenó Roberto Guiscardo—, y facilitadle todo lo que necesite: cartas de presentación, despachos, órdenes y cédulas para que cualquier magistrado o funcionario de mi reino atienda sus peticiones.

Luego tendió su diestra para que Martí le rindiera homenaje, cosa que éste hizo al instante, sintiendo en su interior que la embajada había sido coronada por el éxito en ambos aspectos.

51

La triste noticia

as damas estaban reunidas en el pequeño salón de Almodis. Tres músicos alzados sobre una tarima proporcionaban una melodía de fondo con arpa, cítara y vihuela. Lionor, Brígida y Bárbara acompañaban a la condesa, mientras Delfín descabezaba un sueño en una banqueta a los pies de su ama. El chambelán de turno abrió la puerta y en alta voz, enunció:

—Señora, el arcediano Eudald Llobet está aguardando en la antesala para ser recibido.

La condesa dejó a un lado la labor que estaba en sus manos; dio un ligero golpe con el pie en la banqueta para que el enano se despertara y, realmente contenta, indicó a sus damas y a los músicos que se retiraran.

—No os entretengáis, chambelán. Ya sabéis que mi confesor siempre tiene el paso franco en mi salón.

El ujier se retiró silencioso, las damas recogieron sus labores y partieron, los músicos hicieron lo propio con sus instrumentos.

Al cabo de un instante la tonsurada cabeza del padre Llobet asomaba por el quicio de la puerta.

—¿Dais vuestro permiso, señora?

La expresión del religioso le indicó que algo anómalo pasaba.

—Por Dios, señor arcediano, vuestra reverencia lo tiene siempre.

El inmenso clérigo avanzó por el centro del salón y en última instancia se cruzó con Delfín que salía en aquel instante. Eudald le saludó, como siempre, afectuoso, colocando su inmensa mano sobre la coronilla del hombrecillo y revolviéndole el ralo cabello.

—Bien hallado Delfín, ¿cómo te encuentras?

—Bien, vuestra reverencia, contento de veros y añorando vuestras enseñanzas. Siempre ando entre cluecas latiniparlas que hablan sobre boberías y que me obligan a descabezar un sueño para no escuchar sus monsergas.

La condesa, que conocía de sobra el talante de su bufón, con una media sonrisa le habló de lejos.

—¿Me incluyes a mí, Delfín, entre esas cluecas?

El enano, mirando de soslayo y dirigiéndose a la puerta, respondió:

—En verdad que no erais así, pero de eso hace ya muchos años. Id con cuidado, ama, su compañía os influye demasiado.

Ya había desbordado al clérigo, cuando ocupado en responder a su ama, topó con el pie del trípode de un candelabro y dio con sus pobres huesos en el suelo. La condesa soltó una carcajada.

—Mejor harías de mirar por donde vas… Y no me refiero a ahora sino en tu vida. De no ser por mí, ¿qué habría sido de ti? —preguntó Almodis, risueña.

El enano se levantó, indignado, y se sacudió las perneras con su gorrilla.

—Seguramente seguiría en mi bosque, tan tranquilo… Aunque tal vez a vos os habría ido diferente sin mi ayuda y consejo —replicó, con intención.

Tras estas palabras, airado y confundido, se dirigió a la cancela y con un gesto que pretendió ser violento, intentó dar un portazo; la pesada puerta se le resistió y lo que pretendía haber sido una despedida digna se convirtió en un espectáculo risible.

El clérigo se acercó hasta el sitial de la condesa, y cuando pretendía tomar su mano para besarla, ella se le adelantó y tomando la suya, sin levantarse de su asiento, la acercó a sus labios.

—Soy yo, vuestra reverencia, la obligada. Cuán caro sois de ver en visita privada, únicamente hablo con vos en confesión y eso no ocurre todos los días.

La condesa lo observó detenidamente.

—Sentaos, Eudald, y decidme qué es lo que ocurre, porque algo ocurre.

El sacerdote tomó asiento frente a la condesa, y tras enjugarse el sudor de su frente con un pañuelo, se explicó:

—Las cosas, condesa, no por sabidas son menos dolorosas. Soy mensajero de malas nuevas para Marta. Mejor dicho, para Amina, su amiga y sirviente.

—¿Qué es lo que sucede, Eudald?

—Omar, el padre de Amina, falleció ayer por la noche. Era esclavo liberto de la casa de Martí Barbany, fue un fiel servidor y se ha ido a morir ahora que su amo está de viaje. Va a ser un doloroso trance para su hija y también para Marta.

—No sabéis cuánto lo lamento; ¿ha sido cosa repentina?

—No, señora, el desenlace era inevitable pero no por esperado es menos triste para los que le amaban.

—Me imagino que recabáis mi beneplácito para que Marta y su criada vayan a la casa de la plaza de Sant Miquel —dijo la condesa.

—Eso es lo que os demando.

—Dadlo por concedido, sin embargo deberán ir acompañadas por dos criados. No quiero la responsabilidad de que algo le ocurra en ausencia de su padre. ¿Hay algo más que pueda hacer por vos?

—Únicamente atender a mi protesta ante vuestra aseveración de que sólo me veis en el confesonario —repuso el clérigo—. Si tal ocurre, no es por mi culpa. Todos los días estoy en palacio, bien para preparar a vuestra hija Sancha para su boda, bien para dar clases a Marta.

—Realmente algo de razón tenéis —se lamentó Almodis, con un suspiro—. Mis tareas son muchas y mi tiempo, escaso. Más ahora, que ando con los preparativos de la boda de Sancha... Pero antes me buscabais con ahínco.

—Y haría lo mismo si de mí dependiera, pero mi tiempo, como el vuestro, es exiguo: presido el capítulo de la Pia Almoina, ya sabéis que pretendemos restablecer la antigua vida de comunidad. Y después, entre la escuela de postulantes, la sopa de los pobres, que vos presidís, que hasta hace poco tiempo eran cien y hoy día rebasan los ciento cincuenta, y la corrección de copias de manuscritos, se me pasa la mañana. Por la tarde estudio pergaminos antiguos, y tres días por semana doy mis clases aquí en palacio. Como veréis, no tengo tiempo ni para ocuparme de mis rosales.

—Hablando de rosales, sé que habéis dado unos inmejorables consejos a esa encantadora jovencita que es Marta Barbany. —Almodis sonrió al pensar en la muchacha—. Martí Barbany puede estar orgulloso de ella: debo reconocer que le he tomado un gran aprecio.

El padre Llobet asintió: pocos querían a Marta tanto como él. Iba a decir algo más, pero la condesa cambió de tema.

—Realmente ambos estamos harto ocupados; dejadme entonces, con más razón, aprovechar el tiempo que me regaláis esta mañana.

La condesa, que en cuanto tenía algo en la cabeza, no cejaba, prosiguió:

—¿Qué os parecen los prometidos de mis hijas? Os lo pregunto porque, al no ser vos un cortesano al uso, acostumbráis a ser muy sincero.

El sacerdote hizo una ostensible pausa, ponderando la pregunta.

—Si he de deciros la verdad, creo que el conde de Cerdaña será un buen yerno.

Ante la respuesta de Eudald, Almodis comentó:

—¡Qué buen embajador me ha robado la Iglesia! ¡Cómo negáis, afirmando! A buen entendedor pocas palabras bastan, pero decid, ¿qué os parece Guigues d'Albon?

—No me agradan los hombres volátiles y dicharacheros, vuestra hija Inés tendrá escaso apoyo en las contingencias que le depare el destino. Honradamente, creo que es un joven al que le falta criterio.

La condesa exhaló un hondo suspiro.

—Los intereses de Estado no son los de una madre. Y vos sabéis que yo lo sé bien, lo he experimentado en mis propias carnes. —Tras una pausa prosiguió—: ¿Y cómo veis al heredero?

Esta vez la digresión la hizo Eudald.

—Señora, obligáis a un pobre sacerdote a opinar de cuestiones de Estado que no le competen.

—Dejadme que os insista, sois tan caro de ver...

—Está bien, perdonadme la franqueza: su carácter es disoluto, y ¿por qué no decirlo?, perjudicial para vuestro hijo Berenguer. Puede ser una maldición para el condado, cuando herede a su padre... si llega a heredar.

—Si llega a heredar, claro es... y ¡por mi vida que sois osado!, nadie en su sano juicio se atrevería a opinar así.

—Es lujo de viejo, señora —sonrió Llobet—. Cuando alguien calza mis sandalias, se puede permitir licencias como las que yo me permito. El trayecto que me resta es corto y no pienso perder un instante de mi descanso escuchando la voz de mi conciencia llamándome embustero.

—Realmente sois delicioso. Perdonadme el paréntesis, pero atendamos el asunto que os ha traído aquí.

Almodis se alzó de su asiento y se dirigió al bordón que hacía sonar la campanilla en la antesala. Dos toques ligeros y ya el ujier estaba en la puerta.

—Mandad, condesa.

—Enviad a un criado que avise a Marta Barbany y a su criada Amina, que acudan a mi presencia.

Ahmed aguardaba ansioso junto a la cancela la llegada de su hermana y de Marta. La tarde anterior, a última hora, había ido a la Pia Almoina para suplicar al padre Llobet que, aprovechando que tenía paso franco en palacio, hiciera llegar la triste noticia del fallecimiento de su padre a ambas muchachas. Por la noche llegó Magí, ayudante de Eudald, para notificarle que al día siguiente, al rezo del Ángelus, irían a su casa Marta y Amina.

En tanto aguardaba, recordaba Ahmed la impresión que le causó el joven adjunto; su mirada huidiza, la pálida piel y lo desmedrado y ojeroso de su rostro; también recordaba que el cura le miró de soslayo procurando hurtarse de su mirada, medio oculto por la capucha de su hábito. El mayordomo, Andreu Codina, le buscó en las dependencias de los criados para notificarle que un emisario del padre Llobet lo aguardaba en el patio. Recordaba Ahmed que indagó el motivo de no haberlo hecho pasar y que el mayordomo se justificó diciendo que el otro no había querido.

En esas andaba la mente de Ahmed cuando a lo lejos divisó a las dos muchachas que se acercaban al portón a través de la plaza. Delante de ambas iba un criado y tras ellas un guardia armado con espada corta y daga. Al principio algo le desorientó; el aspecto de Marta había cambiado, o mejor dicho, lo había hecho su porte: aquella chiquilla que corría más que andaba se había tornado en una damita encantadora.

Al llegar a la cancela del enlosado patio los dos hombres se hicieron a un lado y en tanto Marta se contenía, Amina se echó en brazos de su hermano, desconsolada.

Poco a poco se fue calmando y cuando ya los sollozos dejaron de convulsionar su pecho, Ahmed la apartó y extrayendo de su bolsillo un pañuelo le secó las lágrimas.

—No llores, hermana… Ya sabías que padre estaba enfermo…

—No pensé que sucediera tan pronto, Ahmed. ¡Tanto tiempo juntos y se me ha ido cuando yo no estaba! ¿Cuándo ha sido, hermano? ¿Cómo está madre?

—Fue anteayer al anochecer, Amina; murió como era él, discreto y resignado por no aumentar la pena de los suyos. Ya puedes imaginar cómo está nuestra madre… no quiere admitirlo.

Ahmed apartó a su hermana y dirigió la mirada a Marta, que estaba a un lado.

La muchacha se acercó y dio un tierno abrazo a su amigo.

—No he de decirte, Ahmed, cómo lo siento, y cómo siento también que no esté aquí mi padre. Cuando le den la noticia se va a llevar uno de los disgustos más grandes de su vida. Jamás lo consideró un servidor, Omar fue su amigo, y la vida ya le ha hurtado muchas cosas.

—¿Dónde va a ser la jinaza? —preguntó Amina con un hilo de voz—. ¿Está preparado el cuerpo de padre?

—Ni yo mismo lo sabía, ayer me lo dijo madre. El amo compró un terreno para hacer una tumba para nosotros en el cementerio para musulmanes en la falda de Collserola. Padre quiso que lo enterráramos en una fosa hecha en la tierra, mirando a La Meca y señalada con lajas de piedra, adobes o madera. Y así habrá de ser. En cuanto a lo que me preguntas, preparamos el cuerpo Andreu Codina y yo. Luego vinieron para velarlo el capitán Rafael Munt, Gaufred y Manel, y uno a uno fueron pasando todos los criados de la casa.

Tras un instante de duda, Amina habló de nuevo.

—¿Dónde está madre, Ahmed? Quiero verla. Luego veré a padre.

Marta se hizo a un lado: intuía que era un momento en que los dos hermanos y su madre debían estar a solas.

52

Pactos y alianzas

a concupiscencia de Berenguer le inducía a desear y a conseguir cualquier mujer, de la corte o de fuera de ella, que se pusiera a su alcance y, dada su cuna, pocas eran las que osaban resistírsele. Sin embargo, una lascivia absolutamente irrefrenable le hostigaba hacía algún tiempo, y el objeto de su deseo no era otro que la recién llegada al séquito de las damas de su madre, Marta Barbany, cuya imagen le quitaba el sueño. Sin embargo, el acoso de la pieza presentaba grandes inconvenientes, añadidos a la actitud de la muchacha, que hacía lo imposible por rehuirle, de manera que era casi imposible sorprenderla a solas. A ello se añadía el impedimento sobrevenido de aquel impertinente mozuelo arribado a palacio, hijo del vizconde de Cardona, en calidad de rehén pero que más que rehén parecía un huésped. Se había percatado de que ambos jóvenes pasaban juntos los ratos libres. Todo este afán obsesionaba su presente, mas no por ello descuidaba su futuro que presumía complejo e incierto en demasía, porque si bien para él era importante holgar, cazar y seguir acosando a mujeres, la herencia que le correspondiera al fallecer su padre sería determinante para poder continuar con el tipo de vida que tanto le placía, poco le importaba dónde fuera.

Aquella mañana tenía una cita que presentía importante con su medio hermano Pedro Ramón.

Ambos se habían sentado junto a uno de los ventanales del pabellón de caza en dos sillones de tijera cuyo asiento y respaldo se habían confeccionado con piel de venado, bajo las figuras disecadas de una cabeza de oso pirenaico, un águila real y dos urogallos.

—Creo que deberíamos habernos reunido hace ya muchas jornadas —abrió el fuego de la intriga Pedro Ramón.

—No será porque yo rehúya vuestra compañía.

—No es eso; sin embargo me reconoceréis que paráis poco en palacio.

Berenguer se engalló en la creencia de que el otro estaba juzgando su disipada vida.

—¿Desde cuándo sois mi guardián? ¿Acaso debo daros cuenta de mis salidas y entradas? Si tanta premura teníais por verme, podíais explicar la cuestión que os ocupa al senescal. Él me hubiera remitido el asunto, sabe siempre dónde hallarme.

Pedro Ramón, conociendo el vivo genio de su hermanastro y teniendo en cuenta que había convocado la reunión para conciliar intereses, pasó por alto la invectiva.

—Nada más lejos de mi intención que ofenderos. Únicamente me he querido referir a la dificultad de encontraros libre de obligaciones porque el asunto que me ha traído aquí me interesa tanto a mí como a vos, y quería tratarlo personalmente.

—Bien, pues aquí me tenéis. No desperdiciéis vuestro valioso tiempo en vanas digresiones e id al grano.

Pedro Ramón se incorporó algo, aproximando su cabeza a la de su interlocutor indicando con el gesto que el tema requería discreción y sobre todo, mucho tacto.

—Atendedme bien, Berenguer, lo que debo comunicaros tiene en sí mucha importancia y grandes implicaciones para nuestras vidas.

—Saltaos el preámbulo, mi tiempo también corre.

—Bien, imagino que sois consciente de que la herencia legal de los condados de Barcelona y Gerona y Osona que amparan todas las leyes hasta ahora publicadas recae, sin duda, en la persona del mayor de los hijos por derecho de primogenitura.

—Jamás me habréis oído contradecirlo —protestó Berenguer.

—Y ese hijo soy yo.

—¿Y bien?

—Creo, y lo afirmo sin reservas, que vuestra madre está intrigando para que las cosas sean de otra manera.

—Proseguid —dijo Berenguer.

—¿Qué opinaríais si, a la muerte de nuestro padre, la máxima autoridad de todos los condados recayese en vuestro hermano gemelo?

Berenguer frunció el entrecejo. Cualquier cota de poder que alcanzara Cap d'Estopes era en detrimento propio, y si bien no tenía celos de su hermanastro, la envidia le corroía cuando se trataba de su gemelo.

Pedro Ramón insistió.

—¿Se os alcanza entrever cuál sería vuestro destino si eso sucediera? ¿Cuántas y cuáles serían las limitaciones de vuestra vida bajo la férula intransigente de vuestro hermano? Seríais un vulgar súbdito, por mucho que se quisiera adornar tal condición.

—¿Estáis seguro de vuestra afirmación?

—Tengo ojos y oídos cerca de vuestra madre, y es sabido que vuestro hermano es su predilecto.

Berenguer quedó pensativo unos instantes.

—Eso se debe a que yo no cumplo con los desvelos de mi madre y sigo sin tomar esposa —dijo por fin—. En cuanto me decida, las cosas cambiarán.

—Sabéis que no es así. Vuestro hermano tampoco ha tomado esposa, y sin embargo las preferencias de vuestra madre son claras.

—¿Qué proponéis?

—Por el momento unir nuestras fuerzas y aunar voluntades para domeñar el futuro, que os auguro mucho más halagüeño si me ayudáis a que se haga justicia.

—¿Cómo de halagüeño?

Una sonrisa lobuna curvó los labios de Pedro Ramón al captar que su hermanastro comenzaba a tragar el anzuelo.

—Veréis, como sabéis, nuestro padre ha adquirido los condados de Carcasona y Races con el fin de… —empezó a decir Pedro Ramón.

—Es la primera noticia que llega a mí sobre tal asunto.

—Esto os demostrará la poca consideración que le merece

vuestra persona, me consta que vuestro hermano ha sido informado y muy bien por cierto, de esta decisión. Bien, pues como os digo, ambos territorios han sido adquiridos para apartar a mi persona de la primogenitura del condado.

—Puede ser una suposición gratuita y contraria a lo que insinuáis.

—Aclaradme lo que queréis decir —repuso Pedro Ramón.

—Que la compra de dichos condados bien puede ser para proteger mi herencia y la de mi hermano, ya que a vos os corresponderá sin duda Barcelona —explicó Berenguer, satisfecho de su conclusión.

—Cuán equivocado estáis: son las migajas que pretenden dar al heredero, ya que será vuestro gemelo el que reciba la herencia que a mí corresponde por ley.

—Supongamos que es así, ¿qué es lo que proponéis? —preguntó Berenguer.

—Es muy simple, contar con vos para apartar a Ramón del trono de Barcelona y de Gerona. A cambio, yo os entregaré los recién adquiridos condados. Tened en cuenta que las rentas son cuantiosas, la caza abundante, y no me refiero únicamente a la de los bosques, sus mujeres tienen fama legendaria y allende los Pirineos son, además de bellísimas, dadas al amor y extremadamente sensibles a los placeres. Las fiestas de palacio en Barcelona son apenas pálidos juegos pueblerinos al lado de los festejos que se organizan en los castillos del septentrión. Amén de ello seremos aliados en cuantas aventuras emprenda a mayor honra y gloria de nuestra estirpe, en los límites de la Marca.

—Y a cambio vos poseeríais los condados de Barcelona, Gerona y Osona —puntualizó Berenguer.

—Es de estricta justicia, además es mejor ser cabeza de ratón que cola de león, máxime sabiendo y valorando vuestras aficiones.

—¿Y mi hermano? —inquirió Berenguer, esbozando una aviesa sonrisa.

—Cuando de mí dependa, tendrá que conformarse con lo que mi benignidad tenga a bien concederle, aunque no descarto que nuestro padre le deje algo, no más que a vos, y yo sabré mejorar vuestra parte. Seréis siempre mucho más que él, si es que aceptáis ser mi aliado.

Los ojillos de Berenguer chispeaban, su ambición quedaba colmada al saber que su futuro iba a ser más brillante que el de su hermano.

—Contad conmigo para lo que sea menester —dijo al instante.

—Sabia decisión; cuando las espigas de trigo forman gavilla componen un haz mucho más resistente.

Tras este cruce de intenciones la siniestra pareja abandonó la estancia.

53

Mafalda de Apulia

afalda de Apulia había cumplido once años, y hasta el momento sólo las escasas inquietudes propias de la infancia habían nublado su feliz y tranquila vida. A pesar de su corta edad, su belleza, su noble porte y su prestancia eran notables: su armoniosa figura, su blanca piel y su dorado cabello, heredados de su padre Roberto Guiscardo, duque de Apulia y Calabria, revelaban sus raíces nórdicas. Su personalidad se acusaba todavía más por sus orígenes, su amada Normandía y el orgullo de pertenecer a una casta de navegantes y conquistadores que había estremecido al mundo desde siempre. Su madre, la duquesa Sikelgaite de Salerno, con la tácita aquiescencia de su padre, la había autorizado a asistir, desde uno de los palcos del salón de los tapices, a la recepción en honor del ilustre huésped.

—Fíjate bien, hija mía, en la presencia de nuestro invitado —le había dicho su madre.

Dados sus pocos años, Mafalda no llegó a colegir la importancia de lo que la duquesa le decía: se acomodó en compañía de sus hermanos Ruggiero y Guido en el disimulado antepalco del primer piso y, desde aquella privilegiada posición, medio oculta por el cortinaje, se dispuso a gozar de la velada que suponía la primera vez que le permitían, aunque fuera a escondidas, participar de la fiesta.

El salón era un ascua de oro. Las damas y los caballeros mostraban sus mejores galas. Mafalda, pese al impedimento que representaba la doble corona de palmatorias que ornaban la lámpara que lucía a la altura del primer piso, observaba con curiosidad y admiración tanta galanura: toda la corte se hallaba presente en Palermo, las llamas de las candelas se reproducían hasta el infinito, reflejadas en escudos, copas, espejos y armaduras. En el centro del salón se alzaban los tronos de sus padres, y a la derecha de su madre, en un escalón inferior y en un sitial tapizado con un damasco de estrechas franjas rojas y amarillas, se encontraba el ilustre huésped. Los ojos de Mafalda vieron a un caballero de nobles facciones, de unos treinta y cinco o cuarenta años, de mirada penetrante, nariz aguileña, boca ancha y lo más destacado, un hoyuelo que casi hendía su barbilla. De su persona emanaba una sensación de fortaleza que debía reconfortar el ánimo de los que se llamaran sus amigos o aliados. Apenas pudo entender las palabras de cortesía que intercambiaron su padre y el visitante, prendada como estaba de las luces y el lujo. Su hermano Ruggiero la observaba con sorna.

Al terminar la recepción, su aya la recogió y la acompañó a sus estancias. Su madre, cosa insólita, apareció en su cámara antes de que el sueño la venciera.

—¿Qué te ha parecido nuestro invitado? —indagó.

—Creo, madre, que debe de ser un embajador notable o algo parecido.

—Mañana hablaremos de mujer a mujer, porque ya casi eres una mujer, Mafalda.

La frase de su madre la sorprendió un poco, pero en su cabeza aún flotaban las imágenes de la recepción y se durmió, mecida en ellas, como si de una nana se trataran.

Al día siguiente, su aya acudió a despertarla. Después de lavarla en la bañera de cinc y perfumar su cuerpo, la vistió con un brial nuevo, le recogió el cabello con una redecilla de malla plateada en cuyas intersecciones lucían pequeñas perlas finas y tras vestir sus piernas con medias de seda le calzó unos chapines de raso de cuatro suelas del mismo color plateado.

—¿Adónde voy así vestida, ama? —preguntó Mafalda, un poco extrañada ante tanto boato.

—No preguntéis, son órdenes directas de vuestra madre.

Partieron ambas mujeres y por el rumbo que tomó su aya supo que se dirigía al gran salón instalado bajo el dormitorio de sus padres, en la torre del homenaje. El centinela de cámara, al ver de quién se trataba, se hizo a un lado. Los nudillos del ama golpearon la puerta, la voz de su madre respondió desde dentro. Mafalda conocía la estancia aunque pocas eran las veces que había sido convocada. Al abrirse la hoja divisó a la duquesa junto a una de las ventanas lobuladas devanando con su pequeña rueca una madeja de lana. La puerta se cerró tras las dos y la voz del ama resonó respetuosa sin acercarse a su madre.

—Señora, tal como me habéis ordenado he traído a la niña.

—Puedes retirarte… Y tú, hija, acércate.

La mujer se retiró y Mafalda tuvo la certeza, al aproximarse hacia donde estaba instalada su madre, de que algo importante iba a pasar ese día.

—Siéntate, Mafalda. Creo que ha llegado el momento de que hablemos de ciertas cosas que te atañen de forma muy directa.

La muchachita se acomodó en un escabel a los pies de la duquesa.

—Soy toda oídos, madre.

La duquesa recogió los avíos de su tarea y se dispuso a dialogar con su hija.

—A cualquier madre le cuesta reconocer que el tiempo pasa para sus hijos… —La dama miró a Mafalda, y le sonrió—. Pero la evidencia está ahí y no puede negarse, así que ya es la hora de abordar ciertos temas, hija mía…

—No entiendo adónde queréis ir.

—Verás, querida, los días transcurren y sin darnos cuenta una niña se hace mujer, y eso no ocurre despacio. Simplemente, una noche la que era niña se acuesta y despierta siendo mujer, después de manchar las sábanas; sin saber cómo, su cuerpo ha madurado y puedes procrear, ¿me vas siguiendo?

Un rubor escarlata invadió la inocente cara de Mafalda desde la raíz de sus cabellos hasta el nacimiento de sus senos. Su madre se dio cuenta.

—No te alarmes, querida, de no ser así se acabaría la humanidad. La mujer está hecha de manera que su vientre sea un estuche acolchado y maravilloso que Dios ha designado como depositario de un misterio que nadie alcanza a comprender y que es común para todos: labriegos, condes, obispos y hasta el mismo Papa, del mismo modo que a todos nos iguala la muerte.

—Madre, sigo sin comprender.

—Por eso te he convocado. —La duquesa lanzó un suspiro—. Déjame que te explique. Ayer se te permitió presenciar la recepción y como comprenderás es porque se trataba de algo extraordinario relacionado contigo.

Su mirada interrogante invitó a su madre a proseguir.

—Recuerda que te advertí que observaras con detenimiento a nuestro invitado, aunque anoche me confesaste que apenas reparaste en él, impresionada por la recepción. Bien, lo comprendo, pero no era eso lo que motivó que vuestro padre y yo misma autorizáramos tu presencia.

En aquel momento Mafalda se sintió desconcertada: ella había creído que el hecho de permitirle presenciar aquel acontecimiento era una cuestión entre su madre y ella, jamás hubiera imaginado que su padre, que tanto temor le inspiraba, estuviera advertido.

—¿Entonces, madre, debo colegir que mi señor padre estaba al corriente de que iba a asistir a la recepción desde el palco?

—He de reconocer que no estuvo precisamente encantado con mi iniciativa, pero la aceptó a regañadientes.

—Y ¿me queréis decir el motivo de tan extraordinaria decisión?

—Por eso estás ahora aquí. Verás, hija mía: tu padre, que siente por ti una especial predilección, decidió darte la oportunidad de conocer al emisario de quien será tu futuro esposo.

En aquel preciso momento todo el flujo de sangre que había invadido el rostro de la muchacha momentos antes huyó como por ensalmo de él y una palidez cadavérica lo inundó.

—Pero madre, ¿cómo me habláis de un esposo que ni conozco, ni he hablado con él jamás y al que ni tan siquiera he visto el rostro?

—Eso no importa, pequeña —la tranquilizó su madre, acariciándole los cabellos—. Hay cosas que debes saber. En estos tiempos, una princesa está al servicio de los intereses de los reinos. Tienes suerte de que tu padre, que te adora, haya tenido en cuenta tu felicidad y te ha elegido un esposo joven y por cierto muy agraciado, que te colmará de venturas y que, como conoce la alcurnia de nuestra casa, pagara unos *sponsalici* de acuerdo con los beneficios que le reportará emparentar con nuestra casa de Sicilia.

La cabeza de Mafalda daba vueltas como la rueda de una rueca.

—¿Cuál es su nombre, madre, y a qué casa pertenece?

—A la casa condal de Barcelona; su nombre es Ramón Berenguer.

—Pero madre… —dijo Mafalda, casi sollozante—, ¿por qué ha de ser así? ¿Tan pronto…?

—Yo tenía catorce años cuando me casé con tu padre, al que por cierto no conocí hasta el día de los esponsales, y he sido una esposa feliz. Eres nuestra única hija, y esta alianza conviene a nuestra casa. Cuando tenías ocho años pasamos mucha zozobra y desazón: la armada del emperador de Constantinopla bloqueó nuestras costas, impidiéndonos el comercio con los demás reinos del Mediterráneo. La armada catalana es muy poderosa, y siendo el conde tu esposo no permitirá que nadie amenace el reino de su esposa. ¿Me vas comprendiendo?

—Pero madre… ¿qué tiene que ver todo eso con el amor? —protestó Mafalda.

—Esto no es importante, Mafalda, hija mía. Hay algo que no debes olvidar: un hijo varón deberá defender el escudo de su casa con la fuerza de su espada, una hembra lo hará con el vigor de su feminidad y la fecundidad de su vientre.

Mafalda había oído esa frase muchas veces, pero por primera vez comprendía su significado.

—¿Cómo es, madre? —preguntó con voz temblorosa—. ¿Es muy mayor?

Sikelgaite de Salerno sonrió. Su hija seguía siendo una niña, se dijo, y se sintió invadida por una oleada de ternura. Le apretó con fuerza la mano y se levantó de su sitial.

—Voy a hacer algo que no debo, pues tu padre quiere poner a prueba tu obediencia, pero soy mujer y madre, y te comprendo.

La dama se dirigió a un canterano esquinero y de su cajoncito superior extrajo algo que Mafalda no pudo ver, regresando a continuación junto a su hija.

—Mira.

Entonces, oprimiendo el resorte abrió el camafeo que le había entregado su marido.

La muchacha lo tomó en sus manos y lo observó con atención.

El perfecto perfil del rostro de Cap d'Estopes apareció ante ella.

Mafalda alzó los ojos hasta su madre.

—Es muy apuesto, señora —balbuceó la niña, gratamente sorprendida.

—Tienes esa suerte.

—¿Es rubio o moreno? Porque la imagen es de marfil.

—Es rubio como el trigo en verano, y además parece normando —dijo la duquesa de Salerno, y, sin poder reprimirse, acogió en sus brazos a esa hija amada que empezaba su difícil camino en el mundo de los adultos.

54

La falúa

Al regreso de Palermo y de nuevo a bordo, Martí expuso a Manipoulos todo lo que sucedió en la corte de Roberto Guiscardo, desde la presentación de sus credenciales a la recepción dada en su honor por el Normando. Luego le relató las razones que habrían de dificultar el encuentro con Naguib y la exhaustiva explicación que le dio el almirante Tulio Fieramosca.

El astuto griego escuchaba el relato sin apenas parpadear, y al finalizar Martí su explicación, comentó:

—Creo que las acreditaciones y documentos que se os han facilitado deberán ser utilizados como último recurso, pero que lo que hagamos por nuestra cuenta habrá de ser mucho más sigiloso que el mostrar nuestras cartas a cualquier autoridad, ya que eso llegará fácilmente a oídos del pirata.

—Entonces, ¿qué es lo que proponéis?

—En vuestra ausencia he ido perfilando un plan que si bien puede no salir, en forma alguna hará peligrar nuestra misión.

—Continuad.

—No únicamente lo he pensado sino que he comenzado a elaborarlo.

—Decidme, Basilis, no estoy para acertijos.

—Acompañadme.

El griego se puso en pie y condujo a Martí hacia la aleta de estribor del bajel. Allí se inclinó sobre el guardamancebos de madera que circunvalaba la nao e indicó a su amigo que mirara hacia abajo.

Martí se asomó y pudo observar amarrada al navío una falúa de pesca equipada con vela latina y pertrechada con dos pares de remos, de las que abundaban por aquellas costas perfectamente aparejada y lista para la navegación.

—¿Y eso?

—La compré hace dos días a un pescador chipriota —explicó Manipoulos—, es una barca pequeña pero muy resistente, típica de estas costas. La conozco bien, yo comencé mis singladuras en una igual que esta, y lo más importante, llegue al puerto que llegue y atraque en la playa que atraque, no llamará la atención de nadie.

—Proseguid, Basilis, os escucho con el mayor interés.

—Lo tengo muy pensado. En tanto llega de Barcelona el fuego griego, voy a partir en la falúa como uno de tantos pescadores que se ganan la vida en la mar e iré a las costas del país de Calabria, pues se me hace difícil imaginar a Naguib en las cercanías de Sicilia.

—¿En qué fundáis vuestra sospecha? —indagó Martí.

—Veréis, Martí, mi viejo pellejo ha andado toda la vida en la mar y conoce bien a esos perros. Jamás se meten en una gatera que no tenga varias puertas. Vos permaneceréis aquí y no dudéis que él lo sabrá; si quiere entrar en tratos con vos buscará los medios oportunos para ello, y os planteará la fecha y forma del encuentro para hablar del rescate; por eso quiero averiguar cuanto nos pueda ayudar a preparar nuestro encuentro, que indefectiblemente sucederá, más pronto o más tarde. No quiero verme encerrado con el *Santa Marta* en una trampa sin salida y que además de perder al *Laia*, perdamos este barco, o incluso la vida.

—Os sigo, pero no capto vuestra intención en su totalidad.

—Partiré hacia la punta de la península, donde también se extienden los dominios de Roberto Guiscardo, llevando desde luego en mi zurrón las cartas para las autoridades de la zona; sin embargo no las utilizaré si no me son imperiosamente necesarias. Quiero visitar todas las tabernas de la ribera y mucho me he de equivocar si, empleando el oro que nunca falla, no consigo información venciendo resistencias y quebrando voluntades.

—¿Y dónde pensáis que hallaréis lo que buscáis? —inquirió Martí.

—El pirata, si no me equivoco, querrá tener a su alcance dos costas para proteger su huida, y no han de ser precisamente las que se hallan entre Calabria y Sicilia, sino más bien las orientales en el Adriático, pues si bien una de ellas pertenece al Normando es fácil que entre las islas e islotes del otro lado se sienta más seguro y protegido por los enemigos de los normandos.

—¿Entonces?

—Quiero visitar las tabernas de Otranto, Tricase y Santa María de Leuca. Si allí no encuentro lo que busco, ¡por mi madre que dejaré de llamarme Basilis Manipoulos!

Martí, tras meditar unos instantes, respondió al griego:

—Bien me parece vuestro plan, pero no considero procedente que vayáis solo en este viaje. Además de los peligros de tierra tendréis los de la mar, y una falúa como la que habéis comprado se gobierna mejor con dos que con uno; de manera que aguardaréis a que tengamos noticias de Barcelona con la arribada del capitán Felet y de Ahmed, y si se ha logrado nuestro propósito, determinaremos el plan. Como comprenderéis, si nos traen el fuego griego obraremos de una manera, en caso contrario, lo haremos de otra. De cualquier modo, no quiero que partáis solo.

—Me parece medida prudente aunque innecesaria —rezongó el griego.

55

Un juego inocente

esde la discusión que habían mantenido días atrás, Marta evitaba ver a Bertran, quien a ratos, cuando la veía dirigirse al invernadero, la seguía con la mirada. El joven había vuelto a sumirse en el silencio hosco que había acompañado a sus primeros días en palacio. Sin embargo, aquella mañana, tras la sesión de entrenamiento con el senescal, Ramón Berenguer le comunicó que el martes siguiente partirían hacia los alrededores del castillo de Arampuña, acompañando al ilustre prometido de su hermana, Guillermo Ramón de Cerdaña, a una batida de caza, y que quería que Bertran se ocupara de los halcones. Éste fingió indiferencia ante la noticia, pero Ramón habría jurado que en sus ojos brillaba la ilusión. No se equivocaba: Bertran llevaba semanas encerrado en palacio, y su sangre joven necesitaba espacios más amplios.

Salió Bertran de palacio encantado con la nueva y deseoso de compartirla con quien hasta entonces había sido su única amiga en palacio. Por enésima vez en aquellos últimos días, lamentó la confrontación que había mantenido con Marta que le condenaba ahora a una triste soledad. Así pues, en lugar de ir al invernadero, donde sabía que la encontraría a esas horas, se dirigió a las jaulas de los halcones.

Desde el invernadero, Marta le vio caminar con un cesto en la mano y dirigirse a las jaulas. Al igual que Bertran, también ella se sentía deseosa de hacer las paces. Al fin y al cabo, no era él quien la había ofendido, sino Adelais. Por ello, con paso lento y displicente, se encaminó hacia él, sin saber muy bien cómo abordar el tema y zanjar el asunto. En cuanto lo tuvo cerca, no obstante, un hedor repugnante la obligó a detenerse.

—¿Qué es lo que lleváis en esa cesta que ofende mi nariz? —preguntó Marta.

El joven apartó el trapo que cubría los restos de los conejos y se los mostró a la muchacha.

—Es la pitanza de los halcones.

—¡Por Dios bendito, que asquerosidad! Si huele a podrido…

—Les encanta la carne medio pasada.

—Medio pasada decís, está completamente putrefacta.

Bertran colocó el lienzo nuevamente sobre el cesto y añadió:

—Ignoráis que las aves se cuelgan del cuello, en la bodega con una guita y que cuando se pudre el cordel y se caen, es cuando están en su punto.

—Las aves tal vez, no los conejos —replicó Marta. Iba a proseguir con el tema cuando se percató de que, si bien había ido hacia él con la intención de hacer las paces, si seguía por ese camino iban a enzarzarse en una nueva discusión. Así que, en lugar de decir nada más, le sonrió.

Él le devolvió la sonrisa y dejó la cesta en el suelo.

—Tienes razón —dijo riéndose—. El hedor es terrible. Salgamos.

—Bertran… —le dijo ella, en cuanto hubieron salido de las jaulas—. El otro día…

—Me porté como un mentecato —terminó él—. ¿Podrás perdonarme?

Marta esbozó una sonrisa maliciosa.

—En eso no vamos a discutir… Está bien que un joven noble sepa pedir disculpas.

—¿No te das por vencida? —dijo Bertran, fingiendo estar enojado.

—¡Nunca!

—¡Eres incorregible! —replicó él, aún sonriente—. Alguien debería darte una lección…

Marta miró a ambos lados.

—Hazlo tú… si puedes. Dame tres credos de ventaja para esconderme y si consigues encontrarme seré yo la que te pida disculpas, ¿de acuerdo? —Y antes de que el joven pudiera reaccionar, salió corriendo dejando a Bertran estupefacto.

Marta dudó unos instantes; si se ocultaba en la bodega tendría que pasar por las cocinas, así que cambió de idea y se dirigió rauda a la escalera posterior que daba a lo que llamaban el «huertecillo de la monja» y ya sin dudarlo se dirigió a la leñera, que estaba al fondo de dicho huerto y era una construcción alargada de ladrillo cocido y teja árabe que alojaba las diversas clases de troncos que alimentaban las chimeneas de palacio. Cuando ya iba a entrar sintió que se le aflojaba la cinta y el cabello se le desparramaba por la espalda. Abrió la puerta y se introdujo en el interior; y durante un momento le cegó la oscuridad. Luego sus ojos se acomodaron a la luz y fue distinguiendo las cosas. La leña estaba clasificada por tamaños, la más gruesa al final y tras ella un pequeño tabuco donde dormía el criado encargado de guardar todo aquello. Hacia allí encaminó sus pasos, entró sin dudar y se ocultó allí dentro.

Bertran, en cuanto hubo concluido los tres credos, partió tras ella. Examinó someramente las estancias de palacio que no estaban ocupadas, pues habiendo voces en el interior seguro que la muchacha no se había ocultado allí; se asomó al jardín e instintivamente se dirigió al cuarto del jardinero; allí estaba el cestillo donde Marta guardaba sus aperos de jardinería y cuando se disponía a partir, un objeto llamó su atención y a partir de él, una idea iluminó su mente. Junto a las tijeras, los guantes y el pequeño rastrillo asomaba la punta de una de las cintas del pelo de Marta. Bertran sonrió para sus adentros; tomó la cinta y encaminó sus pasos hacia las perreras donde se alojaban los mastines de caza del conde; podencos, galgos, perros de agua, mastines para la caza del jabalí, que cuando olfatearon su proximidad lo recibieron con una barahúnda de ladridos. Muchos días Bertran había acompañado al criado dedicado a darles su pitanza y los canes le conocían. Desde el primer día había escogido un perro y el perro le había escogido a él. Era un hermoso ejemplar de la camada habida por una perra excelente regalo del conde de Besalú, cruce de lebrel y podenco. Bandoler era su nombre. Bertran abrió con cuidado la puerta de la perrera y se introdujo en su interior. Los canes se arremolinaron a su lado restregándose contra sus piernas creyendo que les traía la pitanza. Bandoler ganó la posición y le saludó, alzándose sobre sus patas traseras, con lametones y breves ladridos; Bertran lo tomó por la collera y, a duras penas apartando al resto, lo sacó al exterior.

Luego de acariciarlo y palmearlo extrajo del bolsillo de su pantalón la cinta de Marta y la acercó al hocico del can. Éste la olfateó con fruición y supo al punto que terminaba el juego y comenzaba el trabajo; súbitamente enderezó el rabo y empezó a dar círculos concéntricos buscando la huella; cuando Bertran intuyó que la había hallado sujetó la traílla al collar, dejando la cuerda larga. El animal hacía y deshacía caminos hasta que encontró la huella de la muchacha, entonces comenzó a tirar como un poseso. Atravesaron el jardín y por la parte posterior entraron en el «huertecillo de la monja». El perro cada vez tiraba más y más fuerte y su caminar era más seguro. Al llegar a la puerta de la leñera se puso a ladrar, y Bertran no pudo reprimir una sonrisa. Abrió la cancela y se introdujo en el interior. La luz exterior apenas iluminaba el depósito de leña. El perro tras olisquear el aire se dirigió raudo al chiribitil del fondo, y de súbito empezó a apartar con sus poderosas patas la leña acumulada. Tras ella comenzó a aparecer la cabecita de Marta, que se puso en pie furiosa y desgreñada.

—Eres un tonto y un tramposo… ¡No pienso disculparme de nada!

—Ni yo lo pretendo…

Bertran se acercó y colocó sus manos en la cintura de la muchacha.

—No tienes que disculparte de nada… Seguramente seré yo quien tenga que hacerlo dentro de unos instantes.

Y al terminar la frase posó los labios en los de Marta. Fue un beso dulce y fugaz. Marta sintió que le temblaban las rodillas y que algo desconocido y hermoso nacía en el fondo de su corazón.

56

La condesita Sancha

as condesitas Inés y Sancha se reunían con las otras damas todas las tardes, después del rezo de las ánimas, en la sala de costura, donde, dirigidas indistintamente por doña Lionor o doña Brígida, practicaban labores de diversas especialidades que iban desde la confección de tapices, encajes de bolillos, trabajos de bordados en tambor o labores de ganchillo y agujas.

A Marta le habían asignado un inmenso cilindro relleno de crin de caballo forrado de raso marrón y atravesado de arriba abajo por una franja de suave piel de oveja, del que pendían una cantidad inmensa de palillos de madera sujetos por hilos blancos que había que ir entremezclando para luego clavarlos mediante alfileres en el artilugio. A ella le costaba al principio un gran esfuerzo; sin embargo, manejados veloz y hábilmente por las manos de doña Lionor, se producía el milagro de que, ante los asombrados ojos de la muchacha, fuera creciendo una ancha franja de un encaje precioso. Al principio sus dedos obraron con torpeza pero al cabo del tiempo no únicamente podía manejarse sin mirar lo que hacía, sino que podía intervenir en las conversaciones de las demás sin que por ello su labor se viera perjudicada.

Durante un intervalo de tiempo era obligado guardar silencio, mas cuando la sesión avanzaba, la dueña acostumbraba a autorizar las charlas siempre que éstas versaran sobre temas propios de muchachas de buenas costumbres y de alta cuna, como era el caso. Aquella tarde se produjo una situación singular. Doña Lionor fue requerida con cierta urgencia por la condesa Almodis y tuvo que abandonar la salita, no sin antes recomendar a sus pupilas que fueran moderadas en sus comentarios y que sobre todo mantuvieran una actitud de trabajo y de respeto hacia las demás.

Sin embargo aquel día no era un día vulgar. La vida de palacio acostumbraba a ser de una monotonía exasperante para muchachas entre los doce y los dieciocho años; por tanto era de suponer que cuando algo anómalo acontecía, estuvieran revueltas; máxime cuando se trataba de tema tan apasionante como una futura boda o una cuestión de amores. Aquella tarde, la condesita Inés no había acudido a la clase pues el patronazgo de un nuevo convento había requerido su presencia. Por tanto presidía la sesión Sancha, que por otra parte era la protagonista del día, ya que la tarde anterior había llegado a palacio, invitado por su padre, el conde de la Cerdaña, Guillermo Ramón, para pedir su mano y en su honor se había planeado una cacería y a la noche siguiente una cena.

Las muchachas estaban arrebatadas.

—Señora, ¿no estáis nerviosa o al menos alterada?

La que así preguntaba era Estefania Desvalls, una muchacha morena y algo rolliza, muy simpática, con la que Marta había hecho muy buenas migas, heredera de una de las familias de próceres barceloneses más notable y de mayor raigambre.

—Más que nervios, siento curiosidad por ver cómo es mi futuro esposo —respondió Sancha.

Esta vez fue Araceli de Besora, cuyo padre era uno de los senescales del conde. Pelirroja, pecosa y muy atrevida.

—Yo estaría dando cabriolas. Pensar que voy a conocer al hombre con el que me habré de acostar y con el que voy a tener mis hijos…

Anna de Quarsà intervino.

—Creo que cualquier hombre vale para llegar a ser una mujer casada y salir del dominio de los padres.

—¿Para qué?, ¿para entrar en la tiranía de un marido que ni sabes cómo es, ni conoces sus costumbres? Creo que no vale la pena —apuntó Adelais de Cabrera.

Eulàlia Muntanyola, de la familia del obispo de Osona, apostilló:

—¿Qué pretendéis, entonces? ¿Ir para novicia?

—Si llego a abadesa tal vez firmara ahora mismo. Al menos gobernaría mi vida a mi manera, y es del común conocimiento que las novicias que aún no han profesado tienen sus caballeros —respondió, adusta, la primera.

Un instante de silencio se enseñoreó de la sala.

—Creo firmemente en el criterio de mi padre que, si bien sé que mirará por el bien del condado, me consta que me ama profundamente y no me llevará al sacrificio; y si con mi boda puedo coadyuvar al engrandecimiento de mi país, entiendo que es mi obligación y que no ha de haber en el mundo misión más honrosa que ésta —afirmó la condesita.

—Señora, sin duda se trata un marido de nobilísima cuna… Aunque algo mayor y viudo, ¿no hubierais preferido tal vez uno más cercano a vuestra edad? —preguntó Araceli.

—Querida, todas aspiramos a lo mismo, pero la perfección no existe.

—Todas deseamos un marido joven, noble y atractivo, aunque algunas lo pretenden desde su condición de ciudadanas sin nobleza y aquí no se sienten a gusto —dijo en voz alta y clara Adelais, mirando a los ojos a Marta.

Esta vez el breve silencio fue tenso. Marta, dejando su labor, se encaró con la de Cabrera.

—No estoy aquí por mi propia voluntad y no dudéis que, si de mí dependiera, por dejar de ver vuestra cara de bruja partiría en cuanto pudiera.

La otra se engalló.

—¿Creéis tal vez que somos tontas y no nos damos cuenta de la desvergüenza que mostráis con el joven vizconde de Cardona?

Las demás muchachas, incluida Sancha, habían dejado sus labores y observaban asombradas el duelo verbal de las otras dos.

Marta se puso en pie, roja hasta la raíz de los cabellos.

—Tal vez vuestro deseo os hace ver visiones: Bertran es un buen amigo al que nada me une ni del que nada pretendo.

—¿Por eso corréis con él por todo el jardín? Y no lo neguéis, la otra tarde os vi desde la ventana de mi propia cámara.

Marta no pudo contenerse: en el momento que aparecía en el quicio de la puerta doña Lionor, tomó el tambor de bordado de Araceli y lo lanzó a la cabeza de Adelais.

La dama entró precipitadamente en la estancia y se interpuso entre las jóvenes.

—¿Qué es lo que ocurre aquí? ¿Acaso habéis perdido la cordura, Marta?

—No hagáis caso, señora, son reacciones de plebeya que no sorprenden a nadie. Cuando una pieza se coloca fuera de lugar y desentona, ocurre lo que ocurre —replicó Adelais, con la voz teñida de rencor.

Ahora la que se puso en pie fue Sancha.

—Doña Lionor, Marta no provocó esto. —Luego se dirigió a Adelais—: Y por cierto, mi madre coloca siempre a cada una en el lugar que le corresponde, y si Marta está aquí es porque lo ha merecido.

—¿Ella o su padre, señora? —insistió Adelais.

—¿Vos o el vuestro, Adelais? Porque ¿qué méritos podéis alegar vos para residir en palacio?

Ante las palabras de la condesita, la dueña quedó en suspenso y ambas contendientes se miraron fieramente. Las hostilidades se habían iniciado, se había declarado la guerra.

57

La cacería

a mañana del martes había aparecido nublada y el ambiente en palacio auguraba tormenta. El conde había organizado una cacería en honor a su futuro yerno, el conde Guillermo Ramón de Cerdaña; un grupo de caballeros y servidores se esforzaba para que todo estuviera a punto. Escuderos, halconeros, cuidadores de mastines, batidores... todos pugnaban para que sus cometidos estuvieran acabados a tiempo por merecer el aplauso de su señor y evitar cualquier regañina del senescal. El piafar de caballos, el ladrido de los perros y el barullo que partía del patio de armas, donde los palafreneros y sus ayudantes trabajaban sin tregua enjaezando los nobles animales, atrajo la atención de Marta, que a tan temprana hora aún estaba en la cama. De un brinco de sus ágiles piernas se puso en pie y sin tiempo a cubrirse se asomó a la ventana. Desde su privilegiada posición pudo observar quiénes formaban la partida y sin querer sus ojos buscaron a Bertran. Estaba el joven a un costado del patio ocupándose personalmente de cinchar y embridar a Blanc, que pateaba jubiloso ante el anuncio de la cacería. El muchacho intentaba apaciguarlo con la voz, en tanto amarraba a la silla del noble animal la aljaba del conde de la que sobresalían los extremos de las flechas.

Casi sin darse cuenta, Marta sintió que algo rozaba sus hombros. Amina, que había oído que se levantaba, había corrido hasta el armario para colocar un chal abrigado sobre su espalda.

—Vais a coger frío, Marta —le susurró Amina, pero Marta, ajena a todo, seguía observando al joven.

El conde Guillermo Ramón de Cerdaña departía con el conde de Barcelona; montado en un garañón de gran alzada regalo de su futuro suegro, escogido de entre los cien caballos de guerra normandos que había comprado últimamente. De repente, sin saber por qué, Marta sintió que estaba en la mira de otros ojos y casi sin darse cuenta reparó en ellos. A un costado de la plaza de armas y en un grupo apartado, rodeado de escuderos, se hallaba el primogénito Pedro Ramón junto a Berenguer. A su lado, había varios cortesanos de las diversas familias afines al primero que, ya montados en sus cabalgaduras, charlaban animadamente. Un escalofrío recorrió la espalda de Marta cuando observó cómo Berenguer se ponía en pie sobre los estribos de su caballo y, descubriendo su cabeza, hacía una ampulosa reverencia con su gorrilla al punto de intentar rozar el suelo con el adorno de su pluma ante la atónita mirada de sus cortesanos y la de un sorprendido Bertran de Cardona, que al punto dirigió sus ojos hacia ella para ver a quién iba dirigido semejante homenaje.

La voz de Cap d'Estopes, desde su corcel, que caracoleaba visiblemente excitado, llamó la atención de Bertran.

—¡Bertran! ¿Estáis nervioso ante vuestra primera cacería?

El muchacho, que seguía con la mirada puesta en la ventana, tardó unos instantes en responder, con orgullo:

—No es la primera, señor. Allá en Cardona también se caza el corzo y el jabalí, y he acompañado a mi padre en varias ocasiones.

El joven conde lo observó con agrado. El orgullo de familia que mostraba el de Cardona le agradaba y, pese a que sabía que era una actitud cautelosa para no entregarse a los que él llamaba sus carceleros, era consciente de que en el fondo lo apreciaba y pugnaba por no ser su amigo.

—Dejad entonces los estribos más largos, la cabalgada hasta Olérdola va a ser larga y de esta manera llegaréis más descansado.

Bertran agradeció muy a pesar suyo el consejo y se maldijo una vez más. Aquel sentimiento de simpatía que sentía hacia Cap d'Estopes le hacía sentirse traidor a su padre… Sin embargo, iba llegando a la conclusión de que ese aprecio era algo irremediable. Antes de partir, dirigió de nuevo la mirada hacia el rostro de Marta y su corazón dio un brinco; el saludo de la joven dama le llenó de júbilo y apartó de su mente los negros nubarrones que le acometían cada vez que recapacitaba sobre su posición. Una condición, sin embargo, en la que se sentía tan bien que a veces se preguntaba si, en caso de poder escoger, le gustaría abandonar todo aquello y regresar a Cardona.

Los cuernos de caza comenzaron a emitir su ronco sonido, las traíllas de perros aumentaron su concierto de ladridos y la comitiva se puso en marcha atravesando las puertas de palacio ante la admiración de los barceloneses que, como cada vez que esto sucedía, se agolpaban en las calles para ver pasar el brillante cortejo. De un ágil bote, Bertran se subió a la grupa de Blanc y ocupó su lugar en la partida junto al caballo de su patrón, no sin antes comprobar que en su lugar correspondiente, acarreada por dos servidores, iba la jaula de los halcones con las capuchas colocadas sobre las pequeñas cabezas de los pájaros, que aleteaban en sus perchas obligados por el traqueteo del transporte.

La comitiva atravesó la puerta del *Call* y se dirigió por el camino de la Boquería hacia Montjuïc. Rodeó la montaña y ya en el llano se encaminó hacia Gavá y desde allí torció hacia el norte. La senda se empinaba y en lo alto se divisaba la fortaleza del castillo de Arampuña, cuyo propietario, el señor de Olérdola, había tenido en años anteriores grandes diferencias con el conde de Barcelona. Al llegar a Begas, y a una señal del primer senescal, Gualbert Amat, la partida se detuvo: el cuerno de órdenes dio una nota larga y ronca, convocando a los cazadores, y el conde de Barcelona se dispuso a impartir las reglas por las que se debería regir la cacería.

Los importantes se aproximaron y el resto aguardó atento a que se les transmitieran las órdenes.

—Señores, me gustaría que esta partida de caza que doy en honor del conde Guillermo Ramón de Cerdaña fuera un rotundo éxito. Nos vamos a dividir en tres grupos. A mi derecha irá mi huésped, que mandará una partida, y con él galopará mi hijo mayor, Pedro Ramón; a mi izquierda lo hará el senescal Gualbert

Amat, que mandará la suya, al que acompañará mi hijo Berenguer; y yo mismo iré en el centro con mi otro hijo, Ramón. Que cada facción ocupe su zona y no invada la del costado; los maestros de caza ya han partido marcando los territorios. Esta mañana iremos al corzo y al jabalí. Al mediodía no reuniremos en la casa de Begas con las piezas cobradas y después de un buen yantar, ya por la tarde nos dedicaremos a la cetrería y cada uno volará sus halcones.

Los caballeros aclamaron al conde, y hombres y perros se dispusieron a entablar la competencia.

Con un ligero toque de espuelas, Pedro Ramón arrimó su cuartago al de Berenguer.

—Fijaos bien: vos y yo a los costados y sin mandar el grupo, mientras su hijito del alma va con él en el centro. ¿Os percatáis ahora de qué razón me asiste? ¿Dónde creéis que los ojeadores levantarán más piezas? ¿Quién correrá los mejores podencos y galgos? Ya lo veremos en la comida. Pero os avanzo que mi grupo, al ser el del huésped, tal vez levante algo, pero lo que es vos, que vais con el senescal, lo máximo que veréis será alguna que otra perdiz y tal vez una ardilla.

Y tras estas malintencionadas palabras, que encalabrinaron el ánimo de su hermanastro, el primogénito se dirigió a su puesto.

Berenguer miró de soslayo al grupo que se estaba formando alrededor de su padre y distinguió entre la gente la rubia melena de su hermano al que acompañaba de escudero el impertinente muchacho de Cardona. Chasqueó la lengua y escupió en la tierra mostrando su desprecio. ¡Lástima que uno de los habituales accidentes que ocurrían en las cacerías no acaeciera aquel día! Apretó sus combadas piernas sobre el caballo y se dirigió a su vez al grupo que comandaría junto al senescal Gualbert Amat.

El conde ya estaba dando órdenes a su cuadrilla.

—Avanzaremos en abanico por nuestra zona; los batidores irán delante moviendo el bosque con las ramas y gritando, detrás marcharán los criados con las traíllas sujetando las jaurías de los perros; cuando salte la pieza yo designaré con los toques de cuerno habituales cuál de mis grupos va tras ella. —Luego se dirigió a su hijo—. Ramón, tú y tu gente correréis por mi izquierda lindando con la gente de Gualbert. Vos, Gombau, lo haréis a mi derecha junto al límite asignado al conde de la Cerdaña. Que nadie sobrepase los cotos marcados y que cada uno respete el territorio asignado al otro.

Felices y excitados, entre la barahúnda de caballos y perros, aguardaron el tiempo convenido hasta que el toque intercambiado de cuernos anunció que todos los componentes de la partida estaban a punto. Entonces el conde dio la señal de comienzo de la cacería.

A lomos de Blanc, Bertran iba tras el caballo de Cap d'Estopes, gozando del momento y listo para atender cualquiera de las peticiones del vástago condal. Llevaba el carcaj de flechas a su espalda, y en el tope de cuero, junto a su estribo diestro, el astil del venablo por si era ésta el arma requerida. El viento le venía al rostro y un sinfín de pequeñas ramas le azotaban la cara. Los cascos del ruano hollaban la húmeda hojarasca y el efluvio de olores del bosque atacaba su olfato. El instante era sublime. Súbitamente, la voz de uno de los voceadores anunció:

—¡Jabalí a la siniestra!

Efectivamente, un braco regalo del duque de Aquitania al conde de Barcelona, de pelaje oscuro y fuertes mandíbulas, había levantado el rastro. Un gran macho con un par de colmillos que sobrepasarían de largo el palmo saltó de la espesura. Los trailleros soltaron a la jauría del mismo lado y los podencos, galgos y el braco fueron tras la huella. Los caballeros forzaron a sus cabalgaduras y cada uno preparó sus armas sobrepasando a los servidores; el cuerno anunció que la presa estaba señalada.

Los perros se llegaron a la altura del gran macho y dos de los más osados se pusieron a la par al alcance de sus afiladas cuchillas. La cabeza del cerdo salvaje dibujó un corto viaje a uno y otro lado y los dos canes, entre aullidos de dolor, fueron lanzados al aire como ramas secas. De repente, se oyó un silbido y de uno de los lados llegó una flecha que se clavó en el lomo de la bestia sin que ésta pareciera notarlo. El animal siguió su enloquecida carrera acosado por los perros y la espesura tembló ante el paso de hombres, canes y caballos.

Frente al grupo se alzaba un talud y la partida acusó el fuerte ascenso del terreno. La voz de Cap d'Estopes sonó franca en el oído de Bertran.

—¡Dadme una cabezuda!

Bertran interpretó al instante la demanda del hijo del conde. Del carcaj extrajo una flecha de astil largo y de punta muy pesada, adecuada para atravesar duros pellejos o alcanzar, lanzándola en parábola, una gran distancia. Al galope contenido se la entregó a Cap d'Estopes, y éste, sin reducir el tranco de su alazán, la colocó en el arco, se lo echó a la cara, tensó la tripa y aguardó a que el cerdo coronara el talud. Después, ofreciendo una muestra de su extraordinaria destreza, soltó la flecha por encima de la cabeza de su cabalgadura. Partió el dardo silbando en el aire hacia el embroque del animal y con un sonido sordo y profundo, semejante al repique de una baqueta sobre la piel de un atabal, se clavó junto al codillo de la bestia. Ésta se sintió herida de muerte y en su agonía se enrocó en la pared del repecho, aunque, antes de caer, tuvo fuerzas para destripar a tres perros que se alejaron entre aullidos lastimeros. Luego fueron llegando los jinetes y la gente de a pie, y al ver la certeza del flechazo y lo dificultoso de la circunstancia, prorrumpieron en gozosos aplausos y vítores. En la celebración estaban cuando del otro linde surgió la figura de Berenguer, que velozmente saltó a tierra y colocando su pie izquierdo sobre el cuerpo del jabalí, reclamó la pieza como si él fuera quien la hubiera abatido. Un silencio profundo acogió sus palabras al punto que hasta se escuchaba el crujir del cuero de las guarniciones de las cabalgaduras. Ramón descabalgó y se acercó a su hermano.

—Lo siento, Berenguer, pero la pieza es mía.

—¡Se me da un adarme que lo sientas o no! La flecha que lo ha matado ha sido la mía. ¡La tuya apenas le ha acariciado el lomo!

—No, hermano, estás confundido: la que le ha atravesado apenas la piel es la tuya. ¿No ves que ha venido desde tu linde?

En aquel momento hasta el aire del bosque parecía haberse contenido.

—¡No estoy dispuesto a que te lleves la gloria que a mí corresponde! ¡Esta pieza será sin duda la de más peso de la cacería! —proclamó con orgullo Berenguer.

—Lo lamento, hermano, pero en esta ocasión no estoy dispuesto a ceder —repuso Ramón. Su semblante, normalmente plácido, mostraba indignación—. Eres un caprichoso y voy estando hasta el copete de tus impertinencias.

Berenguer, pálido y fuera de sí, echó mano a la empuñadura de su cuchillo de caza.

En aquel momento el conde Ramón Berenguer llegó hasta la escena, acompañado por el conde de la Cerdaña, y viendo el acaloramiento de los gemelos en presencia de su invitado, decidió intervenir.

—¿Qué es lo que ocurre aquí?

El senescal Gualbert Amat intervino para poner paz.

—Nada, señor, cosas de las cacerías. La sangre joven se altera pronto. Discusiones sobre qué flecha ha sido la que ha matado a la pieza.

De la segunda fila de caballeros sonó una voz juvenil y sin embargo firme.

—La flecha que ha matado al cerdo es la de mi señor.

El círculo de cazadores se abrió y el joven vástago del vizconde de Cardona quedó al frente del anciano conde de Barcelona.

—¿Puedes sostener lo que afirmas tan rotundamente, Bertran?

—Sí, señor.

—Adelántate, ven hasta aquí.

El círculo de cazadores se abrió del todo y Bertran avanzó hasta situarse frente al conde de Barcelona.

—Explícate, te escucho. Pero ten en cuenta que si no eres capaz de justificar esa afirmación, serás castigado.

Bertran descabalgó y se adelantó hasta el jabalí. Luego, agachándose y tomando la cola del astil de la flecha, la partió con las dos manos, y con ella se acercó hasta el caballo del conde, ante la expectación de todos.

—Éste es el dardo que ha matado al animal, el otro apenas le ha hecho cosquillas.

—¡Ésta es mi flecha, padre! —exclamó Berenguer.

—Lo siento, señor, pero os confundís; como soy el que monta las plumas de las colas de los astiles de vuestro hermano y me encargo de nivelar las cabezas, cada vez que acabo una de ellas pongo mis iniciales. Ved aquí, señor, la B y la C. Bertran de Cardona. Es algo que me enseñó mi maestro, allá en Cardona.

Al decir esto, alargó el trozo de dardo al conde, que lo examinó despacio.

—Aquí se acabó el pleito —concluyó el conde, con voz tajante—. La flecha es de Ramón. Lo lamento, Berenguer, te has confundido... Y no deseo ir más allá, pues de hacerlo sospecharía que has lanzado un dardo desde una banda que no te correspondía.

La tensión era máxima y Berenguer sintió en sus carnes la humillación que la reprimenda pública de su padre representaba. Miró a uno y a otro lado, y luego, sin mediar palabra, apartó violentamente a uno de los criados que se hallaban en su camino, montó en su caballo y dándole un tremendo fustazo y clavándole las espuelas en los ijares, partió al galope.

El senescal Gualbert Amat comentó:

—Lamentable situación, señor.

—Dejadlo, ya estoy acostumbrado a los exabruptos de mi hijo y a sus intemperancias. Pero prosigamos, señores... Que este incidente no nos vaya a estropear la jornada.

Todos volvieron a montar sus cabalgaduras; los rastreadores iniciaron su trabajo, se recompusieron las jaurías y el bosque volvió a llenarse de los habituales ruidos de una montería.

A la hora de yantar todos los grupos fueron llegando a la casa de Begas comentando los pormenores de la jornada de caza.

Los encargados de la pitanza habían colocado en largas mesas las viandas propias del día. Embutidos de tripa, cecina, jamón, diversas clases de quesos secos y curados y finalmente las inmensas cazuelas de cocido; sobre montones de leña encendida varios espetones con sendos corderos giraban lentamente. Las jarras de vino y el hipocrás estaban en una mesa aparte. Los caballeros se surtieron, utilizando para el menester sus dagas de caza; cuando hubieron terminado, comieron los criados y servidores.

Después de una pausa en la que los caballeros comentaron las incidencias del día, se volaron los halcones. El favorito de Bertran quedó en segundo lugar, y ya al atardecer, tras aquella intensa jornada, los componentes de la partida fueron regresando a Barcelona en grupos.

Bertran iba tras el caballo de Cap d'Estopes, meditabundo y cariacontecido. Estaba indignado consigo mismo y se sentía traidor a su casa y a su estirpe En el incidente había llamado públicamente «señor» a Ramón, y una voz interior lo acusaba de renegado y fementido. La voz de Ramón, que lo reclamaba a su lado, lo sacó de sus cavilaciones.

Dio una breve espuela a Blanc y se situó a la altura del caballo de Cap d'Estopes. Éste, sonriente, le habló de igual a igual, como se habla a un camarada.

—Hoy además de servir a la verdad y de hacerme un favor encomiable, habéis demostrado públicamente vuestra hombría de bien y vuestro temple; y creedme que no es fácil enfrentarse a esta corte de aduladores que rodea a mi padre. Me lo he preguntado a lo largo de la tarde en varias ocasiones; en vuestro lugar y desde la calidad de rehén de mi padre de la que gozáis, no sé yo si hubiera tenido el cuajo suficiente para enfrentarme a mi hermano, cuyo carácter es de sobra conocido.

Bertran se oyó decir:

—Solamente he cumplido con mi obligación.

—Lo cual no es fácil en muchas circunstancias.

Luego hubo una pausa en la que únicamente se oía el ruido de los cascos de los caballos en el polvo del camino.

—Hoy se me ha ocurrido algo que os quiero consultar —dijo Ramón.

—¿De qué se trata, se…? —Esta vez Bertran se mordió la lengua antes de decirlo.

—Cuando hayáis acabado vuestra formación de armas, me gustaría que fuerais mi alférez. Idlo pensando.

Poco faltó para que el muchacho cayera del caballo.

A la cola del último grupo y aparte de todos los demás cabalgaban juntos el primogénito y Berenguer.

—Como habréis podido observar, mis palabras de esta mañana no únicamente han sido proféticas, sino que lo sucedido ha superado cualquier augurio —decía Pedro Ramón, aprovechando la circunstancia.

—Os juro, Pedro, que jamás se me olvidará la jornada de hoy. Y que ese mentecato entrometido pagará algún día la ofensa.

—Guardad vuestros rencores para gentes de más fuste, vuestro agraviador de hoy es un imberbe. No perdáis el tiempo en tareas menores...

—Pero los niños crecen, Pedro —repuso Berenguer—, y he apuntado en el debe su acción. Ésta me la guardo y os juro que le he de golpear donde más le pueda herir.

La partida llegó a Barcelona en la madrugada. La ciudad era un ascua ardiente. Los alguaciles, avisados desde palacio, habían encendido todos los fanales y las calles hervían aguardando la llegada del conde y de sus invitados. Justo cuando el grupo entraba por la puerta del *Call*, las campanas de la catedral iniciaron su metálico diálogo.

58

Reunión de pastores

or orden del heredero, Marçal de Sant Jaume había convocado en su casa de Sant Cugat del Rec, a Bernabé Mainar y a Simó, el subastador del mercado de esclavos. Los dos primeros aguardaban en el salón moruno la llegada de Pedro Ramón ante sendas jarras de limonada. El anfitrión, siguiendo su inveterada costumbre, vestía al estilo sarraceno; Simó, sentado al margen, esperaba con nerviosismo la llegada del primogénito, algo envidioso de la posición de respeto que se le ofrecía a Mainar, quien, como él, tampoco era de noble cuna.

Una vez los criados se hubieron retirado, Mainar, que no mostraba el menor síntoma de inquietud tras el día de su generosa aportación, abrió el diálogo:

—¿Tenéis idea del motivo de la convocatoria?

—En absoluto, únicamente sé que cuando el heredero me envía aviso desde palacio para que os convoque, debo hacerlo sin demora.

Desde su rincón, Simó se atrevió a decir:

—Desde luego, señor, no cabe otra; y si me lo permitís y sin el menor ánimo de ofender, me parece impertinente pretender indagar sobre las intenciones del heredero.

Mainar, imperturbable, replicó:

—No sé vos, pero yo pregunto todo cuanto me interesa, soy un hombre libre, amén de apátrida, y no reconozco otro señor que el dinero del que me paga. Y por ahora he hecho yo más por el primogénito que él por mí.

—No me parecéis el mismo que llamó a mi puerta cuando os conocí —comentó Marçal.

—Señor de Sant Jaume, los hombres pueden cambiar cuando lo hacen sus circunstancias. Me parece que mis hechos me avalan. He proveído yo a la caja del heredero bastante más que todos sus partidarios juntos, si mis noticias son fidedignas.

En éstas estaban cuando los pasos del mayordomo precediendo al ilustre visitante sonaron sobre el maderamen del pasillo. El hombre se asomó a la puerta y apenas había comenzado a anunciar al recién llegado cuando éste lo apartó a un lado y se introdujo en el salón.

Los tres hombres se pusieron, al unísono, en pie.

El rostro de Pedro Ramón no auguraba una sesión plácida.

El de Sant Jaume intentó iniciar un saludo.

—Sed bienvenido a esta vuestra casa...

El heredero, sin responder a la cortesía, ocupó el sitial preferente e indicó con el gesto que ocuparan sus asientos.

—Dejaos de homenajes, Marçal, hemos de tratar muchos asuntos y no nos sobra tiempo.

Los tres volvieron a ocupar su lugar y el anfitrión comenzó la sesión.

—Como veréis, he obedecido en el acto vuestra indicación, señor.

—Es claro, Marçal, no soy ciego.

El anfitrión y Simó cruzaron una rápida mirada; ambos se dieron cuenta a la vez de que Pedro Ramón venía en un son inquietante. Por el contrario Mainar estaba tranquilo. Como aquel que sabe a qué ha venido y lo que pretende.

—Comencemos desde el principio. Dime, Simó, ¿cómo va tu cometido de comenzar a soliviantar a las gentes en ferias y mercados y recaudar dineros para mis fines?

El gordo subastador empezó a sudar visiblemente azorado.

—Señor, no es tarea fácil. Ya sabéis que la gente es reacia a soltar los cordones de la bolsa y...

—¡Imbécil! No es una lección sobre el comportamiento del vulgo lo que te demando sino una puntual explicación de cómo están las cosas.

Simó comenzó a aventarse ampulosamente con su pequeño abanico de plumas y su papada empezó a temblar cual la del pavo al que persigue el matarife cuchillo en mano.

—Señor —medió el de Sant Jaume, apiadándose por una vez del pobre Simó—, los comerciantes de cierto nivel y todos aquellos a los que les van bien las cosas tal como están y no quieren altibajos en el condado, recordando los tiempos turbulentos de vuestra bisabuela Ermesenda, están con vos y las aportaciones van cayendo; pero, si he de deciros la verdad, aunque nadie se pronuncia ostensiblemente, se puede palpar en el ambiente que el pueblo llano ama profundamente a Cap d'Estopes y que no vería con excesivo desagrado un cambio en la sucesión.

Pedro Ramón se acarició el mentón un instante.

—Gracias, Marçal, me gustan las cosas claras. Y decidme, ¿de dónde provienen la mayor parte de los ingresos?

—Sin duda de los negocios que regenta nuestro hombre. —Al decir esto, señaló ostensiblemente a Mainar.

—Sois, por lo visto, mi benefactor.

—Hago lo que puedo, como siempre —repuso tranquilamente Mainar, a quien no parecía afectar el mal humor del heredero.

—A fe mía que sois un fiel servidor que a su debido tiempo será cumplidamente recompensado.

—Eso espero de vuestra generosidad —concluyó Mainar sin recato ni apuro con una leva inclinación de cabeza, ante el asombro de Simó y el semblante cariacontecido del de Sant Jaume.

—Y decidme, ¿cómo habéis organizado la colecta entre los fieles?

—Al igual que lo hace nuestra Santa Madre Iglesia, al modo que lo hacen los eclesiásticos.

—¿Y cuál es?

—Pidiendo sin decoro —respondió Mainar, ahogando una carcajada.

—No os comprendo… Si no os explicáis mejor.

—He cargado un impuesto, digamos que voluntario para los fines de la casa condal y, viniendo a lo que vienen, a nadie se le

413

ocurre pedir explicaciones. Desde luego que la petición se hace antes de ocuparse: cuando vienen salidos como verracos, perdonadme la licencia, y no tienen reparo en abrir la bolsa.

Marçal y el subastador estaban asombrados ante el atrevimiento de Mainar.

—Alimentad mi curiosidad, ¿dónde es más proclive el personal a aportar su donación?

—Al contrario de lo que sería normal, en Montjuïc donde acude la gente de menos posibles se recoge más que en la Vilanova dels Arcs.

El de Sant Jaume intervino.

—Siempre ha sido así: es más fácil que dé el que nada tiene, que el que guarda y atesora.

—Y bien, Simó, dime cuánto se ha recogido hasta el día de hoy.

El gordo, blanco como la cera, respondió:

—No llevo las cuentas, señor, todo lo que se recoge se entrega, tal como se me ordenó, al señor de Sant Jaume.

Éste, al sentirse aludido, aclaró:

—Señor, sin contabilizar las ferias de Vic ni la de Perelada, debemos de ir, más o menos, por los dos mil mancusos.

—Está bien, Simó; quizá deberías tomar ejemplo del amigo Mainar e idear algo. Tal vez un porcentaje en la compra de esclavos.

El gordo se atrevió a argumentar:

—Señor, tal iniciativa escapa a mis atribuciones: el hecho de gravar el producto deberá ser sancionado por la firma del alcalde o mejor del interventor de mercados, que en su tiempo fue vuestro principal valedor, el malogrado Bernat Montcusí.

—Está bien: intentaré hacerlo desde palacio. Y ahora si no tienes nada más que decirme, abandona la reunión; lo que aquí se va a tratar no es de tu incumbencia.

El gordo subastador no se hizo repetir la orden; se puso en pie, tan rápidamente como le permitieron sus carnes, y tras un desmañado saludo se retiró de espaldas, poniendo buen cuidado de no tropezar con la espesa alfombra que cubría la totalidad del suelo.

Los tres hombres se quedaron solos. Tanto el de Sant Jaume como Mainar miraron al primogénito intrigados por el tema que se anunciaba tan secreto.

—Antes quiero poneros en antecedentes sobre el motivo de esta reunión y la razón de que quizá hoy mi talante no sea el de costumbre —empezó a decir Pedro Ramón—. Ahora que se ha ido esa escoria, cuyos temblores y sudoraciones de animalillo me ponen enfermo, puedo hablar con mayor franqueza.

Pedro Ramón se dedicó durante un largo rato a detallar con pelos y señales lo acaecido durante la cacería.

—Ahora ya no me cabe duda —concluyó—: las intrigas de esta ramera han hecho mella en mi padre, que no se priva en público y ante su futuro yerno, el conde de Cerdaña, de marcar claramente sus preferencias.

El silencio se instaló durante un tiempo en la estancia y duró lo que tardó el de Sant Jaume en llenar de nuevo las copas. En cuanto lo hubo hecho, se atrevió a opinar.

—Señor, en esa circunstancia vuestro padre mostró claramente sus preferencias… Sin embargo creo que al que dejó en peor lugar fue a su otro hijo, vuestro medio hermano Berenguer.

—¡A mí me correspondía ir en el grupo principal! —exclamó el primogénito—. Para él no fue desdoro; el que debería haber sido honrado acompañando a mi padre era yo. Berenguer se metió en un mal paso con el asunto de la flecha, pero el testimonio del muchacho de Cardona fue imbatible.

La voz de Mainar se hizo sentir.

—Y ese jovencito de Cardona ¿quién es?

—Entró en palacio como rehén de su padre, el vizconde de Cardona, que es deudo del mío, pero la protección de mi otro hermanastro y su natural talante adulador han hecho que mi padre le trate como un huésped distinguido.

—Y entonces, ¿por qué no regresa a su casa?

—Existen dos motivos que justifican su estancia en la corte; el primero, Ramón lo ha elegido como escudero y algo me dice que con el tiempo lo hará su alférez, y el segundo, si los rumores que corren entre las damas son ciertos, sé que anda en amoríos con una jovencísima damita de mi madre, Marta Barbany, que le tiene sorbido el seso.

Mainar alzó las cejas e indagó:

—¿No es hija tal vez de Martí Barbany, el que motivó la muerte de mi padre y al que compré la casa de la Vilanova dels Arcs?

—Del mismo —aclaró Marçal.

Mainar se dirigió al primogénito del conde.

—Está bien, señor, proseguid, hasta ahora nos habéis relatado la historia de unos hechos, pero nada nos decís del motivo de esta reunión ni de lo que pretendéis de mí. Y hablo por mi persona únicamente.

—Voy a deciros mi idea y vos me diréis si es factible.

—Os escucho —dijo Mainar.

—En nuestra primera reunión, cuando nos explicasteis vuestra auténtica condición y vuestra asombrosa historia, os pregunté si seríais capaz de ejercer vuestras habilidades con una persona de rango y por tanto muy protegida.

—Y yo os respondí que todo es factible con el tiempo suficiente y los medios y la autorización oportunos.

—Marçal, cerrad las puertas —ordenó Pedro Ramón.

El de Sant Jaume se alzó y llegándose a la cancela atrancó las dos hojas.

—Escuchadme atentamente. Ahora no es que tema sino que tengo la certeza. Esa bruja se va ganando la voluntad de mi padre y va a lograr que yo sea desposeído de mis derechos, con la ley o sin ella, cambiando lo necesario para justificar su tropelía.

Los dos hombres seguían sin parpadear las palabras de Pedro Ramón.

—Y ahora os pregunto sin ambages, Mainar: ¿seríais capaz de desembarazarme de esa maldita arpía?

Bernabé Mainar meditó unos instantes.

—La muerte de vuestra madrastra no os asegura el trono —expuso Mainar en tono firme—. Es más, si tan comido le tiene el seso a vuestro padre, ¿quién os puede asegurar que, al deceso de su esposa y en su homenaje, no nombre heredero a Cap d'Estopes?

Mainar hizo una pausa para que esa reflexión penetrara en la mente del primogénito. Su malévola mente veía claro cuál debía ser el objetivo del primogénito: sólo en caso de que Ramón muriera, se aseguraba éste el trono; eso sí, la muerte de Ramón tenía que parecer un accidente, y llevarse a cabo sin despertar la menor sospecha sobre el primogénito. Por unos instantes estuvo a punto de proponer esa idea a Pedro Ramón, pero la presencia de Marçal de Sant Jaume se lo impidió. Aunque su fidelidad a la figura del primogénito era notoria, la experiencia había enseñado a Mainar a ser extremadamente cauto.

Pedro Ramón asintió, estupefacto ante el razonamiento impecable de su interlocutor.

—Sois un hombre muy inteligente, Mainar —dijo el heredero—. Aunque debo deciros que a veces el odio me ciega...

—El odio es mal consejero, señor —dijo Mainar con voz suave—. Ante una mujer como vuestra madrastra lo mejor es actuar con frialdad.

Pero, a pesar de que el primogénito asintió de nuevo, en sus ojos no se había apagado la llama del rencor.

59

La gruta

ras el entierro de su padre, Ahmed se dio cuenta de que el trabajo era la única poción capaz de apartar de su mente los negros nubarrones que le embargaban. El estado de su madre le impedía regresar al molino: Naima andaba como alma en pena por los rincones que habitara su marido, y en ocasiones, Ahmed le hablaba sin que la mujer pareciera oírle. En cuanto a él, pese a los servidores, guardias y gentes que allí habitaban, añoraba las conversaciones con su hermana y las porfías con Marta a la que ahora, sin saber por qué, en su evocación, llamaba ama.

Su ruta diaria iba y venía desde la casa a la gruta de Montjuïc. Únicamente cuando su tarea se lo permitía, se acercaba a ver a Manel.

Una única compensación le brindó aquella circunstancia. Rashid al-Malik resultó ser una fuente inagotable de sabiduría. Al principio se creyó incapaz para el trabajo que le habían encomendado, pero luego se dio cuenta de que el hombre era tan sabio como bondadoso y que ante sus vacilaciones mostraba una paciencia infinita. Había días que entraban en la gruta al clarear el alba y salía en su compañía a la anochecida.

Rashid al-Malik era metódico y preciso hasta la exageración. Cada mañana al llegar se ponían dos largos mandiles y encendían los candiles. Rashid comenzaba a demandarle los tarros, redomas, alambiques y demás menesteres que contenían la serie de productos que habría de mezclar y los artilugios que le eran precisos.

De ellos, con un medidor, tomaba la cantidad requerida y exacta y colocándola en un mortero comenzaba a picarla o macerarla según conviniera; luego, en un alambique y sobre el hornillo, iba destilando sobre la mezcla distintos líquidos. Al mediodía detenían la tarea para, sentados en el banco de piedra, consumir el refrigerio que habían traído de las cocinas de Mariona.

Lo que parecía imposible llegó una tarde, tres meses después de haber iniciado las pruebas. Rashid se giró hacia él y con voz emocionada y solemne, dijo:

—Ahmed, si no me he equivocado en las proporciones, esto ya está.

El producto era una mezcla parda y gelatinosa que temblaba al contacto de cualquier utensilio como un flan de los que hacía Mariona en los fogones de la cocina de la casa de la plaza de Sant Miquel.

—Y ahora, maestro, ¿qué debemos hacer?

—En primer lugar meter una porción en una de las pequeñas ollas de barro y sellarla con cera de abejas y lacre. Y luego probarlo, hijo mío —respondió al-Malik.

—¿Cuándo y dónde?

—La primera noche que no haya ni un punto de luna. En cuanto al lugar… necesitaríamos la proximidad de unas aguas tranquilas —dijo Rashid.

—La luna está menguante, y dentro de tres días llegará a su mínimo.

—Pues ésa será la noche; nos reuniremos aquí, tomaremos la olla y un madero e iremos adonde tú digas para comprobar si todo ha salido bien. ¿Has previsto algún lugar?

—Desde que me explicasteis para qué servía el invento, he andado pensando en ello.

—¿Dónde pues?

—Hay un pequeño riachuelo en los lindes de Gavá: en un remanso, la corriente hace como una laguna, lo llaman la Murtra. Creo que el lugar es óptimo.

—Pues no hablemos más: ese día será la gran prueba.

A partir de aquel instante Ahmed no pudo dormir. Daba

vueltas en su cama toda la noche hasta que el primer rayo de sol le sorprendía sudoroso y revuelto entre sus frazadas.

El gran momento llegó. Dos jinetes en sendas caballerías y llevando sujeta por el ronzal una mula provista de alforjas partieron de la casa de la plaza de Sant Miquel y se dirigieron, pasando por la puerta del *Call*, hacia la gruta de Montjuïc. Llegaron cuando ya había caído la noche. Descabalgaron, y tras dejar las caballerías sujetas a la barra dispuesta en la entrada para tal menester, Ahmed con la gruesa llave abrió el cierre del travesaño de roble que encajado en dos piezas de hierro atrancaba la puerta y tras introducirse en la gruta y encender un hachón con el pedernal y la yesca que llevaba siempre consigo, ambos se dispusieron, con mucho tiento, a cargar la pequeña olla y un madero apropiado para la prueba. Colocaron sus tesoros en la alforja de la mula, que pateó inquieta ante la inesperada carga, y partieron.

—Dejadme ir delante, Rashid, yo conozco el camino.

Éste asintió con la cabeza y, colocando el pie en el estribo, montó su caballería y se dispuso a seguir al muchacho. Ahmed montó a su vez y sujetando el ronzal de la mula en el arnés de su montura se adentró en la noche.

El extraño cortejo se fue apartando de Barcelona. Las luces de las fogatas se fueron alejando y cada vez se hicieron menos frecuentes. Bordearon Montjuïc por el interior; durante el trayecto encontraron grupos de personas y algún que otro jinete que regresaban a la ciudad. Uno de ellos, montado en un pollino, detuvo su paso y permaneció unos instantes mirándolos, sin que ellos se percataran. Luego, dejando la calzada principal se internaron por una trocha que se adentraba peligrosamente en un lodazal pantanoso, una traidora marisma entre la costa y el interior. Luego de un tiempo alcanzaron un tupido pinar; la noche era cerrada y por no perderse, Rashid conducía su caballo pegado a la cola de la mula. Un rumor de agua llegó desde lejos que al aproximarse se hizo más y más intenso; pronto alcanzaron la ribera de un arroyo: Ahmed lo fue remontando hasta llegar a un recodo donde se formaba un remanso cual si fuera una laguna cerrada. Una vez allí, y tras una señal del muchacho, descabalgaron y procedieron a desembarazar a la mula de su gravosa carga. El croar de las ranas y el agudo chirriar de los grillos conformaban su único coro de acompañamiento. Rashid al-Malik miró a uno y a otro lado; el pinar era tupido y les protegía de casi todas las miradas curiosas.

Magí, montado en un borrico que pertenecía a su madre, regresaba de su aventura nocturna. Por enésima vez el padre Llobet le había autorizado a pernoctar fuera del convento. Eufórico, iba todavía algo trastocado y una bruma alegre y espumosa, fruto de la inhalación del humo de aquel delicioso brasero, nublaba su mente y embargaba su espíritu. La vida era maravillosa y si sabía cumplir las indicaciones que el amable mecenas le había impartido, podría gozar de las delicias de Nur muchas otras veces. Súbitamente, al doblar la fuente de la cantera de mármol donde los lapidarios acostumbraban a hacer un alto para quitarse el polvo que casi les cegaba tras un día de labor, avistó a dos jinetes que tirando de una mula iban en dirección contraria a la suya. Como el sendero era angosto, chascando la lengua y tirando de la brida de su jumento, se hizo a un lado, pues el volumen de la mula que venía en sentido contrario, aumentado por las alforjas, era considerable. Los jinetes iban en silencio, y sin embargo Magí, al cruzarse con el primero y verle el rostro de soslayo, recordó al joven al que iba dirigido el mensaje del padre Llobet y que moraba en la casa de Martí Barbany. Su mente se despejó rápidamente. Pese a que no había hurtado su mirada al paso de los jinetes, pensó que era muy difícil que le hubiera reconocido sin el pardo hábito y cubierta su cabeza con aquel gorro.

Dejó pasar un tiempo prudencial y tirando de la brida y dando talones en los ijares del asno, sin saber bien por qué, se dispuso a seguir a los nocturnos viajeros, a prudente distancia. Las palabras de su benefactor rondaban por su mente: «Si conoces o sabes algo de alguien que more en la casa de Martí Barbany, házmelo saber». A pesar de la semipenumbra de su cerebro, lo dicho martilleaba sus sienes.

El trayecto se le hizo largo. Los perfiles de sus perseguidos se silueteaban en la distancia. Dejó la rienda sobre el cuello de su cabalgadura, seguro de que se movería por aquel cenagal con mayor acierto que si la conducía él. Las sombras se internaron en un pinar, y en todo el trayecto no hicieron el menor intento de volverse por ver si alguien les seguía. El ruido de la corriente de agua le espabiló un poco más. Sus sentidos estaban alerta y su instinto le decía que allí podía haber negocio.

La noche era negra como su atormentada conciencia. Al tiempo que descabalgaban los jinetes y guardando la distancia, hizo lo propio. Sujetó al pollino en una rama baja y se acercó a la ribera del arroyo, ocultando de árbol en árbol el espectro de su magra imagen.

Los hombres extraían algo de las alforjas de la mula. Pudo ver cómo acercaban aquello a la orilla de la laguna; luego maniobraron misteriosamente. El sonido de un bulto voluminoso arrojado al agua lo puso alerta. Luego, el relumbrar de la mecha de un candil encendida por un pedernal alumbró un instante la oscuridad y a su luz pudo observar que el hombre al que había reconocido lanzaba un objeto redondo sobre un madero que flotaba en la laguna: el sonido de éste al romperse le recordó al de una de las cazuelas de su madre. Al principio fueron chispas, luego un chisporroteo intenso y, finalmente, la cosa arrojada al agua comenzó a arder. La silueta de los individuos maniobrando en la orilla en contraste con el resplandor que provocaba el ardiente objeto hizo que Magí se despejara totalmente. ¿Qué estaban quemando? Observó cómo ambos tomaban sendas ramas de la orilla y, usándolas a modo de pértigas, intentaban hundir algo en el agua. Finalmente, vio cómo lo conseguían y, estupefacto, observó que el objeto reaparecía sobre la superficie. Sin embargo, aquel fuego infernal continuaba ardiendo largo rato sobre las aguas. Después de aquel milagro, ambas sombras se abrazaron jubilosas.

La mente de Magí se había despejado por completo, el efecto de la droga que Nur le ponía en el braserillo había desaparecido y el efluvio de aquel maravilloso humo se había evaporado. Quieto en su escondrijo y mimetizada con el bosque su parda vestimenta, pasó totalmente desapercibido a la vista de los dos jinetes que hacían el camino de regreso, charlando animada aunque quedamente, comentando la grandeza del milagro.

Cuando consideró que el tiempo transcurrido era ya suficiente, salió de su escondrijo y se dirigió a pie, cuidando donde pisaba, hasta la orilla de la laguna. Aquella cosa flotaba a poca distancia, medio hundida entre las cañas. Magí se arremangó las perneras de sus calzas y armado con un palo intentó alcanzar el objeto. Con gran esfuerzo lo fue trayendo hasta la orilla; dejó a un lado la vara e intentó terminar la faena con las manos. Sorpresa absoluta: el chamuscado tronco, pese a estar mojado, todavía quemaba. ¡Aquello era obra de Satanás!, se dijo, horrorizado. Miró temeroso a uno y otro lado, y santiguándose más por costumbre que por otra cosa, partió como alma que lleva el diablo en busca de su jumento.

60

El intento

as dos personas que iban a reunirse en una de las salas de palacio tenían un interés común, aunque los sentimientos que ese interés les inspiraban eran de índole contraria. Berenguer, por un lado, había decidido satisfacer la pasión que despertaba en él la más joven dama de su madre, y, a ese fin, había prestado atención a los chismes y buscado entre las otras damas una posible aliada. Adelais de Cabrera, por su parte, vivía con intensa envidia el favor del que una plebeya como Marta gozaba entre la gente de palacio y, sobre todo, ante el apuesto joven de Cardona. En la cabeza de Adelais no cabía el hecho de que la condesa hubiera admitido en el séquito de damas de palacio a una plebeya, que además se mostraba descarada e insolente. Los continuos enfrentamientos de ambas muchachas habían llegado a los oídos de Berenguer, y éste, creyendo que podía sacar partido de tal circunstancia, no solamente no cerró sus oídos a la maledicencia sino que, en cuantas ocasiones le vino a mano, la fomentó procurando dejar caer arteramente cuantos comentarios, caso de llegar a oídos de la dama, coadyuvaran a creer que él estaba de su lado y a avivar el conflicto.

Adelais había acudido a la sala de música transida de emoción. Berenguer, uno de los gemelos de la condesa, le había hecho llegar recado para citarla allí después del ágape del mediodía. Mil escenarios pasaron por su cabeza, desde un repentino interés del hijo de los condes por su persona, hasta cualquier cosa que ella pudiera conseguir en su beneficio. Ambas le interesaban. Sabía del apetito insaciable del heredero hacia las mujeres y estaba dispuesta a cumplir cualquier papel que quisiera asignarle, ya fuera de amante fija, pasando por concubina circunstancial y llegado el caso, hasta ejercer de alcahueta. La cuestión era ganarse su favor.

Se vistió para la ocasión con su mejor traje. Adamascado, con mangas hasta las muñecas, con un corpiño amarillo cuyo festoneado escote resaltaba sus exuberantes senos y hacía juego con el cíngulo de su cintura y con la diadema que sujetaba su negra melena; las sayas eran amplias y del mismo color, aunque de un tono más subido.

Cuando llamó quedamente en la puerta del salón, su corazón galopaba desbocado. La inconfundible voz de Berenguer le dio la venia. El hijo del conde, que aguardaba sentado en un escabel junto a la chimenea, jugando con el soplillo, nada más verla entrar, se puso en pie y llegándose hasta ella, le besó la mano obsequiosamente. Adelais creyó desfallecer.

—Sed bienvenida: como noble y como hombre, agradezco que hayáis atendido mi mensaje.

Por el momento Adelais ni se atrevió responder. Berenguer cerró la puerta y la invitó a sentarse junto a él, en el sillón de la chimenea. La muchacha creyó que le daba un pasmo.

Una vez acomodados, se atrevió a responder.

—Señor, vuestros deseos, de cualquier índole, para mí son órdenes.

Berenguer estaba tan encaprichado con Marta, que, al igual que hacía muchos días que no frecuentaba mujeres, no atendió al requerimiento de la muchacha y ni siquiera, como era su costumbre, se fijó en el canalillo que lucía entre los senos su exagerado escote.

—Os agradezco vuestra disposición y creo sabréis entender mis ansias y por Dios que no quisiera que os sintierais ofendida.

Adelais se oyó decir con voz tenue:

—Os escucho, señor, y me honra saber que habéis pensado en mí.

En ese momento, Adelais creyó que Berenguer iba a proponerle que fuera su amante, lo cual despertó en ella sentimientos contrapuestos: por un lado, se sentía halagada; por otro, no podía dejar de pensar en el joven Bertran de Cardona.

Berenguer, en cambio, se dijo que había acertado al escoger su aliada.

—Veréis. No me cabe duda de que una dama tan bella como vos sabe que en el amor y la guerra todo está permitido.

La muchacha asintió con la cabeza. El momento estaba a punto de llegar.

—Soy vuestra rendida esclava para lo que gustéis.

Berenguer hizo una pausa y Adelais temió que los latidos de su corazón la delataran.

—El caso es que desfallezco de pasión por una de las damas de mi madre.

Adelais imaginó que Berenguer daba un rodeo, soslayando entrar en el tema directamente.

—Señor, os lo ruego, no andéis con circunloquios innecesarios, os reitero que estoy a vuestra entera disposición.

Berenguer prosiguió.

—La puerta que da al corredor donde se abren las de los dormitorios de las damas está siempre cerrada. La dueña debe de tener la llave. ¿Sabéis si hay una segunda llave y dónde se guarda?

Adelais titubeó.

—No quiero parecer atrevida, señor. La gran cerradura nunca se usa, la puerta se cierra por dentro con una balda, pero si vuestro deseo es entrar al acabar los rezos, aunque corra un gran riesgo, yo haré lo imposible para que esté abierta.

Berenguer se entusiasmó.

—Si hacéis tal por mí, os juro que no os arrepentiréis jamás.

Adelais estaba a punto de añadir cuál era exactamente la puerta de su cámara, pero las palabras de Berenguer la dejaron fría.

—Decidme, ¿cuál es la puerta del dormitorio de Marta Barbany?

Tras una pausa que precisó para reponerse del desencanto, respondió con un hilo de voz:

—La última a la izquierda, señor.

—Y las cancelas, ¿quedan abiertas o cerradas?

—Abiertas, señor. La dueña, si así lo desea, debe poder entrar siempre, en cualquier alcoba.

—Entonces, si me queréis hacer el más feliz de los mortales y que siempre esté en deuda con vos, procurad que el miércoles después de las completas, esté abierta.

La mente de Adelais galopaba desbocada. Su esperanza se transmutó en un resentimiento infinito y se dispuso a recoger los desechos de su derrota para, transformados en odio, hacer todo el daño posible a su enemiga.

La campana que tocaba a completas había sonado en la Pia Almoina. Tras un día agitado, Marta se disponía a meterse entre las sábanas que antes había caldeado Amina con un calentador de cobre lleno de brasas encendidas. Amina dejó la jarra de agua sobre la mesa de noche y la bacinilla debajo de la cama y, tras dar las buenas noches a su ama, se dispuso a retirarse.

Amina dormía en una pequeña pieza separada por una espesa cortina de la cámara de su ama; su cama, que siendo estrecha, era mucho más amplia que la que tenía en casa de sus padres, estaba junto al lienzo de pared cuyo estrecho ventanal daba a un patio; un armario, una mesa con cajones, dos banquetas y un aguamanil componían el mobiliario de su dormitorio.

Amina se despojó de su vestido, hizo sus abluciones nocturnas y se puso el camisón de sayal. Luego, también cansada, se dispuso a acostarse.

La noche era cerrada, las luces interiores de palacio titilaban amortiguadas. Uno de cada dos velones, que sujetos por candelabros de hierro en las paredes debían alumbrar los pasillos, estaban apagados. Los centinelas soñolientos se resguardaban del frío de la noche envueltos en sus forrados tabardos y alguno que otro, más que vigilar, estaba en un duermevela, apoyado en su lanza.

Berenguer tenía muy bien urdido su plan. Dejó sus estancias en el segundo piso y por una escalera de caracol interior que ascendía por el torreón del poniente subió al tercero. La tarde anterior se había ocupado de que un criado engrasara con sebo los goznes de la puerta; ésta se abrió con suavidad. Asomó la cabeza y observó que al fondo el custodio iniciaba su ronda hacia el lado contrario. Aguardó a que doblara la esquina y desapareciera de su vista. Cuando el paso estuvo franco anduvo ligero hasta la puerta de la capilla; llegado allí, aguardó a que los pasos se alejaran y de una carrera rápida y silenciosa, pues había forrado sus borceguíes con piel de gamuza, se plantó ante la puerta del pasillo que daba a los aposentos de las damas. Con mano trémula, abatió el picaporte, confiando en que Adelais hubiera cumplido lo prometido. En efecto, cedió sin dificultad y Berenguer, tras cerrar tras él, se encontró en el pasillo al que desembocaban las puertas de los cuartos de las damas. Al fondo, una pequeña luz alumbraba una hornacina de la Virgen con el Niño en brazos.

Su corazón, más que latir, corría desbocado. Berenguer se detuvo un instante para acompasar su ritmo. Cuando se tranquilizó, echó mano al bolsillo de su jubón y extrajo de él una caperuza con aberturas a la altura de los ojos. Se la colocó rápidamente y sus combadas piernas le llevaron hasta la última puerta. Paró un instante y tomó aire; luego abatió el picaporte, y sutil y silencioso como una sierpe se deslizó dentro de la estancia. Sus ojos tuvieron que acostumbrarse a la penumbra. La tenue luz que entraba por la ventana y el reflejo del fuego de la chimenea le permitieron divisar al fondo un lecho con baldaquín y sobre él, de costado, el precioso y virginal cuerpo que enloquecía sus sueños y nublaba su intelecto. Se aproximó de puntillas sin hacer el menor ruido. Cuando estuvo a menos de una vara, la muchacha dio medio giro, dormida como estaba y al quedar boca arriba se bajó hasta la cintura las frazadas de la cama. Un seno hermoso, pequeño como una copa y blanco como la escarcha, se escapó del abierto escote. Berenguer sintió un pálpito en la entrepierna, se desabrochó velozmente la pretina de las calzas y se colocó sin hacer ruido a horcajadas sobre la muchacha mientras con la mano diestra le tapaba la boca.

Marta sintió que se ahogaba, abrió los ojos y vio, aterrorizada, la figura de un encapuchado forcejeando sobre ella. Sus sentidos se pusieron al instante alerta.

Concentró toda su fuerza en la cintura y, con una violenta sacudida, intentó desmontar al jinete. No lo consiguió, pero logró que la mano que tapaba su boca aflojara su presión. Un grito sordo y profundo salió de su garganta; la mano la atenazó otra vez, pero en esta ocasión no del todo. Entonces, en tanto se retorcía bajo el hombre, sus dientes intentaron sin conseguirlo hacer presa en el mollar de la mano que la ahogaba a la vez que, con toda la fuerza que le daba la desesperación, intentaba zafarse de él. Berenguer se vio obligado a aflojar la presión de sus muslos sobre los brazos de la muchacha; de nuevo el contenido grito salió de lo más hondo de la garganta de Marta, rasgando la noche.

Amina dormía profundamente, y el primer chillido la despertó pero en la duermevela creyó estar soñando. El segundo, sin embargo, la espabiló por completo e instantes después apartaba el cortinón que separaba su cuarto del de Marta. Amina, sin pensarlo dos veces, se abalanzó como las tres furias del Olimpo sobre el hombre que intentaba ultrajar a su ama. Éste, sorprendido, se volvió hacia aquel inesperado enemigo. Un dolor lacerante en el cuello donde Amina había clavado sus uñas le obligó a ponerse en pie para enfrentarse a la nueva situación. De rodillas sobre el lecho, Marta intentaba retirarle la máscara. Berenguer supo que tenía que reaccionar con celeridad. Lo primero era que no le vieran el rostro. En tanto apartaba a Marta de un manotazo, lanzó una patada contra el vientre de Amina, que se desplomó en un rincón. Seguro de que todo aquel barullo atraería indeseadas presencias, Berenguer saltó hacia la puerta y tomando el pasillo, se perdió en la madrugada como alma que lleva el diablo. Tuvo el tiempo justo antes de que doña Brígida, que había salido en camisón al pasillo con un candil en la mano, preguntara a gritos:

—¿Qué está pasando aquí?

61

¡Guardadme en el convento!

arta y Amina estaban temblando. A los gritos de doña Brígida, todas las damas asomaron la cabeza por las puertas de sus respectivas cámaras. La vieja dama, dando tres fuertes palmadas, les ordenó entrar de nuevo; luego se dirigió a ellas y las interrogó. Amina y ella se explicaron atropelladamente y respondieron a las preguntas de la celadora, que escuchó el relato con el entrecejo fruncido.

La mujer, que al principio las miraba escéptica, al observar el desorden de la cámara, las frazadas de la cama en el suelo y la jarra del aguamanil derramada, comenzó a dar crédito a su explicación.

—Y decís que no le habéis visto el rostro.

—Así es, señora, me atacó mientras dormía. Iba embozado.

Marta dijo todo esto con el arrebol subido en sus mejillas sin atreverse a aclarar el auténtico motivo de la agresión.

Amina, que todavía estaba bajo el impacto del suceso, se atrevió a intervenir.

—Con el debido respeto, doña Brígida, el intruso pretendió abusar de mi ama. Y de haber dormido sola, lo hubiera conseguido.

La mujer dudaba.

—¿Qué es lo que estáis diciendo?

Amina se había envalentonado.

—Lo que habéis oído, señora. Alguien intentó deshonrar a mi ama.

La vieja dama estaba acalorada.

—Jamás sucedió algo así en palacio y jamás nadie se atrevió a entrar en las dependencias de las camareras de la condesa.

Marta, tras meditarlo bien, observó:

—Ese alguien o es un insensato o está seguro de que todo le está permitido en palacio.

Doña Brígida entendió la ambigüedad y se abstuvo de profundizar.

—No entiendo cómo ha podido suceder; yo misma, ayer noche, eché la balda.

—Alguien la tuvo que quitar, doña Brígida —apuntó Amina.

—Ahora mismo voy a avisar al oficial de guardia, para que ponga un centinela en la puerta. Procurad descansar y al menor ruido, gritad. Mañana daré parte a quien corresponda de este extraño suceso.

Amina se atrevió a hablar de nuevo.

—Quien haya sido lleva la marca de mis uñas en el cuello.

La dueña meditó unos instantes.

—Mañana por la mañana daré cuenta a la condesa; ella sabrá lo que debe hacer.

Luego, dirigiéndose a Marta, añadió:

—No dudéis que este extrañísimo y amargo incidente habrá de esclarecerse; sin embargo debéis ser discreta, esas cosas no conviene airearlas. Ahora procurad dormir.

Al siguiente lunes por la tarde, el padre Llobet vino como de costumbre a impartir la clase de latín clásico a Marta, y el fino y avezado instinto del clérigo notó algo extraño en el silencio de su pupila.

—Tengo la sensación de que me estás ocultando algo, Marta. ¿De qué se trata?

Marta intentó soslayar la explicación.

—No es nada, padre. El texto de *La guerra de las Galias* era muy difícil, en el párrafo había más de tres ablativos absolutos y me ha costado mucho.

El arcediano la miró socarrón.

—Soy ya muy viejo, Marta, y te conozco desde el día que viniste al mundo, si no me quieres contar lo que pasa, no me lo cuentes, pero sobre todo no intentes engañarme menospreciando mi intelecto.

Marta le miró haciendo esfuerzos por no romper a llorar.

—¿Tan grave es el suceso? —preguntó el sacerdote, súbitamente nervioso.

Sin poder contenerse, la muchacha explicó punto por punto todo lo acaecido la noche de marras. El rostro del arcediano iba ensombreciéndose a medida que Marta desgranaba el terrible relato. Cuando acabó, la acogió entre sus brazos y Marta rompió a llorar. El padre Llobet la consoló, dejando que la muchacha diera rienda suelta a su tensión. Unos instantes después, Marta recobró la compostura y volvió a su silla.

—Echo tanto de menos a mi padre en estos momentos… Pero decidme, ¿qué pensáis, padrino?

—Muchas cosas deduzco; en primer lugar alguien debió de retirar la balda de la entrada del pasillo; por lo que me explicas, doña Brígida la cierra todas las noches. En segundo lugar, quien se atrevió a tamaño dislate es alguien que está seguro en palacio y fuera de toda censura… y esa descripción no puede aplicarse a muchos. Y por último, según lo que me explicas, lleva en el cuello la huella de las uñas de Amina. Eso sería relativamente fácil de comprobar.

Marta miró a su padrino a los ojos. En el fondo de su corazón, la joven estaba segura de que sabía quién era el responsable de aquel cobarde ataque.

—Y si es quien vos y yo pensamos, ¿qué puedo hacer? Tengo mucho miedo.

El arcediano la observó con ternura.

—Deberemos andar con cuidado. Esa persona, a la que no nombraremos jamás, se sabe protegida. Y es una de las cuestiones que escapan a cualquier argumento que pueda tratar con la condesa.

»Doña Brígida lo sabe y a buen seguro las damas han comentado el hecho entre ellas. Por lo tanto es impensable que no llegue a oídos de la condesa; si ella te pregunta, cuéntaselo; si no lo hace, mantente en silencio: ya sabemos que está cubriendo a alguien. De todas maneras, si llegara el caso, inclusive lo hablaría con el conde. Ve con los ojos muy abiertos; yo daré las suficientes señales para que la seguridad de las damas sea reforzada. Te garantizo que cada noche habrá un centinela.

—No me dejéis jamás sola, padrino —suplicó Marta—. No quisiera quedarme en palacio cuando los condes tengan que viajar y mi padre esté fuera cuidando sus negocios. Antes preferiría entrar de postulante en Sant Pere de les Puelles… Sin vos y sin mi padre me siento perdida.

El padre Llobet sonrió para animar a la muchacha.

—Creo que en palacio tienes a un buen amigo…

Marta le miró, sorprendida.

—Marta, querida, hay pocas cosas que pasen inadvertidas a mi edad…

—Pero no puedo contárselo, padre. Me moriría de vergüenza, y, además… ¿qué podría hacer él?

El arcediano miró a la joven con semblante muy serio.

—Tienes razón, Marta… Es mejor que no digas nada a nadie. Pero siempre es bueno tener un buen amigo y ese joven lo es.

Luego Eudald se levantó y se dirigió a la puerta.

—La condesa también te quiere bien, y cuando lo sepa, que seguro que ya lo sabe, obrará en consecuencia y pondrá los medios para que esto no vuelva a ocurrir. —Luego, tras un profundo suspiro añadió—: Aunque no castigue al culpable.

Marta asintió con un gesto de la cabeza.

—Ahora tengo que irme, hija mía, pero no dudes en llamarme si vuelves a sentirte en peligro, que aunque no sea día de clase acudiré a tu llamada dejando cualquier cosa que tuviere que hacer.

Marta se puso en pie para despedir a su padrino e intentó hacerle creer que sus palabras le ofrecían consuelo.

—Id con Dios, padre, y sabed que vuestras palabras me han reconfortado.

—Queda con Él, Marta, y déjame que mueva mis hilos cerca de la condesa; según responda, actuaré, pero ten por seguro que no te he de dejar en este trance.

Tras estas palabras, el arcediano partió.

La muchacha quedó sola en la estancia y sin quererlo comenzó a rememorar su último encuentro con Bertran tras el horrible incidente. Después de las acusaciones de Adelais intentaban ser más cautos, pero el muchacho, que tan bien la conocía, el día anterior, aprovechando su hora favorita que era cuando cada cual iba a sus tareas tras la misa, la aguardó en la escalinata de piedra que conducía al jardín de la rosaleda, que estaba en el paso de la jaula de los halcones de caza. Nada más verla se puso en pie. Ella no pudo dejar de admirar su talante gentil y la elegancia natural de su porte.

—Creí que no venías.

Marta se recogió las sayas y se sentó, como tantas otras veces, en uno de los escalones de piedra y Bertran hizo lo propio.

—¿Qué es lo que te ocurre? No me digas que nada porque no te voy a creer.

Marta se puso en guardia dispuesta a guardar su secreto, ya que su intuición le decía que, de no hacerlo así, sólo provocaría más y peores problemas.

—¿Adelais ha vuelto a herirte con uno de sus malintencionados comentarios?

Marta meneó la cabeza.

—Bertran, por favor… No insistas… Hay cosas que una dama no puede contar.

El joven la miró, preocupado, pero al ver que Marta no añadía nada, hizo ademán de irse.

—Bien, si no confías en mí…

La muchacha le detuvo tirándole del jubón.

—Siéntate.

Bertran obedeció y se percató de que una lágrima pugnaba por asomar a los ojos de Marta.

—Bertran, por favor… Algún día te lo contaré todo, pero en estos momentos sólo quiero que estés a mi lado.

Él clavó sus ojos en el angustiado semblante de la joven, y a pesar de que ansiaba obtener respuestas, se abstuvo de insistir.

—Cuéntame algo —musitó Marta. Necesitaba distraerse o sabía que acabaría confesándole la verdad a Bertran—. Háblame de tu infancia en Cardona.

El joven así lo hizo, y le narró varias travesuras de su infancia. Era un buen orador, y sus relatos hicieron sonreír a Marta. Por fin, un rato después, ambos quedaron en silencio.

—Muchas gracias, Bertran —le dijo Marta entonces—. Hoy has sido el mejor amigo que podría tener.

Después miró a uno y otro lado, y volviéndose hacia él, depositó rápidamente un beso en sus labios, sutil como el vuelo de una mariposa.

62

La bofetada

lmodis había llamado a su presencia a Berenguer. Compareció éste con una casaquilla con el cuello alzado, cosa que no pasó inadvertida, por lo inusual, a su madre.

Ésta, antes de abordar el asunto, ordenó a sus damas de compañía, Lionor y Brígida y a su bufón, Delfín, que abandonaran la estancia. Cuando se hallaron a solas, la condesa, en un tono desabrido que Berenguer conocía bien, le habló seria y circunspecta.

—Venid aquí y sentaos a mi vera.

Al decir esto señaló una banqueta que se hallaba a sus pies.

Berenguer, esquivo y con la mirada huidiza, obedeció a su madre.

Una tensión indeterminada se instaló en la estancia.

Berenguer intentó romperla.

—Señora, tenía que estar ahora en la sala de armas, pero al saber vuestro requerimiento he acudido al instante.

—Os conozco bien, Berenguer. No me vengáis ahora con lisonjas de falso mercader. Sabéis perfectamente el porqué de mi llamada.

El joven, con cara de no haber roto un plato jamás, replicó:

—Ignoro totalmente el motivo de esta cita aunque no me extrañaría que fuera para mí inconveniente. Me consta que entre vuestras damas y vuestro bufón no soy muy querido.

La condesa saltó:

—¡No añadáis el cinismo a vuestra acción! ¡Lo que más me puede ofender es que mi propio hijo me trate de necia!

Berenguer no cedió y se mantuvo obstinado en su tesitura.

—No sé con qué historia os habrán venido. Sin embargo, señora, os rogaría que la comprobarais… Ya empiezo a estar harto de tener que defenderme de maledicencias que se ceban en mí sin motivo alguno.

La condesa alargó la mano y de un tirón retiró el cuello alzado de la casaquilla de su hijo.

Un rasguño profundo de tres huellas cárdenas salió a la luz.

La voz de Berenguer surgió airada a la vez que con su diestra intentaba ocultar la prueba.

—¿Qué estáis haciendo, señora?

—Como vos mismo me habéis pedido, me aseguro de comprobar la historia. ¿Cómo os habéis hecho eso?

Ahora Berenguer dudó un instante.

—Jugando con uno de mis mastines de caza.

La mano de la condesa rasgó el aire y un sonoro bofetón estalló en la mejilla de Berenguer.

—¡Además de embustero, estúpido! ¿Creéis, por un casual, que el más tosco de mis súbditos se tragaría esta historia? Ya podéis comenzar a decirme la verdad: cómo y de qué manera lograsteis entrar en el pasillo de mis damas y cometisteis la indignidad de pretender abusar de una de ellas.

Berenguer todavía intentó defenderse.

—¿Por qué, madre, todo lo malo que ocurre en palacio me ha de ser atribuido?

Almodis estalló.

—¿Queréis acaso que os haga prender y azotar como si fuerais el último villano? Si es eso lo que deseáis, sólo tenéis que decirlo.

Las coartadas de Berenguer se venían abajo; y, astuto como era, decidió que la mejor defensa era un buen ataque.

—Está bien, madre: os lo voy a contar porque me consta que precisamente vos sabéis bien cuántas locuras obliga a hacer el amor.

Almodis se puso en guardia.

—¿Qué insinuáis?

—No insinúo, madre. Todo el mundo conoce vuestra historia de amor con mi padre, de la cual me alegro infinitamente ya que de no haberse producido, yo no habría nacido.

La condesa se atribuló unos instantes y con voz no tan firme, indagó.

—¿Qué queréis decir?

Berenguer sonrió, mientras miraba a su madre con unos ojos que pedían complicidad.

—Que es público y notorio que abandonasteis a vuestro marido en Tolosa para fugaros con quien es hoy mi padre; que por todo ello fuisteis excomulgada, y que tanto mi hermano como yo nacimos del pecado.

Almodis sintió que una daga perforaba sus entrañas.

Berenguer supo que había abierto una brecha en sus defensas.

—Veréis, madre, estoy seguro de que comprendéis la obsesión que me devora. Vivo un sin vivir, me levanto y me acuesto pensando en la misma persona. Es ello lo que me empujó a hacer tal desatino.

—Y esa obsesión sin duda tiene un nombre: Marta Barbany —repuso Almodis.

—Exactamente, madre. Y sus continuos rechazos me impelieron a cometer la locura que intenté la otra noche.

Almodis recordó por un momento su primer encuentro con el que ahora era su esposo: un acercamiento furtivo, a escondidas de su entonces consorte, Ponce de Tolosa.

—¡Berenguer, Berenguer! ¿Qué puede hacer una madre con un hijo como vos? He pasado por alto vuestras aventuras y devaneos, nada he querido saber de vuestras visitas a mujeres de ínfima calidad… ¡Pero ahora me encuentro con que mi hijo, en mi casa, intenta perpetrar un desafuero contra una de mis damas como si se tratara de una de las rameras que frecuenta! Y sin tener en cuenta su edad ni su condición de protegida mía…

—¡Jamás sentí dentro de mí, madre, el fuego que siento ahora! Ruego vuestra ayuda, madre… Está en mi naturaleza, debéis entenderme… no es mi culpa parecerme a vos, que al fin de vos nací.

Y con un teatral gesto, Berenguer se abalanzó a los pies de su madre y, tomándole la diestra, comenzó a cubrirla de besos.

—¡Levantaos, por Dios! —le ordenó la condesa—. ¡Así no se resuelve nada!

Berenguer volvió a sentarse en el escabel.

—¿Qué esperáis que haga? —le preguntó su madre, en tono acusador—. ¿Acaso creéis que voy a defraudar la confianza de un excelente súbdito y entregaros a su hija contra su voluntad para que os divirtáis con ella?

Berenguer, con tal de cumplir su capricho, era capaz de mentir hasta el final.

—No, madre. Si para lograrlo debo pasar por la vicaría, estoy dispuesto a ello.

Almodis suspiró profundamente.

—No parecéis cuerdo, hijo mío. Para que tal disparate fuera factible, vuestra elegida debería ser de la más alta nobleza y no lo es. Su padre, excelente súbdito, únicamente es ciudadano de Barcelona.

—Bien la habéis aceptado como dama…

—Eso es algo que a nadie más que a mí atañe y desde luego no es una cuestión de Estado. Y hablando de damas, decidme ahora sin mentir, ¿quién fue la que os abrió la puerta? Porque según me ha dicho doña Brígida, la balda estaba cerrada como cada noche: me asegura sin dudarlo que ella misma la cerró.

Berenguer se dispuso a sacrificar un caballo para ganar un alfil, aunque trató de llevar su comedia hasta el final.

—No me obliguéis, señora.

—¿Quién fue, Berenguer?

—Señora, mi caballerosidad me impide…

—No me vengáis con necios escrúpulos. Soy vuestra madre y os exijo la verdad.

Berenguer fingió dudar.

—¡Estoy aguardando y mi paciencia no es infinita! —insistió Almodis.

—Fue Adelais de Cabrera, madre. Ella, por odio a Marta, me instigó a cometer el dislate. Del cual, madre, estoy muy arrepentido.

Almodis reflexionó un instante. Luego, tras suspirar profundamente, habló de nuevo.

—Por esta vez cubriré todo este desgraciado incidente. Pero os advierto, Berenguer, que no quiero volver a oír hablar de este asunto. Prometí a Martí Barbany que cuidaría de su hija en su ausencia, y eso haré, aunque para ello deba enfrentarme a mi propio hijo.

Berenguer permaneció cabizbajo.

—Tampoco deseo indisponerme con el señor de Cabrera, así que enviaremos a Adelais a su casa aduciendo que se encuentra enferma. Sólo ella, vos y yo sabremos lo que de verdad sucedió esa noche. Y, Berenguer —añadió Almodis en un tono gélido—, acostumbraos a usar la seducción, y no la fuerza, para satisfacer vuestros deseos. Sólo los mal nacidos fuerzan a las damas… y quiero pensar que mi hijo, al que parí en este palacio, no es uno de ellos.

63

La baza de Magí

agí había aceptado por fin la verdad, y eso había cubierto con un manto de excusas los escrúpulos de su adormecida conciencia: se había enamorado de Nur y estaba dispuesto a todo por hacer realidad su sueño.

Saldría de la residencia, trabajaría en lo que fuere para rescatar a su amada de aquel oficio, a su madre ya no le quedaba mucho camino, y podrían vivir felices en los aledaños de Montjuïc. Y estaba seguro de que lo que ese día iba a decirle a Bernabé Mainar le proporcionaría los dineros necesarios para empezar a abrirse camino.

Aquel día, pues, alteró su ruta: salió por la puerta del Bisbe y siguiendo el perímetro de la muralla se dirigió hacia la Vilanova dels Arcs. Su curiosidad le había conducido otras veces por este camino. Sabiendo que Mainar era propietario de otra mancebía mucho más importante que la que él frecuentaba, sin atreverse a traspasar la puerta, había querido verla por fuera.

En esta ocasión pensaba ser recibido en ella.

Se llegó hasta la puerta de la casa y observó con curiosidad la historiada aldaba que ornaba la cancela; después golpeó con ella la recia madera.

Al punto se abrió un tanto la hoja y una voz de mujer de la que sólo divisaba vagamente el perfil en la penumbra le interrogó desde dentro:

—¿Adónde vais a tan temprana hora? Todavía estábamos cerrados.

—No acudo como cliente; vengo únicamente a dar un recado a don Bernabé Mainar —dijo Magí en tono imperioso.

La mujer lo observó con desconfianza.

—Dádmelo a mí, yo se lo transmitiré.

—Lo siento, pero él me dijo que tratara este asunto personalmente.

Rania dudó unos instantes: aquel joven no le parecía nadie importante, pero, conociendo el talante desabrido de su amo, decidió darle paso. Así que abrió la puerta, no fuera que el patrón estuviera interesado en aquel pellejo de hombre y el impedirle la entrada le causara problemas.

—Pasad. Decidme vuestro nombre y condición.

—Magí. Dile a tu amo que ha venido Magí, el secretario del señor Llobet. Y que ya tiene cumplido su encargo.

—Voy a ver. Aguardad un momento.

La mujer partió dejándolo en el recibidor, mientras Magí observaba la hermosa estancia. Al poco los precipitados pasos de la mujer anunciaron su regreso. Sus maneras habían variado notablemente.

—Tened la bondad de seguirme.

Magí sonrió para sus adentros: comenzaba a sentirse importante y su intuición le dijo que su suerte podría cambiar para mejor.

Cuando ya llegaban a la cancela del fondo la mujer, sin volver el rostro, le dijo:

—Mi nombre es Rania, señor. Si volvéis otro día, preguntad por mí.

Tras estas palabras y mientras golpeaba con los nudillos la puerta, anunció:

—Amo, si dais la venia…

La conocida voz de Mainar habló tras la gruesa madera.

—Adelante.

Al entrar en aquel inmenso gabinete, Magí se sintió algo cohibido, pero al oír el caluroso recibimiento que le prodigaba el tuerto, su ánimo se tranquilizó.

—¡Por las ánimas del purgatorio que no esperaba vuestra visita!

—Me dijisteis, señor, que cuando tuviera noticias de algo concerniente a vuestro encargo acudiera al punto a comunicároslo.

—He intuido algo al respecto. Pero pasad, Magí… Sentémonos, pues pienso que vuestra explicación ha de ser prolija.

A indicación de Mainar, el joven sacerdote se adelantó hasta el asiento que le indicaba el otro y aguardó a que su anfitrión hiciera lo propio.

—¿Os apetece tomar alguna cosa?

—Lo que toméis vos mismo.

Mainar se acercó a la licorera y en sendas jarras sirvió dos generosas raciones de ardiente licor de cerezas.

—Y decidme, amigo mío, ¿a qué afortunada circunstancia debo el honor de esta sorprendente visita?

Magí, al intuir la curiosidad del otro, comenzó a sosegarse.

—Me dijisteis, si mal no recuerdo, que en cuanto tuviera alguna novedad sobre Martí Barbany o gentes que vivieran en su casa, acudiera a contároslo.

Un relámpago de interés centelleó en el ojo del tuerto.

—Efectivamente, eso os dije; pero debe de ser importante y urgente, de no ser así me hubierais enviado recado por Maimón.

—Ignoro hasta qué punto es trascendente para vos; a mi leal entender cualquier cosa que se salga de lo normal y que se intente hacer al abrigo de la oscuridad debe de ser importante.

—Me tenéis sobre ascuas. Desembuchad, Magí.

Al percibir el patente interés de su interlocutor, el joven cura decidió jugar una carta.

—¿Recordaréis lo que me prometisteis?

—No me hace falta vuestro memento, soy un hombre de palabra y ha mucho que me pongo las calzas por los pies. Tened por seguro que si vuestro mensaje vale la pena, seréis recompensado.

Magí se arrancó:

—Veréis, señor, un suceso extraño me acaeció la última vez que visité a Nur. Iba yo en mi jumento camino de mi casa, cuando en la oscuridad me topé con dos jinetes que iban en el sentido contrario al mío. Al mirarlos, me pareció reconocer a uno de ellos como el hombre que me recibió en casa de Martí Barbany una vez que el padre Llobet me envió con un recado...

La explicación fue minuciosa y el tiempo pasaba deprisa. Al llegar al final de la historia, la expresión del rostro del tuerto no se le habría de olvidar a Magí en toda su vida. Al observarlo, el curita acabó el relato enfáticamente.

—Cuando hubieron partido salí de mi escondrijo y con mil precauciones me acerqué hasta la orilla. Entre las cañas hallé el objeto de mis dudas; cuál no fue mi sorpresa cuando pude comprobar que lo que había ardido era un tronco, pero, como os digo, lo milagroso fue que siguió ardiendo largo rato debajo del agua.

Una larga pausa cerró el monólogo de Magí. Mainar se levantó de su asiento y, con las manos en la espalda, comenzó a medir la estancia con largas zancadas. Luego se paró frente al curita y en un tono inusualmente afectuoso le inquirió:

—A ver, padre Magí, ¿me estáis sugiriendo que una madera puede arder bajo el agua? Vuestra visión, ¿no será efecto del humo de la hierba?

—No sólo lo sugiero, sino que lo afirmo con rotundidad. Estas manos que se han de comer los gusanos tocaron el tronco, que aún estaba húmedo y cuya corteza, sin embargo, abrasaba.

Mainar repreguntó:

—Me decís que os los encontrasteis en el camino, de lo cual se infiere que ignoráis de dónde venían y como es óbice, a su regreso no los seguisteis, por tanto no sabéis adónde fueron.

Magí se puso en guardia.

—Mal podía seguirlos cuando tuve que comprobar qué era lo que había ardido en el agua.

—No veáis en mi pregunta reproche alguno. Creo a pie juntillas vuestro relato, intuyo la importancia de lo que habéis tenido ocasión de presenciar. Voy a poner todo mi empeño en descubrir dónde y cómo se ha fabricado tal prodigio; si lo consigo, no dudéis que sabré gratificaros como corresponde. Pedidme lo que queráis.

Magí vio el cielo abierto y balbuceante, se atrevió a decir:

—Entonces, señor, si tal acontece os rogaría que concedierais la libertad a Nur.

—No comprendo vuestro empeño, ¿queréis acaso llevárosla con vos al convento?

—Mi deseo es colgar los hábitos y desposarla, señor.

—¿Acaso no os va bien tal como tenéis ahora la cuestión? La veis cada semana, no os cuesta un maldito sueldo y me consta que además del fornicio se os suministran otras cosas.

—La quiero únicamente para mí, señor, no puedo soportar que la toque otro hombre, y sé que a ella no le parece mal la idea.

Mainar miró socarrón a su ansioso interlocutor.

—Curiosa institución esta del matrimonio; los que están afuera quieren entrar y los que están dentro quieren salir. Mi consejo es que sigáis tal como estáis, pero si porfiáis en vuestro empeño y vuestra confidencia se confirma, contad con mi palabra: la mujer es vuestra.

64

Forjando alianzas

acía semanas que Mainar no visitaba a Marçal de Sant Jaume. Lo hizo en aquella ocasión montado en uno de los mejores caballos de su cuadra, un cuatralbo castrado cruce de árabe e hispano de gran alzada y remos finos. Al transitar por la vía Francisca observó la cantidad ingente de comerciantes con aspecto de posibles parroquianos de su carnal mercancía que acudían a la feria mensual del Mercadal y se felicitó por ello: a algunos de ellos sin duda los vería por la noche.

Al llegar frente a la cancela no pudo dejar de admirar el historiado enrejado de la verja que parecía talmente un elaborado encaje de hierro.

El mayordomo aguardaba rígido como un poste la llegada del visitante a la entrada de la casa, y sabiendo de la consideración que gozaba, le introdujo en el salón en tanto iba a anunciar su presencia. Al punto regresó dispuesto a acompañarle hasta un pequeño pabellón de caza, donde Marçal de Sant Jaume, cubierta su vestidura con un delantal de flexible cuero, armado con las herramientas que convenían, estaba preparando y afilando personalmente las puntas de sus flechas de caza. Su saludo fue afectuoso. Amén de que su negocio marchaba viento en popa, la prodigalidad mostrada por el tuerto con los mancusos donados a mayor gloria de su señor Pedro Ramón, le había causado una gran impresión.

—Sed siempre bienvenido a mi casa, Mainar.

—El gusto de visitaros es mío.

El noble detuvo su trabajo y deshaciéndose del delantal y tras dejarlo en una percha, interrogó a Mainar:

—No es vuestra costumbre presentaros sin avisar. Imagino que tal circunstancia no se deberá a alguna desagradable incidencia.

—Muy al contrario, señor. Mi motivo se debe a una afortunada coyuntura.

Marçal de Sant Jaume, que tenía muy presentes las agradables sorpresas que aquel hombre le había proporcionado, alertó sus sentidos.

—De haberme hecho llamar hubiera ido yo a vuestro encuentro.

Lo cierto era que, desde que conocía su historia, le producía un raro estremecimiento que el tuerto visitara su casa. Su aspecto no dejaba de impresionarlo por muchas veces que le viera. La elevada estatura, su vestimenta casi siempre negra y parda, y sus grandes manos llamaban su atención, pero sobre todo el cabello partido en dos por una crencha blanca, la larga coleta, el parche cubriendo su ojo izquierdo y la penetrante mirada de su otra pupila, le producían escalofríos.

—Éste es un buen sitio para dialogar —dijo el caballero de Sant Jaume, luchando contra la incomodidad que sentía ante su visitante—. Aquí me hallo a salvo de visitas impertinentes y mis criados saben que, de no ser alguien muy especial como vos, no se me debe importunar. Éste es el refugio donde paso mis horas más felices, que dedico a una labor artesanal que de hacerla en público tal vez me sería criticada. Ya sabéis que un caballero no puede dedicar sus ocios a tareas manuales; sin embargo, la fabricación en mi pequeño horno y el pulido de las puntas de mis flechas me causa un inmenso placer, sosiega mi espíritu y me aleja de todas las desdichas de este mundo.

—He creído, señor, que el asunto es sobradamente trascendente para importunaros; sin embargo, puedo volver en otra ocasión —dijo Mainar.

—Mi mayordomo me conoce bien y si ha venido a anunciarme vuestra visita es porque sabe que sois una de las excepciones a las que me he referido anteriormente; pero pasemos a mi gabinete; allí estaremos a resguardo de escuchas inoportunas.

Sin salir del pabellón de caza, pasaron a una salita apartada en cuyas paredes se podían ver toda clase de arcos, saetas, panoplias de terciopelo rojo cubiertas de diversas puntas de flecha y, sobre una mesa, hasta la reproducción en miniatura de una pequeña catapulta.

—Hermosa colección —comentó el tuerto.

—¿Verdad que sí? Disfruto enormemente de estos pequeños tesoros. Pero habéis venido a contarme algo, querido Bernabé… Sentémonos allí —dijo, mientras señalaba un rincón formado con dos escabeles—, y tendré el placer de oír vuestra historia.

Ambos hombres se acomodaron y Marçal de Sant Jaume invitó al tuerto a explicarse.

Éste, sabiéndose importante, se arregló los calzones, se pasó la mano por el cabello y tras acomodarse el parche del ojo, comenzó a hablar:

—Curiosos son, señor, los vericuetos por los que el destino hace caminar las vidas de las gentes, para que súbitamente, algo que se ha buscado con obstinación y ahínco llegue hasta alguien que no ha dedicado sus afanes a tal finalidad, defraudando a muchos que han dejado sus vidas por dar con ello.

—Así son las cosas —comentó Marçal, extrañado ante aquel largo preámbulo—. ¿Cuántos tesoros no se han hallado sin buscarlos cuando gentes que hicieron de tal empresa el motivo de su existencia llegaron al fin de sus días sin lograrlo?

—Pues tal es mi circunstancia —afirmó el tuerto con contundencia.

—¿Insinuáis tal vez que habéis hallado un tesoro? Porque de vos ya nada puede sorprenderme…

—Tal vez en puridad no. Lo que sí puede ser es que haya llegado hasta mí el medio para hacernos con algo que puede cambiar el rumbo de la humanidad.

El de Sant Jaume se instaló en el borde de su sillón.

—Siempre conseguís intrigarme. Os escucho.

Mainar clavó su escrutadora pupila en el semblante de su interlocutor.

—¿Habéis oído hablar del «fuego griego»?

—¿Quién no ha oído hablar de tal fábula? Pero ¿a qué viene eso ahora?

—A que tal vez no fuera una fábula.

—Aclaradme la cuestión y recordadme su utilidad.

—Es muy sencillo; sobre él se han escrito mil legajos y su misterio se había perdido en el arcano de los tiempos. Griegos, romanos, egipcios, bizantinos... en fin, una lista inacabable de pueblos habrían matado por él. Y ahora, cuando ya se barruntaba que era un mito de la antigüedad, llega a mí por un conducto insospechado y su importancia es tal, mi querido Marçal, que únicamente os diré una cosa: si un gobernante se hiciera con él, se convertiría en el más poderoso de la tierra, al punto que las demás naciones se verían obligadas a serle tributarias.

El de Sant Jaume no salía de su asombro.

—Explicaos mejor, Mainar... ¿Cuál es su efecto, exactamente? Y, decidme, ¿cómo ha llegado hasta vos?

—Ahora os aclaro lo primero; en cuanto a lo segundo, os diré la manera pero permitidme que me reserve el nombre y la condición del mensajero. Como comprenderéis, debo proteger a mis informadores.

El caballero de Sant Jaume se sintió algo molesto por esa falta de confianza, pero cedió.

—Está bien, lo comprendo. ¡Explicaos de una vez!

—Si lanzáis el artificio sobre un castillo o sobre un campamento y éstos comienzan a arder, es inútil intentar apagarlos; ya podéis abocar sobre el incendio arena o agua a raudales, la cosa prendida arderá sin parar. Pero ahora viene lo más prodigioso. El fuego sigue ardiendo incluso debajo del agua.

El de Sant Jaume lo miró con la incredulidad dibujada en su rostro.

—Dos cuestiones se me vienen a la cabeza; en primer lugar no me digáis quién, pero decidme cómo ha llegado hasta vos esa información y después, ¿lo habéis comprobado en persona?

—A lo primero os responderé, un buen cliente de uno de nuestros nidos de amor que me sabe interesado en estas cosas, por una extraña coincidencia tuvo ocasión de seguir en la noche a dos jinetes y presenciar el milagro sobre el terreno, y sabiendo de mi generosidad y estando encaprichado de una de nuestras pupilas, ha intentado ganarse mi voluntad dándome cuenta del extraño suceso. Y a lo segundo, que al día siguiente me desplacé hasta el lugar donde se me dijo se había producido el milagro y pude comprobar que era cierto; en el sitio exacto, en la laguna de la Murtra, hallé el tronco incinerado al que él se había referido. Estaba totalmente carbonizado y sin embargo apenas flotaba en el agua de empapada que estaba la madera.

El de Sant Jaume se mostró decepcionado.

—Me extraña poco que con el fin de obtener a una mujer os hayan colado semejante patraña. Como comprenderéis, está al alcance de cualquiera quemar un tronco y lanzarlo al agua.

—Estáis infravalorando mi inteligencia. ¿Acaso creéis que con mi experiencia sobre calibrar exactamente la valía de cada persona resulta fácil embaucarme? ¡Cuán equivocado estáis! El mensajero que me trajo la noticia creía haber presenciado un milagro; ni conocía ni sabía lo que era el fuego griego ni lo que había representado en la antigüedad.

Marçal de Sant Jaume volvió a interesarse.

—Y ¿por qué siguió a esos hombres?

—En una ocasión tuve la oportunidad de decirle que estaba muy interesado en la persona de Martí Barbany y en las gentes de su casa. A uno de los jinetes lo conocía por haber tratado con él. Por eso, al cruzarse en su camino, los siguió.

—¿Y de dónde venían y adónde se dirigieron después?

—Eso lo ignora. Se topó con ellos en medio de la noche y del camino; al reconocer a uno de ellos, los siguió hasta la laguna, luego cuando se fueron se quedó a comprobar si lo que habían visto sus ojos era cierto, y al regreso, no pudo seguirlos.

Marçal de Sant Jaume meditó un momento.

—Me parece una historia absolutamente increíble, pero ya os he visto hacer otras maravillas. Si me dijerais que sois capaz de andar sobre las aguas, también lo creería, al punto de que estoy dispuesto a seguiros en este envite. Si fuéramos capaces de ofrecer tal maravilla al heredero, seríamos los hombres más poderosos del condado y su gratitud sería infinita. Y ahora… ¿qué se os ocurre hacer? —inquirió Marçal.

—El asunto está claro, pero me harán falta medios.

—Explicaos.

—Deberemos hacer seguir a nuestro hombre hasta que nos lleve al lugar donde han fabricado tal prodigio o, mejor, hasta que nos revele el secreto de la fórmula. Cuando estemos ciertos y se haya cumplido nuestra finalidad, yo me ocupo de quitarlo de en medio.

—Sed más concreto, Mainar. ¿Qué necesitáis?

—Me harán falta hombres dispuestos día y noche y sobre todo discretos, dotados de un caballo, que sepan disimularse entre las gentes en la ciudad y si salen a campo abierto, que sepan asimismo seguir una huella sin delatarse. Que lleguen a conocer sus rutinas para, llegado el momento, echarle el guante. Entonces cuando lo tengamos en nuestro poder, necesitaremos un lugar discreto donde encerrarlo a fin de poder arrancarle su secreto.

—Contad con ello —decidió al punto el caballero de Sant Jaume—. Decidme cuántos hombres os hacen falta y yo os proveeré de ellos, al igual que del lugar discreto donde esconderlo.

65

Felet, Rashid y Ahmed

os tres hombres reunidos bajo los soportales de la terraza del tercer piso de la casa de Martí Barbany charlaban ante sendas bebidas servidas con discreción por el primer mayordomo. En aquel instante el que llevaba la voz cantante era el capitán Rafael Munt.

—Entonces, ¿estáis seguros de que el prodigio ha funcionado?

Rashid respondió:

—Hasta que no lo comprobamos tuve mis dudas. Debía confiar en el recuerdo de cómo lo hice en Kerbala la primera vez con mi hermano. En aquella ocasión, dar con las proporciones convenientes para la mezcla nos costó tres intentos y la verdad es que cuando Ahmed me condujo a la laguna de la Murtra, no las tenía todas conmigo. Pero Alá bendijo nuestra labor y ante mi incredulidad, dimos con la solución a la primera.

—Ante su incredulidad y mi asombro, capitán —intervino Ahmed—. El tronco ardió como paja seca, pero como os ha dicho el señor Rashid, continuó haciéndolo también bajo el agua.

El capitán Munt quedó pensativo unos instantes y luego preguntó:

—¿Qué cantidad habéis fabricado?

Ahmed y Rashid cruzaron sus miradas.

—La suficiente para hundir tres barcos —dijo Rashid.

—¿Su transporte es peligroso? —indagó Felet.

—No, si se toman las debidas precauciones.

—¿Y cuáles son?

—Las ollas de barro deberán ser precintadas con cera de abejas y lacre fundido; luego guardadas en cajas de madera gruesa, cinc o estaño y convenientemente afianzadas en el interior del sollado con ramas verdes para evitar cualquier choque entre ellas y, finalmente, dichas cajas deberán situarse en la parte central de la bodega de la nao que las conduzcan, donde el oleaje las afecte lo menos posible.

—Bien, Rashid, entonces pongamos en marcha el plan previsto. Vos quedaréis con Gaufred y con Andreu Codina al frente de la casa y yo partiré con Ahmed hacia Mesina en el *Sant Tomeu*. Es una saetía rápida, baja de bordo, con dos filas de remos, mucho trapo y poca mota, aunque suficiente para el caso que nos ocupa. Sin embargo, anda como un maldito; si el viento nos es favorable estaremos allí en quince días. ¿Cuándo creéis que podréis tener preparado el fardo?

—Si nos ponemos a ello con ahínco, el próximo jueves.

—¿Tenéis a buen recaudo el producto?

Ahmed respondió esta vez.

—Está en la cueva y la puerta asegurada con dos cerrojos; de cualquier manera, si alguien consiguiera entrar se encontraría únicamente con treinta grandes botas de vino alzadas sobre sus caballetes.

—Ahmed fue muy hábil —elogió Rashid—. Se le ocurrió cuando nos devanábamos los sesos discurriendo dónde ocultar la pasta amarilla obtenida. Abrimos la bota dieciséis por la parte posterior, la cerramos hacia la mitad ajustando una pieza redonda de otra bota y pusimos nuestro preparado en la parte posterior y la anterior quedó igual que antes.

—¡Ingeniosa solución! —reconoció Felet—. Decidme, ¿qué más hay que hacer para preparar el viaje?

Esta vez fue Ahmed el que tomó la palabra:

—Los herreros o los carpinteros de nuestras atarazanas deberán preparar las cajas para estibar las ollas.

—De eso me ocupo yo —avanzó el capitán Munt—. En cuanto las tenga en mi poder, os las entregaré para que coloquéis en ellas el invento; el próximo sábado, tú y yo, Ahmed, partiremos para Mesina.

Y tras estas palabras los tres hombres dieron por concluida la reunión. Aquella noche Ahmed regresó a la gruta, estuvo trajinando en ella largo rato y partió después con una abultada alforja hacia el molino de Magòria.

El día señalado, con el carromato cargado y con los sentidos alerta, la expedición partió por el camino que circunvalaba Montjuïc por la parte opuesta a Barcelona, hacia la playa que se abría a los pies de la montaña y en la que las naves descargaban sus mercancías.

Sobrepasaron el cementerio judío y Felet, que iba al frente del grupo, notó por el pisar de su cabalgadura que entraban en terreno arenoso.

—Ahmed, arrea a las mulas, no vaya a ser que con el peso de las cajas, el carro quede clavado en el arenal.

El joven, en tanto Rashid se sujetaba a la pequeña barandilla, se puso en pie y moviendo diestramente la muñeca, hizo que la serpiente de cuero del rebenque chasqueara sobre las orejas de los animales. Las acémilas apretaron las grupas, y las colleras, cinchas y baticolas de cuero rechinaron con el esfuerzo de las bestias, a la vez que los ejes del carro gemían lastimeramente. Finalmente llegaron a la playa. Allí el trasiego era constante. Cada cual iba a lo suyo. Las barcas de los pescadores descargaban su cosecha en las cestas de los compradores que posteriormente la llevarían al mercado. Otros recogían sus redes y aparejos o remolcaban sus barcas hasta la playa.

Allí aguardaba la chalupa del *Sant Tomeu*; el carromato llegó a su altura y las mulas se detuvieron agitadas por el esfuerzo.

—Capitán, ¿es ésta toda la carga? —preguntó a Felet el patrón de la chalupa.

—Efectivamente, ésta es. Pero debéis tratarla con mucho tiento, tal vez es la mercancía más delicada que habéis manejado. Colocadla bajo el banco central; si cayera al mar la pérdida sería irreparable.

—Desde este momento y hasta la partida, no me voy a despegar de vuestra invención —dijo Felet dirigiéndose a Rashid—.

Ahmed, en cuanto todo esté listo en casa, recoge tus cosas e incorpórate a bordo. Deberemos partir antes de que cambie la luna.

—Así lo haré, capitán.

—Y vos, Rashid, quedad con Dios, y rezad para que todo salga bien. Disfrutad de vuestro bien ganado reposo en Barcelona y gozad de sus maravillas. Quedáis a buen recaudo. Gaufred, el jefe de la guardia, es hombre de toda garantía y Andreu Codina el mayordomo os hará sentir como el rey del orbe.

Tras estas palabras, ambos hombres se abrazaron, luego el capitán ocupó su lugar en la chalupa y a la lenta boga de los remeros la embarcación, siguiendo el riel de la luna, se fue alejando hacia el *Sant Tomeu*, en tanto Rashid se quedaba en la playa agitando el brazo en señal de despedida.

66

Malos augurios

elfín andaba desazonado. Recorría las estancias de palacio en un ir y venir incesante sin saber a dónde ni por qué lo hacía. El día antes había tenido una tensa conversación con la condesa.

Almodis, desesperada al ver que su marido no se decidía a desheredar al primogénito, había decidido emplear todas sus armas. Su plan, por lo arriesgado, rozaba el abismo. Le faltaba un soplo para convencer a su marido de la conveniencia de cambiar su testamento, para lo que necesitaba una prueba que pusiera en evidencia lo imprevisible del carácter del heredero, cuya credibilidad fuera avalada por testigos incontestables.

Se trataba de provocar a Pedro Ramón en público, ante damas, palaciegos y diversas gentes de la confianza del conde, para exacerbar su natural violento, hasta que intentara atacarla. Tal actitud inclinaría a favor suyo la todavía vacilante opinión de su esposo.

Delfín tenía un pálpito: aquello podía provocar una tempestad y acabar en tragedia.

Así que el día anterior y delante de su ama se había enfrentado a doña Lionor. El enano repasaba una y otra vez el diálogo habido, el lugar y las circunstancias.

La tarde era espesa. Un letargo denso se abatía sobre palacio. La gente que no tenía empleo o guardia se había recogido en sus cámaras. Los tres estaban solos en la salita privada de la condesa.

—No entiendes el alcance de mi plan —decía la condesa.

—No soy tan lerdo, ama —repuso el bufón, de mal humor—. Lo que ocurre es que sopeso las circunstancias y pienso en el peligro que entraña.

—No hay peligro, Delfín —intervino doña Lionor—. Ya se te ha dicho, por activa y por pasiva, que se llevará a cabo ante testigos de categoría y de hombres de armas, amén de todas sus damas y del padre Llobet, que habrá sido citado con anterioridad.

Delfín se revolvió furioso.

—¡Callaos y dedicaos a lo vuestro, que es hacer encaje de bolillos! He sido la cabeza pensante de nuestra ama desde los tiempos lejanos de Tolosa, y ahora pretendéis invadir mi territorio con consejos imprudentes.

—Haya paz —intervino la condesa—, lo que pretendo es que mi gente permanezca unida. Dime, Delfín, ¿dónde ves el peligro, rodeada como estaré de mis hombres de confianza y de mi guardia personal?

—Las desgracias se desencadenan en un instante, señora, ¿quién os asegura que él no pueda llegar a vos?

—Ya he previsto esta contingencia —rebatió Almodis—. A partir del primer día del próximo mes, nadie podrá entrar en mis aposentos llevando armas. Lo haré de esta guisa para no hacer distingos; no quiero que piense que únicamente es él quien ha de entrar desarmado.

—Hace mucho que no tenía un pálpito tan claro. Hace tres noches que no puedo conciliar el sueño, algo me dice que vienen tiempos terribles.

Doña Lionor intervino:

—Puede que a mí me corresponda únicamente hacer encaje de bolillos pero lo que a ti te ocurre es que te estás volviendo un viejo quisquilloso.

Ambas damas esperaban que Delfín reaccionara con uno de sus ofensivos comentarios, pero éste se quedó en silencio, con la mirada perdida. Finalmente saltó del escabel y, antes de abandonar la estancia, dijo a su ama, que le observaba desazonada:

—Ya os he advertido, señora.

457

Como todas las mañanas de lunes, jueves y viernes, el primer senescal Gualbert Amat, rodeado de escuderos, convocaba a los jóvenes de las casas nobles que habían obtenido la distinción de formarse en palacio para practicar y adiestrarse en el difícil y sin embargo honroso oficio de las armas. Las clases comenzaban extramuros; en la gran explanada del Borne montaban a caballo y ensayaban las distintas habilidades que deberían adornar a un caballero: prácticas con el estafermo, justas con lanza y adarga... en fin, todas aquellas habilidades para enfrentarse al enemigo en un campo de batalla. Luego, a media mañana, se acudía a la sala de armas de palacio. Era ésta una estancia alargada, ornadas sus paredes con panoplias de diversas armas antiguas y cercados ambos laterales por sendas hileras de tres gradas donde se sentaban los familiares que iban a ver justar a sus retoños. En los extremos del salón sendas piezas servían para que mozos y escuderos atendieran a los requerimientos de los bisoños guerreros.

Aquella actividad era la que más placía a Bertran. El manejo de las armas, el duro aprendizaje, el hecho de medirse a los demás muchachos, le encendía la sangre y le hacía soñar con futuras hazañas frente a la turba morisca que amenazaba la frontera sur del condado de Barcelona.

El senescal había comentado en diversas ocasiones que aquel muchacho sería, con el paso del tiempo, un gran guerrero. Era, sin duda, el más distinguido de su grupo y en muchas ocasiones Gualbert era el único que podía actuar como auténtico oponente del joven. En los extremos de la larga alfombra extendida se hallaban las marcas tras de las cuales se debía detener la liza. Aquella mañana el mismísimo conde había acudido rodeado de nobles cuyos hijos se educaban allí, para ver las acciones de los jóvenes; cinco parejas de muchachos se habían enfrentado con diversa fortuna. Las campanas de las iglesias tocaban el Ángelus y las luchas se detuvieron cuando el conde Ramón Berenguer se puso en pie y, destocándose y persignándose, rezó la oración del mediodía.

El conde llamó al senescal. Gualbert Amat se presentó al instante a los pies de la primera grada.

—¿Qué deseáis, señor?

—He venido a ver justar a ese muchacho de quien tantas veces me habéis hablado... Todos en palacio comentan su destreza y no me gustaría irme sin presenciar una muestra de su talento.

—Desde luego que no, señor —dijo respetuosamente el senescal—, si ése es vuestro interés. Y para que presenciéis un asalto igualado, voy a vestirme para darle la réplica.

—¿Tal es su destreza que no halláis otro alumno que se enfrente a él en igualdad de condiciones? —se extrañó el conde.

—Señor, lo que pretendo es que podáis disfrutar de una auténtica liza y a sus escasos dieciséis años me cuesta encontrar un contrincante de su nivel. Es realmente muy bueno.

La voz de Cap d'Estopes se oyó desde atrás.

—Ya os lo dije, padre. Cuando llegue el momento me gustaría hacerle mi alférez.

Ya se retiraba el senescal para equiparse debidamente cuando desde la última grada sonó, celosa e irritada, la voz de Berenguer, quien hacía tiempo que tenía entre ceja y ceja al «mozalbete» de Cardona, como él lo llamaba.

—Estáis ya muy mayor, senescal. Si a mi padre le place, no tengo inconveniente en vestirme yo para dar la réplica a ese portento de la naturaleza.

El viejo conde volvió la cabeza hacia su otro hijo y respondió irónico:

—No solamente lo autorizo, sino que me va a placer en grado sumo. Hace tiempo que no te veo justar, Berenguer, y según se me ha dicho, la sala de armas no es precisamente lugar que frecuentes a menudo.

En tanto descendía de la grada, Berenguer replicó:

—Decidme, padre, cuál de mis manos queréis que use para el envite. Para enfrentarme a un mozuelo ambicioso no creo necesario esforzarme en demasía.

—No os lo toméis a broma, señor —advirtió el senescal—. Si así lo hacéis, podréis tener dificultades.

459

—Me voy a preparar en el rojo —dijo Berenguer, refiriéndose a uno de los dos compartimientos y sin molestarse en responder a la advertencia del senescal—. Que él lo haga en el azul.

—Lo que digáis, y si os parece bien os enfrentaréis con adarga pequeña y espada de combate con filo mellado y punta roma.

Berenguer, en tanto se iba despojando de la casaca y de espaldas, respondió:

—Si queréis puedo hacerlo con una tapa de cazuela y un cucharón.

Algún que otro noble sonrió divertido ante el jocoso e hiriente comentario.

—Si me excusáis, señor, voy a decir al muchacho que se prepare.

Estaba Bertran en el punto de retirarse cuando el senescal entró a darle la noticia de que el conde deseaba verle justar y que su contrincante iba a ser el hijo del conde, Berenguer.

Al primer instante una expresión de sorpresa asomó a los ojos del muchacho. Luego, lentamente, a medida que su mente iba asimilando la noticia, su mirada se oscureció. La voz del senescal llegaba lejana a sus oídos en tanto a su cabeza acudían negros pensamientos: nada podía causarle mayor placer que ajustarle las cuentas al hijo del conde delante de su propio padre. No sólo por dejar en buen lugar su casa y su estirpe, sino porque había observado el atrevimiento que aquel maldito Berenguer demostraba al tratar a quien ya consideraba algo más que una buena amiga.

—Ocuparás el extremo azul —le instruyó el senescal—. Las armas serán adarga pequeña y espada de filo mellado y punta roma. Vístete con gambax, loriga de cuero y discos metálicos; ambos usaréis capacete, guanteletes y brafoneras.

—¿Acaso voy a la guerra, señor?

—No vas a la guerra, pero temo que el hijo del conde quiera lucirse delante de su padre.

Entonces el senescal, dirigiéndose a un muchacho que estaba acabando de vestirse, le ordenó:

—Sigeric, ayuda a Bertran en este envite, sírvele de escudero.

—Al instante, señor senescal, será un gran honor.

El joven, en tanto Gualbert Amat regresaba a la sala y se situaba en la tarima del juez, frente a la grada, se dispuso a ayudar a Bertran en el complicado ritual de colocarse todos los aditamentos necesarios para la ocasión. Le ayudó a pasarse el acolchado gambax por la cabeza, le colocó encima la loriga de malla y sobre las piernas le puso las brafoneras y se las ajustó por detrás con las correas de cuero y las correspondientes hebillas. Luego le ayudó a ponerse los guanteletes y le entregó el capacete de cuero reforzado con placas metálicas. Finalmente, descolgó del armario una adarga pequeña y la espada roma requerida por el senescal y se la entregó.

—¡Buena suerte, Bertran!

El de Cardona tenía la cabeza en otro lugar; respondió con un distraído gesto y se dirigió, apartando la cortina, al extremo azul de la alfombra. Berenguer ya estaba aguardando en el rojo.

A la orden del senescal, avanzaron ambos contendientes hasta el centro; allí Gualbert Amat expuso las normas del combate, en cuanto a las formas de atacar y defenderse prohibió los golpes con la espada plana y recordó a ambos que cuando sonara el pequeño gong que tenía sobre la mesa, debían detener el asalto. Ambos contendientes se observaron antes de retirarse hasta ocupar su lugar en el extremo de la alfombra. Bertran pudo ver que su contrincante llevaba anudado al cuello, cerrando el gambax, un pañuelo de seda azul cobalto. En la mirada de Berenguer había envidia y celos; en la de Bertran, la firme decisión de salvar aquel trance con honorabilidad. El barullo y los comentarios fueron cesando poco a poco. El juez dio comienzo al combate.

Berenguer poseía una gran fortaleza física. Por hábito acostumbraba a tantear a su rival; lo hacía sin prisa y súbitamente desencadenaba un violento ataque; Bertran lo había visto justar infinidad de veces. Cuando el otro lanzó su acometida, el muchacho lo esperaba. Paró sin dificultad con su adarga el violento golpe de la espada de Berenguer y comenzó a retroceder dando a entender que entregaba la iniciativa a su oponente. Comenzaron a cambiar estocadas y golpes; Bertran detenía diestramente cuantos mandobles le enviaba Berenguer, que comenzó a ponerse nervioso. Súbitamente, Bertran amagó a la izquierda del escudo de su contrario; éste lo elevó al encuentro de la espada del muchacho y al hacerlo dejó al descubierto su costado; Bertran, pasando su espada por debajo de la adarga, tocó claramente con la punta roma de su arma la parte superior de la loriga despertando con su acción un murmullo de admiración en las gradas, que encorajinó a Berenguer, el cual lanzó como réplica un desordenado ataque que Bertran desbarató sin perder la compostura. Berenguer estaba más al descubierto que nunca. Al intentar colocarse en modo ventajoso, su pie izquierdo salió de la alfombra y recibió una amonestación del senescal. El hecho acabó con su concentración. Entonces, alocadamente y sin tener en cuenta las reglas de los caballeros, intentó arrollar al de Cardona haciéndole retroceder hasta la raya que marcaba la zona neutra marcada de azul. Como era obligado, la voz del juez detuvo el combate. Pero Bertran, cuando ya iba a ponerse en línea bajando la adarga y la espada, intuyó más que vio que Berenguer, sin respetar la pausa marcada, le atacaba violentamente. El juez gritó dos veces.

—¿Qué pasa, muchachito? —murmuró Berenguer en tono irónico—. Eres tan cobarde como todos los de Cardona, más hábiles con las rosas que con las armas…

Sólo Bertran pudo oírlo, y retrocedió arrebolado, furioso. Su corazón amenazaba con estallarle en el pecho y le temblaban las piernas a su pesar. Cuando el senescal dio la señal de reiniciar el combate, Bertran inició un ataque en el que iba implícita su furia, su rabia y la sensación de que con él, lavaba la afrenta contra su casa. Berenguer apenas podía cubrirse y no tuvo más remedio que retroceder anonadado por aquel aluvión de golpes, y llegando al fin de la alfombra casi trastabillando, cayó de espaldas en la zona roja. Allí Bertran detuvo el ataque oyendo en la lejanía la voz del juez y alguna que otra risa contenida.

Bertran se retiraba al centro dando la espalda a su rival cuando la mirada del senescal y su gesto yendo hacia él, le avisaron de que algo estaba a punto de ocurrir. Berenguer se había puesto en pie con dificultad e intentaba atacarlo por la espalda. El senescal se puso entre ambos para impedirlo, la gente de la grada se levantó como un solo hombre y un abucheo sordo se fue levantando en el ambiente en tanto los pies golpeaban insistentemente los escalones de madera. La mirada del conde era un poema y sin decir palabra se retiró de la sala precipitadamente, rojo de indignación y acompañado de sus caballeros. Cap d'Estopes, que salía en último lugar, se acercó a Bertran afectuosamente y colocándole la mano sobre el hombro le interrogó.

—¿Te ha lastimado este insensato?

—No ha sido nada, señor. Supongo que en una batalla cabe la posibilidad de que te acometan por la espalda.

—Tal vez en una batalla, pero no en la sala de armas de palacio y en una justa que se sobrentiende es entre caballeros.

Esto último lo dijo en alta voz y mirando a su hermano.

Éste, en tanto se retiraba el capacete, dándose por aludido, respondió:

—Por lo visto eres el ama de cría de este mequetrefe.

—Éste al que llamas mequetrefe tiene más honor en su meñique que tú en todo el cuerpo. ¡Eres una basura! En verdad, lamento que seas mi hermano.

67

La arribada

l *Sant Tomeu* era uno de los navíos más rápidos de la flota de Martí Barbany. Con una eslora de treinta metros y veintidós bancos de tres remeros en dos filas ayudados por una gran vela latina en el palo mayor y un foque en el trinquete y con poca carga en la bodega, alcanzaba una velocidad muy satisfactoria. La mar les fue favorable y en dos semanas alcanzaron las costas de Sicilia sin otro percance que la rotura del brazo del timón, que fue reparado sobre la marcha. El capitán Munt tuvo buen cuidado de que el grupo de galeotes estuviera bien alimentado para aquella señalada ocasión y además organizó los turnos de manera que descansara uno de cada dos durante toda la travesía. El viaje fue para Ahmed una experiencia inolvidable, que le recordó unos tiempos en que su vida estaba llena de esperanzas y no de aquella tristeza que le embargaba el alma. Y una alegría indescriptible les invadió a ambos cuando el vigía oteó en el horizonte y anclado en la rada de Mesina entre otras naves vieron la silueta inconfundible del más hermoso barco del Mare Nostrum: el *Santa Marta*.

Al mediodía el *Sant Tomeu* abarloaba junto al buque insignia de la flota de Martí Barbany en tanto que desde las respectivas barandas los hombres se saludaban alborozados y cambiaban impresiones.

Luego, nada más pasar al otro barco, Felet se encerró con Martí y con Manipoulos en el camarote de popa y en tanto Ahmed se ocupaba de controlar el traslado de la delicada mercancía de un barco a otro, los tres hombres tuvieron un largo conciliábulo y en una minuciosa explicación Felet les puso al corriente, con pelos y señales, del milagro obtenido con el fuego griego, e informó a Martí del triste fallecimiento de Omar, el padre de Ahmed.

La explicación fue meticulosa y detallada y las preguntas se sucedieron sin interrupción. Una vez que Martí y el griego fueron impuestos de la peligrosidad que encerraban las cajas transportadas en el sollado del *Sant Tomeu*, tomaron varias decisiones; la principal fue designar a Ahmed como acompañante de Manipoulos en el periplo de inspección que el griego se había propuesto realizar. Martí fue a decírselo al joven y a expresarle su más sentido pésame por la muerte de quien había sido uno de sus más fieles servidores: Omar, cuya alma, estaba seguro, había alcanzado la paz.

Apenas se anunciaba la madrugada y un tono rosáceo iluminaba el horizonte, Ahmed y el griego Manipoulos, vestidos ambos como pescadores chipriotas, descendían por una escalerilla de gato hasta la falúa de vela latina, todavía enrollada en la botavara, que les aguardaba amarrada al costado del *Santa Marta*. Un grumete ágil como un gato descendió a su vez para ayudarles en el aparejo, en tanto que Martí, apoyado en la barandilla del castillo de popa, aguardaba junto a Felet a que todo estuviera a punto para despedir a su amigo y al joven liberto. Cuando todo estuvo en su sitio, estibados los avíos, recogidas en cajones las redes con sus respectivos corchos, con la vela enrollada y con los cabos que la izaban pasados por las poleas, el muchacho regresó a bordo y, empujando el costado del *Santa Marta* con uno de los remos, obligó a la falúa a separarse, mientras el griego izaba la vela. Ahmed colocó de nuevo los remos en las chumaceras y sentándose en el banco comenzó a bogar para salir de la rada y buscar la empopada del viento. El día amaneció hermoso; el Tirreno, cosa rara en aquella estación, estaba en calma y una ventolina ligera les empujaba hacia la península.

Manipoulos manejaba el timón y Ahmed cuidaba, tensando la driza, de que el trapo estuviera tirante.

La voz del griego sacó a Ahmed de sus cavilaciones.

—Hemos tenido suerte. Si el viento sigue así, cubriremos la media legua en poco tiempo; antes de que el sol esté en su cenit habremos divisado la costa de Calabria.

465

Ahmed había podido comprobar en las largas jornadas de navegación, que la aventura y el conocimiento de ignotos horizontes aliviaba su mal, por lo cual se esforzaba en captar nuevas experiencias, ya que ello contribuía a apartar de su memoria el lacerante recuerdo de Zahira.

—Entonces, capitán Manipoulos, ¿cuál será nuestro plan?

—Verás, hijo. —El griego siempre sintió una especial predilección por aquel muchacho al que casi había visto nacer y lo trataba como tal, más aún conociendo por lo que había pasado en su joven vida—. Al llegar a la costa itálica navegaremos en cabotaje pescando durante el día y descansando en las playas que convenga al anochecer; viviremos de las capturas y en las subastas de los pueblos de la costa que visitemos, venderemos el sobrante. Somos pescadores y las noticias, que en estos pagos circulan a la velocidad del viento, deberán decir quiénes somos y a qué nos dedicamos.

—Pero, capitán, intuyo que no habré venido desde Barcelona trayendo la mercancía que he transportado para dedicarme a pescar, cosa que ya hacía de pequeño en las costas de nuestro condado.

—Hemos de vestir al muñeco, Ahmed. Quien corresponda, deberá saber que somos pescadores de paso hacia casa. Aunque sea otra nuestra finalidad.

—¿Entonces?

—Visitaremos todos los tugurios de marineros, pescadores y hombres de la mar que haya en el Tirreno, el Jónico y el Adriático y trataremos de encontrar quien nos pueda dar nuevas de dónde se esconde el malnacido que nos ha robado el *Laia* con toda su gente.

—No os sigo, capitán —dijo Ahmed—. El que tenga el barco y quiera cobrar el rescate, por fuerza tendrá que ponerse en contacto con el patrón. Si no, ¿de dónde podrá sacar beneficio?

Manipoulos, con la mirada en la punta del palo, argumentó:

—La vela te está flameando, tira de la driza en vez de hacer tantas preguntas.

Ahmed, que conocía el carácter del viejo marino, atendió la maniobra pero no se dio por vencido y volvió a insistir.

—Ya está hecho… Me habéis cogido en un renuncio porque hace tiempo que no navegaba, pero no volverá a ocurrir. ¿Cómo pensáis que pueda ser?

—Las noticias con las pretensiones de esta hiena las recibirá el patrón, en Mesina, de una forma u otra, y por la misma vía dispondrá la manera de responderle; Martí demorará la respuesta hasta nuestro regreso, que deberá ser, afortunado o no, más o menos en cuarenta días hasta que la luna cambie de nuevo. Nuestra misión es enterarnos de cualquier detalle que pueda favorecer nuestro intento de rescatar al capitán Jofre con el menor quebranto posible. Para ello contamos con la sorpresa y la ayuda que nos prestarán todas las autoridades de las provincias donde llega el brazo del duque Roberto Guiscardo.

68

Gueralda ·

ueralda vivía amargada. A sus veintinueve años la esperanza de encontrar marido se agostaba, y su probabilidad de quedarse de sirvienta para siempre y sin casa propia se veía aumentada por el feo costurón que le desfiguraba la cara y que, partiendo del rabillo de su ojo derecho y bajando por su mejilla, hacía que su rostro fuera algo desparejo. Todo por culpa de la inconsciencia de la joven ama... Lo cierto era que jamás se había encontrado a gusto en aquella casa. El trabajo en las cocinas bajo la autoridad de doña Caterina, el ama de llaves, y de Mariona, la dueña de los pucheros, era monótono y largo; había entrado al servicio de la casa a sus veinte años, huérfana de madre y siguiendo a su padre, que había cambiado su tarea de jardinero en casa de los Cabrera por la de vigilante de las bodegas de su nuevo amo, Martí Barbany, con mucho mejor sueldo y una mayor consideración en su trabajo.

El amo, para compensar el feo aspecto del rostro de Gueralda a causa de la imprudencia de su hija, le había ofrecido una generosa cantidad de dinero, pero el beneficiario fue su padre, que puso a buen recaudo aquella cantidad.

Pero la necesidad de aquel dinero se había vuelto perentoria para la mujer en los últimos tiempos. Había tenido la oportunidad de conocer a un hombre, viudo con un hijo, que diariamente compraba productos del campo en Sant Martí dels Provençals y en Sarriá, y los bajaba a Barcelona en su carromato.

Lo vio por vez primera en el Mercadal. Lo que primero llamó

su atención fue su cabellera cobriza, del color de las barbas de una panocha. El carretero fue amable con ella y entablaron conversación, de modo que la siguiente vez que acudió al mercado hizo lo posible por hacerse la encontradiza. Tomeu, que así se llamaba el hombre, dejó su carro y su mulo al cuidado de un amigo y la invitó a un vaso de hipocrás en un figón que abría al público de madrugada y cerraba en cuanto se terminaban las compraventas.

Las entrevistas se hicieron más frecuentes hasta que, día tras día, Gueralda aguardaba a que el hombre vendiera sus productos y acudiera a su encuentro. Su esperanza fue aumentando al darse cuenta, por lo que el carretero le contaba, de que en su casa hacía falta una mujer.

Luego, inesperadamente, el hombre dejó de verla y Gueralda pensó que algo malo le había ocurrido. Hasta que un día vio que había cambiado el puesto y lo había situado en un lugar más alejado y muy distante del que hasta entonces había ocupado. Aunque Gueralda tenía el rostro desgraciado, su cuerpo no era feo. Los hombres la miraban con ansia y aunque su cara torcida los desanimaba, no por ello sus pechos dejaban de encalabrinar sus pensamientos. Su instinto femenino había detectado que el carretero la miraba con ojos codiciosos y dadas las circunstancias, decidió actuar directamente.

Tras un par de noches de meditación, perfiló su plan y al día siguiente, nada más instalado el mercado, se dirigió al lugar donde el hombre plantaba su negocio y por vez primera vio que estaba ayudado por un niño.

—Tomeu —le espetó nada más verlo—, me gustaría hablar contigo.

—¿Cómo no? Tú me dirás.

—Pensé que éramos amigos. Nuestra confianza merece una explicación al respecto de tu cambio de lugar, y haberme rehuido. Pienso que el motivo no es el buen comercio y me gustaría que me explicaras si hay alguna otra razón.

En un principio, el hombre pareció renuente y sorprendido; luego, tras dejar el puesto al cuidado del muchacho, respondió a Gueralda:

—Tienes razón, te debo una explicación. Vamos a hablar donde siempre.

Y tras estas palabras, comenzó a caminar apartando a la gente hacia el figón donde habían tenido el primer encuentro.

Gueralda se colocó sobre la cabeza la pañoleta que llevaba sobre los hombros y se dispuso a seguirlo. El figón estaba lleno hasta los topes, la parroquia se agolpaba sobre el mostrador exigiendo sus bebidas, el humo de las velas había creado una neblina casi impenetrable; el ruido de las conversaciones cerrando tratos de última hora y ajustando precios era notorio. Tomeu, tras hacerse con dos vasos de vino áspero y aprovechando que junto a una de las arcadas había quedado una mesa libre, se hizo con ella rápidamente y tras indicarle que aguardara allí, pues únicamente había un banquillo para sentarse, se fue en busca de un escabel que estuviera libre. Al poco regresó defendiendo su conquista con uñas y dientes y se sentó frente a ella.

—Veamos, Gueralda, me alegro de verte.

Gueralda se demoró unos instantes.

—Vano me parece eso; conoces por dónde me muevo en el Mercadal y has cambiado de lugar sin dejarme noticia. He preguntado por ti varios días y nadie me ha dado razón. Poco interés me parece a mí para que me digas ahora que te alegras de verme.

El hombre parecía incómodo.

—Verás, mujer, uno tiene obligaciones y no siempre puede perder el tiempo en charlas que a nada conducen pese a que sean gratas. No sé si lo sabes, pero vivo de mi trabajo, me paso el día en el carro de feria en feria y no tengo quien me haga las faenas de la casa. Y tengo un hijo, hoy lo has visto, como te dije el primer día.

—Tomeu, ya soy muy mayor para ejercer de mocita; me he equivocado contigo, creí que eras un hombre hecho y derecho. Tu actitud me suena más a huida de bergante que a otra cosa, y no recuerdo haberte exigido nada ni esperaba otra cosa de ti que departir amablemente de vez en cuando y aliviar con una charla la monotonía de los días.

El hombre pareció recapacitar.

—Voy a serte franco, Gueralda, y me gustaría que no te tomaras a mal lo que voy a decirte. Busco mujer; pero creo que el matrimonio es como mi carro, que tiene dos varas y que marido y mujer deben tirar conjuntamente.

La mente de Gueralda comenzó a girar como una noria.

—Nada nuevo me dices. Así pienso yo también.

El hombre prosiguió.

—El caso es que, como sabes, soy viudo y tengo un hijo. Cuando te conocí me dije: esta mujer podría ser buena para mí, tiene un buen cuerpo, pecho generoso y anchas caderas y me podrá dar más hijos, que son la riqueza de los pobres. Te veía comprando por el Mercadal, de un puesto a otro, y colegí que eras una mujer acomodada, pues yo necesito a alguien que además pueda aportar una dote; eso pensaba hasta que un compadre me dijo que eras criada en la casa de Martí Barbany. Entonces, francamente, por no perjudicarte ni perjudicarme, cambié de lugar mi puesto y olvidé mi propósito. ¿Para qué proponerte algo sin futuro?

Gueralda, retirándose la pañoleta del rostro, preguntó:

—¿Te has dado cuenta de la cicatriz de mi cara?

—La vida deja señales en el cuerpo y en el alma. Cuando conoces a alguien a la mitad del camino no puedes pretender que no tenga algún arañazo.

Gueralda, con voz temblorosa, inquirió:

—¿Puedo entender que de aportar una dote me ofrecerías matrimonio?

El que ahora meditó fue Tomeu.

—Si la dote fuera suficiente para comprar una mojada de tierra en Sant Viçenç dels Horts y un carro con un par de mulas, podría ser.

—Y eso, ¿a cuánto puede ascender?

Tomeu ahora la observó con curiosidad.

—Tal vez dos onzas de oro.

Gueralda rumió unos instantes.

—Está bien. ¿Cuánto tiempo me das para reunirlas?

—Entonces, ¿he de suponer que aceptarías ser mi mujer y que puedes reunir el dinero? —preguntó él, francamente sorprendido.

—Has entendido bien. Lo único es que el trato es algo distinto: la que compra un marido soy yo. Te veré aquí mismo dentro de una semana.

Y sin añadir una palabra, Gueralda se colocó la pañoleta sobre la cabeza y partió con un montón de pájaros revoloteándole en el alma.

69

El último intento

erenguer, tras su torpeza en la sala de armas, intentó ganar su otra batalla apelando al consejo que le había dado su madre.

En diversas ocasiones dio muestras a Marta de que quería ser su amigo y ésta, ateniéndose a las circunstancias y aun teniendo la certeza de que Berenguer era el enmascarado visitante de aquella infausta noche, no podía hacer otra cosa más que disimular su pánico y seguirle el juego.

Berenguer no perdía ocasión de halagarla. Ya fuera en la sala de música cuando ella tocaba algún instrumento, o alabando las rosas, sabiendo que era ella la que cuidaba del rosal de su madre, o poniéndose tras el tapiz que estaba trabajando y encomiando los colores y el dibujo. Cualquier situación era aprovechada por Berenguer para mostrarle su admiración.

Aquella tarde la abordó en el pasillo de la capilla, cuando ella salía de su turno de confesión, pues todas las damas estaban obligadas a practicar el sacramento las tardes de los sábados.

La muchacha lo vio venir con varios rollos de pergaminos en sus brazos y se dispuso a responder rápidamente a cualquier pregunta que le hiciera, por estar el mínimo tiempo con él.

—¿Tenéis prisa, Marta?

—Vuestra madre me aguarda —respondió ella, azorada—. Hago falta arriba… es sábado y las damas están en la capilla.

—Si es por eso, no penéis. Mi madre sabrá excusaros y si es necesario justificaré vuestra ausencia.

Y sin pausa, añadió:

—¿Os gusta la ciencia de los astros?

Marta se puso en guardia.

—Me limito a admirarlos.

—¿No os intriga saber cómo están colgados allá arriba?

—Escapa a mis capacidades, admiro en ellos el infinito orden que Dios dispuso, pero mi intelecto no da para más.

—¿Conocéis el «cuarto del sabio»?

—Sé dónde se encuentra, pero no he estado jamás en él.

—Ni vos ni casi nadie —le dijo él, con una voz que sugería complicidad—. Visitarlo es un verdadero privilegio. Al anochecer se puede observar el firmamento en todo su esplendor. Seguidme y os lo mostraré. Mi madre puede aguardar.

Marta dudó unos instantes pero pensó que, tal como estaban las cosas, lo mejor sería no provocar la ira del hijo de los condes.

—Mostrádmelo si os complace.

—Entonces, seguidme —dijo él con una sonrisa.

Berenguer se dirigió pasillo adelante hasta la esquina donde estaba la portezuela que daba paso a la escalera de caracol que conducía al pasillo del torreón.

—Permitidme que os muestre el camino.

Berenguer, sujetando trabajosamente los papiros con la zurda y agarrándose al eje de la escalera con la diestra, comenzó a ascender los angulados escalones. La muchacha fue tras él. Llegados ambos, Berenguer avanzó por el pasillo hasta la pequeña cancela que daba paso a otra escalerilla, todavía más estrecha, que subía hasta el llamado «cuarto del sabio».

—Tenedme esto.

Sin esperar respuesta, entregó los pergaminos a Marta en tanto él, extrayendo una llave de bolsillo y encajándola en la cerradura, abría la puerta del camarín y, adelantándose, tomaba yesca y pedernal y prendía la lumbre a un ambleo que sostenía un grueso cirio.

Marta, inquieta al ver que no encendía un candelabro de siete candelas ni tampoco un candil que se hallaba sobre la mesa, indagó:

—¿No prendéis más luces?

—No es conveniente, si hay demasiada luz en el interior es más difícil observar bien los astros. Para este menester, la penumbra es necesaria. —Luego añadió—: Dejad todo eso ahí encima. —E indicó a Marta la mesa del fondo.

La muchacha obedeció el mandado y no pudo impedir observar con curiosidad el entorno.

Berenguer, que vio un signo positivo en su curiosidad, preguntó:

—¿Os complace el lugar?

Marta observó lentamente los anaqueles de las paredes y los instrumentos allí coleccionados e intentando ser amable, respondió:

—Es admirable hasta dónde puede alcanzar el conocimiento de los hombres. Somos unos afortunados, señor, de vivir en este siglo, donde creo que el genio humano ha llegado a su plenitud.

—Tenéis razón, las gentes e inclusive parte de la Iglesia creyeron que el fin del mundo ocurriría al finalizar el décimo siglo y ya veis que no fue así… Pero acercaos y mirad.

Berenguer señaló con la mano el ventanuco que se abría junto al tejado de la estancia circular. Luego acercó un banquillo y le indicó:

—Si os subís aquí, podréis observar mejor las estrellas.

Marta dudó unos instantes. Berenguer se mostraba amable y le ofrecía el antebrazo para ayudarla en el empeño. La muchacha, no queriendo ofenderlo, se apoyó en él y se encaramó en el taburete, dispuesta a escapar al menor intento de tocarla. Pero nada sucedió y Marta comenzó a dudar de las sospechas que ella y Amina tenían desde la desafortunada noche del ataque. No había nube alguna y el cielo tachonado de estrellas sobre el mar era realmente apabullante. La dama blanca de la noche lo presidía todo y Marta pensó que, desde algún lugar del mundo, su padre estaba viendo la misma luna.

Por unos instantes se olvidó de Berenguer hasta que su voz habló de nuevo.

—¿Qué os parece, valía la pena?

La muchacha, en tanto descendía del escabel, respondió:

—Visto desde aquí parece otro cielo. Nunca había contemplado nada tan hermoso.

Él la miró, satisfecho. El deseo de poseerla era cada vez más fuerte y tuvo que controlarse para no saltar sobre ella allí mismo y consumar su pasión.

—Sentaos —le dijo—, quiero deciros algo.

Atendiendo al requerimiento, Marta se sentó en un banco junto a la pared y entendió que había llegado el momento de descubrir la auténtica intención del príncipe.

Berenguer lo hizo en el escabel, frente a ella.

—Marta, si vos habéis visto algo hermoso, yo ahora sin duda contemplo lo más maravilloso de la corte.

La joven se ruborizó y sus ojos buscaron la salida. Berenguer había acercado el escabel de tal modo que, con la pared a la espalda y él delante, ella no podía moverse sin empujarlo. El miedo le provocó un escalofrío y un sudor gélido perló su frente.

—No deberíais hablar así —musitó Marta—. Me hacéis enrojecer…

Él apoyó una mano sobre su regazo y con la otra fue a acariciarle el rostro. Marta, presa de una repugnancia que no podía disimular, se echó hacia atrás.

—Marta, Marta… mi corazón hace mucho tiempo que late por vos. Nada me haría más feliz que ser correspondido. Si así fuera, yo sabría haceros la más feliz de las mujeres de palacio.

Marta estaba desesperada. Berenguer intentó tomarle la mano. El roce de sus manos la aterraba y, sin poder evitarlo, el disgusto que Berenguer le inspiraba se reflejó en su rostro. Éste, ofendido al ver su mirada de asco, se levantó del escabel como si una serpiente le hubiera mordido.

—Os lo advierto, Marta… —El tono de su voz había cambiado, las palabras salían entrecortadas—. He decidido que seréis mía antes que de nadie más y no pienso echarme atrás. Ningún Berenguer ha tenido que rogar por los favores de una dama… ¡Menos voy a hacerlo yo por los de una simple plebeya!

Y de un sonoro portazo dejó a Marta en el vacío cuarto, temblando de pavor.

70

Santa María de Leuca

ras veinte días de navegación y tras recorrer todos los tugurios de Crotona, Tricase y Otranto, arribaron al anochecer a Santa María de Leuca. Siguiendo a las otras barcas llegaron a una pequeña bahía que cerraba una playa donde la actividad era inusitada. Ambos estaban agotados, la jornada había sido muy dura y la pesca, escasa; llevaban además ya muchos días y las averiguaciones del griego en los tugurios de la costa habían sido infructuosas.

—Me parece que nuestra misión está condenada al fracaso —se lamentaba el muchacho.

—Pronto decae tu ánimo, Ahmed. En estos casos hay que tener fe. Lo que no ocurre en una semana ocurre en un día. Es algo así como el trabajo de los pescadores de perlas; bajan allá abajo, la oscuridad es casi absoluta y suben a la superficie con su cestillo de mimbre sujeto al cinto lleno de ostras. Al llegar a la playa comienzan a abrirlas y súbitamente, cuando menos lo esperan, ante sus ojos aparece la perla. Seguiremos con nuestro plan hasta que se agote el tiempo.

Manipoulos movió la caña hasta colocarse a sotavento de una embarcación que pilotaba un viejo acompañado de un muchacho que por su edad y parecido no podían negar que fueran abuelo y nieto.

El griego, llevándose el pulgar y el medio de la diestra a la boca, emitió un potente silbido que atravesó la distancia logrando que el viejo alzara la vista y parara la atención en ellos, dejando su vela en banda para permitir que la otra embarcación se colocara a su estribor.

Cuando estaban ya a una corta distancia, Basilis, haciendo bocina con las manos, se dirigió al hombre.

—¡Buena pesca y mejor arribada, amigo!

La voz del viejo, cascada y profunda, se dejó oír.

—¡Lo mismo os deseo! No conozco vuestra barca, ¿de dónde sois?

—De Crotona. Allí se ha acabado la pesca, y me he visto obligado a buscar nuevos caladeros.

El otro arrugó el entrecejo.

—Si no pagáis el canon a la «hermandad de la costa» no os comprarán las capturas. Y no nos gusta que los forasteros pesquen en nuestras aguas.

—Por supuesto —dijo Basilis—, y estoy dispuesto a aportar algunos dineros a vuestras obras de caridad por disfrutar de vuestra licencia. ¿A quién debería dirigirme?

—Estáis ante él; cuento con la confianza de mis vecinos durante este año.

—Mi nombre es Antioco Vetalis y éste es mi criado, Ahmed —mintió Manipoulos.

—Yo soy Dimitrios y él es mi nieto, Teófanes.

Tras las presentaciones, y a la vez que arriaba la vela, ambas embarcaciones avanzaron a fuerza de remos. Basilis, que había adivinado el origen de la pareja, prosiguió sus indagaciones.

—Imagino que he llegado a Santa María de Leuca.

—En ella estáis, la que tenéis enfrente es su principal playa. En ella se resguardan las embarcaciones que, por su eslora y hierro, no atracan en el fondeadero; de cualquier manera os aconsejo que dejéis en la playa vuestra pesca y que vuestro muchacho acompañe al mío a fondear las barcas. Podéis abarloaros a la mía en tanto obtenéis el permiso de echar el hierro, que viene conjuntamente con la licencia de vender vuestra pesca.

—Me parece una magnífica proposición que os agradezco, y decidme, ¿tenéis una lonja donde subastar?

—Los días que hace bueno lo hacemos en la playa. Las mujeres vienen con sus cestas en la cabeza y tras pagar la mercancía se llevan los peces al mercado.

En éstas andaban cuando los dos muchachos, después de desembarcar la pesca del día, que en aquella ocasión había sido jurel y palometa principalmente, se dirigían al fondeadero para amarrar las falúas y regresar nadando a la playa.

Después de arreglar los papeles, pagar en buena moneda su licencia provisional para poder pescar en aquella costa, y vender la pesca a uno de los mayoristas que se dedicaban a este menester, preguntó al viejo por algún hospedaje. Siguiendo sus indicaciones y cargando sus pertenencias, se dirigió al Figón del Navegante, único de la zona, donde se reunía lo más granado de la misma.

Santa María de Leuca apenas distaba media lengua de la playa. El ir y venir de carros, cabalgaduras y galeras era constante y Basilis y Ahmed aprovecharon la amabilidad de un carretero que no tuvo inconveniente en subirlos a su carromato.

Ahmed, cuyos ojos habían visto ya muchos paisajes, lo observaba todo con curiosidad.

El carromato, crujiendo y traqueteando, avanzaba por el polvoriento camino; a ambos lados, un extenso paisaje de olivos se extendía hasta el infinito.

Al cabo de un poco la aguja del campanario de Santa María de Leuca, que anteriormente había sido un minarete, se divisó claramente en lontananza. Ahmed, que iba con las piernas colgando en la trasera del carro, escuchaba al astuto griego interrogando al carretero y enterándose de cuantos detalles pudieran aportarle luz que iluminara sus ocultas intenciones.

—De manera que me decís que pescadores y marinos se reúnen todas las noches a beber en ese figón.

—A beber o a jugar a los dados, pues si la suerte les es propicia, ganan en una noche lo que en una semana de duro trabajo en la mar.

—Mal asunto confiar a la fortuna el futuro de uno.

—Ya sabéis cómo son los hombres, que ansían dar el tercer paso sin haber dado el primero.

—Lo cual es garantía de broncas, querellas y cuchilladas.

—Eso es el pan de cada día. Rara es la jornada que el alguacil no tiene que intervenir.

—Y decidme, ¿cuál es la población dominante de la zona?

El hombre lo miró con desconfianza, luego indagó:

—¿Sois forastero?

—Pescador, o si más os complace vagabundo de los mares. Estoy aquí de paso, llevo muchos días en la mar y hoy he decidido dormir en una buena cama.

El carretero se confió.

—La mayoría somos griegos y fuimos súbditos del emperador de Oriente hasta la llegada de Roberto Guiscardo. Los huéspedes y visitantes son de mil sitios ya que en esta mar se cruzan las leches de todas las madres de la tierra.

Ahmed concluyó que el griego ya sabía todo lo que le interesaba.

Ya dentro de la villa el hombre detuvo la galera en una encrucijada.

—Ya habéis llegado. Seguid este callejón hasta la plazoleta y, en llegando a ella, a la izquierda y a vuestro frente hallaréis la fachada del figón que buscáis.

En tanto, Basilis se despedía del carretero, Ahmed, tomando los hatillos de ambos, saltó por la trasera y respondiendo al saludo del otro con la mano, siguió al griego que ya avanzaba por el callejón.

El figón era una construcción de dos pisos más ancha por abajo que por arriba, de ladrillo cocido, piedra y adobe. En la planta baja estaba instalada una estancia donde el dueño recibía a los huéspedes, al fondo la escalera que conducía al piso superior, a la derecha la puerta que daba a las cuadras y a la izquierda la que daba a la taberna, a la cual también se podía acceder desde la calle.

Un hombretón de barba canosa e hirsuta, ataviado con una túnica descolorida y mugrienta y un mandil verde, se fue hacia ellos al verlos entrar para tomar las bolsas de los equipajes y con voz melosa se dirigió a Basilis:

—Sed bienvenidos a Leuca —se ahorró lo de Santa María—. Os halláis en la mejor posada de esta costa. Aquí hallaréis buena cama y mejor yantar.

—Eso espero. Mi criado y yo venimos derrengados, deseamos descansar y divertirnos un poco para proseguir viaje dentro de un par de jornadas.

—Pues habéis escogido el lugar oportuno. Estáis en la única posada decente que podéis hallar en cinco leguas a la redonda, os puedo proporcionar un cuarto con una gran cama en la que podréis descansar ambos en la certeza que no hallaréis liendres ni otros incómodos visitantes; en cuanto a lo segundo, no tenéis necesidad de salir a la calle. —Y al decir esto con un guiño cómplice, señaló la puerta lateral—. Aquí se reúne todo el mundo y, si me lo permitís, os presentaré mozas de confianza; ya sabéis que si no andáis con cuidado, una noche de placer se puede convertir en un abismo de penar.

—Os agradezco vuestra buena intención, pero mi compañero y yo sabremos servirnos.

—Sea como gustéis. El precio de la habitación es de medio dinero por noche y el pago es por adelantado.

Manipoulos, echando mano a la escarcela, sacó una moneda de plata que entregó al hombre. Éste se deshizo en reverencias y, tomando los hatillos de ambos, se dirigió a la escalera del fondo.

La habitación que les mostró era amplia, la cama decente y suficiente para dos; junto a la ventana, un trípode que soportaba una palangana, a su costado, una jarra de cinc llena de agua y al otro lado, un banco para dejar los enseres.

Cuando el hombre se hubo retirado, Basilis examinó cuidadosamente el pestillo de la puerta y dio un par de veces la vuelta a la llave.

Ahmed, que pese a los días pasados junto al griego en el mar continuaba manteniéndole el mismo respeto que le profesaba en Barcelona, aguardaba en pie junto a la cama a que el hombre le indicara lo que debía hacer.

—Hemos llegado al último puerto. De no hallar hoy la perla regresaremos a Mesina… De cualquier manera, una noche en una buena cama, tras tantas de dormir al relente en la barca o en la playa, nos vendrá bien. Deja tus cosas en el banco, quítate la sal de la cara y bajaremos a cenar algo que no sea pescado.

—Me parece una gran idea, capitán.

Ahmed, luego de colocar sus cosas donde le había indicado el griego, se desnudó hasta la cintura y tras largas abluciones en la jofaina, se secó con una áspera tela que colgaba de una barra. Manipoulos hizo lo propio y, cuando ya ambos estuvieron listos, se dispusieron a bajar al figón.

El griego colocó en su escarcela todo cuanto tenía de valor y tras cerrar la puerta con dos vueltas de llave, realizó una extraña maniobra. Con cuidado se arrancó dos pelos de la barba; luego pidió a Ahmed que le derramara en el dedo un par de gotas de la amarillenta cera de las velas, rápidamente extendió el brazo y tan alto como pudo pringó el borde de la puerta y del marco con el untuoso producto, y cuando ya se estaba solidificando, le incrustó los pelos de su barba.

La voz de Ahmed sonó en un susurro:

—¿Por qué hacéis eso, Basilis?

—Quiero saber si alguien tiene interés en nuestras cosas. El patrón es moro, y aquí, en esta costa, todos pueden ser espías de Naguib. Quiero ver si alguien ha buscado beneficio en hurgar nuestro equipaje.

—¿Entonces?

—La gente sólo mira a la altura de sus ojos, nadie observa lo que hay más arriba; si a nuestra vuelta los dos pelos no están, o están rotos, es que alguien ha entrado y ese alguien únicamente puede ser el mesonero.

—¿Dónde aprendisteis eso?

—Andando por el mundo, hijo mío, eso y otras muchas cosas que tú irás aprendiendo y que en alguna ocasión te harán buen servicio.

Ambos hombres descendieron hasta el amplio recibidor y se dirigieron a la puerta que comunicaba con la taberna. La estancia era muy grande. El techo era abovedado, soportado por columnas; el lugar estaba iluminado por varios hachones de olor maloliente; a lo largo de las paredes había bancos de madera colocados unos frente a otros y en medio de ellos, mesas alargadas. El barullo al entrar era notable: gentes de mil razas hablaban a voces a la vez. Ahmed y el griego se quedaron un instante junto a la puerta observándolo todo. Luego, a iniciativa de Basilis, se dirigieron a un banco junto a una columna.

Ambos se despojaron de sus capas. Luego llamaron al mesonero, que acudió presto a tomar el encargo de aquellos dos parroquianos que habían entrado por la puerta que daba a la posada.

Frente a las correspondientes bebidas, ambos hombres se dedicaron a observar la clientela del lugar.

El humo de los hachones enturbiaba el ambiente. Ahmed observaba el entorno con ojos curiosos. Unas cuantas mujeres se paseaban entre las mesas y alguna se sentaba a ellas y dejaba que alguno metiera las manos bajo sus sayas, entre grandes risotadas. Hacía ya un rato que Basilis había pegado la hebra con el parroquiano de al lado, con el que intercambiaba noticias y se informaba de los accidentes de aquellas costas cuando Ahmed observó una escena de una violencia inusitada. Un hombre, corpulento y de catadura siniestra —luenga barba, nariz aguileña, la cabeza cubierta con una especie de turbante y al cinto una daga curva—, manoseaba los senos de una mujer menuda de piel muy blanca, ojos garzos, cabello rubio recogido en un moño, vestida con una saya, que parecía resignada a la torpe caricia. Súbitamente la expresión de los ojos del hombre varió. Sus manos habían tropezado con una fina cadena de la que colgaba una pequeña cruz. El individuo, con un gesto airado, arrancó del cuello de la mujer el símbolo de los cristianos y lo lanzó al suelo en tanto con una mano la cogía del pescuezo y con la otra, amenazaba con abofetearla. La escena entre el barullo de la gente pasó inadvertida para casi todos; Ahmed pensó que aquello debía de ser moneda común de todas las noches. Manipoulos seguía de espaldas hablando con el vecino. Ahmed reaccionó al instante, a su mente llegaron imágenes que su imaginación había ido construyendo tras la muerte de Zahira. Desde aquella triste jornada, no soportaba ningún maltrato ni abuso de fuerza contra una mujer desvalida. En esta circunstancia, no lo pensó dos veces y rápidamente se precipitó hacia donde se desarrollaba la escena, tomó del suelo la pequeña cruz, se interpuso con un poderoso empujón entre la pareja y mirando fijamente a los ojos del hombretón, dijo en voz bien alta:

—Señora, parece ser que se os ha caído esto. —Y le entregó la cruz.

Por el momento, la sorpresa detuvo al hombre, pero poco después, con una torcida sonrisa, echó mano a la empuñadura de la daga que colgaba en su cintura, y mientras desenvainaba, profirió un amenazador reto.

—Por lo visto os gusta meteros en lances que no son de vuestra incumbencia y donde nadie os llama.

—Lo que no me agrada es que un grandullón como vos abuse de su fuerza con una criatura desamparada.

Hubo una pausa tensa.

El otro ya tiraba de puñal cuando la expresión de sus ojos cambió visiblemente.

Ahmed observó que justo detrás de su oponente se hallaba Basilis y a pesar del ruido pudo sentir la ronca voz del griego susurrante.

—No os iréis ahora a meter en un mal paso, ¿verdad, señor? Si termináis de desenfundar vuestra daga, no tendré más remedio que enfundar la mía en vuestras costillas.

El otro dudó un momento.

El hombretón se medio giró hacia el griego, retiró la mano de la empuñadura de su daga, y educadamente respondió:

—Desde luego, señor, no tengo intención de disputar por una basura. Hay demasiadas hembras mejor dotadas para que provoquemos un estúpido incidente. Os la cedo.

Y tras decir esto, el individuo se dirigió a la otra punta de la sala.

Quedaron frente a frente Basilis, Ahmed y la mujer.

El griego imaginó que la edad de Ahmed tiraba de su naturaleza tras tantos días de ayuno y conociendo su desgracia y pensando que a lo mejor aquel encuentro fortuito le distraía de sus males, le dijo:

—Ahmed, ¿por qué no acompañas a esta dama hasta su casa? Así evitas que ese malandrín la importune. Yo departiré un rato con nuestro vecino de mesa y luego me iré a dormir.

La mujer no salía de su asombro.

—Si ella quiere, lo haré sin duda. —Luego, dirigiéndose a la mujer, añadió—: ¿Me permitís que os acompañe?

La mujer, todavía asustada y llevándose la mano al cuello, asintió con la cabeza.

—Me hacéis un favor, tengo mucho miedo.

El griego cruzó una inteligente mirada con el muchacho.

—Tómate el tiempo oportuno, yo ya estoy viejo para estos lances, sé prudente y no olvides que las ratas salen por la noche.

Ahmed, ante la mujer, no consideró oportuno responder a Basilis y dirigiéndose a ella, se ofreció:

—Cuando queráis, tened la bondad de indicarme el camino.

La mujer se dio media vuelta y tomando un viejo chal de lana que colgaba de un gancho en la pared, se cubrió la cabeza y los hombros con él, y tras una breve inclinación de cabeza que dedicó al griego se dirigió a la puerta seguida por Ahmed.

71

El viejo inválido

a pareja salió a la noche. Un horizonte de perros abría la madrugada, la luna estaba en su cenit cubierta por una continuada carrera de nubes desflecadas. Pese a la distancia, un relente salobre que venía de la mar atacó el olfato del muchacho. La mujer comenzó a caminar a su lado junto a la pared, con la mirada baja y el paso pequeño y apresurado. Ahmed, por romper el silencio, le preguntó:

—¿Cuál es vuestro nombre?

—María, mi nombre es María.

—¿Entonces sois cristiana?

La mujer lo observó temerosa, y Ahmed lo percibió.

—No temáis, creo que cada quien es libre de pensar y ser como quiera. Mis raíces son islámicas pero vengo de un país donde los hombres libres únicamente tienen potestad sobre sus esclavos. De no ser así nadie puede sojuzgar a otro, ya sea hombre o mujer. ¿Sois vos, acaso, esclava?

La mujer, recogiendo con su mano el borde del pañuelo que le cubría la cabeza, observó a Ahmed.

—Soy esclava de mis circunstancias.

—Pero eso puede cambiar de un día para otro.

—Eso no es fácil. —Luego, tras una larga pausa, prosiguió—: No os he dado las gracias por vuestra valerosa acción. En este lugar cada noche ocurren cosas, pero yo procuro no meterme en tropiezos.

Otra vez un silencio.

—Vuestro aspecto no se corresponde con los de las demás mujeres del figón —dijo Ahmed—. Perdonadme la pregunta pero ¿qué os ha conducido hacia esta vida de vejaciones y miseria?

La mujer lo miró a los ojos; luego, en un tono de voz apagado, se limitó a responder:

—La suerte de cada uno no se escoge.

Ahmed entendió el mensaje y se limitó a caminar a su lado.

Cruzaron dos plazoletas y unas cuantas calles, y tras un recorrido de no más de un cuarto de legua, llegaron a las afueras de la población. Súbitamente la mujer se detuvo en una miserable edificación que anteriormente podía haber sido una cuadra, con un altillo para recoger la paja. La casa tenía una pequeña puerta y una escalerilla lateral que ascendía al piso superior.

—Aquí es —dijo la mujer.

Ahmed miró en derredor y únicamente vio miseria.

La voz de ella sonó de nuevo.

—Subid conmigo.

Y sin dar tiempo a Ahmed a reaccionar, ascendió rápidamente por la escalerilla.

El muchacho dudó, pero, intuyendo que algo iba a suceder, se dispuso a seguirla.

La mujer abrió la puertecilla que daba paso al cuchitril y avanzó hacia el fondo envuelta en la oscuridad. Ahmed se quedó en el quicio de la puerta, aguardando. Dentro saltó una chispa de yesca que prendió un candil, se hizo la luz y Ahmed entró en la buhardilla. La mujer se había desprendido del pañuelo y el muchacho pudo observarla detenidamente. Era menuda de tamaño, pero muy bien proporcionada y de bellas facciones. El muchacho observó la estancia. El techo descendía hacia un lado, un grueso tubo de ladrillo que desprendía calor atravesaba el cuarto. A un lado había un jergón cubierto con un colchón y unas mantas dobladas; al otro, un soporte con una palangana y un cubo de agua.

Tras cerrar la puerta, y con un gesto rápido fruto de la costumbre, la mujer se deshizo el moño y su pelo rubio cayó sobre los hombros. Luego comenzó a aflojarse el corpiño.

Ahmed detuvo su gesto tomándola de la muñeca.

—¿Qué estáis haciendo, María?

—Quiero devolveros el favor.

—No hace falta. Yo no compro los favores de mujeres.

La mujer lo miró agradecida y dudó un instante.

—Entonces venid, antes me habéis preguntado algo y quiero responderos.

—No hace falta, María...

—Sí, sí hace falta: no quiero que me toméis por lo que no soy. La vida me ha obligado a vender mi cuerpo, pero sólo mi marido tuvo mi alma.

Y al decir esto lo tomó de la mano y lo arrastró hacia el jergón.

—Creo que os debo por lo menos una aclaración. Sentaos, voy a explicaros por qué acudo a ese horrible lugar todas las noches.

Ahmed siguió a la muchacha y se sentó junto a ella sobre el desvencijado colchón.

—Como os he dicho, soy cristiana. No soy de estas tierras y pese a que pertenecen al duque Roberto Guiscardo, la mayoría de la población es griega pero por lo menos aquí no nos matan. Yo vivía en Othonoi, a veinte millas de Albania, soy viuda y tengo un hijo, mi suegro era pescador; un malhadado día nos asaltaron los piratas... Mi suegro me obligó a tomar al niño y huir hacia la montaña. Se llevaron todo, éramos gente pobre que no podía proveer un rescate; a los hombres jóvenes se los llevaron como galeotes y a las mujeres para venderlas en los mercados de Constantinopla, Túnez y Berbería. Estos malditos tienen una costumbre: no matan a los viejos pero les cortan las manos para que sean una carga para sus familias. Eso hicieron con mi suegro. Lo tengo abajo, cuida del niño hasta que yo vuelvo; él cree que trabajo sirviendo en un figón, si supiera a lo que me dedico, me mataría, pero la vida es dura y mientras el cuerpo aguante, no tengo otro remedio.

Ahmed estaba sobrecogido.

—Mi único sueño es conseguir que mi hijo sea un hombre honrado... Seguidme —le dijo de repente—, voy a mostraros el motivo de mis cuitas.

La muchacha se puso en pie decidida y se dirigió hacia la puerta; Ahmed sin saber bien por qué, la siguió.

Descendieron la escalerilla y María lo condujo hasta la portezuela de la casucha.

Luego tomó la aldaba y repicó cinco golpes, tres de ellos seguidos y dos espaciados. Luego una voz.

—¿Eres tú, María?

—Soy yo, padre.

Se oyó el ruido de un cerrojo al descorrerse y de una aldaba al retirarse; la puerta se abrió. Apareció un viejo con la cara arrugada y escaso pelo completamente blanco, quien, al ver un hombre junto a su nuera, dio un paso atrás.

Ahmed no pudo impedir ver sus brazos. Estaban cortados bajo el codo a desigual altura: sobre el muñón derecho llevaba una especie de funda de cuero con un gancho, sobre el izquierdo otra igual con un pincho.

—No os alarméis, padre. Este hombre me ha salvado la vida.

El hombre lo miró con otra cara y haciéndose a un lado le invitó a pasar.

—¿Qué ha pasado, hija?

—Un borracho ha intentado estrangularme. —Señaló a Ahmed—. Él lo ha impedido.

El hombre lo observó detenidamente.

—Mi nombre es Kostas Paflagos. Sed bienvenido a mi casa y sabed que esta noche habéis salvado la vida a tres personas.

—El mío es Ahmed y únicamente me he limitado a cumplir con mi obligación de hombre.

El otro lo observó con reserva.

—¿Sois islamita?

—La conciencia del hombre es lo que importa, no sus creencias.

—Tenéis razón… En vuestro caso los hechos hablan por vos. Tened la amabilidad de pasar.

Ahmed se introdujo en la estancia seguido de la mujer. Al fondo vio una chimenea en la que ardían tres gruesos troncos y que a la vez hacía de fogón; al verla comprendió de dónde procedía el calor del piso superior. Y a la derecha un catre en el que dormía, arrebujado en una manta, un niño de unos tres años. El mobiliario era escaso: un banco, un baúl para guardar las pocas pertenencias y algunos, no muchos, utensilios de cocina.

El hombre, tras ordenar a la muchacha que avivara el fuego con el soplillo, le indicó con un gesto que se acercara a él y se sentara en el banco. Ahmed, en tanto ella colocaba una olla sobre el fuego, obedeció la orden del viejo.

—Primeramente, María, compartiremos lo que haya con nuestro huésped; tiempo habrá después para que me relate lo sucedido.

Ahmed se excusó.

—No es necesario, señor. Luego, a mi regreso en el figón, cenaré algo.

—No es eso lo que enseña nuestra religión —repuso el viejo—. Lo poco que tengamos lo compartiremos.

Apenas se habían sentado los dos hombres cuando ya la mujer les alcanzaba sendos cuencos de espesa sopa en la que flotaban algunas bolas de carne; en el de Ahmed había también una cuchara.

Ahmed sintió curiosidad por ver cómo se desenvolvía el viejo. Y aguardó expectante.

María cogió de encima de la chimenea otra cuchara que parecía igual que la suya pero que no lo era.

El mango era hueco; la mujer regresó junto a su suegro e insertó aquella cuchara en el pincho de su muñón izquierdo. Éste, mostrando una rara habilidad fruto de la costumbre, comenzó a sorber la sopa del cuenco, llevándose a la boca el artilugio.

Luego, en sendas escudillas les sirvió una manzana ya pelada y cortada y el hombre, esta vez con el pincho, se la fue llevando a la boca.

Terminada la frugal cena, cómodamente aposentados y ante dos pequeños cuencos de loza que contenían un licor denso y ambarino hecho con frutas silvestres maceradas, el viejo quiso saber con pelos y señales lo acaecido en el figón. Ahmed, distorsionando la verdad en su justa medida y otorgando a María el papel de sivienta tal como ésta le había indicado, puso al corriente al viejo de los sucesos de aquella noche.

—Os doy mil mercedes. Ya veis la precaria situación en la que nos hallamos; mi nuera es el único sostén de esta casa y de ocurrirle una desgracia, no sé yo en qué hubiera parado esta familia. Yo ya soy viejo, pero mi nietecito tiene derecho a una oportunidad que yo sin duda no le habría podido dar. —Al decir lo último el hombre alzó ambos brazos mostrando sus amputadas extremidades—. Le he dicho una y mil veces a mi nuera que debería buscar otro trabajo, pero se excusa diciendo que de esta manera puede ocuparse de nosotros durante el día y que le bastan pocas horas de descanso. Además le pagan bastante bien.

Ahmed vio en la mirada de la mujer una muda súplica y, aun sintiéndose mal, colaboró con sus palabras en el engaño.

—Los tiempos son difíciles para todos, el trabajo no se halla precisamente donde más nos complace vivir.

—De cualquier manera, sabed que en este rincón de la tierra contaréis para siempre con una familia agradecida. Una buena mujer, un niño y un viejo inútil.

Luego cambió de conversación, cosa que Ahmed agradeció, pues en aquella tesitura se sentía bastante incómodo.

—Y decidme, ¿de dónde sois y qué se os ha perdido en estas latitudes?

Ahmed no mintió.

—Mi compañero y yo venimos pescando desde Crotona buscando buenos bancos de peces y la fortuna nos ha traído hasta esta costa.

—Yo también me dedicaba a la pesca, un buen oficio; por estos lares, hay quien vivía honradamente y muy bien sacando los frutos que ofrece el mar, pero tristemente otros se dedican a vivir del trabajo ajeno robando y expoliando a los primeros. Si únicamente fuera esto, bendeciría a la providencia, pero, no contentos, raptan a los mejores y más jóvenes y dejan tras de sí una estela de lisiados que cercenan la oportunidad de mejorar a los que quedan, obligándoles a cuidar de ellos. Éste fue mi caso.

Entonces el hombre relató con pelos y señales el drama sufrido por su familia y acabó diciendo:

—Y ya veis: yo perdí un hijo, mi nuera un marido y mi pobre nietecito un padre. ¡Maldito sea por siempre Naguib y toda su parentela!

Los sentidos de Ahmed al oír aquel nombre se pusieron alerta.

—¿Éste es el causante de vuestra desgracia?

—De la mía y de muchos otros, ese monstruo es el culpable de muchas de las desgracias que asolan el Adriático.

La agitación que produjo la noticia en Ahmed no pasó inadvertida al viejo ni tampoco a su nuera.

María detuvo sus quehaceres y el viejo indagó.

—¿Habíais oído hablar de él por ventura?

—Por desventura diréis mejor. Sus fechorías abarcan el Mediterráneo, el Jónico y por lo que me decís, el Adriático. Si alguien me pudiera dar una pista de sus movimientos, tal vez podría colaborar en libraros de esa pesadilla.

El viejo lo miró un instante con la suspicacia brillando en el fondo de sus ojos.

—Vos no sois pescador.

Ahmed intuyó que debía jugar sus cartas.

—Yo no he dicho tal cosa.

—Vuestra acción de esta noche os ha abierto las puertas de mi casa. No defraudéis mi confianza, os ruego que me habléis claro.

—Está bien. ¿Habéis oído hablar de Martí Barbany?

—¿Quién no ha oído hablar de él?

—Pues él es mi patrón y ese bandido le ha hurtado un barco y ha raptado a su tripulación. No debería haberos revelado este secreto, pero el corazón y las circunstancias que me habéis relatado me dicen que estamos del mismo lado.

—No lo dudéis, y contad con mi apoyo en todo aquello que contribuya a borrarlo de la faz de la tierra.

—¿Tenéis idea de dónde se refugia y cuál es su rutina?

El viejo se volvió hacia la muchacha.

—Yo no pero tal vez… María, ve a buscar a Tonò.

La mujer se deshizo del mandil que le cubría las sayas, se colocó sobre los hombros un deteriorado mantón y partió a cumplir el mandado.

El viejo se dirigió a Ahmed.

—Vais a conocer a un hombre que estuvo en uno de sus barcos de galeote y pudo escapar.

Ahmed no podía creer la increíble circunstancia que le brindaba la fortuna.

Tras andar buscando una pista del pirata en todos los figones de la costa, súbitamente, sin sospecharlo y como consecuencia de una acción fortuita, la nueva había acudido a su encuentro.

—¿Me decís que hay alguien que pueda informarme del paradero de esta hiena?

—Hay alguien que lo conoce bien y que por lo menos lo odia igual o más que yo. A vuestro amo le ha robado un barco y una tripulación, a mí me robó la vida y a Tonò Crosetti los mejores años de su juventud y a su mujer. —Luego, tras una breve pausa, añadió—: ¿Estáis solo en este negocio?

Ahmed se había despojado de la careta y hablaba a calzón quitado.

—Conmigo está uno de los capitanes de mi patrón que, por cierto, me agradaría que conocierais.

—Si no tenéis premura en partir, me gustaría compartir con los dos una amplia charla sobre el tema. Sabed que todo lo que yo pueda hacer para el castigo de este malvado, aliviará mi odio.

El sonido de unos breves pasos acompañados de otros más espaciados anunció el regreso de María con su acompañante.

En tanto Ahmed dirigía su mirada a la cancela el corazón le galopaba en el pecho. La puerta se abrió y tras la muchacha apareció el rostro barbudo de un hombre alto, moreno y fibroso que frisaría la cuarentena. El individuo saludó al viejo en tanto dirigía sus desconfiados ojos al desconocido.

—Buenas noches, Kostas, ¿me has mandado buscar?

—Siéntate, Tonò, creo que lo que vas a escuchar te puede interesar y mucho.

El recién llegado fue al rincón, se acercó al banco y, tras despojarse de su capa, se instaló junto a los dos hombres.

María se ocupó de rellenar los vasos de los tres.

El suegro de María puso al desconocido al corriente de los sucesos de aquella noche.

Al finalizar el hombre se volvió hacia Ahmed.

—Hermoso gesto el vuestro, ¡vive Dios! Si mis conocimientos os pueden servir de algo, si vuestro patrón Martí Barbany, cuyo poder es conocido en todos los mares, puede vengarme y mi ayuda sirve para impedir que la bestia siga cometiendo tropelías, ¡por mi madre que podéis contar conmigo!

—María —ordenó el viejo—, pon leña en la chimenea, que adivino que la noche va a ser larga.

En tanto la moza obedecía la orden de su suegro y luego tomando al niño en brazos se retiraba a descansar a la habitación contigua, el viejo prosiguió.

—Cuenta tu historia, Crosetti, a fin de que nuestro amigo sepa por dónde puede venir nuestra ayuda.

El llamado Crosetti, luego de dar un lengüetazo a su bebida, comenzó su discurso.

—Veréis, mi nombre es Tonò Crosetti. Siendo huérfano de padre y madre me eduqué con una tía pero mi escuela fue la dársena del puerto de Nápoles. Como las penas eran muchas para aliviar nuestra miseria, me dediqué a un oficio que requiere buenos pulmones y cierta habilidad. Comencé a aplicar mis capacidades a nadar debajo del agua a requerimiento de pescadores y marinos que, habiendo enganchado sus hierros en las rocas del fondo, reclamaban mis servicios para liberarlas. Era más económico darme una propina que perder un hierro caro de reponer, y en la bahía de Nápoles, donde estaba mi negocio, tal circunstancia se daba con cierta frecuencia pues sus fondos están llenos de restos de naufragios.

Ahmed seguía atento el relato del hombre.

—Mi capacidad para estar bajo el agua aguantando el aire en los pulmones fue aumentando hasta que decidí usarla para otros menesteres que me ayudaran a aumentar mi peculio. Comencé a hacer inmersiones para extraer del fondo pecios de los antiguos romanos (la bahía está llena de ellos) que después vendía en el mercado a buen precio. Mi tía falleció y yo quedé solo. Tenía a la sazón diecisiete años. Fue pasando el tiempo y mi negocio era floreciente al punto que a los veintidós años me casé con mi novia de toda la vida, hija de pescadores y para mí la mejor muchacha de la costa. Todo fue bien hasta que una noche se nos vino encima el infierno. Llegaron a la costa como demonios, forrada la pala de sus remos con trapos para que el chapoteo del agua no llamara la atención de nadie, mataron a los centinelas, se llevaron a las mujeres jóvenes para venderlas como esclavas, a los hombres nos redujeron a la condición de galeotes y, siguiendo su costumbre, dejaron tras de sí una legión de lisiados.

Ahmed no se perdía ni una coma del relato, adivinando que tras él vería la luz.

El otro prosiguió:

—Estuve remando en su barco un lustro. Navegué por todos los mares conocidos sembrando el terror a nuestro paso. Conocí sus costumbres, sus fondeaderos y su forma de actuar, dónde están y quiénes son sus aliados, dónde vende su mercancía y dónde repara su barco.

A Ahmed le brillaban los ojos.

El otro, tras una pausa para beber un sorbo de licor y despejarse el gaznate, prosiguió:

—El oficio del remo es durísimo y únicamente resisten los más fuertes. Cuando era preciso hacer agua nos soltaban la cadena a dos de los galeotes, generalmente a los mejor dotados, y tras bajar al mar la chalupa, vigilados por dos hombres armados hasta los dientes, íbamos con odres a tierra, a fondeaderos conocidos y en lugares agrestes y seguros. En cuanto me vi en la boga reconocí el lugar. Era un islote rocoso, perdido en la costa albanesa, donde un manantial de agua clara suministraba el ansiado líquido a un par de poblados de pescadores próximos. Mi cabeza comenzó a bullir, y como la vida me era indiferente, me dispuse a jugármela a un solo envite. Lo peor era morir ahogado y hasta eso era preferible a vivir de aquella manera. Cuando nos hubimos separado del barco esperé la oportunidad. La costa distaba unas mil brazas y en el camino se hallaba un grupo de rocas que formaban un complicado laberinto. Súbitamente y cuando menos lo esperaban nuestros custodios, pues uno iba a proa mirando a lo lejos y el otro estaba distraído, solté el remo y tomando todo el aire que cabía en mis pulmones, me lancé al agua y buceé como no lo había hecho jamás. Uno de mis guardianes, debido al balanceo, cayó al mar y arrastrado por el peso de sus hierros, pese a bracear como un desesperado, se iba al fondo sin remedio. El perfil borroso del pequeño archipiélago rocoso se dibujó ante mis ojos. Nadé bajo el agua como un desesperado, di la vuelta al grupo de rocas y, cuando ya reventaban mis pulmones, saqué la cabeza para tomar aire y oculto tras una de ellas, me atreví a mirar. La fortuna volvió a sonreírme: aprovechando que el pirata estaba mirando la superficie del agua como un desesperado buscando mi cabeza que tarde o temprano tendría que emerger, mi compañero le sacudió un palazo con el remo de tal calibre que hubiera sido capaz de abatir a un buey. Aguardé unos instantes hasta que vi cómo el costado de la embarcación se teñía de rojo. Entonces me encaramé en la roca y comencé chillar como un desesperado y a agitar los brazos. Geraldo, que así se llamaba el hombre, asombrado por la distancia que había recorrido bajo el agua, me vio y comenzó a bogar hacia mí.

»El resto es historia. El caso es que, tras dos días de navegación, llegamos a la costa y allí nos las arreglamos para sobrevivir. Luego las circunstancias me trajeron hasta aquí, y desde ese día he alimentado la esperanza de ver morir al captor de mi mujer.

Un silencio hondo y sostenido coronó el relato del hombre. Luego Ahmed preguntó:

—¿Sois capaz de recordar cuantas cosas nos ayuden a encontrar a ese malnacido?

—Sé hasta la hora que acostumbra a defecar y su manera de rascarse las liendres. He tenido años para rememorar hasta el último detalle, conozco sus costumbres, sé dónde se refugia y lo que suele hacer con los prisioneros. Mi memoria ha guardado todos y cada uno de sus hábitos.

El pensamiento de Ahmed volaba.

—¿Podría veros mañana con mi patrón? He de proponeros algo.

—Si ello conduce a eliminar de la faz de la tierra a ese hijo de mil rameras, contad que iré al fin del mundo.

Los gallos comenzaban a cantar cuando Ahmed con el paso acelerado y mirando a un lado y a otro, se dirigía a la posada. Su mente iba cual potro desbocado, la noche había sido rica en lances y apenas podía poner orden en sus pensamientos. Lo que había comenzado como una buena acción se había transformado en la información vital que con tanto ahínco habían ido buscando desde Mesina el capitán Manipoulos y él, y sentía la urgencia de llegar a la posada para explicarle todo al griego y tomar las decisiones pertinentes.

La puerta del figón estaba abierta; un hombre, que no era el que les había recibido, dormitaba en un banco; al oír el rumor de sus pasos alzó la cabeza y observándolo con ojos legañosos, inquirió sobre su condición.

—Vuestro compañero ha subido hace rato.

Ahmed, sin más comentario, ascendió rápidamente por la escalerilla y se plantó ante la puerta del cuarto. Apenas había rozado con sus dedos la madera, cuando sintió los pasos de Basilis en el interior.

La cancela se abrió; el griego apareció con la diestra oculta a su espalda.

—Bien llegado, Ahmed, me tenías inquieto pese a que me he alegrado por tu tardanza, porque es señal de que la noche te ha sido propicia.

—No imagináis hasta qué punto.

Ahmed, tras cerrar la puerta a su espalda, observó que el griego tenía en su diestra la daga desenfundada.

—Os creía durmiendo. ¿Ocurre algo en especial para que me recibáis así?

—Nada. Únicamente que alguien ha estado hurgando en nuestras cosas. Cuando he llegado, el pelo ya no estaba en su sitio. En estos casos es mejor prevenir que curar. En el tiempo que te aguardaba he estado pensando varias cosas.

—Y más que pensaréis cuando os revele todo lo que me ha ocurrido.

—Ya lo imagino, un hombre joven y una bella mujer tienen mucho que decirse durante una noche.

—Os equivocáis. Yo no soy hombre que aproveche un favor; lo que tengo que deciros es mucho más trascendental.

Basilis, que había devuelto la daga a su vaina, lo observó detenidamente y en tanto se dirigía a su catre y tras acomodarse, indagó:

—Cuéntame, soy todo oídos.

Ahmed, tras despojarse de su ropón, se ubicó frente al griego y despaciosamente, como gozando del momento, le espetó:

—En una noche he conocido más cosas de este malnacido que andamos buscando, que en todos los días desde que salimos de Mesina.

Los ojos de Manipoulos se agrandaron.

—Cuéntamelo todo.

Entonces el muchacho le explicó su aventura nocturna punto por punto.

El griego no daba crédito a lo que llegaba a su cerebro. Las preguntas se sucedían una tras otra. Los cómo, quién, de qué manera y dónde estallaban en el aire como fuegos de artificio.

—Y Crosetti me ha dicho que está dispuesto a todo para acabar con esa pesadilla del Mediterráneo —concluyó su relato.

—¿Crees que regresaría con nosotros a Mesina?

—Sin duda, y en ello no busca su beneficio sino calmar su sed de venganza.

Tras una larga pausa en la que el entrecejo fruncido del griego denotaba la presión a la que sometía su cerebro, habló de nuevo.

—Cuando haya conocido a Tonò Crosetti y si él se aviene a nuestros planes dentro de unas horas iremos a la cofradía de pescadores; allí conseguiremos que nos indiquen quién nos puede vender una barca más grande. Entregaremos a cambio la nuestra y añadiremos lo que nos pidan; quiero que si alguien nos busca o da razón de nosotros, pueda equivocarse, amén que la mar en este tiempo es ingrata y nos vendrá bien una eslora más grande, buscaremos una embarcación con más velamen y con capacidad para cinco o seis personas; cuando la tengamos, regresaremos empleando mucho menos tiempo del que hemos demorado hasta aquí. Ahora ya sabemos todo lo que nos conviene y el tiempo es oro. Buen trabajo, Ahmed, si todo llega a buen fin, a ti se te deberá gran parte del éxito.

72

Mendigando

n cuanto tuvo ocasión, Gueralda fue a ver a su padre. Estaba el hombre en uno de los tinglados de carga instalado en la playa de Montjuïc, removiendo unos rollos de cuerda y cambiando de lugar unos tablones de madera.

La mujer lo observó desde lejos y llegó a la conclusión de que aquel hombre era casi un desconocido para ella. Tras un momento de vacilación se adelantó hacia él. Al principio el hombre siguió a lo suyo; luego, cuando ya casi estuvo encima, alzó los ojos y se dio cuenta de que era su hija: dejó en el suelo la madera que tenía entre las manos y sacudiéndose el polvo de la bata, se dirigió a ella.

—¿Qué te trae por aquí, hija? ¿No hay trabajo hoy en la casa?

—Tenía que verle, padre; he pedido permiso a doña Caterina y me lo ha dado.

El hombre la miró con desconfianza.

—¿No podías esperar a que yo fuera?

—La cosa tiene su urgencia y si he de aguardar a que venga usted, a lo mejor me dan maitines.

—Ven, mejor será que hablemos en mi buhardilla.

El hombre se adelantó y seguido de la muchacha se dirigió al fondo del almacén. Llegados al chiribitil y tras cerrar la puerta, se sentó el hombre en la silla y le indicó a su hija que lo hiciera en el catre.

—Bien, te escucho, ¿qué es tan urgente que no puede aguardar a que un padre que trabaja todo el día vaya a ver a su hija?

La mujer no vaciló.

—Me voy a casar, padre, tengo veintinueve años y no soy ya una mocita.

El hombre la miró sorprendido.

—¿Qué me estás diciendo? ¿Con quién te vas a casar? ¿Conozco yo acaso al novio?

—No, padre, pero da lo mismo. No vengo a pedir su bendición. He trabajado como una burra desde que murió madre, primero en casa de los Cabrera y luego aquí. Usted jamás se ocupó de mí y lo único que he conseguido es que me desgraciaran la cara.

—Son cosas que pasan, y bien que lo siento —dijo el hombre, con cara de circunstancias.

—No es suficiente con sentirlo, lo que hay que hacer es remediarlo.

—Si vienes a notificarme que te casas y ni tan siquiera quieres mi bendición, ¿qué me hablas de remediar lo irremediable? ¿Y qué me va a mí en todo ello? Bien se ocupó de ti el patrón, ¿qué otra cosa se puede hacer?

—Se puede hacer que el remedio recaiga en quien sufrió el mal.

El hombre entendió lo que había venido a buscar su hija.

—¿Me exiges acaso los dineros que nos dio don Martí?

—Que me dio, padre, fue a mí a quien dieron la pedrada.

—Y soy yo quien debe asegurar tu futuro. Precisamente esa desgracia fue la que me hizo temer que quedarías soltera y por eso puse los dineros a buen recaudo.

—Pues mire usted, padre, que no hace falta. He encontrado un buen hombre y pienso casarme. El dinero es mío.

En los ojillos del hombre amaneció un ascua de avaricia.

—¿Qué sé yo quién es? —rezongó—. ¿Quién se arrimaría a ti con esa cara? Debo cuidar de tu futuro. Los dineros los tendrás a su debido tiempo.

—El debido tiempo es ahora —insistió Gueralda—. Tengo ya casi treinta años, soy vieja.

—Nadie sabe el tiempo que habitará en este mundo… Si

ahora te hace falta, ni te cuento la falta que te puede hacer cuando yo ya no esté.

—Será por lo que usted me ha cuidado. ¡Es mi dinero y lo quiero ahora! —exigió la mujer.

El hombre se acarició la barba con la diestra como si meditara.

—¿Son éstas maneras de hablar a tu padre?

—Ése es un título que se adquiere; no creo yo que pensara usted en mí cuando se estaba pegando un verde con mi madre y sin querer me concibió.

El hombre pareció meditar unos instantes.

—Aunque quisiera y me pareciera bien tu hombre, no te lo podría dar.

—¿Qué quiere usted decir? —preguntó Gueralda, atónita.

—Que cumpliendo con mi deber de padre, y aunque tú me niegues el título, he procurado que ese dinero rinda beneficios. Sabes que los cristianos tienen prohibida la usura. He recurrido a un prestamista judío, Aser ben Yehudá, que tiene su mesa en el barrio de los cambistas.

—Me parece bien y he de reconocer que me ha sorprendido. Mañana le acompañaré a rescatarlo —se apresuró a decir ella.

—Eso no es posible, Gueralda. Me brinda un buen interés y lo tengo pignorado durante cinco años. Caso de sacarlo antes de la fecha me penalizaría con un veinte por ciento.

—¿Me quiere decir que he de esperar a que ya nadie me requiera para poder disponer de lo que es mío?

—Así es, hija mía... ¿Quién iba a pensar que ibas a necesitar ese dinero para casarte? Amén que yo pienso que el hombre que quiere a una mujer no lo hace por su dote, y si es así, ese hombre no me interesa.

Gueralda se levantó indignada.

—¡A usted puede no interesarle, pero a mí sí!

—Lo siento, hija mía, así son las cosas. Por el momento habrás de esperar. —Y mirándola con frialdad añadió—: Ah, y piensa que ese dinero será tuyo en el supuesto que a mí nada me falte. Como comprenderás, no voy a darte ese dinero para que se lo entregues al primer bellaco y que eso me cueste pasar penurias en mi vejez.

Gueralda estaba descompuesta. Se atusó el cabello que le ocultaba su media torcida cara y con una voz preñada de odio, espetó al hombre:

—¡Es usted un miserable! ¡Ojalá que esos dineros sirvan para pagar los clavos que cierren su ataúd!

Y recogiendo el vuelo de sus sayas, la mujer dio media vuelta y partió.

73

La badila

or la ventana abierta del salón de Almodis entraba el aire extrañamente amenazador de aquel húmedo 16 de octubre de 1071. La tierra se había saciado con el chaparrón de agua caído por sorpresa la noche anterior y emitía una neblina atravesada por el sordo rumor de una multitud de insectos que presagiaban un día preñado de malos augurios.

Almodis, rodeada de su gente, gozaba en la espera del momento en que iba a poner en evidencia ante todos los suyos el carácter intemperante de su hijastro.

En la elevada tarima, unos músicos desgranaban una antigua melodía que le recordaba veladas de su juventud, allá en la Marca, en el castillo de sus padres. Sus damas principales, Brígida y Lionor, y la anciana doña Hilda que había sido el ama de sus gemelos, la acompañaban en la labor de terminar el inmenso tapiz que pensaba regalar a su marido para su cumpleaños. Sus jóvenes camareras, Araceli de Besora, Anna de Quarsà y Eulàlia Muntanyola, se solazaban componiendo un gigantesco rompecabezas que había hecho el tallista mayor de palacio y que representaba la Pia Almoina. A un lado, jugando al ajedrez, estaban Estefania Desvalls y Marta Barbany.

Dos finas arrugas que denotaban una profunda preocupación se dibujaron en la frente de la condesa pensando en esta última. Debía grandes favores al padre de aquella damisela, a quien había cobrado un gran cariño, y sin embargo su estancia en palacio le había causado un problema que laceraba su conciencia desde la desagradable entrevista que mantuvo con su hijo Berenguer. Esperaba que éste hubiera entendido el mensaje. Quería creer que su hijo no era tan ruin, que había obrado llevado por la pasión, pero, en el fondo de su corazón, sabía que había maldad en Berenguer, algo que quizá ya era irremediable...

En un rincón, enfurruñado como de costumbre, sentado en un escabel y mirando distraídamente por la ventana, se hallaba Delfín. Junto a la puerta y hablando con el mayordomo del día se hallaba el jefe de su escolta personal Gilbert d'Estruc, al que casi debía el condado. Él fue quien organizó su huida de Tolosa y el que la defendió el malhadado día del ataque de los bandidos de la costa que patrocinaba el conde Hugo de Ampurias, rival implacable de su suegra Ermesenda de Carcasona. Al observar las hebras de plata que veteaban su cabellera, fue consciente del tiempo transcurrido y pensó que ella, pese a los tintes y afeites, debía de tener el mismo aspecto. Por un instante se sintió vieja pero al punto se rehízo, se estiró el corpiño, se abulló las mangas con un ligero toque de su abanico y recostándose sobre el respaldo del sitial, decidió no volver a pensar en ello y si fuera preciso, en la primera ocasión que no le gustara su aspecto, ordenaría retirar los bruñidos espejos que ornaban el palacio, y que otrora tanto le habían complacido.

En aquel instante Delfín se mostró a sus ojos y su semblante le produjo una rara impresión. Conocía bien a aquel hombrecillo y pocas veces había visto tanta angustia dibujada en su rostro.

Sin aguardar su venia, el bufón se sentó en el último peldaño de los tres que conducían hasta el sitial y la interpeló con un inusual tono desabrido.

—¿Pensáis seguir adelante con vuestro plan?

Almodis, que tan bien le conocía, contemporizó.

—Delfín, amigo mío, te estás haciendo viejo. Siempre fuiste timorato y aprensivo, pero ahora tu prudencia raya en la cobardía. Ya hemos debatido el tema muchas veces; se ha doblado la guardia y el jefe de mi escolta está presente. ¿Qué quieres que me ocurra?

—Únicamente deciros, Almodis, que hace muchos años que no he tenido un pálpito como el que tengo. Os lo dije el primer día que nos expusisteis vuestro propósito y hoy lo reitero.

La condesa, pese a extrañar el hecho de que el enano se hubiera dirigido a ella por su nombre, repuso:

—Ya oíste la opinión de mis damas.

Delfín se engalló.

—¿Desde cuándo hacéis más caso de estas cluecas, que sólo saben de trapos y de afeites, que de mis augurios, tantas veces probados?

—No te preocupes; ni hoy ni nunca va a pasar nada; conozco bien al personaje, es felón y taimado, pero la fuerza se le va por la boca; se maneja bien entre gentes de poco ánimo, pero ante mí se arruga fácilmente. Lo que hoy pretendo exactamente es que se exceda y cometa el dislate de amenazarme en público.

Delfín no cejaba.

—Pero, señora, decidme, ¿qué ganáis en el empeño?

—Te lo repetiré de nuevo. Ponerlo en evidencia ante toda mi corte y que los aquí presentes sean testigos de su falta de respeto, insensatez y la violencia de su carácter. Quiero que mi esposo el conde vea con claridad su ineptitud para regir en el futuro el condado de Barcelona; todo aquel que no controle su ira no es apto para esa tarea.

—Creo que en esta ocasión estáis cometiendo un gran error; la ley es la ley, señora, y él es el primogénito.

—¿Estás conmigo o contra mí, Delfín?

—No podéis poner en duda mi fidelidad pero insisto, la ley es la ley.

—Pues habrá que cambiarla —sentenció Almodis—. Ya lo he dicho mil veces, las leyes deben adecuarse a los hombres y no los hombres a las leyes. Y ahora déjame en paz, colócate en tu lugar y sé testigo de lo que va a ocurrir. Lo he convocado a la hora del Ángelus y espero que entre lo suficientemente airado para que muestre públicamente su condición.

—Tristemente para mí, voy a ser testigo de lo que va a ocurrir y contad, señora, que ese carácter al que aludís hará que esta función acabe en desgracia. No digáis que no os avisé.

Almodis se encorajinó.

—¡Vete a tu rincón con tus salmodias de vieja, enano estúpido! Cuando requiera un consejo tuyo, ya te lo demandaré.

—Si no os importa, prefiero retirarme, no quiero ser testigo de este descalabro.

Cuando Delfín airado se dirigía a la puerta, ésta se abrió violentamente: los gritos del exterior hicieron que todos los presentes detuvieran las tareas que estaban realizando. Delfín se hizo a un lado, la música se interrumpió al tiempo que las miradas convergían en la entrada. Allí plantado con los brazos en jarras, el jubón desajustado y su tahalí vacío, estaba el heredero Pedro Ramón con la mirada iracunda y la expresión colérica. Dio dos pasos al frente y se plantó en medio de la estancia.

—¿Hasta dónde deberé aguantar vuestros impertinentes desplantes, señora?

Almodis, en un tono forzadamente reposado, dando a entender a los presentes que su paciencia era infinita, respondió:

—Ignoro a lo que os referís, hijo mío; si tenéis la amabilidad de indicármelo, os lo agradeceré.

El primogénito, ante el inusual tratamiento de su madrastra, se desconcertó unos instantes. Luego avanzó hasta los pies del pequeño trono.

—¡Sabéis muy bien a lo que me refiero! ¡Me habéis convocado esta mañana para no sé qué historia, llevo aguardando en la puerta cual si fuera uno de esos mentecatos que os visitan desde el toque de vísperas y para acabar de remachar la ofensa vuestros guardas me han ofendido obligándome a entregarles mi espada!

—No os sintáis ofendido: es una precaución que me ha obligado a tomar vuestra actitud y que vuestro padre aprueba.

El silencio era absoluto, el ambiente podía cortarse con un cuchillo, tal era la tensión.

—Ignoro a qué actitud os referís, pero desarmar al heredero es ofensa que atañe al condado.

—Yo os lo diré. Es sabido que sujetos de baja condición, por no decir de ralea ínfima, andan en los mercados, soliviantando a las gentes de buena fe alegando no sé qué razones y exacerbando sus ánimos contra mi persona, recogiendo además dineros, para no sé qué causa. Lo que me consta es que cuando están más soliviantados lanzan mueras contra mi persona.

»En cuanto a lo de retiraros la espada, debo responderos que las circunstancias me obligan a tomar precauciones. Os veo venir, sois de un natural violento y a veces perdéis el control.

—De lo cual se infiere que suponéis que estoy ofendido, y estáis en lo cierto pero no al punto que os conviene. En cuanto a lo que me contáis de los mercados, también ha llegado a mis oídos, pero bien sabe Dios que no tengo nada que ver. Podéis engañar a mucha gente, señora, inclusive y muy principalmente a mi padre, pero al pueblo llano es muy difícil —replicó Pedro Ramón.

—Si tenéis la amabilidad de decirme en qué cosa quiero yo engañar al pueblo o a vuestro padre, os lo agradeceré.

—Si por lo que decís estáis tan bien informada, ¿cómo es que ignoráis el motivo por el que las gentes están alborotadas?

—Cierto es, pero quería oírlo de vuestros labios.

—Es muy sencillo, señora; el pueblo de Barcelona quiere vivir sometido a las leyes de sus mayores; tratar de cambiarlas es mala cosa. Todo pasa: el tiempo de mi padre, y con él, el vuestro. Entonces llegará mi tiempo, que a su vez tendrá un final. Sin embargo, cada pieza debe encajar en su lugar en la historia. Por eso, hacer mudanzas para colocar en el trono a un bastardo es algo que desagrada al buen pueblo barcelonés. Ése es el motivo de que las gentes anden inquietas y preocupadas por su futuro.

Almodis, que no soportaba que a sus hijos los llamaran bastardos, contraatacó.

—Si por bastardía entendéis la condición de aquellos que han nacido antes de la bendición de Roma, debo deciros que la mitad de la nobleza de estos pagos es bastarda. En todo caso, os diré que hay dos tipos de malnacidos, los de tiempo y los de carácter. Acepto que mis gemelos pertenecen al primer grupo, pero vos pertenecéis al segundo y eso es mucho más grave.

—¿Me estáis llamando malnacido? —preguntó a gritos el primogénito.

—Confundís las cosas, querido Pedro Ramón. Se puede nacer de mujer soltera y ser de noble condición, hasta el punto de ocupar la cátedra de Pedro, y se puede nacer dentro del sagrado matrimonio y ser, de carácter, un hijo de ramera. Lo primero, como veréis, no es óbice para alcanzar en la tierra el máximo honor; en cambio, el segundo es muy importante si llega a tener poder, porque puede perjudicar y mucho a los que se encuentran sometidos a él.

Llegados a este punto, el primogénito se desbocó y gritando como un poseso se adelantó un paso para recriminar a su madrastra.

—¡Me habéis llamado hijo de ramera! Es el mayor insulto que puede tolerar un hombre.

Almodis clavó en él sus ojos. Intuía que el instante que tanto había aguardado estaba a punto de suceder.

—Como de costumbre, no me habéis entendido —repuso la condesa, en un tono sereno—. La condesa Elisabet era una santa, es a vuestro carácter al que me he referido. Nada tiene que ver el alto origen de vuestra cuna con el hecho de que vuestra condición sea reprobable y vuestro carácter imposible. Lo siento, Pedro, creo que no sois apto para gobernar.

—¡Pretendéis apartarme del trono!

Su chillido fue tan estentóreo que el senescal echó mano a su espada y se adelantó dos pasos, pero al recordar que el heredero estaba desarmado, volvió la espada a la vaina y ocupó de nuevo su lugar.

—¡No hace falta! Os habéis apartado solo, pero desde luego, si de mí dependiera, jamás ocuparíais el trono del condado.

Pedro Ramón miró a uno y otro lado, y, rápido como una sierpe, se abalanzó sobre el pequeño trípode de hierro que sustentaba los artilugios de alimentar el fuego de la chimenea; tomó la badila y se precipitó furioso hacia Almodis. Delfín, desde la puerta, lanzó un grito agudo. La condesa al ver sobre ella al heredero se cubrió la cabeza con los antebrazos. Inútil pretensión.

El hierro en manos de aquel basilisco golpeó dos veces su cabeza y su cuello antes de que Gilbert d'Estruc y la guardia pudieran sujetarlo. Cuando lo lograron, Almodis yacía en el suelo con la inmovilidad de una muñeca rota y la sangre manando a borbotones de su cuello.

Las damas se precipitaron hacia su señora y con trapos intentaron detener la hemorragia.

El senescal lanzó una orden al aire.

—¡Que alguien vaya a buscar al conde! ¡Que alguien busque al físico de palacio!

Todo era un maremágnum de gritos e imprecaciones.

La condesa apenas respiraba, un golpe de sangre salió de su boca manchando el inmaculado blanco de su pecho. Unos pasos acelerados se oyeron llegando por el pasillo; la puerta se abrió violentamente. Un demudado Ramón Berenguer se asomó por ella y abriéndose paso impetuosamente entre el grupo que rodeaba a su mujer se arrodilló en el primer peldaño y tomó su cabeza entre los brazos.

—¡Almodis, esposa mía! Por los clavos de Cristo, ¿qué ha pasado aquí? ¡Que alguien avise al físico de palacio! ¡Almodis, respondedme!

Tarea inútil: la condesa respiraba afanosamente buscando el aire, cual pez boqueando fuera del agua, sus ojos se abrían y cerraban rápidamente ya sin ver. Un último golpe de sangre acudió a sus labios.

El conde, gimiendo, apretó los labios junto a su frente. Nadie parpadeaba.

De súbito volviéndose al capitán de la guardia de su esposa, con una voz profunda preñada de una furia contenida, indagó:

—Gilbert, decidme, ¿qué ha ocurrido?

El caballero, sin responder, con un gesto de su cabeza señaló a Pedro Ramón, que aún sostenía en su diestra la badila ensangrentada.

El conde, dejando suavemente la cabeza de Almodis en el suelo, se alzó y tomando a su hijo por el jubón lo zarandeó, presa de una furia incontenible.

—¡Maldito seáis mil veces! ¡Que la ira del cielo caiga sobre vos y que vuestros días no vean la paz! ¡No quiero volver a veros!

Luego rechazándolo violentamente, ordenó:

—¡Apartadlo de mi presencia y encerradlo! Gilbert, traed al físico de palacio y al padre Llobet.

El salón era una barahúnda incontenible. Mientras tres guardias se llevaban al heredero, iban apareciendo gentes de todo rango y condición y en aquel desorden se ignoraba el protocolo. Por la puerta asomaban sin orden ni concierto los nobles de la *Curia Comitis*, que hacía unos instantes habían estado despachando con el conde, el mayordomo de día, gentes de la guardia y hasta algún servidor de las cocinas. Entre aquella batahola, sonó la voz autoritaria del senescal Gualbert Amat.

—¡Abran paso al físico!

Uno de los centinelas con el asta de la lanza obligó a la gente a retirarse de la puerta. El físico, pálido y sudoroso, sujetando su bolsón con la diestra y con la izquierda un medallón con un topacio que, sujeto a una cadena, bailando sobre su pecho, marcaba su condición de médico de palacio, se precipitó hacia el interior. El círculo que rodeaba a la condesa se abrió como por ensalmo y el hombre se abalanzó sobre la figura desmadejada sobre los dos peldaños que ascendían hasta el sitial. Alguien había puesto un paño de lino sobre la herida del cuello. El físico examino a la condesa rápidamente, sacó un frasco de su zurrón y, abriéndolo, empapó con el líquido que había en su interior un pañuelo que aplicó bajo la nariz de la condesa; el fuerte olor se expandió rápidamente por la estancia; sin embargo, ningún efecto hizo sobre la desmayada figura; entonces el físico con los dedos medio e índice de su mano izquierda palpó la vena del cuello de Almodis. Intento inútil, el grueso cordón no palpitaba. Entonces el hombre volvió su cabeza hacia el conde.

—No hay nada que hacer, señor, la condesa ha fallecido.

Ramón Berenguer emitió un grito como de animal herido, mientras, horrorizado, observaba el cuerpo sin vida de la única mujer a la que había amado.

Marta, que estaba aterrorizada en un rincón junto a Estefania Desvalls, sintió que a su lado alguien sollozaba fuertemente: era

Delfín. El hombrecillo parecía más mínimo que nunca. Conmovida, la muchacha colocó su diestra sobre el hombro izquierdo del enano y éste, alzando la mirada, le agradeció el gesto colocando a su vez la suya sobre la de Marta.

La joven no podía creer el drama que acababa de desarrollarse ante la impotente mirada de todos. La condesa, aquella mujer voluntariosa que Marta había llegado a apreciar y respetar como su protectora en la corte, había fallecido a manos de su hijastro.

En aquel instante todo pareció detenerse. Alrededor de la joven las imágenes dejaron de tener relieve y en silencio como en un sueño, fueron apareciendo los personajes a los que aquel drama afectaba principalmente; los primeros fueron Ramón y Berenguer. Cap d'Estopes sostuvo el convulso hombro de su padre en tanto Berenguer se abalanzaba sobre el cuerpo de su madre y comenzaba a sollozar ruidosamente. Tras los gemelos asomaron las hijas. En primer lugar lo hizo Sancha y luego Inés acompañada de su esposo Guigues d'Albon. El pensamiento de Marta se desentendió del entorno y cayó sobre el futuro que la aguardaba en palacio; estando lejos su padre y sin la protección de la condesa, su único soporte era Bertran. Todo era incierto y preocupante; sentía que sobre ella se cernía una amenaza de la que únicamente podía hablar con Amina y con su padrino, que en aquel momento entraba por la puerta. Vio cómo el clérigo se acercaba al grupo y después de intercambiar unas palabras con el conde, se acercaba donde yacía Almodis y tras un rezo le impartía su bendición; observó cómo traían unas angarillas, en las que colocaron con sumo cuidado el cadáver de la condesa, cubierto con un lienzo, y se lo llevaban acompañado de llantos y lamentos. Finalmente el salón se fue quedando vacío y Marta se sintió más desamparada que nunca.

La voz corrió por palacio y luego, como un río incontenible, pasó a calles y plazas.

La ciudad estaba crispada. El desconcierto y el dolor habían anidado en el corazón de las gentes. Unos y otros estaban perplejos y confundidos. Los que en vida de la condesa gozaron de sus favores, los desheredados de la fortuna, los mendigos que en número de cien se beneficiaron de su munificencia recibiendo la sopa de los pobres todos los días en la Pia Almoina, los peregrinos que se aprovecharon de su generosa distribución de monedas, y los que gozaron de sus prebendas y de las ventajas que suponía vivir a su lado, lloraban sin consuelo. Cosa extraordinaria, aquellos otros que se tenían por sus enemigos, aquellos que conspiraron contra ella y hasta los que fueron apartados de la corte y que en vida desearon su muerte, aunque aliviados por ésta se hacían lenguas de su entereza, su visión de gobierno y la ayuda que para todos representó que desde la sombra del tálamo, gobernara la voluntad del conde Ramón Berenguer. Éste, desde la muerte de su esposa, se había refugiado en el dolor y había dejado la administración del condado en manos de sus más fieles servidores: el obispo Odó de Montcada, el veguer de Barcelona Olderich de Pellicer y su senescal, Gualbert Amat.

Las exequias se celebraron en la todavía inconclusa catedral al cabo de cincuenta días, para dar tiempo a que llegaran los representantes de los condados allende los Pirineos.

Ante el cadáver embalsamado desfiló todo el buen pueblo barcelonés. Cuando las campanas de todas las iglesias tocaban a tercias, la cola de los que pretendían acercarse hasta él llegaba hasta la puerta del Castellnou.

El obispo de Vic, Guillem de Balsareny, acompañado por los de Gerona y Tarragona ofició la misa de difuntos ante una congregación en la que cada estamento ocupaba su lugar correspondiente. En el altar, el conde Ramón Berenguer, que parecía ausente y súbitamente envejecido; detrás, representantes de todos los condados catalanes presididos por los condes de Urgel y de Cerdaña; el primero por ser primo del conde de Barcelona y el segundo por ser su futuro yerno. Detrás de ellos las más conspicuas familias barcelonesas. Los Besora, Gurb, Cabrera, Quarsà, Alemany, Muntanyola, Oló, Desvalls y algunas otras, ocupaban con sus criados y servidores la parte derecha; en la izquierda, el cabildo y los enviados de todos los monasterios que había fundado y protegido la condesa, separados los de hombres de los de mujeres. En el centro, todos los moradores de palacio, los hijos varones, Ramón y Berenguer, y sus hijas, Inés asistida de su reciente esposo Guigues d'Albon y Sancha deshecha en lágrimas; y finalmente vestidas totalmente de negro, todas las damas de la condesa, al frente de las cuales se hallaban doña Lionor y doña Brígida; en un rincón, con el rostro céreo, Delfín el bufón, y detrás doña Hilda, la que fuera ama de los gemelos. En los laterales de pie tras una columna y entre la multitud de pajes, Bertran de Cardona no apartaba la vista de Marta Barbany. Observándolo todo con ojos asombrados, Marta se sentía angustiada y entristecida: la muerte de su señora y la ausencia de su padre la dejaban vulnerable y desprotegida.

Las exequias funerarias se prolongaron más de quince días y quinientas fueron las misas que se celebraron en todos los conventos por ella fundados, para el descanso de su alma. El buen pueblo barcelonés sintió en su corazón una orfandad lacerante.

CUARTA PARTE

FUEGO GRIEGO

74

La paloma

Martí, la espera se le hacía interminable. La inquietud por la falta de noticias de Manipoulos y Ahmed se reflejaba en su serio semblante. El tiempo corría, y debía tomar una decisión. Una vez más releyó la nota que aquel condenado Naguib le había hecho llegar hacía apenas unos días. El mensaje había aparecido prendido de la pata de una hermosa paloma que un niño había llevado hasta el barco, y decía lo siguiente:

Respetado señor:

Doy por supuesto que ya suponéis que se encuentra en mi poder una nave de vuestra flota. *Laia* era su nombre, y digo era porque si no llegamos a un acuerdo en un futuro llevará otro nombre.

Si vuestra merced sigue fielmente mis instrucciones tal vez pueda recuperar el barco y la escoria que lleva en su interior.

Me aguardaréis a partir de la segunda semana de enero en la cala de poniente de la isla de Mataraoki, en la costa de Albania, en el Adriático. Como podréis observar, os concedo más de cuarenta días teniendo en cuenta que los mares, en esta época del año, no son precisamente favorables. No se os ocurra cometer la torpeza de intentar alguna añagaza si no queréis que vuestra gente sufra un mal irreparable. Allí aguardaréis en vuestro barco sin bajar a tierra. Yo veré el día y la ocasión de veros para daros mis condiciones.

Como supondréis, mi palomo sabrá encontrarme. Colocad en su pata vuestra respuesta, que esperaré paciente, y rezad a vuestro

Dios para que no le ocurra nada a mi avecilla, ya que en caso contrario lo perderéis todo.

Contad, señor, con mi respeto,

Naguib al-Tunisi

No podía esperar más para contestarle, se dijo Martí, si no quería que sus hombres, su querido Jofre entre ellos, sufrieran un cruel destino a manos de aquel pirata sin escrúpulos. Pero, al mismo tiempo, cada día esperaba descubrir en el horizonte la falúa que traería a Manipoulos y a Ahmed hasta el *Santa Marta*, tal vez con buenas noticias, tal vez con la posibilidad de trazar un plan que diera una lección a aquel ladrón de barcos.

Martí suspiró. A la preocupación por su gente se había unido, en la última semana, otra mayor si cabe, cuando un barco procedente de Barcelona había traído la tremenda nueva del trágico fallecimiento de la condesa. Martí apenas podía creerlo: Almodis de la Marca, condesa de Barcelona, cruelmente asesinada por su hijastro delante de las damas de su corte. No pudo menos que pensar en Marta, su Marta... ¿Habría presenciado tan terrible suceso? Cien veces maldijo al condenado Naguib, cuyos actos le habían llevado a emprender aquel largo viaje y a alejarlo de su bien más preciado, su hija. Pero ahora ya no cabía hacer otra cosa: aunque se le llevaran los demonios, debía esperar.

Incapaz de mantenerse ocioso, Martí intentó concentrarse en los tratados comerciales que ocupaban la mesa de su gabinete, pero su mente no le concedía tregua: su amigo Jofre, en poder de aquellos desalmados; su hija, sola en un palacio donde acababa de cometerse un crimen horrendo. Y él anclado, a millas de distancia, esperando noticias. Levantó la vista cuando Barral, uno de sus hombres de confianza, entró sin llamar en su gabinete.

—Señor, el vigía ha avistado una falúa... Parece distinta a la que partió, pero creemos que lleva la bandera con vuestras iniciales... Juraría que son Manipoulos y Ahmed, señor, aunque parecen venir con alguien más. Se distinguen tres siluetas en la distancia.

Martí se levantó de un salto y a grandes zancadas subió a cubierta, con el corazón galopando cual potro desbocado.

—Avisa a Felet —ordenó antes de salir a cubierta—. Que venga a bordo de inmediato.

75

Las damas

l viejo conde de Barcelona estaba desolado. La muerte de Almodis le había causado un inmenso quebranto, y pese a las discrepancias de los últimos tiempos entre ambos sobre la sucesión, pese al difícil carácter de su esposa y su parcialidad en todo cuanto tuviera que ver con sus gemelos, el conde echaba en falta su fortaleza de espíritu, su incuestionable lealtad y la tibieza de su voluptuoso cuerpo ahora que, en las frías noches de invierno, su cama se le hacía tan inmensa y desolada como el patio de armas. Además, debía ocuparse de una gran cantidad de asuntos que anteriormente habrían sido despachados por Almodis. El viejo conde paseaba por las dependencias de palacio, en ocasiones sin saber qué hacer y en otras presidiendo la *Curia Comitis* sin apenas atender a las prudentes recomendaciones de sus consejeros ni enterarse apenas de los temas que allí se debatían.

Un asunto le preocupaba especialmente aquellos días. Los preparativos de la boda de su hija Sancha con el conde Guillermo Ramón de Cerdaña y Conflent, le desbordaban. Estaba convencido de que eso era cosa de mujeres: las invitaciones a parientes y familias condales, el asunto de la catedral, el protocolo que debía de cuidar que cada cual estuviera en el lugar que le correspondía sin mancillar ni ofender algún noble apellido, el acomodo en Barcelona de tantas y tantas personas acompañadas de sus séquitos, los diversos festejos, los tablados de comediantes, los fuegos de artificio y el banquete de boda… Multitud de preparativos que, honestamente, no era capaz de afrontar.

Aquella mañana, mientras su ayuda de cámara le asistía para vestirse, tomó una decisión; por suerte en palacio aún quedaban mujeres a quienes encargar asuntos tan especiales y, pese a alguna que otra recomendación, se había resistido a disolver la pequeña corte de damas que había sido el acompañamiento y la distracción de Almodis. Ramón Berenguer el Viejo, tras oír misa en la recoleta capilla del palacio y tomar un frugal refrigerio, se dirigió a la pequeña cámara decorada a gusto y capricho de su difunta esposa donde sabía que por las mañanas se reunían Sancha, doña Lionor, doña Brígida y doña Bárbara con las cinco jóvenes que habían constituido la corte de su esposa: Araceli de Besora, Anna de Quarsà, Eulàlia Muntanyola, Estefania Desvalls y la más joven de todas, Marta Barbany.

Abatió el conde el picaporte y entró sin anunciar su presencia. Al punto todo el mundo se puso en pie, los músicos detuvieron una triste melodía y apartando sus instrumentos hicieron lo propio. La voz de Sancha le saludó melodiosa y alborozada. La muchacha, vestida de luto riguroso, con saya y corpiño al uso y sin adorno alguno de pasamanería, sin afeites en el rostro y con el cabello recogido en una redecilla también de color negro, presidía la reunión. El único que se comportó como si nadie hubiera entrado fue Delfín que, absorto, mirando por la ventana la rosaleda de su ama, ni cuenta se dio de que alguien había invadido el pequeño santuario.

—Pese a la inmensa pena que nos embarga a todas nos congratulamos, padre, de que hayáis tenido la bondad de visitarnos.

—Bien has dicho, hija mía... —murmuró el conde con voz ronca—. Sin embargo, la vida sigue y no podemos dejar nuestras obligaciones.

Al ver el semblante abatido de su padre, Sancha intentó animarlo.

—Padre, salid a cazar, haced lo que más os distraiga. La pena se lleva en el corazón: muchos somos los que lloramos la pérdida irreparable de mi madre pero nada arreglaremos con lágrimas.

El viejo conde recompuso la figura.

—Sentaos, señoras, y perdonad mi intromisión en este lugar

tan especial y querido por mi esposa. Tengo la sensación de haber irrumpido en un santuario.

Tras ordenar a los músicos que abandonaran la estancia y de indicar a sus damas que se sentaran, doña Lionor se dirigió al conde:

—Señor, respetando vuestro dolor debo deciros que éste es el lugar del palacio donde más se echa en falta la presencia de la condesa. Este recinto está impregnado de su esencia; a veces nos hace el efecto de que oímos su voz. Las labores que estamos terminando son las que ella nos ordenó, las músicas son las suyas y sobre todo, el lugar es el que ella tanto amaba y que fue acomodando a su gusto.

El conde bajó el rostro para esconder una lágrima traicionera que acudía a sus ojos.

—Señor —prosiguió doña Lionor—, si en este lugar os acongojan los recuerdos y la presencia de las damas de vuestra difunta esposa os provoca melancolía, me permito aconsejaros que las despidáis, ahora que la razón de su estancia aquí, que no era otra que servir a nuestra adorada condesa, ya no existe.

El conde cerró los ojos y se masajeó suavemente el puente de la nariz con el índice y el pulgar de la diestra; después, para ganar tiempo, sacó de su bolsillo un pañuelo de lino y se lo pasó por el rostro.

Un silencio tenso se adueñó de la sala. Pero entonces, ante la mirada asombrada de las damas, la voz cantarina de la más joven de todas ellas, Marta, se dejó oír.

—Señor, perdonad mi atrevimiento, soy la más joven y la menos indicada para hablar aquí. No soy de noble cuna y mi entrada en la corte se debió a la bondad de vuestra esposa, que Dios tenga en su gloria. Vuestra pérdida es grande e irreparable, pero vuestro pueblo os ama y aguarda temeroso y desorientado a que le indiquéis por dónde debe ir.

—Padre, Marta tiene razón —intervino Sancha—. Necesito de la compañía de estas damas que, después de mi boda, pasarán a constituir mi corte. Echo tanto de menos a mi madre... Me gustaría que las cosas continuasen como si ella aún estuviera aquí.

—Tienes razón —asintió el anciano conde—. También yo quiero que todo continúe como antes del doloroso trance. —Y, dirigiéndose a Marta, preguntó—: ¿Cuál es tu casa, hija mía?

—Mi nombre es Marta Barbany. Mi padre es…

—Sé muy bien quién es tu padre —dijo el conde con una triste sonrisa.

Luego se dirigió a doña Lionor.

—Señora, tened la bondad de acudir a mi gabinete luego del refrigerio del mediodía, y tú, Sancha, hija mía, acompaña a la dueña. Mi chambelán os pasará una lista con las cosas de las que deberéis ocuparos en relación con la boda. Si tenéis alguna duda, hacédmela llegar.

En ese momento, Sancha se levantó, fue hacia su padre y le cuchicheó algo al oído. El conde asintió y acarició la frente de su hija. Luego se dirigió a Marta:

—Marta, os ruego que acompañéis a mi hija. Una joven tan dispuesta y con tan buen criterio y desenvoltura le será útil en estas difíciles circunstancias.

76

Malas nuevas

sa misma noche, en el *Santa Marta*, se celebraba una reunión de capital importancia. Un emocionado Martí había abrazado a su amigo griego y a Ahmed, y saludado a aquel desconocido que había venido con ellos. Ahora, en la intimidad de su gabinete en el barco, Martí, Felet y los recién llegados Basilis y Ahmed compartían las informaciones obtenidas por unos y otros en las últimas semanas.

Reunidos los cuatro, la primera aclaración que demandó Martí fue la de quién era el hombre que había venido con ellos en la travesía y el porqué del cambio de la embarcación.

El griego tomó la palabra.

—Ése es nuestro hombre, Martí. Creo que la providencia ha venido en nuestro auxilio; si me lo permitís os relataré nuestro viaje hasta el punto en el que Tonò Crosetti entró, a Dios gracias, en nuestras vidas.

—Comenzad, Basilis, y no os dejéis nada en el tintero. Quiero saberlo todo.

La explicación fue extensa y detallada. Manipoulos describió el periplo con precisión, hasta el momento en que consideró que sería conveniente hacer llamar a Crosetti. El mayordomo fue a buscarlo. Pese a que se había acicalado y le habían proporcionado ropa nueva, entró el hombre en la cámara algo cohibido, estrujando entre sus manos su gorro de lana. Tras las presentaciones, el griego le invitó a sentarse.

—No te sientas incomodo, Tonò; ha llegado el momento del

que te hablé y por el que te rogué que nos acompañaras. Si alguien es capaz de satisfacer tus afanes de venganza y ayudarte a cumplir tu juramento, éste es mi jefe y amigo, el naviero Martí Barbany, al que tú y todo el Mediterráneo conoce.

Al oír la presentación de su persona que hacía Basilis, el marinero se tranquilizó, y a ello colaboró el tono amable y agradecido que empleó Martí al dirigirse a él.

—De vos depende el salvamento de una tripulación y nadie mejor que vos conoce el desgraciado destino que aguarda a estos hombres. Me podríais decir que en mi barco también hay galeotes, pero os aclararé que ninguno es esclavo. Todos son condenados por la justicia, que han venido voluntariamente a reducir sus penas mediante el remo. Cuando transcurra el tiempo fijado, todos quedarán libres. Ésa es mi forma de actuar al dictado de mi conciencia.

Crosetti, ya más tranquilo, respondió a las palabras de Martí:

—Conozco el mundo, señor, y también me consta que la justicia es muy distinta para los ricos que para los pobres, pero no es a mí a quien compete juzgar. No he venido engañado. El señor Manipoulos me explicó para qué necesitaba mis servicios y estoy dispuesto a colaborar si al final puedo ver a ese hijo de ramera colgado del palo de una nave.

—No seré yo el encargado de tal misión, pero os juro que si de mí depende, ese perro acabará en una mazmorra lleno de grilletes.

—Con eso me conformo —dijo Crosetti, esbozando una maliciosa sonrisa.

Entonces comenzó un diálogo largo y extenso en donde las preguntas de unos y otros saltaban en la mesa de lado a lado. Crosetti explicó a Martí su desgraciado periplo en manos de Naguib, y éste le escuchó con atención.

—Su forma de actuar siempre es la misma —concluyó Crosetti—. No olvidéis que cuenta con la ventaja de la complicidad de la gente de la costa, a la que halaga con donativos. También os diré que jamás acude a las citas con su barco.

Las palabras de Crosetti iban ganando poco a poco en su auditorio.

—Y ¿qué os dice la cita en la isla de Mataraoki? —preguntó el griego.

—Que el *Yashmin*, que es su nave principal, aguardará mientras tanto en una cerrada bahía de la isla de Ericoussa —respondió Crosetti sin dudarlo—. Allí también tendrá retenida vuestra nave y a todos vuestros hombres en ella. Más que bahía, es una cala cuya embocadura es muy fácil de guardar. Allí lo conocen todos y él los conoce a todos. Está tan seguro que permite entrar en la misma a las barcas de pesca por no perjudicar el natural sustento de los pescadores, pero no dudéis que ningún barco grande podrá aproximarse. Antes que ello ocurriera, sus vigías de la costa ya le habrían advertido. Posee una nave muy rápida, capaz de escapar. Y si se siente traicionado, podría matar a todos los rehenes.

—Habrá que ocuparse de esos vigías —musitó Martí, pensativo.

—Y la tripulación del *Laia*, ¿estará a bordo? —preguntó Ahmed.

—Eso no os lo puedo asegurar. Si vuestro barco está anclado separado del suyo, entonces su tripulación posiblemente estará en una construcción que tiene en la costa, con gente que hace guardia.

Ahora fue el griego el que intervino:

—Y decís que permite la entrada en la bahía a los barcos de los pescadores.

—Eso he dicho. Incluso a veces se acerca más de uno para ofrecer su pesca al pirata.

—¿Qué os parece esto, Martí? —inquirió Felet.

Martí sonrió.

—Creo que ya sé lo que vamos a hacer. Y lo primero será enviarle una respuesta a ese maldito pirata.

Tomando pluma y papel, Martí escribió:

Para Naguib el Tunecino.
He recibido vuestro mensaje, y acudiré a la cita en la fecha prevista. Os veré en la cala de poniente de la isla de Mataraoki.

Cuidad de que nada le ocurra a mi tripulación, en caso contrario no habrá trato.

MARTÍ BARBANY

Luego, sacando la paloma del cesto donde reposaba, ató el mensaje a su pata y la soltó por el ventanuco de su camarote.

77

Velando el futuro

arçal de Sant Jaume había convocado a Bernabé Mainar a su casa de Sant Cugat del Rec.

El hombre llegó puntual a la cita, intuyendo que los últimos acontecimientos iban a provocar un cambio en sus ambiciosos planes. Sin embargo, su talante se mostraba tranquilo y confiado por dos motivos: en primer lugar, porque las nuevas sobre su misión iban a ser sin duda gratas a su patrocinador, y en segundo porque en su mente había germinado un nuevo proyecto por si, condicionadas por lo acaecido, las cosas se torcían y había que rectificar los planes.

Mainar se presentó a la puerta de la mansión a lomos de uno de sus caballos predilectos: un hermoso ejemplar alazán con una estrella en la frente que había comprado en la feria de Vic antes de inaugurar su primera mancebía. Una vez llegado, y entregada la brida a un caballerizo que salió a su encuentro, fue introducido por el mayordomo a la presencia de Marçal de Sant Jaume, que le aguardaba como de costumbre en el pabellón de caza.

Tras unos saludos fríos, se sentaron; el anfitrión, nervioso y afectado, comenzó a exponer atropelladamente el motivo de la convocatoria.

—Señor, lo que ha sucedido es tan grave que no sé muy bien qué hacer. En cualquier caso, lo que habíamos proyectado deberá cambiarse, pues estamos en una situación tan delicada que debemos ser extremadamente cautelosos y tomar decisiones tanteando todas las posibilidades.

Mainar permanecía relajado. Ello era debido a que a pesar de que el terrible bien podía causar la ruina del heredero, sabía que, si jugaba bien sus bazas, a él no le iba a afectar en absoluto. Aun cuando Marçal considerara la posibilidad de retirarse, él estaba dispuesto a continuar en solitario, ya que algo mucho más importante bullía en su cabeza, y al fin y a la postre un valedor podía cambiarse por otro.

El de Sant Jaume prosiguió:

—El heredero, nuestro bienhechor, el hombre que representaba nuestra seguridad y la única certeza por mi parte de volver a ocupar en la corte el lugar que me corresponde, está encerrado en el Castellnou y por el momento, incomunicado. Nuestro conde, teniendo en cuenta la nobleza de su estirpe y, ¿por qué no decirlo?, su amor paterno, se siente incapaz de valorar en justicia sus actos. Por otra parte, los jueces comunes no tienen jurisdicción sobre la conducta del primogénito, dada la gravedad de un delito que puede costarle el trono. Se comenta que el conde nuestro señor rogará al Santo Padre que sea él quien dicte sentencia.

El caballero de Sant Jaume hizo una pausa antes de proseguir, en el mismo tono nervioso:

—Lo hecho, hecho está y ya otra cosa no cabe. Por otra parte, el conde es consciente de su provecta edad y tiene la obligación de dejar atados los cabos de la herencia del condado. En estos casos las sentencias se demoran largo tiempo y si algo le sucediera en tanto esté su hijo privado de libertad, el condado quedaría descabezado, lo que propiciaría que algún levantisco y ambicioso noble intentara hacerse con las riendas del poder, tal como ocurrió hace años con el de Olérdola cuyas huestes llegaron a apedrear el palacio condal. De no ser por el buen pueblo de Barcelona, tal vez hoy las cosas no serían como son. La condesa ha muerto y ya nadie la resucitará. Existen testigos que afirman que el heredero, en ésta como en otras ocasiones, fue provocado hasta el límite.

Mainar indagó:

—Y entonces, ¿cómo creéis que van a quedar ahora las cosas?

—Por el momento nada se sabe. El conde, aunque muy afectado por los sucesos, todavía está al frente del condado y no creo que, pese a todo, se precipite a desheredar al primogénito… El tiempo pasa y las tempestades se remansan. Una sola cosa me preocupa.

—¿De qué se trata, señor?

—Si la sentencia del Santo Padre fuera contraria a Pedro Ramón, el conde se vería obligado a entregar la corona a otras sienes, ya que un condenado perdería la *auctoritas*, condición imprescindible para gobernar.

Mainar meditó unos instantes antes de dar su opinión.

—No creo que tal suceda. A la Iglesia no le gusta meterse en corrales ajenos mientras que se mantenga su influencia en el condado y los cepillos de las limosnas estén llenos, pero aunque así fuera, si actuamos con sagacidad todo podrá continuar igual.

El de Sant Jaume frunció el entrecejo.

—No os comprendo, explicaos.

—La condesa ha muerto y con ella la influencia que ejercía sobre su marido. Si el conde Ramón Berenguer nada decide, todo quedaría como está y nuestro patrocinador ascendería al trono, pero en caso de que fuera condenado por el Santo Padre y lo perdiera, nos quedarían dos opciones.

—Decidme cuáles.

—Uno de los dos gemelos sería el elegido, y pienso que es ahí donde debemos centrar nuestros movimientos.

Marçal de Sant Jaume se sorprendió y, levantándose de su asiento, se dirigió a la puerta y la cerró. Luego, ya con voz más queda, preguntó:

—¿Qué queréis insinuar?

—Considero que no es bueno colocar todos los huevos en la misma cesta y que lo que hace una mano no tiene por qué saberlo la otra.

—A fe mía que no os hacía tan sibilino y sutil, Mainar.

—Las circunstancias me obligan a encender una vela a Dios y otra al diablo. Y aunque no quiera apuntarme méritos pienso que el que ha aportado la parte del león a tan pingüe negocio por ahora soy yo, y no estoy dispuesto a desperdiciar mi vez y perder la apuesta.

Marçal de Sant Jaume lo miraba con curiosidad, y Mainar prosiguió:

—Soy un hombre de palabra y seré fiel a la causa del heredero hasta el final. Sin embargo, pienso, y deberéis estar de acuerdo conmigo, que nadie pudo suponer que la cólera descontrolada del heredero le iba a impulsar a cometer tal desatino poniendo en peligro nuestro negocio. Si él quiere lanzar su carro al despeñadero, no soy quien para juzgarlo y es libre de hacerlo, pero lo que no puede pretender es que nos vayamos al abismo con él.

El de Sant Jaume se acarició las sienes, meditabundo.

—Todos los días me sorprendéis, Mainar. Desde que me confesasteis vuestro oficio, cada día constituye una nueva sorpresa.

Tras una pausa Marçal prosiguió:

—La segunda fue cuando os sacasteis de la manga aquella ingente cantidad de dinero y lo pusisteis a disposición del príncipe y la tercera es hoy, que mostráis ante mí un nuevo rostro.

—Vuestra opinión me halaga, pero no perdamos tiempo en vaguedades. Perdonadme que sea tan directo, os habéis referido a los mancusos que os entregué para apoyar la candidatura del heredero. Decidme, ¿los tenéis a buen recaudo?

—Guardados en el más seguro de los escondites, no paséis temor por ellos.

—No paso temor estando en vuestras manos, pero las cosas se han puesto muy extrañas, y creo que ha llegado la hora de que seamos dos los guardianes del futuro. De esta manera, si alguna desgracia nos sucediera a uno de los dos, el que quedara podría hacer uso de ellos. Continuad custodiándolos pero decidme dónde están ocultos y dadme autorización para retirarlos en caso de necesidad.

—¿No creeréis que tengo intención de morir? —preguntó Marçal.

—Os deseo larga vida y voto para que esos dineros sirvan al fin al que fueron destinados. Voy a poner mis cartas boca arriba. Lo que ambiciono es vengar a mi protector Bernat Montcusí y apoyar y favorecer al heredero, porque lo que calmaría mis ambiciones sería ocupar el puesto de intendente de mercados que tuvo el que fue mi protector: algo me dice que, con el tiempo, esa condición me proporcionará mayores beneficios que si, guiado por la avaricia, me hubiera apropiado de los mancusos en vez de entregarlos.

—Está bien, luego os daré una carta que os autorizará, en caso de que algo me ocurriera, a quedaros solo en este pabellón el tiempo que deseéis.

—No os comprendo.

—Fijaos bien, querido amigo —dijo Marçal con una aviesa sonrisa.

El de Sant Jaume se dirigió a la pared donde, entre dos águilas culebreras, se alzaba orgullosa la cabeza de ciervo disecada; se alzó sobre las puntas de sus adornadas babuchas y tomando el asta izquierda del animal la hizo bajar. Un pequeño clic sonó en la estancia y ante los asombrados ojos de Mainar la cabeza se ladeó y en el hueco de su interior, perfectamente colocados, aparecieron los saquitos con las monedas.

—Admirable escondrijo que agradezco compartáis conmigo.

Tras dejarlo todo como estaba antes, el de Sant Jaume comentó:

—Ved que soy un socio leal y de confianza siempre que no se me defraude. Y decidme, Mainar, ¿tenéis nuevas al respecto del fuego griego?

—Efectivamente, he tenido suerte y he averiguado el lugar donde se fabricó y la persona que lo hizo.

Marçal esbozó una sonrisa de admiración.

—¡Hablad, por Dios, Mainar!

Mainar hizo un breve resumen de lo que sus hombres habían averiguado, y sobre el huésped mahometano que seguía viviendo en casa de Martí Barbany, y que respondía al nombre de Rashid al-Malik.

—Decidme, ¿qué es lo que habéis pensado? —inquirió Marçal cuando el tuerto hubo terminado su explicación.

—Veréis, señor, nos haremos con el viejo, lo conduciremos a un lugar apropiado y proporcionándole los medios convenientes le obligaremos a que elabore para nosotros el maravilloso invento.

Cuando tengamos la cantidad suficiente, podremos prescindir del viejo y entregaremos al que consiga el trono, me da igual quién sea, el fruto de nuestro esfuerzo. Si lo conseguimos, la recompensa que obtengamos será corta en relación a nuestros méritos. He aquí la ocasión de que recuperéis vuestro lugar en la corte y yo consiga el que tuvo en vida mi benefactor, Bernat Montcusí.

78

La declaración

ras la muerte de la condesa, la vida en palacio se había vuelto harto complicada para Marta. Los encuentros con Bertran se habían espaciado debido a que la joven no gozaba ahora de unas tareas fijas. En vida de Almodis, al levantarse por la mañana conocía exactamente sus obligaciones y al hilo de las mismas trazaba sus planes y fijaba el lugar y el momento para encontrarse con él. Ahora todo había cambiado. Doña Lionor ajustaba las cosas como mejor le convenía y dependiendo siempre de cualquier mandato que llegara por parte del conde. Y Sancha, desolada después de la muerte de su madre, requería su presencia a todas horas. Ante tales cambios, lo único que cabía hacer era buscar una excusa para abandonar la sala y si podía, enviar a Amina al encuentro del joven para indicarle que a su ama le iba a ser imposible acudir a la cita, lo que disgustaba en gran manera a Bertran.

Aquella mañana el aplazamiento de su entrevista hasta después de la comida le había sentado al muchacho como un golpe de maza en la cabeza. Él, que tan osado era en el empleo de las armas, se tornaba dudoso e irresoluto al tratar con Marta el asunto del que estaba dispuesto a hablar aquel día. Tras muchos titubeos había llegado a dos conclusiones, y ambas tenían que ver con su condición de heredero del vizcondado de Cardona. Bertran preveía la lucha soterrada que se podía desencadenar en palacio, ya que todo el mundo hablaba de ella. Apartado del trono por el momento el príncipe Pedro Ramón y conociendo el carácter de Berenguer, suponía que si el viejo conde nombraba heredero a Cap d'Estopes, la batalla estaba asegurada y su lealtad comprometida sin duda con la causa de éste, ya que además de que le había tratado desde el primer día como un huésped querido, y no como un rehén, estaba el hecho de que le había propuesto nombrarle portaestandarte y alférez suyo, amén de haber adquirido el compromiso de visitar a su padre y llegar a un acuerdo con él, limando rencillas y olvidando agravios, exonerándole de su condición de rehén y tratándole como a cualquiera de los condes sometidos a la *auctoritas* de Barcelona. Por tanto, su lucha interior de lealtades había desaparecido y eso le iba a facilitar la introducción de la segunda y más importante. No tenía la menor duda de que se había enamorado por primera vez en su vida. Lo que había comenzado como una amistad salpicada de frecuentes discusiones se había ido transformando en una admiración profunda por el talante de la muchacha y finalmente en un hermoso sentimiento que había estallado súbitamente como un volcán en su corazón y que, estaba seguro, era para toda la vida. Aquella mañana le iba a pedir que le diera uno de sus pañuelos para anudarlo sobre su antebrazo izquierdo, toda vez que entablara combate pregonando a todo aquel que con él se enfrentara que ella era su dueña. Si todo marchaba según sus cálculos, ella le diría que no merecía tal honor, circunstancia que aprovecharía para decirle que era ella la dama de sus pensamientos y que la pedía en matrimonio. Llegado a ese extremo y en el supuesto que ella aceptara, estaba decidido a saltar cualquier barrera que la costumbre o las conveniencias sociales interpusieran. Para Bertran, demorar la cita de aquella mañana le suponía seguir dándole vueltas al tema y alojar en su interior la posibilidad de que la muchacha le diera por respuesta una negativa alegando que además de su juventud, estaban las dificultades que creaba la diferencia de clases. También a él se le había ocurrido que su padre se opusiera a sus deseos. Si eso sucediera, renunciaría a su condición de heredero de la casa de Cardona y ostentaría como único título el que había logrado por sí mismo: alférez del conde Ramón Berenguer II.

Tras enviar a Amina con el recado de demorar su cita, Marta dejaba volar su pensamiento. Mientras el maestro de música intentaba inculcar en las jóvenes damas los rudimentos de ese arte, ella pensaba en Bertran. Si alguien le hubiera dicho, recién llegada a palacio, que un desconocido iba a ocupar el primer lugar en su corazón, desbancando a su padre, lo hubiera tomado por un loco insensato. Pero ahora, si quería ser honrada consigo misma, debía reconocer que lo primero que acudía a su pensamiento cada mañana nada más abrir los ojos era la imagen del muchacho, y no sólo eso, sino que muchas noches le sorprendía el toque de los laudes en las campanas de las iglesias barcelonesas sin haber todavía conciliado el sueño, evocando el rostro del joven.

Lo había comentado con Amina infinidad de veces y ésta le había aconsejado que lo apartara de sus pensamientos. Deseando oír una opinión favorable, lo comentó asimismo con Estefania Desvalls, una de las damas con quien hacía mejores migas. Habló en tercera persona, como si preguntara algo que a su vez le hubiera preguntado a ella una buena amiga: la respuesta fue la misma. «En Barcelona, el matrimonio entre una plebeya y un noble es inconcebible, si vuestra amiga comete tal desatino habrá de arrepentirse», le dijo Estefania.

Marta, cuyo espíritu práctico le hacía soslayar cualquier circunstancia inmediata que pudiera tener una solución posterior, decidió no pensar en algo que ni tan siquiera tenía visos de suceder. Por el momento, recurriendo a Amina, había aplazado su cita hasta después de la comida del mediodía y en tanto la voz lejana del maestro de música sonaba en sus oídos como una cantinela, su pensamiento fue rememorando su estancia en palacio, mezclando realidades con deseos y buscando argumentos a favor de su circunstancia. Jamás una muchacha que no perteneciera a la nobleza había alcanzado el lugar que ella había logrado junto a la extinta condesa. Si, como hija del eximio ciudadano Martí Barbany, no podía gozar de los privilegios de las demás, ¿por qué la habían tratado igual que a cualquiera de las damas pertenecientes a familias ilustres y le habían permitido tocar el cielo con la punta de los dedos? Si en el futuro no podía gozar de los privilegios reservados a los nobles, ¿qué había pretendido su padre educándola en palacio? ¿No le dijo acaso antes de su partida que allí se formaría y conocería a gentes de alta cuna, que era lo que le correspondía? Veía el momento tan diáfano como si hubiera sucedido la semana anterior y hasta recordaba haberle dicho que no le gustaban los presuntuosos galanes de la corte y que lo que deseaba era vivir con las gentes de su casa. Lo que no podía negar era que el tiempo allí vivido, los terribles sucesos y la compañía de muchachas mayores que ella, la habían hecho madurar, y ahora contemplaba el día que entró en palacio como algo muy lejano y su imagen como la de una niña inocente que ignoraba todo al respecto del mundo. En fin todo aquello eran especulaciones suyas; el caso era que había sucedido lo que jamás había sospechado que pudiera pasar: el amor había dado un aldabonazo en su puerta y para su desencanto, todos a su alrededor opinaban que jamás una plebeya podría aspirar a ser la esposa de un noble, de manera que lo único que se le permitía era soñar despierta. Marta sabía que entre ella y Bertran había nacido algo muy bello el día en que él la besó por primera vez, pero también que atreverse a pensar en algo más en el futuro era fantasía.

La mañana se le hizo interminable; Marta releyó una y otra vez la nota que el día anterior le había hecho llegar Bertran y que guardaba en el corpiño junto a su corazón. A la hora de comer, cosa rara en ella, apenas probó bocado, al punto que doña Lionor le preguntó si le ocurría algo; ella se excusó diciendo que el almuerzo le habría sentado mal y apenas recitada la acción de gracias, partió apresurada hasta su alcoba donde ya la esperaba Amina con la respuesta de Bertran.

—Os aguardará junto al pozo que hay detrás del invernadero.

Marta se sentó rápidamente frente al espejo de metal bruñido de su tocador y rogó a su amiga que le recogiera el pelo en dos pequeños moños y que se los sujetara con sendas peinetas de caparazón de tortuga que le había traído de uno de sus viajes el capitán Manipoulos.

Los hábiles dedos de Amina realizaron la tarea con presteza.

Marta se observó en el espejo con suma atención.

—¿Crees que me sienta bien el corpiño?

—¿Desde cuándo ponéis tanto esmero en componeros para charlar un rato con un simple amigo? Me parece a mí, y ya os lo he dicho cuando me lo habéis preguntado, que os estáis equivocando. Si estuviera aquí vuestro padre —añadió Amina, con una nota de reconvención en la voz—, os diría lo mismo: estáis tomando un sendero sin salida.

—Déjame ahora, Amina —repuso Marta, molesta—. No te he preguntado nada.

Y tomando una toquilla y colocándosela sobre los hombros, partió al encuentro de Bertran. Fue hasta el torreón de poniente y cuando bajaba la escalera de caracol observó por una de las ventanas bilobuladas la figura del muchacho paseando con las manos a la espalda alrededor del pozo del que se extraía el agua necesaria para alimentar las raras especies de plantas del invernadero. El corazón de Marta comenzó a brincar alocado en su pecho. ¡Dios, qué apuesto era y qué galán! Pese a sus pocos años, recordaba que sin saberlo lo amó desde el primer momento que lo vio montado en su caballo y diciendo al senescal quién era y cuál era su estirpe. Instintivamente se tocó el cabello y se ajustó la pañoleta. Terminó de bajar la escalera y salió por la pequeña puerta que se abría al jardincillo.

Bertran la vio al punto. ¡Cómo había cambiado desde aquel lejano día de su llegada a la corte barcelonesa! La niña respondona que porfiaba con él junto a la jaula de los halcones se había transformado en una criatura encantadora. Y como de costumbre en los últimos tiempos, yendo hacia ella, un nudo le atenazó el estómago.

—¡Te has podido escapar! Desde que esta mañana tu criada me ha dicho que no podías venir he estado temiendo que tampoco pudieras hacerlo por la tarde.

Marta hizo un gesto de exasperación.

—Son cosas de doña Lionor... No creas, hasta que no se ha rezado la oración tras los postres y me he visto en mi cuarto, no he estado segura de poder bajar a verte.

Bertran la tomó brevemente por el brazo.

—Ven, vayamos junto al pozo; estaremos mejor bajo la sombra de la higuera.

A Marta le extrañó que Bertran le hablara con aquella solemnidad y ella decidió responder en la misma tesitura.

—¿A qué se debe tanto misterio? ¿Qué es eso tan importante que me tienes que decir y que no puede esperar a mañana?

El muchacho tenía la boca seca; sentía que aquel lance podía definir su vida y que su futuro dependía mucho más de aquel momento que del día que abandonó, como rehén, el castillo de Cardona.

Llegaron junto al brocal y Marta, recogiéndose las sayas y el vuelo de su enagua, se sentó sobre la piedra. Bertran quedó en pie frente a ella.

La muchacha también supo que aquél era el momento más importante de los vividos hasta ese día, y controlando el temblor de su voz, intentó dar un tono desenvuelto a su voz.

—Bueno, ya me tienes aquí… Cuéntame esa cosa tan misteriosa que no admitía espera.

Bertran había preparado su discurso durante toda la noche, pero en aquel instante su mente se quedó en blanco.

—Marta, te amo.

La muchacha quedó un momento en suspenso y respondió con un hilo de voz.

—Yo también te tengo mucho aprecio, Bertran.

—No es eso a lo que me refiero, te amo con todo mi corazón.

Marta, que había soñado mil veces con aquello, quiso estar segura de lo que estaba oyendo.

—No te entiendo —dijo con un hilo de voz.

—Te amo y te amaré toda mi vida… y quiero que seas mi esposa.

Marta, llevada por la emoción, tomó la mano del muchacho, pero en aquel instante recordó los consejos de Amina y de su amiga Estefania Desvalls, y su espíritu que flotaba descendió de nuevo al mundo real.

—Yo también te amo, Bertran. Pero te ruego que no me hagas daño ni te lo hagas a ti mismo.

El joven, que estaba en la cima del mundo, acercó la mano de Marta a sus labios y la besó.

—Soy el hombre más feliz de la tierra…, pero dime, ¿quién nos va a hacer daño?

—Los demás, Bertran —respondió Marta con voz triste—. Sabes perfectamente que aunque ser tu esposa colme el más hermoso de mis sueños, jamás te permitirán que te cases con una simple plebeya. Es mejor que sigamos siendo buenos amigos como hasta ahora.

El muchacho se rebeló.

—Lo único que podía detener mis afanes era una respuesta negativa ante mi proposición. Me has dicho que me amas y te puedo asegurar que siendo la de mi padre la única opinión que podría influir en mí, en este momento te digo que nada lograría apartarme de ti. Si los míos te aceptan, seré muy feliz; en caso contrario encontraré la manera de vivir en algún lugar donde esas cosas no importen.

La muchacha, bajándose del brocal, le echó los brazos al cuello.

—Hoy soy la más feliz de las mujeres, mañana Dios dirá.

Y acercando su boca a la del muchacho y temblando como la gelatina que de pequeña en su casa le hacía Mariona la cocinera, besó sus labios. Un rato después, Bertran regresaba a su alcoba llevando en la mano el pañuelo que, en prenda de su amor, le había regalado su dama.

79

El día del *Laia*

iguiendo el plan previsto, el *Santa Marta* y la pequeña barca en la que viajaban Manipoulos, Ahmed y
Crosetti se hicieron a la mar juntas. El viaje fue proceloso y complicado: el mar de enero estaba revuel-
to y la barca navegaba a resguardo del *Santa Marta*. De esta guisa, tras veintisiete días de travesía, llegaron al Adriático y antes de
rebasar Brindisi se separaron, dirigiéndose cada una a su destino.
En el sollado de la barca, en un lecho de paja y en cajas de madera, estaban las ollas de barro en cuyo interior iba la preciosa
carga.

Manipoulos cambiaba impresiones con Crosetti.

—¿Tenéis la certeza de que no tendremos problemas para entrar en Ericoussa?

—No tengáis dudas. Naguib no permite que ningún barco de
cierto porte entre en la bahía. Pero no pone impedimentos para
que los pobladores de la zona echen sus redes de pesca y las recojan en los pequeños caladeros que allí existen. Como ya os dije,
más de una vez se acercan al *Yashmin* para ofrecer su pesca.

—¿Y si algo sale mal? —preguntó Ahmed.

—Si llega el caso estrellaré esta barca contra su casco y nos iremos todos al infierno.

—Sería una trágica manera de acabar —apuntó Crosetti.

Manipoulos asintió pensativo. El plan de ataque había sido tra-
zado con suma atención. Martí había recabado la ayuda de los
hombres de Guiscardo para que atacaran a los piratas del *Yashmin*

desde los acantilados y asimismo le había pedido una veintena de sus mejores soldados para que le acompañaran en el *Santa Marta*. Tulio Fieramosca no se negó, aunque manifestó su sorpresa por aquel invento prodigioso y solicitó, a cambio de su ayuda, el derecho a ocuparse del pirata cuando fuera apresado. Él mismo, a bordo de su barco, el *Sant Niccolò*, acudiría a Ericoussa para apoyar a la falúa, sin dejarse ver. Martí, por su parte, se dirigiría a su entrevista con Naguib como si estuviera dispuesto a pagar el rescate. Sólo cuando ellos llegaran a él con la noticia del salvamento del *Laia*, abandonarían las negociaciones y entonces el pirata recibiría su merecido.

Tras dos días de navegación el perfil de Ericoussa apareció en el horizonte.

La mar estaba ligeramente picada y la corriente les empujaba hacia la embocadura de la pequeña bahía. Cuando sobrepasaron la entrada pudieron ver diez o doce barcas de pesca que faenaban. Los tres hombres quedaron sobrecogidos; al fondo y a resguardo, el tenebroso barco negro del pirata se distinguía claramente, pero lo que más emocionó a Manipoulos y a Ahmed fue ver la silueta del *Laia*, que se recortaba junto al barco pirata. Más allá de la playa se alzaba una abrupta y boscosa montaña. En la arena podía distinguirse el perfil de un gran barracón de piedra y madera, en cuya puerta y haciendo guardia, había cuatro hombres armados: dos de ellos en el puesto, mientras los otros dos hacían ronda en torno a la edificación.

—Eso es señal inequívoca de que los nuestros están en tierra —anunció Ahmed.

El griego observó parsimoniosamente el panorama e indicando un lugar a resguardo, ordenó:

—Nos recogeremos junto a aquellas rocas, pero no echaremos el ancla, nos limitaremos a lanzar un hierro pequeño a tierra y otro por popa. De esta manera aguardaremos la madrugada y en caso de emergencia podremos zarpar rápidamente; así daremos tiempo a que los hombres de Fieramosca escalen el acantilado del otro lado, bajen a la playa y se oculten en el bosque que hay detrás; cuando al amanecer desencadenemos el infierno, nuestra gente ya estará liberada y entonces decidiremos lo más conveniente.

Apenas comenzaba a clarear el alba cuando Ahmed percibió que algo rozaba su mejilla. La voz susurrante del griego sonó a su oído.

—Ha llegado la hora.

Ahmed se incorporó y observó que Crosetti estaba trabajando en las pequeñas catapultas que habían instalado a proa y popa.

—Espabila, ha llegado la hora. Trae cuatro ollas, ten mucho tiento —ordenó Basilis.

Ahmed se sintió al instante más despierto que nunca.

A la orden del griego, Crosetti fue girando la manivela que tensaba las cuerdas hechas de tripa de animal y obligó a la palanca de la máquina de proa a inclinarse hasta que la cuchara estuvo horizontal, mientras Basilis hacía lo mismo con la de popa.

Ahmed entendió al instante.

Acercó dos de los nidos de paja al griego y depositó los otros dos junto a Crosetti. Al momento, dos de las ollas fueron depositadas en las hondas cucharas de ambos artilugios.

En la lejanía observó cómo se estaba trajinando en alguna de las barcas de pesca y pensó que el hecho de que comenzaran a moverse no iba a llamar la atención de nadie.

—Ahmed, salta por proa y suelta el rezón. Cuida donde pisas, hay mucho erizo —susurró el griego, y luego, dirigiéndose a Crosetti, ordenó—: En cuanto estemos libres, caza a popa.

El muchacho se descolgó de la barca, nadó unas brazadas y en cuanto hizo pie en las rocas, caminó chapoteando hasta donde el hierro había hecho presa. Apenas lo hubo desenganchado cuando sintió que la barca comenzaba lentamente a retirarse del batiente. Volvió rápidamente a nadar el trecho y ágil como un gato, haciendo tracción con los brazos, se encaramó por el costado. Crosetti iba cazando por popa en tanto Basilis recuperaba el anclote que él acababa de soltar.

De inmediato, sin decir nada, Tonò y él se pusieron a los remos y comenzaron a bogar poco a poco hacia donde indicaba el griego. Apenas se divisaban las cosas entre la neblina de la madrugada. Los ojos de Manipoulos, acostumbrados a medir cualquier distancia sobre la mar, eran apenas dos rayas. Alguna actividad comenzaba a percibirse a bordo del barco negro. En el *Laia* la quietud era absoluta. Había mar de fondo, una ola constante empujaba firmemente la barca hacia tierra. El griego lo calculaba todo, y de pronto se dio cuenta de que el *Laia* se hallaba más cerca del *Yashmin* de lo que le había parecido cuando llegaron.

La voz sonó queda pero clara y precisa.

—Vamos a situarnos frente a las dos naves; girad las dos catapultas hacia el *Yashmin*. Tú, Ahmed, sube dos ollas más para cada artilugio y a mi orden los dos soltaréis el pasador. ¡Y por el amor de Dios, afinad la puntería o el *Laia* arderá como una antorcha!

Los dos hombres soltaron los remos y dejaron que la barca, por su propia inercia, se colocara en el lugar que el griego había apreciado como el más idóneo.

Sólo el chapoteo de la barca y el ruido de las olas al batir en la playa perturbaban el silencio de la madrugada.

—Ha llegado el momento. Colocaos en posición.

La voz de Manipoulos sonaba como una tralla silenciosa.

—La sorpresa es fundamental: los dos primeros intentos deben caer en la cubierta. Si lo hacemos bien al principio, no sabrán de dónde vienen los truenos. Luego volvéis a cargar, tomaos vuestro tiempo, tened en cuenta que diligencia no es prisa. Que Dios nos acompañe.

Ahmed y Crosetti se colocaron raudos junto a sus artilugios. El griego obligaba a la barca a girar lentamente metiendo un solo remo; por popa llegado a un punto la detuvo.

—¡Ya!

La orden fue breve y firme.

Ambos hombres soltaron los respectivos pasadores: las tensas cuerdas tendieron a recobrar su posición natural, impulsando con violencia la cuchara de la palanca hacia delante.

A Ahmed le pareció que transcurría una eternidad. Las ollas

dibujaron media parábola hasta alcanzar la altura máxima, se detuvieron un instante y comenzaron a caer ligeramente distanciadas una tras otra sobre la cubierta del barco negro, la primera en el castillo de proa y la otra junto al timón. Primero fue un ruido sordo. Los hombres que trajinaban a bordo miraron hacia el lugar de donde provenía el ruido. Nadie reparó en la falúa de Manipoulos. Hubo un instante en que el griego pensó que todo había fallado. Entonces ocurrieron una multitud de cosas. Súbitamente un fuego raso y bajo se extendió por la cubierta del *Yashmin*. Los hombres, dejando sus tareas, acudieron rápidamente con cubos de agua a ambos puntos, intentando sofocarlo. El griterío comenzó a oírse a la vez en la playa, mientras dos ollas más caían, la primera en el castillo de popa, la otra sobre la bancada de los galeotes. Los gritos de alarma se mezclaban con los de miedo y sorpresa. La barahúnda era infernal. Manipoulos, cuyos ojos recorrían el paisaje desde el principio hasta el final de la bahía, reparó en lo que sucedía en tierra. Los normandos habían tomado la playa, la resistencia había sido escasa: la sorpresa y el griterío desorientaron a los vigilantes, que al principio se distrajeron mirando el fuego del gran barco. Los hombres iban enloquecidos de un lado a otro mientras el que parecía mandar daba órdenes a diestro y siniestro; su gente echaba cubos de agua sobre la ardiente cubierta... Tarea inútil. El fuego crecía y crecía, y ya había prendido en la vela enrollada. Ahmed recordó el tronco calcinado en la Murtra.

La voz de Crosetti avisó al griego. Desde el *Yashmin*, los habían descubierto; un hombre subido en la cofa del palo los señalaba gritando a los de abajo algo que la distancia impedía oír.

La voz del griego sonó clara.

—¡Lanzad de nuevo!

Ahmed colocó precipitadamente la bola de barro en la cuchara de su catapulta y sin esperar la orden, soltó el pasador. La bola quedó corta y cayó al agua.

—¡Tonò, corrige el tiro y dale más tensión a la cuerda!

Crosetti obedeció; la mar apretaba, la falúa se movía cabeceando de proa a popa y dando bandazos.

—¡Suelta ya!

En esta ocasión la bola rozó peligrosamente al *Laia*.

El tambor que marcaba el ritmo de los galeotes comenzó a sonar sordamente. En la playa, la lucha entre los normandos y los guardianes de los cautivos había sido corta y desigual.

El barco del pirata estaba totalmente en llamas. Unas llamas que amenazaban con propagarse hacia el *Laia*. La gente se tiraba al agua, desde su cubierta, y caía en medio de un círculo de fuego.

El experto griego valoró en un instante la situación. Lo de la playa estaba terminado. Del barracón del fondo iban saliendo hombres andrajosos y barbudos que se acercaban a la orilla sin entender lo que estaba ocurriendo, abrazando a sus libertadores.

Tres de los barcos de pesca se iban acercando al socorro de alguno de los piratas que había conseguido salir de la hoguera.

—¡Hemos de salir de aquí, Ahmed! ¡Iza la vela, rápido! No tenemos tiempo de aguardar al *Sant Niccolò* de los normandos. ¡Crosetti, ponte a los remos y boga con toda tu alma! ¡Si el *Laia* consigue cruzarse entre nosotros y la boca de la bahía estamos perdidos!

Ahmed, en tanto tiraba de los cabos que izaban la vela, preguntó:

—¿Qué va a pasar con el *Laia*, capitán? ¡Va a arder en llamas!

—¡No podemos remediarlo! ¡Si no te espabilas, esas barcas nos cortarán el paso! —dijo señalando a las de los pescadores.

Hubo un momento en que se paró el tiempo.

Crosetti, en vez de obedecer la orden de Basilis, comenzó a quitarse rápidamente la camisa y las abarcas.

—¡Ponte a la boga te he dicho!

—¡No hay tiempo, capitán! ¡Tengo cosas que hacer!

Y sin nada añadir y sin otra arma que su cuchillo colgado a la cintura, se lanzó al agua.

Entre reniegos y votos al diablo, el griego comenzó a tensar la driza desde el timón para cazar el viento. Ahmed estaba paralizado.

—¡Boga, hijo, por tu madre! ¡Si no ganamos la mano somos hombres muertos!

El griego no dejaba de mirar la superficie del agua. La distancia que separaba la falúa del *Laia* era de más de cuarenta brazas.

Pero Tonò Crosetti tenía un plan, y se dispuso a hacer lo que tantas veces había hecho en la bahía de Nápoles.

Nadó y nadó bajo el agua hasta que el perfil del casco del *Laia* se dibujó frente a sus ojos. Tenía que conseguir cortar el cabo de la gran ancla que sujetaba al barco sobre el fondo de algas para que el fuerte oleaje arrastrara el *Laia* lejos de las llamas y hacia la playa.

Cuando ya estuvo debajo de la quilla se dirigió a proa buscando la gruesa maroma que sujetaba el áncora; se asió fuertemente a ella y haciendo tracción con los brazos buscó más profundidad. Entonces, girando sobre sí mismo, plantó sus pies en el fondo junto al hierro, que tenía dos puntas de las cuatro clavadas en el limo, y realizó la misma maniobra que había hecho tantas veces para extraer ánforas romanas del fondo del puerto de Nápoles. Extrajo su cuchillo de la vaina y comenzó a cortar el grueso cabo en diagonal. La tarea era laboriosa y el trabajo bajo el agua agotaba todavía más la reserva de aire de sus pulmones. Faltaba una sola veta para concluir su trabajo. Los pulmones le reventaban. Todos los músculos de su cuerpo acusaban el esfuerzo y utilizando un viejo recurso, empezó a soltar lentamente el aire, consciente de que las burbujas podían delatarle. Cuando ya pensaba que había fracasado, sintió que el cuchillo cortaba el último torzal. La gran ancla, al sentirse libre, se acostó en el limo y, arrastrada por el oleaje, la nave comenzó al punto a alejarse.

Manipoulos, al darse cuenta de lo que sucedía, comprendió la intención de Crosetti. El *Laia* se iba indefectiblemente hacia la playa poniéndose a salvo. La barahúnda a bordo del *Yashmin* era absoluta; unos se habían ido a las velas, el cómitre manejaba el látigo sin piedad urgiendo a los galeotes a que encajaran los remos y empezaron a bogar con orden. Ahmed, que ya había izado la mayor, miró al griego sin comprender.

—¡Crosetti ha cortado el cabo del ancla! ¡Vigila por dónde sale a la superficie, porque hemos de recogerlo!

La escena era dantesca. A babor, el *Yashmin* en llamas y la gente lanzándose al agua, a una mar gruesa que asimismo era un círculo de fuego. A estribor, la otra nave, que empujada por la fuerza de las olas iba a embarrancar a una playa donde una hueste de normandos crecidos por el combate y deseando hacerse con el botín, aguardaban golpeando sus escudos con las lanzas y espadas de la nave.

—¡Allí, capitán! ¡Allí!

La voz de Ahmed, que había divisado entre las crestas blancas la cabeza de Crosetti, indicaba al griego que había visto a su amigo.

—¡No lo pierdas de vista ni un momento! Indícame hacia dónde voy, pues he de hacer un bordo para que el viento entre por popa.

Como impulsado por un resorte, cuando creía que sus pulmones iban a reventar, Crosetti salió a la superficie.

Boqueó como un pez fuera del agua y tosiendo como un tísico aspiró aire una y otra vez hasta que logró acompasar su respiración. Luego miró a su alrededor; el *Laia* se iba alejando cada vez más, el negro barco del pirata era un ascua ardiendo sobre el agua y la falúa del griego se dirigía hacia él. Crosetti se dispuso a ir a su encuentro y comenzó a nadar. En poco tiempo todo habría terminado.

En la proa del *Yashmin*, uno de los piratas observaba la escena. Rápidamente al ver a Crosetti, que nadaba hacia la barca enemiga, tomó una flecha de la aljaba, la encajó en el arco, tensó la tripa hasta que las plumas de la cola del astil rozaron la mueca torcida de sus labios, cerró un ojo y, cuando tuvo la distancia calculada, abrió los dedos. El negro pájaro de la muerte, con las plumas de su cola al viento, partió hacia Crosetti y le entró entre los omóplatos.

En cuanto Ahmed vio desaparecer bajo el agua la cabeza de Crosetti, se puso en pie abandonando el remo, dispuesto a lanzarse al agua. El griego, que tenía puesta la vista en el trapo para que no flameara, observó su acción.

Y venciendo el rumor del viento y de las olas, le gritó:

—¿Qué vas a hacer?

—¡Han acertado a Tonò, se está ahogando!

—¡Ya lo he visto, no hay nada que hacer! ¡Hay demasiada distancia y la corriente es muy fuerte! ¡Si llegas hasta él no podrás regresar! ¡Las barcas de pesca vienen a por nosotros! ¡Si no puedo coger la racha buena todo habrá sido en balde! ¡Rema, rema y ayúdame en la maniobra! ¡Guarda tus sentimientos para mejor ocasión, cuando puedan ser útiles!

Pese al dolor lacerante que le atenazaba, Ahmed comprendió que Manipoulos tenía razón. Nadar las treinta brazas que debía de haber hasta el lugar donde había desaparecido Crosetti, pretender encontrarlo bajo el agua que se había teñido de rojo, y evitar la lluvia de flechas que tres arqueros iban sembrando en la mar era tarea vana.

Ahmed, con los ojos arrasados en lágrimas, obedeció a Basilis y entre el trapo y la boga fueron saliendo del atolladero. Tres barcas convergían hacia ellos, pero sus cascos panzudos las hacían más lentas que la barca de Manipoulos. Poco a poco la distancia entre ésta y sus perseguidoras se fue agrandando. El griego pensaba salir de la bahía y buscar la protección de la isla. Cuando ya llegaban a la embocadura, por su costado de estribor apareció la silueta del *Sant Niccolò*, que tras haber dejado a los normandos al otro lado de la isla y navegar toda la noche acudía puntual a la cita. Manipoulos no lo dudó; ciñendo la vela y mediante un golpe de timón dirigió la proa de su embarcación hacia la nave normanda. Sus perseguidores, viendo el cariz que tomaban las cosas, dieron media vuelta y se dirigieron a sus atracaderos.

Tulio Fieramosca, desde el castillo de proa de su barco, se hizo cargo al punto de la situación. Ordenó la oportuna maniobra. La mitad de los remos se alzaron y en boga lenta y con todo el trapo recogido, se acercó hasta la falúa.

—Jamás tuve tanta alegría de ver a nadie.

La voz de Basilis, venciendo al viento, saludaba de esta manera al almirante normando.

El otro, sin responder al saludo, inquirió:

—¿Cómo ha ido todo?

—Señor, el *Yashmin* ha sido hundido. Debemos ir a tierra: el *Laia* iba a embarrancar si no lo ha hecho ya. Los rehenes han sido liberados. Adelantaos, que yo os seguiré.

El almirante normando calculó rápidamente. Desde la boca de la bahía hasta la playa habría un buen trecho. Ordenó izar de nuevo todo el trapo, puso al remo a todos sus galeotes, reclamó a su gente de armas en cubierta y mandó a su contramaestre que ordenara al cómitre boga de ariete. La nave se alejó rápidamente de la falúa en tanto que el griego y Ahmed maniobraban de forma que al cabo de un tiempo estaban de nuevo en el interior de la bahía y ahora la mar les empujaba por popa. Todas las barcas de pesca habían desaparecido como por ensalmo. Los restos del *Yashmin* flotaban en las agitadas aguas y agarrados a los maderos, se veían los que habían sobrevivido al incendio y, al hundimiento, que, viendo el cariz que tomaban las cosas, habían renunciado a acercarse a la playa y aguardaban a que alguna barca de pesca los recogiera.

El *Sant Niccolò* había fondeado. El almirante iba a dividir a su gente en dos grupos, cuando observó que por la cubierta del *Laia* paseaban gozosos los normandos que lo habían abordado desde tierra, agitando lanzas y adargas. Fieramosca se desplazó en una chalupa al barco embarrancado. El sol calentaba la mañana. El rescate había sido un éxito. Cuando la falúa del griego se abarloaba junto a la nave normanda, un hombre flaco, vestido andrajosamente, con el cabello hasta los hombros y una poblada barba, se asomó por la borda.

—¡Bienvenido a Ericoussa, griego renegado! ¿Es que ya no conocéis a los amigos?

—¡Por el espíritu de mis muertos! ¡Sois Jofre!

—El mismo, y me veis de esta guisa porque acabo de salir del infierno.

80

Adelais y Gueralda

ueralda llevaba meses rumiando su rencor. Casi había renunciado ya a la posibilidad de casarse, lo que la condenaba a ser criada para el resto de sus días. Aunque Tomeu fuera un hombre de pocos posibles, suponía que aquélla era su última oportunidad para conocer varón, vivir en casa propia e incluso tener hijos. Fuera de la forma que fuera debería hacer lo posible para reunir la dote, mas sus deseos se topaban con la más dura de las realidades. No tenía a quién acudir, y la amargura la reconcomía. No cesaba de pensar en su triste destino, marcado por aquella desgraciada cicatriz causada por la imprudencia de una niña consentida. Gueralda no tenía amigos en la casa donde servía: era cristiana y desconfiaba de gentes como Naima o sus hijos. Poco a poco sus propios desplantes, y su rostro desgraciado, la habían condenado a la más absoluta soledad y a aliviar a solas los ardores de su apasionada naturaleza, que confesaba, muerta de vergüenza, en la iglesia.

Ese domingo salía de misa cariacontecida, avergonzada por sus pecados y amargada por su triste presente, cuando por casualidad oyó un nombre que le resultó familiar. Sí, no cabía duda: aquella joven más bien rolliza, de gesto adusto, era la hija de la familia a quien ella había servido años atrás... Adelais de Cabrera. Casi sin pensarlo, en una muestra de atrevimiento fruto de la desesperación, se dirigió hacia ella y la saludó respetuosamente.

Adelais contempló a aquella mujer que se le acercaba sin reconocerla, pero la sirvienta que la acompañaba le susurró al oído que se trataba de Gueralda, que había trabajado en casa de sus padres años atrás y que hacía ya años que servía en la casa de los Barbany. Al oír esto último, Adelais se dijo que en nada la perjudicaría mantener una conversación con aquella criada desfigurada y de aspecto agrio. Algo le decía que no era feliz en la casa donde trabajaba, y ella, Adelais de Cabrera, quería saber por qué. Contra su costumbre, pues, se mostró afectuosa con la antigua criada y la invitó a visitarla en cuanto tuviera ocasión.

Dos días después, Gueralda llamaba a la puerta de la mansión de los Cabrera. Al cabo de un poco ésta se abrió y apareció un portero de librea al que Gueralda no reconoció.

—¿Qué es lo que deseas? Si tienes algo que vender debes entrar por la puerta de servicio.

Gueralda se arregló su tocado con la mano que le quedaba libre y replicó:

—Tengo que ver a doña Adelais.

El portero la miró extrañado.

—¿Acaso te aguarda?

—Me dijo que pasara a verla cuando pudiera. Soy Gueralda, la hija del antiguo jardinero.

El hombre, entre desconfiado y prudente, fue a avisar a su señora y regresó poco después:

—Adelante. La señorita Adelais te espera en el cuarto de costura.

La estancia estaba tal y como Gueralda la recordaba. La luz entraba a través de un ventanal que daba al pequeño jardín; el techo artesonado y el suelo de grandes piezas cuadradas de piedra de dos tonos claros y oscuros; a la derecha, el costurero de líneas curvas taraceado en palo de rosa, dos balancines y el gran tambor para bordar tapices; a la izquierda, la rueca y el arcón donde se guardaban los ovillos de lana.

—¡Qué sorpresa, Gueralda! Me alegro de que hayas venido

tan pronto a verme. Acércate y siéntate a mi vera, imagino que me habrás de contar muchas cosas.

En tanto la mujer cumplía lo ordenado, su mente galopaba. Ahora que podía observarla bien, veía que tenía delante a una mujer hecha y derecha, de estatura mediana, talle algo corto y pecho exuberante apenas contenido por el generoso escote del corpiño de su adamascado traje, el pelo negro recogido en una redecilla, la mirada penetrante y en los labios una expresión de amargura que afeaba su rostro.

Gueralda se acomodó en el borde del balancín.

Hubo un silencio entre las dos mujeres.

—Siento no recordarte, cuando te fuiste de esta casa era yo muy niña, pero me han dicho que estabas destinada a las cocinas.

—Bien sabe Dios, señora, que no me fui por mi gusto de esta casa. Era mi obligación seguir a mi padre, que servía como jardinero y fue su decisión cambiar de casa.

Adelais suspiró ostensiblemente e hizo una larga pausa. No comprendía a qué había venido aquella mujer, pero intuía que aquella visita tenía un motivo oculto.

—Bueno, Gueralda, cuéntame qué ha sido de ti y el porqué de tu visita —le dijo, para ganar tiempo.

La mujer fue contando a grandes trazos lo que había sido su vida en casa de los Barbany. La tarde fue pasando, y el mayordomo entró con un candil para prender los pabilos de las velas de dos candelabros que iluminaban la estancia y demandar a su señora si deseaba algo.

—Nada, gracias —respondió Adelais—. Que nadie me interrumpa hasta que yo llame.

Se retiró el hombre y a una indicación de Adelais, Gueralda prosiguió con su relato y explicó con pelos y señales cómo le hicieron la cicatriz que afeaba su rostro.

Adelais hizo como si se diera cuenta en aquel instante del estropicio, y al oír el nombre de Marta Barbany, reaccionó con vehemencia.

—¡Qué barbaridad! Comprendo tu rencor: una cosa así marca una vida.

—Y que lo diga, señora, pero ¿qué puedo hacer, pobre de mí? Ella es hija de uno de los hombres más poderosos de Barcelona y yo una pobre criada.

—Te contaré algo —dijo Adelais, bajando la voz—. Yo también he tenido oportunidad de tratar con esa rica plebeya que no sé quién cree que es y estoy de acuerdo con lo que me cuentas. Es una jovencita insolente y maleducada, que ignora cuál es su sitio y que alguien debería recordárselo.

Gueralda vio el cielo abierto. Ni en sus mejores sueños había sospechado que Adelais pudiera tener, como ahora intuía, alguna cuenta pendiente con la hija de su señor.

—Señora, nada ni nadie puede hacer que mi rostro sea el de antes pero si me pudierais ayudar, mi vida cambiaría.

Adelais se retrepó en su sillón sospechando que las cosas se torcían y no iban por el camino que a ella le interesaba.

—Tú me dirás.

Entonces la mujer le explicó que había encontrado un hombre que le ofrecía matrimonio a condición de que aportara una dote de dos onzas de oro.

—¿Y ese amo tan rico y poderoso que tienes, no te puede dar ese dinero? —argumentó Adelais.

—Hace ya más de un año que está fuera de Barcelona y ni se sabe cuándo regresará; además, ya me compensó tras el incidente.

—¿Entonces?

—Mi padre no quiere aflojar la guita de su escarcela, argumentando que es él quien tendrá que cargar conmigo toda la vida.

Adelais, que no era amiga de soltar un triste dinero, objetó:

—Lo siento, esa cantidad no está en mi mano para este empeño.

—Perdonadme, creí entender que os ofrecíais a ayudarme.

—Me he referido al respecto de lo que me has explicado sobre el costurón que adorna tu cara y he querido decir, y por lo visto no lo has entendido, que te podría ayudar si quisieras cobrarte la afrenta y tuvieras algo que ofrecerme, a mí esa malcriada también me hizo daño, y mucho, y tengo una cuenta que ajustar con ella.

El cerebro de la mujer hervía como marmita al fuego.

—Tal vez os pudiera proporcionar un instrumento que os sirviera para vuestro afán.

—¿Qué es ello?

Gueralda intuyó que había dado en el blanco y cambió algo la tesitura. Su tono, en vez de servil, se tornó más franco.

—Entiendo, señora, que tengo algo que os interesa.

—Tal vez, cuando me lo digas, te responderé.

—Lo comprendo, pero me he de asegurar que pagaréis el precio. Si os explico una cosa, yo ya habré cumplido mi parte del trato.

—Entonces, si es como dices, te entregaré el dinero.

—Los pobres también tenemos honra —dijo Gueralda, orgullosa. Y, tras una pausa concedió—: Ni para vos ni para mí. La mitad ahora y la otra mitad al finalizar. De esta manera, yo me fío de vos y vos de mí.

Adelais atravesó con la mirada a la antigua criada y su intuición le dijo que estaba a punto de obtener algo de capital importancia para ella. Se alzó del sillón y sin decir palabra, salió de la estancia.

Gueralda pensó así mismo que tenía al alcance de la mano su dote.

La puerta se abrió y apareció Adelais con un pequeño saco de cuero entre las manos. La cerró tras ella y se acercó hasta el balancín donde aguardaba Gueralda.

—Cerremos el acuerdo.

Y abriendo la embocadura del saquito, extrajo de él diez monedas que componían una onza de oro.

A Gueralda le brillaron los ojos.

—Aquí tienes —dijo Adelais—. El resto al final del relato, si éste me convence. Creo que nos une algo mucho más fuerte que el afán de negocio. Veo en tus ojos el mismo odio que yo experimento hacia esa persona.

Entonces Adelais de Cabrera se sentó y lo hizo de igual manera que lo había hecho Gueralda al principio, en el borde del balancín.

—Soy toda oídos —dijo.

Gueralda, con voz queda, comenzó la narración. Fue desgranando punto por punto todo lo acaecido la jornada en la que, siguiendo a Marta, encontró la llave que abría la pequeña capilla del jardín, y en el interior de la misma descubrió sobre la imagen y a los pies de la marmórea estatua yaciente de Ruth, los signos de la religión judaica, la estrella de David y el candelabro de siete brazos.

Cuando finalizó los ojos de su interlocutora eran dos puntos ígneos.

—¿Me puedes asegurar que lo que me has contado es verdad?

—Os lo juro por mi difunta madre; lo que os he narrado lo han visto mis ojos.

Un suspiro largo y hondo salió del voluminoso pecho de Adelais y echando mano al saquito entregó a la criada el resto del dinero pactado.

—Si es así, tu noticia vale el precio acordado y más. Cuando lo compruebe tendrás otro tanto. Pero te advierto que si has intentado engañarme, te encontraré ahí donde te escondas y lo de tu rostro es nada al lado de cómo te quedará cuando yo termine contigo.

—Señora, os lo he jurado por mi difunta madre y soy buena cristiana.

—Pronto sabré si has sido digna de mi confianza. Espero que nos volvamos a ver.

—Eso espero, señora.

Tras estas palabras Adelais de Cabrera se puso en pie dando por finalizada la entrevista.

Dos días después, Gueralda aguardaba nerviosa y asustada la llegada de Tomeu en la iglesia de Sant Miquel. Había dejado a buen recaudo las dos onzas de oro y ahora dudaba ante el giro que iba a experimentar su vida.

Gueralda estaba inquieta: la campana de la iglesia había anunciado la hora y Tomeu no aparecía. Súbitamente se dibujó su silueta en el contraluz de la entrada. Entró el hombre con el gorro entre las manos y el gesto vacilante; Gueralda le hizo un leve gesto con la diestra, el hombre la divisó y se acercó donde ella aguardaba.

—Con Dios, Gueralda, ¿en qué lugar me has citado? ¿Para qué se te ha ocurrido hacerme venir aquí?

Gueralda sonrió.

—Para decírtelo quería un lugar adecuado.

—¿De qué se trata?

La mujer se regocijó ante el momento.

—Ya he reunido la dote.

Tomeu sacó de su bolsa un pañuelo de hierbas y se enjugó el sudor que comenzaba a perlar su frente.

—¿Qué quieres decir?

—Que ya he reunido las dos onzas.

Al ver la expresión de desconcierto de Tomeu, tan distinta a la que ella esperaba, Gueralda sintió que un regusto de acíbar invadía su corazón.

—Si no estás decidido y te lo quieres pensar, no pasa nada. Y si te desdices de tu oferta, me voy a mi casa y tú a la tuya.

—No, mujer —se apresuró a decir él, con voz débil—. Es que me ha venido de nuevas y me he puesto nervioso.

Al decir esto alargó su callosa mano y rudamente con el dorso acarició la cicatriz de la mejilla de Gueralda.

El gesto desarmó a la mujer, que cambió el talante y tomando entre las suyas la mano que la acariciaba, dijo:

—¿Cuándo quieres que sea?

—Vas muy deprisa: antes de eso, tengo que arreglar muchas cosas.

—¿Qué cosas?

—Debo preparar mi casa para recibir a mi mujer.

—No te preocupes, eso lo haré yo.

—Sería indigno. La primera impresión es la que vale y la vivienda, con mis viajes, está hecha una pocilga.

—Está bien, dime la fecha para que prepare todo lo de la iglesia y aguardaré a que a termines de disponer la casa.

—No es tiempo lo que me falta.

—¿Entonces?

—Es dinero.

Gueralda lo miró con desconfianza.

—He de comprar el material; ladrillos, madera, herrajes, cal…
en fin, muchas cosas.

—Y querrás que te adelante dinero.

El hombre se puso en pie.

—Mujer, si no tienes confianza en mí, más vale que lo dejemos ahora.

—No es eso, Tomeu —repuso ella enseguida—. Son las ansias que tengo de ser tu esposa. Aguarda aquí, que voy a casa. Dentro de nada habré vuelto con las dos onzas.

Gueralda se puso en pie y alzándose sobre las puntas, besó la áspera mejilla de Tomeu.

El hombre cuando la vio partir, y en tanto se acariciaba la barba, esbozó una zorruna sonrisa.

81

Mataraoki

inco días habían pasado desde que Martí, a bordo del
Santa Marta, llegó a Mataraoki, según lo planeado para
encontrarse con Naguib, mientras sus amigos se habían
dirigido a Ericoussa. Cinco días que había dedicado a ganar tiempo, dilatando las negociaciones con el pirata que, a bordo del
al-Ifrikiya, había establecido sus condiciones. Mensajeros sucesivos habían ido y venido de un barco a otro, regateando el precio del rescate pedido por Naguib. Éste, junto con su hijo Selim, había recibido a
Martí y al capitán Munt en su barco, donde los habían tratado con
una cortesía exquisita, aunque se había mostrado inflexible en sus de-
mandas. Martí, haciendo gala de sus dotes de comerciante, se había
mantenido firme en un precio algo menor del que pedía el pirata: no
demasiado bajo, para que no sospechara, ni tampoco lo bastante alto
como para que Naguib, llevado por la codicia, aceptara el trato.

Sin embargo, Naguib, tan astuto como su contrincante, había
fijado un plazo final para las discusiones. Esta misma tarde, a bordo del *Santa Marta*, él y Martí cerrarían el trato. A falta de una
buena noticia por parte de Manipoulos, Martí tendría que pagar
el rescate establecido por mucho que le pesara si quería recuperar
su barca y su gente.

Martí y Felet aguardaban la llegada de los piratas con el semblante serio y el corazón en un puño. Esa noche se decidiría todo, y
en sus corazones se agitaba el temor de que sus amigos no hubie-

ran logrado su propósito o lo que es peor, hubieran fallecido en el intento.

La reunión comenzó a la hora octava. El pirata, como de costumbre, llegó puntual acompañado en esta ocasión por diez de sus hombres escogidos entre la flor y nata de su tripulación, al frente de los cuales estaba su hijo Selim. Desde la cubierta del *Santa Marta* lanzaron la escalera de gato por la que fueron ascendiendo uno a uno. Llegados a bordo ordenó el capitán Munt a Barral, que un número igual de normandos se colocara frente a ellos. La noche en aquella ocasión era tan oscura como el patibulario aspecto de los visitantes. Felet acompañó al pirata, que ya se sentía seguro, a la cámara del armador donde aguardaba Martí. Los manjares para hacer más llevadera la larga negociación que se avecinaba ya estaban colocados sobre la mesa y Naguib volvió a admirar la calidad de la vajilla y la riqueza de aquellas pequeñas horquillas de dos puntas de oro que los cristianos utilizaban para ensartar los alimentos y llevárselos a la boca.

Luego que el mayordomo hubo servido las bebidas y tras el intercambio de cortesías a las que tan aficionado era el pirata, se iniciaron las negociaciones en el punto en el que habían quedado el día anterior.

Comenzó Martí.

—Bien, ya hemos llegado al meollo del asunto y tenemos un acuerdo sobre el montante del rescate. De cualquier manera, comprenderéis que representa para mí una dificultad añadida el hecho de que, además de tener que reunir tal cantidad, exijáis que se os entregue el dinero en el puerto de Túnez.

—Ésa es una condición innegociable —repuso Naguib—. ¿Quién me dice a mí, de citaros en otro lugar del Mediterráneo, que en vez de vuestro emisario con el dinero no aparezcan dos barcos o tres cargados de hombres de guerra?

—Tenéis tantas razones como yo mismo para desconfiar. ¿En qué estado se hallará mi gente? ¿Cómo me entregaréis el barco? Ved que si comenzamos a poner objeciones regresaremos al principio y no habremos ganado nada.

La discusión amenazaba con eternizarse cuando unos golpes sonaron en la puerta de la cámara. Lo que fuere, era urgente ya que la orden que había dado Martí antes de comenzar la sesión era que nadie los importunara.

La puerta se abrió y aparecieron el contramaestre Jaume Barral y Selim, el hijo de Naguib.

Ambos comenzaron a hablar a la vez, cada uno en su idioma y dirigiéndose a sus respectivos jefes.

La frase era aproximadamente la misma: «Está entrando un navío por la boca de la bahía».

Naguib clavó sus negros ojos en los rostros de sus interlocutores.

—Ignoro qué significa esto, pero de momento considerad rotas nuestras negociaciones.

Y, poniéndose en pie, Naguib se retiró rápidamente escoltado por sus hombres. Todos ellos se deslizaron por la escalera de gato como monos y se dirigieron a su falúa que, al cabo de un momento, se alejó a golpe de remo hacia el *al-Ifrikiya*.

Martí y Felet se dirigieron al castillo de proa seguidos de Barral y a través de la bruma divisaron en lontananza el perfil de un gran barco, sin poder distinguir de cuál se trataba.

—Dios nos coja confesados —dijo Felet.

—No hay tiempo que perder. Tenemos que hacer lo que habíamos decidido. Si es uno de los nuestros, quiere decir que nuestros amigos han tenido éxito en Ericoussa. En el peor de los casos, nos enfrentaremos a dos naos...

Felet comprendió la orden.

—¡A las catapultas! Retirad las lonas y subid las cajas estibadas.

La consigna fue cumplida al momento.

Los hombres encargados de las potentes catapultas estaban ya tensando los cabos de tripa trenzada, mientras otros colocaban las ollas en las cucharas; Felet y Barral calculaban el giro y la distancia para dar en el blanco.

—¡Apenas hayáis disparado, recargad otra vez y lanzad sin demora! Cuando el *al-Ifrikiya* esté en llamas, volved a cargar y aguardemos a que el otro barco se acerque y, si es enemigo, lanzad todo lo que nos quede a bordo. ¡Barral, los marineros a la maniobra, los remos al agua y que el cómitre tenga a punto a los galeotes, por si se nos echan encima!

En aquel instante una flecha lastrada con una mecha encendida hendió los aires y fue a caer en la mar.

Martí y Felet se miraron y al punto se fundieron alborozados en un abrazo.

—¡La señal! ¡Es nuestro, es el *Sant Niccolò*! ¡Vamos a acabar con esa hiena!

La falúa del pirata estaba a la mitad del trayecto entre los dos barcos.

La voz de Martí sonó como un trallazo.

—¡Fuego!

Silbando como una marmita al calor de la lumbre, partieron ambas ollas de barro fosfórico y, describiendo una perfecta parábola, fueron a caer a proa y a popa del barco pirata. Una llamarada impresionante estalló en la cubierta del *al-Ifrikiya* y la lengua de fuego producida por una sustancia viscosa y pegadiza se fue extendiendo imparable por ella.

La noche fue muy larga. En la madrugada el barco del pirata se fue al fondo entre los gritos de los galeotes que, amarrados a los bancos por sus cadenas, se hundían irremisiblemente con él, en tanto que los supervivientes del naufragio se agarraban desesperadamente a los restos calcinados de maderas, barriles, remos y mil enseres que flotaban alrededor.

Cuando el sol asomaba por el horizonte Naguib y su hijo Selim y el resto de los hombres que habían quedado con vida estaban maniatados en la bodega del barco normando, resignados a su amarga suerte.

Dos días después, al amanecer, pese a los ruegos de Martí ante los que Fieramosca se mostró insensible, el cuerpo de Naguib colgaba de la cruceta del palo mayor del barco normando, para escarmiento de los rebeldes súbditos de su señor Roberto Guiscardo. Su hijo Selim y el resto de la tripulación que no había perecido en la lucha o tragada por el mar, aherrojados en el sollado irían a parar sin duda al mercado de esclavos de Siracusa.

82

El paseo nocturno

ashid al-Malik moraba en la mansión de la plaza de Sant Miquel y de no haber sido por la angustia de conocer la suerte de sus amigos, podría decirse que estaba pasando el mejor año de su vida. Andreu Codina, el mayordomo, lo cuidaba hasta el exceso: todos los días le preguntaba lo que deseaba comer al mediodía, y al sentarse a la mesa le servían los mejores manjares surgidos de los fogones de Mariona; luego tomaba sus hierbas en la terraza porticada del último piso y al caer la tarde salía a dar largos paseos por aquella ciudad que se le había metido en el alma. Al principio lo hacía en compañía del jefe de la guardia y de dos hombres armados; después comenzó a dar sus paseos seguido únicamente por los dos vigilantes, y finalmente, cuando ya se conocía al dedillo calles y plazas, y tras largas discusiones con Gaufred, consiguió ir solo. Fuere porque siempre le tiró la mar o porque sus ojos deseaban ver en el horizonte la enseña del barco de Martí Barbany, el caso era que la mayoría de las noches, antes de recogerse, salía de la plaza de Sant Miquel y se dirigía por la puerta de Regomir hasta la playa. En ocasiones se llegaba hasta las atarazanas; otras veces bordeaba el *estany* del Port, se encaminaba a la Vilanova dels Arcs y desde allí se dirigía a la puerta del Castellvell por el Pla del Mercat. Luego tomaba el antiguo *cardus* romano y regresaba a la casa por debajo del palacio de los condes de Barcelona. Sin saber por qué, se fue acostumbrando a ese itinerario, que repetía noche tras noche, intentando perforar la oscuridad con los ojos, que, puestos en el mar, escrutaban el horizonte a la espera de vislumbrar el regreso de sus amigos.

Pese a las recomendaciones del jefe de la guardia, Rashid no tenía un excesivo cuidado: carecía de enemigos en una ciudad donde prácticamente no conocía a nadie, por lo que se negó en redondo a llevar tras de sí la vigilancia que querían imponerle y paseaba sin fijarse en demasía con quién se cruzaba.

Al paso de los días su actitud, siempre tranquila, se fue relajando todavía más y a medida que conocía mejor la ciudad e iba repitiendo su itinerario, se desentendió de todo aquello que no fuera observar el paisaje marino y recapacitar sobre los avatares que habían jalonado su vida. Sin embargo, algo había llamado su atención en los últimos días: en la plaza del Blat había observado varias noches la presencia de una litera cerrada que parecía aguardar a alguien. Y, dada la hora y lo inusual del lugar, supuso que esperaba al galán de alguna cita amorosa furtiva. Junto a ella había cuatro robustos porteadores y al frente de ellos un gordo individuo que, indolente y apoyado en una de las varas, observaba el paso de los escasos transeúntes que a aquella hora transitaban por la ciudad.

Aunque Andreu Codina le había ofrecido todo un ropero, el anciano continuaba con su vestimenta habitual. Aquella noche vestía calzas marrones, chaleco verde rematado de pasamanería y el eterno manto de lana para resguardarse de la humedad de la noche invernal, amén de su pañuelo ceñido a modo de turbante del que jamás prescindía, liado en su cabeza.

Era una noche oscura la de aquel fatídico 5 de marzo, y Andreu Codina le instó para que se llevara con él un farol, pero Rashid desechó la idea argumentando que conocía la ruta perfectamente y que iba a dar el paseo de todas las noches. Pero al salir por la puerta de Regomir lamentó no haber seguido el consejo. La luna era apenas una tajada de melón oculta la mayor parte del tiempo por unas nubes bajas que presagiaban tormenta; la guardia de la puerta estaba relajada, pues poca era la vigilancia que ejercían cuando la gente salía de la ciudad. Un pensamiento vino a la mente del viejo, que estuvo a punto de dar media vuelta y regresar por donde había venido. Las barcas de pesca varadas en la arena eran augurio de mal tiempo y los corros de hombres que solían formarse en la playa alrededor de las hogueras, aquella noche eran escasos.

Tras un instante de vacilación, Rashid pensó que aquel mal pálpito era una manía suya, que se estaba haciendo viejo con rapidez y que no quería convertirse en un anciano maniático. Entonces, con decisión, se cruzó sobre el pecho la túnica de lana, se ajustó el turbante y se dispuso a recorrer el camino que hacía cada noche. El trayecto que subía hacia el Pes de la Palla estaba más oscuro que la conciencia de un renegado y Rashid deseó llegar de una vez a la puerta del Castellvell y adentrarse tras las murallas de la ciudad a fin de sentirse protegido sabiendo que la ronda y el alguacil vigilaban las calles. Con paso apresurado se dispuso a realizar el último tramo de su cotidiano paseo. La litera estaba donde cada noche, el gordo sentado en la barra y, apoyados en el muro, los cuatro porteadores. Se dio cuenta de la rareza de su turbante y estuvo a punto de decir «Ave María» para que lo tomaran por un buen cristiano; con la mirada baja, porque su experiencia le aconsejaba no mirar a la cara a nadie y menos aún por la noche, se dispuso a sobrepasar la litera. Cuando ya lo hubo hecho recordó el consejo del jefe de la guardia sobre llevar vigilancia y no transitar por fuera de las murallas. Había cometido una imprudencia al no hacerle caso.

De repente notó unas manos que le sujetaban por la espalda, le envolvían el rostro con un trapo y pese a que su turbante amortiguó el golpe, algo muy duro se abatió sobre su cabeza. Luego, entre las brumas que nublaron su cerebro, sintió que otro hombre o más de uno le sujetaban las piernas en tanto que una voz aguda daba órdenes:

—¡Aprisa, atadlo y metedlo en la litera, no hay tiempo que perder! Tú, coloca la insignia de la casa a la vista y cierra las cortinillas, que la vigilancia no se atreva a detenernos.

Fue lo último que oyó Rashid antes de perder la conciencia.

Las ruedas de la cerrada galera traqueteaban en el áspero camino. Rashid al-Malik intentó abrir los ojos, pero únicamente pudo abrir el izquierdo: el otro estaba cubierto por una costra seca que le impedía despegar el párpado. Un millar de abejorros furiosos zumbaban dentro de su cabeza y un latido martilleante repicaba en sus sienes. Rashid al-Malik intentó recordar. Las imágenes le venían a la mente en ráfagas desbocadas, cual si de una tormenta de arena del desierto de su viejo país se tratara. Intentó llevar su diestra a la sien cuando se dio cuenta de que tenía ambas manos atadas a una anilla que estaba clavada en el lateral del carricoche y los pies sujetos a la base de la bancada. Afuera se escuchaban los gritos del carretero y el restallar de un rebenque azuzando a las cabalgaduras. Por los entresijos de la cubierta advirtió que era noche cerrada. Rashid al-Malik intentó poner orden en sus pensamientos. En el pescante de la galera debía de viajar más de un individuo, ya que ahora el sonido de una conversación llegaba hasta él.

—¿A cuántas lenguas de Barcelona está ese maldito lugar?

—Ocho o nueve, me dijo Maimón.

—¿Y cuántas habremos recorrido hasta ahora?

—Una o dos.

Después se hizo un espeso silencio, sólo turbado por el ruido de los cascos de los caballos, por lo que Rashid dedujo que serían no menos de cuatro los cuartagos que tiraban del carromato, a juzgar por el crujir de las ruedas y los silbos cortos del carretero.

—¿Y dónde está el castillo?

—No es un castillo, es una masía fortificada. Bernadot sabe exactamente el lugar.

—Pues pregúntaselo.

—¿Qué te importa? Hemos de dejar allí el paquete y eso es lo único que te conviene saber.

—¡Pregúntaselo te digo! Me gusta saber adónde voy y lo que voy a hacer cuando se trata de una encomienda que se aparta de lo vulgar.

—Lo que te ha de importar es el dinero que has cobrado.

—Sí, si todo marcha bien, pero en caso contrario tú sabes bien que siempre paga el último infeliz. ¡Llama a Bernadot!

Hubo una pausa y Rashid oyó dos silbidos largos y uno corto. Al punto, el ruido de los cascos de un caballo que se acercaba a la galera por la parte de atrás llegó a sus oídos y una nueva voz intervino en el diálogo.

—¿Qué ocurre?

—Nada importante, Bernadot, que éste quiere saber el nombre del lugar donde hemos de dejar el encargo.

—Está en la falda del Montseny. Arbucias, se llama.

—¿Y cuánto nos falta para llegar?

—Menos de una legua. Antes que claree la madrugada, habremos descargado la mercancía.

El carromato reinició su marcha y Rashid, a quien el golpe en la cabeza provocaba un intenso dolor, volvió a sumergirse en el abismo de la inconsciencia.

83

La frustración de Gueralda

os días a Gueralda se le hicieron eternos. Deambulaba por las estancias de la casa de la plaza de Sant Miquel como ánima del purgatorio, a la espera del día en que ella y Tomeu habían fijado para encontrarse, sin prestar atención a la conmoción creada por la desaparición de aquel anciano huésped. A Gueralda le preocupaba poco su suerte, pero eso había hecho que sus preparativos pasaran desapercibidos. Ella había llegado a la conclusión de que lo mejor era no participar su decisión a nadie: cuando tuviera todo preparado, sin encomendarse ni a Dios ni al diablo partiría con buen viento a forjarse un destino lejos de aquel lugar donde nada ni nadie la retenía. El 8 de marzo sería el inicio de su nueva vida...

Apenas sonando en las campanas el toque de laudes del día prefijado, se despertó Gueralda; la noche anterior había preparado sus cosas para no perder tiempo por la mañana; era cuestión de colocar todo en el interior del gran pañuelo de cuadros negros y marrones y hacer su hatillo sujetando las puntas con una guita, luego, coger del alféizar de su ventanuco la comida que había cogido de la cocina la noche anterior y que por mejor conservar la había dejado al fresco, hacer con ella un paquete, y partir sin dilación. Apenas se alzó la rosada de la aurora, se lavó en el aguamanil, vistió su ropa interior, se enfundó una camiseta que le resguardara del frío, medias gruesas y sayas de paño propias para el viaje y finalmente calzó unos gruesos borceguíes que le venían muy cómodos, no fuera caso de que tuviera que hacer un tramo del camino a pie, y procurando hacer el menor ruido posible se dispuso a partir. Tenía todo bien pensado, y dado que su padre vivía en las atarazanas, si algo le preguntaban en la puerta diría que iba a un encargo suyo a uno de los *ravals* que habían florecido allende las murallas en la periferia de la ciudad y que tenía que llevar aquel paquete a alguien. Su porte era conocido y los hombres que guardaban la puerta exterior estaban acostumbrados a verla salir muy de mañana hacia el Mercadal.

Como preveía, nadie la interrumpió, y con paso acelerado atravesó calles y plazas. Las gentes ya iban a su avío y el tráfico comenzaba a ser caótico; le sobraba tiempo, quería gozar de aquel momento de libertad, ya que por primera vez en su vida se sentía auténticamente libre. Cuando llegó al lugar de la cita todavía era muy temprano; porque no la vieran aguardando parada como una cualquiera, decidió bajar hasta una plazuela aledaña observando a la gente. Gueralda llegó hasta el final de la calle y regresó al punto de partida varias veces.

Cuando las campanas de los Sants Just i Pastor tocaron las tercias, a Gueralda se le vino a la cabeza un mal pálpito. Los caminos eran peligrosos y, día sí día no, le llegaban historias de asaltos de bandoleros a los carros que, llenos de mercancías, se dirigían a las ferias de pueblos y ciudades. Un sudor frío comenzó a bajarle por la frente. Gueralda tomó su hatillo que descansaba en el suelo junto a ella y se dirigió a paso acelerado hacia el Mercadal.

Allí, como de costumbre, el barullo era intenso, aunque no tanto como en tiempos pretéritos; los puestos de cada quien estaban instalados y allí se mezclaban los compradores y los vendedores. Gueralda atravesó la segunda fila y se dirigió a la esquina donde por costumbre levantaba su tinglado Tomeu, pero ni cesto alguno ni el toldo verde que marcaba su tenderete se veía por parte alguna. A su lado, un hombre que vendía pequeños faroles y candiles voceaba su mercancía. Gueralda se fue hacia él.

—A la paz de Dios, buen amigo. —Y señalando con el dedo

el número del suelo, indagó—: ¿Le ha ocurrido algo a Tomeu? ¿Sabe si ha tenido algún percance?

—Nada que yo sepa. Únicamente que me ha vendido el puesto y se lo he comprado para ampliar el mío.

A Gueralda se le fue el color.

—¿Qué me está diciendo?

—¡Faroles y candiles, oiga, los mejores del Mercadal! Lo he visto esta mañana. Él y su hijo estaban cargando su carro con todos los enseres de su casa. Me ha dicho que está harto de Barcelona, que desde la muerte de la condesa Almodis el mercado está muy parado y que se iba a la Seo de Urgel, que aquí el moro está en la marca de Lérida y que teme que haya otra vez jaleo en la frontera.

A Gueralda casi se le paró el corazón.

—¿Quiere decir que no va a volver?

—¡Las mejores palmatorias de Barcelona, hachones y cirios! A mercar no, a otras cosas creo que sí.

Ella sintió una punzada de esperanza.

—No le entiendo, ¿a qué otras cosas va a volver? ¿Tal vez a casarse?

El otro soltó una sonora carcajada y paró de vocear su mercancía.

—No, hija, ni loco.

—¿Entonces?

—Tú eres ya una buena moza y tienes edad para comprender esas cosas. Tomeu va siempre a desahogarse a un lupanar que se ubica en el camino de Montjuïc, pasado el *raval* del Pi. Tiene allí un asunto con una morita que lo lleva de cabeza… Nur creo que es su nombre.

Gueralda dejó el hatillo en el suelo y se sentó sobre él. Todos los puestos del Mercadal comenzaron a girar ante sus ojos.

En las campanas de la Pia Almoina sonó el Ángelus.

84

La intuición de Delfín

 arta, el conde os aguarda en su gabinete del segundo piso. Cambiaos el tocado y no le hagáis esperar. Mostraos recatada y prudente y tened cuidado con lo que decís.

La voz de doña Lionor había interrumpido la tarea de la joven. Un paje había traído el mensaje y la dueña le transmitía el contenido del mismo.

Marta dejó presto la labor que tenía entre las manos y se dispuso a obedecer la orden de doña Lionor. Delfín, el enano, sin decir nada, salió tras ella. La muchacha avanzaba por el pasillo con paso apresurado, pero sin correr, como mandaba la norma sobre compostura de las damas que había en palacio, cuando el enano, moviendo velozmente sus cortas piernas, llegó a su altura.

—¡Marta, aguardadme por Dios! Mi cuerpo ya no está para carreras.

La muchacha, que sentía una simpatía especial por aquel hombrecillo de patas cortas, pequeña joroba y agudo ingenio, se detuvo al instante. Delfín se encaramó trabajosamente en uno de los grandes bancos de oscura madera torneada que jalonaban el pasillo del primer piso, y haciendo un gesto con la mano le indicó que se sentara a su lado.

Marta, recogiendo el vuelo de sus sayas, así lo hizo.

—¿Qué se os ocurre precisamente ahora? Ya habéis oído la orden de doña Lionor. No tengo mucho tiempo, el conde me espera en su gabinete.

—Por eso he corrido —repuso Delfín—. Poca es la gente que, tras la muerte de mi ama, me importa en este palacio; no os queráis sumar ahora a ella con vuestra actitud.

Marta observó al hombrecillo con curiosidad.

—No despreciéis mi consejo —prosiguió él—. Sabéis que intenté avisar a nuestra condesa y lo hice ante todo el mundo… ¡Ojalá me hubiera hecho caso!

—No puedo entretenerme ahora, Delfín…

—¡Esperad un instante! —le ordenó él—. Desde el día de vuestra llegada a palacio pensé que erais diferente, que no os ibais a integrar en el cortejo de chismosas cluecas que rodeaban a mi condesa: vos nada tenéis que ver con ese grupito que piaba sus sandeces alrededor de un tapiz. Marta, no vayáis ahora a decepcionarme.

La muchacha se resignó.

—Está bien, os escucho, pero dispongo de poco tiempo.

El enano la observó atentamente con aquella mirada suya profunda e inteligente.

—Predije durante muchos años lo que iba a suceder a mi ama y acerté casi siempre. Cuando me hizo caso, salió con bien y cuando no, ya visteis el resultado.

Marta pensó para sus adentros que probablemente aquel hombrecillo tenía razón.

—Delfín, no andéis con rodeos y decidme lo que me tengáis que decir.

—Está bien. Hasta hace muy poco pensé que mi tarea en esta vida había terminado con la vida de mi señora; sin embargo, algo en mi interior me dice que aún puedo ser útil a su viudo. —Y, tras hacer una breve pausa, añadió—: Y a vos, Marta.

—¿A mí?

Delfín exhaló un suspiro.

—Os voy a dar una muestra de que sé de qué hablo. Berenguer os asedia sin tregua, y está decidido a conseguiros.

Marta quedó un instante en suspenso.

—¿Cómo sabéis eso?

—Igual que otras muchas cosas que aún no han sucedido, pero sucederán. Como que vuestro enamorado va a ser el alférez de Cap d'Estopes. Y que la vida de Cap d'Estopes no será larga...

—¿Qué estáis diciendo? —preguntó Marta, horrorizada—. ¿Cómo podéis hablar así?

—Todavía es una nebulosa que no veo del todo clara, pero sé que sucederá. Sobre Barcelona se puede desencadenar un infierno en forma de lucha civil, pero eso será más tarde.

Marta, atemorizada y sin saber por qué, comenzó a hacer caso de las profecías del enano.

—¿Y qué será de mí?

—Yo no lo sé todo, Marta; únicamente tengo pálpitos de vez en cuando, súbitamente tengo un barrunto de que va a ocurrir algo y eso indefectiblemente, acontece. Pero os voy a decir algo que os atañe. Vuestro padre está a punto de regresar a Barcelona.

Marta lo observó incrédula.

—¿Estáis seguro?

—Tan cierto como que os estoy viendo.

La muchacha saltó de alegría.

—¿Cuándo llegará?

—Eso no os lo puedo precisar.

—¿Llegará con bien? —inquirió, ansiosa, la muchacha.

—Su viaje ha sido coronado por el éxito y el eco de su hazaña correrá por todo el Mediterráneo.

—Me habéis hecho la más feliz de las muchachas. Cuando llegue, todas mis cuitas habrán finalizado.

—No estéis tan segura...

—¿Por qué decís eso?

—Porque en vuestra vida van a operarse cambios notables —sentenció el enano.

—No puedo demorarme más, Delfín... —dijo ella, al tiempo que se levantaba del banco—. Pero, si vuestro augurio se cumple, creeré por siempre jamás todo lo que me digáis.

—No os vayáis aún. Sentaos de nuevo.

Las palabras de Delfín terminaron por decidirla.

La muchacha lo miró inquieta y sin embargo obedeció la orden del enano, y recogiendo el vuelo de su almejía volvió a sentarse.

—¿A qué cambios os referís?

—Os esperan unos años de gran zozobra, Marta. Os veréis atrapada entre dos amores y… —Delfín meneó la cabeza, como si quisiera ahuyentar una imagen horrenda que había aparecido súbitamente en su mente: vio a Marta, joven, inerte… gravemente enferma tendida en un lecho. Y la visión le aterró—. Confiad en las personas que os aprecian de verdad y seguid sus consejos cuando llegue el momento —dijo el enano, por fin.

—No os comprendo. E intuyo que no era eso lo que veníais a decirme.

El rostro de Delfín había quedado cubierto por una máscara impenetrable.

—Venía a deciros que os olvidarais del joven vizconde de Cardona, pero veo que ya es tarde. El destino está trenzado y ya nada puede hacerse. Tened cuidado, Marta, e id con Dios.

No dijo nada más, y la muchacha, desconcertada y confundida, partió a componerse tal como le había ordenado doña Lionor. Ayudada por Amina, se puso una almejía color corinto de una tela adamascada de escote redondo y mangas ajustadas, se cubrió con una toquilla de seda estampada y se recogió los cabellos con una redecilla del mismo color adornaba con pequeñas florecillas violeta que hacía juego con sus escarpines. Observó su imagen y el bruñido espejo de su cuarto le devolvió la figura de una hermosa dama vestida elegante y decorosamente.

—¿Cómo me encuentras, Amina?

La opinión de su amiga le importaba en grado sumo.

—Señora, pienso que estáis espléndida para la ocasión.

—¿Sabes lo que me ha dicho Delfín?

—¿Cómo queréis que lo sepa, señora?

—Que mi padre está a punto de regresar a Barcelona.

Amina quedó un punto pensativa.

—No le hagáis mucho caso… Desde la muerte de la condesa anda como alma en pena, perdido y desasosegado, y busca arrimarse a alguien que atienda sus cuitas.

Marta asintió.

—Lo cierto es que ha conseguido ponerme nerviosa… Iba a decirme algo, pero de repente se quedó en silencio, mirándome como… —Marta sofocó un escalofrío y se puso de pie—. Debo irme, el conde me espera.

85

Marta y el conde

l oficial de guardia la detuvo un instante. Conocía a cada una de las damas de la difunta condesa y sabía por tanto quién era Marta Barbany.

—Tened la bondad de aguardar un momento. Ahora os anuncio.

Quedó la muchacha en la puerta aguardando nerviosa, pero el oficial salió al punto.

—Ya os han anunciado: el conde os recibirá de inmediato.

Las puertas se abrieron y el senescal de día la invitó a entrar. Nunca había entrado a solas en aquella estancia; siempre había acudido en compañía de las otras damas, o de Sancha. El lugar le imponía. Era un salón alargado de gruesos muros parcialmente cubiertos por tapices; al fondo, sobre un pequeño estrado, estaba el sobrio trono condal y varios escabeles. Las ventanas bilobuladas, cubiertas con vidrios policromados unidos entre sí por tiras de plomo, tamizaban la luz. Al entrar, la solemnidad del momento sobrecogió a Marta. El conde estaba sentado en el trono y en el peldaño inferior una banqueta soportaba su pierna derecha.

Desde la distancia, que a la muchacha le pareció inmensa, Ramón Berenguer I, conde de Barcelona por la gracia de Dios, le hizo con la mano un gesto amistoso invitándola a aproximarse.

—Pasad, hija mía, no os quedéis en la puerta.

Luego dirigiéndose el senescal, añadió:

—Que acerquen un sillón a esta criatura.

A la vez que el oficial de día acercaba un forrado sillón de tijera, Marta se llegó hasta el trono y tomando el borde de su falda hizo una graciosa reverencia, y aguardó a que el conde alargara la mano para recibir el homenaje.

Marta depositó un breve beso apenas rozando el dorso de la mano que le ofrecía el anciano, cuando oyó su voz cariñosa.

—Alzaos.

Marta se incorporó y esperó.

—Envidia me dais.

Súbitamente a la muchacha se le pasaron los nervios. La voz era paternal.

—¿Por qué, señor?

El senescal no pudo impedir dibujar una sonrisa.

—Me asombra con qué gracia y levedad os habéis alzado. Vedme a mí, hecho un carcamal gotoso que apenas puede andar sin recurrir a un cayado. Esta pierna acabará matándome de dolor… Los días que me ataca la gota, ni moverme puedo, y mucho menos montar a caballo. Estoy preocupado por cómo me alzaré en la catedral el día de la boda de Sancha.

—Señor, si queréis utilizarme de bastón estoy presta.

Ahora sí que a Gualbert Amat se le escapó la risa.

El conde la observó entre curioso y divertido.

—¿Haríais eso por mí?

—Eso y todo lo que tengáis a bien mandarme.

—Ahora comprendo la debilidad que la condesa tenía por vos, y el cariño que os ha cobrado mi hija. —Luego, dirigiéndose al senescal, añadió—: Creo, Gualbert, que la sangre de nuestra nobleza debe renovarse. Ved aquí a una muchacha barcelonesa que no blasona de nobles escudos, y sin embargo dispuesta y nada tímida por cierto. Muy al contrario, asaz atrevida.

El conde dejó escapar un suspiro.

—Eso era lo que se decía de mi esposa, bien lo sabéis. Pero, quiero deciros algo: creedme si os digo que echo de menos a la condesa mucho más en la intimidad de nuestra alcoba cuando me comentaba los avatares de la jornada, que en las ceremonias oficiales. Su consejo, amigo mío, su templanza y fortaleza para enfrentarse a los aconteceres hacían que mi decaído ánimo volviera

577

a remontar el vuelo. Alguna noche me encuentro hablando solo desde mi vestidor creyendo que me va a contestar.

Marta no se pudo reprimir y desoyendo el consejo de doña Lionor y siguiendo su atrevida impronta, dejó oír su voz.

—Lo comprendo, señor, el vacío que ha dejado en todos los que la amamos es inmenso.

El conde y el senescal cruzaron una mirada. Por lo común la gente cuando era recibida por el conde, de no ser preguntada, no se atrevía a abrir la boca; en cambio, aquella muchacha hablaba con naturalidad, como si estuviera en el cuarto de costura departiendo con las otras damas.

—¿Os complace la vida en palacio? —preguntó el conde.

—Si os he de ser sincera, al principio me costó mucho acostumbrarme.

—No os he preguntado esto. ¿Sois feliz ahora?

—La felicidad no es cosa de la que se pueda disfrutar permanentemente —respondió Marta, con una madurez impropia de su edad—. Las cosas van y vienen y hay días mejores y peores... —Su joven semblante se estremeció al pensar en la tragedia vivida hacía apenas unos meses y al recordar las veladas amenazas de Berenguer.

—No me respondéis, Marta. Voy a ser más concreto; de poder escoger ¿preferiríais regresar a vuestra casa o preferiríais seguir en palacio?

Marta dudó un instante.

—Echo de menos a mi padre, por supuesto... —Al pensar en Bertran, en su compañía, en sus momentos en el invernadero, añadió—: ¡Creo que me gustaría estar en ambos sitios a la vez!

El conde sonrió.

—Pues me temo que pronto tendréis que dilucidar qué queréis hacer. Si mis noticias son ciertas, el barco de vuestro padre rebasó ayer la punta del cabo de Creus y esta mañana estaba a la altura de las islas Medas. Por eso os he mandado llamar.

Marta al momento recordó las palabras de Delfín. Después, sin pensar, se alzó como un resorte y abalanzándose sobre el viejo conde, le echó los brazos al cuello y le besó las barbadas mejillas, ante la asombrada mirada del senescal Gualbert Amat.

86

Arbucias

ashid al-Malik despertó de un profundo sueño. Al principio ignoraba dónde se hallaba o cuánto tiempo había transcurrido. Su mente evocaba retazos de imágenes: se veía avanzando por un estrecho pasillo llevado en volandas por dos hombres que se limitaban a obedecer las órdenes que impartía el que iba al frente y ascendiendo por una amplia escalera de caracol… Era lo último que recordaba. Se palpó la cabeza, que seguía doliéndole, pero le sorprendió notar un vendaje. Alguien se había ocupado de su herida.

A duras penas se incorporó de aquel lecho desconocido y se dirigió a la puerta de la estancia, que estaba cerrada. Miró a su alrededor: ese cuarto, que nada le decía, estaba amueblado de manera austera, pero cómoda. Junto a la cama, sobre una mesita, había un plato con comida y, de repente, Rashid se sintió hambriento. Aunque un millar de preguntas cruzaban su mente, comprendió que estaba encerrado, pero que, fuera quien fuese el responsable de su secuestro, se había molestado en curar su herida, proporcionarle una alcoba decente y algo de comer. Probó con cautela los alimentos, por miedo a que pudieran contener algún veneno. Nada percibió, así que comió cuanto había en el plato y luego, aunque fatigado y dolorido, se sintió mejor.

Transcurrieron así varios días, en los que la única persona a quien vio durante su encierro fue a un criado fuerte y corpulento que se ocupaba de llevar y traer la comida; le trataba con deferencia, aunque, aparte de decirle su nombre, Sisebuto, no le ofreció la menor explicación de por qué se hallaba retenido allí. Lo único que podía hacer el anciano era contemplar un desolado paisaje por la ventana de su habitación.

Al cuarto día las cosas cambiaron. Por esa misma ventana vio llegar un lujoso coche con un tiro en consonancia con la categoría del carruaje. Dos alazanes y dos tordos tiraban de él. A lomos del primer cuartago iba un postillón, en el pescante dos aurigas y en la parte posterior y de pie, dos palafreneros. Apenas llegado el coche frente a la entrada de la casa cuando las puertas de hierro de la verja se abrían y cerraban de nuevo. Rashid supo que allí llegaba su destino.

Observó cómo el auriga descendía del pescante y se precipitaba a abrir la portezuela del carruaje en tanto uno de los palafreneros colocaba al pie junto al estribo un pequeño peldaño de madera. Al poco descendieron del lujoso carricoche dos hombres bien vestidos, uno de ellos curiosamente al estilo moruno. Del otro llamó su atención el parche que cubría su ojo izquierdo. Al tiempo que por el caminito de piedra se dirigían a la casa salía de la misma a su encuentro el criado que le atendía. Después se acercaron tanto a la entrada de la casa que los perdió de vista.

Rashid tuvo la certeza de que aquella visita tenía que ver directamente con el hecho de su secuestro, que se reafirmó en cuanto escuchó unos precipitados pasos que se acercaban a su prisión. El criado abrió la puerta y, asomando la cabeza por el quicio, le invitó en su habitual tono educado:

—Señor al-Malik, el alcaide demanda vuestra presencia; si os place, tened la merced de acompañarme.

—Me parece que no tengo elección, ahora os sigo.

En la pieza del alcaide departían tres hombres: Marçal de Sant Jaume, Bernabé Mainar y el anfitrión, Pere Fornells. Éste daba explicaciones a los dos visitantes sobre los pormenores de la estancia de aquel extraño huésped.

—Llegó en un estado deplorable, vuestros hombres tal vez se excedieron, al punto de que el físico tuvo que subsanar el estropicio.

El de Sant Jaume opinó dirigiéndose a Mainar:

—Ya os dije, cuando me lo contasteis, que en mi opinión era un anciano y que no era necesaria tanta fuerza para meterlo en un carruaje y traerlo hasta aquí.

—Quizá fue culpa mía; imbuí a mi gente tal espíritu de responsabilidad que tal vez se sobrepasaron y confundieron diligencia y premiosidad con rudeza. Eso es lo que ocurrió. —Luego se dirigió al alcaide—. Supongo que ahora estará bien.

—El físico hizo un buen trabajo, a lo primero confundía las cosas aunque creo que ahora va mejor; por lo menos así me han dicho.

—¿No creéis que sería mejor interrogarlo a través de un cortinón que le impidiera ver nuestros rostros? —preguntó el de Sant Jaume.

—No, mi señor —respondió Mainar—. Eso le produciría una desconfianza que no nos conviene. Debemos respetar la manera que hemos planeado; no olvidéis que debemos hacerle creer que estamos al servicio de la casa condal, que su invención es demasiado trascendental para que caiga en manos de cualquiera, y que el conde está dispuesto a pagar bien sus servicios. Si se aviene, todo será mucho más fácil. En caso contrario, y de él depende, las cosas se le pondrán muy difíciles.

—Pero habrá visto nuestros rostros.

—Da lo mismo. Lo que únicamente dependerá de su actitud será la forma de morir. Puede hacerlo dulcemente en el lecho mediante un veneno o malamente en una mazmorra suplicando por que le acaben de matar. Como comprenderéis, el hecho de que nos haya visto no tiene la menor importancia… Se irá al otro mundo con nuestro recuerdo.

—Bien, entonces tal vez haya llegado el momento. Si no tenéis inconveniente, querido alcaide, haced que lo introduzcan en nuestra presencia y tened la bondad de dejarnos solos.

Los dos hombres aguardaban la llegada de Rashid en el salón principal de la masía de Arbucias. Fornells, siguiendo la indicación de su señor, había abandonado la estancia. El sonido de unos nudillos en la puerta indicó a ambos hombres que su huésped había llegado.

—Pasad.

La voz del de Sant Jaume sonó autoritaria.

Acompañado del corpulento criado, Rashid al-Malik fue introducido ante sus captores.

Ambos se quedaron en pie junto a la puerta aguardando.

—Puedes retirarte, Sisebuto. Si haces falta ya te avisaremos —ordenó el de Sant Jaume al criado.

El gigantesco individuo, con una tímida inclinación de cabeza, salió del salón.

En el acto Rashid reconoció a los dos individuos que había visto llegar en el carricoche.

Ante su extrañeza ambos se pusieron en pie.

—Acercaos, querido señor, y tomad asiento. No es bueno que en vuestras condiciones permanezcáis de pie.

Rashid se adelantó, extrañado por aquella actitud que no encajaba en absoluto con lo que había imaginado.

El caballero vestido a la moda agarena le indicó con la mano uno de los sillones abaciales que ornaban la estancia.

Rashid tomó asiento y los otros dos hicieron lo propio.

—Lamentamos profundamente la incalificable actuación de nuestros hombres —prosiguió el caballero—, sabed que ya han sido castigados. No hay que confundir la eficacia con la brutalidad. Se os había de invitar en primer lugar a acompañarlos y en caso de que os negarais, desde luego obligaros a ello, no hay por qué negarlo, pero no de la forma que lo hicieron. Os tenemos por hombre inteligente que sabe medir situaciones y no dudamos que nada de lo ocurrido hubiera sido necesario.

Rashid escuchó atentamente la explicación y su avispada mente llegó a dos conclusiones: la primera era que su detención no se debía a un error fatal y la segunda que aquellos hombres querían algo de él.

Otra cosa captó su aguda mente. El tuerto no hablaba y cuando lo hiciera, intuía que no sería en el mismo tono del otro.

—No se me alcanza entender qué asunto no se pueda tratar sin tener que emplear la fuerza —repuso con cautela—. Todos los días se alcanzan acuerdos en Barcelona y creo que sin necesidad de raptar a nadie y mucho menos maltratarlo.

El de Sant Jaume prosiguió:

—Tenéis razón, pero cuando lleguemos al meollo de la cuestión os daréis cuenta de la singularidad de nuestro propósito.

Rashid sentía sobre sí, fija como la de una sierpe, la penetrante mirada del único ojo del tuerto que parecía querer traspasarle y, sobreponiéndose a su miedo, intentó transmitir una sensación de entereza.

—Comenzad por el principio y demos fin cuanto antes a esta mascarada.

El tuerto abrió la boca por primera vez.

—Mascarada que puede devenir en tragedia, no lo olvidéis.

El otro caballero quiso rebajar la tensión.

—No tiene por qué si colaboráis como persona inteligente que sois.

—Está bien, decidme lo que pretendéis de mi persona y no dudéis que si está en mi mano el concederlo, entenderéis que nada de todo esto era necesario. Y ya no hablo de mi daño, sino de la angustia que habréis ocasionado a las gentes de la casa de Martí Barbany, en la que me alojo.

—Somos conscientes de ello, pero en cuanto os percatéis del fondo de la cuestión comprenderéis nuestra forma de actuar y las precauciones que nos hemos visto obligados a tomar.

—Jamás habré escuchado con más atención relato alguno.

—Vamos pues a ello. Nos agradaría, antes de comenzar, deciros que os podéis ahorrar cualquier posibilidad de negar algo. Sabemos muy bien de lo que hablamos y nos guiamos por hechos probados.

Rashid asintió con un gesto. El otro prosiguió.

—Sois casi el origen de la fortuna de vuestro anfitrión y su mano derecha en el negocio del aceite negro. No entramos en ello y por el contrario, lo celebramos. Habéis venido a Barcelona desde vuestro lejano país con el fin de proporcionar a vuestro amigo algo perdido en el arcano de los tiempos conocido en la antigüedad como fuego griego.

Al escuchar el término, en la mente de Rashid se hizo la luz.

—Vais comprendiendo, ¿no es así? Pues bien: nosotros y gentes de muy alto rango opinamos que secreto de tal enjundia e importancia debe pertenecer a un reino, jamás a un particular que podría mediante su uso ilegítimo y deshonesto hacerse con el poder. Nos consta de forma incontestable e irrebatible que sois poseedor de la fórmula y que se la habéis facilitado a vuestro protector. Conocemos hasta la prueba que hicisteis una noche, acompañado de un criado de la casa, en la laguna de la Murtra y su resultado.

Rashid consideró inoperante el negar la mayor.

—¿Qué es lo que pretendéis?

—Lo que es evidente. Como no es posible ir atrás en el tiempo, queremos que el conde tenga al menos el mismo conocimiento de la invención que tiene hoy en día uno de sus súbditos. No se puede tolerar que un ciudadano tenga más poder que su señor natural.

—¿Y por qué no se me ha llamado a palacio y se me ha explicado, a través de quien correspondía, lo que ahora me decís sin tanto trastorno ni perjuicio?

Por segunda vez abrió la boca el tuerto.

—En primer lugar porque no se ha creído oportuno; en segundo, porque el conde tiene cosas más importantes a las que dedicar su tiempo que entrevistarse con un forastero, y en tercero porque ya estamos perdiendo demasiado tiempo en esta historia.

El de Sant Jaume intervino de nuevo para quitar hierro.

—Ved que os conviene colaborar. Cada uno de nosotros tiene su forma de plantear las cosas: yo soy partidario de transitar siempre los caminos más cómodos para todos; sin embargo, hay quien prefiere los más prácticos y directos —dijo esto último mirando a Mainar.

La mente de Rashid galopaba como el viento de la estepa. Si accedía, entregaría el poder omnímodo que representaba el secreto tan celosamente guardado por sus antepasados a unos bellacos que podrían usarlo en su beneficio y hacerse con el condado usurpando cualquier derecho; y si no lo hacía, era consciente de que moriría entre crudelísimos tormentos. Lo que debía hacer era ganar tiempo, para lo que su instinto le aconsejaba hacer creer a sus captores que se negaba en principio a ceder a sus pretensiones.

—Un hombre puede traicionar cualquier cosa menos sus convicciones y yo juré en el lecho de muerte de mi padre que jamás nadie conocería la composición del fuego griego.

—¿Debemos creer entonces que elegís libremente cuándo os conviene hacerlo y cuándo no? Puesto que ya os hemos dicho que inclusive vimos sus efectos.

—Ante una noble causa, cual era el rescate de uno de los barcos de mi amigo y protector y de su tripulación injustamente apresada, creí oportuno hacer una cantidad del producto sin revelar la fórmula a nadie.

—¡No intentéis engañarnos! —le espetó el tuerto—. ¿Pretendéis hacernos creer que a estas horas Martí Barbany no conoce la manera de producir vuestro maldito invento?

—Que lo creáis o no, no es mi problema; la cosa es como os la cuento.

El de Sant Jaume intervino, conciliador:

—Hay leyes que obligan a los súbditos a colocar en primer lugar los intereses de su señor, y vos sabéis que no hay nada por encima de la ley.

—Sí lo hay: la conciencia de cada uno. Yo no puedo faltar a un juramento hecho a mi padre en el lecho de muerte, y además no soy súbdito del conde de Barcelona; por lo tanto sus leyes no me atañen, así que si no tenéis mejores argumentos...

—Mi querido amigo, estamos desperdiciando un tiempo precioso —dijo el tuerto, dirigiéndose al caballero de Sant Jaume—. Creo que mejor haríamos mostrándole nuestros argumentos.

El de Sant Jaume profirió un hondo suspiro.

—Odio estas cosas, pero me temo que vos lo habéis querido.

Poniéndose en pie dio dos fuertes palmadas.

Al instante se abrió la puerta y apareció el inmenso criado en el quicio de la misma.

—¿Tienes preparada tu sala de visitas? —le preguntó Marçal.

—Siempre la tengo en orden, señor, por si se requiere con urgencia.

—Pues vamos allá, para que el señor al-Malik pueda comprobar tu cuidado y diligencia.

Partieron los tres hombres precedidos por el criado, Sisebuto. Rashid caminaba en medio de la comitiva. Descendieron la amplia escalera y siguieron en fila hasta alcanzar el final del pasillo de la planta baja. Al llegar al fondo y antes de embocar la arcada que daba al zaguán de la masía, el criado manipuló un resorte oculto tras una moldura de la pared y ante la sorpresa de Rashid el panel se abatió y apareció una abertura de la que arrancaba una estrecha escalera que descendía, supuso, a los sótanos.

El criado tomó un hachón encendido de un ambleo que lucía a la izquierda y avanzó en primer lugar iluminando los escalones de piedra.

A Rashid le pareció que aquello era la entrada del averno y temblando pidió fuerzas para sobrellevar lo que se le avecinaba. El grupo llegó hasta el segundo sótano. Las paredes, que rezumaban humedad, se estrechaban al punto que, extendiendo los brazos, un hombre de regular tamaño podía avanzar tocando ambos lados. Cada cierto espacio había una puerta cerrada; el silencio en aquellas profundidades era absoluto. De esta guisa llegaron al fondo del pasillo; el criado buscó en el aro de llaves que pendía de su cintura, la apropiada. La cerradura no chirrió, prueba de que estaba engrasada y que se usaba con frecuencia. La puerta de hierro, reforzada con gruesos remaches, ante el enérgico empujón del gigante, se abrió, y éste se hizo a un lado, alzando el hachón, para que sus señores entraran en el reducto. La estancia estaba a oscuras; el criado fue acercando la llama del grueso cirio a las redondas jaulas de las paredes en cuyo interior se alojaba una palmatoria. Entonces poco a poco, ante los aterrorizados ojos de Rashid, se hizo la luz.

La voz del de Sant Jaume penetró en su cabeza. Rashid entendió sobrecogido cómo el hombre iba explicando lo que veían sus ojos como aquel que muestra sus piezas de caza taxidermizadas y colgadas en las paredes de su casa.

—Comencemos por el principio, mi querido y obstinado amigo. Esto que aquí veis —dijo aproximándose a un artilugio con cilindros, cuerdas y poleas que se hallaba en el centro de la mazmorra— es un banco de tortura, algo estropeado eso sí, pero todavía útil: se acuesta en él al recalcitrante y a la segunda vuelta de mancuerda, en cuanto siente que sus huesos comienzan a descoyuntarse, se aviene a hablar ahorrando de esta manera mucho esfuerzo al sirviente del aparato, y a sí mismo mucho sufrimiento. Seguidme, por favor. Eso es una picota: ya conocéis su uso, no hace falta que os lo explique, aunque sí el complemento. Ved ese rebenque de siete colas con pequeñas piezas de metal en cada una de ellas, que en manos de este hombre que veis produce un efecto asombroso: las colas van ablandando la piel del reo en tanto que los trozos de metal van rasgando la carne hasta dejar desollado al pobre individuo, al que de vez en cuando se refresca allí —indicó un barril lleno de agua sucia— para acostarlo en aquella cama: un catre de madera lleno de púas, como un puerco espín.

Ahora el que interrumpió fue el tuerto.

—Siempre, eso sí, vigilado por mí, que soy quien detiene el trabajo pues mi experiencia me ha enseñado cuándo se quiebra la resistencia de un hombre y eso no nos gusta; entonces requerimos la presencia del físico para que remedie en lo posible los desperfectos y poder seguir al día siguiente, y si no al otro, con el delicado trabajo, no fuera que el pobre se nos quedara entre las manos sin conseguir nuestro propósito.

En aquel instante Rashid tomó una decisión.

Hizo como si meditara unos instantes; luego, como si aquellos argumentos hubieran hecho mella en su espíritu, asintió despacio con la cabeza, aunque, para dar más verosimilitud a su capitulación, trató de poner condiciones.

—He intentado ser fiel a mis principios, pero no tengo alma de mártir. Si me proveéis del lugar idóneo y los elementos precisos fabricaré la cantidad que pactemos de fuego griego. Pero, al terminar mi trabajo, me dejaréis marchar.

El de Sant Jaume cruzó con el tuerto una mirada de triunfo.

—¿Veis como es mucho mejor atender a razones? Os doy mi palabra de que seréis libre en cuanto obre en nuestro poder la cantidad suficiente de vuestro invento y probemos su efectividad. Decidnos qué precisáis y nos pondremos a la tarea de proporcionároslos.

—Y el lugar, que debe ser cerrado y sin abertura alguna por la que pueda entrar la luz del sol.

—Contad con ello. Tengo en el fondo del huerto una gruta profunda que, debidamente acondicionada, servirá perfectamente para vuestro empeño.

Rashid había claudicado. Ambos sabían que aquello era únicamente el principio de una colaboración que no habría de finalizar hasta que ellos se hicieran con la ansiada fórmula. Lo que ignoraban era lo que alojaba Rashid en el fondo de su mente.

87

El regreso de Martí

El regreso de Martí a Barcelona había sido laborioso. La entrevista en Siracusa con Roberto Guiscardo fue forzosamente extensa y prolija y en ella perdió varios días. Tuvo que dar cuenta al Normando del fin de la aventura, agradecerle la ayuda impagable de Tulio Fieramosca al mando del *Sant Niccolò*, así como la de la escogida tropa que fue, al fin y a la postre, la que liberó a Jofre y a su tripulación; le relató cómo acabó sus días el pirata y le dio una explicación sobre el fuego griego, del que el almirante había ponderado sus asombrosos efectos. Cuando éste le preguntó si podía contar con tan portentosa maravilla, Martí evitó la respuesta directa y salió del paso lo más hábilmente que pudo, haciendo referencia a posibles colaboraciones futuras entre el duque de Sicilia y el conde de Barcelona cuando ambas casas se unieran por el matrimonio de sus hijos.

Finalmente el *Santa Marta* y el *Sant Tomeu* pudieron partir. En el primero iba con él Jofre, que tenía un sinfín de cosas que contarle, Ahmed y parte de la tripulación liberada; al mando del otro barco iba Felet. Manipoulos había partido en el *Sant Niccolò* para recoger al *Laia* y devolverlo a Barcelona.

Volvieron en cabotaje, pues el mar estaba revuelto y no convenía arriesgar nave alguna en tan peligroso intento; el golfo de León frente a Marsella era un implacable hacedor de viudas. Jofre, durante la travesía, puso a Martí al corriente de las peripecias vividas, del mal trato recibido y de lo duro que había sido el cautiverio. Llegó la cosa al punto que poco a poco su conciencia se fue adormeciendo y ya no le volvió a reprochar la visión del ma-cabro espectáculo de Naguib colgado del mástil del *Sant Niccolò*.

La singladura era lenta; el barco, pese a su manga, daba banda-zos y era muy dificultoso mantener un ritmo uniforme. Antes de la partida había arengado a la tripulación y parte de los liberados se ponían al remo turnándose con los galeotes que habían parti-do con él desde Barcelona. Todos estaban deseando llegar, los unos para recuperar la libertad prometida y los otros para cobrar el magnífico estipendio ofrecido por el patrón.

Martí quemaba los días imaginando mil cosas sobre su hija, deseando abrazarla y haciendo planes de futuro. Aquella mañana dejó a Jofre al mando en el gobernalle e hizo llamar a Ahmed a su cámara.

Al cabo de un poco unos discretos golpes sonaron en su puerta.

—Adelante.

—¿Me habéis mandado buscar, señor?

Martí se asombró una vez más del cambio experimentado por el joven. Del muchacho alegre que había visto crecer entre las pa-redes de su casa, al hombre que ocupaba el quicio de la puerta, mediaba un abismo y no principalmente debido a la reciedumbre de su físico sino al cambio de expresión de sus ojos en cuyo fon-do se reflejaba una tristeza infinita mezclada con una decisión ha-cia algo que se le escapaba, pero que había visto en otros hombres y era como la luz de un propósito que iba a regir su destino.

—Pasa y siéntate, Ahmed.

El joven avanzó despacio y se situó frente a él.

—Siéntate, te he dicho.

Una vez instalados, en vez de sentirse cómodo tratando con alguien de su casa, sintió Martí en su interior la misma sensación que experimentaba al iniciar un negocio complicado con un ex-traño.

Para ganar tiempo volvió a levantarse y del pequeño mueble del rincón extrajo dos pesadas jarras, propias para aguantar el ba-lanceo de la nave, y un pequeño odre de licor. Luego se llegó a la mesa, depositándolo todo, e invitó a Ahmed a beber.

—Lo he pensado mucho, Ahmed, y aunque es propuesta que en puridad debiera haber hecho a tu padre en vida, te la hago a ti en su recuerdo, pero no sustituyéndole. Creo que mereces por ti mismo lo que te voy a ofrecer.

—Os escucho, amo.

—Es una batalla que tengo perdida, te lo he dicho infinidad de veces, yo no soy tu amo, pero en fin, dejémoslo. El caso es, Ahmed, que a ti se debe en gran parte la salvación del capitán Jofre y de su tripulación. Con ello me hubiera dado por satisfecho, pero además has liberado a mi barco más querido, el *Laia*.

—Señor, he sido únicamente una ruedecilla del engranaje.

—Diría yo que la más importante. Ayudaste a fabricar el fuego griego y lo transportaste desde Barcelona; a tu sagacidad se debió que pudiéramos conocer el escondite y la manera de actuar del pirata, y además, por lo que sé y me han contado, el precio más caro del rescate lo has pagado tú. Los demás pusieron esfuerzo y valor, tú pusiste corazón y volviste de nuevo a pagar el precio perdiendo a ese valioso compañero que fue Tonò Crosetti. Sé que el dinero no compensa las pérdidas de los seres queridos pero ayuda a vivir y eso, aunque ahora no lo creas, me consta. He dado órdenes al capitán Manipoulos para que regrese a Santa María de Leuca y busque a María, la mujer a la que tan hidalgamente defendiste, y a su suegro, y se ocupe de que nunca jamás necesiten algo que se pueda pagar con dinero; creo que se lo debía.

Ahora de nuevo, Martí volvió a ver en el fondo de los ojos de Ahmed aquella calidez que había observado en otros tiempos.

—Gracias, señor, mil gracias.

—No he terminado. Tus padres fueron mis mejores aliados en mis duros principios, compartí con ellos inquietudes, afanes y sinsabores. Fueron mil veces mi paño de lágrimas. Por eso he tomado una decisión irrevocable.

Ahmed observaba a aquel hombre sin saber adónde quería llegar.

—En una ocasión me explicaste algo y en el interés que pusiste en ello colegí cuánto te importaba. Todo hombre tiene un punto de referencia adonde quiere regresar siempre, porque los hombres no son de donde nacen, ya que esto no se escoge: son de donde quieren morir, y mis años me dicen que tu lugar es el molino de Magòria.

Ahmed parpadeó visiblemente.

—Pasarán los años. Mi hija se casará. Lo lógico es que tu hermana Amina también lo haga. Dios dé a Naima, tu madre, larga vida, pero creo llegada la hora de que todos tengáis vuestra casa, aunque en la mía cabréis siempre.

—No alcanzo a comprender, señor.

—Déjame terminar y atiende. Desde este momento, y cuando lleguemos a Barcelona oficialmente, el terreno y el molino de Magòria son tuyos y de tu familia.

Ahmed palideció.

—Eso no es todo. Te haré construir una casa donde podáis vivir tú y los tuyos, presentes y futuros. Serás un hombre libre, aunque ahora ya lo eres, ante todas las gentes de Barcelona. Trabajarás conmigo y para mí y ocuparás en mis negocios y en mi corazón el lugar que ocupó tu padre.

A los tres días de esta conversación la costa catalana apareció ante sus ojos. El perfil de Montjuïc, el Tibidabo y el Carmel se dibujaron en el horizonte; finalmente las espadañas de la catedral, de las iglesias de los Sants Just i Pastor, Santa Maria del Pi, Sant Jaume y Sant Miquel, se perfilaron en la línea del cielo y la lengua de bronce de sus campanas repicando alegremente dio la bienvenida a su ilustre hijo.

88

Por fin en casa

a llegada del *Santa Marta* a Barcelona fue un clamor. La voz de que el barco estaba echando el hierro sobre el limo del fondo de la playa de la Barceloneta corrió entre las gentes como el fuego entre la paja. La precipitada llegada del padre Llobet, a quien todo el mundo conocía, acompañado del mayordomo y del jefe de la guardia al frente de un copioso número de criados de la casa Barbany, fue la confirmación oficial del hecho. De repente todo se tornó en febril actividad. Las barcas que a ello se dedicaban comenzaron a disponerse a transportar hombres y mercancías, las que ya estaban en el agua se acercaron al bajel y a gritos comenzaron a intercambiar información con los que acodados en la borda, demandaban noticias de familiares y amigos. La algarabía aumentó cuando al cabo de poco el *Sant Tomeu* fondeaba a treinta o cuarenta varas del *Santa Marta*. Entonces la nueva se había extendido ya por la ciudad y gentes de condición se llegaban a la playa. Gente de la hueste acordonó la zona para permitir la llegada del veguer Olderich de Pellicer y del senescal Gualbert Amat sin embarazo. La falúa privada de Martí partió del aserradero de las atarazanas para recoger a su patrón. Cuando las campanas de las iglesias tocaban a vísperas, la quilla de la embarcación que transportaba a Martí con sus capitanes llegaba a la orilla; un grupo de descargadores se disponía a transportar sobre sus espaldas a los ilustres viajeros. El arcediano no se contuvo y mojando el borde de su hábito se adelantó hasta donde el mar besaba la orilla para abrazar a su amigo, el capitán Munt acogió entre sus brazos a Gaufred y a Andreu Codina en tanto el capitán Jofre, con lágrimas en los ojos, se arrodillaba y besaba la arena de la patria que en más de una ocasión creyó no volver a ver. Tras los primeros momentos de saludos y efusiones, el veguer y el senescal se adelantaron y en nombre del conde y de la ciudad dieron la bienvenida a uno de sus más conspicuos ciudadanos y lo emplazaron en palacio tras el merecido descanso.

En el tercer viaje de la lancha llegó Ahmed. Varias cosas bullían en su cabeza: abrazar a Naima, su madre, y a su hermana Amina, ver a Marta y llegarse lo antes posible al molino de Magòria donde se edificaría su casa, para ver a su amigo Manel y luego quedarse solo ante la tumba de Zahira mirando al inmenso mar donde reposaba Tonò Crosetti, que había entregado su vida para que él pudiera vivir la suya.

A la anochecida, tras confirmar al senescal que a la mañana siguiente acudiría a palacio a rendir homenaje al conde y a abrazar a su hija, Martí se dirigió a su mansión que, tras tanto tiempo y tantas vicisitudes, le pareció la culminación de un sueño. La guardia estaba reforzada y en el amplio recibidor le aguardaban todos los suyos. Allí Andreu Codina le comunicó la triste nueva de que desde la muerte de Omar, Naima, su viuda, había perdido el interés por las cosas y no parecía conocer a nadie. Luego tuvo que secar en su hombro las lágrimas de doña Caterina y de Mariona la cocinera. Cuando ya hubo recibido la bienvenida de toda su gente y la servidumbre se hubo retirado, se dirigió Martí al primer piso con Eudald Llobet, el capitán Munt, Gaufred y Andreu Codina. Jofre se había ido a su casa con su familia, que había ido a la playa a recibirle. A su mujer la habían tenido que sujetar, pues tras abrazar a su marido, había pretendido besar los pies de Martí.

Cuando se hubieron acomodado, las preguntas y respuestas sobre el viaje y las tribulaciones sufridas pasaron a segundo término en cuanto el arcediano le explicó la preocupante e inexplicable ausencia de Rashid al-Malik.

Martí quiso saber todo lo referido a aquel suceso: el día, los detalles, los cómos y porqués, y todo cuanto se había hecho hasta aquel momento. Un compungido Gaufred, que no dormía como es debido desde el extraño suceso, informó a Martí de todas sus pesquisas, hasta el momento infructuosas.

—Por eso había enviado hoy aviso al padre Llobet, para pedir su consejo —concluyó Gaufred—. Hace ya una semana que falta el señor al-Malik y, sinceramente, es como si se le hubiera tragado la tierra. Nadie ha podido darme razón de su paradero... Y le juro, señor, que he recorrido la ciudad entera en su busca.

—En primer lugar, debo decirte, Gaufred, que has obrado con ligereza —repuso Martí en tono duro—. Cuando dejo una orden tan clara como la de velar por la seguridad de mis invitados no cabe excusa ni motivo. Ahora el mal ya está hecho, he pasado en el mar un año y medio para rescatar a alguien de mi casa y llego a Barcelona y me encuentro que la desobediencia de uno de mis más fieles servidores me plantea una situación semejante aunque esta vez en tierra.

Gaufred no sabía dónde meterse y habría deseado que se le tragara la tierra.

—Señor, desde este momento presento la renuncia de mi cargo de jefe de vuestra guardia.

—Y yo no la admito. No es momento de renuncias, sino de soluciones.

El arcediano intervino para aliviar la tensa situación y para repetir la sugerencia que creía la única viable.

—Martí, debéis aprovechar mañana vuestra visita al conde y rogarle que ayude con su hueste a revolver la ciudad. Si alguien tiene retenido a Rashid y ve que se pone en marcha un grupo de más de doscientos hombres, tal vez llegue a la conclusión de que será mejor soltarlo que correr el riesgo de que lo encuentren.

—Entiendo lo que me decís, pero cuando alguien rapta a una persona mi experiencia me dice que pretende algo y hasta que no lo consigue no lo suelta.

Felet intervino.

—Nadie conoce a Rashid. El único motivo que pueden tener

es que es amigo tuyo y la única persona que puede pagar un rescate eres tú, no dudes que tu dinero es lo único que les interesa.

—No estés tan seguro, Felet. ¡Ojalá fuera así! Pero sospecho un fin mucho más sutil por parte de quien se ha atrevido a cometer tamaña felonía.

—¿Qué quieres decir?

Todos estaban pendientes de su respuesta.

—Por lo que me explicáis, todavía nadie ha pedido nada.

—Porque sabían que estabais ausente.

—De lo cual se deduce, querido Eudald, que ahora ya no hay motivo para esta excusa. Toda la ciudad conoce mi llegada: si dentro de un par de días nadie reclama nada, querrá decir que lo que buscan no son mancusos.

—¿Entonces?

—Entonces, Felet, lo que querían ya está en su poder.

—¿Y qué es ello, señor? —se atrevió a preguntar Gaufred.

—A Rashid en persona.

—No te comprendo, ¿qué otro valor tiene en Barcelona aparte de ser tu amigo?

—Felet, Rashid sabe algo que vale todo el dinero del mundo, y tú lo sabes mejor que nadie.

Felet meditó un instante su respuesta.

—¿Y quién, aparte de nosotros, conoce tal cosa?

—El que lo ha raptado.

La respuesta de Martí fue calando en la mente de los presentes. Nadie hablaba.

Martí lo hizo de nuevo.

—Vamos a esperar un par o tres de días. El captor sabrá sin duda de mi llegada. Si su pretensión es económica, nos lo hará saber. Pero si el silencio se prolonga, será señal indiscutible de que lo que quería ya lo tiene. Mañana, cuando me entreviste con el conde, le rogaré que en el plazo de tres días, si no hay señales, ordene que su hueste comience a buscarlo.

Tras estas palabras Martí rogó a los presentes que le dejaran a solas con el arcediano.

Felet se defendió.

—Necesito descansar, aunque no sé si podré acostumbrarme a la quietud de mi cama. Mañana a la hora de comer estaré aquí para que me digas si puedo hacer algo en todo esto. Voy a ver si mi casa todavía está donde la dejé. —El capitán Munt era soltero, y aunque Martí le había ofrecido en mil ocasiones que se instalara en su casa, el marino prefería su rincón: una pequeña pero cómoda buhardilla de una casa de dos pisos que quedaba tras las ruinas romanas del Paradís. Una joven viuda se ocupaba de cuidar su reducto y de calentar su cama en las noches de invierno que no anduviera embarcado.

Los tres hombres se retiraron.

La puerta se cerró tras ellos y ambos amigos quedaron frente a frente.

El arcediano quiso saber todos los detalles del largo viaje y Martí deseaba conocer todo lo referente a su hija y los pormenores de los terribles sucesos acaecidos en Barcelona durante su ausencia.

Frente a sendas jarras de vino cada uno fue respondiendo a las preguntas del otro.

—Decidme antes que nada, Eudald, ¿cómo está mi hija? —preguntó Martí, con la voz tomada por la emoción.

—Os vais a asombrar. Encontraréis a una mujercita encantadora, con porte y aplomo, que os recordará mucho a su madre.

—¿Se ha habituado a la vida en palacio?

—Vuestra hija es adorable. Se había ganado el cariño de la condesa y, tras su trágica muerte, hasta el conde le demuestra cariño debido al gran consuelo que ha supuesto para la condesita Sancha en tan duros momentos. —El padre Llobet hizo una pausa y sonrió—. Pero no sólo la familia condal la tiene en gran estima…

—¿A qué os referís? —preguntó Martí, algo desconcertado.

—Además del conde, vais a tener otro rival.

—Aclaradme eso y no andéis con juegos de palabras.

—Hay un joven caballero en la corte que también siente un fuerte cariño hacia ella…

—¿Insinuáis tal vez que Marta se ha fijado en un jovenzuelo de la corte?

—Lo raro habría sido que no fuera así. Lo que sí os aseguro es que el hijo del vizconde de Cardona, que es a quien me refiero, es lo menos parecido a un moscón de esos que tanto abundan entre los herederos de las casas nobles. Según todos mis informes, que vienen del senescal y del propio Ramón Berenguer, el hijo del conde, se trata de un muchacho excelente, mucho más noble de carácter que de título, que entró en la corte como rehén de su padre y que sin duda va a ser, y muy pronto, armado caballero. Y mucho me he de equivocar si no le nombra el joven conde Ramón su alférez.

—¡Pero qué me estáis diciendo, Eudald! ¡No es posible lo que estoy oyendo! ¡Por los clavos del Señor!

—Veo que los vientos del mar os han afectado y que no os dejan ver que el tiempo transcurre para todos.

Martí quedó unos instantes en silencio.

—Creo que mejor será que me la traiga a casa. Quiero gozar de su compañía y no quisiera que se enamorara de alguien que no le corresponde por su condición y le ocasione mal de amores. Cuando llegue el momento, para lo cual aún falta, Marta ha de encontrar a su esposo entre los hijos de las familias que, como yo mismo, sean meros ciudadanos de Barcelona... Dejemos a los nobles con los nobles.

—No os entiendo, Martí. ¿Qué es lo que pretendíais cuando la dejasteis en palacio?

—Que se formara en la corte de la condesa, que finalizara su educación y que estuviera protegida. Ved que mi miedo era que algún malnacido me quisiera hacer daño en mi ausencia y ocurriera lo que ha ocurrido con Rashid.

El viejo clérigo estuvo a punto de alegar que en ocasiones era mucho mayor el peligro dentro de palacio que en el exterior, pero se contuvo, pues, conociendo a su amigo, sabía que si le relataba el asunto de Berenguer, a Martí poco le iba a importar que se tratara del hijo del conde o del emperador del Sacro Imperio: se iba a presentar ante el viejo conde hecho un basilisco... algo que únicamente podía redundar en su perjuicio. El clérigo había acordado con Marta que era mejor que su padre no supiera aquel triste y escabroso incidente por su propio bien.

—Pero sabéis que a esta edad las muchachas se enamoran y que, cuando ello sucede, no atienden a razones.

—Pero Eudald… ¡si es aún muy joven!

—¡Qué flaca memoria la vuestra! ¿No os acordáis de cuando me contabais las discusiones entre Ruth, que el Señor haya acogido en su santa gloria, y su padre Baruj? ¿Qué edad tenía ella cuando partisteis de Barcelona y qué años teníais vos? ¿No os acordáis cuando con apenas dieciséis años se refugió en vuestra casa porque su ausencia de una noche había afectado al honor de los suyos?

—No es lo mismo —repuso Martí, ceñudo.

—No es lo mismo porque entonces erais el galán enamorado y ahora el papel que os toca es el de padre agraviado que no quiere que su hija crezca.

—Está bien, Eudald, dejemos eso.

—Sí, mejor que cambiemos el tema —concedió el padre Llobet—. Descansad, ahora estáis muy fatigado y abrumado con tantas noticias.

»Me decíais, Martí, que vuestra embajada en la corte del Normando fue un éxito. Explicádmelo con detalle; de cara al conde es una baza importante.

—Fue de tal importancia mi entrevista con Roberto Guiscardo que de no ser así, tal vez mi expedición de rescate hubiera acabado en fracaso.

Entonces Martí explicó al arcediano con pelos y detalles toda su aventura.

Al finalizar el fraile apostilló:

—Veis cómo a veces la providencia divina prepara los caminos para que las cosas se desarrollen a favor de los buenos…

—No siempre, Eudald, no siempre. A veces ganan los malos y no hay que esperarlo todo de la divina providencia… Y ahora aclaradme vos alguna cosa de la muerte de la condesa, antes de que me entreviste con el conde. ¿La culpa del heredero es incontestable?

—La acción, sin lugar a dudas; estaban presentes todas sus damas, su bufón y hombres de la guardia. Lo que no está tan claro es el grado de su responsabilidad, ya que hay quien sostiene que fue provocado hasta límites intolerables.

—¿Entonces?

—La situación es compleja. Siendo un magnicidio, debería juzgarlo un tribunal de tres jueces presidido por el conde, pero siendo éste el ofendido y a la vez padre del inculpado, ha delegado esa difícil función en el Santo Padre.

»Me consta que Almodis, a la que, como comprenderéis, conocí muy bien, estaba maniobrando para que el trono recayera en Ramón, su gemelo predilecto. De aquí que os enviara a buscarle la esposa adecuada, y lo hacía además sin duda por el bien del condado de Barcelona, criterio en el que abundo, y no era ajeno el conde a estas maniobras.

—¿Qué es entonces lo que va a pasar?

—Por el momento tiene a Pedro Ramón encerrado en el Castellnou; allí recibe visitas, atiende consultas… Sigue siendo heredero del condado y su padre aguarda la decisión que vendrá de Roma.

—No alcanzo a comprenderos.

—El conde se excusa y dimite de su responsabilidad, pasando el problema al Santo Padre. Cuando la sentencia llegue de Roma, se limitará a cumplirla pero él no habrá juzgado a su hijo ya que en el fondo se atribuye el origen del desastre.

A la mañana siguiente, y tras una noche sin que el sueño acudiera en su auxilio pues a la emoción del reencuentro con su hija se sumaba la inmensa preocupación por Rashid, Martí se preparó acorde con la circunstancia que iba a vivir; en primer lugar se introdujo en el agua jabonosa de una gran bañera de cinc que le preparó Andreu Codina y se dio un baño reparador; luego, dos ayudas de cámara le envolvieron en una inmensa toalla caliente y tras secarse acudió el barbero a cortarle el cabello y afeitarle; después se vistió junto a la gran chimenea de su cuarto. Pensó que en homenaje a la condesa debería llevar el luto que todavía se usaba en la corte. Calzas negras hasta la rodilla, medias de lana, escarpines de hebilla, camisa blanca de cuello en pico, chaleco de doble bolsillo adornado por una cadena de pequeños eslabones de oro y casaca de terciopelo con igual botonadura, negro a la moda de Italia. Cuando en el bruñido espejo de bronce de su vestidor vio reflejada su imagen tras tantos días de navegación, casi no se reconoció. Tras un pequeño refrigerio en el comedor se dirigió a las cocinas para ver a Naima. Lo que vieron sus ojos le impresionó profundamente. Aquella mujer gruesa y activa se había convertido en un ser balbuceante que decía frases inconexas y que lo observaba con los ojos idos cual si fuera un extraño. Preguntó a Mariona si siempre estaba así.

—Señor, hoy ha amanecido bien. Hay días que intenta escaparse pues dice que Omar la está esperando, y en ocasiones hasta hemos tenido que encerrarla.

—¡Dios santo! Que doña Caterina disponga lo oportuno para que una criada esté siempre con ella. Quiero que nada le falte los días que le resten. ¿Dónde está Gueralda?

—Señor, se fue de la casa casi sin despedirse… Esta mujer siempre fue arisca.

—En su momento hicimos cuanto estuvo en nuestra mano. El accidente fue muy lamentable y comprendo su amargura. De cualquier manera, si algún día quisiera volver siempre tendrá mis puertas abiertas.

Tras estas palabras y tras prodigar una ligera caricia en el rostro de Naima, se dispuso a partir hacia el palacio condal con las cartas y presentes que Roberto Guiscardo le había entregado para el conde.

En el patio de la entrada aguardaba Gaufred con una litera presta y los porteadores junto a las varas, aguardando. Martí le dirigió una sonrisa, que quería ser una muestra de reconocimiento tras la severa reprimenda del día anterior.

Cuatro maceros le acompañaron a través de los pasillos de palacio. Las puertas se abrieron y el chambelán anunció su nombre.

—¡El muy ilustre ciudadano de Barcelona, don Martí Barbany!

Sus ojos pudieron observar cómo las lanzas de los centinelas se abatían a su paso y el conde, trabajosamente y apoyado en un bastón, descendía del estrado de su trono y le recibía en pie. Martí, destocándose y conteniéndose por no acelerar el paso, se llegó hasta él. Ramón Berenguer I, conde de Barcelona, Gerona y Osona, le puso las manos sobre los hombros y acercando su barbada mejilla al rostro de su visitante, le besó, cosa que asombró a los presentes ya que de no ser persona de igual rango y condición, el conde jamás recibía a un visitante de aquella manera.

A Martí le dio tiempo, en tanto el conde ocupaba su trono y le indicaba con un gesto que ocupara la silla curull colocada frente a él, de observar el profundo cambio sufrido por Ramón Berenguer. Aquel recio gobernante que cazando adelantaba al mejor de sus caballeros se había convertido en un anciano de larga cabellera blanca y mirada frágil.

—Querido amigo, en circunstancias normales os hubiéramos echado en falta, pero en las amargas vicisitudes por las que hemos transitado la añoranza ha sido absoluta. Nos ha faltado vuestro buen consejo, vuestra inquebrantable lealtad y la claridad de vuestro buen criterio exento de vanas lisonjas.

—Señor, vuestras palabras me abruman. Vos mejor que nadie conocíais mi devoción por la condesa, que el Señor haya acogido en su gloria, y lo amargo que ha sido para mí el conocer la triste nueva lejos de Barcelona sin poder acompañaros en tan tristes circunstancias.

La emoción embargó al conde cuya mirada se tornó acuosa y que tuvo que hacer una pausa antes de proseguir.

—Lo que se ha desencadenado sobre mí es una tragedia sin precedentes...

Martí obró con tiento:

—Señor, a veces las pasiones de los hombres son ingobernables.

—Pero no imprevisibles... Y me culpo de no haber obrado con mayor decisión por querer conjugar los oficios de padre y esposo.

—A nada conduce lamentarse, señor, cuando las cosas ya no tienen remedio.

Ramón Berenguer suspiró hondo.

—Razón tenéis, Martí —concedió el conde—, pero vayamos a lo que nos interesa; contadme los logros de vuestra embajada, que ya me adelantó el enviado del duque Roberto Guiscardo cuando acudió a las exequias de mi esposa.

—La fortuna, a veces tan esquiva, me fue favorable.

—La fortuna acostumbra a decantarse hacia los capaces e industriosos.

—Me abrumáis, señor. —Luego Martí extrajo de su escarcela las cartas del siciliano y se las entregó al conde guardando para el final la entrega del camafeo con la imagen de Mafalda de Apulia cincelada en oro y esmalte por el joyero de la corte del Normando.

Ramón Berenguer lo miró con detenimiento.

—Mi hijo Ramón es un hombre afortunado: su futura esposa aúna al lustre de su apellido una belleza fuera de lo común.

Luego entregó el pliego de vitelas a su senescal para estudiarlas con detenimiento en el momento oportuno.

—Contadme ahora el detalle de la recuperación de vuestro barco. Sé que todo se ha resuelto favorablemente.

—En efecto, y debo deciros que sin la ayuda del duque Roberto Guiscardo no hubiera sido posible —puntualizó Martí.

—Sin ella y sin la ayuda de una invención prodigiosa de la que me han dado noticias y que espero compartiréis con el condado como hicisteis con el aceite negro que cambió la vida de los ciudadanos de este mi reino.

—Llegado el momento sin duda, señor. Ahora, aunque quisiera, me sería imposible.

—¿Cuál es el motivo?

—Es una larga historia.

—Para algo así tengo todo el tiempo del mundo. —Con un chasquido de su dedos pulgar y medio, el conde invitó a su perrillo de compañía a que se encaramara en sus rodillas. El pequeño grifón obedeció a su amo.

Martí carraspeó un instante.

—Veréis, señor, el guardián de tan maravilloso prodigio, conservado por su familia durante generaciones, ha sido raptado en mi ausencia y estando en mi casa. Sin él, todo conato de fabricar el invento es y será inútil. Aprovechando vuestra magnanimidad venía dispuesto a rogaros que encarguéis su búsqueda a la milicia ciudadana. De no ser así, todo mi esfuerzo por hallarlo será vano y sin él, el prodigio del fuego griego, que así se denomina, se perderá en el tiempo.

—¿Me estáis diciendo que vuestro hombre, poseedor de tan increíble secreto capaz de destruir un reino, ha sido raptado en vuestra ausencia y que vos no conocéis la fórmula?

—Eso he tratado de explicaros.

—¡Senescal!

A la voz de su señor Gualbert Amat se presentó de inmediato.

—¿Habéis oído esto? —preguntó el conde.

—No he podido evitarlo.

—Poned en pie de guerra a toda la hueste. Ordeno que en un plazo de tres días se haya encontrado a este hombre… De no ser así rodarán cabezas.

—Lo que ordenéis, mi señor.

Se retiró el senescal y Martí y el conde quedaron de nuevo solos.

—Esta ciudad de mis pecados está cada vez más revuelta. Son cientos las personas que llaman a sus puertas todos los meses; me dice el veguer que las colas que se forman antes de amanecer el alba fuera de las murallas son larguísimas, en su mayoría campesinos que no tienen otro oficio ni beneficio que el cultivo de tierras. Acuden aquí en busca de trabajo y de una mejor vida y al no conocer acomodo alguno cada vez son más los suplicantes de la sopa de los pobres. Todo ello se traduce en mendigos los buenos, y en rateros, cortadores de bolsa y amigos de lo ajeno, los peores; la gente anda encrespada y más de uno ha intentado tomarse la justicia por su mano. Ved que el paisaje no es precisamente grato.

El cachorro, de un ágil brinco, ahíto ya de caricias, se fue a su almohadón y el conde aprovechó para colocar su pie izquierdo sobre una mullida banqueta.

—Señor, siempre ha sido igual, los que están dentro quieren salir y los de afuera quieren entrar.

El conde aprovechó la pausa para cambiar de tema.

—Aunque la gota me dejara en paz y el dedo gordo de mi pie me diera respiro, ni tiempo tendría para poder cazar. La pérdida de la condesa ha ocasionado un quebranto muy grande al condado, pero si os he de ser sincero, mi pérdida ha sido mucho mayor: ella apartaba de mí todas las dificultades y no precisamente las relativas al protocolo de la corte sino en cuestiones de mucha más enjundia. Despachaba con el consejo, aguantaba diariamente las peticiones de la caterva de clérigos que acudían en demanda de ayudas y limosnas para sus órdenes y, en fin, me filtraba cantidad de tediosa morralla que ella se ocupaba de resolver.

—La condesa nos ha dejado a todos huérfanos. No os lamentéis porque se ha ido; agradeced al cielo los años que la habéis tenido a vuestro lado.

—Sabio consejo, pero difícil de seguir —repuso el conde, pesaroso—. Ahora mismo se me viene encima la boda de Sancha. Debo realizar mil consultas y guardar un sutil equilibrio. Por una parte, el pueblo es poco amigo de lutos, de lo cual se infiere que en la calle ha de haber jolgorio y diversión; por la otra, está la fiesta de la corte, donde no debo pasarme ni quedarme corto. Lo primero sería una falta de respeto al recuerdo de mi esposa y lo segundo un agravio para mi pariente y futuro yerno, Guillermo Ramón de Cerdaña. Todo esto se me hace una auténtica montaña.

—Señor, si en algo puedo serviros, nada más tenéis que indicármelo.

—Os lo agradezco, pero no creo que, pese a vuestra prudencia, os desenvolvierais bien en este terreno. Son cosas para las que están mejor dotadas las mujeres y por otra parte, aunque indirectamente, ya estáis colaborando.

—No os comprendo, señor.

—Doña Lionor de la Boesie, doña Brígida de Amalfi y doña Bárbara de Ortigosa constituyen para mí un apoyo inapreciable, pero os sorprenderéis si os digo que vuestra hija Marta ha resultado ser una inesperada fuente de hábiles soluciones. Ella, con dos de las damas de mi difunta esposa, se está ocupando de hacer las listas para la ubicación de invitados en el banquete sin que ninguna familia se dé por ofendida, ya sabéis cuán sutil y delicada es la epidermis de los nobles al respecto de estas cuestiones y lo está haciendo muy bien.

—Imaginad cuántas ganas tengo de abrazarla.

—Perdonadme, pero me he vuelto un viejo egoísta. Ahora mismo la hago llamar.

El conde, dando dos palmadas, ordenó a uno de los ayudas de cámara:

—Enviad a un paje que avise a doña Marta Barbany para que acuda sin demora.

El paje partió al instante.

Martí estaba hecho un manojo de nervios. El conde sonreía. Súbitamente se hizo un silencio entre ambos; pese a las dimensiones de la estancia, el primero aguzaba el oído intentando percibir la llegada de su hija. Tras la gran puerta súbitamente se escuchó un murmullo. Luego se abrió uno de los vanos y Martí, sin poder remediarlo, lanzó una mirada de soslayo y pudo ver claramente la figura que se recortaba en el quicio. Se trataba de una mujer alta, de perfectas proporciones, con el cabello recogido en dos graciosos moños laterales, vestida con una elegante túnica negra de cerrado escote y adornada con pasamanería dorada, y calzando escarpines de terciopelo. Martí imaginó que una de las dueñas acudía para justificar la ausencia momentánea de Marta. La figura comenzó a caminar lentamente y Martí sintió más que vio, que se detenía en medio del gran salón. El grito le llegó al alma, y pudo escuchar realmente algo soñado mil veces en la cámara de popa de su nave.

—¡Padre!

La situación le desbordó y sin tener en cuenta el protocolo, el naviero se puso en pie como impulsado por un resorte y dando la espalda al conde se giró justo a tiempo cuando ya como un torbellino, su hija corría hacia él y se refugiaba en sus brazos.

Así permanecieron largo rato, sin hablar y ante la mirada indulgente de Ramón Berenguer. Luego ambos se dieron cuenta de ante quién estaban. Todo volvió a su cauce natural. Un criado acercó un sitial y lo colocó junto al sillón de Martí.

—Pocas veces, en los últimos tiempos, me ha sido dado el gozo de ver tanto amor expresado en un instante.

Marta tenía los ojos arrasados en lágrimas y, sin nada decir, se limitaba a tener la mano diestra de su padre entre las suyas. El conde prosiguió:

—Sois un hombre afortunado. Jamás me he sentido querido así por mis hijos. Tal vez haya sido culpa mía por no saber expresar mi amor como lo hacéis vos. La educación rígida tiene esos inconvenientes, y mi abuela Ermesenda me inculcó que mostrar en público los sentimientos es señal de debilidad y que a un gobernante ciertas cosas no le son permitidas.

Martí se justificó.

—Ha sido mucho el tiempo que hemos estado separados: dejé en palacio, y bajo la custodia de nuestra condesa, a una muchachita y me ha recibido una mujer, al punto que me ha costado un tiempo darme cuenta de que era mi hija.

—No digáis que no sois querido, señor —dijo Marta, dirigiéndose al conde—. La gente de palacio os adora. Incluso cuando estáis de mal humor y los tratáis con severidad.

Martí se llevó otra sorpresa. Su hija hablaba con el conde como pudiera hacerlo cualquier nieta querida con su abuelo.

—Ya veis, conde de Barcelona, señor de Gerona y Osona receptor de las parias de Tortosa y de Lérida y hete aquí que en mi propia casa soy reprendido por una joven dama cual si fuera un paje. Es una sensación que no deja de maravillarme.

Martí no salía de su asombro. La voz del viejo conde se dejó oír de nuevo.

—En fin, no quiero ser un intruso entre padre e hija. Tomaos cuanto tiempo os convenga… Antes de partir, mi querido amigo, presentaos ante mí. Todavía hemos de comentar algunos asuntos.

Apenas el conde se hubo puesto en pie, el senescal Gualbert Amat se acercó solícito para ofrecerle su antebrazo. Éste descendió con gran dificultad de la tarima del trono y se retiró.

Padre e hija quedaron solos. Al principio, el gozo de mirarse para convencerse de que era una realidad lo que estaban viviendo impidió la conversación. Luego todo se desbordó como un torrente. Marta quería conocer todas las vicisitudes del viaje y Martí, todo lo ocurrido en palacio y los sentimientos e inquietudes de su hija.

Poco a poco se fueron poniendo al corriente mutuamente de lo que había sido su vida desde el instante de su separación, aunque Marta ocultó todo lo relativo a Berenguer y no mencionó a Bertran. Por su parte, Martí, tras explicar detalladamente la capital importancia de la actuación de Ahmed en el rescate del *Laia*, preguntó a Marta por Amina.

—Ha sido mi gran compañera, aunque ahora la que la tengo que animar soy yo, pues ha acusado en extremo la muerte de Omar y el estado actual de su madre.

—Salúdala en mi nombre y dile que la espero en casa cuando vaya a ver a Naima.

Después de una pausa, Martí introdujo el tema que más le preocupaba.

—Creo, Marta, que ha llegado el momento de que regreses a mi lado. Ha pasado año y medio y ya es tiempo de que ocupes el lugar de tu madre. Puedes proseguir con tu educación en casa, como antes.

La muchacha miró a su padre con una expresión que sorprendió a Martí.

—Perdonadme, padre, pero creo que os equivocáis. Hago mucha falta ahora aquí. La condesita Sancha me necesita.

—Algo me ha dicho ya el conde, y debo felicitarte por ello, pero soy tu padre y a mí también me haces falta… A no ser —añadió Martí, mirando fijamente a su hija— que haya otro motivo del que no me hayas hablado aún.

En aquel instante sintió Martí que su hija se había hecho mayor.

La muchacha habló con voz temblorosa y sin embargo firme:

—Padre, amo a un joven que os ha de gustar, pues en muchas cosas se asemeja a vos.

—Algo barruntaba… Imagino que, estando en palacio, es de noble cuna.

—Es el hijo del vizconde de Cardona y, junto con el padre Llobet, ha sido mi sostén y refugio. No creáis que todo ha sido fácil. He vivido situaciones comprometidas y, como os digo, él ha sido mi apoyo y asidero.

Martí sopesó sus palabras con detenimiento. No quería lastimar a su hija y sin embargo deseaba guardarla de posibles desengaños.

—Marta, ese joven lleva un ilustre apellido: procede de la Casa Real de Francia, tiene por tronco a Raimundo Folch, que pasó a Cataluña a luchar contra los moros a las órdenes de Carlomagno, quien le concedió en el año 791 el título de vizconde de Cardona. En el escudo de su casa hay tres cardos dorados sobre un campo de gules: es flor coriácea y provista de espinas y no quiero que te lastimes. —Dulcificó la voz, intentando suavizar así sus palabras—. Tú eres únicamente hija de un ciudadano, si bien notable, de Barcelona. Eres muy joven y aún no conoces muchas de las cosas ingratas de la vida. Mi deber es ahorrarte cuantos disgustos pueda. Creo que será mejor que hables con él, dejes ese sentimiento en una buena amistad, y ahora que aún estás a tiempo, pongas fin a esta relación.

Marta notaba las mejillas enrojecidas y le temblaba la voz. Sin embargo, consiguió mirar a su padre a los ojos.

—Con todo el respeto, padre, cuando os fuisteis erais el faro de mi vida. Ahora, además de vos, hay otra persona. Hablaré con él: si me dice que, en caso de tener que hacerlo, no es capaz de enfrentarse a su padre, regresaré a casa con el corazón destrozado. Pero si, como espero, mantiene la palabra que me ha dado, por primera vez en mi vida os desobedeceré.

Martí se dio cuenta de que hablaba con una mujer y entendió que lo ocurrido era ley de vida. En aquel momento se vio a lomos de su caballo con dieciocho años, alzado sobre los estribos de su silla y despidiéndose de su madre con el brazo alzado agitando un pañuelo en la mano desde el extremo del camino que partía de su casa del Ampurdán.

—Está bien, Marta, lo entiendo; vamos a dejar esto como está hasta la boda de la condesita Sancha, luego volveremos a hablar.

Ambos se pusieron en pie y Marta se echó a sus brazos.

—Os amo, padre, con todo mi corazón pero en mi pecho ha nacido otro amor diferente y algo me dice que no debo dejarlo escapar.

89

El acónito

n el campanario de la catedral había sonado la tercia. Bernabé Mainar repasaba en su gabinete de la Vilanova dels Arcs las cuentas que le había presentado Maimón de la explotación del burdel que tenía en los aledaños de Montjuïc, más allá del *raval* del Pi. El eunuco permanecía en pie, respetuoso, aguardando la aprobación de su amo.

—Eso está muy bien, Maimón; parece que las gentes de menos posibles son más proclives a gastar sus dineros que las más adineradas.

—Será, señor, que tienen más que olvidar y el fornicio alivia sus penas.

—Tal vez; quizá es que aquí abajo se les trata mejor. Muchos de ellos se quedan viendo el espectáculo y luego no pujan por ninguno de los ejemplares que han subido al tablado. Habrá que estudiar eso.

Mainar siguió comentando los incidentes.

—Lo que sí me has dicho es que en un mes has tenido un par de reyertas importantes con el consiguiente estropicio de mesas y bancos.

—Es lo propio, señor. Las gentes que aquí acuden, dirimen sus diferencias de otra manera, en algo se ha de notar el nivel; en cambio los míos acostumbran a ser carreteros, gentes de las canteras, algún que otro guardia de la muralla fuera de servicio y también algún clérigo menor, ya me entendéis. Son por ello mucho más primitivos y directos. No tienen en cuenta el lugar y a la menor provocación, echan mano al cuchillo sin vacilación.

—Por lo que sí tengo que felicitarte es porque, siguiendo mis órdenes, te las has arreglado solo, y en las trifulcas no has recurrido nunca a la justicia del conde: en eso te aplaudo. Si interviene el alguacil, las idas y venidas para resolver el asunto se multiplican y me hacen perder el tiempo. ¿Alguna novedad más?

—Más que novedad, curiosidad —dijo Maimón—. En todos los años que llevo manejando asuntos de esta índole jamás me he encontrado con hecho semejante.

Mainar se retrepó en su sillón y tras tomar una damajuana y llenar media jarra de un excelente mosto, se dispuso a escuchar el relato de su hombre.

—Siéntate, Maimón, algo me dice que la historia me va a interesar.

El eunuco tomó plaza frente a Mainar y comenzó su relato.

—Era mediodía. Los criados habían terminado de recoger el salón y las dependencias, y estaba yo en la puerta de la calle aguardando al carro de las provisiones y vigilando a las mujeres que mojaban el camino con cubos para evitar el polvo cuando, de lejos, vi venir a una mujer que llevaba un hatillo en su mano derecha y sobre su cabeza un abultado pañuelo lleno de ropa. No vaciló ni un momento y vino hacia mí como el que tiene muy claro lo que va a hacer y adónde va. Tendría la treintena o casi, vestía túnica ceñida a la cintura con un cíngulo que marcaba su busto, por cierto generoso, sobre los hombros una mantilla y sobre el rostro, una pañoleta al modo árabe que cubría su boca. Dejó en el suelo sus pertenencias y sin dudar, más afirmando que preguntando, me espetó: «Sin duda sois Maimón». Como era obligado le pregunté si me conocía, y me respondió diciendo que le habían hablado de mí y que a la puerta de esa casa, recalcó lo de «esa», y con mi aspecto no podía ser otro. Como es obvio, le pregunté qué deseaba; respondió que un asunto que sin duda me habría de convenir pero que no era lugar idóneo para hablarlo, pues una mujer de buena fama debía cuidar su honra y, con toda naturalidad, argumentó que ni el lugar ni mi persona, ni el testimonio de las mujeres que allí trabajaban, ni las gentes que al pasar pudieran verla, convenía a su buen nombre.

»La verdad es que picó mi curiosidad: en otro momento la hubiera enviado a tomar viento, pero su manera de hablar y su mirada hicieron que, después de llamar al Negre para que vigilara a las sirvientas, la invitara a pasar dentro de la casa.

—En verdad que el tema parece singular.

—Pues ya veréis adónde va a parar la historia.

—Prosigue.

—Ya dentro, al ver su rostro todavía se despertó más, si cabe, mi curiosidad. Su mejilla derecha estaba cruzada por un feo costurón. La hice sentar y apenas se acomodó, me soltó: «No os agrada mi rostro, ¿no es así?». Argumenté que yo no había dicho tal cosa, y ahora comienza la peregrina historia… agarraos al sillón, señor. Me afirmó que sabía que allí se comerciaba con la carne, y me preguntó si conocía a un carretero, un tal Tomeu, que tenía el pelo rojo como una panocha. Le respondí que lo recordaba perfectamente, era cliente que acudía al local casi siempre que visitaba Barcelona. Entonces le cambió la expresión y me dijo que estaba dispuesta a trabajar en el negocio como sirvienta a cambio de la manutención y de ser avisada el día que el tal Tomeu acudiera a desfogarse. Además, sabía que acostumbraba a hacerlo con una mora, atended bien lo que os digo, de nombre Nur… Ya sabéis, la que tiene sorbido el seso al curita.

»Le dije que, como es natural, tenía que contar con la autorización de mi amo y me respondió que lo entendía, pero que debía proporcionarle alojamiento para aquella sola noche, pues se había ido de mala manera de la casa de su antiguo amo, don Martí Barbany, y que no tenía dónde dormir. Como entendí que la historia era lo suficientemente interesante, me atreví a alojarla sin consultaros, pero si lo encontráis inconveniente, hoy mismo la pongo de patitas en la calle.

Mainar dejó al punto el vaso de vino sobre la mesa del gabinete y se inclinó bruscamente hacia delante.

—¿Os dijo tal vez qué pretende de ese tal Tomeu y qué quiere de Nur?

—La historia se terminó ahí. Me limité como os digo a darle alojamiento y comida, aguardando a veros para tomar la decisión correspondiente.

Mainar tamborileó con los dedos sobre la mesa y meditó unos instantes.

—¿Ese Tomeu es cliente habitual?

—Cuando hay ferias, acude sin falta y en esos días lo hace varias veces; es un tipo original. A causa de su cabellera, lo llaman «lo Roig», y siempre que está libre se ocupa con Nur. Más de una vez me ha ocasionado problemas, pues ya sabéis que la mora tiene encelado a su otro cliente que, entre lo que aspira y lo enamorado que está, cuando se ve obligado a aguardar y supone que es porque está ocupada, se pone imposible.

—Vas a cuidarla bien. Sepárala de las demás, procura sacarle más información y que no vea a nadie hasta que yo hable con ella.

—Lo que ordenéis, señor.

—¿Tienes algo más que hacer aquí abajo?

—Con esto dicho, nada más.

—Entonces regresa sin demora, que en cuanto pueda iré a conocer a esa rareza.

Maimón, el eunuco, se alzó del sillón y tras una respetuosa reverencia partió hacia Montjuïc.

La cabeza de Mainar bullía asimilando la información, viendo qué parte de ella podría convenir a sus intereses.

Por el momento, la mujer confesaba haber salido de mala manera de la casa de la plaza de Sant Miquel; quizá fuera una aliada para cumplir lo que le había traído a Barcelona: vengar la muerte de su padre acabando con la vida de Martí Barbany y del padre Llobet, amén de cumplir la última voluntad de su protector Bernat Montcusí, proporcionando además un buen negocio a la Orden. Todo a su tiempo. Él sabía esperar a que todas las piezas encajaran de manera satisfactoria para llegar a sus fines y cumplir con su venganza.

La voz de Rania sonó tras la puerta.

—¿Puedo pasar, señor? Tenéis visita.

Sin dar la venia, Mainar preguntó:

—¿Quién me busca?

—Ese tal Magí pregunta por vos, señor.

Qué cúmulo de casualidades influyen en la vida de las personas, pensó Mainar: hacía apenas nada Maimón le estaba hablando del curita, a quien él hacía ya dos días que quería ver, y ahora súbitamente se presentaba en la Vilanova del Arcs.

—Hazlo pasar.

Sintió que los pasos de Rania se alejaban y al cabo de un poco regresaban, ahora acompañados por los de otra persona.

Mainar, tras tomar de una caja sobre su mesa una llave, se alzó de su sillón y se dirigió a un cofre que estaba en un rincón alejado de la ventana; lo abrió y, tras alzar la tapa, extrajo una caja de palosanto; comprobó su contenido y regresó a donde se encontraba cuando los nudillos de Rania llamaban a la puerta.

—¿Dais la venia, señor?

—Pasa, Rania.

La gruesa puerta se abrió y precediendo a la mujer entró el joven coadjutor vestido con humildad como un paisano cualquiera: túnica corta de paño basto, calzas y medias pardas, alpargatas de tiras de cuero sujetas con cintas a las pantorrillas. Daba la sensación de que aquellos ropajes habían pertenecido a un hombre mucho más corpulento.

Mainar lo esperaba de pie junto a la mesa y Magí fue hacia él.

Cuando lo tuvo a cuatro pasos, Mainar se dio cuenta del cambio sufrido por el joven: el rostro consumido, la nariz afilada, unas inmensas ojeras ensombrecían su apagada mirada, y no podía disimular el temblor de sus manos.

Bernabé Mainar hizo como si no se hubiera dado cuenta de nada.

—Bien hallado Magí, sabéis que siempre sois bienvenido a mi casa. Además casualmente también yo deseaba veros; había ordenado a Maimón que la próxima vez que nos visitarais, os diera mi recado.

Magí habló como si estuviera algo achispado y hubiera tomado algo que aumentara su intrepidez.

—Yo también necesitaba veros.

—Pues hete aquí que vuestra visita nos conviene a los dos. Tened la bondad de tomar asiento.

Se colocó Mainar tras la mesa y el curita lo hizo frente a él.

—Cuando queráis, soy todo oídos.

Magí, tras pasarse un pañuelo por la frente, comenzó:

—Don Bernabé, como sabéis siempre estoy al tanto de las cosas que os puedan interesar. Me dijisteis en una ocasión que os dijera cuanto pudiera conocer al respecto de la casa de don Martí Barbany. ¿No es cierto?

Mainar, tomando uno de los cálamos del recado de escribir, comenzó a juguetear.

—Cierto, y hasta el día de hoy, lo habéis hecho perfectamente. No olvido que a vuestra intuición debo el haber descubierto un secreto de gran utilidad a mis fines. Creo que yo he cumplido con creces mi parte del trato. Acudís cuando queréis a Montjuïc, donde os tratan a cuerpo de rey: tenéis la mujer que deseáis y aspiráis mis hierbas, ¿no es así?

—Así es, pero va pasando el tiempo y me prometisteis venderme a Nur. Quiero asegurarme de que cumpliréis vuestra palabra. Tengo casi todo el dinero reunido y no os imagináis a qué medios he tenido que recurrir.

—Hablaremos de ello cuando tengáis la totalidad —repuso Mainar—. Decidme ahora a qué habéis venido.

—Está bien, imagino que ya ha llegado a vuestros oídos que don Martí Barbany ha regresado.

—Cierto, las noticias en esta ciudad vuelan. Estoy al corriente de ello.

—Bien, según he oído al arcediano Llobet, han raptado al amigo extranjero de don Martí Barbany.

—Algo de eso llegó hasta mí.

—Debe de ser alguien muy importante, ya que el padre Llobet alegó que, aunque con la muerte de la condesa había perdido gran parte de su ascendiente en palacio, haría lo posible para conseguir del conde la intervención de la hueste. Y pienso que poner a más de doscientos hombres a buscar a ese hombre indica que el interés es mucho.

Un gesto imperceptible amaneció en la mirada de Mainar.

—Nada me va en ello, pero agradezco vuestro interés. Algún día seréis recompensado.

—No deseo más recompensa que lo prometido.

—Me habéis dicho que aún no tenéis el dinero.

—Pues si mis nuevas os son útiles, contad en mi haber la noticia que os he traído.

—No dudéis que se tendrá en cuenta pero aún os queda un servicio que hacerme.

El sacerdote, sentado al borde del sillón, aguardaba expectante sus palabras.

—Haré lo que sea.

—Antes debo saber algo.

—¿Qué es ello?

—¿Continúa vuestro superior con su manía de cuidar rosales?

—Cada vez más, ahora que está más ocioso desde la muerte de la condesa al no acudir tanto al palacio condal.

—Explicadme eso.

—El superior del convento, atendiendo a su edad, sus manías y ¿por qué no decirlo?, porque creo que le tiene algo de miedo, le ha concedido una parcela en el huerto posterior y ahora cultiva chumberas además de rosales.

Los ojos de Mainar reflejaron lo que para él era una agradable sorpresa.

—Vuestra noticia me viene como anillo al dedo. Vuestra misión os va a proporcionar su gratitud, que redundará en más licencias para visitar a vuestra madre; y vos ya me entendéis.

—No comprendo nada, pero os escucho. Decidme lo que debo hacer.

—Es muy sencillo. Llevarle un regalo de parte de vuestra madre, que le agradece de esta manera los ratos de vuestra compañía.

Mainar no aguardó a que Magí volviera a preguntar. Se puso en pie y alargó hacia el cura la caja de madera que tenía sobre la mesa, abriéndola a continuación.

Magí se puso en pie asimismo para observar.

—¿Qué es eso?

—¿No lo estáis viendo? Unos guantes de jardinería que le he hecho preparar con la intención de que no se pinchara cuidando sus rosales y ahora, si me decís que cultiva chumberas, con mayor motivo. Podéis decirle que los ha hecho vuestra madre en sus horas libres con gran esfuerzo y cariño.

—Os agradezco el regalo, por lo que a mí respecta. Creo que le agradará y a mí me facilitará las salidas del convento.

—Me alegro que os beneficie, pero algo os tengo que recomendar.

—¿Qué es ello?

—No os los pongáis nunca.

90

La boda de Sancha

l conde, reunido con las fuerzas vivas del condado y
tras largas deliberaciones, decidió que la boda de la
princesa Sancha debía celebrarse en la fecha prevista,
teniendo en cuenta tres criterios. En primer lugar los
festejos para el pueblo de Barcelona debían de estar a la altura de
lo esperado, en segundo lugar, debía de respetarse el luto que llevaba la corte por la muerte de la condesa Almodis, sin por ello
ofender a la familia del novio o, lo que era lo mismo, a los condados de Cerdaña, Berga y Conflent.

De lo primero se ocuparon en comandita el veguer de Barcelona Olderich de Pellicer y Guillem de Valderribes, notario
mayor.

Se engalanaron las calles por donde debía pasar el cortejo, desde el palacio condal hasta la catedral: multitud de guirnaldas blancas iban de balcón a balcón a lo largo del recorrido, el suelo se cubrió de pétalos de rosa y todo el trayecto se protegió con soldados
a cada trecho. En las plazas importantes de la ciudad se instalaron
tablazones soportados por caballetes para que el público pudiera
observar los espectáculos que se habían preparado: volatineros,
cantantes, muñecos parlantes y cómicos que habían acudido en
tropel atraídos por el acontecimiento.

Los obispos de Barcelona y de Vic, Odó de Montcada y Guillem de Balsareny, se ocuparon de todo lo relativo a la celebración
religiosa en la catedral. El ábside del altar mayor circundado a ambos lados por ambleos que sostenían cada uno de ellos un grueso

hachón de cera virgen, iluminaban un pabellón soportado por cuatro columnas cuyo dosel estaba conformado por una multitud de lirios blancos bajo el que se dispusieron dos alfombras para los novios. A la derecha de los contrayentes y en un estrado, al lado de la epístola, estaba el trono del conde de Barcelona, donde se sentaría rodeado de sus cortesanos; la nave central había sido adornada con más flores y velas aromáticas.

En el coro, un organista venido de Tolosa daba los últimos toques al órgano de doble fuelle regalo de Carcasona que se iba a estrenar al día siguiente, en tanto un pequeño conjunto de monjes ensayaba algunas antífonas.

Las damas de honor iban a ser Araceli de Besora, Anna de Quarsà, Eulàlia Muntanyola y Estefania Desvalls; Marta Barbany, abrumada por el alto honor que el conde le había otorgado, iba a llevar el pequeño cojín forrado de raso blanco con el fleco dorado, donde lucirían las arras: trece monedas de oro que iban a sellar el enlace.

Detrás de los novios estarían los gemelos Ramón y Berenguer y su hermana Inés con su esposo Guigues d'Albon; los tres varones iban a ser los padrinos de la novia. A su lado, los representantes de la casa de Cerdaña, el hijo mayor del novio y los condes de Urgel y de Cerdaña, iban a serlo del contrayente.

Detrás, las familias del veguer y del notario mayor del condado, de los jueces Ponç Bonfill, Eusebi Vidiella y Frederic Fortuny, luego el gentilhombre de confianza de Almodis, Gilbert d'Estruc, Gualbert Amat, senescal de Ramón Berenguer, y un largo etcétera de familias venidas de los condados sometidos a la *auctoritas* del conde de Barcelona.

El cortejo desde el palacio condal hasta la seo debería pasar por el Miracle y, rodeando el antiguo templo romano, se dirigiría a la Pia Almoina, en cuyas puertas iba a estar reunida toda la comunidad. Estaba previsto que el conde Ramón Berenguer se detuviera allí y en nombre de su difunta esposa, la condesa Almodis de la Marca, entregara al superior una generosísima limosna.

El cortejo continuaría acompañado del repique de todas las campanas de Barcelona; algunos soldados abrirían la marcha; tras ellos y a caballo marcharían los hombres de la nobleza de Cataluña acompañando al novio, luego la carroza condal con la futura esposa y su padre el conde Ramón Berenguer, seguidos por el carricoche de las damas de honor y, siguiendo la costumbre, una hacanea blanca lujosamente enjaezada caminaría conducida por un palafrén con una ornada silla lateral que luego debería ocupar la desposada cuando, ya con el rostro descubierto, pudiera mostrarse al público. Tras ella, las literas y carrozas de todas las nobles familias, que tras dejar a su importante carga frente a la puerta de la catedral se dirigirían a las calles adyacentes a aguardar la salida. Cerrando el desfile la guardia condal con lanzas, al frente de la cual cabalgaba el senescal de día, Gombau de Besora.

La ceremonia se celebró con todo el boato y la pompa señalados para tan importante acto. El obispo de Barcelona leyó la bendición particular enviada por el Santo Padre y luego del «sí» de los novios y del intercambio de arras, cuando ya la novia con el rostro descubierto y del brazo del que ya era su esposo salió del templo, la multitud prorrumpió en un atronador griterío en tanto los acordes sonoros del nuevo órgano atronaban el espacio y el repique de la «Tomasa», la gran campana de Santa Eulàlia, conducía el diálogo del resto de bronces de la ciudad.

Martí Barbany figuraba en un lugar de honor en uno de los laterales de la catedral deseando que los fastos terminaran cuanto antes, pues el conde le había prometido que la hueste se dedicaría plenamente a la búsqueda de Rashid al-Malik en cuanto quedara libre. La emoción le embargó cuando pudo ver a su querida hija, hecha ya una mujer bellísima, adelantándose desde el lugar que ocupaban las damas de honor, el ábside junto al evangelio, hasta el centro, portando en el blanco almohadoncillo las arras. Cuando Marta regresaba a su lugar, su padre esperó que lo buscara con la mirada; le extrañó, por tanto, ver que alzaba su rostro y dedicaba una tímida sonrisa hacia un punto más alejado. Al seguir la dirección que marcaban sus ojos, vio a un grupo de jóvenes vestidos de gala. En aquel instante se dio cuenta de que se estaba haciendo viejo y de que ya no era el hombre de la vida de su hija.

Ramón Berenguer había determinado que la ceremonia del

banquete se llevara a cabo en el Castellvell. Marta se sentía ufana y orgullosa, pues junto a doña Lionor y doña Bárbara de Ortigosa se consideraba responsable de la colocación y protocolo de las familias condales. La larguísima mesa principal no creó problema, pues junto a los nuevos esposos que ocupaban el centro se fueron sentando alternadamente los personajes de ambas cortes; el único cambio notable fue que el lugar que hubiera tenido que ocupar la condesa Almodis, junto a Guillermo Ramón, lo ocupó su hija Inés, en tanto que su esposo, Guigues d'Albon, se situaba a la derecha de la hija mayor de su nuevo cuñado, el conde de Cerdaña, Berga y Conflent. Las familias importantes se situaron en mesas alargadas perpendiculares a la presidencia. A Martí le correspondió estar, junto a Eudald Llobet, en una mesa con banqueros genoveses, el señor de Gavaldà, el notario mayor y sus respectivas esposas. Marta estaba feliz en la mesa de damas, desde donde divisaba a lo lejos a su padre conversando con su padrino y en el lado opuesto, tras una de las gruesas columnas, la mesa de jóvenes cortesanos donde se hallaba Bertran, medio confundido al intuir que su lugar no era aquél y que estaba traicionando otra vez a la casa de Cardona.

Sin que ella se diera cuenta, desde la mesa principal, Berenguer no le quitaba la vista de encima; desde el punto opuesto, Adelais de Cabrera que asistía junto a sus padres, no podía soportar la visión de Marta en la mesa a la que ella debería haber estado sentada.

Los manjares fueron presentados en angarillas portadas por cuatro criados ante la mesa principal. Luego, y antes de servir las siguientes, fueron paseados entre ellas para que los presentes pudieran observar el detalle ornamental y lo suculento de lo servido. Caldos, cecinas, pescados, carnes, caza, masa horneada y un largo etcétera competían entre sí para dar paso finalmente a torres de frutas cortadas, cremas quemadas, natas montadas sobre bizcocho y un sinfín de exquisiteces. Al finalizar el ágape y tras los parlamentos del obispo exhortando a la pareja a la fidelidad y al buen uso del matrimonio, del conde alabando lo bueno de la alianza entre familias y del flamante esposo prometiendo una hermosa vida a su mujer y su absoluta fidelidad al condado de Barcelona, comenzaron las gentes a levantarse de sus respectivos asientos y a desplazarse de una mesa a otra buscando a sus deudos y amigos, en tanto un grupo compuesto por catorce músicos sobre una alzada tarima comenzaba a desgranar hermosas melodías con sus chirimías, vihuelas, arpas, dulzainas, tamboriles y otros instrumentos de cuerda y viento.

A pesar de la pena que embargaba su corazón, el conde de Barcelona estaba satisfecho: había casado bien a sus dos hijas, su gemelo mayor lo haría en un futuro próximo y en cuanto a Berenguer, mejor era esperar que su carácter se atemperara y aplomándose, dejara de ser presa de aquellos ataques de ira que tan caros le habían costado a su hermanastro Pedro Ramón. Al recordar a este último, la tristeza invadió su espíritu. El tenerlo encerrado en el Castellnou en una fecha como aquélla le acongojaba, aunque el hecho de no tener que intervenir en la sentencia tranquilizaba su espíritu: fuera la que fuese, vendría de Roma, y él la aplicaría al pie de la letra. Las circunstancias de la muerte de su esposa habían sido trágicas, y aunque el acto de Pedro Ramón era inexcusable, en el fondo de su corazón el conde sabía hasta qué punto su esposa había provocado, temerariamente, al heredero de la corona condal.

Los licores hacían su efecto en los mayores y la música animaba a los jóvenes, que salían a bailar las baladas cortesanas venidas de allende los Pirineos. Discretamente, los recién casados se habían ya retirado, y las familias, que debían recorrer un largo camino para volver a sus respectivas mansiones, habían hecho lo mismo tras despedirse del conde.

Marta se había acercado dos veces a la mesa de su padre y de su padrino, y ahora en una doble fila bailaba una danza cortesana donde muchachas a un lado y hombres al otro realizaban una serie de reverencias y pasos cambiando de pareja sucesivamente. En una de esas combinaciones le tocó pasar bajo el arco que formaban las manos alzadas de los otros bailarines, dando la izquierda a Bertran.

—Mi padre no nos quita los ojos de encima —dijo Marta en tanto avanzaban.

—Nadie puede apartar los ojos de la joven más bella de esta fiesta.

Adelais de Cabrera había maniobrado hábilmente para encontrarse con Berenguer. Tras una de las columnas laterales y pese a que él intentaba evitarla, finalmente lo consiguió.

—Señor, me he enterado de algo que tal vez os pueda interesar.

Berenguer, que se hallaba incómodo en su presencia, respondió a la defensiva.

—No fue culpa mía que mi madre propiciara vuestra salida de palacio. Yo negué cualquier implicación vuestra en el asunto que vos y yo conocemos, pero ya sabéis cómo era... Tenía que hallar un culpable y pese a mi defensa, os tocó a vos.

Adelais ni atendió a las palabras del príncipe. Y, como tenía su venganza preparada, lanzó el cebo:

—¿Os sigue interesando Marta Barbany?

Berenguer la miró de soslayo.

—Puede.

—Y si yo os diera los medios para conseguirla...

—¿Qué pedís a cambio? —preguntó Berenguer, algo escamado ante la franqueza de la joven.

—Regresar a palacio y ocupar un lugar preeminente entre las damas.

—Si la noticia lo vale, contad con ello.

—Sospecho que ya sólo os queda un obstáculo...

—Uno, no: varios. Mi padre vive, mi hermanastro aunque encerrado, está aguardando sentencia, y luego está Ramón, mi gemelo.

—Soy joven y puedo esperar. Vuestro padre faltará un día u otro, es ley de vida. A vuestro hermanastro, aunque le llegara el perdón, su acción le invalida como heredero y en cuanto a vuestro gemelo, de vos dependerá...

—Veo que tenéis mucha fe en el futuro; si vuestros augurios se realizan y llego a mandar, contad que el palacio será vuestro hogar. Siempre, claro está, que vuestra noticia lo valga.

—Precio será el que esa plebeya con aires de grandeza tendrá que pagar si quiere salvar a su padre de la ignominia —murmuró Adelais con la voz tomada por el rencor.

Los humores etílicos que nublaban la mente de Berenguer se disiparon de inmediato y un parpadeo de sus ojos indicó a Adelais que había captado totalmente su atención.

Berenguer meditó unos instantes; aquella mujer era temible e intuyó que sería mejor tenerla cerca para controlarla que lejos y meditando rencores y despechos.

—Bien, sea —cedió él—. Decidme qué noticia es esa que habrá de vencer la voluntad de la dama que perturba mis sueños.

—Un hecho incalificable y perseguible en dos vías, cometido por su padre, por lo tanto pieza segura, ya que los tribunales del condado o peor aún, los de la Iglesia, podrán caer sobre él.

—Dejaos de sutilezas e id al grano.

—¿Me juráis que cumpliréis todo lo prometido? —insistió Adelais.

—Os lo juro por la memoria de mi madre; si no lo cumplo, que mi alma arda en el fuego del infierno.

—¿Qué opináis de alguien que hubiera muerto en la religión cristiana y, engañando a todos, hubiera sido enterrada, por concesión especial de la Iglesia, en capilla particular coronada por una cruz y en el interior, cometiendo un horrible pecado, su sepulcro estuviera presidido por una menorá judía y una estrella de David?

—Que estaríamos ante una falsa conversión —repuso él, sin dudarlo— y que quien tal cosa hubiera hecho sería merecedor de un doble castigo por parte del condado y de la Iglesia. Creo que hasta podría perder todos sus bienes.

—Pues bien —dijo Adelais, con una sonrisa—, ésta es el arma que os ofrezco. Ruth, la esposa de Barbany y madre de Marta, está enterrada en una capilla del jardín de su casa que está presidida por una cruz de piedra. Sin embargo, su sepulcro está ornado con símbolos judíos. Ved que además de conseguir vuestro propósito podríais engrosar las arcas condales con toda la fortuna de Barbany.

Berenguer estaba completamente despejado.

—Si hacéis que consiga todo esto, cuando mande en palacio, que mandaré, podéis tener cuanto queráis.

—Me conformo con ocupar el lugar que me corresponde por mi rango y mis méritos.

—Cuando consiga el trono, estaréis a mi lado en el paraíso. ¿No es eso lo que dijo Jesús al buen ladrón? —preguntó Berenguer, en tono zalamero.

Berenguer no cabía en sí de gozo. Si lo que acababa de contarle Adelais de Cabrera era cierto, tenía en sus manos una poderosa arma para conseguir sus fines de una vez por todas. En cuanto volvió al salón principal buscó con la mirada al objeto de su deseo. Allí estaba, bailando con Bertran de Cardona. Los ojos de Berenguer acariciaron el cuerpo de Marta. En ese momento se detuvo la música, y las damas y los caballeros se separaron. Marta, sonriente, con el rostro arrebolado en aquel, su primer baile, se unió a Estefania Desvalls y a las otras jóvenes en un rincón de la estancia. Berenguer no lo dudó: el alcohol y el ambiente festivo se impusieron a la prudencia y fue hacia ella. Las damas se apartaron a su paso con una inclinación de cabeza. Él las ignoró; tenía un único propósito.

—¿Podéis acompañarme unos instantes? —preguntó a Marta—. Hay un asunto que me gustaría tratar con vos ahora mismo.

Marta palideció. Buscó con la mirada a Bertran, y lo vio con los demás pajes. No tuvo tiempo para encontrar una excusa. Berenguer se dirigió hacia las columnas, al mismo lugar donde poco antes había estado hablando con Adelais, y ella le siguió, cabizbaja. Una vez se hubo asegurado de que sus palabras no serían oídas por nadie, Berenguer clavó su lasciva mirada en la joven.

—Creo que os conviene escuchar lo que voy a deciros —empezó él, con voz ronca—. Y valorar lo que oigáis en su justa medida. Ha llegado a mis oídos algo que podría poner en grave peligro la condición de vuestro padre, y la consideración extrema que se le tiene en esta corte. No me gustaría tener que informar al conde de los rumores que afectan a alguien tan distinguido y a quien tanto aprecia.

—Ignoro de qué estáis hablando —replicó Marta, indignada—. Confío plenamente en mi padre y en su honradez. ¡Jamás nadie ha osado insinuar lo que vos decís ahora!

—Tal vez porque nadie hasta ahora ha sabido el secreto que esconde. A veces, un exterior impecable oculta un bochornoso interior. Os lo repito —dijo, dando un paso hacia ella, sonriente y con la mano extendida—, mi intención no es causaros ningún mal. Bien al contrario: vos sois amable conmigo y yo guardaré el secreto para siempre.

—¡Y yo os repito que no hay secreto alguno que guardar! Vos decidís: mi padre está aquí mismo, en esta sala. ¿Queréis que vaya a buscarlo para que podáis hablar con él de un tema que, en el fondo, sólo a él concierne?

Berenguer se detuvo al ver el semblante enfurecido de Marta.

—Veo que no queréis atender a razones —repuso él, y la sonrisa se desvaneció de su semblante—. Luego no digáis que no os advertí. Cuando vuestro padre caiga en desgracia, lamentaréis no haberos mostrado más comprensiva con alguien que sólo quería evitaros ese mal trago.

Los ojos de Marta estaban llenos de desprecio.

—¿Deseáis algo más? —preguntó en un tono fríamente respetuoso. Y, casi sin aguardar respuesta, dio media vuelta y se encaminó hacia la otra parte del salón, con las rodillas temblorosas y el paso vacilante.

Berenguer se quedó quieto, observándola. «Sois demasiado orgullosa, Marta Barbany. Y pagaréis ese pecado con creces, os lo juro», murmuró en voz baja.

91

La acusación

l viejo conde, con su gotoso pie colocado sobre un tapizado escabel, aguardaba inquieto la llegada de su
hijo Berenguer. Nada bueno auguraba el aviso que le
pasó el senescal; ni la urgencia ni las maneras le eran
extrañas. Conocía el caprichoso y errático carácter de su hijo y
que siempre que pedía audiencia era para importunarle.

Le había convocado en una pequeña estancia adjunta al salón
del trono; al ser mucho más pequeña, se calentaba más pronta-
mente y la gran chimenea cargada al límite expandía un calor en
aquel extraño marzo que aliviaba el agudo dolor que le proporcionaba su dolencia.

Las puertas se abrieron y el chambelán de turno anunció la
llegada del irascible gemelo.

—¡El príncipe Berenguer pide audiencia!

—Hacedlo pasar, y convocad a Gualbert Amat.

—Lo que ordenéis, señor.

Partió el hombre y apenas transcurrido un solo toque en la
campana mayor de la catedral, cuando ya se asomaba en el quicio
de la puerta la figura del príncipe, que se acercó respetuoso al gran
sillón que ocupaba su padre e hizo ante él el protocolario saludo,
besando la mano que le tendía el conde.

—Bienvenido, hijo mío. Sentaos.

Así lo hizo el príncipe ocupando el tapizado escabel ubicado
frente a su padre.

—Es por no molestaros, señor. Sé cuán ocupado estáis, lo importante de vuestro tiempo y el descanso que merece vuestra persona tras el trajín que ha representado la boda de Sancha, así que procuro no importunaros.

—Me preocupáis, Berenguer —dijo el conde, pesaroso.

—No hay por qué. Creo que la misión de todos los que tenemos el honor de vivir bajo vuestro techo es evitaros trabajos y procurar que únicamente aquello que transgrede la ley y necesita ser sancionado por vos, os sea comunicado. Y desde luego presentaros aquellas peticiones que requieren vuestro consentimiento.

El viejo conde se agitó, intranquilo. Conocía la doblez del proceder de su hijo y cuán hábil y artero era para presentar cualquier asunto que le conviniera.

—¿Debo entender que hay algo que debo saber?

—Así es, padre.

—¿Qué es ello?

—Temo que tal vez hayáis otorgado vuestra confianza a quien no lo merecía.

El conde meditó un momento aquellas palabras.

—Tal vez… Tened en cuenta, Berenguer, para cuando os llegue el tiempo de gobernar, que únicamente se equivoca aquel que toma decisiones; si sabéis de alguien que haya defraudado mi confianza, debéis decírmelo.

—A eso he venido, padre —afirmó Berenguer, respetuoso.

—Os escucho, proceded.

El príncipe, que ya había establecido las premisas convenientes, se demoró en la respuesta por intrigar al viejo conde.

—¿Qué diríais, señor, de un súbdito que, presumiendo de ser uno de los primeros y más fieles, defraudara vuestra confianza incumpliendo una ley a sabiendas de que os está engañando?

El conde no tuvo tiempo de responder, ya que en aquel mismo instante, el senescal de día, asomando la cabeza por la puerta, demandó la venia del conde para entrar.

—¿Dais vuestro permiso, señor?

—Mejor que eso, Gualbert, os estaba aguardando.

—Padre, en esta ocasión, preferiría hablar únicamente con vos, sin testigos —repuso Berenguer, contrariado.

—El senescal, hijo, no ha de ser testigo de nada. Es uno de mis consejeros más antiguos y queridos. —Dirigiéndose al recién llegado, añadió—: Acercaos, Gualbert.

Lo hizo éste, y prudente, se quedó en pie junto a la gran chimenea, entendiendo que su papel era únicamente escuchar lo que allí se dijera.

—Hablad pues, Berenguer. ¿Qué es eso tan importante que os lleva a dirigiros con tanta reserva?

—Está bien, padre, yo os quería ahorrar la violencia de teneros que definir en un asunto harto complejo en presencia de un testigo, por alto que sea su cargo y vuestra consideración hacia él, pero en fin, sea a vuestro gusto.

—No me vengáis con más circunloquios, Berenguer; lo que sea, decidlo.

Un silencio se hizo entre los tres. Pareció que en la habitación faltaba el aire y el crepitar de los leños colocados sobre los morillos de la chimenea era el único sonido que pautaba la tensión.

Después el príncipe se arrancó.

—Ha llegado hasta mí de buena fuente una noticia que habría que comprobar, ya que de ser cierta podría acarrear graves consecuencias a muchas personas.

—¡Dejaos de circunloquios, Berenguer, y hablad claro de una vez!

Éste no pudo disimular una sonrisa al constatar que tenía a su padre absolutamente intrigado.

—Veréis —prosiguió—, hay un ciudadano que ha merecido vuestra más alta consideración, que os ha representado allende las fronteras y que tiene en palacio entrada franca.

—Sed claro, y no andéis dando vueltas al molino, ¿de quién estáis hablando? —inquirió el conde, con voz recia.

—De vuestro embajador en la corte de Roberto Guiscardo, Martí Barbany.

El viejo conde intercambió una rápida mirada con su senescal.

—¿Y qué ocurre con Martí Barbany?

—Padre, me cuesta decirlo… —mintió Berenguer—, pero creo yo que quien ofende gravemente a Dios, aunque sea con la connivencia de un miembro de la Iglesia, si lo hace de mala fe, está engañando a su señor natural que sois vos y por tanto, de alguna manera cometiendo una traición.

—Vamos a ver, Berenguer, en qué consiste tal engaño.

—Señor, Martí Barbany enterró a su mujer en el jardín de su mansión; hizo para ello una capilla cristiana con la Santa Cruz presidiendo la puerta de entrada y con la bendición de ese sacerdote que fue confesor de mi madre, Eudald Llobet.

—Si os referís al hecho de que fue inhumada fuera del cementerio, os diré que lo hizo con mi permiso, y aunque es concesión que hasta ahora únicamente se había otorgado a la nobleza, creo que los méritos contraídos por ese egregio ciudadano con esta nuestra casa son suficientes para que hiciera una excepción. ¿Dónde está el engaño y qué os va en ello? —preguntó el conde, perdiendo la paciencia.

—Bien me parece si aquí hubiera acabado la historia, pero las cosas no son como vos creéis.

—No te comprendo y ¡por Dios que me estoy cansando de tanto parche! ¡Decid lo que tengáis que decir de una vez y acabemos con esto!

—Está bien, padre. Ya os dije que mejor sería haber hablado sin testigos, yo ya os previne, pero sea como vos habéis querido. —Entonces Berenguer, sin otra pausa, prosiguió—: Resulta que este tan excelso ciudadano, aprovechándose de vuestra buena fe, edificó una capilla cristiana, enterró a su esposa en una tumba y adornó el sepulcro con símbolos judíos, para ser más exacto con una menorá de siete brazos en el frontis y una estrella de David a los pies. Ni que deciros tengo el sacrilegio que eso representa.

El senescal, apoyado en la repisa de la chimenea, se enderezó rápidamente en tanto el viejo conde quedó unos instantes en suspenso sin saber qué decir. Berenguer continuó.

—Eso es un doble crimen merecedor de cualquier castigo. Crimen por abusar de la confianza de su señor y crimen contra la Santa Madre Iglesia. Por mucho menos han ardido otros en la hoguera, y en cuanto el brazo de la ley se ponga en marcha difícil será que únicamente pierda sus bienes.

Ramón Berenguer se acarició la barba y habló en un tono bajo pero preñado de amenazas.

—¿Quién propala tal infundio?

—Eso, con vuestro permiso por el momento, me lo guardo para mí, pero si ponéis en entredicho lo que os digo, hay una manera muy fácil de comprobarlo: ordenad que se registre la sepultura.

—¡Martí Barbany está bajo mi directa protección, y el brazo de la ley, como vos decís, no se pondrá en marcha hasta que yo lo ordene!

—No pertenece a la nobleza, padre, para gozar de ese privilegio —rebatió Berenguer, ceñudo.

—Pero la casa de Barcelona lo ha enviado a una misión con calidad de embajador, lo cual hace que ningún juez pueda incoar juicio alguno contra él, ni ningún veguer una inspección sin mi directo mandato.

El carácter violento de Berenguer surgió como un volcán.

—¡Estáis protegiendo a un perjuro que ha abusado de vuestra buena fe y ha faltado al Papa, que recomienda encarecidamente que, aunque permitamos que esos cerdos judíos vivan entre nosotros, cuidemos mucho de no contaminarnos!

—No sois quién para enmendar la plana a vuestro padre —replicó el conde con voz severa—. Las prerrogativas de un gobernante cristiano son muchas, y entre otras está la de ser el supremo juez de sus jueces. Antes de tomar decisión alguna hay que poner en la balanza los pros y las contras; lo que puede favorecer y lo que puede representar una gran pérdida para el condado. Si un día llegáis a ser conde, cosa harto improbable, podréis gozar de esas prerrogativas. Nadie en tanto yo aliente, juzgará a un hombre por hacer en su casa algo que no perjudique a sus conciudadanos.

—Tal vez la Iglesia no opine lo mismo. ¿No dice el Evangelio «al César lo que es del César y a Dios lo que es de Dios»?

—Pues considerad que eso es sólo del César y que no llegue a mis oídos que vais propalando por ahí lo que ha de quedar entre estas paredes. —El conde hizo una pausa para hacer hincapié en su advertencia—. Cuidad vuestra lengua y no despertéis mi ira.

Berenguer se puso en pie y al hacerlo el escabel en el que estaba sentado salió disparado hacia atrás.

—¡Creí que, como buen hijo, mi obligación era deciros cualquier cosa que merme claramente vuestra autoridad! Pero veo que me he vuelto a equivocar... Soy vuestro súbdito, pero os ruego tengáis a bien borrarme como hijo... ¡Yo nunca he tenido padre!

Y sin otra cosa que añadir salió violentamente de la estancia.

92

Mainar y Gueralda

ainar se había acercado a la mancebía que tenía en Montjuïc con el propósito de conocer a aquella extraña mujer de quien Maimón le había hablado. Y ahora que la tenía delante comprendía aún menos los motivos que podía tener la sirvienta de una buena casa para ofrecer sus servicios en un negocio como el suyo. Gueralda había llegado a su gabinete precedida por Maimón, vistiendo justillo y falda de color castaño, con una especie de pañoleta azul de lana sobre los hombros; llevaba el pelo recogido en una gruesa trenza sujeta con peinetas alrededor de la cabeza y los pies calzados con escarpines. No ocultaba la cicatriz de su mejilla, y en sus ojos había un brillo peculiar que muy bien conocía Mainar: era el rescoldo que deja el odio.

La mujer se quedó parada a tres pasos de la mesa. Mainar la estudió a fondo. No había temor en su mirada.

Maimón aguardaba la orden de su amo.

—Retírate, Maimón, déjanos solos. Esta buena moza y yo tenemos mucho de que hablar… Somos compañeros de desgracia, a ambos nos han desgraciado el rostro.

Maimón se retiró cerrando la puerta tras él y quedaron frente a frente la mujer y Mainar.

—Siéntate y cuéntame tu vida. Hazlo con sinceridad, pues enseguida sabré si pretendes engañarme. Estás frente a alguien que puede comprenderte muy bien. Yo también he pasado por lo tuyo.

La mujer se situó frente a Mainar, recogió el vuelo de su saya y comenzó a explicarse.

El tiempo pasó en un sin sentir. Mainar fue recogiendo toda aquella información y archivando lo que más le interesaba. Como había supuesto, el odio rebosaba en el corazón de Gueralda e iba dirigido a varias personas. Si podía reconducirlo en su beneficio haría un buen negocio.

—Vayamos por partes. Me dices que estuviste sirviendo en la casa de Martí Barbany y que allí te desgraciaron la cara.

—Fue su hija —afirmó ella, con rencor—. Es una muchacha consentida que hace de su padre lo que quiere.

—Me dices que el tuyo sigue trabajando para él.

—En las atarazanas; está al cargo del almacén de enseres, pero desde que me robó mi dinero nada quiero tener con él.

—Vas por la vida, mujer, pecando de inocente. Parece que ese tal Tomeu también te ha dejado sin dineros. Imagino que ése es el motivo por el cual lo buscas.

—Quiero cobrarme lo que es mío.

—Me dijo Maimón que tienes otras pretensiones.

Por un instante Mainar intuyó que la muchacha se sentía incómoda.

—No tengo dónde ir; me marché de la casa donde servía y no pienso volver…

—Esto no es una posada —repuso Mainar—, y el mantenimiento de las pupilas cuesta buen dinero, pero debo correr con el gasto pues todas son esclavas mías y me pertenecen. Hablemos claro, ¿qué es lo que pretendes?

—El día que Tomeu acuda y se ocupe, quiero que se me avise para sorprenderlo. A cambio de ello trabajaré para vos por casa y la comida.

—No creo que me interese. Tal vez si me ofrecieses un servicio aparte… Dime, ¿cuánto tiempo serviste en la casa de Martí Barbany?

—Más o menos diez años, cuando la mujer murió de parto yo ya estaba.

—De lo cual se infiere que conoces la mansión a fondo, sus costumbres y las gentes que la habitan.

—Como el fondo de mi bolsa —aseguró Gueralda—: nada hay que desconozca.

—Entonces tal vez arreglemos un negocio.

—Si vos me ayudáis en mi empeño, contad conmigo para lo que gustéis.

Un sinfín de pensamientos y planes bullían en la mente del tuerto.

—Bueno, mujer, si estás dispuesta a colaborar conmigo, vas a cobrarte dos piezas con una sola flecha. De una parte podrás vengar la ofensa que te hizo el hombre que se quedó tu dinero y de la otra mi desquite será el tuyo.

—No alcanzo a comprenderos, señor.

—Mis dardos van contra la casa de Martí Barbany, donde, si no me has informado mal, también tienes cuentas que saldar.

—Vuestra idea no me disgusta pero ¿cómo va a ser eso?

—Déjalo en mi mano, limítate a responder a mis preguntas. Si todo sale como espero, el repique de esa campana llegará hasta los confines del país. No hará falta que nada te sea explicado.

—Estoy dispuesta, señor.

—Pues vamos a ello. ¿Cómo es la vigilancia por las noches en la casa de Martí Barbany, cuántas entradas hay y quién ronda la muralla?

—Mal lo tenéis si pretendéis entrar de noche. Aquello es una fortaleza: tras la gran puerta cerrada está el cuerpo de guardia, en la muralla hay cuatro casamatas y la ronda las visita periódicamente y cambia los centinelas.

—¿Qué otras puertas hay además de la principal?

—Dos en el huerto y una en el jardín; pero las tres están vigiladas y hasta que los carros que van al mercado no tienen que partir, no se abre ninguna de ellas.

—¿Qué distancia hay desde la muralla hasta la pared más cercana de la casa?

—Quizá trescientas varas por el frente.

—¿Y cómo está iluminado ese terreno?

—Cada cuarta hay un farol de petróleo que luce durante toda la noche.

—Pero, según tengo entendido, la mansión se integra por la parte posterior en lo que debiera ser la prolongación de la muralla.

—Es la gruesa pared de las cocinas, pero allí no existe puerta alguna, sólo la gatera por la que entra la leña.

—¿Y qué día del mes, si es que lo hay fijo, entra la leña?

—Siempre el último día, si es que no es festivo —respondió ella sin dudarlo.

Mainar se puso en pie.

—Eres una buena chica y voy a ayudarte. Déjame rumiar todo lo que me has dicho; entretanto, vivirás aquí, colaborarás en la casa y te ayudaré a recobrar lo tuyo si llega tu hombre. Mi mayordomo arreglará contigo todo lo referido al dinero. Y tú y yo nos volveremos a ver.

93

Los guantes

Y eso por qué, padre Magí?

Sobre la mesa del clérigo obraba una caja de cartón abierta. Eudald Llobet había apartado el tintero de grueso cristal tallado para hacer sitio y tenía en sus manos un guante tejido a mano de grandes dimensiones, que intentaba calzarse en su diestra.

El curita, nervioso como casi siempre, respondía a su superior.

—Mi madre os los envía: no tengáis en cuenta el valor intrínseco del presente, sino únicamente que los ha tejido con sus manos para expresar toda su gratitud.

—Pero no tenía por qué hacerlo...

—De esta manera os agradece las muchas venias que me dais para ausentarme. De no ser así, no se me alcanza quién, aparte de una buena vecina, podría cuidar de ella; me preguntó cuáles eran vuestras aficiones y le respondí que, aparte de leer, únicamente os entretienen vuestros rosales y ahora los cactus. Entonces la mujer entendió que bien os vendrían, para evitar los pinchazos de las unas y los arañazos de los otros, un buen par de guantes reforzados. A veces las plantas, al igual que las personas, no son agradecidas y hieren a quien las cuida; el único mérito del obsequio es que los ha hecho estando en la cama, ya que actualmente le cuesta mucho levantarse.

—Dadle en mi nombre las gracias más efusivas y contad con mi presencia si algún día quiere recibir a Jesús sacramentado.

Magí se sobresaltó.

—No hará falta, padre. El nuevo párroco de la iglesia del Pi va frecuentemente a consolarla.

—Vuestra madre es una devota cristiana —dijo el padre Llobet, afectuoso—, y reconfortaos, pues tras tan largo sufrimiento, tendrá el cielo asegurado.

—¿Podré esta noche acudir a velarla? La vecina, que asimismo es matrona, me dijo que tiene a punto a una parturienta primeriza y cree que la criatura viene algo descolocada y que le será imposible acompañarla hasta que el infante esté en el mundo.

—Contad con ello, padre Magí, y hasta que ocurra lo que me habéis anunciado inevitable, podéis salir siempre que sea preciso.

—Mil gracias, vuestra reverencia; pero ¿quién os asistirá a vos?

—No paséis pena por mí, me sé arreglar solo, y además decidle que esta misma tarde estrenaré sus guantes. Id —le animó el clérigo con una sonrisa—, no os entretengáis.

Partió al punto el curita tras besar el crucifijo que pendía del grueso cíngulo y que colgaba de la cintura de su superior y éste, en cuanto se quedó solo, tomó el cestillo de sus utensilios de jardinería y partió hacia el huerto posterior del convento.

Atendiendo su petición y teniendo en cuenta que sus ojos ya no eran los de antes, el superior le había relevado de sus obligaciones en el *scriptorium* y asignado un nuevo trabajo al aire libre, complaciendo su gran afición. El padre Llobet había trasplantado sus rosales de las macetas, que en tiempos había tenido en el alféizar de su ventana, a un recuadro del huerto bajo, frente a la salida de carruajes. El viejo clérigo, dado que la salinidad del agua dificultaba el crecimiento de muchas especies, dedicó sus esfuerzos y afanes a estudiar en la biblioteca cuantos escritos pudo hallar que versaran sobre plantas muy resistentes: una epístola de Teofrasto de Sicilia, otra de Teócrito de Siracusa y finalmente la *Naturalis historia* de Plinio el Viejo, le pusieron sobre aviso de alguna variedad que sobrevivía a pesar de la carencia de agua, procedente de zonas desérticas africanas. Recordaba el arcediano que encargó a su amigo Martí Barbany que le trajera alguna si cualquiera de sus barcos tocaba aquella zona. Al cabo de un año llegaron las primeras chumberas y los primeros esquejes de cactus. Y así comenzó aquella nueva aventura.

Eudald Llobet, ufano e ilusionado como un niño con una peonza nueva, se puso los guantes y comenzó a trajinar entre las espinosas plantas en tanto su pensamiento iba al encuentro de su viejo amigo.

Dos temas le atormentaban. En primer lugar la misteriosa desaparición de Rashid al-Malik, que había llenado de zozobra el corazón de Martí, y en segundo, el manejo de aquella delicadísima situación que se había planteado en palacio y que no era otra que el persistente acoso de Berenguer hacia su querida ahijada que ahora había cobrado forma de amenaza. Situación que debería mantener en el más estricto de los secretos y resolver como mejor pudiera para no levantar la liebre, ya que si de alguna manera llegara a los oídos de Martí, no quería imaginar la tormenta que podría desencadenarse. Debería, pues, tratar todo ello con guantes de terciopelo, pensó sonriendo al ver los que acababan de regalarle.

94

La solución desesperada

ashid al-Malik era consciente del futuro que le aguardaba. Estaba aterrorizado: no era un hombre valiente, pero sí de firmes convicciones, por lo que el juramento hecho en nombre de sus antepasados, y la certeza de que todo aquello redundaba en perjuicio de su querido amigo y protector Martí Barbany, estimulaban su aguda inteligencia, a la vez que le empujaban a buscar soluciones que causaran el mayor daño posible a los enemigos de su amigo. No le importaba morir, pero pensaba que su triste destino final, que preveía inevitable, no debía ser estéril.

Las excusas se acababan. Con el paso de los días le habían ido proveyendo de cuantas cosas fue demandando. Tanto los componentes para fabricar el fuego griego como los alambiques, probetas, morteros, maceradores, pipetas, destiladores y, en resumidas cuentas, todo cuanto era necesario para lograr su objetivo ya estaba en los anaqueles de la gruta que visitaba todos los días. Su único interlocutor era el criado; no había vuelto a ver ni al tuerto ni al caballero vestido al modo islámico. Por lo demás seguía siendo atendido sin que pudiera decirse que nada le faltara. Incluso había notado un mayor esmero en la comida que le servían.

Tres días antes, el dueño de la mansión le había convocado y en una tensa conversación donde ya no le valieron excusas, le había dado un plazo que terminaba al mediodía de aquel martes: si ese día y a esa hora no podía hacer una demostración del poder del fuego griego tendría que atenerse a las consecuencias, y ésas no eran otras que visitar la horrible mazmorra. La noche anterior no pudo dormir; dio vueltas y más vueltas en el lecho buscando soluciones que le permitieran alargar aquel encierro prolongando el engaño, con la remota esperanza de que tarde o temprano dieran con su escondite y vinieran a rescatarlo. Su corazón se agarraba a aquel anhelo pero su mente le decía que todo era una vana elucubración. Su decisión estaba tomada: era inútil prolongar la agonía, lo que tenía que hacer debía hacerlo ya. Se vistió por la mañana y, llamando al criado que le habían asignado, le pidió que buscara al dueño de la casa. Éste acudió al punto y con la excusa de que en la gruta donde trabajaba hacía frío, le rogó que le trajera una camisa larga de lana que se colocó sobre las calzas a modo de gambax, luego escogió de entre la ropa una túnica que le llegaba hasta los pies y calzó sus borceguíes. Entonces volvió a llamar a su carcelero y, alegando que era el día definitivo y que el trabajo que iba a realizar era muy delicado, ordenó que nadie le interrumpiera ni le molestara, y que le proporcionara además un pincel de regular tamaño y de pelo de tejón que le era preciso para culminar la última fase del proceso. Le pidió también que cuando llegara su patrón le dijera que todo estaría a punto después de la comida del mediodía.

El pedido le fue suministrado de inmediato y, como cada mañana, fue acompañado a la gruta y encerrado con dos vueltas de llave.

Rashid miró en derredor, hacía varios días que había terminado el proceso de fabricación de la milagrosa gelatina y, en la vana espera de no tener que recurrir a lo que estaba a punto de hacer, la había guardado en un tarro de loza en lo más alto del último anaquel. La suerte estaba echada: ya no cabía demora ni pretexto. Tomó la escalerilla de tres peldaños y se aupó con sumo cuidado, tomando en sus manos el quebradizo recipiente; bajó con tiento y lo depositó en el mostrador donde tenía la redoma, el alambique y el destilador. Luego procedió a desnudarse quedando únicamente con las calzas puestas. Entonces, destapó el frasco y procedió con sumo tiento a untar el extremo del grueso pincel en el viscoso producto; luego, colocando extendida sobre el mostrador la larga camisa de lana, comenzó, cual si fuera un experto tintorero que quisiera colorear una prenda, a expandir la pringosa gelatina sobre la saya sin dejar ni una pulgada libre.

Cuando el trabajo estuvo terminado, volvió a vestirse con la impregnada vestimenta y sobre ella se colocó su túnica y se ciñó el cíngulo a la cintura; luego arrinconó la escalerilla, se fue a un rincón de la gruta, tomó una alfombrilla y la colocó en el suelo mirando a La Meca y, poniéndose de rodillas y besando el suelo, comenzó a recitar las oraciones que su madre le había enseñado de niño.

Los aires que soplaban por Barcelona no eran precisamente los más propicios para los planes del caballero de Sant Jaume y de su socio Bernabé Mainar. Por esos rumores que trae y lleva el viento algo flotaba en el ambiente y la gente maliciaba al respecto de que la hueste se preparaba para salir de la ciudad. El caballero de Sant Jaume estaba indignado ante el hecho de que un simple plebeyo, por grande que fuera su fortuna, pudiera obtener del conde un favor como ése.

Mainar y el de Sant Jaume habían partido de madrugada hacia Arbucias a lomos de sendos caballos y dispuestos a reventarlos si preciso fuera, hasta la posta subsiguiente; el primer cambio de corceles sería en Iluro y el segundo en Arenys de Munt.

A eso del mediodía llegaron a su destino. Los recibió en la entrada el criado de la masía, que sujetó las bridas de los caballos y se hizo cargo de ellos.

—¿Dónde está tu amo?

—Ocupándose del huésped, señor.

—Voy a hacerlo yo personalmente. Tú acompaña al señor Mainar, que quiere comprobar que todos los artilugios de abajo estén en condiciones por si nuestro acogido requiere un tratamiento especial, cosa que sospecho.

Entraron los tres hombres en la masía y en tanto el sirviente acompañaba al tuerto al sótano a inspeccionar la celda de tormentos, el de Sant Jaume se dirigía al primer piso para, en compañía del dueño, ir a comprobar si aquel maldito anciano había cumplido con su compromiso.

—Creo que todo estará en orden, señor; esta mañana me ha pedido ropa de abrigo alegando que en la cueva hace frío y después, no sé bien para qué, un pincel de pelo de tejón.

—¿Te ha dicho algo de cómo iba el encargo?

—Me ha indicado que nadie le molestara, pues al parecer hoy era el día definitivo.

—Eso espero, por su bien… Si sabe lo que le conviene, cumplirá.

—Ha añadido, señor, que todo estará listo después de la comida.

—Está bien —cedió Marçal—, concedámosle esta última gracia.

Después del refrigerio, el caballero de Sant Jaume y Bernabé Mainar se dirigieron a la gruta del fondo del huerto. La puerta, cerrada con doble vuelta de llave, estaba disimulada por la maleza y si no se conocía perfectamente el lugar, no era fácil de descubrir a simple vista.

El propietario se retiró tras entregar el aro de llaves a su señor.

El ruido de la cerradura alertó a Rashid, que rápidamente se alzó del suelo y apartó la alfombrilla. La luz de los candiles se vio reforzada por la que entraba al abrirse la puerta. Entraron ambos hombres y la cerraron a su espalda.

Rashid no esperaba a dos personas y en tanto hablaba su mente decidió.

—Está bien, señor al-Malik, ha llegado el momento. Vamos a ver si sois un hombre de palabra o un charlatán de feria.

—He cumplido mi parte del trato; espero que cumpláis la vuestra.

—Sin duda, señor al-Malik —apostilló el caballero de Sant Jaume—. En cuanto nos mostréis que el invento funciona, comprobaréis que siempre cumplo lo que prometo.

Mainar estaba algo más atrás y tal circunstancia fue la que determinó su destino.

Rashid habló:

—Os voy a demostrar la potencia y lo inconmensurable de mi invento. Vais a poder comprobar el resultado del fuego que no cesa.

—Veamos pues.

Entonces Rashid al-Malik tomó el candil que estaba sobre el mostrador y dio un paso al frente. Estaba prácticamente a menos de una braza de su captor cuando, con un veloz gesto impropio de sus años, arrimó la llama a su túnica que se prendió con la rapidez del relámpago. Un intenso resplandor estalló en la gruta. Entonces aquella antorcha viviente se abalanzó sobre el de Sant Jaume y se agarró a él con brazos y piernas como una mantis religiosa que se precipita sobre el macho que la ha fecundado. Mainar apenas tuvo tiempo para, de un salto, alcanzar la puerta y abrirla. La entrada del aire avivó la llamarada: los cuerpos unidos de ambos hombres rodaron por el suelo, los gritos del de Sant Jaume mezclados con los gemidos de Rashid rebotaban por las paredes de piedra de la gruta desgranando un trágico concierto. La mente de Mainar iba como el viento. En un momento dado, obedeciendo a un instinto primitivo, intentó acercarse a la tea ardiente pretendiendo separar ambos cuerpos. Luego buscó algo con que cubrirlos para intentar apagar la llama, sin hallarlo. Salió al exterior y comenzó a pedir socorro. Una cuadrilla de hombres ya llegaba.

Todo fue imposible: el humo que salía por la puerta y por el tiro de chimenea que atravesando la bóveda de la gruta daba al exterior, impedía toda intentona. Sólo cabía esperar.

Al cabo de un largo tiempo, cuando remitió el incendio y pudieron entrar, el hedor hizo retroceder a los hombres. Mainar, cubriéndose con un pañuelo boca y nariz, se sobrepuso y llevando en la mano un candil se acercó al amasijo de huesos y carne quemada que yacía en el suelo. Un brillo especial llamó su atención; allí, chamuscado en el dedo del musulmán que por un milagro no se había quemado, figuraba un anillo con el sello labrado en una piedra dura y con las iniciales M y B.

95

La visita a palacio

artí avanzaba por los pasillos de palacio con la mente llena de preocupaciones. Gracias a Dios, Manipoulos había llegado a Barcelona a bordo del *Laia*, sano y salvo. Era la única buena noticia de estos últimos días, marcados por la desaparición de Rashid y sus nuevos problemas con Marta. Martí se dejó conducir por los largos pasillos siguiendo al chambelán, que lo escoltaba a la sala donde se hallaba el senescal, Gualbert Amat. La estancia tenía otra salida que daba al palenque cubierto en el que los jóvenes pajes y los caballeros se adiestraban en el arte del combate. Gualbert Amat, equipado con la indumentaria de maestro de armas, lo recibió afectuoso.

—Bienvenido a palacio, don Martí; perdonad el lugar y mi aspecto, pero mis obligaciones me requieren aquí. —Luego, mirando hacia la otra puerta, aclaró—: Son jóvenes de sangre caliente y de vez en cuando precisan de mi arbitraje. A nadie le gusta perder y menos aún ser desarmado.

—Señor senescal, me honráis recibiéndome sea cual sea el lugar.

—Sentémonos entonces y pido a Dios que no tenga que interrumpir nuestra conversación por tener que acudir a componer cualquier desafuero.

—No quisiera entorpecer vuestra labor. Me acomodaré a cualquier circunstancia.

Ambos hombres se sentaron en un banco junto a una pared desnuda. El senescal tiró de una borla dorada que remataba un cordón y al punto compareció un criado portando una bandeja con una jarra llena de vino y sendos cuencos, que dejó en una mesilla adjunta.

Una vez servidos, los dos hombres comenzaron el diálogo.

—Os he hecho llamar, señor Barbany, para poneros al día de cuanto se está haciendo por hallar alguna pista acerca de la misteriosa desaparición de vuestro colaborador, Rashid al-Malik, y daros cuenta del, por el momento, pobre resultado.

Martí, con la angustia reflejada en sus ojos, aguardó atento la explicación del senescal.

—He empleado en el empeño quince días y muchos hombres de la hueste de Barcelona y usado la táctica del guijarro en el agua. Han comenzado por el centro de la ciudad y se han ido expandiendo en olas sucesivas por todos los barrios, hasta alcanzar las murallas. Luego han salido extramuros, se ha preguntado en todos los mercados y se han registrado las villas aledañas. Sant Cugat del Rec, Vilanova del Arcs, Santa Maria del Pi, el barrio de la ribera, en fin todos y cada uno... He hecho sondar y rastrear el Rec Comptal, la riera del Cagalell y el *estany* del Port. —El hombre exhaló un suspiro—. Pero el resultado ha sido desalentador. Las mazmorras están llenas de maleantes, sajadores de bolsas, falsos tullidos, en fin esa caterva que intenta medrar en las grandes ciudades a costa de los demás, pero ni rastro de vuestro hombre. Si por mí fuera, seguiría en ello, pero me dice el veguer que la gente está incómoda; no olvidéis que al fin son vecinos y que cada uno tiene sus afanes. Creo que tristemente deberemos dejarlo: un hombre, si es que todavía vive, se puede ocultar en cualquier lugar y el condado es muy grande. Por lo que yo sé, vuestro amigo vale mucho más vivo que muerto y creo que, tarde o temprano, sus captores se tendrán que poner en contacto con vos.

Martí emitió un hondo suspiro.

—Agradezco, senescal, todo lo que se está haciendo y estoy dispuesto a compensar de la forma que me indiquéis los esfuerzos realizados.

—No se trata de eso, don Martí —repuso el senescal—. Sabéis que la hueste se convoca para cosas concretas y jamás se ha dado un óbolo por ello. Os juro que si viera la menor probabilidad no cejaría en el empeño, pero creo que es buscar una aguja en un pajar.

—Permitidme, señor, poner en práctica algo que se me ha ocurrido esta mañana.

—Si me permite disolver la hueste, contad con ello.

—Únicamente me harán falta los pregoneros del conde.

El senescal lo observó con curiosidad.

—Siempre os tuve por un hombre de recursos, seguro que vuestro plan será ingenioso.

—No es ninguna idea brillante. Se trata simplemente de poner en marcha algo que mi experiencia me dice que jamás falla.

—Hablad, Martí.

—Se trata de azuzar la avaricia que hay en todo corazón humano.

—Decidme cómo —inquirió, curioso, el senescal.

—Los pregoneros del condado se repartirán por la ciudad acudiendo a ferias, plazas, mercados…, en fin a los lugares donde haya más concentración humana; en ellos, a golpe de corneta convocarán al paisanaje y entonces con voz clara y fuerte leerán el bando que os proporcionaré. En él se ofrecerán cien mancusos a cualquiera que dé noticias del paradero de Rashid al-Malik. Explicaremos cómo iba vestido y sus características físicas y la fecha de su desaparición. Creo que puede dar resultado.

—No dejáis de asombrarme, Martí. Tengo curiosidad por conocer al hombre que vale ese dinero.

—Mi amigo vale mucho más —dijo Martí mientras esbozaba una triste sonrisa.

—Tendremos que montar una dependencia con amanuenses y guardias en la puerta, para espigar de entre la multitud de espabilados el que en verdad sepa algo del asunto.

—Me habéis dado una idea: en el mismo bando, si me lo permitís, se amenazará con el calabozo y cincuenta azotes a aquellos que, queriéndose hacer con el dinero, traten de defraudarnos.

Gualbert Amat meditó unos instantes.

—Creo que es más efectiva esta solución que la hueste revolviendo el condado medio año. Si existe una sola persona que sepa algo, sin duda llegará a nosotros, y no os extrañéis si dicha persona ha intervenido en el asunto.

—Las almas arrepentidas también me valen —dijo Martí con firmeza.

—Voy a ocuparme de inmediato de que el veguer ponga en marcha a sus pregoneros. Decidme ahora, ¿puedo hacer algo más por vos?

—Si fuera posible, me gustaría entrevistarme con don Bertran de Cardona.

—Está justando, aunque debe de estar a punto de finalizar, ahora me ocupo de ello. Es un gran muchacho y sin duda será un gran guerrero. Vino aquí como rehén de su padre y ha hecho tantos méritos que se puede decir que a él se debe en gran parte que nuestro conde se haya vuelto a reconciliar con el de Cardona. El mayor de los gemelos, para el que habéis ido a pedir la mano de la hija de Roberto Guiscardo, lo va a nombrar su alférez.

—Me alegro mucho por él y por el joven conde, pero esta circunstancia todavía me reafirma más en mi idea.

—No os alcanzo.

—Cosas de jóvenes y oficio de padre. Mi hija Marta ha estado en contacto durante todo el tiempo que he estado ausente con ese joven. Es una circunstancia que se me escapó y debería haber previsto. —Martí meneó la cabeza, pesaroso—. Se ha enamorado, o por lo menos así lo cree ella, y como comprenderéis, senescal, mi obligación es cortar de raíz esos amores. No quiero que sufra, pues si antes era imposible, ahora lo es mucho más. Vos sabéis lo que es esta Barcelona y lo que representa pertenecer a una clase u otra. El joven, además de futuro vizconde de Cardona, va a ser el portaestandarte de nuestro conde. La distancia que mediará entre él y una muchacha plebeya, por más que sea hija de un ciudadano distinguido, es un abismo. Antes de que sea demasiado tarde voy a pedir a ese joven que la desengañe y a nuestro señor, el conde, que me deje llevarla a casa.

El senescal asintió a la argumentación de Martí.

—Tenéis razón, ninguna casta renuncia a sus privilegios. El matrimonio todavía representa, hoy día, unión de familias, aumento de bienes y tierras, pero sobre todo enlaces de sangre que reafirman y ennoblecen el árbol genealógico de cada quien. Esos blasones, querido amigo, todavía no se ganan con dinero.

El ruido en la sala de armas había cesado. Tras una pausa el senescal se levantó.

—Aguardad un momento, voy a buscarlo.

Partió Gualbert Amat y quedó solo Martí. Aquella mañana había venido a palacio con tres ideas; la primera estaba despachada, pensaba que con bien, con la segunda, esperaba asimismo triunfar en su empeño, aludiendo a la juventud de su hija y apelando a la hidalguía del futuro vizconde de Cardona para no dañarla, y la tercera; intuía que la más difícil, iba a ser hacer entender a Marta que aquél era un amor imposible y convencerla para que regresara a casa.

96

Palabra de honor

l cabo de un tiempo que a Martí le pareció un instante, se apartó la cortina y compareció en la arcada que separaba aquella estancia de la sala de armas el joven vizconde de Cardona acompañado por el senescal. Martí se levantó de su asiento.

Cuando el senescal iba a hacer las oportunas presentaciones, Bertran se adelantó.

—No hace falta, señor, el día de la boda de la condesa Sancha fuimos presentados.

—Entonces, si me lo permiten vuestras mercedes, me retiraré. —Se dirigió entonces a Martí—. Cuando hayáis terminado, hacedme llamar; me gustará tratar todo lo hablado.

Y sin más Gualbert Amat abandonó la estancia.

Quedaron los dos hombres frente a frente. El joven de Cardona parecía sereno y desembarazado ante Martí Barbany, un hombre que era leyenda en Barcelona.

—Mejor hablaremos sentados, ¿no os parece? —dijo Martí.

—Desde luego, intuyo que lo que queréis decirme va para largo.

Martí comenzó dando un rodeo, hablando de su viaje y aduciendo que éste había sido el motivo por el que había rogado a la difunta condesa Almodis que tuviera a bien acoger a Marta en palacio para recibir la educación de una dama. Hábilmente, trató de hombre maduro al joven para que entendiera el problema de una «niña» que se había enamorado por vez primera. Luego expuso sus ideas acerca de la nobleza y dio por sentado que el muchacho aceptaría su opinión sobre la inviabilidad de un proyecto de matrimonio que era totalmente imposible.

Bertran le turbaba. Él, que había cerrado mil negocios, pasado mil peligros y lidiado situaciones en verdad complicadas, como su última aventura con el pirata, se sentía ante aquel muchacho, sereno y respetuoso, altamente desconcertado.

—Finalmente comprenderéis que como padre mi obligación es evitar que mi hija Marta sufra un desengaño que a su edad sería muy doloroso. —Y añadió—: Yo también he sido joven. A los trece años una muchacha se enamora del amor…

A Martí le sorprendió el silencio del joven y su reflexiva actitud.

—¿Entendéis lo que os quiero decir? —insistió.

—Diáfano como la luz, señor —afirmó el joven sin que le temblara la voz—, pero pienso que vuestra larga ausencia ha hecho que hayáis perdido un poco de vista la realidad de una muchacha que es ya una mujer. Aunque lo entiendo, porque a un padre suele costarle mucho reconocer que su niña ha crecido.

—¿Qué queréis decir?

—Que a esa edad se conciertan la mayoría de los matrimonios entre las nobles familias.

—Pero vos sabéis que se pactan por motivos de alianzas de sangre y aumento de los estados, jamás se tiene en cuenta la opinión de la mujer y en este caso, por fortuna, yo no soy noble.

—Por lo visto, señor, vos tampoco respetáis su opinión.

—¿Qué insinuáis? —preguntó Martí, molesto y desconcertado a la vez—. No ambiciono que mi hija me proporcione alianza alguna. Únicamente tengo una pretensión, y ésa es su felicidad.

—Vuestra actitud no corresponde a vuestras palabras —repuso Bertran, mirando al armador directamente a los ojos—. ¿A qué edad pretendéis que se enamore? ¿O es mejor que no lo haga nunca y os cuide en vuestra vejez?

Martí tuvo que contenerse.

—No os equivoquéis, señor. Únicamente pretendo que mi hija se enamore de quien le corresponda.

—¿Queréis decir de alguien que también la ame a ella? Porque ése soy yo.

Martí se sorprendió un instante, pero reaccionó con prontitud.

—Quiero decir de alguien de su misma condición social.

Una pausa tensa se estableció entre los dos hombres.

Martí aportó unos razonamientos que estaba seguro que el muchacho entendería.

—Vamos a ver, es para mí un honor que me digáis que amáis a Marta, pero eso no cambia las cosas. ¿Creéis acaso que vuestro padre admitiría el enlace?

—Si mi padre acepta a vuestra hija de buen grado me alegraré mucho. En caso contrario, tengo una cabeza y dos brazos para ganar el sustento de mi familia.

Martí no pudo menos que admirar la entereza que demostraba aquel joven.

—Sois un joven excelente y, como corresponde a la juventud, esforzado y soñador. Si no fuerais de noble estirpe, estaría feliz de entregaros a mi hija, pero las cosas son como son y nada ni nadie puede cambiarlas. La vida me ha enseñado cuán cerradas son las familias en esta ciudad y si, traicionando a vuestra estirpe, desposarais a mi hija, veríais cuántas puertas se os cerrarían y cuán pocos amigos os quedarían.

—A todo estoy dispuesto y os pido formalmente la mano de Marta.

A Martí le enterneció la postura del joven.

—Voy a proponeros algo.

—Os escucho.

—Vais a hablar con ella y le vais a decir que os dais un tiempo de tres años durante los cuales no os veréis bajo ninguna circunstancia. Si al cabo de ese tiempo ambos pensáis lo mismo, la buscaréis; en caso contrario, esta relación habrá finalizado. Creedme que lo digo por su bien y por el vuestro.

—Me pedís algo muy doloroso —murmuró Bertran, y en su semblante se reflejaba que no hablaba en vano.

—Os voy a decir una cosa. El amor es como una hoguera: si el fuego es débil, el viento lo apaga, pero si es firme lo acrecienta.

Bertran, y permitidme que os llame por vuestro nombre, pasad por ello si queréis, de verdad, a mi hija.

El muchacho meditó unos instantes.

Luego se puso en pie y habló contenido y emocionado.

—Está bien, señor, accederé a vuestros deseos y vendré a buscarla cuando el tiempo que habéis marcado haya transcurrido. Os doy mi palabra de honor.

97

Las tres conversaciones

ertran se había reunido con Marta en la rosaleda de la fenecida condesa Almodis. Ella atendía a las explicaciones del muchacho con el rostro cariacontecido y conteniendo una lágrima que pugnaba por salir de sus ojos.

—Éstos son los argumentos de tu padre, y como pienso que en el fondo habla desde la razón, le he dado mi palabra de honor de que respetaré su deseo.

En las pupilas de Marta amaneció un puntito brillante de ira.

—Así que habéis hablado con él, y entre los dos habéis decidido, sin tener para nada en cuenta mi opinión, algo que creo que me atañe tanto como a vos.

Bertran se removió, inquieto, y bajó la cabeza.

—Marta... No pude hacer otra cosa... Estos tres años serán para mí también una tortura. —Intentó cogerle la mano, pero Marta la apartó—. No te enfades conmigo, por favor...

—Sí me enfado, Bertran —replicó Marta, conteniendo las lágrimas—. Me dijisteis que me amabais, me pedisteis en matrimonio... Y ahora os dejáis convencer por mi padre, que nos impone una espera absurda.

Bertran estaba desconcertado. Cuando habló con Martí, la petición de éste le pareció dura, pero razonable. Ahora, las lágrimas de Marta, su enfado, le hacían dudar de aquella decisión.

—Ni siquiera os habéis molestado en consultármelo... ¿Qué creéis ambos que soy? ¿Una muñeca sin voz ni opinión? ¿Sin sentimientos ni capacidad de razonar?

Marta se puso de pie. No quería romper a llorar delante de Bertran e intuía que no podría evitarlo.

—Lo siento… —murmuró el joven, intentando retenerla.

—¡Dejadme! —Y volviéndose hacia él, clavó su dura mirada en el semblante del joven—. Pensaba que teníais más valor, señor de Cardona. Pero veo que, como todos los de vuestra clase, no os atrevéis a enfrentaros con vuestros mayores. Quizá mi padre tenga razón, y me convenga más alguien que sepa apreciarme y me tenga en cuenta.

—El tiempo pasará muy deprisa, Marta… —dijo él, poniéndose de pie—. Vendré a buscaros con o sin la anuencia de mi padre.

—Permitidme que lo dude —replicó ella, con voz gélida—. Si os habéis plegado tan fácilmente a las exigencias de mi padre, no quiero pensar qué seréis capaz de hacer si el vuestro se opone a nuestra boda.

Y, dando media vuelta, Marta se alejó corriendo hacia el palacio.

Martí había acudido de nuevo a palacio. La entrevista con su hija le preocupaba en grado sumo. El día anterior había recibido aviso a través de Eudald que Marta le aguardaba tras el rezo del Ángelus. El sacerdote le comentó también que la muchacha, rebelde como su madre, se había tomado muy mal la espera de tres años impuesta por él.

Lo recibió el senescal, que supo de su llegada, y le adelantó que el asunto de los pregones estaba en marcha; que había hablado con el veguer y que, a lo más tardar la siguiente semana, todo el pueblo de Barcelona y alrededores sabría de su generoso ofrecimiento. Cuando ya Gualbert Amat se retiraba, sin dar tiempo a ser anunciada, Marta entraba en la estancia.

—Entonces, si no tenéis otra cosa que decirme, me retiro.

Se despidió el senescal y padre e hija quedaron frente a frente.

—Siéntate, Marta. Tenemos que hablar de muchas cosas.

Martí se acomodó en un banco cerca de una ventana y aguardó a que su hija lo hiciera en el escabel que se hallaba a su izquierda. No pudo evitar ver rastros de lágrimas en aquel joven rostro, que tanto amaba.

—Marta... Aunque ahora creas lo contrario, todo lo que estoy haciendo es sólo por tu bien.

—¿Por mi bien? —Marta miró a su padre, y en sus ojos había un denso velo de tristeza—. Hace año y medio que no os veo... ¿Y ahora, de repente, sabéis qué es lo que más me conviene?

—Todavía, aunque parece que lo dudes, soy tu padre —replicó Martí, alzando la voz—. Y, con el fin de velar por ti, debo hacer lo que me dicte mi conciencia.

—Entonces, según vuestras reglas, debo de ser la única muchacha de Barcelona que con casi catorce años no puede hablar de matrimonio con nadie.

Martí consideró que debía destensar la situación.

—Si he estado ausente, hija mía, bien sabes que no ha sido por mi gusto. Salvar un barco con su tripulación no es tema baladí. Te he dejado protegida y vigilada en el lugar más seguro del condado. Reconozco que mi ausencia ha sido larga, pero yo no soy el dueño del destino y la tragedia que se ha cernido sobre este palacio, me reconocerás que era totalmente impredecible.

—¿De verdad creéis que es éste un lugar seguro? —Marta meneó la cabeza. Por su garganta subían unas agrias palabras, y por un instante se sintió tentada de explicar a su padre el acoso al que la había sometido el hijo del conde. Sin embargo, se contuvo a tiempo—. Ya veis, un lugar donde se ha cometido el crimen más horrible y vos creéis que es lugar seguro.

—Marta, no he venido aquí a conversar de nuevo sobre la muerte de nuestra condesa. Eres muy joven y desconoces todavía muchas cosas de la vida aunque crees que lo sabes todo. Y desde luego no tienes edad para comprometerte sin mi consentimiento.

—¿Qué edad tenía mi madre cuando empezó a amaros? —preguntó Marta, con la voz tomada por la emoción.

—Nada tiene que ver ni el momento ni la circunstancia —respondió Martí. Bajó la voz y miró a su hija a los ojos—. Marta, aunque yo no me opusiera, pues ciertamente nada tengo que decir de la calidad de este muchacho, es impensable que un noble admita que su hijo primogénito se case con una plebeya.

—¿Para qué entonces me enviasteis a palacio? Nunca quise venir aquí, y lo único bueno que he sacado de estas paredes resulta estar fuera de mi alcance...

—No sabes, hija, lo que estás diciendo. ¿Dices que amas a Bertran? Pues bien, existen entre la nobleza unas normas no escritas que nadie osaría saltar pues no atañen únicamente a una familia, sino a la naturaleza de la sociedad. Por lo tanto, el que se atreva a transgredirlas será repudiado públicamente. Si eso deseas para tu amado, tuya será la responsabilidad, pero te auguro que si le obligas a ello tu matrimonio será un fracaso y él acabará odiándote por haberle separado de su familia. ¿Es eso lo que quieres para él?

Dos días después de la entrevista con su padre se reunía Marta con su maestro y padrino Eudald Llobet. El clérigo escuchó las cuitas de la joven, quien aprovechó el momento para hacer lo que no había querido hacer ante su padre y ante su amado: llorar. Llorar por el desacuerdo con su padre, al que quería profundamente; por la decepción con Bertran, a quien amaba con todo su corazón; y, por último, por el miedo a Berenguer, quien no cejaba en sus innobles propósitos.

—¿Ha vuelto a ocurrir algo? —preguntó el padre Llobet, dudando de nuevo si debía hacer partícipe a Martí de la indigna conducta del hijo del conde.

—Padrino... Noto sus ojos clavados en mí cada vez que estamos en la misma estancia. Si por azar nos cruzamos a solas en uno de los pasillos de palacio, me tiemblan las piernas y me quedo paralizada...

—Pero dime, hija, ¿ha intentado algo más?

Marta negó con la cabeza.

—Nada después de aquella extraña amenaza, de la cual tampoco he sabido más. Pero sé que está aguardando el momento. Lo percibo en sus ojos, en su gesto, en las palabras obscenas que murmura cuando sólo yo le oigo... ¿Qué puedo hacer?

Eudald Llobet miró a Marta. En el pasado había prometido atender todas sus preguntas y, sin embargo, en este momento, no encontraba respuesta.

—Sé que no puedo hablar de esto con mi padre —prosiguió Marta—, sin exponerlo a un peligro que no quiero que corra. Lo mismo sucede con Bertran... Ambos me quieren, lo sé, y serían capaces de cualquier cosa para defenderme y vengarme. Y por eso, porque yo también los quiero a ambos, debo evitar que eso suceda.

El arcediano asintió. Era lo mismo que él había pensado cien veces: conociendo a su amigo Martí, la mera mención de este asunto desembocaría en tragedia.

—Lo mejor será que vuelvas a casa, Marta —le aconsejó el clérigo.

—¡No! —Y en el rostro de Marta había un orgullo y una decisión impropias de su edad—. Mi padre me envió aquí para educarme cuando le pareció conveniente; ahora aleja de mí al hombre al que amo y me reclama a su lado, sin tan siquiera consultarme ni escuchar lo que tengo que decir. No volveré a casa, padrino.

Llobet meneó la cabeza. Juventud, obstinación... ¿Qué hacer frente a todo eso?

—Tu padre ha hecho lo que cree mejor para ti, Marta. Y en el fondo de tu corazón sabes que no yerra. Si Bertran te ama, como tú dices amarle a él, estos tres años sólo harán que vuestro amor sea más fuerte.

Marta bajó la cabeza, entristecida.

—Vos lo habéis dicho. Si me ama como yo... Pero ése es otro tema. Lo cierto es que no deseo volver a casa, de la que mi padre puede volver a ausentarse dejándome sola; ni tampoco me veo con ánimos de aguardar aquí tres años, defendiendo mi honor día tras día.

El clérigo meditó profundamente su respuesta.

—Lo que me dijiste en una ocasión ha ido tomando cuerpo en mi cabeza. Desde que el mundo es mundo, y desde que me ha sido dado el conocimiento de las cosas y costumbres de la nobleza, cuando un miembro de una casa condal desea a una mujer, acaba teniéndola aunque cause el deshonor de su familia.

Marta asintió.

—Únicamente existe un lugar y una condición donde estarás a salvo. Será transitorio, pero por el momento salvaremos la situación y el tiempo correrá en nuestro favor: entrar de postulante, como me dijiste hace tiempo, en Sant Pere de les Puelles mientras transcurren los tres años de espera. Estarás con jóvenes de casas nobles que ingresan en el monasterio para completar su educación, y llegado el momento, si deciden entrar en religión, toman los votos menores. Ni siquiera un noble cegado por la pasión se atreverá a cruzar las puertas de un monasterio. Sólo en esas circunstancias tu padre admitirá que no regreses a casa. Yo hablaré con la abadesa: sor Adela es amiga mía y hará una excepción admitiendo a una joven de tu condición.

98

El pregón

la orden del veguer todos los pregoneros fueron saliendo de la casa grande, en compañía de un armado, con la ruta definida y señaladas puntualmente las zonas de la ciudad donde debían hacer sonar sus cornetas convocando a la gente para lanzar sus pregones. Se repartieron por calles y plazas y al caer la tarde ninguno de los ciudadanos de Barcelona podía decir que ignoraba el bando transmitido. Éste era claro y conciso.

—«Por orden del señor veguer, se hace saber que durante la tarde del 5 de marzo desapareció de la ciudad un distinguido huésped de la casa del preclaro ciudadano Martí Barbany. Mide sobre siete palmos de altura, tiene unos cincuenta y siete años de edad, barba recortada y pelo negro canoso. Vestía amplias calzas marrones, camisa blanca, chaleco verde rematado con pasamanería, se cubría la cabeza con un pañuelo a modo de turbante y se envolvía con una capa de lana. La última vez que se le vio fue en la puerta del Regomir.

»Si alguien conoce noticia fidedigna de su paradero, o puede indicar alguna señal que conduzca al mismo, o sabe de alguien que haya hablado o haya dado noticia del percance, deberá comunicarlo sin falta a la veguería de esta ciudad. Si sus indicios son ciertos será recompensado con cien mancusos de oro. En caso de que alguien intentara dar falsas pistas para hacerse con la recompensa, será encerrado en una mazmorra y castigado con cincuenta azotes.

»Dado en Barcelona el 26 de abril del año del Señor 1072. Firmado y rubricado: Olderich de Pellicer. Veguer de Barcelona.»

Ya a media tarde, en corros y corrillos no se hablaba de otra cosa. La cantidad de cien mancusos desbordaba la imaginación más calenturienta de cualquier vecino de la ciudad. Unos decían haberlo visto en varias ocasiones, otros declaraban conocer a quien decía haberlo visto; a todos, aquel montón de dinero les parecía un sueño inalcanzable, pero el freno del calabozo y de los cincuenta azotes sujetaban la fantasía más desbocada y los «me parece» sustituían a los «estoy seguro». Sin embargo, había un hombre entre todos ellos que sí estaba seguro, y que no estaba dispuesto a dejar escapar esos mancusos que ya sentía como suyos.

—¿Qué es lo que quieres?

Bernadot, ya de por sí disminuido frente al inmenso soldado que guardaba la puerta de la veguería, todavía parecía más menudo e insignificante.

—He oído el pregón y vengo a decir que sé algo.

El otro, desde su altura, lo miró con desconfianza.

—Son muchos ya los que han venido. Como me hagas perder el tiempo, vas a tener ración doble de la pócima: la que te darán dentro y la que te suministraré yo a la salida.

Bernadot, con el valor que le infundía el pensamiento de los cien mancusos ofrecidos, se atrevió a reivindicar su cualidad de vecino y prosiguió solemne y encocorado.

—Si me lo ponéis difícil, diré en el momento oportuno que acudí para dar parte de lo que exigen los pregones que se van voceando por toda la ciudad y que el centinela que tenía que facilitarme la entrada, en vez de hacerlo, lo ha impedido.

El otro, fuera por cumplir o porque la actitud del hombrecillo le sorprendió, se decidió.

—Pasa, es la puerta del fondo.

—Yo quiero ver al veguer.

—Tú verás por el momento a mi superior, y si tu relato es lo suficientemente verosímil te verá quien corresponda.

Sin más, el centinela se fue a la puerta y Bernadot comenzó a caminar pasillo adelante. De la primera puerta a la izquierda salía ruido de tabas y grandes risotadas. Al pasar vio a varios hombres ante una mesa sobre la que lanzaban los pequeños huesecillos a la vez que se reían ruidosamente del que, dedujo por su talante, era el perdedor. Al llegar al fondo dio con sus nudillos en la puerta; del interior salió una voz.

—Pasa.

Empujó la hoja y asomó la cabeza.

—¿Dais vuestro permiso?

—Entra, siéntate y explica tu historia rápido. He escuchado muchas y por cierto ninguna creíble; llegas en mala hora, estoy cansado y tengo ganas de irme a casa; te advierto que ya hay varios en el calabozo de abajo y mañana los van a disciplinar como corresponde, ¡con que ojo con lo que inventas!

Bernadot se introdujo en el pequeño cubículo y se sentó frente al oficial.

—Lo que os voy a relatar es la pura verdad y, si no me engaño, creo que el hombre que ayudé a trasladar es el que están buscando.

El otro alzó los ojos de la vitela que tenía sobre la mesa y le miró fijamente.

—Venga, desembucha y no te dejes nada. Yo juzgaré si tu relato es digno de llegar hasta el veguer o no vale la pena.

El hombre venía preparado. A él, que se dedicaba a transportar personas y cosas, le habían contratado para trasladar a un sujeto, que le dijeron que era peligroso. Vestía tal como habían descrito los pregoneros y no había llegado en muy buen estado.

—¿Entraste en esa masía?

—Yo cumplí únicamente con el encargo. Ayudé a descargarlo y lo dejé en la puerta; un tipo al que no me gustaría encontrar en una trocha en medio del bosque en una noche oscura se hizo cargo de él.

El cabo meditó unos instantes.

—Mira por dónde, es lo más creíble que me han contado en todo el día. Espera aquí, voy a pasar tu historia al veguer; si tienes suerte saldrás de aquí rico, pero si no... acabarás con la espalda surcada de costurones.

99

La hueste

Al cabo de dos días los hombres de la hueste llegaron a Arbucias. Al frente de ellos iba el senescal Gualbert Amat en persona. El plan era concreto: desde el momento que el veguer le notificó que se tenía noticia fidedigna de que el llamado Rashid al-Malik estaba retenido en una masía fortaleza propiedad de un antiguo cortesano llamado Marçal de Sant Jaume, protagonista de una antigua y curiosa historia en Barcelona, su misión no fue otra que rescatarlo. Para lo cual partió al frente de cincuenta hombres.

En cuanto el grupo armado llegó a su destino, lo primero que hizo el senescal fue rodearlo totalmente.

Llegados a la gruesa puerta, uno de sus lugartenientes se apeó de su cabalgadura y la golpeó con fuerza; el sonido retumbó dentro de la fortificada masía. Sin tardanza, un hombre, al ver el poderoso grupo armado, se precipitó a soltar el cerrojo y abrir.

Desde su poderoso garañón, el senescal habló.

—¿Pertenece esta casa al caballero Marçal de Sant Jaume?

El criado gigantesco, que no era otro que Sisebuto, había abierto, perfectamente aleccionado y siguiendo el plan que había urdido Bernabé Mainar, respondió al punto.

—Pertenecía, señor, antes de la gran desgracia.

—¿A qué os referís?

—El propietario de esta masía murió hace dos días junto con su huésped.

El senescal comenzaba a perder la paciencia.

—¿Quién guarda la casa?

—Mi amo, Pere Fornells.

—Dile que acuda. —Luego, volviéndose a la tropa, ordenó—: Sargento, que sus hombres rodeen el jardín.

En tanto la gente se desplegaba, el hombre partió como una exhalación hacia el interior de la masía compareciendo al punto acompañado sin duda por otro de mayor rango.

—¿Quién sois?

—Hasta hace poco, el guarda de esta casa a las órdenes de mi extinto señor, Marçal de Sant Jaume.

—¿Por qué decís hasta hace poco?

—Porque mi amo ha fallecido e ignoro lo que me deparará el futuro.

Gualbert Amat, en tanto que uno de sus hombres sujetaba su caballo por la brida, puso pie a tierra.

—Sargento, treinta hombres dentro de la casa y cuatro de los de mi séquito conmigo. Llevadme adentro.

Todo se cumplió según lo ordenado y al cabo de poco se hallaba el senescal sentado en el gran salón del primer piso con dos hombres en la puerta, otros dos con él en el interior y Pere Fornells en pie frente a él.

—Vamos a ver si me explicáis este enigma. Esta masía, si mis noticias son verdaderas, pertenece al señor de Sant Jaume.

—Ya os lo he indicado antes. Así era hasta antes de ayer, para ser exactos, hasta que ocurrió la gran desgracia.

—Luego me explicaréis qué desgracia ha sido ésa, pero primeramente quiero saber si está aquí retenido un extranjero por más señales, islamita, llamado Rashid al-Malik.

—El señor al-Malik fue un huésped distinguido en esta casa, y tristemente la desgracia a la que me he referido también le afectó a él.

Gualbert Amat alzó la voz.

—¡Si no queréis que os lleve encadenado a Barcelona con todo el servicio de esta casa, hablad claro y pronto!

Hasta el último de los servidores de la masía estaba instruido y bien remunerado. Mainar había sido espléndido. Por otra parte, eran muy pocos los que habían tratado al prisionero y hasta el último día había tenido su aposento en la masía. Para todos los criados, lo que se cocía en la gruta, era un misterio. Por ese lado, Fornells nada temía.

—Maese Rashid vino a esta casa hace unas semanas contratado por el señor de Sant Jaume; vivió alojado en el torreón del norte, por cierto a cuerpo de rey, y trabajaba para mi señor creo que a cambio de un gran estipendio, fabricando algo que él sólo conocía.

—¿Y cuál fue la desgracia a la que aludís?

—Hace dos días, cuando estaba a punto de finalizar la tarea, llamó a mi señor para que viera la coronación de sus esfuerzos. El producto era altamente peligroso, al punto que no quiso hacerlo aquí dentro y trabajaba en una gruta al fondo del huerto. Al mediodía un incendio se desató en la gruta y allí acudimos todos. El espectáculo era terrible; por lo visto se le prendió fuego a la ropa y mi señor al pretender salvarlo también ardió. Los dos cuerpos quedaron tan ligados que ha habido que enterrarlos juntos.

El senescal observaba al alcaide con desconfianza.

—Como comprenderéis, todo lo que digáis se va a comprobar. Id con cuidado: si os pillo en un solo renuncio os vais a cansar de ver la luna a través de la reja de una mazmorra. Y ahora decidme, ¿cuándo, dónde y por qué conoció vuestro señor al huésped del señor Barbany?

—Eso lo ignoro, señor.

—¡Me estáis mintiendo! —gritó el senescal—. ¿Acaso creéis que no sé que ese invitado, como vos le llamáis, llegó a esta casa contra su voluntad y con una grave herida en la cabeza?

Fornells se defendió.

—Que llegó herido me consta; a mí se me explicó que había tenido un mal encuentro cuando acudía a la cita, pero contra su voluntad no vino; si queréis os puedo mostrar su habitación, todavía con sus pertenencias. Aquí fue considerado y tratado como un huésped principal.

El senescal se puso en pie.

—No sólo me vais a enseñar su habitación, sino que me vais a mostrar la gruta donde decís que trabajaba y asimismo quiero ver su cadáver.

—No os lo aconsejo, señor. El aspecto de los dos cuerpos soldados es lo más terrible que han visto mis ojos.

—Guardaos vuestros consejos para cuando os los demande. Y ahora acompañadme.

Seguidos por los cuatro armados que lo habían escoltado hasta el salón, salió Gualbert Amat precedido por el alcaide, para inspeccionar tanto la gruta del fondo del jardín como la tumba recién cavada.

Pere Fornells separó la maleza que ocultaba la entrada. La puerta estaba abierta y chamuscada por su interior. Gualbert, volviéndose hacia su tropa, ordenó:

—¡Que alguien me traiga un candil!

Raudamente uno de sus hombres se aprestó a buscar el mandado, regresando al punto con un grueso hachón de cera amarillenta encendido.

El senescal lo tomó en su diestra y se asomó al hueco de la puerta. Gualbert no olvidaría en mucho tiempo el olor que manaba del interior. El guardián, que se había provisto de un pañuelo que le cubría nariz y boca, se adelantó hasta él y señalando un lugar en el suelo en el que se veían restos de grasa humana y ropa quemada, dijo escuetamente:

—Fue aquí.

Gualbert dudaba. O aquel hombre decía la verdad o era un consumado actor y un perfecto farsante; misión suya sería aclararlo. Cabía la posibilidad de que el anciano, en ausencia de su patrón, tal vez aburrido por la monotonía de los días, hubiera conocido a Marçal de Sant Jaume y, vencido por la codicia y a espaldas de Martí Barbany, hubiera pactado hacer su invención para él. El tal Bernadot había explicado que el sujeto vino aherrojado y con una brecha en la cabeza, aunque no afirmó que él hubiera visto cómo se la hacían y por otra parte, para un pobre hombre, la tentación podría haberle impulsado a inventar esa parte de la historia.

—Conducidme hasta la tumba que habéis preparado.

—Está arriba, en el montículo, junto al antiguo cementerio.

—¿Por qué no los habéis enterrado en él?

Fornells improvisó rápidamente.

—Estaban pegados, señor, y el señor al–Malik era islamita… No se le podía enterrar en sagrado.

—Está bien, llevadme donde sea.

—Harán falta picos y azadas.

—Id a por ellos, dos de mis hombres os acompañarán. No se os ocurra intentar alguna tontería.

—No tengo por qué, señor, yo únicamente he cumplido órdenes y no he hecho nada contra la ley.

Partió el hombre acompañado del armado y regresó al cabo de poco con los pertrechos exigidos.

—Allí es, señor, seguidme.

Se dirigió el hombre hacia un altozano apartado que lindaba con el antiguo cementerio del lugar. En llegando, Gualbert Amat distinguió de inmediato un montículo de tierra, recientemente removido, en cuyo extremo superior se había colocado una rudimentaria cruz.

El senescal ordenó, escueto y autoritario, dirigiéndose a la vez a sus hombres y al llamado Fornells:

—¡Cavad!

Se pusieron a ello tres que, tomando picos y azadones, siguieron las indicaciones del guardián. Al cabo de un tiempo comenzó a aparecer un revoltijo de ropas quemadas y huesos calcinados, todavía con carne adherida en el costillar. Cuando surgieron los cráneos juntos como en una macabra danza funeraria, el senescal ordenó detener la operación y se aproximó al borde de la fosa, examinándolo todo detenidamente. Luego se volvió a Fornells.

—¿Por qué a éste le falta el dedo anular de la mano izquierda?

El aludido hizo como si observara aquella anomalía por vez primera.

—Lo ignoro, señor. Cuando todo sucedió yo no estaba presente.

—Esto queda incautado hasta nueva orden. Nadie podrá tocar nada. Dejaré aquí un retén al mando de un hombre de mi confianza y vos me acompañaréis a Barcelona. El juez dilucidará lo que haya que hacer con vuestra persona si cree o no vuestra versión. Tal vez un careo con el carretero, que os contradice, aclare las cosas.

100

Unos días antes

a trágica muerte de Marçal de Sant Jaume había precipitado los acontecimientos.

Bernabé Mainar se encerró en la sala del primer piso de la fortificada masía con Pere Fornells y previendo el futuro, tomó decisiones. La hueste barcelonesa, tarde o temprano, llegaría a Arbucias; entendió el tuerto que no en balde corrían por los mercados y ferias de Barcelona aquellos chismes en boca de todos los correveidiles de la plaza. Si, como imaginaba, venían buscando a Rashid al-Malik, todos los servidores de la casa, que por otra parte nada más sabían, debían sostener que el sarraceno había llegado allí por propia voluntad y había vivido a cuerpo de rey, por haberlo convenido así con el caballero de Sant Jaume. En aquellos momentos Mainar ignoraba si alguien más estaba al tanto o no del misterio del fuego griego, pero conociendo el sigilo con que se había llevado el asunto pensaba que tal circunstancia era improbable, a excepción, por supuesto, de Barbany.

Él en tanto, a galope tendido y por si el cerco se cerraba, tomando dos cabalgaduras se dirigió a Barcelona a matacaballos con una única idea en la cabeza. Atajó por Molinos del Solar y cabalgó por recónditas trochas hasta salir a la vía Francisca. En menos de una jornada se halló ante la casa de Sant Cugat del Rec. Cuando iba a golpear la puerta, Samir, el mayordomo, salió a su encuentro. En el rostro y en el aspecto del viajero, el liberto intuyó que algo malo había acontecido.

—¿Qué ha ocurrido, señor? ¿Dónde está mi amo?

Mainar no estaba para miramientos.

—Ya no tienes amo, Samir.

El color abandonó el rostro del liberto.

—Por caridad, señor, decidme qué ha ocurrido.

Mainar, en tanto accedía al interior y se desprendía de sus guantes, fue relatando al sirviente el triste final de su amo.

—Y si se os pregunta algo, sostendréis que en vuestra presencia y en esta casa se cerró el trato entre ese individuo y vuestro señor.

El otro se asustó.

—No lo conocí. Si me preguntan ni sabré siquiera describirlo.

—No te preocupes, Samir, yo te lo detallaré exactamente, y te diré también cuándo pudo ser. Ahora no perdamos tiempo, ábreme el pabellón de caza y aguarda afuera, debo cumplir las últimas voluntades de mi socio, tu señor.

El criado lo observó con un punto de desconfianza.

El tuerto reafirmó su autoridad.

—¿Recuerdas la reunión que hubo en esta casa el desgraciado día del incidente de la esclava?

—Desde luego, señor.

—Pues he de revisar uno de los documentos de aquella noche y que favorecen al heredero Pedro Ramón, más aún en las circunstancias en las que se halla. Espero que lo entiendas.

El liberto ya no dudó. Desapareció un instante de la vista de Mainar y compareció de nuevo llevando un aro de llaves.

—Cuando gustéis, señor.

Partieron ambos hacia el pabellón de caza. El criado, introduciendo una de las llaves, pugnó unos instantes con la cerradura. Bernabé Mainar entró en la estancia y cerró tras de sí. Sin dudarlo un instante se llegó hasta la cabeza del ciervo y manejando el mecanismo hizo que ésta se abriera. El tuerto se hizo rápidamente con los dos saquitos que reposaban en su interior, los ocultó a continuación bajo su jubón, volvió a colocar la testa en su lugar y se dirigió de nuevo a la puerta.

El sirviente aguardaba fuera, asustado.

—¿Qué tengo que hacer, señor?

—Como si nada hubiera ocurrido. Cuando, quien sea, te dé la noticia, te haces de nuevas y actúas en consecuencia. Si algo ocurre, búscame; siempre tendrás sitio en mi casa.

Y tras estas palabras el tuerto salió de la mansión, montó en su caballo y picando espuelas se perdió en el camino entre una nube de polvo dejando a Samir en estado de tribulación.

101

El garañón

arta estaba desolada. Jamás hubiera imaginado que el tan ansiado regreso de su padre acabara representando para ella un golpe tan cruel. Por otro lado, desde la muerte de Almodis, una losa de piedra había descendido sobre todas aquellas personas que en palacio habían tenido relación con la condesa. Era todo como una cáscara vacía. El envoltorio era el mismo, pero no el contenido. Por las mañanas se proseguía con las costumbres establecidas. Primeramente la misa, luego el desayuno en el comedor de damas y después las actividades en grupo, ya fueran pintura, encaje de bolillos o la confección de aquel inacabable tapiz en el que trabajaban Araceli, Anna y ella. Delfín, los días de lluvia, se sentaba taciturno y nostálgico en el alféizar de la ventana y no apartaba su melancólica mirada de aquel invernadero que albergaba los rosales que, con tanto esmero, cuidaba Marta. Doña Lionor, respetando el luto, había prohibido la música, de manera que la que siempre había amenizado las mañanas hacía ya muchos días que no sonaba; era por tanto un denso silencio lo que presidía la actividad de las muchachas.

Marta estaba en sus cosas y evitaba, por poco que pudiera, los encuentros con Bertran. El joven había intentado por todos los medios acercarse a ella, pero la muchacha no atendía a razones y pese a que dentro de su corazón sentía que su amor crecía día a día, se negaba a admitir que el joven se hubiera rendido al primer escollo puesto por su padre. Por más que le costaba entender aquel estúpido impedimento del que todos hablaban… ¿No la había enviado allí su padre para que conociera a otras gentes? ¿No se opuso ella en un principio alegando que no le interesaban los jóvenes de palacio? ¿Acaso debía haberse enamorado de un palafrenero? Además un nuevo asunto empezaba a quitarle el sueño. Amina, su fiel amiga de infancia que tanta compañía le había hecho y con quien había compartido tantas horas, había regresado a la casa de la plaza de Sant Miquel para ocuparse de su madre, que empeoraba a ojos vistas. Y lo peor, tras los meses de conmoción por la muerte de la condesa y del ajetreo que conllevó la boda de Sancha, Berenguer había reanudado su innoble asedio. Deambulaba Marta por los oscuros pasillos de palacio mirando a todos lados y temiendo que de cualquier rincón surgiera el hijo del conde. Su decisión estaba tomada: si debía aguardar tres años a que los dos hombres más importantes de su vida se pusieran de acuerdo en cuanto a su porvenir, no lo haría en palacio. La excusa de acabar su educación en el monasterio de Sant Pere de les Puelles, asunto que ya estaba en manos de Eudald Llobet, le serviría de pretexto para rechazar la torpe pretensión de Berenguer.

Esa mañana, doña Lionor la había enviado al cuarto de costura a buscar un cañamazo que hacía falta para vestir un tambor de los que ella usaba para hacer muestras. No pudo eludirlo: Berenguer venía de frente, departiendo con uno de los jóvenes con quien se ejercitaba en la sala de armas.

Al verla, susurró algo al oído del otro, que la miró de un modo curioso y dando una palmada en el hombro del príncipe, se retiró por la escalera que descendía a la planta. Berenguer aguardó a que llegara a su altura y girando sobre sus talones se dispuso a acompañarla.

—Buenos días, Marta. ¿Habéis descansado?

—Mal, señor. Prefiero velar, ya que si duermo tengo pesadillas.

—Eso es que algo os remuerde la conciencia —comentó él, en tono malicioso.

—La mía no, señor. He confesado y comulgado esta mañana.

—Se puede comulgar por la mañana y pecar por la noche. Diría que casi todo el mundo lo hace de esta manera. —Berenguer soltó una carcajada—. Además, decidme, ¿qué pecados habéis cometido?

—Eso es cosa que queda entre Dios y yo.

—Y el padre Llobet, supongo. Algún día soy capaz de meterme en el confesonario para escuchar vuestras cuitas y así poder consolaros y aconsejaros.

—No os imagino con vocación de hombre de Dios. Y además tampoco os hace falta para enteraros de secretos ajenos.

Berenguer se puso lívido al recordar el fracaso de su intento para doblegar la voluntad de Marta.

—Se me da mal la obediencia y mucho peor la castidad, que considero una de las hipocresías más grandes de la Iglesia. La única ventaja de tomar el hábito sería que podría confesarme conmigo mismo, lo cual me evitaría regañinas y penitencias. ¿No os parece?

—Os tomáis, señor, las cosas sagradas muy a la ligera.

Berenguer la observó con sorna.

—Por cierto, me han dicho que queréis ingresar en Sant Pere de les Puelles. ¿Qué hay de cierto en ello?

Ella evitaba mirarle.

—No os han engañado; lo llevo pensando muchos meses, pero para tomar tal decisión, el padre Llobet me aconsejó que aguardara la llegada de mi padre.

El joven conde se puso serio.

—Si pretendéis que os guarden de mí las paredes del monasterio, os equivocáis. Un día u otro, tarde o temprano, seréis mía.

—Os ruego, señor, que me dejéis seguir —exclamó Marta, elevando la voz.

—No os asustéis, señora —quiso tranquilizarla él—. Hablaba en broma. Pero he de deciros que me cuesta veros encerrada entre las postulantes, obedeciendo a una abadesa que, por no perder la costumbre, será seguramente una necia insoportable.

—Si he de obedecer, obedeceré.

—¿Ya sabéis que a las postulantes acostumbran a ordenarles cosas estúpidas para probar su espíritu, como por ejemplo barrer una escalera hacia arriba?

—Si llega el caso, no dudéis que me someteré.

—Os voy a poner un ejemplo. Imaginaos que os envían a las cuadras a ocuparos de los caballos. ¿Sabríais cumplir en cualquier situación?

—Pondría en ello mi mejor voluntad.

—No os creo capaz de moveros entre los animales... Venid conmigo y demostrádmelo.

Marta dudó unos instantes pero, por no provocar su ira, lo siguió.

Bajaron a la planta, salieron por la puerta posterior y atravesaron el patio de la herrería. Marta avanzaba al lado de Berenguer, azorada, sin saber qué se proponía el joven. Siguieron adelante hasta el fondo de la cuadra.

—Aguardadme aquí un momento.

Diciendo esto Berenguer se dirigió al cuarto donde los mozos y palafreneros que estaban fuera de servicio pasaban las horas. Poco después regresó a su lado.

—Vais a ver cómo se realiza uno de los más comunes trabajos que debe llevar a cabo un buen mozo de cuadra. Claro que, bien pensado, ese oficio mejor lo haría alguien como Delfín, a quien su tamaño favorece para este menester.

Marta no comprendía nada.

Al cabo de un poco uno de los mozos trajo tirando del ronzal a una de las yeguas del conde, y tras colocarla mirando al pesebre y sujetarla entre dos postes que le impedían darse la vuelta, se retiró. Al cabo de un poco, agudos relinchos y un pateo ruidoso anunciaron la llegada de uno de los garañones normandos del conde que llegaba medio arrastrando al mozo.

En aquel instante Marta se dio cuenta de lo que estaba a punto de ocurrir.

El inmenso caballo se abalanzó sobre la yegua en tanto el mozo se metía debajo del animal intentando que la cópula se realizara.

La muchacha estaba paralizada. Berenguer reía a mandíbula batiente.

Súbitamente, ella recobró el ánimo y recogiendo el borde de su almejía salió corriendo hacia la luz exterior seguida por la sardónica carcajada de Berenguer que retumbaba en sus oídos cual martillo que repica en el yunque.

—¿De qué os escandalizáis, hermana Marta? ¡Todos los mamíferos deben cumplir el designio divino! ¿Acaso no dice la Biblia: «Creced y multiplicaos»?

102

Cabildeos y conjeturas

quella mañana se presentó de improviso Eudald Llobet en la casa de la plaza de Sant Miquel. El arcediano
sabía que siempre tenía el paso franco en casa de su
amigo y que no precisaba pedir audiencia.

Los dos hombres se saludaron como siempre con un cordial
abrazo y al separarse se observaron minuciosa y concienzudamente.

—Me alegra vuestra visita, Eudald. Pensaba enviaros recado,
pero os habéis adelantado.

—A veces los acontecimientos fuerzan las circunstancias.

—Venid y acomodémonos, hoy hay mucho que platicar. No
me agrada vuestro aspecto, Eudald —dijo Martí, una vez ambos se
hubieron sentado—. Desde mi regreso habéis perdido peso, tenéis
un color macilento y un aire triste en vuestra mirada que me
preocupa. ¿No me dijisteis que vuestro superior os había liberado
de ocupaciones, que ya no teníais la responsabilidad de la biblioteca y que podéis estar más tiempo al aire libre?

—Así es; puedo dedicar mucho más tiempo a la jardinería, y
sin embargo os debo confesar que cada día me encuentro más
cansado y que mis pobres huesos acusan los trajines a los que les
he obligado tantos años.

—¿Habéis llamado al físico?

—Me niego. No quiero empeorar mi estado con pócimas y
engordando sanguijuelas, de ésas a las que tan aficionados son, que
me chupen la sangre y que todavía me agoten más.

—Hacéis mal —le reconvino Martí—. Si me dejáis, llamaré a Harush… Lo conocéis bien. Imagino que a una persona tan inteligente como vos no le importará que sea judío.

—Ya sabéis que esas cosas nada me importan y os he dado buena prueba de ello, pero dejad que venga el buen tiempo, ya que en cuanto sale el sol, la humedad se bate en retirada en esta ciudad de mis pecados y acostumbro a tener menos dolores.

—Sea como gustéis; pero de seguir así, con o sin vuestro permiso, lo mandaré buscar.

El arcediano contraatacó.

—Vuestro aspecto tampoco, que digamos, es muy halagüeño.

—Tenéis razón. La noticia de la muerte de Rashid me ha descompuesto, y no digamos ya la manera.

—Todo es absurdo e incomprensible —resumió el arcediano—. El senescal dijo que la visión de los cadáveres quemados y abrazados es de lo más terrible que han visto sus ojos, y por Dios que Gualbert habrá visto cosas escalofriantes.

—Cuantas más vueltas le doy al asunto menos lo comprendo —dijo Martí, con la mirada llena de interrogantes—. De lo que sí estoy seguro es de que a Rashid se lo llevaron allí a la fuerza. ¿Cómo se iba a avenir a entregar la fórmula del fuego griego a alguien a cambio de dineros, que por otra parte a él jamás le importaron? ¡Es totalmente impensable! Y menos aún a ese personaje…

—Lo recuerdo perfectamente —asintió el padre Llobet—. Era un individuo sinuoso. El caballero Marçal de Sant Jaume había perdido el favor del conde desde que fue rehén en la corte de al-Mutamid de Sevilla e inclusive presumía de ello vistiendo al modo agareno, aunque, eso sí, alardeaba de su amistad con el heredero.

—Eso precisamente fue la causa de que atendiera a su recomendado y le vendiera aquella propiedad que fue destinada a lo que vos sabéis, cosa de la que tantas veces me he arrepentido.

—Todo es oscuro. De una parte, viendo el resultado, hay que creer incuestionablemente al tal Bernadot. Rashid se hallaba allí; la cuestión es si fue a la fuerza o por propia voluntad. Parece que

678

se ha determinado realizar un careo entre el carretero y Pere Fornells. Los jueces verán a quién dan crédito de los dos.

—¿Sabéis cuándo va a ser y en dónde?

—El lugar escogido es el Castellvell y en cuanto al tiempo, interesa que se haga lo antes posible. De cualquier manera, los bienes del caballero de Sant Jaume irán a parar al conde. Si es considerado culpable, se le confiscarán sus propiedades post mórtem, y en caso contrario, al no tener herederos, sucederá lo mismo.

—Tendré toda mi vida la muerte de Rashid sobre mi conciencia. Se quedó en Barcelona por ayudarme y ya veis el resultado.

—No os culpéis, Martí. Dejasteis órdenes concretas sobre su custodia y en todo caso fue el jefe de vuestra guardia, Gaufred, el que fracasó.

Ambos quedaron un tiempo en silencio.

—Hablemos de otra cosa, Eudald, que ésta colma el vaso de mi amargura.

—Supongo que es lo mismo de lo que yo venía a hablaros. ¿Marta, no es así?

Martí asintió con la cabeza.

—Desde mi regreso sólo provoco desdichas. Ya os hablé el otro día de ese juvenil enamoramiento de mi hija y vos me disteis la razón en todo: el vizconde de Cardona jamás consentiría que su primogénito se casara con alguien que no pertenece a la nobleza. He intentado ahorrarle ese disgusto, mas ella no lo ha entendido así.

—Veréis, querido amigo, dejasteis una muchachita y debéis acostumbraros que habéis encontrado a una mujer. Una mujer que opina que sus sentimientos son lo más importante.

—Entonces, Eudald, ¿qué debo hacer? ¿Acaso permitir que se estrelle en ese vano empeño? —preguntó Martí con absoluta franqueza.

—Tal vez sí.

—No os comprendo.

—El tiempo dirá si la razón os pertenece a vos o a ella. Pero de cualquier manera juega a vuestro favor. Os traigo una encomienda de su parte, pero debo deciros que personalmente estoy de acuerdo con ella.

—Os escucho, Eudald.

—Por el momento no hay motivo ni necesidad de que vuestra hija permanezca en palacio. La condesa Almodis ha muerto y su sucesora, Mafalda de Apulia, cuya mano habéis ido a pedir a Sicilia, aún no ha llegado. Sería muy conveniente para completar la educación de Marta y de paso para probar si ese amor es firme, que le permitierais entrar de postulante en el monasterio de Sant Pere de les Puelles. He hablado con sor Adela de Monsargues y dado que el principal protector es el propio conde, Marta tendría plaza de inmediato.

Martí quedó unos instantes en suspenso.

—Y privarme de su compañía... En principio no me opongo, pero dejadme que lo piense un poco.

El arcediano, emitiendo un hondo suspiro, se puso en pie.

—Creedme que sería una buena solución... El viejo conde la tiene en gran estima, y si el amor de los jóvenes persiste, tal vez diera ocasión de abolir una de las costumbres que más distancia a la nobleza de los ciudadanos distinguidos de Barcelona.

—¡Soñáis, Eudald! Mucho las cosas habrían de cambiar... Tal vez sea lo mejor. Me duele que no quiera volver a casa, pero al menos estará lejos de palacio y lejos del joven Bertran. Quizá la vida en el monasterio dé templanza a su espíritu, y además ahí estará protegida en caso de que me vea obligado a ausentarme de nuevo.

Ambos hombres se dirigieron a la puerta.

103

El interrogatorio

El interrogatorio en el Castellvell ordenado por el juez de Barcelona Eusebi Vidiella, que pretendía desentrañar las circunstancias que habían rodeado las extrañas muertes de Rashid al-Malik y el caballero Marçal de Sant Jaume en la masía fortificada de Arbucias que había sido propiedad del segundo, había despertado en la ciudad una inusitada expectación. Entre lo llamativo de la circunstancia, el hecho de que la hueste hubiera sido convocada para un asunto privado, y lo que se consideraba un enfrentamiento entre el estamento de la nobleza y un simple vecino de la ciudad, había hecho que la adquisición de un asiento en el salón de las columnas para presenciar el debate y la sentencia que dictara el juez fuera una cuestión de dura competencia. No se trataba en el fondo de ver quién tenía razón, sino más bien de comprobar si la pugna soterrada entre ambas clases sociales avanzaba en Barcelona: cada circunstancia que pusiera a prueba la posibilidad de enfrentarse a la nobleza con una remota posibilidad de éxito por parte de un ciudadano de a pie y, más aún, si éste era un pobre hombre, despertaba el interés de comerciantes, artesanos, leguleyos y todos aquellos que pretendían alcanzar algún derecho frente a los poderosos.

Sobre una tarima se había dispuesto una larga mesa en cuyo extremo figuraba un pequeño atril con una rica Biblia forrada de cuero rojo con cantoneras y herrajes dorados. Tras la mesa, en tres sillones de alto respaldo se situarían el juez Eusebi Vidiella, en el asiento central, y a sus lados el veguer de la ciudad Olderich de Pellicer y el notario mayor, Guillem de Valderribes. Frente a la tarima había un banco sin respaldo donde se habrían de sentar los encausados, y en los extremos, en sendos taburetes, se acomodarían dos soldados. La zona central del salón se reservaba para las autoridades civiles y religiosas del condado y los representantes de las casas nobles; a ambos lados, los afortunados ciudadanos que pudieran entrar a presenciar el acontecimiento. Un altillo al que se accedía por una pequeña escalera de caracol provisto de una celosía de madera que ocultaba a sus ocupantes se había reservado para los interesados de la parte que había incoado el procedimiento. En esta ocasión, teniendo en cuenta que el máximo interesado en aclarar los hechos era el ciudadano Martí Barbany, al que avalaba su larga lista de méritos contraídos, el conde había autorizado su presencia en aquel privilegiado lugar. Martí, acompañado de Manipoulos y de Felet, aguardaba expectante el comienzo de la vista.

El barullo en los laterales era considerable. Todos conversaban a gritos con el vecino más próximo o con alguien de detrás, con lo que el griterío aumentaba de una forma desmedida; en la parte reservada a la nobleza los gestos eran contenidos y los allí presentes hablaban entre sí con mucho más recato, mirando sin embargo hacia el pueblo situado a ambos lados con indisimulado desprecio.

La contera de la vara del ujier golpeó fuertemente la tarima.

El volumen de las voces descendió al punto.

La voz del ujier resonó en la sala.

—¡Su señoría, el juez del condado Eusebi Vidiella i Montclús, y sus excelencias el veguer de Barcelona don Olderich de Pellicer, y el notario mayor del condado don Guillem de Valderribes!

Los ilustres próceres que iban a presidir el acto ocuparon los tres sillones.

Un silencio profundo se instaló en el salón. El juez Vidiella tomó la palabra.

—Se abre la instrucción para esclarecer los hechos referidos al posible rapto del señor Rashid al-Malik, huésped del preclaro ciudadano de Barcelona don Martí Barbany, naviero y emérito embajador de nuestro señor, el conde de Barcelona Ramón Berenguer I, por parte de gentes adictas o sujetas a la autoridad del fallecido caballero Marçal de Sant Jaume.

Luego, volviéndose hacia el ujier, ordenó:

—Que pasen a declarar por turno estricto y según sean llamados los testigos y oponentes: de una parte Bernardot de Colera, carretero de esta ciudad, y de la otra el guardián de la masía fortificada propiedad del caballero Marçal de Sant Jaume situada en Arbicias, Pere Fornells.

A la orden del juez, por una puerta lateral, y custodiado por dos armados, compareció el carretero, amedrentado por la circunstancia, más que dispuesto a defender su derecho a la recompensa anunciada. Tras una inclinación de cabeza fue conducido al banco central, donde se sentó a instancias del juez en medio de los alguaciles, que permanecieron en pie a ambos lados.

En medio de un silencio sepulcral el juez Vidiella comenzó el interrogatorio.

—Póngase en pie el inquirido.

Bernadot, visiblemente nervioso, obedeció.

—Adelántate hasta la mesa y disponte a prestar juramento a requerimiento de su excelencia reverendísima el obispo de Barcelona.

El carretero dio tres pasos y se aprestó a jurar a sobre la Biblia. Odó de Montcada se puso en pie y adelantándose desde el lugar que ocupaba se llegó hasta la tarima.

—¿Juras poniendo la mano sobre la Biblia y por la santísima Trinidad que todo aquello que vayas a decir responderá únicamente a la verdad?

Bernadot colocó su diestra sobre el libro sagrado y juró repitiendo la fórmula.

En la bancada de la nobleza se escuchó un murmullo aprobatorio viendo que tanto el juez como el obispo trataban meramente de tú a aquel individuo.

La voz del juez Vidiella se hizo sentir de nuevo.

—Regresa a tu lugar y siéntate.

Bernadot, ya más tranquilo, ocupó su puesto en el banco y aguardó a que el juez comenzara con sus preguntas mientras el obispo se reintegraba a su sitial.

—¿Es cierto que el día 5 del pasado mes de mayo te presentaste en la guardia de la veguería para dar respuesta al pregón del conde nuestro señor sobre el desaparecido Rashid al-Malik?

Bernadot pisaba ya un terreno seguro y había preparado muy bien la historia que debería explicar.

—Así es, señor.

El juez le interrumpió.

—Cuando te dirijas a mí me tratarás de señoría.

—Así es, señoría —corrigió Bernadot.

—¿Cómo has pensado que la persona buscada era la misma que trasladaste a Arbucias?

—Por la coincidencia de la fecha y por la descripción que de él se hizo, señoría.

—Explica los hechos.

La gente rebulló inquieta y se aprestó a escuchar la historia que iba a explicar el indagado.

—Veréis, señoría. En mi calidad de mandadero había ya trabajado en otras ocasiones para el caballero de Sant Jaume llevando y trayendo mensajes y cosas a su masía de Arbucias, y debido a ello conozco todas las rutas y caminos imaginables. Aquel día se me requirió para que indicara el trayecto menos concurrido al cochero de una galera cerrada que no conocía bien el camino, y se me ordenó que fuera a caballo, pues tal vez el carricoche no regresara a Barcelona.

El juez le interrumpió de nuevo.

—¿Quién fue la persona que te vino a buscar?

—Samir, el mayordomo del señor de Sant Jaume.

—¿Conocías a quién o qué llevaba el carricoche?

—Hasta llegar allí no sabía lo que transportaba.

—Prosigue.

—Cuando estábamos a menos de media legua, el cochero me preguntó cuánto faltaba. Recuerdo que le indiqué que no me nombrara, ya que algo me decía que tanto misterio y tanto buscar caminos escondidos era cosa rara y tal vez no del todo legal, pero yo ignoraba lo que era.

—¿No viste al pasajero al partir?

—No, señoría. Se me indicó que estuviera en Sant Cugat del Rec a una hora determinada y cuando me presenté, la galera estaba cerrada, los cocheros en el pescante, y la escolta lista y a punto de partir.

—¿Cuándo supiste que transportaba a un pasajero y en qué estado se encontraba éste a su llegada?

—Lo supe, señoría, al llegar a Arbucias. Allí lo bajaron y pude ver claramente que estaba herido y en malas condiciones, pues de la capucha que le colocaron manaba un chorretón de sangre seca. Lo arrastraron hasta la casa entre dos.

—¿No te extrañó que le pusieran, según dices, una capucha y por qué no lo denunciaste al día siguiente en la veguería?

Bernadot pareció contrito.

—Ciertamente debía haberlo pensado, pero el señor de Sant Jaume me había contratado otras veces y pensé que no era extraño, señoría, que a alguien se le cubra el rostro para impedir que reconozca después el lugar donde está. A veces conviene mantener el secreto… Por lo que respecta a su estado, alguien se lo hizo antes de partir, pues mantengo que cuando me incorporé al grupo, el pasajero ya estaba dentro del carricoche y durante el camino no paramos ni una sola vez.

Bernadot había puesto buen cuidado en indicar, ya cuando acudió a la veguería, que si bien el hombre estaba en mal estado, ya debió de montar así en la galera, pues en su presencia nadie lo había maltratado. Pretendía cobrar el premio sin buscarse nuevos enemigos.

—¿Qué más me puedes decir sobre esa llegada?

—Tuve que pedir al que recogió la mercancía que nos diera algo de comida, pues en todo el camino no habíamos probado bocado debido a la prisa y al misterio.

—¿Volviste a ver al supuesto raptado, Rashid al-Malik?

—No, señoría, nos condujeron a las cocinas donde nos sirvie-

685

ron un ligero condumio. Luego, ya de noche cerrada, regresé solo a Barcelona.

—¿Conocías tal vez de otras veces a cualquiera de los acompañantes?

—No, señoría, aunque posiblemente uno de ellos sí me conocía, porque, como ya he dicho, me preguntó cuánto faltaba llamándome por mi nombre.

El juez Vidiella se inclinó primeramente del lado del notario mayor y luego consultó con el veguer.

—Por el momento puedes retirarte. —Luego, dirigiéndose al ujier, ordenó—: Que entre el tal Samir.

Compareció el liberto Samir, asustado y receloso.

Tras el correspondiente juramento ocupó el lugar que había dejado hacía unos instantes Bernadot de Colera.

—Di tu nombre y condición.

—Mi nombre es Samir, señoría, y el apellido que he adoptado es el de Jaume, en honor del amo que me otorgó la condición de hombre libre.

—¿Desde cuándo lo eres?

—Desde dos años antes de la muerte de mi querido patrón.

—Siendo hombre libre, ¿por qué seguiste en su casa?

—Por mero agradecimiento, señoría, tenía la consideración de mayordomo y, desde el día que fui libre, un buen estipendio.

—Tú contrataste a Bernadot de Colera. ¿Por qué lo hiciste?

—Convenía transportar a una persona, por lo visto muy importante; el asunto requería discreción, pues posiblemente alguien podría estar interesado en raptarlo. El recorrido común lo conoce todo hijo de vecino, pero no así las trochas por itinerarios discretos, de manera que mi señor me ordenó buscar a Bernadot de Colera, que conoce bien todos los caminos del condado y que había trabajado otras veces para mi amo.

—¿Le indicaste al tal Bernadot quién era el pasajero?

—No tenía esa orden, señoría. Se me ordenó discreción y se me advirtió que no era conveniente que oído alguno se enterara de quién era el pasajero de la carreta.

—¿Lo viste antes de subir a la galera?

—Eso reafirmó la conveniencia del secreto. Llegó a la casa de Sant Cugat del Rec herido y en no muy buenas condiciones. Por lo visto, de no ser por nuestra gente, que acudió a buscarlo, tal vez hubiera ocurrido una desgracia. Sufrió la agresión de unos malandrines e ignoramos si lo que pretendían era su bolsa o su persona.

—¿Te llegó noticia de los pregones de Barcelona?

—Algo oí, señoría, pero ignoraba que el nombre de la persona buscada fuera el del huésped de mi señor, que desde luego acudió a Sant Cugat libremente y por propia voluntad.

El juez Vidiella acalló los murmullos del público y, tras un golpe en la mesa, ordenó que Samir se retirara y ocupara su lugar Sisebuto, el inmenso guardián de la masía de Arbucias.

La entrada de éste en el salón volvió a despertar los cuchicheos y de nuevo el juez tuvo que llamar al orden a la bancada ocupada por el pueblo.

El mismo ceremonial se repitió otra vez. El hombretón sentado llegaba a la altura del hombro de los alguaciles que en esta ocasión estaban de pie.

Luego de demandar nombre y condición comenzó el turno de preguntas.

—¿Cuál es tu puesto en la masía de Arbucias?

—Soy mayordomo, jefe de vigilancia y hombre de confianza del alcaide.

—¿Conocías a Bernadot de Colera antes de que acompañara al señor al-Malik hasta el lugar?

—Lo conocía de otras veces y otros viajes.

—¿Es cierto que al bajar a al-Malik de la galera se le colocó una capucha y, si lo es, por qué motivo se hizo?

—Ciertamente, el alcaide me comunicó que iba a venir un huésped ilustre que no convenía que conociera el lugar donde se hallaba, por su propia seguridad. Para eso se le cubrió el rostro con una caperuza.

—¿En qué estado llegó el antedicho?

—Lamentable, señoría. Tuvo que atenderlo un físico y tardó varios días en recuperarse; por lo visto sufrió una agresión en Barcelona al caer la tarde del día que lo trajeron a Arbucias.

El interrogatorio continuó por los mismos derroteros; las respuestas de los implicados seguían las pautas que había marcado Mainar.

Luego fue requerido Pere Fornells.

A él le fue elevado el tratamiento y el juez le habló de vos.

—¿Cuál era vuestro cargo en Arbucias?

—Alcaide de la masía y administrador de los estados de mi difunto amo.

—¿En calidad de qué, según vuestro criterio y opinión, se alojó en la casa el señor Rashid al-Malik?

—Sin duda, en calidad de ilustre huésped, señoría; fue alojado en la estancia del torreón, que es de las más distinguidas de la mansión. Fue tratado a cuerpo de rey y cumplidos todos sus deseos.

—¿Por qué se le otorgó ese trato?

—Fue contratado por mi difunto señor para realizar una tarea trascendental y secreta para el condado, por la cual cobró un precio exorbitante, la mitad del cual apareció en el armario de su dormitorio cuando lo registramos tras su muerte. Mi señor pretendía ofrecer al conde el fruto de esa tarea para ganarse de nuevo su confianza y afecto.

Esta vez el murmullo partió de la zona central donde estaba la nobleza.

El juez Vidiella volvió a reclamar silencio.

—Decidme, ¿por qué elaboraba sus alquimias en una gruta oculta y cerrada?

—Ése fue su deseo, señoría. Maese Rashid exigió un lugar seguro y apartado dado que su experimento, como luego se demostró, era harto peligroso.

—¿Dónde estabais cuando ocurrió el suceso?

—En la bodega, señoría.

—¿A cuánto ascendían los dineros que hallasteis en su armario?

—A más de cien libras barcelonesas, señoría.

—¿Dónde está ahora ese montante?

—Fue requisado por el senescal el día de autos.

Finalmente fue llamado Gualbert Amat, tras retirar el banco y colocar frente a la mesa del tribunal un cómodo sillón de alto respaldo semejante al que ocupaban el juez, el veguer y el obispo.

—Ilustrísimo señor, siento haceros perder este tiempo para tan ingrata tarea, pero es mi obligación aclarar los hechos.

—Estoy a vuestras órdenes, ilustre juez.

—Decidme, senescal, ¿cuál fue el motivo de vuestra subida, al frente de la hueste barcelonesa, al país de Arbucias?

—El insigne ciudadano Martí Barbany había ofrecido mediante pregón una cantidad muy respetable a quien diera noticia del paradero de su amigo y huésped Rashid al-Malik. A la veguería llegó la noticia de que alguien había indicado algo y la pista era suficientemente clara y precisa para creer que podía ser auténtica. Y tristemente así lo fue; la única diferencia es que, según mi criterio, el señor al-Malik subió allí por propia voluntad. Nadie lo raptó ni forzó.

—¿Cuál es vuestra opinión al respecto de que por lo visto llegara en malas condiciones?

—No me atrevo a opinar, lo que os debo decir es que fue tratado como huésped distinguido, colmado en todas sus exigencias y pagado con generosidad, pues según se me dijo, el dinero hallado en su poder era únicamente la mitad del pacto: la otra mitad se le entregaría al finalizar su trabajo.

—¿Cómo entendéis su muerte?

—Por lo visto el producto que manejaba era harto peligroso. Aquel día había invitado a su anfitrión a ver el resultado. Todo se incendió y el señor de Sant Jaume, al intentar sofocar el fuego, por lo visto inextinguible, ya que éste era su mérito, se prendió en las llamas y ardió como una antorcha.

—¿Creéis posible enterrar al señor de Sant Jaume en camposanto cristiano?

—Tratar de separar los cuerpos es tarea inútil, tal como os dije. Y al-Malik era de fe islámica. Inhumar a un no creyente de la verdadera fe en tierra de cristianos o bajo símbolos sagrados sería delito incalificable.

—Me acompañaréis a Arbucias en próxima fecha para que

compruebe con mis ojos lo que decís, de lo que no dudo en forma alguna: me limito a cumplir con mi obligación.

El juez Vidiella, tras otra serie de preguntas, dio por finalizado el interrogatorio. Una semana después, y tras acudir a Arbucias a fin de ver con sus ojos la gruta y los cadáveres de los fallecidos en tan extrañas circunstancias, sentenció que, pese a la opinión de Martí Barbany, quien seguía sosteniendo que su amigo jamás habría comerciado con su descubrimiento, el interfecto había acudido a Arbucias por su voluntad con la finalidad de elaborar para el señor de Sant Jaume el llamado fuego griego a cambio de una desorbitada cantidad de dinero, y que el destino quiso que falleciera en el intento arrastrando con él a su patrocinador.

Al haber muerto sin herederos conocidos todos los bienes del señor de Sant Jaume pasarían a la corona condal.

104

Las espuelas de plata

La imposición de las espuelas de plata a tres de los pajes que habían realizado sus estudios y prácticas en palacio era un acontecimiento memorable. Se trataba de una ceremonia de hombres y de guerreros, pero desde los tiempos de la condesa Almodis se había cambiado. La difunta condesa, atendiendo a la solicitud de las jóvenes que componían su séquito, había logrado que se abriera la galería de damas y desde aquella privilegiada situación, las muchachas podían presenciar la ceremonia tras las celosías que cubrían los arcos del primer piso, comentando desde allí el ritual del acto y la bizarría de los caballeros.

Aquél era un día señalado para Marta, aunque ante Bertran había fingido la más absoluta indiferencia. La joven se debatía entre un cúmulo de sentimientos: obediencia hacia su padre, honradez con sus propios anhelos, y el miedo que la atenazaba en cuanto veía la siniestra figura de Berenguer. Eso sin contar el peso de la costumbre que vetaba sus deseos de contraer matrimonio con el hombre que amaba.

Marta sabía que su aliado era su padrino Eudald Llobet pues además de adorarla, era el único, junto con Amina, que conocía todas las vicisitudes que habían rodeado su decisión al respecto de ingresar en Sant Pere de les Puelles. Ya había hablado con la abadesa, sor Adela de Monsargues, quien no había opuesto objeción alguna al ingreso de Marta a finales del mismo año. Al pensar en su querido padrino, un velo de inquietud cubrió los ojos de la joven. En las últimas semanas lo había visto pálido, ojeroso y, aunque el buen hombre afirmaba que se encontraba tan bien como siempre, la debilidad de su voz y su lento paso, tan distinto del de antes, hacían sospechar lo contrario. El físico, preocupado, le había incluso prohibido agacharse para cuidar sus plantas.

El ruido metálico al ponerse en pie de los hombres en la planta baja rescató a Marta de sus pensamientos y la voz de su amiga Estefania Desvalls la trajo al presente.

—¡Atended, Marta, va a comenzar!

Las muchachas se precipitaron hacia la enjaretada celosía.

El aspecto de la planta baja era impresionante. En dos hileras de bancos estaban los retoños de las mejores casas de la nobleza catalana. La parte anterior del gran salón había sido alfombrada con un inmenso tapiz, sobre el que habían colocado tres reclinatorios equidistantes. Frente a ellos, se alzaba una gran mesa forrada con tela de damasco en cuyo centro lucía la imagen de sant Jordi y sobre un facistol una antigua Biblia con herrajes de oro; a la derecha sobre una tarima, se hallaba el trono del conde de Barcelona y a la izquierda cuatro sitiales en los que se habrían de situar el obispo Odó de Montcada, el senescal mayor Gualbert Amat y los dos jóvenes condes, Ramón y Berenguer.

El sonido de trompas y atabales anunció la llegada del viejo conde, que compareció muy decaído y cojeando visiblemente, apoyado en el segundo senescal Gombau de Besora, luego lo hicieron el obispo y los príncipes. Todos fueron ocupando los sitiales a ellos designados. Al hacerlo el conde, todo el mundo se fue sentando.

A Marta le dio un vuelco el corazón: precediendo a sus compañeros de ceremonia caminaba, tranquilo y orgulloso, el dueño de sus pensamientos. Bertran de Cardona se colocó frente al reclinatorio de en medio y los otros dos pajes vestidos al uso para el acontecimiento, lo hicieron a los costados.

El acto tenía un protocolo definido desde muy antiguos tiempos. Desde donde estaba Marta, la voz de los oficiantes llegaba confusa; sin embargo bastaba ver los movimientos para hacerse cargo del ceremonial. En primer lugar el obispo, acompañado de un acólito, acercó la Biblia a los reclinatorios donde estaban los aspirantes hincados de rodillas y recabó su juramento obligándoles a colocar su mano diestra sobre el libro sagrado. Luego uno a uno se arrodillaron ante el viejo conde y éste, después de pronunciar unas palabras ininteligibles desde donde ella estaba, les dio un ligero cachete en la mejilla. Al punto, el senescal, tomando sendas espuelas de plata que trajo un paje sobre un almohadón de terciopelo rojo, los llamó a su lado. Los jóvenes candidatos acudieron en fila y fueron colocando su pie derecho sobre un pequeño escabel frente a Gualbert Amat. Entonces el primer senescal les calzó solemnemente la espuela y por último les requirió a cada uno de los tres que escogiera su divisa y se colocara frente a su padrino.

En aquel instante el corazón de Marta se aceleró. Bertran se situó frente al joven Cap d'Estopes y, dirigiendo su mirada hacia donde ella estaba, sacó el pañuelo azul que ella le había dado tiempo atrás y, entregándoselo al conde, hizo que éste se lo anudara en su antebrazo derecho. Entonces con voz alta y clara, dijo:

—Señor, que mi lema sea: «Siempre, y pese a quien pese».

Marta le observó con los ojos llenos de lágrimas. En ese momento su enojo con él se desvaneció y todas sus dudas se disiparon: su corazón no podía equivocarse. Sí, le esperaría, tanto tiempo como hiciera falta. Pasaría en el monasterio los tres años marcados por su padre, soportaría la distancia con el mejor de sus ánimos. Porque sabía, sí, estaba segura, que un amor como el que sentía por Bertran no volvería a experimentarlo por hombre alguno.

105

La sentencia

Roma, 5 de septiembre del año del Señor 1073

Yo, Gregorio VII, asesorado por mi curia y teniendo que juzgar los hechos acaecidos en Barcelona en la tristísima jornada del 16 de octubre de 1071 en la cual fue muerta violentamente la condesa Almodis de la Marca.

ANUNCIAMOS:
Que puesto al corriente de los tristes sucesos, escuchados los testimonios, sopesadas las circunstancias agravantes y atenuantes y teniendo muy en cuenta la condición del acusado.

COLEGIMOS:
Probado que el príncipe heredero Pedro Ramón, hijo de Ramón Berenguer I de Barcelona y de la fallecida condesa Elisabet de Nimes, mayor de edad y teniendo perfectamente lúcidas sus facultades mentales, ante numerosos testigos, el día señalado atacó a la esposa de su padre, la condesa Almodis de la Marca, causándole heridas en la cabeza y el cuello que le provocaron la muerte.

Por lo tanto y con gran dolor de nuestro corazón

CONDENAMOS:
Al antedicho Pedro Ramón, heredero de los condados de Barcelona Gerona y Osona, a ser recluido en el monasterio que se designe durante veintiún años; a vestir ropas de ermitaño y a llevar la misma vida monacal de la comunidad; a estar sometido a la

autoridad del prior y a guardar los ayunos prescritos que manda la Santa Madre Iglesia y a guardar silencio durante el tiempo que se determine.

Será asimismo desposeído de todo derecho sucesorio.

No podrá llevar arma alguna salvo en el caso de ser atacado por los enemigos de la fe.

Cometerá sacrilegio y será apartado de la Iglesia en caso de incumplir la sentencia anunciada.

Firmado y rubricado en Roma por Su Santidad

Yo, el Pontífice Gregorio VII

QUINTA PARTE

El PLACER *de la* VENGANZA

106

Nuevas alianzas

Barcelona, finales de 1075

ernabé Mainar observaba satisfecho a Berenguer Ramón, quien, después de solazarse con una de las esclavas de la mancebía, estaba, como era habitual, de excelente humor. Muchas cosas habían pasado en este tiempo, se dijo el tuerto, pero él seguía manteniendo una posición de privilegio cerca de los poderosos. Olvidado quedaba ya Pedro Ramón, quien después de conocerse la sentencia papal, sobornando a la guardia, había huido de palacio con los hombres que vigilaban la puerta cierta noche sin luna y con destino desconocido. Se rumoreaba que había ido a luchar contra el infiel y tal vez hubiera muerto ya. Mainar no había perdido el tiempo. Informó a la Orden del revés que habían sufrido sus planes, aunque les aseguró que todo no estaba perdido... Efectivamente, poco tiempo después de la desaparición del primogénito, desheredado por su acto de violencia delante de toda la corte, había recibido en la mancebía la visita de Berenguer. Y, a partir de ese momento, se había centrado en aproximarse a aquel gemelo influenciable, que si bien no había gozado de la confianza de su madre, podía cuando menos heredar parte del condado a la muerte del viejo conde. A su debido momento Mainar le había explicado también su verdadera identidad y la misión de venganza que se había impuesto, y había notado en los ojos de Berenguer la misma admiración teñida de temor que había asomado en su día a los ojos del primogénito.

—La esclava que me has traído hoy era toda una experta —murmuró Berenguer, medio amodorrado por el alcohol—. ¡A fe mía que vuestras mujeres saben hacer gozar a un hombre!

—Siempre os ofrezco lo mejor, mi señor.

—Lo sé, y os lo agradezco.

—Espero, mi señor, que las cosas de palacio vayan bien para vos.

—Tan aburridas como siempre —replicó Berenguer—. Mi hermano, por suerte, ha partido hacia Sicilia para conocer por fin a su prometida. ¡Ojalá su barco se hunda en el mar! —concluyó con un rapto de ira que no pudo contener.

Mainar sonrió.

—No digáis estas cosas… Alguien podría oíros.

—Yo sé bien dónde las digo… Mi conducta en palacio es irreprochable y procuro imitar el talante de mi hermano que tanto agrada a mi padre.

—Creedme, mi señor, que eso es lo mejor. Vuestro padre es muy anciano y no es conveniente impulsarle a tomar decisiones precipitadas.

—Cierto, amigo Mainar —dijo Berenguer—. Tengo buen cuidado de que mi conducta sea intachable. Ni siquiera persigo a las damas. Además, debo admitir que la más bella de las jóvenes de la corte, la más deseable, está fuera de palacio.

—¿Os referís por casualidad a…?

—Ya os he hablado de ella. Marta Barbany, ahora postulante en Sant Pere de les Puelles. ¡Estuvo a punto de ser mía, maldita sea!

—Si está en el monasterio, seguirá siendo virgen, señor. Ya la disfrutaréis cuando llegue el momento.

Berenguer asintió.

—Sé que vos tenéis también una cuenta pendiente con su padre, el naviero. Por lo que a mí respecta, vos tendréis vuestra venganza y yo a esa gacela escurridiza… Y creedme que no falta mucho —añadió, bajando la voz—. Entre nosotros, mi padre está enfermo. Muy enfermo. Los físicos dicen que con suerte milagro será que llegue al nuevo año.

El tuerto sonrió. Aquel puesto que tanto ansiaba volvía a estar a su alcance.

—En ese caso —dijo—, creo que ha llegado el momento de hacer llegar al señor Martí Barbany un obsequio que no olvidará. Una advertencia que le impida dormir tranquilo por las noches.

La voz de Maimón el eunuco sonó agria y destemplada:

—¡Pacià, deja lo que estás haciendo y sube al almacén!

El hombre dejó el azadón que estaba manejando apoyado en el muro, miró con filosofía el surco que estaba trazando, y tras enjugarse el sudor de la frente con un pañuelo acudió a la llamada del otro. La puerta del cobertizo estaba entornada; junto a los estantes del fondo donde, en cajas de madera, se almacenaban todos los productos del huerto, divisó a Maimón, que comprobaba si estaba todo lo necesario. El amo pretendía que no se comprara nada en el mercado y que la casa subsistiera con la fruta y verdura, los huevos y la leche, la carne de conejo y de pollo que suministraba la masía.

—Ven, Pacià. El amo quiere que hagas una tarea muy especial.

Pacià fue hacia él.

—No sé de dónde queréis que saque el tiempo: si no vigilo a la gente el trabajo no sale. Cuando todos comienzan a holgar y cae el día, debo sacar los desperdicios, cargar el carro e irme hasta el Cagalell para verter allí la basura, que no es poca y que cada día aumenta. Llego a misas dichas, ceno los restos y voy a recogerme al chiribitil del fondo del parral para cuando suenan los laudes estar de nuevo en pie cuidando de que la reata de gandules que están a mi cargo, doblen el espinazo y comiencen a trabajar. ¿Qué nuevo trabajo me queréis encomendar ahora, si ni tiempo tengo de ver a mi mujer y a mis hijas?

El eunuco contemporizó.

—Esto, por lo visto, es primordial; si no llegas a lo demás, se te pondrá ayuda.

—Yo vine aquí como carretero y estoy haciendo de todo.

El eunuco entendió las razones del capataz: aquel hombre valía lo que ganaba e hizo el propósito de suplicar al amo una mejora del jornal de Pacià. Lo hizo egoístamente, ya que si el hombre se hartaba y se iba, caería sobre él un montón de trabajo.

—Tienes razón, Pacià, hablaré con el amo. Me facilitarás mucho las cosas si cumples bien el encargo que te voy a dar.

—Todo cuanto sea llevar a casa un trozo de pan, bienvenido sea; decidme qué he de hacer e intentaré cumplir como siempre he hecho, pero quiero dejar muy claro que dos veces se me prometió una mejora y nunca ha llegado.

—Ya sabes cómo es el amo: ciertas cosas hay que recordárselas; si no, se olvida —repuso el eunuco.

—Pues a ver si esta vez no ocurre lo mismo. Pero id al asunto, ¿en qué consiste el encargo?

—Bien, la cosa parece ser importante, y lo digo por el hincapié que ha puesto el amo en ello. Si debes salir al campo para hacerlo, no tengas reparo, házmelo saber y tómate el tiempo necesario.

—Dejaos de vueltas y decidme de una vez el cometido.

—Debes ir a algún secarral a la hora que el sol pegue fuerte y cazar un lagarto, cuanto más grande mejor, meterlo en una caja y darle de comer hasta que el amo lo reclame.

A Pacià le extrañó la rara demanda.

—¿Para qué quiere el amo un lagarto?

—Lo ignoro, creo que es para hacer un regalo o algo parecido si no entendí mal el otro día; la cosa tiene su aquel y el que lo recibe sabe el porqué.

El hombre quedó unos instantes pensativo.

—Bien, no soy quién para entender las rarezas de algunos, pero creo que este trabajo no puede ser más sencillo.

—¿Y por qué?

—En mis idas y venidas he visto muchos: en la muralla, en piedras… siempre al calor y esperando que les llegue la comida a la boca. Sólo hay que esperar al más grande o al más tonto.

—¿Cómo te harás para cazar uno?

—Echándoles encima un lienzo cuando están confiados. Las horas de sol son las más favorables.

—Muy bien, Pacià. Hazme quedar bien y yo me ocuparé de lo tuyo —prometió el eunuco.

107

El lagarto

artí Barbany y el capitán Manipoulos despachaban en el balcón del segundo piso bajo el toldo de cañizo que lo cubría. Al fondo, la visión del mar azul de la rada y el tránsito de pequeños botes yendo y viniendo a la playa desde los barcos anclados era, según el griego, un regalo para la vista. Aquella tarde, mientras la voz de Basilis, monótona como un sonsonete, repetía cifras y condiciones de fletes y cargamentos, el pensamiento de Martí se hallaba muy lejos. Por enésima vez en aquellos años, lamentó haber enviado a su única hija a palacio. Su única pretensión había sido alejarla de todo peligro y cuidar de que recibiera una buena educación, pero nunca había previsto la posibilidad de que el amor la visitara por primera vez. Y no podía decirse que Marta hubiera escogido mal... ¿Qué más hubiera podido desear que entregar la mano de su hija a aquel joven que, según el informe del padre Llobet, estaba adornado de tan altas virtudes? Él mismo había comprobado que la mirada y las palabras de aquel joven caballero destilaban una honradez sin mácula. Pero su condición de futuro vizconde de Cardona vetaba aquel enlace...

Casi tres años habían transcurrido desde que Marta había entrado en Sant Pere de les Puelles, una decisión que en su día Martí, como padre, se había tomado casi como un desaire. Pero Marta se había mostrado firme: no volvería a la casa de la plaza de Sant Miquel, ni se quedaría en palacio. Aguardaría los tres años que Martí les había impuesto de plazo en el monasterio, completando su educación. Martí la visitaba con frecuencia, a la espera de descubrir en su hija algo que le hiciera pensar que había olvidado aquel amor imposible. No hablaban jamás de ello, pero Martí presentía que, exactamente igual que había sucedido con su esposa Ruth años atrás, la mente y el corazón de Marta estaban puestos en un solo hombre… Y renunciar a él, u olvidarlo, era algo que ni siquiera cruzaba su mente. Tal vez fuera Bertran quien faltara a su promesa: la vida de un joven alférez estaba llena de tentaciones y distracciones. Martí suspiró, pensando que los tres años estaban a punto de finalizar y saldría de dudas.

Manipoulos detuvo la lectura de cifras con una expresión inquisitiva en la cara, pero Martí negó con la cabeza y, con una leve sonrisa, le conminó a proseguir. Había logrado concentrarse en las cuentas cuando los pasos de Andreu Codina resonaron en los últimos escalones. El mayordomo se dirigió hacia donde estaban los dos amigos con un envoltorio en la mano.

—¿Qué ocurre, Andreu? ¿Qué me traes?

—Señor, un mensajero ha entregado esto al vigilante de la puerta principal y Gaufred me ha encargado que os lo entregue.

—Ya sabes que no me gusta ser interrumpido cuando trabajo.

—Lo sé y se lo he recordado a Gaufred, pero parece que el portador del paquete ha indicado que la cuestión urgía.

Manipoulos, que hasta aquel instante había estado metido en sus números, alzó la cabeza.

—Veamos qué es eso que merece tanta premura.

Diciendo esto Martí alargó la mano para que el mayordomo le entregara el paquete.

—Puedes retirarte, Andreu.

Tras cumplir el encargo, el hombre salió de la terraza.

El envoltorio estaba ligado con una cuerda y Martí comenzó a luchar con el nudo.

—Dejadme a mí —dijo Basilis—. Acabaremos antes con mi cuchillo.

El griego extrajo de la escarcela su viejo cuchillo marinero con la empuñadura de asta de carnero y tomando el paquete de las manos de su amigo, procedió a cortar la cuerdecilla.

Retirado el envoltorio de tela de saco apareció un cofrecillo de madera de nogal. Manipoulos se lo devolvió a Martí y éste lo abrió.

El griego adivinó al instante que algo anómalo ocurría: a su amigo le había variado la expresión del rostro y al punto se puso en pie y se colocó a su lado para observar el contenido.

Allí dentro, con la mirada vidriada y portando algo en la abierta boca, estaba la verde cabeza seccionada de un lagarto de regular tamaño.

—¿Qué es esta asquerosidad? —inquirió Martí.

—Traed aquí.

El griego tomó en sus manos el cofre y volvió a sentarse. Entonces usando nuevamente la punta del cuchillo y con sumo cuidado, procedió a extraer de la boca de la alimaña un sello labrado con una M y una B. Manipoulos procedió al punto a frotarlo con la punta del envoltorio de saco y una vez estuvo limpio se lo entregó a Martí; éste lo colocó a la luz del sol y lo observó detenidamente.

—¡Por mi vida que éste es el anillo que regalé en su día a Rashid al-Malik! —exclamó Martí, asombrado. Una sombra de pesar cubrió su semblante al recordar el desafortunado destino de quien había sido su huésped y uno de sus más fieles amigos. Poco se había aclarado sobre su muerte. Martí había pagado la recompensa al carretero que les había informado a través de Manipoulos: ni siquiera había querido volver a verlo.

—¿Estáis seguro? —inquirió Basilis.

—Completamente: tened en cuenta que en todo el orbe sois sólo cinco las personas que lo poseéis o lo han llegado a poseer, y todos y cada uno de ellos tienen algo diferente. Ved que la piedra del fondo de éste es un ágata y el vuestro un lapislázuli. Me reitero en ello: es el de Rashid... Alguien se lo arrancó del dedo y ahora me lo envía.

—De lo que se deduce que quien tuvo algo que ver en su muerte os quiere enviar un recado... y de seguro no ha sido el caballero Marçal de Sant Jaume, ya que éste murió con él.

Martí se puso en pie y comenzó un precipitado ir y venir por la terraza.

—No entiendo nada, Basilis.

—Pues algo está muy claro —replicó el griego al instante—. Quien os lo envía quiere que tengáis la certeza de que Rashid fue asesinado o, si no, que su muerte fue provocada. Y dejaros claro que no os teme, que es vuestro enemigo y está cerca.

—Pero ¿por qué un lagarto?

Manipoulos permaneció pensativo durante unos instantes.

—¿Acaso esto os dice algo, Basilis?

—He recorrido varias veces el mundo conocido, mis viejas sandalias han pisado los polvos de muchos caminos, he conocido más gentes y costumbres de las que puedo recordar y sí, algo me viene a la memoria.

—¿De qué se trata, Basilis?

—Por lo visto, en tierras del Nilo, aguas arriba, existe una vieja ciudad llamada Tebas. Cerca de ella vive una antigua secta de adeptos a las falsas ideas de los pitagóricos y otros filósofos griegos. Cuando se impuso la verdadera religión, adaptaron sus falsas ideas a algunas enseñanzas de Nuestro Señor y se convirtieron en herejes. Creen que su ley es anterior y más elevada que la del Señor Jesucristo, que no están sometidos a las ataduras de la religión y que pueden asesinar cuando conviene a sus intereses. Y como el más importante es la grandeza de su secta, no dudan en matar por encargo, pues piensan que así sirven a Dios. Antes de hacerlo, envían a sus víctimas una cabeza de lagarto, pues por la afición de este animal al sol, lo consideran símbolo de la sumisión a la divinidad.

Martí lo miró a los ojos.

—¿Entendéis que me están amenazando?

—Pues diría que quieren insinuar que sois vulnerable y que no les importa que lo sepáis, de modo que os avisan diciendo que al igual que mataron a Rashid pueden hacerlo con vos.

Martí se engalló.

—Si quiere guerra, quien sea la tendrá. Mirad cómo ha acabado el pirata que tenía tras de sí al walí de los ziríes de Túnez.

—Os recomiendo prudencia —objetó el griego—. Os enfrentáis a un enemigo solapado y oculto que, por lo visto, no dudó en matar o causar la muerte a quien sólo era un buen amigo vuestro...

Martí asintió, pensativo, y por una vez se sintió aliviado de que su hija se hallara a salvo de esa nueva y desconocida amenaza, protegida tras los sólidos muros de Sant Pere de les Puelles.

108

Sant Pere de les Puelles

l monasterio de Sant Pere de les Puelles, erigido diez décadas antes, estaba entre el *raval* de Sant Pere y el Rec Comtal. Se trataba de una sólida construcción de tres cuerpos y dos pisos, con un claustro ajardinado en cuyo centro había un estanque lleno de gordas ranas que croaban con insistencia. En torno al claustro se sucedían la cocina, el refectorio, la sala capitular y la enfermería; en la planta superior estaban las celdas de las profesas, las novicias y las postulantes. Desde el claustro se accedía al huerto por una parte, y por otra a la iglesia. El pórtico de acceso al edificio estaba abierto al este; un gran arco permitía la entrada de carros y caballerías y apenas en su interior y a la derecha se hallaban en los bajos las cuadras, los almacenes y bodegas donde se almacenaban las vituallas. Otra puerta que se abría a los fieles los domingos y fiestas de guardar estaba adornada con un arco de piedra en el que figuraban las imágenes de los doce apóstoles. El ábside, con una pequeña ventana del lado del claustro, estaba encarado al norte; tras el altar se hallaba la sacristía y junto a ella la pequeña celda del capellán que atendía la salud espiritual de la comunidad.

Marta era la penúltima de la fila exterior de las monjas que de dos en fondo avanzaban por el abovedado claustro hacia la iglesia para el rezo de vísperas. Al frente de la comunidad iba la abadesa, sor Adela de Monsargues. A diferencia de las monjas, las postulantes, todas hijas de casas nobles, iban vestidas con humildes sayas de sarga gris.

Marta intentaba concentrarse en las plegarias, pero mientras rezaba, su pensamiento volaba sin que pudiera evitarlo hacia la última carta que había recibido de su amado Bertran. Tal y como le había prometido él a su padre, no habían vuelto a verse desde hacía ya casi tres años, pero a lo largo de este tiempo ambos habían mantenido contacto a través de cartas que intercambiaban con la ayuda de Amina y Delfín, que se habían convertido en los mensajeros de la pareja. En la soledad de su austera celda, Marta las releía una y otra vez hasta aprenderlas como si fueran plegarias. En todas ellas, Bertran reiteraba su amor incondicional, su inquebrantable lealtad y el deseo, cada vez más ardiente, de volver a verla. Pero, a pesar de todas esas promesas, a pesar del amor que destilaban sus palabras, Marta no conseguía alejar las dudas de su mente… En estos momentos, sin ir más lejos, su amado Bertran acompañaba en calidad de alférez a Ramón Berenguer, que había viajado hasta tierras sicilianas a conocer a Mafalda, con quien se había prometido años atrás. Marta imaginaba las recepciones fastuosas, los bailes llenos de hermosas damas, y la visión de Bertran entre todas ellas le oprimía el corazón.

Se concentró en la oración, en un esfuerzo por desterrar esas ideas de su cabeza. Ya faltaba poco, se dijo. En su última carta, Bertran le había prometido que, a su regreso de Sicilia, iría a Cardona a solicitar de su padre su permiso y bendición para la boda. De nuevo la inquietud se apoderó de Marta… ¿Qué diría el vizconde de Cardona cuando supiera que su hijo, su heredero, quería desposar a una plebeya? ¿Y si su propio padre tenía razón y Bertran, pese a sus sentimientos, no era capaz de oponerse a los deseos del vizconde de Cardona si éste se negaba a autorizar el enlace? Marta sabía lo difícil que era negarle algo a un padre: ella misma amaba al suyo con todas sus fuerzas. Martí la visitaba todos los meses, a no ser que estuviera de viaje, y en casi todas sus visitas le pedía que regresara a casa. Marta sufría por no poder decirle la verdad: los muros del monasterio la habían protegido de los avances de Berenguer mucho mejor de lo que hubieran podido hacerlo todos los guardias de la mansión de la plaza de Sant Miquel. No había tenido la menor noticia de él en ese tiempo, y ya casi había olvidado los angustiosos momentos que vivió en palacio por su culpa. Estaba segura, y el padre Llobet la apoyaba en esa creencia, de que ni siquiera Berenguer se atrevería a violar el sagrado recinto de la casa del Señor para satisfacer su abyecta lujuria. Además, para que se sintiera más segura aún, y alegando que su presencia en la corte ya no era necesaria tras la muerte de la condesa, su padrino había abandonado la Pia Almoina y demandado el cargo de confesor del monasterio.

Terminados los oficios, las monjas regresaron a sus celdas. Mientras caminaba en silencio por los fríos pasillos, Marta cerró los ojos y se imaginó fuera de aquellos muros, paseando por los jardines de palacio, de la mano de Bertran.

109

La promesa de esponsales

uy lejos de Barcelona, en tierras de Sicilia, un atónito Bertran contemplaba el engalanado salón donde iba a celebrarse el banquete en honor de la delegación venida de la ciudad condal para pedir la mano de la princesa Mafalda, finalizando así el trámite que inició Martí Barbany años atrás en calidad de embajador. En sus años de vida nunca había visto nada igual, y era evidente que los duques de Sicilia querían demostrar con esa fiesta el aprecio que sentían por quien iba a ser su nuevo yerno y por quienes, como Bertran, le habían acompañado en ese viaje. Bertran ocupó el lugar que le habían asignado en la mesa, rodeado de otros nobles sicilianos y de algunos acompañantes de Cap d'Estopes, que, en la mesa presidencial, departía con Roberto Guiscardo y su esposa ante la mirada tímida y algo asustada de Mafalda.

Mientras degustaba los manjares que eran servidos sin interrupción entre el tumulto de risas y comentarios, Bertran permanecía con la mirada ausente. Habría dado cualquier cosa por tener a su lado a Marta, en lugar de a la damisela siciliana que, según ella misma le había informado, acompañaría a Mafalda de Apulia a la corte barcelonesa. Bertran casi no le prestó atención: su pensamiento estaba en otro lado, lejos de allí. Le sucedía a veces, de repente el rostro de Marta aparecía en su mente y sin poder evitarlo se sumergía en un mar de bellos recuerdos, reviviendo sus conversaciones, sus peleas incluso, y sus encuentros en el invernadero. Después de tanto tiempo de separación la memoria se afilaba y el más nimio de los recuerdos se hacía importante. Habían transcurrido casi tres años desde su nombramiento como alférez y desde que Marta ingresara en el monasterio de Sant Pere de les Puelles, y ni un solo día había dejado Bertran de evocar su rostro. Y nunca, ni un solo momento, había flaqueado su amor por ella. Era algo que ni él mismo podía explicarse, una certeza que le había acompañado en sus misiones junto a Ramón Berenguer, en las eternas jornadas de navegación hacia tierras de Sicilia, y que surgía ahora, también, en medio de esa hermosa fiesta. Amaba a Marta y sabía que ella le esperaba; no podía imaginarse un futuro en el que ambos no anduvieran de la mano.

Por fin, un brindis a la salud de los futuros novios lo sacó de su ensimismamiento. Vio a Ramón Berenguer, y comprendió por el semblante de su conde y amigo que las conversaciones sobre la boda le habían complacido en grado sumo. Ojalá pudiera celebrar una fiesta igual para festejar su enlace con Marta, se dijo. Y, al observar a Mafalda de Apulia pensó que sin duda era bella, pero que nadie, ni siquiera esa hermosa joven, podía compararse con la mujer que la vida y el destino le habían asignado. La noche fue larga, y largo el festejo: fuegos de artificio en los iluminados jardines y, después de que el legado pontificio se retirara, baile hasta la madrugada.

Luego en la soledad de su cámara, releyó el billete que la dama de la cena había deslizado en su mano en uno de los cruces de la danza citándolo en su dormitorio al toque de laudes; Bertran, con parsimonia, tomó el candil que brillaba al costado de su cama y haciendo con el mensaje un pequeño rollo, lo quemó en la llama; después recogió en la palma de su mano las volátiles pavesas y acercándose a la ventana sopló expandiéndolas por el aire de la madrugada. Sabía que le esperaba una noche de insomnio: desde que partieron de Barcelona, el sueño le esquivaba y su mente no le daba sosiego. La visita a Cardona, tanto tiempo postergada, no aceptaba más demora. Bertran estaba seguro de sus sentimientos, pero también anhelaba recibir la bendición de los suyos. Una sola palabra de su padre a favor de la boda disiparía todos sus desvelos y le permitiría presentarse ante Marta sin que ninguna nube empañara su radiante felicidad.

Se acostó pensando en ese viaje a Cardona y, para serenarse, releyó la última carta de Marta a la luz de la vela. Esa noche la paz que emanaba de sus palabras de amor fue como un bálsamo para su espíritu y, finalmente, con la imagen de Marta en su pensamiento, en su corazón y en sus labios, se durmió.

Al día siguiente de la fiesta, Roberto Guiscardo ordenó a Mafalda que se entrevistara con el ilustre huésped. El acto se llevó a cabo en la pequeña biblioteca donde su madre guardaba sus libros y pergaminos preferidos. Su anfitriona la acompañó y, cosa inusual en ella, la despidió con un beso en la frente y una lágrima desbordando el balconcillo de sus párpados. La puerta se cerró tras ella y quedó la muchacha, sentada en un sitial de doble asiento, con el alma encogida y la angustia de lo desconocido asomada en la blanca orilla de su alma. La espera se hizo eterna; al cabo de un tiempo unos pasos firmes y acompasados resonaron en el entarimado del salón adyacente, la cancela se abrió y la figura que la noche anterior había presidido la cena apareció en el umbral. Con paso lento y comedido, el caballero llegó a su altura, mientras ella mantenía los ojos bajos. Sintió más que advirtió que él hincaba su rodilla en tierra y cogía con suavidad su mano derecha. Mafalda sintió cómo el arrebol se apoderaba de su rostro, y sólo entonces se atrevió a alzar la vista. El semblante que pudo observar mucho más cerca que la noche anterior era hermoso: la tez curtida, la mirada noble, rubia la cabellera que enmarcaba su rostro de expresión afable y en el fondo de sus ojos risueños un brillo gentil. El gallardo caballero se puso en pie sin soltar su mano y tomó asiento a su lado.

—Mafalda —dijo él—, no porque vuestro padre me haya otorgado vuestra mano y el nuestro vaya a ser un matrimonio que conviene a nuestras familias, penséis que el amor no va a estar presente. Soy consciente de la importancia que representa emparentar con la poderosa casa de Calabria, pero esta ventaja no va a ser gratuita. Las naves de mis condados de Barcelona y Gerona protegerán las costas de vuestra patria frente al poder de los muslimes, cada día más osado. Sus piratas son el azote del Mediterráneo, y mis tierras ya sufrieron en su día, y durante muchos años, lo que representa el dominio mahometano y la peligrosa vecindad de los reyes de Lérida y Tortosa. Al-Mansur, que los castellanos llaman Almanzor, destruyó Barcelona y yo mismo me enfrenté en varias circunstancias a sus algaras para defender mis tierras. He jurado que, mientras yo aliente, la cristiandad no volvería a ser humillada por los infieles. Me consta que vuestro padre ha entablado querellas en infinidad de ocasiones, que es un esforzado paladín y que se basta y sobra para defender sus estados. Sin embargo, mis naves le serán de ayuda y éste y no otro es el motivo de que me acepte por yerno. Ha llegado la hora de que como futuro heredero natural de los condados de Barcelona, Gerona y Osona, junto con mi hermano Berenguer, tome esposa, y por eso he pagado a vuestro señor padre unos cumplidos *esponsalici*, que me parecieron sumamente liberales hasta que pude posar mi mirada en vos. Sois lo más bello que vieron ojos humanos desde que Dios todopoderoso hizo a la mujer. Sé que por obediencia vais a ser mi consorte, pero yo no pretendo eso. Mi deseo es escuchar de vuestros labios que aceptáis ser mi esposa, libremente y de buen grado. No busco una alianza, sino una compañera que aliente mis afanes, me dé hijos que engrandezcan mi estirpe y cierre mis ojos cuando llegue mi hora.

Mafalda notó que algo en su interior despertaba al escuchar las palabras de Ramón Berenguer. Alzó su hermoso rostro hasta él y respondió con voz trémula pero firme:

—Hasta ayer no os conocía más que de oídas. Y esta mañana mi señora madre me ha recordado mis obligaciones familiares, pero quiero deciros que vuestras sinceras palabras se han abierto camino hasta mi corazón como la enredadera trepa por el tronco del árbol. Os tomaré como esposo y os respetaré toda mi vida, pero quiero que sepáis que deseo ser, ante vos y vuestros súbditos, más que la madre de vuestros hijos: caminaré a vuestro lado y os acompañaré en cuantas empresas afrontéis; quien os ofenda, a mí habrá ofendido, y quien os respete y obedezca, será mi amigo. Quiero ser en la paz vuestro apoyo y consuelo, en las cacerías vuestro halconero mayor y en el lecho la más avezada amante, hasta el punto de que no deseéis jamás en vuestro tálamo a ninguna otra mujer. Deseo merecer todos y cada uno de los títulos que me otorguéis, pero no por derecho sino habiéndolos ganado cumplidamente.

Tras oír estas palabras, Ramón Berenguer se puso en pie y alzándola sobre la punta de sus pies, la tomó por los codos y la enfrentó a él; descendió su hermoso rostro a su altura, la miró largamente y selló aquellos labios puros con los suyos.

110

Cardona

arias semanas despues, dos jóvenes caballeros avanzaban uno tras otro por una estrecha vereda que corría
paralela al río Cardoner. Habían salido de Barcelona el
día anterior y, cabalgando de noche, habían llegado, ya
avanzada la madrugada, a un recodo desde el que en lontananza se
divisaba el montículo donde se alzaba el castillo de Cardona. Bertran se volvió en su silla hacia el joven Sigeric, al que había escogido de escudero desde que Ramón Berenguer le nombró su alférez, y le hizo un gesto con la mano para que se llegara a su lado.
El joven dio espuelas a su cuartago y se puso a la altura del caballo de Bertran. Éste, señalando con el dedo el imponente edificio
que se divisaba entre la neblina, remarcó orgulloso:

—Ésa es mi casa, ahí nací yo.

El joven escudero observó detalladamente la construcción.

—Hermoso lugar, señor; os diré que casi iguala en majestad al
palacio de nuestros señores los condes. —Luego preguntó—: La
espadaña que asoma tras la torre, ¿qué es?

—Es la iglesia de Sant Vicenç. Pertenece desde hace más de
un siglo a la jurisdicción de mi familia —respondió Bertran.

—No comprendo cómo viviendo en este lugar preferisteis ir
a Barcelona.

Bertran tardó unos instantes en contestar, recordando las razones que lo sacaron de su hogar más de cuatro años atrás.

—Las cosas no se eligen, Sigeric —dijo por fin—. Uno se ve
obligado a hacerlas por imperativos que resultan incomprensibles

cuando ocurren. Sin embargo, lo que en principio me pareció un mal paso, ha acabado siendo lo mejor que me ha pasado en la vida.

—Os envidio, señor; siendo tan joven, habéis tenido en verdad una vida azarosa y rica en experiencias.

—Realmente debo decir que los hados me han sido favorables… por lo menos hasta ahora.

—Creo que ninguno de los pajes que entraron con vos en su día en palacio ha alcanzado los honores que os han sido concedidos. Ser alférez del conde es en verdad una distinción que pocos alcanzan: habéis atravesado el mar cuando los demás apenas se han mojado los pies en él.

—No creas que todo son maravillas, Sigeric, las rosas siempre tienen espinas. Alza mi enseña de alférez del conde de Barcelona y sígueme.

Bertran taloneó a Blanc y partió a galope.

Cuando ambos caballeros se acercaban al foso que rodeaba el castillo, el sonido de un cuerno ronco y profundo avisó de su llegada. El alcaide, a requerimiento del centinela y apoyándose entre los dos merlones que coronaban la entrada, se asomó.

Bertran reconoció la silueta de su viejo ayo y poniéndose en pie sobre los estribos, gritó:

—¡Lluc, soy yo! ¿No me reconocéis?

El viejo servidor se asomó aún más para ver mejor, y Bertran supo por el gesto precipitado al retirarse que lo había reconocido. Lentamente el inmenso puente levadizo fue descendiendo entre ruidos de cadenas y crujir de polipastos. Bertran dio una palmada en la grupa de Blanc y lo hizo avanzar, seguido por Sigeric; los cascos de los nobles brutos resonaron al avanzar sobre la maciza madera del puente a la vez que el rastrillo que protegía la entrada iba ascendiendo poco a poco, abriéndose como las fauces de un inmenso dragón.

A la vez que ambos jóvenes descabalgaban en el patio de armas, se oyeron los pasos del viejo servidor, que descendía por la escalera de caracol que desembocaba en el cuerpo de guardia. El anciano se precipitó hacia Bertran intentando besar su mano, pero el joven lo alzó por los hombros con firmeza.

—¡Por Dios, Lluc, eso no! Para vos sigo siendo el mismo joven inquieto al que intentabais desasnar.

El hombre se puso trabajosamente en pie, alejándose un tanto y entrecerrando los ojos.

—Loado sea Dios, cuando os fuisteis aún erais un muchacho y regresáis ahora hecho un hombre... Mis ruegos han sido atendidos, ya me puedo morir.

—Falta mucho para eso, Lluc —repuso Bertran—. Aún daréis mucha guerra. Me habéis divisado en lontananza, lo cual demuestra que vuestra vista todavía es excelente.

—Sin embargo, ahora que os tengo cerca os veo como entre brumas. Pero no hablemos más de mí, vuestro padre ha dado orden de que fuerais conducido a su presencia en cuanto llegarais.

Bertran no se movió.

—Me agradaría ver a mi señora madre primero.

—El conde ha sido en este particular muy claro —advirtió el servidor—. Antes que nada, debéis verlo a él.

—Será solamente un instante, ayo —insistió el joven.

—Bertran, creo que no deberíais contradecir a vuestro padre. Doña Gala ya sabe de vuestra llegada y os verá a la hora de comer.

—Sea como ordene mi padre —cedió Bertran con un suspiro—. Atended a mi escudero y cuidad de los caballos, por la tarde me reuniré con vos para que me expliquéis los pormenores de vuestra vida.

—Poco os he de contar; aquí los días transcurren monótonos e iguales. De vez en cuando hay una algarada en la frontera y poco más. Desde que vuestro padre hizo las paces con el viejo conde de Barcelona la paz ha sido absoluta.

—Pues vamos allá. No perdamos tiempo... Estoy deseando verlo.

Bertran partió hacia el interior de la fortaleza con un nudo en la boca del estómago. Llegaba por fin el momento que tanto había temido durante estos años, el instante que sería decisivo para su futuro y el de Marta. Mientras avanzaba se percató de que todo estaba muy cambiado desde el día de su partida: el recinto había recobrado el esplendor de antaño. Aunque el camino hacia la torre del homenaje era el mismo, el mobiliario, los tapices, las lámparas... todo había recuperado el aspecto que tenía antes de la fatal enemistad que había enfrentado a Folch de Cardona con el viejo conde de Barcelona. Llegó el joven ante la puerta de la cámara de su padre y, tras un instante de vacilación, llamó con los nudillos. Fueron sólo unos segundos, pero a Bertran le parecieron una eternidad. Unos pasos denunciaron que alguien se aproximaba y al punto se abrió la gruesa hoja. Con las rodillas temblorosas, dio un paso hacia delante.

El vizconde de Cardona observó a su hijo de arriba abajo con una mirada inquisitiva y plagada de interrogantes. Al punto se hizo a un lado abriendo totalmente la puerta.

—Pasa, hijo mío, sé bienvenido a tu casa.

Bertran dio un paso al frente, y cuando esperaba que su padre avanzara su diestra para que le rindiera pleitesía, éste adelantándose, le abrazó y le besó en ambas mejillas.

—¡Cuán largo se me ha hecho el tiempo que has estado fuera, hijo mío! Bendigo al Señor que en su clemencia me ha permitido ver este día.

—Y a mí regresar; el recuerdo de vos, de mi madre y de los paisajes de mi país han alimentado mi esperanza durante todo este tiempo.

—Ven conmigo, tenemos mucho de qué hablar.

El vizconde condujo a su hijo hasta los asientos situados bajo un ventanal y ambos se sentaron como antaño, cuando Bertran había cometido alguna travesura y era convocado solemnemente por su padre para dar cuenta de la misma.

Al comienzo los prólogos fueron generales. El vizconde preguntaba y Bertran respondía sobre los temas que iban surgiendo: su estancia en la corte de Barcelona, su aprendizaje de las armas... Era como si el vizconde estuviera dando un rodeo antes de entrar, por fin, en un asunto que le arañaba el alma.

—Y dime, hijo, aunque la distancia hasta Barcelona es sustancial, el viento lleva y trae noticias, aunque uno nunca sabe hasta qué punto son ciertas... Me ha llegado que eres alférez del joven conde —afirmó más que preguntó—. ¿No crees que antes de aceptar un cargo tan comprometido debías haberlo consultado conmigo?

Bertran meditó su respuesta.

—Tal vez sí, padre, pero la vida urge muchas veces. Se me mostró el documento que ratificaba que la paz entre nuestro vizcondado y Barcelona era total, y debo deciros que nada tiene que ver el joven conde Ramón Berenguer con otros asociados que habéis tenido. Me confirmó que el trato era de igual a igual, que Cardona mantenía todos sus privilegios y que consideraba nuestro castillo como avanzada que defendía a los condados catalanes del poder sarraceno. La verdad, padre, me sentí honrado y pensé que mi nueva posición redundaría en beneficio de nuestra casa. Por eso acepté.

—¿Y no se te ocurrió pensar que existe una gran distancia entre firmar la paz con otro condado y ponerte al servicio de quien hasta hace muy poco fue un enemigo?

Bertran permaneció en silencio, sin saber cómo explicar a su padre la amistad y el cariño fraternal que sentía por Cap d'Estopes.

—Padre —dijo por fin—, me consta que fue en contra de vuestra voluntad, pero vos me entregasteis como rehén al conde de Barcelona. Y debo deciros que nada me ha dolido más en la vida que tener que abandonar este castillo, a vos, a mi madre… Pasé los primeros meses odiando a quienes consideraba mis enemigos, pero debo ser franco con vos: desde el principio Ramón Berenguer, el hijo del viejo conde, me trató como si fuera su hermano menor. Y sí, cuando llegó el momento, acepté honrado el puesto de alférez.

El vizconde de Cardona se alzó de su sitial y acercándose al ventanal y abriéndolo, requirió con un gesto a su hijo que acudiera a su lado.

—Mira, Bertran: la torre del homenaje ha sido reconstruida, pero la señal sobre el estribo señala el límite de la parte vieja.

—Lo veo perfectamente, padre, pero la parte nueva es quizá mejor y más sólida que la anterior.

—Tal vez —repuso Folch de Cardona con voz ronca—, pero lo que no se borrará jamás ni en la estructura, ni en la memoria de las gentes, es la marca infamante que, además de en la torre, llevo yo en el alma.

Bertran no supo qué decir.

—Hay que cerrar las heridas, padre.

—Ésa, hijo, fue la herida que causó la casa de los Berenguer a la casa de Cardona. La paz está firmada, pero la memoria sigue y el recuerdo de esa infamia me acompañará hasta la tumba.

El vizconde cerró el ventanal y regresaron a sentarse. Un silencio tenso se apoderó de ambos.

—Padre —dijo Bertran en un intento por disipar la tensión—, os juro que desde el primer día fui tratado como un huésped y recibí instrucción de armas como los hijos escogidos de las más nobles casas de Barcelona. Si en el futuro no evitamos rencillas y nos dedicamos a guardar rencores, la paz no existirá nunca.

—Voy viendo que tal vez seas ahora más otro Berenguer que un Cardona —repuso el conde, con amargura.

—Jamás —objetó Bertran—. Tengo muy claro cuál es el orden de mis lealtades, pero los tiempos son otros y si no nos acomodamos a ellos, nos quedaremos atrás.

Hubo otra larga pausa entre padre e hijo.

—Está bien —cedió por fin el vizconde—. Ahora estás aquí, y espero que permanezcas un tiempo con nosotros...

—Nada puede causarme mayor placer, padre. Ardo en deseos de ver a madre.

Bertran dudó unos instantes: el tema de Marta le quemaba en el pecho. El reencuentro con su padre estaba siendo más duro de lo que había creído. Pero en ese momento, Folch de Cardona le sonrió, y el joven vio en esa sonrisa al mismo padre al que había querido y respetado de niño.

—Hay algo más, padre. Vengo a pediros vuestra bendición. Deseo casarme.

Un hondo suspiro escapó del pecho del vizconde.

—No debería extrañarme... Ya eres un hombre. Y dime, ¿quién es la elegida de tu corazón? ¿De qué noble familia procede? ¿Será una buena alianza para el vizcondado de Cardona?

El rostro de Bertran reflejó, además de una naciente palidez, una firme decisión.

—Será la mejor alianza para mí, padre: la elegida de mi corazón está adornada de virtudes y, si Dios nos da hijos, serán la alegría de vuestra vejez y la honra de esta casa. Se trata de la hija del distinguido ciudadano de Barcelona Martí Barbany, el conocido naviero.

Un gesto de incredulidad torció el semblante del vizconde.

—¿Me estás diciendo que esa joven no pertenece a la nobleza?

Bertran apretó los puños hasta que los nudillos se le pusieron blancos.

—No, padre. Pero eso no me importa: es una joven que ha sido educada en la corte, y que ahora se halla en un monasterio completando su formación. Su padre es uno de los ciudadanos más ricos y respetados de Barcelona. Y... yo la amo con todas mis fuerzas, padre.

Folch de Cardona asintió con la cabeza.

—Entiendo tu pasión, Bertran... E incluso puedo simpatizar con ese ardor juvenil... Pero el matrimonio es otra cosa, hijo. Como heredero del vizcondado de Cardona tienes ciertas responsabilidades que no puedes eludir.

—No pretendo eludirlas en modo alguno, padre —repuso Bertran—. Pero tampoco puedo eludir los sentimientos que me dicta el corazón.

—¡Un vizcondado no se gobierna con el corazón, sino con la cabeza! —dijo el vizconde levantando la voz. Al ver la mirada impasible de su hijo, el vizconde decidió ceder—. Bertran, no quiero discutir ahora... Tiempo habrá de pensar en planes de boda, ya sea con esa joven o con otra que convenga más a los intereses del vizcondado. Supongo que piensas quedarte unos meses con nosotros...

La última frase de su padre sorprendió al joven. Lo cierto era que ardía en deseos de regresar a Barcelona; eso sí, con la bendición paterna para poder ir en busca de Marta con absoluta tranquilidad de espíritu. El vizconde notó la vacilación de su hijo e insistió:

—Has estado años fuera de aquí. Tu madre no te ve desde que eras apenas un muchacho. —Su voz, dura, no admitía réplica—. El vizcondado te necesita... yo te necesito a mi lado. No creo que unos meses sean demasiado pedir, sobre todo si en ellos debe decidirse tu futuro y el futuro de estas tierras.

Bertran asintió, aunque presentía que el vizconde estaba utilizando sus armas de padre para retenerlo a su lado. De todos modos, Ramón Berenguer no le había impuesto una fecha de regreso y le había animado a que pasara con sus padres el tiempo que considerara oportuno.

—Tenéis razón, padre. Me quedaré un tiempo con vosotros... Hasta que os convenza de lo maravillosa que es Marta y del profundo amor que siento por ella.

El vizconde ocultó una sonrisa.

—Por supuesto, hijo. Estoy seguro de que es encantadora... Y ahora vayamos a ver a tu madre. ¡Está impaciente por abrazarte!

Y, sin decir nada más, el vizconde se encaminó a la puerta. Tras unos instantes de vacilación, Bertran le siguió.

111

Muerte de «el Viejo»

Barcelona, 1076

l gran dormitorio estaba en penumbra. El conde Ramón Berenguer I de Barcelona, el Viejo, agonizaba en su lecho.

Las dos chimeneas estaban encendidas y un sahumerio dulzón proveniente de dos pebeteros prendidos flotaba por la estancia: el olor almizcleño mezclado con el sudor de la muerte lo invadía todo.

El viejo conde yacía postrado en la inmensa cama adoselada, con las frazadas subidas hasta su barbado rostro, el tronco recostado en dos grandes almohadones y los brazos sobre el lecho pegados al cuerpo. El obispo Odó de Montcada le había impartido los santos óleos. Estaban presentes Harush, el físico; sus dos senescales, Gualbert Amat y Gombau de Besora; el notario mayor Guillem de Valderribes; el veguer de Barcelona, Olderich de Pellicer, y seis representantes de las casas nobles.

La respiración era agitada pero aún no agónica.

Gualbert Amat se aproximó donde estaba el físico.

—¿Cómo lo veis, Harush?

—Habladme en un susurro, señor, a estas alturas nadie sabe lo que puede oír un moribundo.

El senescal aproximó sus labios al oído del físico.

—¿Está a las puertas de la muerte, Harush?

—Está muy mal, señor; mi misión es ahora que no sufra, ya

que curación no tiene. Le he suministrado láudano y adormidera. Otra cosa no puedo hacer.

El notario Guillem de Valderribes se aproximó a los dos.

—¿Es necesario que haga llamar a los herederos?

Milagrosamente el moribundo abrió los ojos y haciendo un leve gesto con la mano diestra, ordenó al trío que se aproximara. Los tres hombres acudieron al punto.

Valderribes se adelantó.

—¿Deseáis, señor, que haga llamar a los príncipes?

El viejo conde, con un hilo de voz, ordenó:

—Quiero ver al padre Llobet.

Los tres se miraron extrañados.

El físico se adelantó y murmuró junto al oído del notario:

—Lo que tengáis que hacer, señor, hacedlo pronto... O pronto será tarde.

El senescal partió al punto y a una breve orden, un criado salió de la estancia precipitadamente.

La espera se hizo tensa. No cabía otra cosa que aguardar y ver si llegaba antes el padre Llobet o la desoladora visita de la muerte.

Las campanas de la catedral tocaron completas. El tiempo fue pasando lentamente; de un momento a otro el conde entraría en la agonía.

La noche se cerraba en la ciudad; el alma del conde de Barcelona estaba a punto de ingresar en el arcano de la eternidad. Desde la bóveda azul del infinito, las estrellas emitían guiños cómplices saludando la llegada de un nuevo amigo, el espectro de Ramón Berenguer I, mientras a lo lejos una jauría de perros aullaba presagiando la muerte.

El grupo de personas que estaba presenciando la agonía guardaba un silencio solemne, de manera que el roce de las bisagras al abrirse la puerta sonó como un trueno. El rostro de todos los presentes se volvió a un tiempo. Agitado y sudoroso, acompañado del senescal, entraba en aquel instante el arcediano Eudald Llobet.

El viejo clérigo esparció su mirada sobre todos y sin dudar un momento, ya que las vanidades poco le afectaban, se dirigió al gran lecho donde yacía el conde. Odó de Montcada se adelantó a la vez.

La voz del conde sonó muy queda y sin embargo audible.

—No, obispo, quiero confesar con el padre Llobet.

El prelado retornó a su sitio en tanto que el sacerdote, haciendo un esfuerzo, se hincaba de rodillas junto al lecho. Ante el asombro de los presentes, el padre Llobet tomó entre las suyas la esquelética diestra del conde.

—Aquí estoy, señor —murmuró, acercando sus labios al oído del moribundo.

—Gracias, Eudald. Mi esposa siempre hablaba de vos como de un fiel amigo al que poco importan las vanidades de la corte... Y desde su muerte he podido comprobar que así era. —La voz de Ramón Berenguer era un soplo—. Quiero confesar, aunque temo que para mí no haya perdón. He pecado mucho, vuestra reverencia.

—Vuestras faltas son una minucia al lado de la magnanimidad y misericordia de Nuestro Señor.

—Todo lo hice y todo lo pequé, pasé por encima de todas las barreras morales. Creo que no hay ni un solo mandamiento al que no haya faltado. Sabéis que deseé la mujer de mi prójimo, viví en adulterio y fui excomulgado; he matado, he jurado en falso, he codiciado los bienes ajenos. En fin, padre, he recorrido toda la escala de los vicios...

La voz del conde se debilitaba.

—Os voy a dar la absolución.

Un ligero apretón en su mano advirtió al arcediano que el conde todavía quería decirle algo.

—Todavía no, Llobet. Debo rogaros una cosa. El notario leerá mi testamento. No quiero que la discordia se instale entre mis hijos. Los he dotado por igual, y gobernarán el condado alternativamente, seis meses cada uno. Todo será de los dos y ninguno será más que el otro... —El conde lanzó un débil suspiro—. Pretendo ser justo, no quiero más tragedias en mi casa.

El sacerdote palideció.

—Si ésta es vuestra voluntad, que así sea.

La voz del anciano era un susurro; a Llobet le costaba entenderlo.

—No me engaño, padre… Sé cómo son mis hijos, sé que no será fácil… Escuchad, quiero que mediéis en sus disputas y he establecido que el primero en mandar sea Ramón.

—Así lo haré, señor.

El suave apretón de la mano del agonizante le indicó que su tarea había concluido. Entonces solemnemente le dio la absolución.

A una leve indicación el notario Guillem de Valderribes se aproximó al lecho.

—Que traigan a mis hijos —murmuró el conde—. Quiero que vean la muerte de su padre y sepan dónde van a parar las vanidades de este mundo.

A una señal del notario, el senescal Gualbert Amat se precipitó hacia la puerta en busca de los herederos.

Al cabo de un poco ambos gemelos aparecieron y se colocaron a ambos lados del lecho. A una señal del agonizante, el notario comenzó a leer el pergamino que contenía el testamento.

Ramón acariciaba la frente de su padre sin escuchar. Berenguer, sin embargo, no se perdía ni una sola de las palabras del notario.

112

La visita de Amina

a silueta de una mujer a lomos de un pollino se dibujaba al final del sendero que ascendía culebreando hasta el antiguo molino de Magòria, reconvertido en una pequeña masía gracias a la generosidad de Martí Barbany y al esfuerzo de Ahmed y de su amigo Manel, así como de los trabajadores a quienes el naviero había encargado las obras.

El maestro de obras había tenido la habilidad de aprovechar la vieja construcción, uniendo por un lado la vivienda con la pequeña torre del molino, y por el otro el cobertizo con las cuadras.

El trabajo de sol a sol era el único alivio para Ahmed, que consumía las horas levantando los muros de su casa, cultivando los huertos que poseía y cuidando de sus animales.

Aunque nunca se olvidaba de tener la tumba de Zahira aseada y llena de flores, también se entretenía al caer la tarde colocando viejos cacharros de metal sobre el muro que cerraba el predio y ejercitando su puntería con su vieja honda en compañía de Manel, su amigo de siempre. Éste, que había dejado su puesto en la plaza del Blat y el negocio de burros que regentaba su padre, se había trasladado a vivir y trabajar con él y pese que al principio se negaba a aceptarlo, Ahmed le asignó una dotación que le permitía cubrir sus necesidades y ahorrar un dinero.

—Me parece que Amina viene a vernos —exclamó Manel.

Al aviso de Manel, Ahmed oteó a lo lejos la figura de una mujer a lomos de un pollino que se fue agrandando lentamente.

Efectivamente, era Amina, y aunque las circunstancias de la

vida los hacían vivir en lugares distintos, el amor de los hermanos permanecía inalterable. Desde su regreso de la aventura del rescate del *Laia*, se veían regularmente en casa del amo. La pretensión de Ahmed de reunir bajo el nuevo techo a su familia había sido vana. Naima, su madre, a pesar de que su pobre mente ya no regía y en todo se dejaba guiar con mansedumbre, tenía dos manías: la primera era creer que el primero que entraba en las cocinas era Omar, y la segunda era negarse a traspasar el umbral de la casa bajo ningún concepto. El amo dio la orden de que fuera atendida en todo momento y que le dejaran hacer lo que quisiera. Amina iba cada semana a verla, pero se había negado a abandonar a Marta en el monasterio. Ahmed entendió que su hermana debía de tener poderosas razones y respetó su actitud. Sin embargo, desde el día que Marta ingresó en el monasterio, y pese a que Amina la siguió en calidad de doncella, sus encuentros fueron menudeando al punto que era rara la semana que en un momento u otro no la viera, ya fuera en la casa de la plaza de Sant Miquel por las mañanas, o al caer la tarde en el molino.

En tanto Manel se dirigía al interior de la casa en busca de una jarra de agua anisada, que tanto complacía a Amina cuando el calor apretaba, Ahmed se llegó hasta la puerta del cercado. Cuando vio a su hermano, Amina fustigó ligeramente al jumento con un junco obligándole a acelerar el paso.

La muchacha se llegó a la cuadra, y tras desmontar de un ligero salto tomó al burro por la brida y lo ató al pesebre. Desde el interior vio que su hermano se acercaba a la abertura de la entrada y lo observó al contraluz, detenidamente. ¡Cómo había cambiado! De aquel muchacho que jugaba con Marta y con ella en el jardín posterior de la casa de la plaza de Sant Miquel junto a la capilla donde se hallaba el mausoleo de la señora, al hombre que ahora avanzaba hacia ella reposado y seguro de sí, mediaba un abismo. El largo viaje en busca del *Laia*, las interminables jornadas de navegación, las angustias de la aventura, el conocimiento de mares lejanos y el ver de cerca la muerte lo habían hecho madurar. Lo único parejo era su mirada triste y soñadora que parecía siempre teñida de nostalgia.

—Que Alá sea contigo, hermana.

—Que Él te acompañe.

Ahmed la sujetó por los hombros antes de besarla y la observó con detenimiento en tanto que Naguib, el mastín de Ahmed a quien éste había puesto ese nombre en recuerdo del pirata, se frotaba el lomo contra ella. Aquella mujer de veintidós años que había sacrificado lo mejor de su juventud al servicio de su ama era lo único que le iba a quedar en el mundo cuando su madre, a la que ya le faltaba caminar poco trecho, partiera hacia la casa de los muertos.

Sin más, ambos hermanos se tomaron por la cintura y recorrieron el pequeño sendero que conducía al cobertizo de troncos y de uva de parra.

Manel la saludó alborozado.

—*Salaam aleikum*, Manel —se inclinó Amina juntando ambas manos sobre su pecho.

Manel respondió al modo islámico.

—*Aleikum salaam*, Amina. Sé bienvenida a tu casa.

Se sentaron los tres bajo la umbrosa parra del pequeño porche y Manel hizo notar a la mujer que en su honor había traído la jarra con el agua anisada que tanto le agradaba.

Amina, en homenaje a la atención que Manel había tenido con ella, tomó la jarra y dio un largo trago que calmó su sed.

—No sabes, hermana, lo que nos agradan tus visitas.

—Eres la mensajera de cosas nuevas —añadió Manel—. Aquí sabemos de Barcelona, de sus mercados y de lo que ocurre en la casa de la plaza de Sant Miquel, pero en cuanto a novedades de la corte y cosas que pasen en las alturas, tú eres la que nos pone al corriente.

—Eso sería antes, Manel —se rió Amina—. Ahora sólo puedo darte novedades de las costumbres de las monjas, de sus labores, de sus rezos nocturnos, de sus compotas y de poco más.

—¿Cómo está el ama Marta? —preguntó Ahmed.

Amina desvió la mirada… No podía decirse que su querida Marta estuviera tranquila. La última carta de Bertran la había sumido en la zozobra: en ella, el joven, a pesar de reiterarle su amor y sus deseos de hacerla su esposa, le informaba de que el vizconde de Cardona deseaba tenerlo a su lado durante un tiempo. ¿Cómo podía negarse, se preguntaba Bertran, después de tanto tiempo ausente? Y añadía que estaba seguro de que durante su estancia allí podría convencerlo para que bendijera su matrimonio con Marta. Llevaban tres años de espera, decía Bertran, ¿qué eran unos meses más a cambio de disfrutar de una vida entera juntos sin que nadie se opusiera a ello? Marta se había enojado, había llorado, pero al final, pensaba Amina, había acabado aceptando. Su propio padre, que la adoraba y que conocía a Bertran, había impuesto ese plazo de tres años... El vizconde de Cardona, que seguro que también quería a su hijo y no sabía de ella más que su nombre y lo que Bertran le hubiera contado, tenía derecho a pedir unos meses de espera... Por duros que le resultaran. Pero Amina, aunque apoyaba a su ama en todo, también estaba preocupada. Intuía que el joven heredero de Cardona tendría que acabar escogiendo entre la lealtad a su familia y el amor por su ama... e ignoraba hacia qué lado se decantaría su decisión.

—Sufro por ella, Ahmed, aunque intento animarla en todo momento. Ya conoces el motivo que la llevó a trasladarse al monasterio... —Su hermano asintió, aunque Amina conocía otra poderosa razón, el infame acoso de Berenguer, del que nadie sabía nada—. Han transcurrido ya los tres años que solicitó el amo, y el amor de Marta sigue tan firme como antes, o más si cabe... Ni un solo día transcurre sin que me hable de Bertran, aunque de sobra sabe lo que todos conocemos.

Manel intervino.

—¿Y qué es ello?

—Lo que el amo observó en su día —respondió Amina, con pesar—. Que es difícil que el primogénito de un vizconde se case con una plebeya, por más que el padre de ésta sea uno de los ciudadanos más importantes y prósperos del condado.

Ahora fue Ahmed el que intervino.

—No opino lo que tú, hermana. Si se trata de amor verdadero no es posible olvidarlo fácilmente... Yo lo sé bien.

—Lo tuyo, hermano, fue algo excepcional.

—No fue, lo sigue siendo.

Hubo un silencio momentáneo entre los tres. Luego Manel observó, renuente:

—De cualquier manera, el amor es cosa de dos.

—Juraría que también él la corresponde. Según mis noticias, y estoy bien advertida de lo que ocurre en palacio, el joven Bertran se ha dedicado en cuerpo y alma al servicio del nuevo conde, aunque ahora se encuentre en Cardona… Para pedir a su padre, entre otras cosas, la bendición para casarse con Marta.

—¿Cómo sabes, hermana, tantas cosas de lo que allí ocurre?

—Delfín, el hombrecillo que acompañó a la condesa Almodis desde Tolosa, va frecuentemente a visitarnos al monasterio. —Amina no dijo nada de las cartas que los jóvenes se intercambiaban gracias al amable bufón—. Te aseguro que no hay nadie en el mundo mejor informado sobre los intríngulis de la vida palaciega. Y, cómo no, también contamos con el consejo y la amistad del padre Llobet, ahora confesor del monasterio, como bien sabes.

—¿Ha mejorado su salud definitivamente? No habrá vuelto a recaer… —preguntó Ahmed. Todos habían estado muy preocupados por el aspecto del buen arcediano años atrás, pero los aires del monasterio parecían haberle sentado bien.

—Vuelve a estar fuerte como un roble —dijo Amina con una sonrisa—. Es tan extraño… Llegó al monasterio enfermo, con un respirar agitado que le acompañaba todo el día; casi ni podía decir su misa y ni siquiera bajaba al huerto. De todos modos, el físico le había prohibido por el bien de su espalda agacharse para cuidar las plantas.

Amina se levantó. Adoraba visitar a su hermano, pero no quería regresar tarde.

—Una cosa más antes de irte —dijo Ahmed—. ¿Ese Delfín, que tan bien informado está de los asuntos de la corte, te ha dicho algo acerca de cómo se llevarán a cabo las disposiciones testamentarias del difunto conde? La gente está intranquila: nadie acaba de entender cómo acabará esto.

Una nube ensombreció el semblante de Amina. Secretamente, temía el momento en que Berenguer llegara a gobernar, y para ello faltaban sólo unos escasos meses.

—Sólo me ha dicho que al condado le esperan tiempos difíciles, Ahmed. ¡Que Dios nos ayude!

113

La herencia compartida

Aunque el tiempo transcurrido desde la muerte del conde era breve, mucha agua había corrido bajo los puentes en la relación entre los hermanos. Apenas celebradas las exequias, los componentes de la *Curia Comitis* habían urgido a las autoridades barcelonesas —veguer, obispo, senescal, notario mayor y jueces— a que se reunieran para tomar las oportunas decisiones para llevar a la práctica el singular testamento del conde. Tal y como éste había dispuesto en sus últimas voluntades, Ramón Berenguer había comenzado su reinado.

Aquella mañana se había convocado el consejo reducido. Presidía el obispo de Barcelona como autoridad religiosa, la responsabilidad en lo civil recaía en el veguer Pellicer y el notario mayor Valderribes; la autoridad militar era el senescal Gualbert Amat.

El notario mayor tenía la palabra y todos los presentes atendían sus argumentos coligiendo que su postura era la que convenía al condado. Berenguer, que por primera vez en su vida olfateaba de cerca el auténtico poder, permanecía apartado y recogido en sí mismo.

—Y entiendo —decía Guillem de Valderribes— que siendo ya de por sí complicado el gobierno de tan extenso territorio, la decisión de vuestro padre, si bien comprensible, es de delicado cumplimiento; por ello invito a vuestras excelencias a coordinar voluntades, de manera que, en decisiones trascendentales, se siga una única línea política que trascienda a los semestres naturales.

Establecer, por así decirlo, unas líneas maestras sea quien fuere aquel de vuestras mercedes que esté al frente en cada momento.

Cap d'Estopes tomó la palabra.

—Señorías, es claro que lo principal es obedecer los deseos de mi padre, pero sin pretender juzgarlo; entiendo que el cumplimiento de su testamento es harto complicado, y bien sabe Dios que no me guía el afán de poder. Lo que decís, Guillem, no sólo me parece justo, sino tremendamente atinado; malamente podrán ir los condados de Barcelona, Gerona y Osona si cada semestre se cambian normas principales o se dan órdenes contrapuestas. Estoy completamente conforme con vuestra opinión —añadió con firmeza.

Berenguer, que hasta aquel instante había permanecido ausente, regresó al mundo de los vivos.

—Pues con todo respeto, señores, a mí no me parece lo más procedente.

—¿Queréis explicaros, hermano?

—Es muy simple, nunca se me tuvo en cuenta y por Dios que la última voluntad de mi padre me sorprendió. Jamás se pensó en mí para nada; desde siempre supimos que el heredero era nuestro hermanastro Pedro Ramón y, en su defecto, sin duda vos. A mí me iba a corresponder un lejano territorio allende los Pirineos, y eso contando con la diosa fortuna, pero hete aquí que en sus últimos instantes e influido sin duda por los terribles sucesos ocurridos, mi padre decide que cada uno sea el control del otro, y en su sabiduría y experiencia considera que ese poder alternativo servirá para que yo ejerza de elemento moderador y, ¿por qué no decirlo?, corrector de cualquier dislate que se os ocurra hacer. Como podéis suponer, no voy a renunciar al poder que me ha sido otorgado.

Un tenso silencio descendió unos instantes sobre el grupo; luego tomó la palabra el veguer.

—Respetando completamente la voluntad de vuestro padre, creo, señor, que cabe una solución intermedia que, sin merma del poder que os ha sido otorgado, coadyuve a que los condados sean guiados en una misma dirección, sea cual sea el que esté al frente de ellos en aquel momento.

—Os escuchamos, Olderich —terció Ramón—. Estoy seguro de que tanto Berenguer como yo sólo queremos el bien de nuestros súbditos.

—Veréis, excelencias. Podíamos acordar una línea intocable respecto a asuntos concretos e indiscutibles, de manera que cualquier cosa que las afecte requiera la reunión del consejo. De esta manera, sin dejar de tener en cuenta la autoridad y el deseo de aquel que esté al frente del gobierno del condado, controlaríamos su posible anulación o corrección, hasta la siguiente reunión de la *Curia Comitis*.

Los presentes se miraron y alguna cabeza dibujó un signo de asentimiento.

La voz aguda de Berenguer interrumpió de nuevo.

—No fue ésa la intención del testador. El deseo de mi padre exige de mí que sea el elemento moderador del afán de poder de mi hermano que por otra parte ha quedado muy patente a lo largo de su vida. —Y, volviendo el rostro hacia Ramón, le espetó—: Siempre fuisteis el preferido de mi padre; si, en su última hora, éste me ha otorgado poder, ha sido por algo y entiendo que, aunque fuera al final de su existencia, se dio cuenta de la doblez de vuestro carácter, y de que dais con una mano lo que quitáis con la otra. Pues desde ahora os anuncio que se os ha acabado la preeminencia, estaré atento a cualquier decisión que toméis en vuestro mandato y, si lo considero oportuno, la revocaré cuando me toque gobernar.

Ahora intervino el senescal.

—Entiendo, señor, que hay temas de tal trascendencia y gravedad que si bien la autoridad del conde es la que debe sancionarlos, es la *Curia Comitis* quien debe tener la última palabra. Hablo de lo que entiendo, asuntos de guerra. Si somos atacados, es evidente que debemos defendernos de inmediato, pero el hecho de declarar una guerra que afecte a haciendas, vidas y personas debería ser una decisión mancomunada.

—No dudéis que ante una situación de tal gravedad y envergadura, la *Curia Comitis* será reunida y consultada—afirmó Cap d'Estopes.

—¡No por mi parte, vive Dios! ¿Acaso mi padre, antes de atacar Tortosa, consultó con alguien? —exclamó Berenguer.

—No es lo mismo, señor. Creo que ahora debe hacerse precisamente porque hay un mando compartido —repitió el senescal.

—Declararé la guerra a quien quiera y cuando quiera. No me convertiré en un perrillo faldero que está obligado a dar explicaciones al primero que se las pida.

Y tras estas abruptas palabras Berenguer Ramón salió de la estancia.

114

Tomeu «lo Roig»

na galera cargada hasta los topes tirada por dos mulas avanzaba por el polvoriento camino que, llegando a Manresa, proseguía hacia los Pirineos. En el pescante viajaban un hombre más bien flaco y a su lado una gruesa mujer, abultada su figura por su estado de avanzada preñez; bajo la lona, amontonados los enseres que constituían los pertrechos de un hogar y sobre ellos, en frágil equilibrio, dos niños de unos ocho y diez años para los que salir de Barcelona constituía una auténtica aventura. El sonido rumoroso de una corriente de agua avisó al hombre de que estaba llegando a la confluencia del Cardoner con el Llobregat.

—Al llegar al río pararemos. Haré un fuego y calentarás algo de lo que llevas. Luego seguiremos; quiero que la noche nos pille a resguardo, no vaya a ser que encontremos en el camino a una partida de bandoleros.

La mujer, que había quedado muy impresionada después de que el naviero Martí Barbany hubiera recompensado a su marido años atrás con el importe de lo prometido en el pregón, respondió:

—Lo que tú digas, Bernadot, eres tú el que mandas.

El rumor del viento entre los chopos, el aumento del ruido de la corriente y el cambiante aspecto del paisaje le avisó de que estaba llegando al lugar escogido.

Con un silbido y un tirón de riendas, Bernadot detuvo al tiro de las recién compradas mulas. De un brinco saltó del pescante y tomando el cabezal de la torda la sujetó con una cuerda a uno de los chopos; luego, con sendos cubos de agua, bajó al río y después de colmarlos los colocó frente a los animales para que pudieran beber.

—¿No las vas a desenganchar? —indagó la mujer.

—No quiero demorarme en exceso, así que baja y prepara algo mientras yo hago un fuego.

—Como no me ayudes a bajar, en mi estado, tendré que guisar aquí arriba.

Bernadot se acercó al carricoche y procedió a ayudar a la oronda mujer a tomar tierra.

En tanto los niños saltaban por la trasera, el ruido del restallar de un látigo y los gritos y silbos de un arriero llamaron la atención del hombre.

Bernadot alzó la vista y vio cómo un carro de un color verde oscuro con las ruedas rojas descendía por una trocha desde el camino principal y se dirigía al río. Aquel carro lo conocía él. Aunque hacía mucho tiempo que no lo había visto por Barcelona, lo recordó al punto; era de un feriante que montaba su puesto en el Mercadal y al que, si no le fallaba la memoria, apodaban «lo Roig».

El carro del otro se detuvo; sin duda el hombre, desconfiado como todos aquellos que andaban en los caminos, también temía un ingrato encuentro.

Al cabo de un poco Bernadot observó cómo el otro le saludaba con una mano mientras con la otra arreaba a sus caballerías. Por lo visto, también le había reconocido. En tanto el hombre del carro de las ruedas rojas avanzaba, él acabó de ayudar a su mujer a descender del pescante y tras recomendarle que vigilara a sus hijos, que ya habían saltado y estaban orinando junto a la ribera del río jugando a ver cuál de los dos llegaba más lejos, se adelantó al encuentro del otro. En cuanto el recién llegado se quitó el gorro y vio su pelo del color de las barbas de las panochas, supo que no se había equivocado. Tomeu era su nombre y lo recordaba perfectamente del Mercadal.

Los dos hombres se encontraron a medio camino y tras intercambiar los saludos de rigor comenzaron uno y otro a demandar noticias de dónde venían y adónde iban.

—Os he reconocido al instante. Si no recuerdo mal montabais vuestro puesto en el Mercadal hace ya un tiempo. Os llamáis Tomeu, ¿me equivoco?

—Y vos sois Bernadot, y os dedicabais a guiar caravanas de carros por caminos discretos de feria en feria, cuando al que os pagaba le convenía pasar de un condado a otro sin pagar el fielato; en resumen, sois un experto conocedor de caminos.

—Tenéis buena memoria.

—Y vos también.

Tras sujetar sus caballerías, Tomeu se dirigió al río a lavarse las manos y enjuagarse el rostro y Bernadot le siguió en tanto su mujer les observaba desde lejos.

—¿Qué os trae por aquí si se puede saber? —preguntó Bernadot.

—He quedado aquí con dos compadres: el último tramo del camino es el más peligroso, y para recorrerlo es mejor ir en compañía. Tres carros son más difíciles de asaltar que uno que vaya solo. —Y señalando al carro de Bernadot, argumentó—: Supongo que venís de allí y por lo visto vais bien cargado.

—Unos vamos y otros venimos —razonó Bernadot—. La vida está muy cara en la ciudad... Hace tiempo conseguí un buen dinero, pero he visto que duraba poco aquí, así que he desmontado mi casa y me voy a vivir a la de los padres de mi mujer, en Ventajola. Tienen una masía con algo de terreno alrededor de la casa, dos vacas lecheras y cada año matan un cerdo. Mis hijos tendrán leche, embutidos y verdura y fruta en abundancia. Y vos, ¿vais al mercado?

El otro le hizo un guiño cómplice.

—Voy en busca de otra mercancía que por cierto escasea en los pueblos, ya me entendéis... Los casados —dijo señalando a la mujer— la tenéis a mano, pero las camas de los viudos son muy frías... Y en la ciudad es mucho más fácil encontrar quien nos caliente las sábanas. No como en los pueblos, donde todos se conocen y cada quien guarda su honra bajo siete llaves. Voy a ser franco con vos. Había una morita en la casa de Montjuïc que desde que me fui, me quita el sueño. ¿Conocéis el lugar?

Bernadot se aseguró de que su mujer no podía oírle y respondió:

—Alguna vez fui, debo admitirlo.

—Pues yo cuando vivía en Barcelona, tenía un asunto fijo.

—Entonces, ¿por qué os fuisteis si teníais resuelto el asunto del fornicio?

—Precisamente fue por otra mujer por la que tuve que poner tierra de por medio —contestó Tomeu—. Me agobiaba con el casorio y yo, la verdad, no estaba dispuesto. Así que, como vos ahora, aproveché que había ahorrado algo de dinero —mintió— para zafarme de sus requerimientos. ¡Espero que en estos años se haya olvidado de mí!

Bernadot coreó la carcajada del otro.

—¡Nunca se sabe! —repuso—. Desde luego, así es la vida. ¿Queréis que compartamos la comida? Mi mujer tiene buena mano para los guisos. Si traéis lo vuestro, lo añadiremos y comeremos juntos.

—Bien me parece —convino Tomeu—. Voy a por ello y, en tanto llegan mis compadres, compartiremos comida y me pondréis al corriente de los últimos sucesos de Barcelona; las noticias llegan a los pueblos tarde… y mal.

115

Gueralda y Tomeu

A la vez que las vecinas campanas de la iglesia del Pi tocaban maitines, la campanilla de la puerta de la mancebía de Montjuïc sonaba insistentemente. Aquella noche el Negre, que estaba de guardia, acudió con presteza a la puerta. Al haber feria, el trajín de clientes era notable y, estando todas las pupilas continuamente ocupadas, las prisas estaban a la orden de la noche y las broncas y trifulcas menudeaban a poco que alguien viniera achispado o creyera que otro intentaba saltarse el turno. La insistencia de la llamada hizo que el criado observara a través de la enrejada mirilla a quien tanta prisa mostraba. Bajo la menguada luz exterior pudo observar un rostro pecoso y vagamente conocido orlado por una tupida y rizada cabellera pelirroja. Abrió el Negre el portón y el hombretón, con un gesto afable y desenvuelto, como el que sabe adónde va y lo que allí se trajina, se introdujo en el interior.

—¿Está Maimón?

El Negre cerró la puerta y se volvió hacia el corpulento individuo.

—Está, pero yo puedo atenderos.

—Os lo agradezco, pero preferiría entenderme con Maimón como he hecho otras veces.

—Veré de complaceros, pero decidme, ¿de parte de quién le digo?

—Decidle que ha venido Tomeu... —El hombre pareció pensarlo mejor y añadió—: Mejor decidle que ha venido lo Roig, seguro que por ese nombre me recuerda.

Partió el Negre hacia el interior y quedó el tal Tomeu a la espera de ser atendido.

Al cabo de un poco compareció el eunuco meloso y complaciente, atento a las instrucciones de su patrón sobre aquel individuo, cuya presencia podía contribuir al pago debido a Gueralda a cambio de sus confidencias.

—¡Mi querido amigo, cuán caro sois de ver! ¡Creía que os había sucedido algo malo!

Tomeu creyó pertinente darle una explicación.

—Ya sabéis cómo es la vida… Vendí mi puesto en el Mercadal, los tiempos para mí no eran buenos. El almotacén del mercado me tenía ojeriza y me asaba a multas, así que pensé que era mejor abrirme camino en otro lado. Así que, como cobré unos dineros por mi licencia, compré una casita con huerto y me fui a vivir lejos de esta ciudad de mis pecados.

—Nunca mejor dicho —sonrió Maimón—. Pero imagino que estos mismos pecados os han traído de vuelta.

—Tenéis razón: la añoranza de una mujer me ha hecho regresar y os debo confesar que, sin pretender ser un santo, en mis andanzas por estos mundos, no sé si de Dios o del diablo, no he hallado hembra que retoce más y mejor que vuestra Nur. Por cierto, ¿sigue aquí? ¿Está libre?

—Y aguardando ansiosa vuestra visita.

—A fe mía que sois un buen vendedor.

—Aguardad aquí, ahora vuelvo.

Partió Maimón rumiando su plan. Cumpliendo las órdenes de Mainar, iba a proporcionar por fin la ocasión a Gueralda de comprobar si aquél era el hombre que buscaba, algo de lo que le cabían pocas dudas, y en caso de que así fuera, en cuanto Tomeu acabara con Nur, lo entretendría hasta que llegara el amo y mediara para que la mujer recuperara su dinero.

Lo primero era ir al encuentro de Nur.

Estaba la morita en su cubículo a la espera del siguiente parroquiano. El eunuco entró sin avisar.

—Nur, tienes a un cliente conocido.

La mujer respondió:

—¿No será ese cura anodino y necio que sólo sabe babear?

—No, no es él.

—¿Tal vez el aguador?

—Tampoco.

—¿El guarnicionero del Cogoll?

—Ja, ja… Creo que no lo adivinarás nunca.

La mora ante tanta sorna y secreto entendió que el visitante era alguien especial.

—Maimón, déjate de misterios y dime quién es.

El eunuco se recreó en la respuesta.

—Es un cliente de pelo rojo, a quien preferías sobre a cualquier otro.

La mora se puso en pie de un salto y casi tira la mesilla.

—¿Ha vuelto Tomeu?

—¡Está abajo y pregunta por ti!

Nur comenzó a girar sobre sí misma sujetándose las manos.

—Alá el misericordioso ha escuchado mis ruegos.

—No metas a Alá en esto —la regañó Maimon—. Más bien agradece su visita tras tanto tiempo a tus habilidades.

—Entretenlo un instante, el tiempo de que una criada me llene el barreño de agua y me lave y perfume.

Maimón aprovechó la coyuntura.

—Ya sé que no es de tu agrado, pero en esta ocasión ando muy justo de gente: la criada que te atenderá esta noche será Gueralda. Te traerá el agua ahora y, cuando termines y toques la campanilla, te traerá las toallas.

La mora ni atendió la observación del eunuco. Y en tanto se dirigía al cuchitril adjunto a prepararse ante el espejo, respondió:

—Esa mujer me pone nerviosa, pero esta noche me da igual. Envíame a quien te convenga.

—El Negre lo acompañará hasta aquí en un rato —prometió Maimón.

Gueralda estaba en la cocina con otras dos criadas cuando la voz del eunuco la llamó desde la puerta.

—Gueralda, deja lo que estés haciendo y ven conmigo.

La mujer, tras secarse las manos con un trapo, siguió al eunuco. Fuera de la cocina, Maimón abordó el asunto.

—Gueralda, creo que ha llegado el momento que tanto esperabas. Vas a llevar un barreño de agua a la alcoba de Nur y cuando ella te llame porque ha terminado, llevarás las toallas. Asegúrate de que el que está con ella es tu hombre. Si resulta que lo es, me lo comunicarás y yo, en ese tiempo, enviaré recado al amo siguiendo sus órdenes para que venga y te apoye en tu intento de recuperar lo que dices es tuyo. Él tiene los medios pertinentes para convencer al más reacio de los hombres. Mientras, no quiero el menor problema. ¿Me has entendido?

Disimulando el temblor que la embargaba, la mujer respondió con un hilo de voz.

—Perfectamente. —Apenas podía creer que su venganza estuviera tan cerca.

Gueralda había tenido muchísimo tiempo para ir moldeando su plan y había considerado todas las circunstancias. Lo primero que hizo fue subir al primer piso portando una inmensa olla de agua caliente.

Llamó a la puerta. La voz alegre de Nur sonó a través de la madera.

—Pasa.

—Traigo el agua caliente.

La mora estaba pintando de negro sus pestañas y con un gesto indolente y señalando la bañerita de cinc, indicó:

—Échala ahí.

Gueralda, con el corazón en la boca, preguntó:

—¿Te traigo dos vasos de hipocrás?

—¡Qué amable!

Gueralda salió de la habitación y apenas tuvo tiempo de disimularse junto a la escalera cuando ya los pasos del Negre acompañando al visitante sonaban en el rellano.

Cuando Tomeu pasó junto a ella, bajó la cabeza y ocultó el rostro.

El corazón le galopaba en el pecho. Allí estaba el hombre que la había rechazado, le había robado sus ahorros y cercenado sus ilusiones.

Gueralda fue a las cocinas; rápidamente se hizo con una bandeja en la que colocó dos cuencos y una jarra de hipocrás. Luego se dirigió a su alcoba. Dejó sobre la cama lo que portaba y se dirigió al pequeño arcón donde guardaba sus pertenencias. Primeramente sacó una pañoleta y se la ajustó de manera que ocultara su rostro; luego sacó de un cofrecillo una ampolleta y echó su contenido en los dos cuencos, que rellenó con el licor ambarino.

Llegada frente a la puerta, escuchó atentamente: la pareja estaba ya solazándose en la cama en los preámbulos del acto. Gueralda llamó con los nudillos.

—Pasa.

Gueralda entró con la mirada baja. Estaban en la cama los dos como Dios los trajo al mundo y su mirada no pudo evitar la visión de la mata de pelo rojo que ocupaba el ancho pecho del mercader.

Nur apenas reparó en ella.

—Déjalo ahí —dijo señalando la mesita.

Gueralda obedeció y salió de la habitación.

El tiempo transcurrió lento cual caminar de ciego, y Gueralda deseó que su pócima surtiera efecto. Cuando consideró que había pasado el tiempo suficiente se dirigió de nuevo a la habitación de Nur, portando una bolsa en su delantal. Con sigilo y cuidado sumo abatió el picaporte y abrió la puerta una cuarta. Sobre la cama, desnudo, yacía Tomeu y supuso que la mora estaba en el chiribitil donde tenía la bañera de cinc, asimismo dormida, ya que de no ser así hubiera sonado la campanilla. Los nervios de Gueralda se aplacaron como por ensalmo. Ajustó la puerta a su espalda e introduciendo su diestra en la bolsa del delantal, extrajo de ella las tijeras que había hurtado de la carretilla del jardinero. El miembro del hombre aún estaba medio turgente. Gueralda se acercó a la cama y sin vacilar ni un instante lo cercenó de un limpio tijeretazo.

Entonces se desató el infierno. El terrible dolor despertó al hombre que lanzando un aullido aterrador intentó, con el lienzo que cubría el lecho, contener la hemorragia que le manaba de la entrepierna, a la vez que miraba a Gueralda sin acabar de reconocerla. Ella, con la mirada enloquecida, sostenía en una de sus manos el miembro y en la otra las ensangrentadas tijeras. En aquel instante por la portezuela que separaba la alcoba del cuchitril, apareció desnuda y todavía mojada Nur, que sólo había tomado medio vaso de hipocrás y a quien, por tanto, la adormidera no había hecho demasiado efecto. La mora se lanzó sobre Gueralda como una pantera enfurecida. Las tijeras salieron disparadas a la par que el macabro trofeo y las dos rodaron por el suelo unidas en un fiero abrazo, arrancándose el cabello a puñados. Los gritos del hombre dominaban el ruido sordo que presidía su lucha. Finalmente, Gueralda quedó a horcajadas encima de la mora. Nur intentaba mantenerla alejada aferrándola por el cuello con ambas manos, mientras Gueralda intentaba zafarse del terrible ahogo. Entonces, cuando consiguió sujetar los brazos de la mora contra el suelo, ésta con una corcova de su poderosa pelvis la desmontó y Gueralda cayó junto a la pata de la cama. La mora se puso en pie al instante para reanudar su ataque cuando vio que su rival lo intentaba. Pero Gueralda no llegó a levantarse: se incorporó a medias y luego volvió a caer, boca abajo. Entre sus omóplatos asomaba el mango de una de las hojas de las tijeras. Entonces Nur se abalanzó sollozando sobre el chamarilero que emitía sordos gemidos, cubriéndolo con su cuerpo desnudo. Por la puerta aparecieron Maimón y el Negre, atraídos por el tumulto.

El eunuco se hizo cargo de la situación y volviéndose al Negre, le ordenó:

—Ve en busca del alguacil, tráetelo de inmediato y que alguien llame al físico del Pi… Este hombre se está desangrando.

En tanto el Negre salía a cumplir su cometido, Maimón se acercó al lecho y, de una terrible bofetada, alejó a la mora del herido, derribándola a los pies del aguamanil.

Fue una larga noche. Al toque de laudes, el juez Vidiella se había hecho cargo de lo sucedido en la mancebía de Montjuïc. La explicación de Maimón le fue de gran utilidad. El físico que acudió a la llamada del alguacil logró detener la hemorragia y, cumpliendo las órdenes del magistrado, hizo llamar a un carro que transportó al medio muerto individuo al hospital d'en Guitard, en el camino de la Boquería. Tras comprobar que Gueralda estaba muerta, ordenó que el cadáver fuera levantado y conducido al depósito del cementerio de Montjuïc, para que sus familiares, si es que los tenía, se hicieran cargo del entierro. Finalmente ordenó al alguacil que condujera a la mora a los calabozos. Vidiella concluyó que ambas mujeres, que se odiaban, se habían enzarzado en una pelea por causa del hombre herido. Que la muerta era la que le había cercenado el miembro al pobre desgraciado y que la llamada Nur había arrebatado las tijeras a la otra y la había apuñalado.

Ésta fue la conclusión del juez, por más que la mora juró y perjuró que la otra se había clavado las tijeras accidentalmente.

116

Reclamando deudas

a vida de Magí estaba destrozada. La última vez que había ido a ver a Nur se había enterado de la terrible noticia y del horrendo destino que aguardaba a la mora en las mazmorras. Ese mismo día, casi enloquecido, se plantó en la mancebía de la Vilanova dels Arcs y, a gritos, exigió ver a Mainar. Una adusta Rania fue a informar a su amo de la inesperada visita, algo asustada al ver el estado de desazón que demostraba aquel curita al que sólo conocía de vista, pero que siempre le había parecido de lo más dócil. Rania regresó poco después y Magí siguió a la mujer por un pasillo secundario que cruzaba la cocina, donde varios esclavos y servidores preparaban el condumio del mediodía en dos grandes ollas que olían a col hervida y a nabos, y ambos salieron por la parte de detrás a una galería porticada de la que descendía una escalera que desembocaba en el huerto.

—Allá lo tenéis. Os aguarda.

Partió la mora dejándolo solo, y desde lo alto de su privilegiada posición, Magí observó la inconfundible figura del tuerto, con la coleta sujeta con una guita y la crencha de cabello blanca que le hendía la cabeza, humillando a un hombre que con la mirada baja aguantaba impasible la bronca de su amo. Su voz llegaba nítida hasta los oídos del joven cura.

—¡Y no me vengas ahora con monsergas de vieja, Pacià! —decía el tuerto en un tono de voz en verdad amenazador—. Ni tengas la osadía de pedirme que mejore tu jornal: estás aquí por mi benevolencia, tengo esclavos que podrían hacer tu trabajo. ¿Tienes seis hijos y tu mujer vuelve a estar preñada?, será porque tú habrás puesto de tu parte, de lo cual infiero que no debes de llegar a la noche demasiado agotado a tu casa. ¡Regresa a tu trabajo y no vuelvas a importunarme!

—Señor, son únicamente diez dineros, que para vos nada representan y que para mí lo son todo: soy un buen jardinero, os hago de carretero, saco cada noche las basuras de la casa, que no son pocas, y las llevo hasta el albañal del Cagalell... Muchas noches me dan aquí las completas y tengo que ir entonces a la Vilanova de la Mar, donde vivo, y a la salida del sol vuelvo a estar aquí. ¿Qué más puedo hacer?

—¡Irte ahora mismo al maldito infierno! —exclamó Mainar—. ¡Sal de mi presencia y no vuelvas más!

Con el odio reflejado en su mirada, el hombre tiró al suelo la azada que tenía en las manos y sacudiendo el polvo de sus perneras con el sombrero de paja, se dirigió al almacén, pasando al lado de Magí, que se apartó sobresaltado. Tras esta diatriba, Mainar divisó al curita en lo alto de la terraza.

—Y a vos, Magí, ¿qué asunto urgente os trae por aquí a tan temprana hora? —le espetó Mainar.

Magí bajó los tres peldaños que descendían de la galería y se dirigió, por el sendero de tierra que se abría entre dos hileras de plátanos, hasta donde estaba el tuerto.

—Señor, ¿qué cosa terrible ha ocurrido? —Los ojos de Magí eran los de un demente, su voz apenas se oía.

—¿Qué ha ocurrido? Yo os lo explicaré: que esa mora imbécil que siempre frecuentabais apuñaló, por odios de mujeres, a una de mis criadas que, enloquecida, había atacado a un cliente. Y, lo que es peor, todo eso me ha echado encima a los jueces del conde, cosa harto inconveniente para mis negocios.

—Y ¿qué será de ella ahora? —balbuceó Magí—. He oído decir que está recluida en las mazmorras...

—¿Dónde queréis que esté? Está con quien corresponde, con maleantes y asesinos.

Magí perdió la compostura.

—¡Tenéis que sacarla de allí sea como sea! Esto no habría sucedido si me la hubierais vendido. ¡Prometisteis vendérmela si cumplía vuestros deseos!

—No sabéis lo que estáis diciendo. Por lo que a mí respecta, se puede pudrir allá adentro. Además, ¿cómo decís que habéis cumplido mis deseos cuando es público y notorio que vuestro maldito arcediano vive como un gallo entre sus gallinas en el monasterio de Sant Pere de les Puelles?

—No es culpa mía que los guantes que me disteis no obraran el efecto deseado más rápidamente; ni que el físico le prohibiera ocuparse de sus plantas por mor de los huesos del rosario de su columna. Además, os recuerdo que me dijisteis que os hice un buen servicio cuando os hablé de un fuego que ardía bajo el agua. ¡Tenéis que ayudarme, no puedo vivir sin ella!

Mainar lo observó circunspecto y pensó que todavía podría sacar algo de aquel curita.

—Tenéis razón… Me hicisteis un servicio, y aunque la circunstancia hizo que al fin no me sirviera para nada, voy a devolveros el favor.

Magí escuchaba al tuerto como Moisés en el Sinaí.

—Conozco al juez Bonfill, haré lo que pueda por vos, aunque no puedo prometeros gran cosa.

Sin poder contenerse, Magí se precipitó a asir la mano de su salvador cubriéndola de besos.

—¿Qué estáis haciendo? Dejaos de zarandajas. Acudid dentro de tres días a la casa de Montjuïc y Maimón os informará del resultado de mi gestión. Y ahora dejadme, que tengo negocios urgentes que despachar.

A partir de aquel momento, una rara desazón había invadido el espíritu de Magí, ya que amén del desahogo carnal que la mujer le ofrecía, estaba el placer inenarrable que le proporcionaba el aspirar aquel maravilloso polvo que elevaba su espíritu hasta límites insospechados aunque después le hacía descender a los infiernos. Magí caminaba por los pasillos de la Pia Almoina como alma en pena. El curita atribuía su desgracia a un castigo divino por la gravedad de los pecados cometidos que abarcaban casi todos los mandamientos de la ley de Dios. Había deshonrado a su padre empeñando su sepultura, había robado a la Iglesia hurtando de los cepillos donde los fieles depositaban sus limosnas y a su madre los útiles necesarios para ejercer su trabajo de partera; se había dado al vicio y a la fornicación, y lo más grave, había aceptado colaborar para acabar con la vida de su superior, que siempre se había mostrado con él solícito y cariñoso, y al que sólo un milagro había salvado de una muerte cierta. Ser nombrado confesor oficial de las monjas del monasterio de Sant Pere de les Puelles, para de esta manera poder acompañar a su ahijada en aquel voluntario encierro, le había preservado la vida en el justo momento que los signos externos del envenenamiento comenzaban a ser visibles: el arcediano había adelgazado notablemente; el color de su rostro se había tornado cetrino y su mirada taciturna, y sendos ruedos oscuros silueteaban sus ojos. El intenso dolor de su maltrecha espalda y su mal aspecto habían hecho que el encargado de la enfermería llamara al físico que, amén de recetarle una pócima que debía tomar cada mañana en ayunas, le urgió a que dejara de lado su afición a cuidar sus rosas y chumberas, ya que al encorvarse el rosario de huesos de su espalda se resentía en extremo. El superior, atendiendo las indicaciones del físico, le conminó a ello, aludiendo al voto de obediencia, y había ordenado, para evitarle tentaciones, que dejara en la Pia Almoina el cestillo de jardinería con todos sus aditamentos, guantes incluidos, que Magí se había ocupado de destruir de inmediato.

Pero en esos días, el pensamiento del joven cura iba y volvía una y otra vez a la mazmorra, sabiendo que la mujer cuyo cuerpo desencadenaba su locura, y que le había enseñado las artes del amor, estaba confinada allí dentro. Su mente no dejaba de pensar en la posibilidad de colgar los hábitos, sacar a la mora de allí y huir con ella adonde el destino los condujera... Sabía que para todo ello necesitaría dinero y dándole vueltas una y otra vez al asunto, tomó una decisión desesperada.

Dos días después un tembloroso Magí dirigía sus pasos a la casa de su madre, donde cambió su ropa talar por otra de villano y cubrió su pelo que denotaba su condición de sacerdote con un viejo sombrero que ya había utilizado en otras ocasiones. Ataviado de esta guisa, y con un zurrón a la espalda, se encaminó a ver a Aser ben Yehudá, el cambista judío al que ya había recurrido otras veces. La cola de paisanos llegaba hasta la calle: gentes de toda laya, desde artesanos a mercaderes pasando por comerciantes, y hasta alguna que otra mujer solicitando una prórroga del pago de su pignoración. Y llevando consigo a sus niños pequeños para ablandar el corazón del cambista. La cola fue avanzando; los más iban saliendo cabizbajos, con el rostro apesadumbrado, señal evidente del fracaso de su gestión.

Por fin, un impaciente Magí se halló frente al judío.

—Sed bienvenido de nuevo a mi casa, señor Vallés —dijo el judío, recordando el falso nombre que había dado Magí durante sus tratos previos—. Sentaos, por favor. ¿Qué os trae por aquí?

Magí se sentó en el pequeño escabel que había frente al judío, que cuidaba que su posición quedara siempre más elevada que la del solicitante.

—Os traigo algo de gran valor, señor ben Yehudá —dijo el joven sacerdote bajando la voz—. Estoy seguro de que os interesará.

Los ojillos del judío se achicaron hasta semejar una sola raya y con un ampuloso gesto, le animó a proseguir.

—Veamos de qué se trata.

Magí dejó el zurrón encima de la mesa; lo abrió y, con sumo cuidado, extrajo de él un cáliz de oro, bellamente tallado, que había sustraído del tesoro de la Pia Almoina. El judío observó el objeto, intentando no demostrar el interés que despertaba en él algo de tan gran valor.

—No os preguntaré de dónde lo habéis sacado —dijo el prestamista—. ¿Cuánto queréis por él?

Magí tenía la boca seca; sus ojos apenas osaban posarse en ese objeto sagrado. Por un instante estuvo a punto de guardarlo de nuevo, devolverlo a su lugar y olvidar aquel sacrilegio, pero el recuerdo de Nur encerrada en las mazmorras se impuso a sus escrúpulos de conciencia.

—Diez mancusos de oro.

El judío no vaciló. Pocos minutos después, Magí salía de aquella casa con el zurrón vacío, los bolsillos llenos y un enorme peso en el corazón. Cabizbajo y nervioso, el curita se dirigió a ver a Maimón, quien le esperaba y no con buenas noticias: lo único que su amo había conseguido del juez Bonfill era la oportunidad para que Magí, en nombre de Mainar, visitara a la mora en la cárcel. Debía presentarse en las mazmorras al día siguiente con la autorización firmada que Maimón tenía para él. Esa noche, Magí no concilió el sueño: permaneció despierto en su cámara, con el saquito de monedas en una mano y el papiro que le daba acceso a los calabozos en la otra, pensando en su incierto futuro.

117

Las mazmorras

l alba del día siguiente, sin poder aguardar más, Magí estaba frente a los calabozos. Un guardia con el rostro soñoliento y el talante destemplado por el relente de la madrugada que se le calaba en los huesos medía la puerta a paso lento con la lanza al hombro mientras aguardaba el cambio de turno. A la segunda ronda, y viendo a un hombre enteco, cubierto con un sombrero de ala que le ocultaba el rostro y envuelto en una capa parda, inmóvil en la esquina, cual estatua de mármol, detuvo su monótono caminar y se dirigió a él con gesto agrio.

—¡Eh, tú! Si no tienes nada mejor que hacer, continúa tu camino. Aquí no se puede detener nadie.

El intruso, en vez de alejarse, se encaminó hacia él e introdujo su mano bajo la capa; el centinela, creyendo que iba a desenfundar una daga, se alejó dos pasos y puso el pico de su lanza en el pecho del inoportuno visitante.

—¡No me vengas con gaitas, que no son horas! Muéstrame las manos lentamente o te ensarto como a una sabandija.

El extraño ya sacaba su diestra y en ella, enrollado, un papiro. Entonces habló con voz aguda y algo nerviosa.

—Entrega esto a tu superior; léelo si lo consideras oportuno.

El otro bajó la pica y en tanto tomaba la vitela, comentó:

—No es mi cometido ni soy hombre de letras. Aguarda aquí hasta que lo comunique al jefe de la guardia.

Desapareció el hombre unos instantes y apareció de nuevo

acompañado de un sujeto que se abrochaba el jubón con gesto adusto y el pergamino en su mano.

—Que tengáis buen día, señor. El alcaide os recibirá enseguida a pesar de lo temprano de la hora.

Magí, que no estaba hecho a estas deferencias, lanzó sobre el centinela una mirada de triunfo y se dispuso a seguir al oficial.

Tras un recorrido sinuoso pararon ante una puerta y el jefe de la guardia golpeó con los nudillos.

De inmediato sonó un «adelante» y ambos hombres se hallaron en un sobrio gabinete. Tras un breve saludo y luego una breve inspección, el responsable de los calabozos habló:

—Señor, tened la amabilidad de tomar asiento. —Magí procedió a ello—. Por lo visto tenemos un amigo común: el señor Mainar, que os recomienda, es buen amigo mío. ¿Lo conocéis de ha mucho tiempo?

Magí, sin comprometerse, respondió:

—Tengo negocios con él.

—¿De la misma índole tal vez?

—No, no, me limito a proveerle de ciertas cosas de tráfico delicado y él me corresponde con su favor —improvisó Magí a modo de explicación.

—Ya…, entiendo… os paga en especies. Ahora comprendo el interés que mostráis por la morita; es una buena pieza, que es pena desperdicie la tersura de sus carnes en sus mejores años aquí dentro.

Magí se descaró.

—Estuve en varias ocasiones con ella y tengo cierto empeño en rescatarla de este mal paso.

El alcaide abrió el cajón de su escritorio y extrajo de él un documento.

—El capricho os va a salir caro. Tengo aquí la sentencia, y la multa para librar a esa mujer no es precisamente cosa baladí… Claro está que matar a una prójima con unas tijeras de podar tampoco lo es.

—¿A cuánto asciende la multa? —inquirió Magí con un hilo de voz.

—Se ha establecido en diez mancusos de oro.

Magí apenas pudo contener una sonrisa. ¡La suerte le sonreía por fin! Llevaba encima suficiente dinero como para satisfacer ese pago. Una luz de esperanza asomó a sus ojos.

—De momento quisiera hablar con ella, luego decidiré si me conviene pagar su deuda.

El jefe de las mazmorras hizo sonar una campanilla y un carcelero compareció al instante.

—Acompañad al señor de la Vall a la celda de la mora. Dejadle entrar; voy a hacer una excepción, pero quedaos cerca, por si acaso.

—Como mandéis, señor.

Descendieron una retorcida escalera de caracol y, precedido del carcelero, llegó Magí a un húmedo y lóbrego corredor al que daban varias rejas enfrentadas, en las que se amontonaban, separados por sexos, los forzosos usuarios.

—Aquí están la presas que tienen en su haber muertes violentas. Allá al fondo está vuestra recomendada.

Un hombre, adiposo y mugriento, vestido con un apestoso mandil, estaba al fondo del pasillo sentado en un escabel que apenas sostenía su peso, con un grueso aro de llaves sujeto al cíngulo que rodeaba su cintura. Al ver a los recién llegados se puso en pie.

—Abre la reja.

La orden no admitía réplica y el hombre introdujo en la cerradura una inmensa llave.

Cuando vio a Nur rodeada de otras mujeres harapientas y sucias a Magí se le cayó el alma a los pies. La mora estaba recostada con los brazos cruzados bajo la cabeza, en el banco de piedra que corría a lo largo de la pared del fondo. Por una ventana enrejada pasaba la única luz que iluminaba aquel antro de angustia y desolación.

Nur miró a Magí extrañada y en silencio: el celador salió de la mazmorra y ella, con voz neutra y sin mostrar extrañeza, indagó:

—¿Qué hacéis aquí?

A pesar de la sorpresa, los ojos profundos y negrísimos de Nur reflejaban la seguridad que posee toda mujer consciente del poder misterioso de su sexo.

—He venido a ayudarte.

La mora volvió a recostarse sin mostrar otro interés.

—Eso es imposible… Se me acusa de haber matado a una mujer y para salir de aquí se me exige una multa que no podría reunir ni trabajando toda la vida.

Magí se acercó hasta los pies del banco.

—Nada hay imposible si se tiene la bolsa llena. No vivo desde que supe del incidente.

—¿Y qué podéis hacer vos? —preguntó Nur con una sonrisa triste.

—He hecho lo necesario para obtener el dinero. Lo tengo conmigo.

Entonces la mujer se incorporó del todo.

—¿Esto habéis hecho por mí?

—Y más hiciera si fuera menester. Nur, eres la persona que más me ha dado en esta vida, aparte de mi madre. Quiero que sepas que he pasado por todo para compartir contigo el resto de mis días… Si ahora te pierdo, nada tendrá sentido y todo habrá sido en vano.

La mora lo observó con disimulado interés.

—Me honráis con vuestras palabras, Magí. ¡No merezco tal consideración!

—Tú te lo mereces todo, Nur —dijo Magí, cogiéndole la mano—. Mi vida no tiene sentido si tú no estás en ella.

—Pagad la multa e iré con vos.

—Lo tengo todo pensado —musitó Magí—. Huiremos de esta ciudad y empezaremos una nueva vida lejos de aquí…

—Primero sacadme.

Magí, loco de contento, se dirigió al carcelero.

—Por favor, conducidme de inmediato ante vuestro jefe. Voy a liberar a esta mujer.

Magí se puso en pie e intentó besar los labios de la mora. Ella dejó que sus bocas se unieran. Magí sintió su calor y se dijo que no había dinero en el mundo para pagar tanta felicidad.

Partieron ambos y mientras cerraba la reja, el carcelero no pudo reprimirse.

—¿Estáis seguro de lo que vais a hacer?

—Sin la menor duda.

Una hora después, Magí y Nur, libre y sonriente, salían del lóbrego edificio donde se hallaban las mazmorras. La mora le pidió una única cosa mientras él iba en busca del postillón que los llevaría fuera de la ciudad: pasar por la mancebía a recoger sus cosas. Allí debían encontrarse al cabo de tres horas, un tiempo que a Magí le pareció como un purgatorio tras el cual vería el cielo.

A la hora acordada, un ilusionado Magí llegaba a las puertas de la mancebía de Montjuïc. El Negre le abrió la puerta.

Sin cambiar un saludo, Magí le espetó:

—Vengo a buscar a Nur.

—Bienvenido, Magí. Ya que no saludáis, lo hago yo.

El curita no se dio por aludido e insistió.

—No tengo tiempo para saludos. Sólo he venido a buscar a Nur.

—Pues se ha ido.

—¿Que se ha ido? ¿Adónde?

—Llegó a media mañana, como supongo que sabéis. ¡Menuda sorpresa nos ha dado! No esperábamos volver a verla, la verdad... Estaba recogiendo sus cosas cuando le he dicho que el tal Tomeu estaba en el hospital d'en Guitard, y ha partido como una exhalación sin apenas recoger algo de ropa.

—¿Ése no fue el hombre al que hirieron la noche del percance que le costó la cárcel a Nur? —inquirió Magí, pálido.

—El mismo.

Magí no aguardó más y partió hacia el hospital, plagado de dudas. Tal vez Nur sólo había querido ver cómo se encontraba aquel individuo... Ya tras las murallas, saltó del carro sin despedirse y atravesando por el antiguo *cardus* de los romanos se dirigió al hospital d'en Guitard, situado entre el Pla de la Seu y la entrada del Castellnou. Allí un celador le impidió el paso, pidiendo explicaciones.

Magí le dijo que iba comisionado por el encargado de las mazmorras, del que dio el nombre, y que pedía información sobre un tal Tomeu al que llamaban «lo Roig». El hombre, a pesar de sus dudas, le permitió la entrada y le indicó dónde encontraría al herido.

Magí ascendió la escalera subiendo los peldaños de dos en dos. El olor, pese a los pebeteros que despedían sahumerios de hierbas aromáticas, era intolerable; Magí cubriendo sus narices con el borde de su capa se asomó a la arcada de la gran estancia. Un cuerpo que estaba cubierto con una vieja manta era cargado en aquel momento en unas parihuelas y llevado por dos hombres, en tanto una monja ya preparaba el catre para colocar a otro que esperaba con la muerte dibujada en la cara.

Al fondo la vio a la vez que ella lo divisaba a él. Nur se puso en pie y se dirigió hacia donde él estaba.

Magí la interrogó entre temeroso y encelado.

—¿Qué se te ha perdido en este lugar? He ido a buscarte a la hora acordada y no estabas.

La mujer clavó en él su mirada dura y firme.

—Es muy sencillo, Magí. El hombre por el que perdí mi libertad, aunque lisiado, aún está vivo.

—¿Te refieres al individuo al que cercenaron la virilidad? ¿A ese despojo te refieres? ¿A ese medio hombre? —gritó Magí.

Toda la bilis de la mora salió a flote.

—¡Ese al que llamas medio hombre es más hombre que tú al completo, que pareces en el catre una sabandija! ¡Me quedo con él, Magí! ¡Vete con tus miserias a otro lugar y busca a otra que se ponga a horcajadas sobre tu ridícula verga, que más parece la de un conejo, y aguante tus gimoteos!

Tras estas palabras rebosantes de ira y desprecio, la mora dio media vuelta y se acercó al lecho del doliente Tomeu.

Quedó Magí estupefacto y confundido, mascando lentamente las palabras que habían salido de la boca de aquella mujer y que se abrían paso entre las brumas que envolvían su cerebro, inexorables cual una barrena. Sin saber adónde ir ni qué hacer, por un movimiento reflejo hijo de la costumbre se encontró en la puerta de la Pia Almoina dirigiéndose a su celda.

Los sacerdotes estaban entonando las completas cuando la puerta lateral del templo se abrió y apareció el rostro descompuesto del padre Ventura, quien tras una rápida genuflexión se dirigió al último banco en cuyo extremo se hallaba el superior. Éste inclinó la cabeza para escuchar mejor lo que éste le decía y luego partió a la carrera tras él.

Sin cambiar palabra ambos clérigos subieron las escaleras que conducían a las celdas de los sacerdotes más jóvenes. El padre Ventura iba delante, y llegando al último de los aposentos abrió la puerta dejando el paso franco a su superior. Lo que vieron los ojos de este último no se le habría de olvidar nunca jamás. En el suelo había una banqueta volcada y una sandalia, y colgando de una cuerda que pendía de una viga del techo, oscilaba el cuerpecillo del padre Magí: tenía la amoratada lengua fuera, un pie descalzo y se balanceaba lentamente cual péndulo macabro.

118

La acusación

n cambio importante se había operado en Berenguer. Por vez primera en su vida se sentía poderoso: aquél era su semestre. El extraño testamento de su padre le proporcionaba el mando, aunque fuera sólo seis meses al año, y el ver que las lanzas de los centinelas de las puertas se inclinaban a su paso le transmitía una sensación de gozo indescriptible. Nobles que en vida del viejo conde desdeñaban su presencia, ahora no solamente buscaban su saludo con fruición, sino que de una forma servil se ofrecían para realizar cualquier servicio que pudiera ordenarles. Estaba muy satisfecho de haberse negado a actuar en consenso con su hermano en el tiempo que correspondía a su mandato; los componentes de la *Curia Comitis* que censuraban sus decisiones habían sido apartados y sustituidos por otros más deseosos de complacerle. El poder realmente era un raro licor que, si bien de momento no llegaba a embriagarle, le suministraba un calorcillo delicioso. Casi todas las cosas que anteriormente estaban en el primer plano de su existencia habían pasado a un segundo lugar, excepto una… Había una espina clavada en el corazón de Berenguer: uno de los pocos caprichos que le había sido negado. Él, que había disfrutado de cuantas jóvenes había deseado, fueran damas o no, se había visto rechazado y humillado por una plebeya con aires de grandeza. Conocía el hecho de que por el ascendiente de aquel odioso clérigo que había sido confesor de su madre y tal vez de las pocas personas que influyeron en ella, Marta Barbany había entrado de postulante en Sant

Pere de les Puelles. En esos últimos años Berenguer se había esforzado por ganarse la confianza de su padre, siguiendo los consejos de Mainar, y no se había atrevido a realizar acción alguna que pusiera en peligro su herencia. Pero ahora había llegado su momento: había sembrado y era tiempo de cosecha. Y el fruto que más codiciaba se llamaba Marta Barbany.

Su plan era perfecto y caminaba en tres vías diferentes. En primer lugar, el momento era el idóneo; aquel impertinente muchacho que estorbaba su camino seguía en Cardona, visitando a su padre. En segundo lugar, Sant Pere de les Puelles no era una fortaleza inexpugnable; no le iban a hacer falta arietes ni ingenios de asalto, había otras maneras. La influencia de la casa condal de Barcelona sobre el monasterio era determinante: si cegaba el caudal de sus dineros, pese a la contribución de muchas familias nobles que ayudaban a sufragar su mantenimiento, el monasterio no podría subsistir. Él sabría mostrar oportunamente a la abadesa, la madre Adela de Monsargues, el látigo y la zanahoria y además, examinando su interior detenidamente, llegaba a la conclusión de que aquella circunstancia difícil y adversa todavía exacerbaba más su instinto lujurioso. Finalmente, y ahí debía andar con mucho tiento, estaba el principal obstáculo, que no era otro que el tremendo poder de la fortuna del padre de la moza, Martí Barbany, pero para ello también tenía una solución: desacreditarlo y llevarlo a la ruina.

El viejo conde había desperdiciado una ocasión excepcional para castigar una monstruosidad incalificable y él podía enmendarlo, además de que se le venía a las manos una oportunidad única de proveer al condado, en el semestre bajo su mando, de una cantidad inmensa de propiedades amén de los barcos del naviero. Cualquier cristiano que cometiera apostasía perdía su fortuna, y Barbany la había cometido. Sólo tenía que demostrarlo para que aquel insigne ciudadano cayera en desgracia... Y entonces ya no habría nada que le impidiera poner impunemente sus manos sobre el cuerpo de su joven e inocente hija.

Aquella mañana había convocado a todos los prohombres que le hacían falta para llevar a cabo sus planes. Para solemnizar el momento, había ordenado que hasta que no estuvieran todos en la antecámara, no les diera paso. De esta manera conseguía, además de intrigarlos, que pasaran el tiempo suponiendo, comentando e intentando adivinar cuáles eran las intenciones del conde y el motivo por el cual habían sido convocados.

Unos golpes discretos en su puerta demandando audiencia le confirmaron que sus órdenes habían sido cumplidas. El chambelán anunció:

—Su excelencia reverendísima, Odó de Montcada, obispo de Barcelona; los muy honorables señores Olderich de Pellicer, veguer de la ciudad, Guillem de Valderribes, notario mayor, y el muy ilustre juez Ponç Bonfill, demandan ser recibidos por su señor.

—Hacedlos pasar.

Instantes después entraban los cuatro invitados. Berenguer supo, por la expresión de su mirada, que pese a haberlo comentado entre ellos, eran totalmente ignorantes del motivo de la convocatoria.

El joven conde, sin pretenderlo, repitió las maneras de su antecesor y salió al encuentro de los influyentes personajes con expresión afable y gesto sencillo y espontáneo, tratándolos de igual a igual.

—Mis queridos señores, os agradezco infinitamente la diligencia mostrada al acudir a mi llamada, dejando a un lado vuestras múltiples e importantísimas ocupaciones.

Los ilustres personajes correspondieron uno a uno al saludo del conde y luego, siguiendo su invitación, se sentaron frente a él en los sitiales correspondientes.

Berenguer se recreó en el momento y alargó con un carraspeo el preámbulo para exacerbar todavía más la curiosidad de los consejeros.

Luego, con palabra mesurada y gesto enfático para subrayar la solemnidad del acto, comenzó su discurso:

—Queridos consejeros, sin duda os habrá extrañado la premura con la que habéis sido convocados, mas la circunstancia no me ha permitido obrar de otra manera. La cuestión es tan importante y de tal urgencia que aplazarla hubiera sido un acto de mal gobierno. Hay cosas que no admiten espera y ésta era una de ellas.

Berenguer hizo una pausa prolongada; los prohombres se removieron inquietos en sus asientos.

—Mi primera pregunta es para vos, mi querido obispo.

—Os escucho.

—¿Qué diferencia hay entre un apóstata de palabra y otro de facto?

—Es muy simple, señor: el primero reniega de su Iglesia y de su condición de cristiano declarando públicamente su apartamiento de ella, y el segundo hace algo que significa la antedicha renuncia. Por decirlo de otra forma, hace algo que le excluye de la comunión de los santos y lo hace deliberadamente. ¿Está claro?

—Como la luz, ilustrísima. Mi pregunta es ahora para vos, querido Bonfill. ¿Qué ocurriría con los bienes de alguien que apostatara públicamente y con escándalo de su condición de cristiano y abrazara de facto la religión judía cometiendo sacrilegio?

El juez Bonfill respondió al instante.

—Que sus posesiones y haberes pasarían a sus herederos naturales siempre que éstos hicieran profesión pública de fe y repudiaran públicamente a su padre, jurando que a su muerte lo enterrarían fuera de sagrado.

Berenguer aceptó la respuesta con una torva sonrisa.

—¿Y si no fuera así?

—En ese caso, pasarían a vuestra alteza, por supuesto.

Nueva pausa. Los presentes estaban desorientados, ninguno intuía adónde quería ir el conde.

—Ahora vos, veguer. Ante una denuncia que precisara la carga de la prueba, por parte de la ciudadanía, ¿cómo se obtendría la misma?

—Es obvio, señor. Tras conocer la acusación, algunos hombres de armas acompañarían al notario —señaló a Guillem de Valderribes— hasta el lugar, para comprobar los hechos.

—¿Y en caso de que los cargos fueran demostrados?

—Entonces, señor, ante la evidencia del delito, se encerraría al reo en las mazmorras de vuestra alteza y vuestra justicia prepararía su condena.

En aquel instante, Berenguer se puso en pie.

—Entonces, ilustre notario, sentaos en mi gabinete y levantad acta. Creo que jamás denuncia alguna gozó de testigos de la calidad de los presentes.

El notario ocupó el sillón y tomando cálamo y pergamino, ante la expectación de los presentes, se dispuso a escribir.

El conde dictó lento y claro:

—«Yo, Berengarius Raimundus, conde de Barcelona, Gerona y Osona por la gracia de Dios, en el tiempo que me corresponde el mando de la ciudad. Acuso públicamente al ciudadano Martí Barbany de haber cometido apostasía de facto al enterrar a su mujer, Ruth, relapsa a la hora de su muerte, en capilla cristiana presidida por la cruz de Cristo, en un catafalco ornado con los signos judíos del candelabro de siete brazos al que llaman menorá en su cabecera y la estrella de David a sus pies, renegando de esta manera de su condición de cristiano».

El silencio de los presentes era absoluto. Luego el conde se dirigió a sus ilustres convocados.

—Señores, ¿queréis poner vuestra firma al pie como testigos?

119

El registro

aufred, el jefe de la guardia de Martí Barbany, estaba en el patio de la mansión, ordenando los turnos de la ronda nocturna, cuando uno de los hombres de la puerta acudió a su encuentro algo alterado, notificándole que, por la esquina que daba al linde del *Call*, llegaba una litera rodeada por un numeroso grupo de hombres armados.

El jefe de la guardia acudió al portón en el justo momento en el que la litera se detenía y en tanto sus porteadores colocaban los correspondientes calzos, un oficial, al que conocía hacía ya años, se llegaba hasta él.

—¿Está en la casa tu amo?

—Sí. ¿Para qué se le requiere?

—Traigo un oficio que le tengo que entregar personalmente.

—Dime de qué se trata; como comprenderás no voy a importunarlo sin conocer el motivo.

—Te juro que ni siquiera a mí se me ha dicho, como se tiene por costumbre. Únicamente puedo adelantarte que en esta ocasión me acompaña uno de los jueces mayores —al decir esto señaló la litera detenida—, y esto es mala señal.

Gaufred, con una duda bailando en la expresión de su rostro, respondió:

—Voy a buscarlo.

Tras estas palabras partió hacia el interior, inquieto al ver que la compañía de armados que comandaba el alguacil se desplegaba, a una orden de este último, vigilando todas las salidas de la casa.

Al cabo de un breve tiempo, acompañando a su hombre, irrumpía en el patio Martí Barbany seguido de dos de sus capitanes, el griego Manipoulos y Rafael Munt.

Los tres se dirigieron a la cancela donde aguardaba el alguacil. Martí lo interpeló secamente.

—Creo que tenéis algo para mí.

Cuando el hombre iba a entregarle el documento al naviero, de la litera salió el secretario del juez Bonfill y, dirigiéndose al alguacil, dijo:

—Dejadme a mí. Ciudadano tan importante merece que alguien de más rango sea el portador de un documento firmado por uno de los jueces de la ciudad y sancionado por el mismísimo conde.

Y arrebatándolo de las manos del alguacil mayor se lo entregó a Martí Barbany.

El naviero tomó el pergamino enrollado, rasgó el lacre con la daga que le ofreció Manipoulos y desplegándolo, se dispuso a leerlo.

Yo, Ponç Bonfill, nombrado juez de Barcelona por el conde Ramón Berenguer I.

Habiendo recibido denuncia fundamentada al respecto de apostasía cometida por el ciudadano don Martí Barbany y sin óbice de que la Santa Madre Iglesia intervenga posteriormente en la parte que a ella compete.

Determino:

Que su casa de la plaza de Sant Miquel sea registrada para dar fe de que en ella no se hallan signos, libros y objetos de culto pertenecientes a la ley de Moisés.

Que en ese tiempo las gentes de servicio de la casa no se muevan del lugar donde se encuentren al iniciar el registro.

Que cada quien responda a todas las preguntas a las que sea sometido.

Que nadie esconda o cambie de lugar objeto alguno.

Que cualquier estancia tenga la entrada franca.

Y que todas las llaves de armario, cómoda o mueble que pueda cerrarse sean entregadas a la autoridad.

Y para que conste se firma este documento con sello y firma del condado.

Barbany releyó el documento, observando por el rabillo del ojo cómo descendía con altivez de la litera uno de los tres jueces mayores de Barcelona, el ilustre señor Ponç Bonfill.

El magistrado se llegó hasta el grupo acompañado del oficial que había acudido a su encuentro.

—Mis respetos, don Martí y compañía.

—Sed bienvenido, juez —dijo un adusto Martí.

—La misión que hoy me trae a vuestra casa es harto incómoda para mí.

—Sin pretender faltaros al respeto debo decir que para mí es totalmente incomprensible —repuso Martí.

El juez, entendiendo que, ante el grupo, debía mantenerse en su lugar, replicó:

—No es de vuestra competencia ni tenéis por qué comprender; no estamos aquí por capricho. La justicia no distingue entre poderosos y humildes: ha habido una denuncia fundamentada y nuestro deber, grato o no, nos obliga a comprobar qué hay de cierto en ella.

—Lo comprendo y respeto. Podéis comenzar por donde gustéis, registrad toda la casa y pasad el día en ello. Aquí nada hay que ocultar.

—Creedme si os digo que nada me complacería más, pero no puedo faltar a mi deber como súbdito y como juez.

Manipoulos, que tenía poca paciencia, intervino:

—¡Pues dejémonos de palinodias y no perdáis tiempo! Cuanto antes comencemos, antes acabaremos.

El juez se ofendió.

—Y vos, ¿quién se supone que sois y con qué derecho os inmiscuís en esta cuestión?

El griego se estiró el jubón y enderezó la figura.

—No se supone. Soy el capitán Basilis Manipoulos, jefe de la flota de mi señor Martí Barbany y me asiste el derecho de ser su amigo desde hace muchos años y de conocer su probidad y los servicios que ha prestado a Barcelona.

Martí, que conocía el carácter del griego, intentó rebajar la tensión.

—Son dos de mis capitanes más queridos. —E indicando con la mano a Felet, lo presentó—. Él es Rafael Munt. Estaban despachando conmigo cuando llegó la noticia y me han acompañado.

Bonfill se atusó la barba.

—Está bien, señores. El mayor interesado en terminar el asunto soy yo. Procedamos entonces. —Y volviéndose al oficial ordenó—: Los señores elegirán la estancia donde deseen aguardar a que finalicen mis diligencias. Quiero a dos hombres en cada habitación, registrando muebles y rincones, buscando cualquier documento, pergamino, signo, estatua, forja…, cualquier cosa que pertenezca al rito judaico. Se os entregarán las llaves de toda estancia cerrada, desde los desvanes a la bodega, y se os asignará un hombre que os dará explicaciones de cualquier duda que tengáis. Poned en ello a toda vuestra gente y desde luego, nadie saldrá de esta casa hasta que yo lo diga. —Luego se dirigió de nuevo a Martí—: Yo revisaré vuestra biblioteca; tal vez nada encuentre, de lo cual me congratularé.

—Cumplid con vuestra tarea y, si no os incomoda, aguardaremos los tres en mi gabinete tratando los asuntos de los que nos ocupábamos antes de vuestra llegada.

—Sea a vuestro gusto.

El registro fue concienzudo, y Bonfill, que sabía lo que buscaba gracias a las confidencias de Berenguer, se reservó hasta el final el golpe de efecto.

Al caer la tarde el juez entró en el gabinete donde los tres hombres habían pasado la jornada y hasta comido.

—Si tenéis la bondad, me gustaría finalmente examinar la capilla que tenéis al fondo del jardín. Si no estoy mal informado, en ella descansan los restos de vuestra esposa.

Martí cambió con sus capitanes una mirada cómplice.

—Mi querida Ruth fue inhumada allí con permiso especial del obispado.

—No digo que no sea así, pero dado que el lugar forma parte de vuestra propiedad, es mi obligación comprobar que todo esté como debe.

—Por lo que me decís, juez Bonfill, deduzco que por ahora todo está conforme —insinuó Martí.

—Eso parece, pero debo terminar mi inspección y cerciorarme de que todo ha sido un malentendido, de lo cual me alegraré en grado sumo.

Manipoulos no pudo contenerse.

—O, tal vez, en lugar de un malentendido ha sido un infundio. La codicia, señor, es mala consejera.

El juez palideció.

—Cuando termine la inspección os diré si ha sido una falsa denuncia o por el contrario había en ella visos de verdad. Por lo que dice mi oficial, la cancela está cerrada y la llave no está en el manojo que me habéis entregado.

—Evidentemente. En la capilla no hay culto, se limpia una vez a la quincena siempre en mi presencia y la llave está siempre bajo mi custodia.

—Perdonadme, señor, pero me parece algo extraordinario.

—Como extraordinario fue el amor que profesé a mi esposa, al punto de quererla tener siempre cerca de mí para rezarle una oración.

—Realmente es cosa singular que se puede prestar a otras interpretaciones —dijo el juez.

—¿Como cuáles, señoría?

—Vuestra esposa, ¿no era acaso conversa?

—Así es. Renunció a la fe de sus mayores y contrajo matrimonio cristiano conmigo.

—De lo cual se puede inferir que quizá no lo hizo convencida y fue tal vez por conveniencia, ya que según me han informado, os convertisteis en su valedor después de que su padre fuera ajusticiado.

—Injustamente ajusticiado como se reconoció posteriormente —puntualizó Martí con voz ronca.

—No pretendo entrar en disquisiciones que no me atañen: los jueces no somos infalibles y a veces suceden hechos lamentables. Pero os quiero resaltar un matiz. ¿No veis posible que alguien que según vos se convirtió a la verdadera religión por compromiso, en su última hora y viendo su final próximo, quisiera morir en la religión de sus padres?

Martí hizo un leve gesto de asentimiento con la cabeza.

—¿Y no veis posible que rogara a su esposo amante que la enterrara bajo los símbolos de su religión?

—Pudiera ser.

—¿Y que éste, al no poder hacerlo en cementerio cristiano, hiciera construir un túmulo dentro de una capilla a la que nadie pudiera acceder, para tenerla cerca y al mismo tiempo poder complacerla en su última voluntad sin peligro a ser denunciado?

—Vuestras deducciones son en verdad sutiles —susurró Martí—, pero no es mi caso.

Ahora el que intervino fue Felet.

—Creo, señoría, que deberíais confiar en la palabra de tan buen y probado ciudadano.

—Lo lamento, señor, pero mi experiencia me ha enseñado que de lo único que me puedo fiar es de lo que vean mis ojos. De manera que, si sois tan amable, deberéis facilitar mi tarea abriendo la capilla.

Con gesto apesadumbrado, como el de aquel que ha sido sorprendido en falso, Martí se dirigió a la mesa de su gabinete y extrajo la llave del primer cajón.

El brillo en los ojos del juez denunció la satisfacción que le embargaba. Estaba a punto de coronar con éxito la tarea a él encomendada y saboreaba la recompensa que el conde podía otorgarle.

—Señores, siendo ésta mi postrera comprobación, quisiera que me acompañaran.

El grupo descendió la escalinata y por la puerta del jardín se dirigió a la capilla.

—Señor Barbany, proceded.

La voz del juez adquirió un tono de triunfo.

Martí introdujo la gran llave en la cerradura de la puerta y procedió lentamente a girar el mecanismo.

Bonfill apartó a los tres y se adelantó a abrir la gruesa puerta de madera. La luz del sol poniente entraba a través de los policromados vidrios del rosetón. El juez se acercó al sarcófago y lo examinó con detenimiento. En su cabecera había una cruz de mármol y a sus pies una lápida en la que se leía la frase de san Agustín: «No permitas, Señor, que estemos separados en el cielo los que tanto nos amamos en la tierra». En los semblantes de Martí y de sus fieles amigos lucía una triunfal sonrisa.

Aquella noche, dos escenas muy distintas tenían lugar en sendos salones de Barcelona. Por un lado, en casa de Martí Barbany, su propietario y sus compañeros, Felet y Manipoulos, disfrutaban de una opípara cena.

—¡No dejo de recordar la cara de ese juez al leer la inscripción de la lápida! —comentaba el griego.

—Ya me gustaría ver la cara de quien ha puesto esa denuncia al saber el resultado —repuso Felet.

Martí sonrió, aunque en su mirada quedaba un rastro de inquietud.

—Debemos dar las gracias al difunto conde, quien, a través de mi fiel Eudald, nos advirtió meses antes de su muerte de ese rumor que corría por palacio… De no haber sido así, ahora me encontraría en una situación bien diferente.

Entretanto, en el palacio condal, un airado Berenguer expulsaba de malos modos al juez Bonfill. Esa noche el joven conde no logró conciliar el sueño, acosado por la rabia y los deseos de venganza.

120

Entrevistas cruciales

A la mañana siguiente, Berenguer recorría la estancia como una fiera enjaulada. Las manos a la espalda, el entrecejo fruncido y la mirada torva. Mientras aguardaba al visitante a quien había hecho llamar, sus pensamientos iban en varias direcciones distintas. Por un lado, sabía que no podía actuar contra Adelais de Cabrera, la persona que le había proporcionado aquella información que ahora se demostraba falsa, ya que su venganza podría despertar sospechas... pero desde luego se aseguraría de que aquella embustera no pisara la corte condal mientras él viviera. Por su culpa él, Berenguer, había quedado en ridículo delante del juez y de los demás prohombres del condado. Su rencor no se quedaba en aquella dama amargada sino que se extendía hacia el naviero, aquel eterno protegido de sus padres: ignoraba cómo, pero estaba seguro de que había logrado burlar a sus hombres. La codicia de Berenguer, quien ya veía aquella fortuna engrosando las arcas condales, era tan grande como su rabia al ver peligrar la posibilidad de satisfacer sus deseos al respecto de Marta Barbany. En ese momento, alguien llamó a la puerta levemente y entró.

—Mi señor, Bernabé Mainar os aguarda en la antesala. Dice haber sido llamado por vos —anunció el chambelán de día.

—¿No dije que lo hicieras pasar en cuanto llegara? —gritó Berenguer—. ¿A qué esperas?

El chambelán, que conocía bien los ataques de ira de su señor, abandonó la estancia de espaldas como demandaba el protocolo.

Al poco se abrieron de nuevo las puertas y la inconfundible figura del tuerto personaje compareció en el quicio de la misma, con un bonete de terciopelo verde en la mano y el parche del ojo haciendo juego.

El hombre permaneció inmóvil hasta que la voz del conde le invitó a aproximarse.

La voz de Berenguer puso en marcha todos sus sentidos, presentía que el largo tránsito recorrido hasta aquel momento estaba a punto de finalizar.

—Acercaos, Mainar, y tomad asiento.

El tuerto avanzó hasta la mesa y a una indicación ocupó el sillón de la izquierda sintiendo cómo el conde lo examinaba con ojo crítico y, protocolariamente, aguardó en silencio hasta que éste le dirigiera la palabra.

—Os dije hace tiempo que tenía un plan para arruinar al naviero Barbany, ¿lo recordáis?

El tuerto asintió, sin decir nada. Intuía que su momento había llegado.

—Pues bien —prosiguió Berenguer—, algo no ha salido bien. Mis planes han fracasado...

—¿Y qué pensáis hacer? —preguntó Mainar en voz baja.

—En estos momentos mi furia es tal que sería capaz de acabar con él con mis propias manos...

—La ira es mala consejera, conde —repuso el tuerto—. Recordad cómo acabó vuestro hermanastro por no controlar sus impulsos.

Berenguer lo miró fijamente.

—¿Me estáis diciendo que debo cruzarme de brazos y olvidar todo esto?

—En absoluto, señor. Sólo os digo que vos debéis permanecer al margen de cualquier acto en contra del honorable Martí Barbany.

Berenguer enarcó las cejas, confundido.

—Si me autorizáis —continuó Mainar bajando la voz—, yo me encargaré de libraros de ese molesto ciudadano de una vez por todas. No preguntéis nada —susurró, y esbozó una torva sonrisa—: cuanto menos sepáis, mejor será. Sólo os digo que, si me dais vuestro permiso, en una semana el naviero Martí Barbany descansará al lado de su querida y difunta esposa. Y su hija estará entonces a vuestra merced.

El silencio cayó sobre ambos. El chisporroteo de los leños en la chimenea era el único sonido de la estancia.

—¿Y bien? —preguntó Mainar.

Berenguer asintió lentamente.

—Proceded como creáis conveniente, Mainar. Cuando todo haya terminado, os recompensaré como merecéis.

121

Nocturnidad y alevosía

l día había llegado. Después de tanto tiempo, un cosquilleo peculiar le ascendía por la columna vertebral y a través del torrente sanguíneo se repartía por todo su cuerpo. Por fin, aquella noche, Bernabé Mainar iba a consumar su venganza. Y al mismo tiempo, satisfacer a la Orden proveyendo sus arcas y conseguir el puesto anhelado en la corte. El plan tanto tiempo madurado había sido perfeccionado hasta su último detalle. La hora determinada, los medios escogidos... todo encajaba como un perfecto rompecabezas. El tuerto, ya en su alcoba, comenzó a prepararse como el sacerdote de un culto desconocido que fuera a celebrar un ritual con víctima propiciatoria incluida. Lentamente se despojó de sus vestiduras, fue hacia el armario; embutió unas calzas negras en sus largas piernas y se las ajustó de modo que le quedaran ceñidas al cuerpo como una segunda piel; luego, tomando una fina camisola, hizo lo propio, y finalmente, tras calzarse finos borceguíes asimismo negros, recogió su lacio cabello sobre la nuca y se encasquetó una extraña prenda que, ajustada a su nariz cual si fuera un antifaz, le llegaba hasta la nuca. De esta guisa vestido se dirigió hacia el espejo de cobre bruñido que presidía la estancia. La imagen que en él vio reflejada era la de una gran araña negra y su mente, en un rápido retroceso, rememoró el perfil lejano de su padre. Satisfecho de su aspecto se dirigió al arcón de roble y abriendo su claveteada tapa extrajo de su interior varias cosas: un par de guantes negros, una fina daga con su vaina que se ciñó a la cintura, una cuerda enrollada que terminaba en un gancho de hierro y finalmente su preferido de entre todos los instrumentos de muerte que manejaba: un fino canuto hecho de una sola pieza con una caña que crecía en el Nilo, de la longitud de un antebrazo, rematado en uno de sus extremos con una especie de boquilla que se ajustaba a los labios. Finalmente rebuscó dentro de una pequeña faltriquera de cuero y comprobó que en ella estaba su tesoro: cuatro pequeños dardos de afilada punta y en su cola tres finísimas plumas de ave. Por último, y con mucho tiento, tomó una pequeña ampolla de vidrio lacrada en su embocadura y observó el líquido que bailaba en su interior. Bernabé Mainar colocó todo ello en una pequeña escarcela, y tras ponérsela en bandolera y envolverse en una capa que le llegaba hasta los tobillos, salió por la disimulada puerta que daba directamente al exterior, traspasó el huerto y se encontró en la calle donde un carro cargado de sacos le aguardaba con tres de sus hombres.

La noche no podía ser más favorable: un cielo cubierto y preñado de nubes ocultaba la luz de la luna y ni una sola estrella brillaba en el firmamento de Barcelona. Las instrucciones sobraban: los tres hombres sabían adónde iban y lo que tenían que hacer. De un brinco se encaramó Mainar en el carruaje y sin decir nada, a la vez que el cochero arreaba el tiro de caballos, el hombre que iba en la trasera le entregó un gran saco plegado en el que se introdujo. Cuando ya estuvo dentro, el hombre, con una breve lazada, cerró la embocadura.

Las campanas de la Pia Almoina tocaban maitines. El centinela del extremo sur de la muralla que rodeaba la casa de Martí Barbany escuchó las ruedas de un carromato que traqueteaban en la calzada. Al punto, las severas órdenes dadas por Gaufred acudieron a su mente. Desde que el amo recibiera el macabro obsequio, todo el estrecho cerco de seguridad que rodeaba a Martí Barbany se había puesto en marcha. Se habían doblado las guardias y la ronda pasaba cada toque de campanas por el adarve de la muralla, dando y pidiendo el santo y seña. El carruaje de cuatro ruedas se había detenido junto a la gatera de las cocinas. Aunque, dado que era fin de mes, el centinela supuso que se trataba del carro de la leña, abandonó su puesto y fue a comprobarlo con el chuzo presto y los sentidos alerta.

Llegando al carro observó que lo ocupaban tres hombres. Dos en el pescante y otro en la parte posterior, el cual estaba ya trajinando con los sacos.

—Traéis la leña, imagino.

Uno de ellos, descendiendo del pescante con el pie apoyado en la rueda delantera, respondió malhumorado:

—Decid mejor que somos la escoria de Barcelona. ¿Quién si no en una maldita noche como ésta anda trabajando a esta hora en vez de estar en la cama como todo buen cristiano?

—Cada quien tiene su obligación. Daos prisa y en cuanto terminéis despejad la calle.

—No paséis pena —repuso otro—, no tenemos intención de estar aquí más que el tiempo preciso. En cuanto descarguemos, nos marchamos. —Y dirigiéndose al otro añadió—: Tú, ven aquí y acabemos con esto.

El guardián se retiró unos pasos y quedó a medio camino entre su puesto y el carromato, vigilando la maniobra de los hombres.

—Venga, échame una mano.

El cochero bajó de su puesto y sujetó al tiro de caballos mientras los otros dos comenzaban a coger los sacos. Los llevaban hasta la portezuela de la trampilla y en tanto uno de ellos la levantaba con el pie, el otro colocaba el saco frente a la embocadura y con un empujón lo obligaba a descender por la rampa de madera que desembocaba en el sótano junto a las cocinas.

El tercer saco descendió y rodando paró junto al tabiquillo que separaba la leñera de la despensa. La punta de un estilete en una enguantada y negra mano se asomó entre las fibras del fardo, rasgándolo de arriba abajo. Lentamente, Bernabé Mainar se deshizo de su funda y tras guardar la daga y colocarse bien el antifaz se acercó a la pared de madera para, por una rendija, observar el exterior. Desde el escondrijo, su único ojo recorrió la cocina de arriba abajo; un candil encendido lucía sobre la mesa como si alguien lo hubiera dejado para un fin concreto. Sin nadie a la vista y encaramándose en dos de los bultos pasó una pierna por encima del tabiquillo, y de un ágil y silencioso brinco saltó al otro lado.

En su cámara, Martí Barbany daba vueltas en el lecho sin poder dormir. Últimamente le costaba mucho conciliar el sueño. Permanecía, pues, en la cama, intentando acallar los fantasmas que visitaban su mente. Desde el registro de su casa y de la capilla, presentía que una vaga amenaza se cernía sobre él y los suyos. ¿Qué habría sucedido si el buen conde no hubiera advertido al padre Llobet? Él habría tenido que enfrentarse, con total seguridad, a las autoridades eclesiásticas y del condado... Suspiró, y un escalofrío le estremeció a pesar de las mantas. ¿Quién podía quererle tanto mal? ¿Quién aprovecharía un secreto encerrado en una capilla privada para deshonrar a uno de los ciudadanos más importantes de Barcelona y con qué fin? Y, sobre todo, ¿qué sería de Marta si su padre fuera desposeído de sus bienes y acusado de apostasía?

En la cocina, el silencio era casi absoluto: nada turbaba la placidez de la noche. El crujir de las maderas y las carreras precipitadas de algún que otro pequeño roedor eran los únicos sonidos perceptibles. Súbitamente, Mainar tuvo el pálpito de que le observaban e instintivamente llevó su diestra a la altura de la empuñadura de la daga. Los ojos de un gato acuclillado sobre la alacena, curioso y expectante, se paseaban de un lado a otro de la cocina. Súbitamente, una sombra irrumpió en el arco de luz del candil y el espectro le obligó a ocultarse tras la gran chimenea. Se trataba de una anciana de níveos y desgreñados cabellos que apareció ante la asombrada mirada de su único ojo vestida con una larga camisa blanca, interpretando una danza sin música. La mujer se llegó hasta el minino y tomándolo por el pescuezo se retiró por donde había venido, llevándose el candil encendido en la otra mano, mientras sus labios pronunciaban una jerga inconexa que sonó en los oídos de Mainar sin sentido alguno.

—¿Qué haces despierto? Es muy tarde, ven a la cama... —susurró Naima al felino.

Cuando la luz desapareció, la escena quedó en la más absoluta oscuridad y el intruso se dispuso a consumar la venganza tanto tiempo meditada.

A través de la información de la malograda Gueralda conocía la mansión como si hubiera vivido en ella. Salió de las cocinas y por una escalera secundaria llegó a la planta baja. Un gran hachón encendido iluminaba el nacimiento de la barandilla de balaustres de roble que en un amplio caracol llegaba al primer piso. Mainar subió los peldaños de dos en dos. La cámara de su enemigo se hallaba en el extremo del pasillo. Avanzó por éste y llegado al extremo, con sumo tiento, intentó abatir el tirador de la puerta, pero, como esperaba, estaba cerrada por dentro con la balda pasada. Mainar no dudó un instante; en dos zancadas se llegó al balcón que se abría en el extremo del pasillo. El aire agitaba los cortinajes. Mejor, pensó: de aquella manera desde el exterior nadie se extrañaría del temblor del lienzo. Se asomó con sumo sigilo y observó que desde la terraza hasta el balcón del dormitorio apenas mediaba un paso. Tras comprobar que nadie le observaba desde la muralla, saltó la barandilla. Ya en el otro lado, apoyó una de sus piernas en el saliente de la pared y con un ágil escorzo se halló a caballo en el alféizar del ventanal del dormitorio de su odiado enemigo. Con sumo tiento apartó el cortinón que lo cubría y su único ojo pudo observar la escena tantos años soñada. En medio de una estancia en penumbra ricamente amueblada destacaba una inmensa cama adoselada y en ella un bulto que, sin duda, era el cuerpo del hombre a quien él también responsabilizaba de la muerte de su padre.

El recuerdo de su hija hizo que las inquietudes que asaltaban a Martí fueran por otros derroteros que nada tenían que ver con su seguridad ni su fortuna. A pesar de los meses transcurridos, el joven Bertran aún no había regresado de Cardona... Martí apretó los puños al pensar en el semblante triste de Marta la última vez que había ido a visitarla al monasterio. Ella no había querido reconocerlo, pero Martí intuía que su corazón debía estar sufriendo en silencio, tal y como él había predicho años atrás... ¡Malditos nobles!, se dijo, y se maldijo a sí mismo, por enésima vez en aquellos años. Si no hubiera dejado a Marta en palacio nada habría ocurrido. Jamás se habría cruzado con el futuro vizconde de Cardona y ahora estaría en su hogar: junto a él, con los suyos, donde debía estar. Como siempre que pensaba en su hija, la mente de Martí acabó evocando el amable rostro de Ruth: aquel semblante que nunca había envejecido, terso y suave, decidido y sonriente. Martí entrecerró los ojos y se dejó acariciar por los recuerdos. Deseó que, desde el cielo, Ruth hubiera comprendido la necesidad de sacrificar sus últimas voluntades... Muchas veces se dormía así, sintiendo a Ruth a su lado, dejándose engañar por las sombras hasta que el amanecer le devolvía a la triste realidad. Pero esa noche un ruido procedente de la ventana disipó aquel momento de ensoñación. Sin saber muy bien de qué se trataba, Martí Barbany se incorporó en el lecho.

Mainar procedió con sumo cuidado. Rebuscó en la escarcela y de ella extrajo uno de los pequeños dardos voladores, dejándolo junto a él en el alféizar; luego, a tientas, buscó la ampolleta de vidrio y con su daga rompió el lacre, a continuación mojó la punta de la flecha en el líquido oscuro y denso, y finalmente extrajo la cerbatana y armó el artilugio. Ya sólo faltaba el final. Se llevó la embocadura a los labios y decidió en un instante cuál era la mejor opción. En aquel momento el bulto de la cama hizo ademán de incorporarse. El ojo de Mainar lucía con un brillo asesino. El recuerdo de su padre y el postrer deseo de su bienhechor, Bernat Montcusí, guiaban sus actos. Se llevó la cerbatana a los labios y realizó el acto que había practicado tantas veces hasta con animales en movimiento. Apuntó al blanco con su único ojo y un corto y seco soplido impulsó al pequeño mensajero de la muerte hacia su destino. El dardo atravesó el aire como un abejorro furioso.

Martí notó un pinchazo en el cuello, e instintivamente llevó la mano hacia él. Sus dedos se encontraron con algo que no supo identificar. Atónito, intentó arrancárselo, pero el veneno comenzó su letal tarea... Un espasmo sacudió el cuerpo del naviero, que con todas sus fuerzas intentó levantarse del lecho.

—Muere, Barbany —dijo Mainar acercándose al lecho y hablando en voz suficientemente alta para que su víctima le oyera—. Por mi padre, Luciano Santángel, por mi buen amigo Bernat Montcusí... Por fin ha llegado la hora de su venganza.

La mente de Martí se iba sumiendo en un pozo ciego, su corazón latía cada vez más débilmente, las fuerzas le abandonaban... Sin embargo, en un último momento de lucidez, reconoció aquella voz, antes de caer inerte sobre las sábanas. Murió con una expresión de sorpresa en su rostro y Mainar sonrió, sabiendo que nada había fallado. Luego, tras vaciar el resto de la ampolla en el aire, guardó sus cosas en la escarcela y desanduvo el camino andado. Llegando a la cocina, saltó a la leñera. El gancho de hierro que remataba la cuerda pendía sobre los sacos, Mainar dio el tirón acordado que fue respondido desde el exterior al instante. Entonces, ayudado por la cuerda, se encaramó por la rampa y aguardó a que sus hombres abrieran la trampilla indicando que el campo estaba libre. Al cabo de un suspiro estaba acomodado en el fondo del carro y oía cómo su cochero se despedía del centinela. Entonces, con la sensación del deber cumplido, descansó.

122

Después de la tormenta

La noticia de la muerte de Martí Barbany se propagó por Barcelona a la mañana siguiente como si fuera un reguero de pólvora. El primer rumor hablaba de que el naviero había fallecido en su lecho, mientras dormía, pero a medida que transcurría el día las circunstancias de su muerte dieron paso a un sinfín de especulaciones. Sólo un lugar permaneció ajeno al tumulto y la consternación que provocó la tragedia.

Los gruesos muros del monasterio de Sant Pere de les Puelles aislaban a las religiosas de toda noticia del mundo exterior. Las únicas monjas que tenían contacto con gentes ajenas al monasterio eran la hermana tornera y la encargada del huerto que por demás, cumpliendo con el voto de obediencia, tenían orden estricta de la abadesa de únicamente comunicar a ella cualquier noticia de la que tuvieran conocimiento.

La mañana que siguió al luctuoso suceso, un Eudald Llobet pálido y desencajado entró como un vendaval en el gabinete de sor Adela de Monsargues.

—¿Os habéis enterado, madre?

La abadesa miró al confesor del monasterio sin comprender.

—Han asesinado a mi amigo Martí Barbany.

—¿Qué es lo que me estáis diciendo?

—Alguien, no se sabe cómo, ha entrado en su casa y desde el

balcón de su dormitorio le ha lanzado un dardo envenenado que ha acabado con su vida. ¡Dios mío! Hace poco mi coadjutor perdió su vida y su alma... ¡Y ahora esto!

La superiora se santiguó.

—Alabado sea Dios. ¿Cómo lo ha sabido vuestra reverencia?

—Esta mañana fui muy temprano a la biblioteca de la Pia Almoina donde recibí un recado urgente. Luego acudí a la casa de la plaza de Sant Miquel... Aquello era un caos; estaba lleno de gente: el veguer, un físico, jueces, notario mayor y altos funcionarios de palacio; he hablado con sus allegados. Nadie se explica cómo han podido entrar, la vigilancia estaba reforzada y se cambiaban los centinelas en turnos dobles... Hace ya tiempo, mi amigo recibió una amenaza en forma de una cabeza de lagarto que, según el capitán Manipoulos, se corresponde con la costumbre de una secta de turbios herejes de las tierras del Nilo.

—¿Y han averiguado algo? —inquirió la abadesa.

—La justicia del conde lo intenta, pero dudo que se aclare el hecho... Ya sabéis cómo están las cosas desde que murió el viejo conde. Los únicos que se acercaron al lugar esa noche fueron unos falsos repartidores de leña... Pero eso es lo único que se sabe a estas horas.

Un silencio se estableció entre los dos. Ambos pensaban lo mismo.

—Y Marta... —suspiró la abadesa, consternada—. ¿Cómo le decimos a esta niña que su padre ha sido asesinado?

—Hacedla llamar, reverenda madre, yo se lo diré.

Marta entró en la biblioteca acompañada de Amina. Al ver el cariacontecido rostro de su padrino y el gesto de la abadesa cuando ordenó a Amina que saliera de la estancia, fue consciente de que algo muy grave había acaecido.

Tras una breve genuflexión con las manos unidas sobre el regazo, aguardó a que la superiora le dirigiera la palabra y cuando lo hizo por el tono tuvo la certeza de que su pálpito era cierto.

—Sentaos, hija. El padre Llobet tiene que deciros algo.

Marta se sentó en el sillón, frente al arcediano, y sin poder contenerse, preguntó:

—¿Qué ha pasado?

Su padrino le tomó la mano, que temblaba cual pajarillo caído del nido.

—Verás, Marta, debes ser fuerte… La vida es dura y tú ya eres una mujer.

La muchacha se puso tensa como cuerda de viola.

—Decidme, padrino, ¿le ha ocurrido algo a Bertran?

—No se trata de esto, Marta.

—Entonces —dijo mirando a la monja— le ha ocurrido algo a Ahmed y por eso habéis hecho que Amina saliera afuera.

—No, hija. Ahmed está bien.

—¡Por Dios, padrino, no me hagáis adivinar!

—Tu padre…

—¿Qué le ha pasado a mi padre? —gritó Marta, poniéndose en pie.

—Ha muerto, Marta.

Un pesado silencio se abatió sobre los tres.

—No es posible… —musitó Marta—. ¿Qué le ha sucedido?

El buen arcediano se quedó sin palabras. ¿Cómo decirle a su querida ahijada la terrible verdad? Que su padre había sido vilmente asesinado. Suspiró y dijo:

—Ya no está en este mundo, hija mía. Se halla con tu madre en presencia del Creador.

En los ojos de Marta se reflejó el espanto e instintivamente se llevó la diestra a los labios ahogando un grito. La sala le daba vueltas.

—Tu padre fue el mejor hombre que he conocido. Debes dar gracias a Dios por ello y agradecer el tiempo que lo has tenido a tu lado.

La muchacha miraba sin ver.

La abadesa intervino:

—Un coro de ángeles ha salido sin duda a su encuentro, toda la comunidad le encomendará esta noche al Altísimo. Rezad por él.

Pero Marta ya no la oyó: el golpe había sido demasiado terrible y su mente se negó a aceptarlo. Ahogando un suspiro, la joven se desmayó.

La ceremonia del entierro del naviero fue multitudinaria. Por la mañana se instaló el catafalco que debería soportar el sarcófago en el patio de la casa de la plaza de Sant Miquel. De palacio se envió un pelotón de hombres de armas para contener al populacho que, sin duda, acudiría en tropel a despedirse del que tanto en vida hizo por ellos. A la derecha se montó una pequeña tribuna para que su única hija, rodeada de sus íntimos, recibiera las condolencias y expresiones de dolor de sus conciudadanos, y a la izquierda otra para los representantes de las familias prominentes de la ciudad.

Las campanas de la ciudad tocaban a muerto en honor de su ilustre vecino. Marta, vestida con el hábito de postulante, acompañada de sor Adela de Monsargues, del padre Llobet y de Amina llegó en un coche cerrado. Los soldados le abrieron paso apartando a la multitud con el astil de sus picas; la pequeña puerta recortada en uno de los vanos de la principal se abrió para que entrara y apenas traspasada, las gentes de su casa se precipitaron hacia ella, llorosas y abatidas por el dolor. Estaban todos. Dos de los capitanes de su padre, Jofre y Felet, Andreu Codina el mayordomo, Mariona la cocinera, Amancia su vieja ama de cría, Gaufred el jefe de la guardia y al fondo Ahmed que, acompañado por Manel, aguardaba a que todos hubieran dado el pésame a la señora para acercarse a ella.

Cuando las expresiones de dolor se hubieron terminado, Marta acompañada de su padrino quiso ver a su padre antes de que la caja que contenía el cadáver fuera puesta sobre el túmulo para que el buen pueblo barcelonés pudiera despedirlo, ya que al haber expresado su deseo de ser enterrado junto a su esposa, las exequias funerarias iban a ser totalmente privadas. Marta, acompañada por su padrino y por sor Adela de Monsargues, entró en el gran recibidor y ascendió sobrecogida la escalera por la que tantas veces había correteado; le parecía imposible que al abrir la cámara principal no la recibiera el cálido abrazo de su padre. El momento cumbre llegó; en la puerta, dos de los hombres de Gaufred montaban guardia. Del interior salían voces que rezaban. Uno de los guardias abrió y, en aquel instante, Marta supo que estaba sola en el mundo; pese a notar sobre su hombro la alentadora mano del padre Llobet, sintió que un ahogo le oprimía el alma privándole el aliento, y deseó con más fuerza que nunca la presencia de Bertran.

Marta se aproximó casi de puntillas hasta la imponente caja de roble que contenía los restos de su padre, cuya tapa ornada con herrajes de bronce y un gran crucifijo en su centro descansaba colocada de pie a un lado. El cuerpo de Martí yacía rodeado de cuatro gruesos cirios, amortajado con un inmaculado lienzo blanco que se le ajustaba bajo la barbilla; entre sus largos dedos sostenía una cruz de plata y sobresaliendo de la mortaja se veían sus pies calzados con sandalias monacales. Súbitamente un cambio se obró en el interior de la joven; Marta tuvo la sensación de que su padre no estaba allí, que la estaba observando desde algún lejano lugar y que desde él iba a seguir siempre velando por ella. Los rezos se detuvieron y, de súbito, a su derecha apareció el capitán Manipoulos, por cuya apergaminada mejilla descendía una lágrima que iba a morir a la comisura de su boca. A su izquierda, doña Caterina intentaba arrodillarse para besarle la mano, mientras sus labios musitaban una y otra vez «mi niña, mi pobre niña». Entonces ya no pudo aguantar y se derrumbó abrazada a ambos. Luego la estirpe luchadora de sus orígenes se impuso, apartó a uno y otro, se inclinó sobre el cuerpo de su padre y tras depositar un beso en su frente, se enderezó y dirigiéndose a los presentes, como quien adquiere públicamente un compromiso, exclamó:

—Juro por Dios vivo, padre mío, que no os he de decepcionar, que toda mi vida llevaré vuestro apellido con honor y que seguiré siempre vuestro ejemplo. —Luego, volviéndose al arcediano dijo—: Y ahora, padrino, ordenad que lo bajen. El buen pueblo de Barcelona tiene derecho a despedirse del que tanto les favoreció y tanto esfuerzo puso en mejorar sus vidas.

En aquel instante se abrió la puerta y la imagen de un alterado Gaufred apareció en el quicio.

—¡Capitán Manipoulos, el cortejo del conde Berenguer acaba de llegar!

Todo aquel cuadro comenzó a tomar vida y a una orden del griego, varios hombres se dispusieron a cargar sobre sus hombros la pesada caja para bajarla hasta el patio de armas donde estaba dispuesto el catafalco en tanto las plañideras y gentes de la casa se dirigían a sus puestos.

Acompañada del arcediano y de la abadesa, Marta descendió la gran escalera tras el sarcófago y aguardó en el gran recibidor a que estuviera colocado en su lugar. Después ocupó su lugar en la tribuna dispuesta a tal efecto en tanto las dos compuertas se abrían y Berenguer Ramón, conde de Barcelona, acompañado por altos dignatarios, edecanes, jueces, senescales y damas de corte se instalaba en la tribuna frente a ella.

El obispo Odó de Montcada, revestido de ceremonial y acompañado de varios canónigos, hizo su entrada solemne para presidir los ritos fúnebres y proceder a la inhumación de aquel hijo predilecto de la ciudad. Los presentes siguieron la ceremonia en medio de un silencio conmovedor y al finalizar y precedidos por el conde, se dispusieron uno a uno a pasar ante la tribuna donde se hallaba Marta para dar testimonio de su dolor y presentarle sus respetos.

Al llegar frente a la muchacha, con la breve barandilla por medio, el conde le cogió ostentosamente la mano y, tras una profunda reverencia, se la besó y sin soltársela formuló sus condolencias.

—Doña Marta Barbany, recibid en mi nombre y en el de la familia condal, de la que en un tiempo no muy lejano formasteis parte como dama de mi madre, mi más sentido pésame por la inesperada y cruel muerte de vuestro padre, uno de mis más queridos y leales súbditos. Sabed que no he de cejar hasta que encuentre al hacedor de tamaña felonía y por descontado que en mí hallaréis vuestro más rendido y dispuesto servidor —añadió mirándola intensamente a los ojos—, como bien os consta y desde hace mucho.

Marta se estremeció ante aquella intencionada mirada. Intentó desasirse, pero la mano del conde apretaba la suya con fuerza. El padre Llobet, percatándose de la incómoda posición de la joven, clavó sus ojos en el semblante de Berenguer, quien, al notar la desaprobación que destilaba el rostro ceñudo del arcediano, no tuvo más remedio tras presentar sus respetos que seguir adelante. Sin embargo, durante el resto de la ceremonia, Marta fue consciente de que la mirada del conde no se apartaba de ella ni un instante, y al dolor por la muerte de su padre se le añadió una sensación de frío pánico.

Esa noche, cuando ya todos se hubieron retirado, una agotada Marta, que luchaba por mantener la entereza a pesar de las amargas emociones vividas en esa jornada, se dejaba caer en uno de los sillones del salón de su casa. Era extraño, pensó la joven. Aquel lugar donde había pasado la mayor parte de su vida y y en el que se ubicaban la mayoría de sus recuerdos no era ya su hogar. Así lo sentía, y darse cuenta de ello la sumió en una tristeza aún mayor: sin su propietario, sin aquel padre a veces triste, a veces ausente, pero siempre cariñoso y protector, el lugar no era ya el mismo. Ella ya sólo podía tener un hogar, se dijo, y éste era junto a Bertran, estuviera donde estuviese. Pensar en él le oprimió el corazón. ¿Dónde estaba? ¿Acaso la había olvidado? Durante todo el día, entre los rostros de quienes acudían a presentar sus respetos al difunto había querido ver el de Bertran de Cardona, pero sus deseos habían sido en vano. Una parte de ella quería odiarlo por no comparecer en el momento más duro de su vida, pero en el fondo de su corazón algo le decía que, si no lo había hecho, habría sido por una buena razón. Miró a su alrededor: paseaba la mirada por los muebles conocidos que ahora ya no le parecían los suyos cuando la voz de su querido padrino la sacó de su ensimismamiento.

—Deberías comer algo, Marta. Mariona me ha dado una taza de caldo para ti —dijo el arcediano, dejándole la mencionada taza en una mesita cercana.

—No puedo comer nada, padrino.

—Marta… Hay algo de lo que tenemos que hablar esta misma noche.

—Habéis visto lo mismo que yo, ¿verdad? —preguntó la muchacha con amargura.

El sacerdote asintió, intentando controlar su enojo.

—Me miraba como un cazador mira a su presa antes de lanzar la flecha que la abatirá para siempre.

—Marta… la situación es mucho más grave ahora que tu padre ha muerto y que Berenguer tiene el poder. No quiero ni pensar en lo que ese desalmado podría hacer.

Marta bajó la mirada.

—Escucha, hija —prosiguió el sacerdote, sentándose a su lado—. Tú sabes bien que siempre me tendrás contigo y que haré cuanto esté en mi mano para preservarte de todo mal. Tu padre así me lo encomendó ya hace años, cuando naciste, y… —añadió bajando la voz— también en su testamento. Aún no se ha realizado la lectura oficial, pero conozco su contenido porque me lo dijo muchas veces. Tú eres su única heredera, y yo el albacea de su fortuna hasta que cumplas los dieciocho años o bien contraigas matrimonio, con mi aprobación. Manipoulos y el capitán Munt se encargarán de mantener los negocios de tu padre, aunque sin él, será tarea harto difícil…

—Padrino, no quiero hablar de esto ahora…

—Lo sé —la interrumpió el arcediano—, pero es preciso. Quiero que sepas que puedes contar con mi consejo como siempre y que debes fiarte de mí. Y por eso mismo desearía que volvieras cuanto antes al monasterio. Tengo la sensación de que sólo esos santos muros pueden protegerte de ese mal nacido.

Marta asintió.

—Quiero volver al monasterio, padrino. De momento, ése seguirá siendo mi hogar. —Y añadió en un tono triste, aunque a la vez desafiante—: Prometí esperar allí a Bertran y así lo haré… tanto tiempo como sea preciso.

123

El acoso

l ruido de los cascos y de las ruedas de un pesado carricoche sobre el empedrado de la entrada del monasterio
de Sant Pere de les Puelles hizo que la abadesa, sor Adela de Monsargues, dejara sobre su mesa la lista de gastos
que en aquel momento le presentaba la hermana administradora, y
saliendo de detrás de su mesa se asomara a la ventana que daba al
patio. En cuanto observó el escudo condal que lucía en la portezuela de la carroza, supo que el conde Berenguer, que en aquel semestre gobernaba el condado, llegaba al monasterio a una hora y en
una fecha inusual, ya que aquel mes no tocaba capítulo que, como
protector del monasterio, debía presidir. Conociendo al personaje,
la visita no le auspició buenos augurios, pero en aras del bien de la
comunidad se dispuso a recibir a quien, sin duda, constituía el principal soporte económico del monasterio desde los tiempos de la
condesa Ermesenda, bisabuela de los actuales condes.

—Hermana, tened la caridad de retiraros. Si Dios no lo remedia, debo recibir a un visitante bastante incómodo y por demás
inesperado.

Una leve llamada a la puerta indicó a la priora que un visitante demandaba audiencia y la vocecilla de la hermana portera lo
corroboró.

—Madre, el conde os demanda audiencia y lo hace con cierta
premura. Dice que tiene poco tiempo y que el asunto es urgente.

La abadesa, que conocía las sinuosidades de la política y sabía
tratar a los poderosos, respondió:

—Decidle, hermana, que no lo esperaba y que lo recibiré en cuanto acabe con algo también urgente. Hacedlo pasar a la sala de visitas y ofrecedle algo de beber.

Las dos monjas se retiraron y la abadesa se arrodilló un instante en su reclinatorio presidido por un Cristo crucificado y en silencio le rogó le inspirara en aquel trance y le diera la claridad de mente necesaria y la mesura adecuada para responder al conde oportuna y debidamente.

Al cabo de un tiempo que le pareció prudencial se alzó y después de hacer la señal de la cruz, se dispuso a enfrentarse al incómodo visitante.

Lo vio de lejos. Berenguer estaba con las manos a la espalda y, advertido de la ligera pisada de la abadesa, se giró en redondo.

—Sed bienvenido a esta vuestra casa, alteza.

—Bienhallada, reverenda abadesa.

—De haber sabido de vuestra visita, no os hubiera hecho esperar.

—He pensado que, si como decís siempre, ésta es mi casa, no era necesario advertiros de mi visita, amén de que no creo que haya urgencia más perentoria que la que implica la visita de vuestro conde. ¿Quién hay en el condado más importante que yo y qué otra presencia puede superar la mía?

—Ésta es mi hora de rezos —repuso con frialdad sor Adela de Monsargues, dispuesta a no dejarse amilanar— y tengo una cita con Dios todos los días. Creo que estaréis de acuerdo en que nadie es más importante que el Señor.

Berenguer sonrió y aceptó el reproche.

—En este caso, me rindo y reconozco mi insignificancia.

—Entonces, señor, acomodémonos. Sabed que soy vuestra más humilde servidora y que haré todo lo que pueda por vos.

Ambos personajes se dirigieron a los dos sillones del extremo del salón; antes de hacerlo, Berenguer cerró la puerta que separaba la estancia de la portería.

Ya acomodados, el conde comenzó el discurso que traía preparado.

—Veréis, abadesa, el asunto que me trae aquí es de naturaleza muy delicada y difícil de explicar.

—Si el asunto es de Dios, no hace falta que cuidéis las formas —repuso sor Adela—. Simplemente explicaos.

—No es tan fácil, temo que se me malinterprete y no quisiera que lo tomarais como un simple capricho de príncipe.

La expresión del semblante de sor Adela cambió imperceptiblemente.

—No paséis cuidado, decid lo que proceda.

—Voy pues al asunto. Conocéis que el conde de Barcelona tiene el deber de tomar esposa, y a veces lo hace entre las hijas de nobles familias.

—Sí.

—El caso es, abadesa, que el corazón no siempre se deja guiar por reglas y conveniencias... Y a veces se posa, irremediablemente, en quien no debería.

Sor Adela, desconcertada, replicó:

—Comprendo vuestra inquietud, conde, pero no sé en qué puedo ayudaros...

—Seré franco —dijo Berenguer, mirando a la abadesa a los ojos—. Entre las paredes de vuestro monasterio mora esa joven, la dueña de mi corazón...

—No sé a quién os podéis referir —le interrumpió la abadesa—, pero sabed que mis monjas están casadas con Cristo y eso quiere decir que ya han elegido esposo.

—La muchacha a la que me refiero está aquí como postulante. Aún no ha tomado los hábitos. Os estoy hablando de Marta Barbany.

La abadesa se estremeció al oír al conde. Sin embargo, intentó mantener la compostura.

—No entiendo en qué me va vuestra pretensión; como bien decís, Marta es postulante y, si finalmente no profesa, pedidla en matrimonio y demandad a ella la respuesta.

Berenguer sonrió.

—Lamentablemente, las cosas no siempre pueden hacerse como uno quisiera, abadesa. Mis responsabilidades actuales me impedirían contraer semejante matrimonio.

—¿Qué queréis entonces?

—Quiero llegar a ella, y por tanto os ruego que me facilitéis su acceso, sin persona alguna que pueda mediar. Mi condición me impide mostrarme públicamente, así que el encuentro sucederá la noche que os indique; acudiré embozado y he de hallar las puertas abiertas y el camino señalado y expedito.

La abadesa meditó su respuesta un instante, conociendo el inmenso poder del conde y las terribles consecuencias de su decisión.

—¿Y si me opongo a tamaño desafuero?

—Tendréis el honor de ser la abadesa que haya presidido la clausura, después de ciento treinta años de vida, del monasterio de Sant Pere de les Puelles.

La abadesa intentó ganar tiempo.

—Dejadme pensarlo.

—Os concedo hasta el próximo viernes. Ni un solo día más.

124

La intuición de Amina

Las jóvenes camareras que habían entrado en el monasterio al servicio de sus nobles amas realizaban, en el tiempo que ellas andaban en rezos, las tareas de toda índole que les ordenaban las monjas. Unas fregaban en las cocinas, otras recogían frutos del huerto, y las más, dedicaban sus afanes a la limpieza de las estancias del monasterio, desde las celdas y la iglesia hasta la portería, almacenes y cocina. A Amina le había correspondido el gabinete de la abadesa, el zaguán y la sala de visitas.

Cada mañana, mientras Marta junto a otras seis postulantes ensayaba los cantos del día, ella cuidaba de que los suelos de las estancias brillaran como cobre pulido y ni una mota de polvo se posara en sus anaqueles, hornacinas e imágenes.

Aquella mañana, tras fregar los suelos, la muchacha regresó al gabinete de la abadesa para proseguir con la limpieza; no pudo evitar oír las voces que procedían de la estancia contigua.

—Os digo, vuestra reverencia, que de no mediar un milagro, Marta está en grave peligro.

Amina levantó la cabeza al oír el nombre de su señora y, sin el menor escrúpulo, se acercó a la puerta y pegó el oído a la madera.

—No sé en verdad cómo comenzar —se lamentaba sor Adela.

—Os ruego, abadesa, que no andéis con circunloquios. Marta ya ha sufrido bastante.

—El caso es, padre, que se ha presentado ante mí un dilema que requiere vuestro consejo.

—Mal puedo ayudaros si no me explicáis qué sucede.

La reverenda madre exhaló un profundo suspiro y se dispuso a exponer con pelos y señales la entrevista con Berenguer y lo deleznable de su exigencia.

—El caso es, vuestra reverencia, que de no plegarme a sus deseos, el quebranto del monasterio será total.

—Y en caso de hacerlo, intuyo, madre, que la que estará en grave peligro será Marta, tanto en cuerpo como en espíritu —repuso el arcediano—. En todo caso nada me sorprende: esto viene de lejos…

—Me dejáis asombrada.

—¿Acaso no sospechabais el motivo del ingreso de Marta en esta casa?

—Sé que no tenía ni tiene vocación, pero se me dijo que era para apartarla de un equivocado enamoramiento de juventud. Al parecer el galán era de noble cuna.

—No vais equivocada al respecto. Ya sabéis que yo soy su padrino y valedor y también conocéis que entré como confesor de las monjas más o menos en las mismas fechas, pero no fue éste el único motivo.

—¿Entonces?

—Habiendo muerto la condesa y estando su padre de viaje, sintiéndose vejada y agredida por el ahora conde Berenguer, ella misma me lo pidió. Después, al regreso de Martí, y sin que éste, que en paz descanse, nada supiera al respecto de la malevolencia del conde, sí que entendimos que para calibrar la intensidad de los sentimientos de ambos jóvenes era lo mejor darse un plazo y guardarla entre estos santos muros. Lo que, además, ponía a salvo a Marta de los requerimientos del conde.

—¿Y podéis decirme, padre, cómo y de qué manera se llevaron a cabo?

Eudald Llobet dudó un instante.

—El conde entró una noche en el corredor donde se hallan los dormitorios de las damas y se introdujo en el de Marta; de no ser por la intervención de Amina, se hubiera consumado el ultraje.

—¡Dios sea alabado! —exclamó la abadesa—. ¡Y, si Él no lo remedia, se consumará y en la casa de las esposas de Cristo!

—Eso debe impedirse como sea.

—El precio es la retirada de la dotación de Su Alteza, que es el principal soporte del monasterio.

—Hemos de pensar algo, madre.

—El tiempo de pensar se acaba el viernes.

Sin hacer ruido, Amina abandonó su escondite y tras el correspondiente permiso salió del monasterio. Sabía muy bien a quién recurrir.

125

Florinda

mina se encaminó al palacio condal sin perder un instante. A pesar de que confiaba en el buen juicio de la abadesa y del padre Llobet, intuía que para enfrentarse a Berenguer se necesitaba más ingenio y malicia del que hacían gala aquellas dos buenas personas. Y, si alguien a quien conocía destacaba por esa cualidad, era sin duda Delfín, el enano que tanto cariño profesaba a Marta.

Amina entró, como siempre que iba a entrevistarse con el bufón, por la puerta de las cuadras. Ya hacía tiempo que usaba ese camino siempre que recibía recado de que Delfín tenía para Marta carta de su enamorado. Amina conocía los hábitos del que fuera amigo y consejero de la condesa y sabía que a aquella hora estaría sin duda en el gabinete que fue en tiempos el refugio predilecto de Almodis. La muchacha atravesó pasillos, subió a la primera planta y, sin que nadie reparara en ella, se llegó a la puerta de la recogida estancia. Con el oído atento golpeó con sus nudillos la hoja. La inconfundible y cascada voz de Delfín respondió desde el interior con un desabrido tono, autorizándola a entrar.

Amina empujó el vano de la puerta y asomó la cabeza. El hombrecillo, al pronto, cubierta su cabeza como estaba por una cofia, no la reconoció; luego sus ojillos se achinaron, ajustó su visión a la media penumbra y en la alegría de su expresión, supo Amina que se había dado cuenta de quién era la visitante.

De un ágil brinco se apeó del taburete desde el que estaba garabateando un pergamino en la escribanía de cuero, dejó el cálamo en el tintero y se llegó jubiloso hasta la entrada.

—¡Qué sorpresa más grata! Desconozco el motivo que te ha traído hasta mí, pero lo bendigo. Este palacio es cada día más aburrido y te aseguro que, si el conde Ramón no me hubiera rogado que permaneciera aquí para hacer compañía a su futura esposa, hace tiempo que habría abandonado estas frías paredes.

—Tal vez cuando conozcáis el motivo no encontréis mi visita tan placentera.

Delfín se giró en redondo con aquella su astuta mirada en sus ojos.

—¿Tu ama no estará enferma? —dijo recordando aquella horrible visión que tuvo tiempo atrás.

—Enferma no, pero sospecho que se halla en un grave peligro.

Ambos se sentaron a la vera del fuego de la chimenea.

—Cuéntame los detalles, pero conjeturo que algo tendrá que ver el conde Berenguer en todo ello.

—Estáis en lo cierto, y pienso que sin vuestra ayuda conseguirá su propósito —sollozó Amina.

—Explícamelo todo sin dejarte nada. Cualquier pormenor puede ser muy importante.

Amina tranquilizándose puso al tanto a Delfín de lo que había oído a hurtadillas esa misma mañana. El hombrecillo la escuchó atentamente y, cuando terminó su relato, preguntó:

—¿Y qué crees que puedo hacer yo?

—¿Recordáis que hace años me explicasteis cómo había solucionado una amiga vuestra las cuitas de nuestra condesa?

El enano, tal que si se hubiera hecho la luz en su interior, comenzó a recorrer la estancia con pasitos menudos y acelerados. Sí, tal vez Florinda la hechicera pudiera tener una solución a tan complejo problema.

Amina, que conocía al personaje, respetó su silencio y aguardó a que el hombrecillo finiquitara su deambular.

Súbitamente, Delfín se detuvo.

—¿Dices que el plazo finaliza el viernes?

—Eso es lo que escucharon mis oídos.

—Pues no hay tiempo que perder.

—¿Qué se os ha ocurrido?

—A mí nada —sonrió Delfín—. Eres tú quien ha tenido la idea. ¿A qué hora debes estar en el monasterio?

—Todas hemos de estar recogidas al toque de laudes.

—¿Tu hermano Ahmed sigue viviendo en el molino de Magòria?

—En efecto.

—Envíale recado de que mañana por la noche, antes del cierre de las puertas, deberá estar aguardándome junto a la muralla en la puerta del Castellnou, donde desemboca la calle del Call, con dos caballerías; dile también que venga armado: va a ser mi escudero en este trance... El lugar adonde voy no está demasiado iluminado y el *raval* no es precisamente muy recomendable.

—Ignoro cuál es vuestro plan, pero entiendo que algún armado de palacio podría acompañaros —sugirió Amina.

—Nadie de palacio, precisamente, debe saber nada. Berenguer tiene informadores en todos los rincones y si el plan que me has inspirado llega a sus oídos, la vida de todos lo que hayamos intervenido en él no valdrá nada.

Amina insistió.

—¡Adelantadme algo, Delfín, por el amor de Dios!

—Recurriremos a la hechicera: ella nos dará el medio que desengañe y escarmiente para siempre al conde.

Apenas sonaba el último toque de las campanas de la Seo cuando Ahmed a lomos de su caballo y llevando sujetas las bridas de una mula castaña, pudo divisar entre las gentes que se arracimaban junto a la salida del Castellnou, la diminuta y embozada figura de Delfín que, habiéndolo divisado, acudía a su encuentro.

Ahmed descabalgó para ayudarle a montar.

—¿Os ha explicado Amina a lo que vamos? —preguntó el enano, retirándose la capucha del rostro.

—Únicamente que debo ir armado y que es asunto vital para mi ama.

—Eso está bien. Cuanto menos sepáis, mejor. ¿Vais armado?

Ahmed abrió su capa. Los ojillos de Delfín lo examinaron de arriba abajo. En el cinto del hombre se veía una daga, anudada a su cintura las tiras de cuero de su honda y una escarcela llena de guijarros.

—¿Es eso útil? —inquirió el enano con desconfianza, señalando al artilugio.

—A distancia, mucho más que la mejor de las flechas.

—Vamos entonces y no perdamos tiempo. Si para vos vale, para mí también.

Luego, observando a la mula, comentó:

—¿No teníais en vuestra cuadra un animal de más alzada?

Sin decir nada, Ahmed lo tomó por los sobacos y lo colocó en la silla.

—Mejor que sea de noche —exclamó Delfín—. Sospecho que de día, desde aquí arriba, me podría entrar vértigo.

Al rato ambos se hallaron en sus respectivas monturas, atravesando el *areny* por el puente de madera. Las gentes iban y venían, más en dirección a la ciudad que de salida.

A la lejanía distinguieron, iluminado por un fanal, el letrero de madera de una taberna en los aledaños de la barriada del Pi, la Venta del Cojo.

—Allí es —señaló Delfín.

Ahmed espoleó su caballo y al poco estaban ambos frente al establecimiento. Ataron sus cabalgaduras en la barra preparada al uso junto a otras y dirigieron sus pasos hacia la iluminada puerta, en tanto el viento de mar agitaba fuertemente sus cabellos.

El enano abrió la puerta y con paso decidido se introdujo en el local seguido de Ahmed, cuya diestra reposaba junto a la empuñadura de su daga.

Apenas Delfín y Ahmed se hubieron sentado cuando ya el tabernero, con andar renqueante y haciendo sonar en el entarimado la contera de su pata de madera, se llegaba hasta ellos.

—Cuánto bueno por aquí, señor Delfín y compañía. Hace mucho que no nos honráis con vuestra presencia. ¿A qué debo el honor?

—¿Está vuestra cuñada? —preguntó el enano.

—Está ocupada casi todas las noches… Deberíais anunciar vuestras visitas.

—Si hicierais la merced de introducirme, os quedaría sumamente agradecido. —Al decir esto el enano echó mano a su faltriquera y, sacando una moneda, la depositó en la mano del otro.

—Veré lo que puedo hacer. Entretanto, ¿queréis tomar algo?

—Dos vasos de hipocrás de ese que reserváis en la bota del rincón, no de ese veneno que guardáis para los forasteros que al cabo de un rato se acuerdan de vuestros muertos en tanto se desocupan sus tripas a la vera del camino.

El tabernero se giró sonriente hacia una sirvienta.

—¡Sirve a esos señores de mi reserva personal! —Luego se volvió hacia ellos—. Voy a ver si mi cuñada puede recibiros.

Tras estas palabras el individuo se dirigió a una portezuela del fondo con su característico bamboleo y desapareció tras una gastada y mugrienta cortina verde.

Delfín habló a Ahmed en voz baja mientras la desenfadada sirvienta colocaba frente a la pareja dos cuencos y una jarra de hipocrás.

—Vais a ver como me recibe: a este pájaro no hay nada que le guste más que una moneda.

El cojo ya regresaba.

—Mi cuñada os recibirá, pero me ha dicho que lo hace por mi recomendación. A ella le gusta conocer quiénes son sus parroquianos por adelantado.

Delfín se puso en pie estirando su cuerpecillo al máximo para dar empaque a su figura, y volviéndose a Ahmed le indicó:

—Tened cuidado de que tras de mi persona, no entre nadie. —Luego se dirigió al cojo—. Os sigo.

La pareja desapareció al fin tras una raída cortina. El enano, que conocía el camino, recordó la vez que acompañando a la condesa, acudió ella en busca del elixir de la fertilidad y que ¡por Dios!, tuvo éxito.

Tras descender los tres peldaños se halló en la estancia donde la cuñada del tabernero recibía a sus visitantes e intentaba solucionar sus problemas a cambio siempre de buenos dineros.

Delfín oyó la voz de su acompañante.

—Aquí tienes a tu cliente. Te dejo con él.

La ciega dirigió sus velados ojos hacia el enano y pareció ver.

—Acercaos, Delfín, qué inesperada sorpresa.

El hombrecillo se dirigió hasta donde estaba la mujer.

—Sentaos y explicadme el motivo de vuestra grata visita.

Delfín ocupó el alto escabel frente a la mesa de la ciega, y dejando a un lado su faltriquera, dijo:

—Yo también me congratulo de hallaros igual que os dejé la última vez, Florinda. Parece que el tiempo en vos se ha detenido. Siempre parecéis tener la misma edad.

—Es que la tengo, amigo mío, ¿qué clase de bruja sería yo si no supiera detener el tiempo?

Al decir esto último de su desdentada boca surgió una risa sardónica adobada de una sutil ironía y una lucecilla mordaz asomó en sus inertes pupilas.

—Bien, dejémonos de preámbulos; ¿qué es lo que os ha traído hasta aquí?

El enano creyó oportuno dejar claras algunas cosas.

—En primer lugar quiero recordaros que he sido durante mucho tiempo para vos el nuncio de buenos negocios; que os he traído, podríamos decir en sentido figurado, regios clientes que os han proporcionado pingües beneficios.

La vieja frunció el entrecejo.

—Lo sé y os lo agradezco.

—Simplemente que tengáis en cuenta que no soy uno de esos a quienes esquilmáis la bolsa: soy pobre, mi benefactora ya murió y desde ese día mis ingresos son parvos. En esta ocasión soy yo el que va a pagar el convite; vengo en mi nombre, aunque el beneficio va a recaer en otra persona.

—Está bien, amigo mío, ciertamente habéis sido para mí una

fuente de ingresos y también es cierto que jamás vinisteis pidiendo una gratificación. Tendré en cuenta la circunstancia y os cobraré lo mínimo por mis servicios, según, claro es, de qué se trate. Explicaos con detalle y procurad ser conciso.

Florinda atendió con suma atención la prolija explicación del enano.

—Lo que me pedís no es fácil y lo complica todavía más la urgencia. Sin embargo, os diré que es posible, aunque deberéis tener mucho cuidado con la dosis que administréis, ya que de equivocaros, el efecto pudiera ser fulminante.

—¿Qué insinuáis?

—No insinúo, afirmo. La persona puede morir y como mal menor regresar con la mente ida sin reconocer a nadie nunca más.

—¿Y cuál ha de ser esa dosis?

—Yo os daré la medida. Necesito saber dos cosas muy importantes: cuánto pesa la persona a la que va destinado el bebedizo y si es hombre o mujer o niño.

—Pesa poco… Es una muchacha.

—Es todo cuanto necesito saber. Que no os equivoquéis con la cantidad es esencial.

—No tengáis cuidado, seguiré vuestras indicaciones.

La vieja se levantó con dificultad de su asiento y se acercó a un aparador hecho de obra en el que figuraban, frente a un fondo de anaqueles llenos de vasijas, un hornillo encendido, matraces, un serpentín para destilar, redomas, un mortero de mármol con su correspondiente almirez, un rallador y una madera pulida. La mujer comenzó a maniobrar con todo ello tal que si pudiera ver lo que iba haciendo, mientras lo anunciaba en alta voz.

—Tomaremos polvos de hongos de amanita rallada, extracto de araña negra molida, hojas de anémona borde arrancadas en luna creciente, aceite de víbora del desierto de Nubia, cenizas de cantárida verde, raíz de dormidera y, tras macerarlo, lo destilaremos.

Tras proceder a triturarlo y mezclarlo todo, la mujer lo colocó en una vasija que a su vez puso sobre el hornillo ajustando el serpentín, y mientras la mezcla iba descendiendo, regresó a su lugar.

—Deberemos aguardar un rato, el proceso es lento.

Delfín estaba inquieto.

—¿Estáis segura de que surtirá efecto?

—Mis pócimas nunca fallan… Bien lo sabéis.

—¿Y de que ese efecto no será irreversible?

—Deberá tomarla el día anterior a ese malhadado encuentro. Caerá enferma, casi inconsciente, pero el efecto no debería durar más de tres días. La muchacha se sentirá débil durante un tiempo, pero irá recobrando las fuerzas. Os lo aseguro.

Al cabo de un rato, cuando la luna ya estaba en su cenit, salía de la taberna un diminuto personaje encapuchado, jinete en una mula, apretando contra su pecho y bajo su capa un frasco de vidrio esmerilado, y un joven a caballo con la mirada alerta, guiando con las rodillas a su montura, que llevaba en la diestra una honda cargada con un duro y redondo guijarro y apoyaba la zurda sobre la empuñadura de su daga.

El grupo más dispar que cabía imaginar estaba reunido en la sacristía de la iglesia de Sant Pere de les Puelles. Eudald Llobet, la abadesa sor Adela de Monsargues, Delfín, Amina y, por supuesto, Marta Barbany, que asistía con expresión impenetrable a aquella singular reunión.

Delfín había terminado su relato y aguardaba a que el arcediano diera su opinión. El padre Llobet intercambió una mirada inteligente con la monja y luego habló:

—Estamos al borde del abismo y pocas o ninguna solución nos queda. —Su mirada se dirigió a Amina—: Me consta el amor que sientes por tu señora y eso excusa tu indiscreción, que vista la circunstancia en la que nos hallamos, bendita sea. Creo que interpreto el sentir de la abadesa al decir esto. Voy a haceros alguna pregunta, Delfín.

—Os responderé a todas las que pueda, vuestra reverencia.

—Está bien, comencemos. ¿Qué garantías tenemos de que esta pócima no cause un mal mayor del que queremos evitar?

La reverenda se adelantó.

—Mayor mal que perder la honra no cabe.

—No nos metamos, madre, en disquisiciones morales, que no es tiempo —repuso el sacerdote—. Nadie peca si no pone voluntad de ello; responded, Delfín, a mi pregunta.

—El negocio de esa sanadora es resolver aprietos y situaciones embarazosas; hace mucho que la conozco, he recurrido a ella en varias ocasiones y jamás me ha decepcionado. Mi condesa acudió a su consejo en dos trances y en ambos, tomando los cocimientos que le entregó y procediendo como ella le indicó, obtuvo los resultados apetecidos. Su prestigio se basa en sus aciertos y si no es capaz de ayudar, renuncia; que yo sepa jamás ha perjudicado a nadie.

—¿Es física? ¿Ha estudiado la ciencia de Hipócrates? —indagó la monja.

—Es su don natural y su experiencia; existen personas que tienen poderes que escapan a la comprensión de los demás y parecen sobrenaturales. Vos sabéis, padre, que yo mismo tengo dotes para la adivinación y jamás estudié pergamino de magia alguno.

La monja observaba recelosa.

—Todo esto me suena a brujería.

—¡Hasta a eso recurriría si fuera preciso, para salvar a mi ahijada! —El talante de guerrero que alojaba el alma del clérigo salía a flote—. ¿Queréis, señora, o no queréis salvaguardar el monasterio? —Su mirada fulminó a la abadesa, pero enseguida se tranquilizó—. Decidme, Delfín, ¿cuándo se debe tomar el preparado para que surta efecto?

—Un día antes del encuentro.

—¿Y luego?

De nuevo intervino la monja.

—Luego rezar, vuestra reverencia.

—Pues rezaremos, sor Adela, rezaremos toda la noche si es preciso, otra no queda. Marta —susurró el arcediano—, en tus manos está la decisión. Sabes que te quiero como a una hija, y que, como albacea del testamento de tu padre, recae en mí el deber de protegerte. Pero en una situación como ésta, sólo tú puedes decidir.

Un silencio denso como el plomo descendió sobre el heterogéneo grupo. Todas las miradas se posaron en Marta. Ésta, que había permanecido en silencio durante toda la discusión, se puso de pie y se dirigió hacia su padrino.

—Rezad por mí —dijo con voz firme—. Antes de sucumbir a la lujuria de Berenguer, prefiero tomar cien pócimas de esa hechicera. No tengo la menor duda.

Aunque Delfín confiaba plenamente en los poderes de Florinda, la visión de Marta inconsciente le asaltó de nuevo y no pudo evitar un escalofrío.

126

El engaño

u noche había llegado por fin. Tras tantas vicisitudes y esperas, el momento tan ansiado estaba al alcance de su mano. Berenguer había prescindido, en aquella ocasión, de su ayuda de cámara y se vestía para el acontecimiento completamente solo. Lo quería hacer sin testigos. Su mente, mientras tanto, divagaba. Recordaba cómo empezó todo, y cómo desde el primer instante supo que aquella muchacha tenía que ser suya; deseaba a Marta Barbany como no había deseado a mujer alguna en toda su vida. Todo en ella le excitaba, su caminar ligero, el armonioso ritmo de sus caderas, sus labios carnosos, el canal de sus jóvenes pechos... Recordaba la noche en que casi fue suya, la bofetada de su madre, el día del cuarto del sabio, la jornada del garañón montando la yegua. Sus pensamientos se arremolinaban sin orden ni concierto y pensó que la respuesta de la superiora había llegado oportunamente, ya que ya faltaba poco para que su hermano ocupara su sitio durante el semestre siguiente.

Sobre el gran lecho adoselado, descansaba la respuesta de la abadesa sor Adela de Monsargues, aquel último intento de la monja porque abandonara sus propósitos:

Mi respetado señor:
La superiora del monasterio de Sant Pere de les Puelles tiene una obligación primordial que es también la primera de sus servidumbres. Se abren ante mí dos vías y si bien debo cuidar la sa-

lud del alma de mis monjas, por encima de todo está la pervivencia del monasterio, que ha perdurado y perdurará a través de los tiempos. Vuestra cerrazón no me permite escoger. Sabéis muy bien que a pesar de las mandas piadosas y las aportaciones de las nobles familias que colaboran con sus limosnas, sin vuestra dotación no podemos subsistir. Por eso no me queda más que plegarme a vuestro deseo.

Pienso que el Señor comprenderá la disyuntiva en la que me hallo y perdonará la triste decisión que me obliga a tomar vuestro capricho. Sin embargo, debo advertiros que la salud de la postulante Marta Barbany no es buena. En estos momentos yace aquejada de una grave enfermedad y tememos hondamente por su vida. Os lo advierto de buena fe, y os ruego una vez más que cejéis en vuestros propósitos.

Dejo esa decisión en vuestras manos. La noche del próximo lunes, cuando la comunidad esté en el rezo de laudes, podréis entrar, para lo cual os adjunto la llave de una puerta que está en el muro lateral, a la izquierda del portón principal. Una vez dentro deberéis llegar al claustro; desde allí y a lo largo de la escalera, un camino de velas encendidas os guiará hasta el cuarto de la postulante. Lo que allí ocurra ya no atañe a mi conciencia, sino a la vuestra.

Saldréis por el mismo camino y jamás volveremos a hablar de este asunto.

Vuestra sierva en Cristo,

SOR ADELA DE MONSARGUES

Berenguer sonrió para sus adentros. ¡Qué excusa más patética! ¿Acaso creía la abadesa que la referencia a la mala salud de Marta haría alguna mella en él?

Su plan estaba perfilado. Aquella noche Marta Barbany por fin sería suya.

Había decidido los ropajes que debía ponerse. La noche era negra cual alma de condenado y para salir de palacio discretamente le convenía que asimismo lo fueran tanto su vestimenta como su cabalgadura; nadie en palacio debería verlo salir y únicamente su caballerizo de confianza, que estaba al tanto de su aventura, le abriría la puerta de las cuadras y aguardaría su regreso.

Berenguer se permitió como único adorno, que habría de ocultar con su capa, una gruesa cadena de oro de la que pendía el escudo del condado. El conde se miró en el bruñido espejo y se encontró favorecido.

Salió de palacio por una escalera posterior y en dos zancadas se halló en las cuadras. Su palafrenero lo ayudó a montar en el negro animal que piafaba nervioso. Con un gesto, el conde le ordenó que abriera las anchas puertas y con una presión de sus zambas piernas puso el caballo al galope y atravesó la puerta del Castellvell. El viaje, pese a que iba urgiendo al animal, se le hizo eterno. Finalmente la mole del monasterio se perfiló ante sus ojos.

Se dispuso a cumplir fielmente las instrucciones de la abadesa. Descabalgó y condujo al caballo junto a la barra dispuesta para el uso de los jinetes que llegaran de visita y allí lo sujetó por la brida. Luego se dirigió a la puerta de entrada del monasterio. En ella radicaba la gran prueba: si la llave servía, quería decir que la abadesa había cumplido su promesa. Esperaba que así fuera, por su propio bien... Un temblor, mezcla de ansia y de aventura, atenazó su espíritu. Con una desconfianza contenida, extrajo la gran llave de la escarcela y la introdujo en la cerradura de la puertecilla que, con la presión de su mano, cedió lentamente. Los engrasados goznes apenas protestaron.

Berenguer se halló al principio de un amplio pasillo. A uno y a otro lado, dependencias cerradas. Al fondo un trémulo resplandor provenía del abovedado claustro de las monjas; Berenguer con paso mesurado, con la diestra puesta en el pomo de la daga que llevaba a la cintura y la zurda sujetando el medallón que lucía en su pecho, se dirigió al extremo; la corriente de aire le avisó de que estaba a punto de salir al exterior: una vez en el claustro, una hilera de pequeñas velas encendidas marcaba un sendero que continuaba por la escalera hacia el piso superior. El corazón le latía ahora desbocado como si tuviera un caballo pateando en su pecho, recordándole la vez que se introdujo en el dormitorio de las damas de su madre con la misma obsesiva intención que había guiado su pensamiento desde que conoció a Marta. Antes de introducirse de nuevo en el interior del monasterio sus ojos repasaron el encuadre del claustro. A su diestra el túnel por el que había entrado; al fondo, la iglesia de la abadía por cuyos altos ventanales se proyectaba el tembloroso resplandor de los cirios, y a su izquierda, en medio del muro, una gran hornacina que a media altura alojaba la imagen del patrón del monasterio y en el mismo lienzo y al fondo, la puertecilla que supuso daría al huerto que cultivaba la comunidad. Todo estaba en orden: su momento había llegado. Berenguer comenzó a subir la escalera. Silencioso, caminando sobre las puntas de los pies, llegó al primer piso, alumbrado por el suave resplandor de las velas. En ese piso todo estaba a oscuras, excepto la estancia del fondo. Muy despacio y tanteando la pared se llegó al arco de la entrada. Lo que vieron sus ojos le cortó casi la respiración. En el centro de la estancia, a la luz de dos hachones, se hallaba un lecho donde yacía Marta Barbany, con el hábito azul claro de las novicias envolviendo su cuerpo, el rostro cubierto con una blanca mantilla de blonda y las manos cruzadas sobre el pecho. A pesar de sentir que le flaqueaban las piernas, Berenguer se acercó a ella. La luz de los hachones llenaba la estancia de sombras espectrales.

Berenguer llevó su mano temblorosa hacia el rostro de la joven y la punta de las yemas de sus dedos prendieron el pico del pañuelo de randas, del que tiró lentamente. Un escalofrío de terror invadió sus huesos. El óvalo perfecto de aquel rostro que había presidido sus sueños más lascivos durante tantas noches aparecía ante él lívido y marcado por pústulas, signo incipiente de la peste. Berenguer apenas pudo contener el alarido que acudía a su boca. Dejó caer al instante la extremidad del pañuelo y frotándose instintivamente la mano en la pernera de sus calzas, partió como un mal espíritu, trastabillando y casi cayéndose por las escaleras. El camino se le hizo más largo que la travesía del pueblo judío en el desierto. Berenguer, de un tirón, abrió la puerta, que a su impulso continuó batiendo en el vacío, se llegó hasta su cuartago y deshaciendo la lazada de las bridas, se encaramó de un salto en la silla y dando talones se introdujo en la negrura de la noche como un centauro enloquecido.

127

Almotacén de Barcelona

Unos días después, Mainar acudió a palacio requerido por Berenguer. Estaba seguro de que el conde habría quedado satisfecho de su trabajo y, por tanto, estaría dispuesto a recompensar sus servicios. El tan deseado puesto de almotacén de los mercados de la ciudad estaba al alcance de su mano y la Orden compartiría todos los meses un porcentaje de sus ingresos. El Supremo Guía no tendría queja de él; para completar su dicha y cumplir el compromiso adquirido con su benefactor Bernat Montcusí, únicamente le faltaba ajustar las cuentas a Eudald Llobet, aquel maldito sacerdote causante de la muerte de su padre, que por el momento parecía haber escapado a su destino refugiándose tras los muros de Sant Pere de les Puelles. Andaba el tuerto enfrascado en sus meditaciones cuando la voz del conductor y el ruido de los porteadores al colocar las calzas de las varas de la litera, lo sacaron de sus ensoñaciones.

Llegó a palacio con las cortinillas echadas siguiendo la indicación del conde y entró por una disimulada puerta posterior en la que le aguardaba un ujier con órdenes expresas referidas a su persona.

—Su Alteza ha ordenado que os conduzca al jardín de los rosales, donde os aguarda.

—Pues cumplid con vuestra obligación.

El hombre, seguido del tuerto, fue atravesando estancias y pasillos por lugares que él no conocía hasta llegar a una galería que se abría al jardincillo que fue en su día el preferido de la difunta condesa.

El guardia, al ver quién era el visitante, alzó la pica cediendo el paso.

Berenguer deambulaba entre los rosales y al rumor de los pasos alzó la mirada y con un gesto de su mano, invitó a su huésped a aproximarse.

Al llegar a su altura lo tomó familiarmente del brazo urgiéndolo a caminar junto a él y sin otro preámbulo le habló:

—Os agradezco la premura, Mainar. Os he citado en este lugar porque es donde mejor pienso cuando tengo problemas y en este momento, los tengo y muchos.

—Sabéis que estoy a vuestro servicio.

—Bien que me lo habéis probado, pero con la muerte de ese malnacido no se han acabado mis cuitas.

—Pues ¿qué cuitas puede tener el amo y señor de vidas y haciendas? —le halagó el tuerto.

—Escuchad. Cumplisteis con eficacia en la muerte del naviero, allanándome el camino para conseguir a su hija, pero de nada ha servido...

—No atino a entenderos, señor, perdonad mi torpeza.

—Barbany ha muerto, sé y me consta de buena tinta que su hija ha adquirido una enfermedad terrible y en caso de que aún viva, pocos días le quedan... Lo que me hace pensar en otro aspecto de esa cuestión que reclama mi interés. ¿Qué sucederá con la fortuna de Barbany si su hija fallece? Si el albacea de sus bienes fuera otro, podría convencerlo de que actuara en favor de la casa condal, y de mí mismo, pero siendo quien es...

—Si mi consejo os vale, convocad a ese individuo y ordenadle que despache el asunto a vuestro favor. Nadie puede ignorar un deseo vuestro.

—Ese albacea es la única persona del condado que no tomará en cuenta lo que pueda decirle.

—Y ¿quién es ese individuo? —preguntó Mainar, aunque adivinaba la respuesta.

—Asombraos, según me han dicho mis informadores se trata del maldito arcediano que fue confesor de mi madre e íntimo amigo de Barbany.

Un rictus en los labios del tuerto delató el impacto que las palabras del conde le habían causado.

—Os diré más todavía. Antes de un mes finaliza mi semestre en el poder y mi hermano estará de vuelta. Si el asunto se resolviera bajo su mandato, ni las migajas de esa fortuna llegarían a mis manos.

—¿Y qué puede hacer mi pobre persona para ayudaros?

El conde se plantó ante el tuerto.

—¿No lo adivináis?

—Se me va alcanzando, pero no atino —mintió Mainar.

—He pensado que la muerte del albacea complicaría tanto las cosas que el condado podría actuar en nombre de los intereses de la ciudad. Son muchas las personas de Barcelona que dependen de la fortuna de Martí Barbany, y sería responsabilidad de la casa condal administrarla por el bien de sus ciudadanos...

—¿Estáis solicitando de nuevo mis servicios para acabar con la vida de alguien?

—Traedme la cabeza de ese cura y podréis consideraros almotacén de mercados de Barcelona —repuso Berenguer, sin dudarlo un instante.

—Mañana mismo el padre Llobet recibirá un hermoso regalo —sonrió el tuerto.

128

Pacià y Ahmed

hmed había ido a la casa de la plaza de Sant Miquel para ver a su madre, no pasaba semana sin que él y Amina se turnaran y ella era la que le había puesto al corriente del resultado de la pócima de Florinda. Estaba aquella mañana en la cocina hablando con Mariona y Andreu Codina de los tristes sucesos de la muerte del amo y la inexplicable entrada de su asesino en la casa burlando la vigilancia, cuando entró Gaufred, con el semblante adusto. El hombre no podía evitar sentirse culpable por la desgracia acontecida. Primero fue Rashid, y luego Martí Barbany. Nunca podría perdonarse aquellos hechos.

—Parece ser, Ahmed, que alguien ha adivinado que estás aquí y te busca.

—¡Qué extraño! Únicamente mi amigo Manel sabe que venía a visitar a mi madre. ¿Quién es?

—Un tal Pacià, que dice que te conoce. Tal vez cree que todavía vives aquí. Te espera en la puerta. Te acompañaré.

Gaufred y Ahmed partieron hacia la planta principal y salieron al patio de caballos. Allí, junto a la entrada, en la calle, distinguió Ahmed al cochero que la infausta noche de su mal, le ayudó a transportar el cuerpo de Zahira.

Al verlo, el corazón le dio un brinco y un cúmulo de recuerdos asaltó su mente.

Ahmed se acercó a él. El hombre, al distinguirlo, se levantó del banco de piedra y aguardó. En la sonrisa de Ahmed tuvo la certeza de que había sido reconocido.

—¿Cómo no iba a recordaros? Sois de las pocas personas con las que me hallo en deuda —dijo Ahmed, tendiéndole la mano.

El otro se la apretó con alivio.

—Nada me debéis, pagasteis generosamente mis servicios y lo que lamento es no haber estado en condiciones de hacéroslo de balde.

—El favor fue tan grande que cualquier cosa que me hubierais pedido me habría parecido nimia. Pero pasad y perdonad mi falta de hospitalidad, sabed excusarme... En verdad que vuestra visita me ha sorprendido.

Pacià estaba visiblemente nervioso.

—Veréis, Ahmed, no sé cómo comenzar.

—Yo os lo diré, como lo hacen dos amigos que se ven todos los días, diciendo las cosas llanamente.

—Es que me es muy difícil.

—Animaos, en primer lugar os debo mucho y en segundo, para eso habéis venido.

—Está bien. Ya os he dicho antes de sentarnos que de haber podido os hubiera servido gratis, pero mis hijos y las circunstancias de mi vida no me lo permitieron.

—Y bien...

—Hace ya semanas fui despedido de mi trabajo, pero la otra tarde acudí de nuevo a la mancebía a reclamar lo que es mío y que aún no me ha sido pagado. Mi mujer está a punto de dar a luz y necesito urgentemente diez dineros.

—Si ése es vuestro único problema, contad con que ya no lo tenéis —le aseguró Ahmed.

El hombre se detuvo un instante y miró a Ahmed a los ojos con una rara intensidad que no pasó desapercibida a éste.

—Y no penséis en devolverme los dineros porque son un regalo que lamento haber tardado tanto en poder hacer. Más os diré: pasad este mal trago y cuando vuestra mujer haya parido venid a verme a mi casa. Vivo en el molino de Magòria, y un trabajo u otro encontraremos para vos.

Tras un hondo suspiro y con una extraña voz, Pacià habló de nuevo.

—Mil gracias, pero he venido a veros por algo más. —Hizo una pausa, tomó aire y prosiguió—. Se dice que, antes de la muerte de vuestro amo, éste recibió la cabeza de un gran lagarto muerto, ¿es o no es verdad?

—Así es. ¿Qué sabéis vos de ello?

—Ese lagarto lo cacé yo.

—¿Qué me estáis diciendo?

—Desde luego, sin saber su destino y que representaba una amenaza para el que lo recibiera —se apresuró a añadir Pacià.

Ahmed se quedó de una pieza.

—Contadme punto por punto todo este galimatías.

—Como no ignoráis, mi amo era Bernabé Mainar y, como os he relatado, hace tiempo me puso en la calle injustamente y de mala manera.

—Eso ya me lo habéis contado —dijo Ahmed, impaciente.

—Bien, el otro día, cuando fui a exigirle el dinero que me debía, le oí hablar con Maimón, su encargado.

—Id al grano, por favor.

—Pues que, dado el asunto que trataron y sabiendo lo ocurrido a vuestro amo, aunque mi torpe cabeza no sabe interpretar lo oído, pude colegir que tal vez la cuestión os interesara a vos y decidí venir a contároslo sin pensar que pudierais o no ayudarme en lo otro.

—Decidme lo que oísteis.

—Más o menos éstas fueron las palabras: «Necesito que vayas a las canteras de Montjuïc y me caces un lagarto hermoso de los que allí toman el sol entre las piedras. He de enviar un regalo al confesor de Sant Pere de les Puelles». Y luego, misteriosamente, añadió: «Debe recibirlo antes de que celebre que el gallo cante durante la noche, pues ése será el momento que el destino me deparará para cobrar mi deuda».

129

La hornacina

os personas se preparaban a la vez para un encuentro que habría de definir la vida de ambos.

De una parte Luciano Santángel, alias Bernabé Mainar, se preparaba vistiendo las negras ropas que usaba cuando iba a ejercer su turbio oficio, sabiendo que su estado de ánimo no era el idóneo para aquel empeño. Recordaba las lecciones que su padre le impartía cuando era un mero aprendiz del arte de la muerte. «Jamás dejes que el odio perturbe tu entendimiento; debes mantener la calma. Cualquier obsesión en la que se inmiscuyan tus pasiones y te ciegue el resentimiento, estará condenada al fracaso. Lo único que te debe inspirar tu víctima ha de ser indiferencia.» Había anhelado aquel momento tanto tiempo, veía tan próximo el día de la culminación de su venganza, y su corazón albergaba tanto odio que le era imposible ser neutro. Todo se cumplía en aquel encargo: su venganza, tanto tiempo ansiada, contra quien causó la muerte de su padre; su ambición, que quedaría colmada por el cargo que le había prometido Berenguer; y su fidelidad a la Orden, cuyo Supremo Guía recibiría cuantiosos beneficios gracias a ese nuevo puesto de Mainar en la casa condal. Aquel 24 de diciembre iba a ser un día señalado en su vida. Bernabé Mainar, ya vestido para el ritual, se miró en el bruñido cobre y quedó satisfecho; le quedaban por hacer tres cosas: comprobar la eficacia de su cerbatana, provisionarse de los dardos envenenados, untados en aquella ocasión y para más seguridad de una mezcla de ricino y acónito, y meter en el bolsillo de sus calzas la llave del monasterio de Sant Pere de les Puelles que le había entregado su patrocinador, al que apenas quedaban unos días para disfrutar de su semestre de mandato. Satisfecho de todas sus comprobaciones tomó su negra capa y tras echársela sobre los hombros y soplar la llama del candil que iluminaba la estancia, se dirigió a las cuadras de la mansión de la Vilanova dels Arcs.

Un cúmulo de vicisitudes se habían congregado para que Ahmed aquella noche emprendiera la arriesgada aventura que estaba a punto de iniciar.

Las confidencias de Pacià le habían golpeado con la fuerza del martillo que cae sobre el yunque. La confirmación, por parte de Amina, de que el padre Llobet había recibido una cabeza de lagarto le había señalado como la víctima de aquel asesino sordo e invisible que tan sutilmente había acabado con la vida de su amado patrón. Ignoraba cuál sería la mano ejecutora del crimen, pero parecía no caber duda de que la mente maligna que estaba tras todo el asunto era la del dueño del lugar donde había hallado la muerte su Zahira. Todo apuntaba hacia aquel hombre inquietante. Finalmente la agudeza de Delfín, el enano augur, había acabado de definir y aclarar la cuestión. Descifrando el críptico mensaje que encerraban las palabras de aquel individuo escuchadas por Pacià el día en que había vuelto a aquella infame casa para reclamar su paga: «Antes de que celebre que el gallo cante durante la noche, ése será el momento que el destino me deparará para cobrar mi deuda».

El único gallo que cantaba de noche era el de la misa del mismo nombre y el celebrante iba a ser el confesor de las monjas, el padre Llobet; el lugar, la iglesia del monasterio y el tiempo, al dar las doce campanadas de la víspera del día de Navidad.

Ahmed, ayudado por Manel, estaba dispuesto a seguir su corazonada: si, como sospechaba, el intento de asesinato se llevaba a cabo aquella noche, estaría allí para impedirlo y en caso contrario saldría del lugar de la misma manera en que, siguiendo las indicaciones de su hermana, pensaba entrar. Tenía un plan en la cabeza y para llevarlo a cabo precisaba de varias cosas y sabía bien dónde encontrarlas. Salió del molino en compañía de su amigo portando ropas oscuras y una escarcela untada con una capa de betún y de cera que la hacía impermeable, caso de que se mojara un poco, y se dirigió al final del cercado donde se hallaba la sencilla tumba de Zahira mirando a La Meca. Manel le ayudó a alzar la losa de los pies; Ahmed con sumo cuidado extrajo del interior del sepulcro la vasija cuidadosamente cerrada que contenía la valiosa mezcla y la examinó con atención. Aquello llevaba años enterrado, desde aquella lejana noche anterior a su aventura para rescatar el *Laia*. Luego repasó el resto de sus pertenencias y lo guardó todo junto en su escarcela cuidando que el cierre de su embocadura doblado repetidas veces estuviera lo más ajustado posible.

Después de volver a colocar la losa en su lugar se puso en pie solemnemente y dirigiéndose a su amada, dijo: «Si Alá lo permite, esta noche haré justicia; a pesar del tiempo transcurrido te sigo amando, Zahira, ayúdame desde el paraíso».

Luego ambos amigos montados en sendas cabalgaduras se dirigieron, a buen paso, al monasterio de Sant Pere de les Puelles.

Faltaría una media hora para la medianoche cuando un jinete en un negro caballo arribaba a las puertas del monasterio. Dejó su cabalgadura convenientemente atada y envuelto en su capa se dirigió a la puerta lateral. La noche era cerrada y apenas una pálida luna iluminaba la escena. El hombre extrajo de su faltriquera la llave que le había proporcionado su valedor. Antes de abrir, observó a su alrededor si alguien estaba al acecho y sin vacilar se introdujo en el pasillo que desembocaba en el claustro del monasterio. Saliendo al exterior por el otro lado, dos sonidos igualmente armónicos y cantarines llegaron a sus oídos. De un lado el regato del surtidor cayendo en el aljibe y del otro las voces de las monjitas que entonaban sus cantos desde el coro del monasterio. El tuerto observó que de las tres ventanas de la iglesia una estaba abierta; supuso que pese al frío reinante, ésta sería la que estaba más próxima al ábside para que por ella escaparan los humos de los cirios que adornaban el altar y del incensario. El tuerto esbozó una torcida sonrisa. Con sumo tiento y con el paso del cazador que acecha a la presa, se llegó a la ventana. Aupándose sobre las puntas de los pies se dispuso a observar. Allí, frente a él, de perfil, estaba el hombre que había matado a su padre. Mainar se dispuso a realizar la acción más limpia y certera de su vida. Extrajo de su bolsa la cerbatana y uno de los dardos envenenados; luego con sumo cuidado retiró el tapón de corcho que protegía su afilada punta. Cargó la cerbatana y aguardó a que el oficiante se diera la vuelta. Quería que el sacerdote cayera muerto frente a la comunidad en el supremo momento de la consagración de aquel rito cristiano del cuerpo místico.

Ahmed y Manel llegaron junto a la cerca que rodeaba el huerto de las monjas. Dejaron allí sus caballos y con facilidad se introdujeron en el vallado recinto. Siguiendo puntualmente las instrucciones de Amina ambos amigos buscaron el desagüe del regato que, pasando bajo una reja, salía del límite del claustro.

—Manel, aguarda aquí y cuando haya pasado al otro lado de la reja, me das la bolsa cuidando de que no se moje. Luego quédate junto a los caballos.

Manel asintió con la cabeza mientras decía:

—¡Suerte, amigo!

Ambos jóvenes se dieron un fuerte abrazo y luego Ahmed desapareció bajo la corriente de agua para aparecer al instante del otro lado del rastrillo.

Manel, pasando la mano entre las rejas, le entregó al punto la encerada bolsa. Ahmed se la colgó en bandolera y se internó en el claustro.

La descripción que le había hecho su hermana del recinto le fue muy útil para orientarse.

Con un ágil brinco se encaramó en la gran hornacina desde la que san Pedro presidía el recinto y, tras extraer de la escarcela su honda y la munición tanto tiempo guardada, esperó la llegada del asesino.

Al poco, a la pálida luz de la reina de la noche, divisó a la entrada del pasillo que desembocaba en el claustro la inconfundible estampa del tuerto que, semiembozado en su capa, se dirigía cauteloso a la primera ventana de la iglesia. Así que, tal como intuía, iba a ser él después de todo la mano ejecutora.

Ahmed contuvo la respiración. Tras unos tensos instantes observó con cuidado las maniobras que realizaba el hombre y supo al punto cómo había sido la muerte de su amo. Al igual que en aquella ocasión y empleando la misma arma, lo habían asesinado desde el balcón de su dormitorio. Por un instante temió que la rabia enturbiara sus movimientos y procedió con sumo cuidado. Extrajo una de las ollitas de la escarcela, la colocó en el nido de cuero y con un ligero movimiento de la muñeca obligó al artilugio a girar cada vez más velozmente.

Cuando Mainar se iba a llevar la cerbatana a los labios, un sutil silbido le alertó y se volvió para ver de dónde procedía.

Su mirada se dirigió a la hornacina, donde una sombra hacía girar un objeto en su mano. De repente algo duro le golpeó en el pecho, unos pedacitos de barro cocido cayeron al enlosado del claustro y, antes de que se diera cuenta de cuál era el objeto que le había golpeado, de sus ropajes surgió una lengua de fuego. El tuerto se deshizo de la cerbatana y comenzó a sacudirse la capa con las manos intentando apagar las llamas que iban progresando; después se llevó las manos al cuello e intentó deshacer la cinta que la sujetaba pero se hizo un nudo y fracasó en su empeño. Entonces se sintió golpeado otra vez; el contenido del nuevo objeto se había desparramado sobre sus calzones y las llamas ascendían por su cuerpo. Mainar, acostumbrado a mil situaciones comprometidas, entendió que su salvación estaba en el estanque de las monjas y sin dudarlo un momento tomó carrerilla y se lanzó de cabeza sin poder contener los gritos de dolor que acudían a su garganta y que alertaron a la comunidad. Las cabezas de las hermanas comenzaron a asomar por la puerta lateral de la iglesia que daba al claustro. Entonces, alumbradas por su fe y dado lo señalado de la jornada, creyeron presenciar un milagro. Aquel ser ardía bajo el agua y, pese a que luchaba por salir una y otra vez, no lo conseguía. Al tercer intento se abandonó y quedó yerto, irreconocible, como un carbúnculo chisporroteante alumbrando la solemnidad de la noche.

Cuando el padre Llobet, aún revestido de ceremonial, se llegaba hasta los restos humeantes una sombra se deslizó desde la hornacina al suelo y desapareció en la noche sin hacer el menor ruido.

130

El regreso de Bertran

Dos noches después, un jinete recorría al galope el camino que separaba Cardona de la ciudad de Barcelona. A caballo, el joven Bertran tenía un único objetivo: alejarse de las tierras que le habían visto nacer e ir en busca de su amada. Durante varios meses, Bertran había ido cediendo a las peticiones de su padre, seguro de que terminaría convenciéndolo de que tanto él como Marta merecían su bendición. Los días se habían convertido en semanas y éstas en meses, se lamentaba el joven. A su favor tenía que jamás, ni una sola de esas noches, había dejado de pensar en la mujer que le esperaba detrás de los muros del monasterio. Sin embargo, debía reconocer que su padre había sido muy hábil, retrasando conversaciones y presentándole a otras damas, aplazando su partida y excusándose en lo mucho que su buena madre disfrutaba teniéndolo en casa... La gota que había colmado el vaso de su paciencia, sin embargo, fue enterarse de que una misiva destinada a él, en la que Delfín le informaba de la muerte de Martí Barbany, había sido interceptada por el vizconde de Cardona para que no llegara a manos de su hijo. Bertran había montado en cólera. El enfrentamiento con su padre aún retumbaba en sus oídos mientras galopaba hacia Barcelona. Bertran había partido sin su bendición y sin su herencia, pero nada le importaba ya... Sólo quería abrazar a Marta en esos duros momentos y asegurarle que su decisión, irrevocable, estaba tomada.

Agotó al caballo y, sin darle tregua, fue directamente a Sant Pere de les Puelles, donde aún reinaba el alboroto ocasionado por el trágico y misterioso incidente ocurrido unas noches antes. Bertran, sin saber qué hacer, comprobó nervioso las idas y venidas de la gente del monasterio y del alguacil, y por fin logró ver a alguien conocido: el padre Llobet.

—¡Bertran! —exclamó el arcediano—. ¿Qué hacéis aquí?

—Tengo que hablar con Marta, vuestra reverencia… debéis autorizarme a verla.

El sacerdote le observó con severidad.

—Creí que habíais decidido permanecer en Cardona o tal vez habíais cambiado de parecer —dijo duramente, aunque su expresión se suavizó al ver el semblante entristecido del joven—. Han sucedido muchas cosas en estos últimos tiempos.

—Dejadme que os lo explique, a vos y a Marta… —dijo Bertran.

El arcediano asintió.

—Ella decidirá por sí misma, Bertran… Pero antes, hay cosas que debéis saber. Que quizá deberíais haber sabido hace tiempo —dijo, pesaroso—. Seguidme; con todo este gentío, la abadesa no se extrañará.

Eudald Llobet llevó a Bertran a su gabinete, donde le informó de la tragedia unas noches atrás y de todo cuanto había sucedido a la joven en esos últimos días. Le explicó el acoso de Berenguer, ya en los tiempos en que Marta vivía en palacio, y su último y rastrero intento de poseerla dentro de los sagrados muros del monasterio. Y al oír lo de la enfermedad de Marta, el rostro del joven demudó y en sus ojos amaneció un brillo singular que amenazaba una tormenta de imprevisibles consecuencias.

—¿Cómo está Marta? Decidme, vuestra reverencia, ¿está bien?

—Vos mismo podréis verla, Bertran.

—Quiero hablar con ella y asegurarme de que está viva: tras tanta desgracia, casi ni puedo creeros a vos. Mis ojos la han de ver y mis manos palparla. Luego no sé si lo que está germinando en mi mente es posible, pero aunque me cueste la vida voy a desafiar a ese malnacido. Quiero que la verdad prevalezca ante todos y caiga sobre el felón la deshonra, el descrédito y el oprobio.

Se miraron en silencio. Luego habló el arcediano, dirigiéndose con afecto al valeroso joven.

—Todo es complicado, Bertran... Pero id primero a hablar con Marta y hacedlo solo. Yo sé bien cuándo la presencia de un viejo está de más. Estoy seguro de que vuestra visita será el mejor bálsamo para su recuperación.

131

El encuentro

l sonar la hora del Ángelus estaba Bertran en la sala de espera del monasterio aguardando a que finalizaran los rezos. Las noticias del padre Llobet habían encrespado su ánimo hasta el extremo de que su animadversión hacia Berenguer se había tornado en algo muy semejante a un odio incontrolado que debería dominar para no caer en precipitaciones que le impidieran llevar a cabo su plan, que no era otro que reivindicar el honor de su amada y castigar al culpable de tanta felonía por encima de la tremenda dificultad que representaba su título y el apellido ilustre de éste.

Los pasos ligeros de la abadesa se anunciaron por el pasillo y al cabo de un instante la figura de la monja asomaba por la puerta de la sala.

Bertran se puso en pie y observó en la distancia.

La mujer avanzó hacia él con las manos metidas en las bocamangas de su hábito y por lo que revelaba el óvalo de su rostro, lo único que de ella se mostraba, coligió que tendría unos cincuenta años: sus ojos grises circunvalados por una miríada de pequeñas arrugas brillaban en un semblante de sonrisa franca. La voz era cantarina y no reflejaba su edad.

—Es un placer conoceros, don Bertran de Cardona. Os puedo asegurar que si tenéis la mitad de las virtudes que pregona de vos el arcediano, nuestro confesor, debéis de ser un dechado de caballeros.

Bertran se inclinó deferente en tanto la monja le avanzaba la cruz que llevaba en el cíngulo.

—Me honráis en demasía, madre abadesa, soy únicamente el alférez y último vasallo de mi señor, Ramón Berenguer.

La monja se sentó en el sitial de la superiora y lo hizo el joven en un sillón de madera tallada de corte monacal que había pertenecido a la sillería de la colegiata del monasterio de Sant Pere de Roda.

Bertran no se pudo contener.

—Perdonad, señora, pero las ansias de ver a Marta son insoportables. ¿Cómo se encuentra?

—Nuestra postulante se encuentra bien, pero el trance por el que ha pasado ha sido muy duro.

—¿Me daréis permiso para verla? Necesito comprobar su estado con mis propios ojos. Y el padre Llobet no ha querido saltarse vuestra autoridad.

—No es costumbre en este monasterio acoger visitas de varones... Sin embargo, el padre Llobet ha insistido en ello y yo misma creo que veros puede ser beneficioso para la recuperación de Marta. Acompañadme, por favor.

De camino, la madre abadesa siguió hablando:

—Hemos hecho correr la voz de que está muy grave y de que lo suyo es contagioso en grado sumo... De esa manera queríamos evitar que los tristes sucesos, de los cuales ya habéis tenido noticia, se repitieran en tanto decidíamos si la escondíamos en otro monasterio. Claro que ahora vos habéis regresado... —añadió sor Adela de Monsargues.

Cruzaron el claustro a través de una portezuela, pasaron al huerto y llegaron a una verja que cercaba un recoleto patio con un pozo en su centro protegido por la sombra de un gran árbol.

—Allí la tenéis. —Y al decir esto, la madre abadesa, señalándola, se retiró.

De súbito, bajo las enceradas hojas del magnolio, la divisó sentada en un banco, bellísima, con el perfil de una virgen bizantina, la tez transparente como las alas de una libélula. Llevaba su cabello recogido bajo una cofia blanca de la que se escapaban rebeldes algunas guedejas.

—¡Marta! —susurró Bertran.

La muchacha levantó la cabeza y al ponerse en pie, la labor que tenía en el regazo cayó sobre la hierba.

—Bertran… has vuelto.

El joven fue hacia ella. Marta se refugió entre sus brazos con los ojos arrasados de lágrimas, el tiempo de sus vidas se detuvo y durante un instante sobraron las palabras. Ella había imaginado este reencuentro cientos de veces, había pensado en lo que le diría después de tanto tiempo, pero lo cierto fue que al tenerlo delante, al sentir su abrazo, los años de separación se disolvieron en un solo instante.

—Sabía que vendrías, Bertran —musitó Marta.

—Debo pedirte mil perdones… Te juro que ahora nada ni nadie podrá separarnos.

—¿Y tu padre? —susurró Marta, sin atreverse a mirarle a los ojos.

—Da igual lo que piense mi padre… Quise tener su bendición y he dedicado este tiempo a conseguirla. Pero ha sido en vano… La única bendición que me importa es la tuya.

Marta suspiró.

—¿Por qué es todo tan difícil, Bertran?

Él la sujetó con fuerza, como si temiera que fuera a escaparse de sus brazos y emprender el vuelo.

—Porque nos amamos, Marta. Y disfrutar de un amor como el nuestro, tan maravilloso, requiere pagar un precio que hemos satisfecho con creces durante estos años de separación. Te lo pregunté un día y ahora lo repito, en esta santa morada: ¿quieres ser mi esposa?

—Nada podría hacerme más feliz, Bertran, que pasar el resto de mis días a tu lado.

Él la miró a los ojos, aún surcados de unas profundas ojeras.

—Has sufrido tanto, Marta… Pero te aseguro que tus padecimientos han terminado. Ahora estoy contigo, y aquí estaré para siempre.

Marta sonrió, las lágrimas manaban incontenibles de sus ojos.

—Y hay algo más: te juro que quien te ha hecho sufrir pagará por ello.

—¿Qué quieres decir?

—Retaré a Berenguer ante toda la corte de manera que no pueda negarse si no quiere quedar como un bellaco. —La muchacha trató de responder pero Bertrán acalló sus protestas con una mirada—. No intervengas en esto, Marta, mi decisión es irrevocable, ningún caballero permitiría dejar pasar tal afrenta hacia su dama. Quien tal hiciera, no merecería tenerla a su lado.

132

La provocación

Aquella noche el palacio condal lucía sus mejores galas. El conde Ramón Berenguer celebraba con sus íntimos el próximo comienzo de su semestre como soberano del condado, que tendría lugar en cuanto, esa noche, comenzara el nuevo año.

El comedor, capaz de albergar a cuarenta comensales, se había montado con una mesa en forma de herradura para que los criados pudieran servir las viandas y los vinos por delante y para que, al finalizar, todos pudieran ver las diversiones preparadas. Sus hermanas Sancha e Inés estaban con sus respectivos consortes, el conde Guillermo Ramón de Cerdaña y Guigues d'Albon; el clero estaba representado por el obispo Odó de Montcada y la judicatura por los tres jueces mayores. La *Curia Comitis* por los cabezas de las familias nobles presididos por el notario del condado, y la ciudad por su veguer Olderich de Pellicer. En un ala de la mesa estaban las damas de la corte.

Todos los comensales ocupaban ya sus respectivos lugares según ordenaba el protocolo. A instancias del conde, el obispo había bendecido la mesa y se disponían a iniciar el ágape cuando el primer maestresala se adelantó hacia la presidencia y dijo unas palabras al oído del conde. Éste dirigió la mirada hacia un lugar a su derecha que estaba vacante e indicó al criado que, pese a ello, comenzara a servir el banquete. Comenzó el desfile de sirvientes; en primer lugar los criados, que portando grandes soperas y provistos de cucharones iban sirviendo un espeso y caliente caldo en cuencos de loza vidriada situados a la derecha de cada uno de los comensales, luego unos pajes pasaban una serie de bandejas provistas de pechugas de ave trinchada, higadillos sazonados con especias, huevo cocido y un largo etcétera de condimentos que sazonaban el caldo en tanto los coperos llenaban las copas de caldos traídos de allende los Pirineos.

Bertran estaba en el penúltimo lugar del extremo diestro de la herradura cuando la puerta se abrió violentamente y apareció en su quicio el conde Berenguer Ramón con la túnica desajustada, la mirada perdida y la huella de un reguero de vino tinto deslizándose por la comisura de sus labios. Su rostro reflejaba la frustración de saber que Mainar había fracasado en el intento, y por ende, sus propias ambiciones de beneficiarse de la fortuna de los Barbany habían quedado reducidas a cenizas.

Un silencio que auguraba tormenta se instaló entre los comensales. Berenguer lanzó una displicente mirada sobre los invitados de su hermano, avanzó hacia el centro de la herradura y con voz balbuciente y estropajosa, alzando su copa, enunció su brindis.

—Levanto mi copa a la salud de todos aquellos fieles servidores que tan rápidamente saben cambiar de amo.

Ramón, que ya en otras ocasiones había intentado salvar situaciones comprometidas propiciadas por su gemelo, por el bien y la paz del condado, intervino.

—Se os ha estado aguardando, hermano, ahí está vuestro lugar en un puesto de honor; todos los aquí presentes sirven al condado desde lugares de gran responsabilidad sin tener en cuenta si estamos al frente del mismo vos o yo. De no ser así, nuestros estados vivirían en el caos. Hacedme la merced de sentaros a cenar e intentad no interrumpir la velada que con tan buenos augurios ha comenzado.

Berenguer miró a los comensales uno a uno, arrogante y desdeñoso, hasta llegar al final de la herradura donde sus ojos se clavaron en Bertran. Luego, tras lanzar al joven de Cardona una mirada de desprecio, siguió andando hacia la mesa de las damas mientras decía:

—Sois poco escrupuloso, hermano. Yo no me siento a la misma mesa de rehenes de nuestro padre que debieran ocupar un lugar en las cuadras o mejor una de las mazmorras de palacio.

Y al decir esto último, tropezó y escanció el resto del vino de su copa en el escote de Araceli de Besora.

Cuando el conde se dispuso a intervenir y el segundo senescal, padre de la dama, echaba mano a la daga, Bertran ya estaba en pie.

—Si vos os sentáis, el que se levantará de la mesa soy yo. Jamás un componente de la familia de los Cardona ha compartido mesa con un ultrajador de doncellas que se atreve a ofender a una dama ante los presentes como anteriormente intentó mancillar la inviolabilidad de un monasterio con alevosa cobardía.

Berenguer, a pesar de su estado, captó el mensaje y abalanzándose sobre Bertran intentó cruzarle la cara con el guante que llevaba al cinto. El joven le sujetó firmemente el brazo.

—No es lugar ni ocasión, señor. Los caballeros arreglan sus desacuerdos de otra manera. Si lo sois, aceptad el reto y batíos conmigo en combate singular.

Berenguer pareció recobrar súbitamente su lucidez.

—Sois muy valiente de boca, alférez, sabiendo que nadie bajo el sol puede jamás retar al conde de Barcelona si no es uno de sus iguales.

—Tal vez vuestro estado os haga olvidar que soy el primogénito del vizconde de Cardona —repuso Bertran—, y la calidad de mi linaje me permite hacerlo. —Y añadió, en tono sarcástico—: y además tiene fácil solución. ¡Si no es bajo el sol, que sea a la luz de la luna! ¿O es que vuestro valor sólo se pone de manifiesto cuando se trata de atacar a jóvenes indefensas?

Berenguer se puso pálido. El reloj dio las doce, anunciando la llegada del nuevo año. Bertran se volvió hacia Ramón Berenguer que en ese mismo instante iniciaba su mandato, e, inclinando la cabeza, se dirigió a él:

—Reto a vuestro hermano de noche, a la luz de la luna: el sol estará escondido. Lo único que resplandecerá al fin será la verdad que hace libres a los hombres.

Ramón miró a ambos caballeros, meditó unos momentos y finalmente dijo:

—Berenguer, ¿por qué no nombráis a alguien que luche por vos? De esta manera se dirimirá la cuestión sin que pueda mediar ofensa.

La voz de Berenguer sonó profunda y preñada de rencor, resolviendo la duda.

—Acepto el envite y lo haré personalmente, hermano, con un placer que me viene de antiguo, tengo muchas ofensas que liquidar con este jovenzuelo insensato. Lo único que quiero es que autoricéis lanzas de combate y que la justa sea a ultranza.

—Sabéis que no es posible, hermano. Un duelo a muerte pondría vuestra vida en peligro: usaréis lanzas de madera y el lugar, el día y la hora seré yo quien los determine.

133

La justa

a luna en cuarto creciente presidía la noche sobre la explanada del Borne, que era el lugar destinado a las justas y torneos. Las antorchas que delimitaban el palenque estaban encendidas y las personas que debían asistir al anómalo evento ocupaban ya sus puestos. El conde finalmente había acudido acompañado de su senescal Gombau de Besora, que no perdonaba a Berenguer la ofensa inferida a su hija la noche de la cena y que estaba al mando de los hombres de armas que estaban ante la tribuna. Enfrente, colocados en los lugares adecuados se hallaban el primer senescal Gualbert Amat, que tenía a su cargo el cumplimiento del reglamento que regía la liza, y los tres jueces que deberían velar por la puridad de lo pactado para aquel insólito encuentro. El físico, vestido con hopalanda granate y portando al cuello la cadena de la que pendía la amatista que denunciaba su oficio, con la bolsa de sus útiles y potingues colgada al hombro, estaba al pie de la palestra para poder acudir con presteza en caso necesario.

Las tiendas cónicas situadas a ambos extremos del palenque bullían de actividad. En la de Berenguer eran varios los hombres que se ocupaban de sus cosas: dos palafreneros de sus caballos, un armero de sus lanzas y adargas, tres pajes de dar lustre a su yelmo y cuidar que el morrión de la celada ajustara exactamente, repasar los enganches de su loriga y que las correíllas que sujetaban su peto y su espaldar, el faldellín y las brafoneras, estuvieran engrasadas y, en fin, toda su armadura reluciente y a punto.

En la tienda de Bertran sólo había dos criados comandados por Sigeric, su joven escudero, amén de Delfín, que se había empeñado en acompañarle y que andaba misterioso y zascandileando entre sus cosas.

Un ujier compareció apartando la tela embreada de la puerta.

—Señor, el conde ya ha ocupado el palco, dentro de un momento sonarán las trompetas y los añafiles. El caballo que habéis designado para el primer envite ya está pertrechado, la justa va a comenzar. ¿Estáis presto?

—Aguardad un instante. —Entonces Bertran se dirigió hasta la mesa y, abriendo una cajita de palo de rosa que estaba sobre ella, extrajo un pañuelo azul.

—Sigeric, anudadme al brazo mi divisa —ordenó.

El joven obró con presteza y Bertran, tras asegurarse de que la cinta estaba bien sujeta, tomó su empenachado yelmo y se dispuso a salir al exterior.

Al principio el inusual aspecto del palenque le sorprendió. Hasta aquel instante siempre había acudido al campo de justas de día, y al hacerlo de noche, sintió que sus sentidos se aguzaban y percibían los colores de las banderolas, estandartes y gallardetes de una forma mucho más vívida, hasta la brisa que soplaba del oeste al abrirse paso entre las hojas de la arboleda circundante parecía formar un murmullo diferente.

De una rápida mirada, Bertran abarcó todo el campo de liza. Un sentimiento de respeto se apoderó del heredero de Cardona al contemplar la majestuosidad de la armadura de su rival, rematado su yelmo por una corona de oro que circunvalaba un penacho color sangre que flameaba al cierzo de la noche, y el poderío de su gran caballo que, caracoleando, apenas podía ser sujetado por el palafrén.

Bertran montó a su vez, y ya cubierta su cabeza por el yelmo, tomó la lanza que le ofrecía Sigeric y colocándola verticalmente en el calzó que llevaba a la diestra de su silla, se adelantó al toque de clarines a saludar al príncipe, observando que su contrincante hacía lo propio pero remarcando su condición de conde lo hacía con el morrión de la celada bajado, ocultándole el rostro, evitando rendir homenaje.

Tras el saludo y al primer toque de trompetas, fuéronse cada uno a ocupar su lugar en el extremo del palenque; los caballos piafaban nerviosos y excitados olfateando el comienzo de la justa. El juez de liza abatió las banderolas roja y azul que sujetaba en ambas manos. La justa había comenzado.

Mientras tanto, en el monasterio de Sant Pere de les Puelles, una suplicante Amina se enfrentaba, quizá por única vez en su vida, con su ama.

—¿Adónde creéis que vais a estas horas?

Marta se había envuelto en un chal de lana y sujetaba a su lado un cirio encendido.

—Sabes perfectamente adónde me dirijo, Amina.

—Ama, por favor...

Marta la miró con obstinación.

—No dejaré que Bertran pase solo por este trance... ¡Está luchando por mi honor! Debo estar a su lado.

—¡Pero estáis aún débil! El frío de la madrugada os puede perjudicar.

—Moriré si tengo que permanecer aquí encerrada esperando noticias. Tú decides, Amina, puedes acompañarme o no, pero te juro que no vas a detenerme.

Y, sin decir una palabra más y desoyendo las mil protestas de su amiga, Marta se encaminó a una de las puertas laterales del monasterio. Hacía frío, pero su corazón ardía.

Ambos contendientes, bajando lanzas hasta el ristre en la diestra, colocando bajo el brazo el extremo del astil y con la adarga presta en la izquierda, se abalanzaron el uno contra el otro.

Bertran ya no veía otra cosa que no fuera la amenazante figura que se le venía encima y a través de las hendiduras de su celada adivinó el brillo de odio que había en los ojos de su antagonista. El embroque fue terrible y a la par que sentía que estaba a punto de perder estribos, tuvo la certeza de que la punta de roble de su lanza había astillado la redonda adarga de cuero reforzado de su rival. De reojo y mientras sujetaba su caballo obligándole a regresar a su sitio, observó que el juez de liza abatía los dos gallardetes indicando que ambos caballeros habían hecho blanco y que por tanto el asalto era nulo.

Berenguer llegó furioso a su zona y saltando del caballo, apenas el escudero le prestó su ayuda, aulló:

—¡Cámbiame el caballo, este animal no obedece a la espuela! ¡Y dame la adarga de pico que me cubre mejor, este lenguaraz es más duro de lo que pensaba!

Los palafreneros obedecieron prestos a su amo y en un suspiro estaba Berenguer a punto montado en un bayo de nueve años que lidiaba solo sin necesidad de guía.

La mente de Bertran había captado todos los mensajes que la monta de Berenguer le había enviado. El conde, al cargar la lanza para descargar el golpe, descuidaba un poco la defensa y bajaba el escudo; si apuntaba a la cabeza del mismo y no variaba el lugar del supuesto impacto, en el momento del embroque su rival bajaría la adarga y él, en tanto perfilaba su defensa oblicuando su escudo, le entraría la punta de su lanza por el resquicio que dejara, mientras que la de su contrario resbalaría inofensiva por la superficie de su defensa.

El juez alzó ambos gallardetes indicando combate.

Los dos caballeros lanzaron sus cuartagos al galope. El segundo encuentro estaba a punto de producirse. El ruido de armaduras y pertrechados caballos de hierro era ensordecedor.

Bertran aguantaba la posición a pesar de que todos los resortes de su mente le indicaban lo contrario. Cuando estaba a punto de corregir el viaje, Berenguer hizo lo esperado y bajó un punto la adarga; en tanto la punta de su lanza se deslizaba inofensiva sobre el escudo de Bertran, el extremo de roble de la lanza de éste se introdujo por encima de la defensa y se rompió sobre el peto de Berenguer casi desmontándolo. El grito de los presentes aplaudió la arriesgada acción del joven de Cardona; la banderola roja del juez se abatió y la azul quedó flotando en el aire, marcando un punto a favor de Bertran.

Ambos se retiraron a sus respectivos cuarteles. Bertran, que había reservado a Blanc, su corcel favorito, para el tercer envite, descabalgó y montó de nuevo ayudado por Sigeric.

En aquel instante, Delfín se deslizó hasta las patas de Blanc y obligó al jinete a bajar la cabeza. Las palabras del enano le hicieron levantar la celada y observarlo incrédulo.

—No es posible...

—Marta vendrá. Creed en mis presentimientos —dijo Delfín.

En el cuartel rojo las palabras soeces salían de la boca del conde como sapos envenenados. Nadie se atrevía a chistar.

—Sacadme a Nublo.

Era éste un tremendo garañón de zancada poderosa y ojos inyectados en sangre. En cuanto se vio montado en él, el conde exigió con voz que atemorizó a los servidores:

—¡Lanza de combate!

Su escudero, que le servía hacía mucho, se atrevió a hablar.

—¡Señor, os descalificarán!

—¡Punta de hierro he dicho!

—Lo podéis matar, señor...

—¡Es lo que pretendo, imbécil!

Cuando el poderoso caballo pateaba inquieto y antes de que el juez levantara las banderolas indicando combate, Berenguer distinguió un leve resplandor que comenzó a ascender los peldaños que conducían al palco vacío reservado para los familiares y amigos del heredero de Cardona.

Berenguer ya había comenzado el galope, pero su mirada seguía de reojo aquella luz que presagiaba algo desconocido y amenazador. Entonces, al quedar bajo el palco, la vio despojarse del chal. Bellísima, la antorcha que llevaba alguien a su lado le confería un brillo espectral: Marta Barbany, vestida con una túnica blanca que resaltaba su espléndida figura. La visión desconcertó al conde, quien aún tenía grabada en su retina la imagen de Marta postrada, y sin que pudiera evitarlo su mente se confundió y se le vino encima la punta de la lanza de su rival que, cual abejorro furioso, le acertó de pleno en el pecho haciéndole perder el estribo y dar con su soberbia armadura en el duro suelo del palenque.

En tanto el físico y el juez de liza se precipitaban sobre el caballero derribado, el senescal, al ver sobre la hierba la lanza de guerra, cambió con él duras palabras.

—Habéis incurrido en deshonor, conde. Jamás la casa de los Berenguer había caído tan bajo. Vuestro hermano será informado.

—Id al infierno, señor —dijo Berenguer, incorporándose del suelo—. Yo soy igual a él en rango y nobleza de sangre y el próximo semestre hablaremos vos y yo.

Tras estas palabras y mientras el conde derribado se dirigía a su tienda, Bertran, descalzándose el guante y colocando en la punta de su lanza el pañuelo azul que llevaba en su antebrazo, se adelantaba hasta el palco donde se hallaba la muchacha y, abatiendo su arma, se lo ofrecía.

—Ya os dije, Marta Barbany, que nada ni nadie me apartaría de vos y que caballero alguno osaría ofenderos.

134

Consultas

l conde de Barcelona Ramón Berenguer, investido de
la autoridad que le había otorgado el testamento de su
padre, evacuaba consultas durante el semestre que os-
tentaba el gobierno de la ciudad. Le acompañaban
para el mejor desempeño de su tarea, el notario mayor Guillem
de Valderribes, el veguer Olderich de Pellicer y uno de los jueces,
Eusebi Vidiella. A la diestra de su trono y tomando fiel referencia
de cuanto allí se dijera, dos amanuenses equipados con todos los
útiles de la escritura con sendas escribanías sobre las rodillas y a la
izquierda, tres miembros de la *Curia Comitis* que en aquella jornada estaban de guardia.

Frente al trono, en pie y a respetuosa distancia, se hallaba su alférez, Bertran de Cardona, que en aquella solemne ocasión había
acudido para hablar ante el consejo por deferencia al conde.

—Estimados señores —empezó Bertrán—. Sé que el asunto
que hoy me trae aquí ha suscitado cierta controversia, ya que va
en contra de la costumbre. Podría haber evitado este paso, pero,
por respeto al conde de Barcelona, que en múltiples ocasiones me
ha demostrado su amistad, me presento ante vuestras señorías para
exponer mi caso.

Los ilustres caballeros observaron a Bertran de Cardona y le
escucharon con atención.

—Yo no vine a esta ciudad en calidad de huésped honorable,
sino que lo hice en calidad de rehén y como prenda exigida a mi
padre para garantizar los pactos habidos con el conde de Barcelo-

na. Vine con una idea preconcebida, que en verdad resultó fallida, porque debo decir que desde el primer momento fui tratado con el afecto y cortesía por parte de quien ha convocado esta reunión. En esta casa condal, no en el mercado ni en ninguna feria, conocí a una muchacha del séquito de damas de la condesa Almodis y lo que es más obvio, ornada con una educación y unas cualidades que para sí quisieran, y perdonad si alguien se da por ofendido, las hijas de las mejores y más nobles casas del condado, a la que traté diariamente y de la que enamoré con el paso de los días. El padre de dicha dama, distinguido prohombre y ciudadano de Barcelona que no hizo otra cosa que engrandecer y prestigiar su nombre, fue honrado por el difunto conde con la misión de embajador en la corte del muy ilustre Roberto Guiscardo de Sicilia para acordar la boda de su bella hija, Mafalda de Apulia, con nuestro conde Ramón Berenguer. ¿Cuántas familias alcanzaron el título de nobleza con menos merecimientos? Yo os lo diré, no pocas.

»Ahora que mi corazón aloja el amor más grande que darse pueda, me presento ante vuestras señorías. Sé que el matrimonio entre un noble y una plebeya no es algo común, ni algo que se vea con buenos ojos en estas tierras. Pues bien, como alférez acataré las órdenes de mi señor y de este consejo, pero como hombre debo deciros que nada ni nadie impedirá que despose a la mujer que amo. Y no creo que en honor a la costumbre se me deba exigir tal sacrificio.

Un silencio cortante se instaló entre los presentes. Los componentes de la *Curia Comitis* observaban el rostro del conde, que se mostraba impertérrito, sin dar muestra alguna de lo que le rondaba por la cabeza.

135

Al otro lado del mar

l cabo de un mes, en un atardecer de finales de febrero, la dársena de Montjuïc vivía una agitación inusual para esas horas vespertinas: llegaban varios carruajes, de los que iba descendiendo un nutrido grupo de personas que, vestidas con sus mejores galas, eran transportadas en una falúa a uno de los barcos allí anclados. A medida que subían a bordo, los invitados iban ocupando sus puestos en la cámara principal del buque, convertida en una improvisada capilla presidida por el arcediano Eudald Llobet. Estaban, por un lado, el senescal Gombau de Besora, el notario mayor, doña Lionor de la Boesie, doña Brígida de Amalfi, doña Bárbara de Ortigosa, la abadesa de Sant Pere de les Puelles, Estefania Desvalls y Delfín; por otro, los capitanes de Martí Barbany, Felet y Jofre, Andreu Codina, Gaufred, doña Caterina y los dos hermanos, Ahmed y Amina. Los presentes se observaban entre sonrisas, pero guardaban silencio, algo intimidados por la presencia del sacerdote.

Bertran fue el siguiente en llegar a bordo, acompañado de su fiel Sigeric, y avanzó hacia el sacerdote con paso firme. Los nervios le asaltaron, sin embargo, unos instantes después, cuando al volverse hacia la puerta de la cabina vio entrar a Marta Barbany del brazo de Basilis Manipoulos, que la conducía hacia el improvisado altar. Aquel viejo marino, que había librado mil batallas, tenía los ojos enrojecidos por la emoción al ocupar el lugar que hubiera correspondido a quien había sido su mejor y más fiel amigo, el gran ausente de esa tarde, en un momento tan entrañable como ése. Marta se soltó de su brazo con una sonrisa y ocupó su lugar frente al padre Llobet. Entonces, cuando la ceremonia parecía a punto de empezar y ante el asombro general, un último invitado recorrió el pasillo hacia el altar. Estupefactos, los allí presentes inclinaron la cabeza ante la figura del conde de Barcelona, Ramón Berenguer II, quien, tras situarse junto al arcediano, tomó la palabra:

—Ilustres señores y amigos que amáis a esta hermosa dama y apreciáis a mi querido alférez. Como sabéis, el oficio de un gobernante es a veces complejo y delicado, pues debe aunar el respeto de las viejas costumbres y las inclinaciones de su corazón. Precisamente hace unas semanas se me planteó un dilema de esta índole: deseaba dar paso a la felicidad de dos jóvenes enamorados sin por ello dejar de lado las tradiciones que siempre han regido nuestros estados sobre los enlaces entre personas de distinta calidad.

»Pues bien, preclaros súbditos, debo deciros que la ceremonia que va a celebrarse aquí esta tarde no contraviene los usos de nuestro condado… simplemente porque no nos hallamos en tierras de Barcelona. Así lo atestigua la bandera de este barco, el león sobre el campo de gules, que ondea en su mástil. Estamos, por tanto, en suelo de los señores de Sicilia. Y es en este mismo suelo donde va a contraer matrimonio uno de mis más queridos amigos, mi fiel alférez, Bertran de Cardona, con su amada, la hija del insigne ciudadano Martí Barbany. Como conde de Barcelona no puedo más que desearles la mayor de las felicidades a ambos y un buen viaje hacia Apulia, a bordo de este mismo barco donde el que será mi suegro, Roberto Guiscardo, que ha tenido la delicadeza de ceder uno de los barcos de su flota para esta ocasión, los aguarda con los brazos abiertos, y donde les espera un feudo y una posición en su corte. Que dé comienzo el enlace.

El padre Llobet, visiblemente emocionado, tomó la palabra e, intentando controlar el temblor de su voz, inició la sencilla ceremonia que significaría el principio de una nueva vida para ambos jóvenes. Se pronunciaron los votos, se intercambiaron las arras, y finalmente el arcediano los declaró, ante Dios y ante los hombres, marido y mujer.

En ese momento, mientras los invitados estallaban en vítores y aplausos. Bertran susurró al oído de su mujer:

—Te amo. Desde siempre y para siempre.

—Desde siempre y para siempre —repitió Marta en voz baja y, olvidándose de todo, acercó sus labios a los de su esposo para rubricar con un beso aquella promesa llena de felices augurios.

Al día siguiente, apoyados en la borda de la nave, Bertran y Marta contemplaban cómo la ciudad de Barcelona se iba difuminando en lontananza. El sol lanzaba sus primeros y pálidos rayos sobre las olas. Mientras sentía los brazos de su marido alrededor de su cintura, Marta pensaba en todo lo que iba quedando atrás. La noche anterior, después de una íntima cena, se había despedido de Ahmed, su amigo de la infancia, aquel que le enseñó a tirar con honda con resultados catastróficos. Ahmed... Sus ojos conservaban una expresión de tristeza perenne y Marta, que ahora sabía lo que era el amor verdadero, lo comprendía bien. También había dicho adiós a los capitanes de su padre, que tan importantes habían sido en su infancia, y a la abadesa, sor Adela de Monsargues, que tanto había velado por ella en el monasterio. Luego le había llegado el turno a Amina, su fiel amiga, la que no se había separado de su lado un solo instante durante todas las vicisitudes de su vida, la que había sido su sostén en todos los avatares de su existencia. Marta habría querido que los acompañara a Sicilia, tenerla cerca en su nueva vida, pero comprendió que Amina debía quedarse en la que siempre había sido su casa, al cuidado de su madre. Naima y Ahmed la necesitaban, pensó Marta, y era hora ya que también Amina encontrara la felicidad. No podía arrastrarla egoístamente a ese destino que ella y Bertran habían decidido empezar, lejos de la tierra que los había visto nacer, a salvo de miradas reticentes y de peligrosas descortesías, así como de una posible venganza del hermano del conde. «Todo estará esperándote cuando decidas volver», le había dicho su padrino con lágrimas en los ojos antes de que zarpara el barco: «Tu casa, los barcos y negocios de tu padre... Yo me ocuparé de que no te falte de nada mientras estés lejos. Pero sé que volverás algún día. Ahora eres joven, pero llegará un momento en que anhelarás volver a ver con los ojos esos paisajes de infancia que siempre llevarás grabados en el alma».

Marta no dudaba de la sabiduría que destilaban las palabras del sacerdote. Sin embargo, también intuía que la ciudad que ahora abandonaba —dividida entre dos gobernantes que se repelían— se veía sumida en una época turbulenta, y que, como ella misma, debería hallar su propio camino hacia la salvación. Buscó la mano de Bertran y la apretó con fuerza.

—¿Crees que volveremos algún día? —le preguntó.

Bertran no contestó enseguida. Sus ojos parecían evocar otro paisaje, los bosques de Cardona, a los que quizá nunca podría regresar.

—Mucho tendría que cambiar todo —dijo por fin—. Pero ya no me importa. Mi único hogar está a tu lado.

Marta se estremeció al oír sus palabras y mantuvo la mirada en el perfil de esa tierra que la había visto nacer. Tal vez sí, pensó, tal vez volvieran algún día, pero por el momento prefería disfrutar de aquel amanecer teñido de esperanza. Ojalá aquel barco los llevara a un lugar donde el amor no estuviera encadenado por leyes y costumbres, donde la nobleza fuera un atributo del corazón y no de la sangre, donde los desalmados no salieran impunes de sus fechorías escudándose en privilegios heredados. Marta suspiró: sabía que ese lugar no existía más que en sus sueños, pero en ese momento quería creer con todas sus fuerzas que ése era el destino que les aguardaba, a ella y a su amado, al otro lado del mar.

Nota del autor

Como era de esperar, el condado de Barcelona tuvo que enfrentarse a tiempos confusos y terribles. La singular decisión de Ramón Berenguer I de repartir el mando de los condados semestralmente entre sus hijos acabó en tragedia. El 5 de diciembre del año 1082, Ramón Berenguer II, Cap d'Estopes, fue asesinado durante una cacería en el término de Hostalric, y su cadáver arrojado posteriormente en el lugar conocido como el Gorch del Comte. Aunque su muerte nunca se aclaró, la opinión popular adjudicó la instigación de dicho crimen a su hermano, Berenguer, quien a partir de ese momento fue apodado «el Fratricida».

Las exequias de Cap d'Estopes se celebraron en Gerona y fue enterrado junto a su bisabuela, Ermesenda de Carcasona: el almohadón donde reposó su cabeza se conserva en el museo de la catedral de dicha ciudad. Su viuda, Mafalda de Apulia, con quien había contraído matrimonio en 1078, tuvo que buscar refugio en la corte de Guillermo Ramón de Cerdaña, el esposo de su cuñada Sancha, junto con su hijo. Posteriormente las familias nobles de Barcelona, que siempre consideraron a Berenguer culpable del asesinato de su hermano, exigieron a aquél que se hiciera cargo de la tutela del hijo del fallecido, el futuro Ramón Berenguer III, y a fin de que el condado volviera a tener un solo gobernante poniendo como condición a Berenguer que nunca se casara ni tuviera descendencia. Se cree que su muerte se produjo en 1099, mientras participaba en la Primera Cruzada, a la que partió debido a las eternas sospechas que le rodearon. Ramón Berenguer III, llamado el Grande, fue su sucesor y casó con Cristina, una de las hijas de Rodrigo Díaz de Vivar, «El Cid Campeador».

Hasta aquí los hechos históricos. Sin embargo, permítaseme que añada un último apunte que se mueve más en los terrenos de la leyenda. Según se cuenta, cuando el obispo interrogaba a Berenguer sobre su connivencia en la trágica muerte de su hermano, el halcón de Cap d'Estopes entró volando por una de las ventanas del templo y se posó sobre el respaldo del trono que ocupaba Berenguer, poniendo así de relieve su culpabilidad.

Leyendas como ésta, tan comunes en nuestro acervo cultural, pretenden únicamente ilustrar de una forma atractiva unos hechos pasados. Esto es lo que, en cierta medida, pretende también la novela histórica: aunar el rigor de la historia con la ficción novelesca. Como novela su principal obligación es entretener, pero como relato histórico no puede dejar de lado criterios como el rigor y la veracidad. Esto es lo que, humildemente, se ha intentado en estas páginas que ahora se someten a la benevolencia de los lectores.

Barcelona, noviembre de 2010

Agradecimientos

A Núria Cabutí, que comanda el fabuloso equipo de Random House Mondadori, al que tanto debo.

A mi editora, Ana Liarás. Al escritor, en muchas ocasiones, los árboles no le dejan ver el bosque. Sin su sabio y a veces doloroso consejo, ésta hubiera sido otra novela.

A Pepa Bagaría, cuya ayuda, como siempre, ha sido impagable.

Un gran abrazo y mi gratitud a todos por todo.

Bibliografía

Abadal i de Vinyals, Ramon d', *Els primers comtes catalans*, Vicens Vives, Barcelona, 1983.

Adro, Xavier, *Pre-Cataluña: siglos IX-X-XI*, Edicions Marte, Barcelona, 1974.

Aurell, Martín, *Les noces del comte: matrimoni i poder a Catalunya (785-1212)*, Omega, Barcelona, 1997.

Aventín, Mercè, y Salrach, Josep M., *Història medieval de Catalunya*, Edicions de la Universitat Oberta de Catalunya, Barcelona, 1988.

Bagué, Enric, *Llegendes de la història de Catalunya*, Barcino, Barcelona, 1937.

Balañá i Abadia, Pere, *L'islam a Catalunya, segles VIII-XII*, Rafael Dalmau, Barcelona, 2002.

Batet, Carolina, *Castells termenats i estratègies d'expansió comtal: la marca de Barcelona als segles X-XI*, Institut d'Estudis Penedesencs, Vilafranca del Penedès, 1996.

Batlle i Gallart, Carme, y Vinyoles i Vidal, Teresa, *Mirada a la Barcelona medieval des de les finestres gòtiques*, Rafael Dalmau, Barcelona, 2002.

Bolòs i Masclans, Jordi, *Catalunya medieval: una aproximació al territori i a la sociedad de l'Edat Mitjana*, Pòrtic, Barcelona, 2000.

—, *Cartografia i història medieval*, primer seminari, Institut d'Estudis Ilerdencs, Fundació Pública de la Diputació de Lleida, 2001.

—, *Diccionari de la Catalunya medieval, segles VI-XV*, Edicions 62, Barcelona, 2000.

—, *La vida quotidiana a la Catalunya en l'època medieval*, Edicions 62, Barcelona, 2000.

Campàs, Joan, *La creació d'un estat feudal: l'Alta Edat Mitjana: segles XI-XIII*, Barcanova, Barcelona, 1992.

Cantalozella, Assumpció, *El falcó del comte*, Proa, Barcelona, 2003.

Capmany de Montpalau i Surís, Antoni de, *L'antiga marina de Barcelona*, Barcino, Barcelona, 1937.

Català i Roca, Pere, *Llegendes cavalleresques de Catalunya*, Rafael Dalmau, Barcelona, 1986. Cuadrada, Coral, *L'aixada i l'espasa: l'espai feudal a Catalunya*, Arola, Tarragona, 1999.

Díaz Borrás, Andrés, *El miedo al Mediterráneo: la caridad popular valenciana y la redención de cautivos bajo poder musulmán: 1323-1539*, Institució Milà i Fontanals, CSIC, Barcelona, 2001.

Fernández y González, Manuel, *Doña María Coronel (episodio del reinado de don Pedro el Cruel)*, Librería de Salvador Sánchez Rubio, Madrid, 1874.

Ferrer i Mallol, Maria Teresa, y Mutgé i Vives, Josefina (eds.), «De l'esclavitud a la llibertat: esclaus i lliberts a l'Edat Mitjana», en *Anuari d'Estudis Medievals*, anexo 38, Departament d'Estudis Medievals, Institució Milà i Fontanals, CSIC, Barcelona, 2000.

Fluvià, Armand de, *Els primitius comtats i vescomtats de Catalunya*, Enciclopèdia Catalana, Barcelona, 1989.

Heers, Jacques, *Esclavos y sirvientes en las sociedades mediterráneas durante la Edad Media*, Edicions Alfons el Magnànim, València, 1989.

Hernando, Josep, *Els esclaus islàmics a Barcelona: blancs, negres, llors i turcs: de l'esclavitud a la llibertat (s. XIV)*, Departament d'Estudis Medievals, Institució Milà i Fontanals, CSIC, Barcelona, 2003.

Oriol Granados, J., *et al.*, *Guia de la Barcelona romana i alt medieval*, Institut Municipal d'Història, Ajuntament de Barcelona, 1995.

Pladevall i Font, Antoni, *Ermessenda de Carcassona, comtessa de Bar-*

celona, Girona i Osona: esbós biogràfic en el mil·lenari del seu nai-xement, s.n, Barcelona, 1975.

Reparaz i Ruiz, Gonçal de, Catalunya a les mars: navegants, mercaders i cartògrafs catalans de l'Edat Mitjana i del Renaixement, Mentora, Barcelona, 1930.

Reynal, Roser, La Catalunya sarraïna: Abú-Béquer, el tortosí, Graó, Barcelona, 1990.

Riera Melis, Antoni, Senyors, monjos i pagesos: alimentació i identitat social als segles XII i XIII, Institut d'Estudis Catalans, Barcelona, 1997.

Riu i Riu, Manuel, La Alta Edad Media: del siglo V al siglo XII, Montesinos, Barcelona, 1989.

Ruiz-Domènec, José Enrique, L'estructura feudal: sistema de parentiu i teoria de l'aliança en la societat catalana: c. 980-c. 1220, Edicions del Mall, Barcelona, 1985.

—, Ricard Guillem o el somni de Barcelona, Edicions 62, Barcelona, 2001.

Sadurní i Puigbó, Núria, Diccionari de l'any 1000 a Catalunya: l'abans i el després d'un tombant de mil·leni, Edicions 62, Barcelona, 1999.

Salicrú i Lluch, Roser, Esclaus i propietaris d'esclaus a la Catalunya del segle XV: l'assegurança contra fugues, Institució Milà i Fontanals, CSIC, Barcelona, 1998.

Shideler, John C., Els Montcada, una familia de nobles catalans a l'Edat Mitjana: 1000-1230, Edicions 62, Barcelona, 1987.

Sobrequés i Callicó, Jaume (dir.), Història de Barcelona, vol. 2; Ainaud, Joan, et al., La formació de la Barcelona medieval, vol. 9; Alberch i Figueras, Ramon, et al., La ciutat a través del temps: cartografia històrica, Enciclopèdia Catalana y Ajuntament de Barcelona, 1991-2001.

Sobrequés i Vidal, Santiago, Els grans comtes de Barcelona, El Observador de la Actualidad, Barcelona, 1991.

Tatché, Eulàlia, Artesans i mercaders: el món urbà a l'Edat Mitjana, Barcanova, Barcelona, 1991.

Vinyolas i Vidal, Teresa, et al., Història medieval de Catalunya, EUB, Barcelona, 1997.

VV.AA., «Alimentació i societat a la Catalunya medieval», en *Anuari d'Estudis Medievals*, anexo 20, Unitat d'Investigació d'Estudis Medievals, Institució Milà i Fontanals, CSIC, Barcelona, 1988.

ESTE LIBRO HA SIDO IMPRESO
EN LOS TALLERES DE
RODESA
VILLATUERTA
NAVARRA